킹덤

킹덤

the Kingdom

JO NESBØ | 김승욱 옮김

요 네스뵈 장편소설

비채

the kingdom

일러두기

• 본서는 저자 및 저작권사의 공식 인정을 받은 Robert Ferguson의 영어판 번역과 노르웨이어판을 바탕으로 번역되었습니다.
• 인명을 포함한 고유명사는 노르웨이 현지 발음을 기준으로 표기하였습니다.
• 모든 주는 옮긴이 주입니다.

프롤로그

개가 죽은 날이었다.

나는 열여섯, 칼은 열다섯.

며칠 전 아빠가 우리에게 보여준 사냥용 나이프로 나는 개를 죽였다. 널찍한 날이 햇빛을 받아 반짝이고, 양면에 홈이 있는 칼이었다. 아빠는 사냥감을 해체할 때 피가 한곳으로 모여 흐르게 하려고 홈을 파놓은 것이라고 설명했다. 그것만으로도 칼은 얼굴이 하얗게 질렸다. 아빠는 또 차멀미가 나는 거냐고 물었다. 칼이 뭐라도 쏴야겠다고 다짐한 건 아마 그 때문이었을 것이다. 뭐라도 좋으니 총으로 쏴서 그 사체를 해체하겠다고. 꼭 해야만 하는 일이라면, 뭐가 됐든 아주 조각조각 잘라주겠어, 젠장.

"그걸 구워서 같이 먹는 거야." 칼은 나와 함께 헛간 앞에 서서 이렇게 말했다. 나는 아빠의 캐딜락 드빌 엔진 위로 고개를 숙이고 있었다. "그 인간, 엄마, 형 그리고 나. 알았지?"

"알았어." 나는 점화 포인트를 찾아내기 위해 배전기 덮개를 돌리면서 말했다.

"개한테도 좀 주지, 뭐. 모두 충분히 먹을 수 있을 만큼 푸짐할

7

테니까." 칼이 말했다.

"당연히 그렇겠지."

아빠는 항상 개의 이름을 개라고 지었다고 말했다. 그때는 다른 이름이 생각나지 않았다고. 하지만 내가 보기에 아빠는 그 이름을 좋아했던 것 같다. 아빠다웠다. 꼭 필요한 말 이외에는 한마디도 더 하지 않았고, 너무 미국인 같다는 점에서 확실히 노르웨이인이었다. 게다가 아빠는 그 개를 좋아했다. 내 느낌에 사람보다 그 개와 함께 있는 시간을 더 소중히 여겼던 것 같다.

산중에서 농사를 짓는 우리가 가진 것은 별로 없지만, 집에서 바라보이는 풍경이 아주 근사했다. 외곽에 땅도 조금 있었다. 아빠가 그곳을 자기 왕국이라고 부르기에 충분할 정도로. 매일매일 나는 캐딜락 위로 몸을 구부린 채 칼이 아빠의 총, 아빠의 칼을 들고 아빠의 개와 함께 나가는 모습을 볼 수 있었다. 벌거벗은 산허리를 배경으로 칼과 개가 점처럼 작아지는 것이 보였다. 하지만 총소리는 한 번도 들리지 않았다. 칼은 매번 집으로 돌아와 사냥할 만한 새를 한 마리도 보지 못했다고 말했다. 나는 아무 말도 하지 않았다. 산허리에서 뇌조 몇 마리가 차례대로 날아오르는 모습을 보고 칼과 개가 어디 있는지 대충 짐작한 날에도.

그러다 어느 날 마침내 총소리가 들렸다.

나는 너무 놀라서 펄쩍 뛰다가 보닛 안쪽에 머리를 찧고 말았다. 손가락에서 기름을 닦아내고, 히스 옷을 입은 산허리를 바라보았다. 총소리가 천둥소리처럼 마을을 지나 부달 호숫가까지 구르듯이 퍼져나갔다. 십 분 뒤 칼이 뛰어오다가, 집 안에 있는 엄마나 아빠가 볼 수 있을 만한 거리에 이르자 속도를 늦췄다. 개는 함께 있지 않았다. 총도 보이지 않았다. 나는 어떻게 된 일인지 이미 반쯤

8

짐작이 갔기 때문에 칼을 마중하러 나갔다. 칼은 나를 보더니 돌아서서 천천히 온 길을 되짚어가기 시작했다. 칼을 따라잡고 보니, 두 뺨이 눈물로 젖어 있었다.

"잘하려고 했어." 칼이 흐느꼈다. "새들이 우리 앞에서 곧바로 날아올랐는데, 무지 많은 거야. 근데 겨냥을 하고도 쏘지 못했어. 그러고 나니까 적어도 내가 시도는 해보았다는 걸 식구들이 소리로 알아줬으면 좋겠다 싶어서 총을 아래로 내리고 방아쇠를 당겼어. 새가 전부 사라진 뒤에 아래를 내려다봤는데 개가 쓰러져 있었어."

"죽었어?" 내가 물었다.

"아니." 칼은 이제 본격적으로 울기 시작했다. "하지만 곧…… 곧 죽을 거야. 입에서 피가 흐르고 두 눈이 박살 났어. 그냥 땅바닥에 누워서 낑낑거리면서 몸만 덜덜 떨고 있어."

"뛰어." 내가 말했다.

우리는 뛰었다. 몇 분 뒤 히스밭 속에서 뭔가가 움직이는 것이 보였다. 꼬리였다. 개의 꼬리. 우리가 오는 냄새를 녀석이 맡은 모양이었다. 우리는 녀석을 내려다보며 서 있었다. 녀석의 두 눈은 하도 잡아당겨서 조각조각 끊어진 달걀노른자 같았다.

"가망이 없네." 내가 말했다. 내가 서부영화에 나오는 카우보이처럼 동물 전문가라서가 아니라, 혹시 개가 기적적으로 살아나더라도 눈먼 사냥개의 삶이라는 것이 가치 있어 보이지 않기 때문이었다. "네가 쏴서 죽여줘."

"내가?" 칼이 소리쳤다. 내가 정말로 칼에게 생명을 빼앗으라는 소리를 했다는 사실을 믿을 수 없다는 표정이었다.

나는 그를 보았다. 내 어린 남동생. "칼 줘." 내가 말했다.

칼이 아빠의 사냥용 나이프를 내게 건넸다.

내가 개의 머리에 한 손을 올리자 녀석이 내 손목을 핥았다. 나는 목덜미 가죽을 한 손으로 쥐고 다른 손으로 녀석의 목을 그었다. 그러나 내가 너무 조심한 탓에 아무 일도 일어나지 않았다. 개가 한 번 펄쩍 뛰었을 뿐이었다. 나는 세 번째 시도했을 때야 비로소 녀석의 목을 제대로 그을 수 있었다. 그러고 나니 마분지로 만든 주스 용기의 아래쪽에 구멍을 냈을 때처럼 피가 쏟아져 나왔다. 마치 피가 자유로이 해방될 기회만 기다리고 있던 것 같았다.

"됐다." 나는 이렇게 말하고 나서 히스밭에 칼을 떨어뜨렸다. 홈을 따라 피가 흐르는 것을 보니, 혹시 얼굴에 피가 튀지 않았는지 궁금해졌다. 뭔가 뜨끈한 액체가 뺨을 타고 흐르는 것이 느껴졌기 때문이다.

"형도 우네." 칼이 말했다.

"아빠한테 말하지 마."

"형이 울었다고?"

"네가 차마…… 차마 녀석을 재우지 못했다고. 어쩔 수 없다고 결정을 내린 건 나지만, 실행한 건 너라고 말하는 거야. 알았지?"

칼은 고개를 끄덕였다. "알았어."

나는 개의 사체를 어깨에 멨다. 생각보다 무겁고, 자꾸만 아래로 미끄러졌다. 칼이 제가 들겠다고 했지만, 내가 됐다고 하자 안도의 표정을 지었다.

나는 헛간 앞 경사로에 개를 놓고, 집 안으로 들어가 아빠를 데려왔다. 오는 길에 우리가 미리 의논한 대로 아빠에게 설명했다. 아빠는 아무 말 없이 개 옆에 쪼그리고 앉아서, 어떤 식으로든 이런 일을 예상했다는 듯이, 이것이 자기 잘못이라는 듯이 고개를 끄덕였다. 그러다가 일어나서 칼이 들고 있던 총을 가져가더니 개의 사체를 겨드랑이에 끼었다.

"와라." 아빠는 이렇게 말하고 나서 경사로를 따라 건초 창고로 올라갔다.

아빠는 건초로 만든 침대에 개를 눕히고, 이번에는 무릎을 꿇고 앉아 고개를 숙인 채 뭐라고 중얼거렸다. 아빠가 미국식 영어로 읊조릴 줄 아는 성경 구절을 외는 것 같았다. 나는 아빠를 바라보았다. 내 짧은 생애 동안 매일 보던 사람이지만 이런 모습은 처음이었다. 산산이 부서지는 모습이라고나 할까.

우리를 향해 시선을 돌렸을 때 아빠의 얼굴은 여전히 창백했지만, 입술은 이제 떨리지 않았다. 시선도 평소처럼 차분하고 단호했다.

"이제 우리 차례다." 아빠가 말했다.

맞는 말이었다. 아빠가 우릴 때린 적이 한 번도 없는데도, 내 옆에 선 칼의 몸이 쪼그라드는 것 같았다. 아빠는 총신을 어루만졌다.

"너희 중 누가……." 아빠는 총신을 쓰다듬고 또 쓰다듬으면서 말을 골랐다. "내 개를 베었지?"

칼은 걷잡을 수 없이 눈을 깜박이고 있었다. 겁에 질려서 제정신이 아닌 것 같았다. 그가 입을 열었다.

"칼이에요." 내가 말했다. "어쩔 수 없다고 말한 사람은 나지만, 그걸 한 사람은 칼이에요."

"아, 그래?" 아빠의 시선이 내게서 칼에게 향했다가 다시 내게 돌아왔다. "그거 아니? 내 심장이 울고 있어. 울고 있다고. 내게 위안이 되는 것은 하나뿐이다. 그게 뭔지 아니?"

우리는 말없이 서 있었다. 아빠가 이런 식으로 질문을 던질 때는 답하지 않는 것이 정답이었다.

"오늘 내 두 아들이 스스로 남자가 됐음을 보여줬다는 것. 책임감을 갖고 단호한 결정을 내렸다는 것. 결단의 고뇌란…… 이게 무슨 뜻인지 아니? 마지막에 내린 결정 때문이 아니라, 결정하는 그 과정에서 숨이 막히는 것 같은 기분이 드는 걸 말하는 거야. 네가 무엇을 선택하든, 밤마다 잠을 이루지 못하고 괴로워하며 그것이 옳은 결정이었는지 고민하게 될 거라는 사실을 깨닫는 순간. 너희는 도망칠 수 있었는데도, 어려운 결정을 정면으로 바라보았다. 개가 살아서 계속 고통을 받게 할 것인지, 아니면 스스로 개의 목숨을 끊을 것인지. 그런 결정을 앞두고 외면하지 않는 데에는 용기가 필요해."

아빠는 커다란 양손을 내밀었다. 한 손은 곧바로 내 어깨에 내려앉았고, 다른 손은 조금 높은 칼의 어깨에 내려앉았다. 그리고 아르만 목사가 보았다면 자랑스러워했을 만큼 비브라토가 훌륭한 목소리로 말을 이었다.

"가장 편한 길이 아니라 가장 도덕적인 길을 택하는 능력이 바로 인간과 동물의 다른 점이다." 아빠는 다시 눈물을 글썽거렸다. "난 지금 가슴이 아프지만, 너희가 몹시 자랑스럽다."

아빠가 이렇게 강렬한 말을 하는 것도, 이렇게 길게 말하는 것도 나는 처음 보았다. 칼이 울먹이기 시작했고, 나 역시 목이 메지 않았다면 거짓말이 될 것이다.

"자, 이제 들어가서 네 엄마한테 이야기하자."

우리는 무서웠다. 엄마는 아빠가 염소를 도살할 때마다 긴 산책을 나갔다가 눈이 빨개져서 돌아오는 사람이었다. 집으로 가는 길에 아빠는 나를 조금 뒤로 잡아끌어서 칼과 거리를 두었다.

"엄마한테 준비한 얘기를 하기 전에, 네 손을 더 꼼꼼히 씻는 게 좋을 거다." 아빠가 말했다.

나는 또 무슨 말이 날아올지 각오를 하고 시선을 들었지만, 아빠의 얼굴에 보이는 것은 온화함과 지친 체념뿐이었다. 아빠가 내 뒤통수를 쓰다듬었다. 내가 기억하는 한 아빠가 한 번도 한 적이 없는 행동이었다. 그 뒤로도 같은 행동을 한 적이 없다.

"너랑 나는 비슷해, 로위. 네 엄마나 칼 같은 사람들보다 강인하지. 그러니 우리가 그 둘을 보살펴야 한다. 항상. 알았지?"

"네."

"우린 가족이다. 우리가 믿을 건 가족뿐이야. 친구, 애인, 이웃, 이 지방 사람들, 국가. 그건 모두 환상이야. 정말로 중요한 때가 오면 양초 한 자루 값어치도 안 된다. 그때는 그들을 상대로 우리가 뭉쳐야 해, 로위. 다른 모든 사람 앞에서 가족이 뭉쳐야 한다고. 알았지?"

"네."

the King

ꝟd⬤m

1부

JO NESBØ

1

그의 모습이 보이기 전에 소리가 먼저 들렸다.

칼이 돌아왔다. 내가 왜 개를 생각했는지 모르겠다. 거의 이십 년 전 일인데. 어쩌면 예고도 없이 이렇게 갑자기 칼이 귀향한 이유가 그때와 똑같을지 모른다는 생각 때문인지도. 언제나 그랬듯이 똑같은 이유 때문이라고. 형의 도움이 필요해서 왔을 거라고. 나는 마당에 서서 손목시계를 보았다. 2시 30분. 칼은 문자메시지만 한 통 보냈다. 그것이 전부였다. 아마 2시쯤에는 도착할 거라는 내용. 하지만 내 남동생은 언제나 낙천주의자라서 제가 지킬 수 없는 약속을 한다. 나는 풍경을 바라보았다. 발아래 깔린 구름 위로 아주 조금 드러나 있는 풍경. 맞은편 계곡 능선이 회색 구름의 바다 위에 떠 있는 것처럼 보였다. 이 고지대의 나무 이파리들은 이미 살짝 빨갛게 물들어 있었다. 머리 위의 하늘은 천국 같은 파란색이고, 순진한 어린 소녀의 시선처럼 청명했다. 숨을 너무 급하게 들이쉬면 차갑고 상쾌한 공기가 허파를 찔러댔다. 이곳에 완전히 나 혼자만 남은 것 같았다. 온 세상에 나 혼자인 것 같았다. 뭐, 세상이라고 해봤자 농가 한 채가 있는 아라라트 산에 불과하지만. 가끔 관광객들이 이곳에서 바라보이는 풍경을 구경하려고 마을에서 부터 구불구불한 길을 따라 차를 몰고 올라왔다. 그러다 항상 여기 우리 집 마당에 이르러 나더러 아직도 여기서 소규모 농사를 직접 짓고 있는 거냐고 물었다. 이 멍청이들이 소규모 자작농이라는 말을 하는 것은 십중팔구 저 저지대에 넓은 땅을 차지한 진짜 농장들을 생각한 탓일 것이다. 엄청나게 큰 헛간과 화려하고 거대한 저택이 있는 농장. 그들은 산에 폭풍이 닥치면 지나치게 큰 지붕이 어떻게 되는지 한 번도 보지 못했을 것이다. 영하 30도의 강풍이 벽틈으로 숭숭 불어올 때 지나치게 넓은 방에 불을 피워본 적도 없을 것이다. 그들은 경작지와 황무지를 구분할 줄 몰랐다. 산중의 농장은 짐승들이 풀을 뜯어 먹는 곳이라 옥수수처럼 노란빛을 띤 저지대의 번드르르한 밭보다 몇 배나 넓은 황무지 왕국 같은 모습이 될수 있다는 사실 역시 몰랐다.

십오 년 동안 나는 여기서 혼자 살았지만, 이제 그런 생활은 끝났다. 8기통 엔진이 저기 구름바다 아래 어딘가에서 으르렁거렸다. 소리가 아주 가까운 것을 보니 오르막을 절반쯤 지난 야판스빙엔의 굽잇길을 통과했음이 분명했다. 운전자는 페달을 밟았다가 발을 떼고 급격하게 꺾어진 굽이를 돈 뒤 다시 페달을 밟았다. 소리가 점점 가까워졌다. 전에도 이 구불구불한 길에서 차를 몰아본 적이 있는 사람임이 분명했다. 이제 엔진 소리의 미묘한 차이까지 구분할 수 있을 만큼 가까워졌다. 운전자가 기어를 바꿀 때는 깊은 한숨 같은 소리, 캐딜락을 낮은 기어로 놓고 운전할 때 나는 특유의 묵직한 베이스 소리. 틀림없는 드빌이었다. 우리 아빠가 몰던 그 커다란 검은색 짐승과 똑같은 종류. 당연한 일이었다.

곧 공격적으로 튀어나온 드빌의 그릴이 예이테스빙엔을 돌아서 모습을 드러냈다. 검은색이지만, 더 최신 모델이었다. 85년식인 것 같았다. 하지만 모든 부분이 똑같았다.

차가 내게 곧장 다가오더니 운전석 창문이 스르르 내려갔다. 내 심장이 피스톤처럼 두근거리는 게 겉으로 드러나지 않아야 할 텐데. 지난 세월 동안 우리가 주고받은 편지, 문자메시지, 이메일, 전화가 몇 통일까? 많지는 않았다. 하지만 내가 칼을 생각하지 않은 날이 단 하루라도 있었던가? 없었을 것이다. 하지만 칼의 문제를 해결해주느라 고생하느니 그냥 칼을 그리워하는 편이 더 나았다. 가장 먼저 눈에 들어온 것은 칼이 나이 들어 보인다는 사실이었다.

"죄송합니다만, 여기가 저 유명한 오프가르 형제의 농장 맞습니까?"

그러고 나서 그가 씩 웃었다. 그 따스하고 매력적인 미소를 보니 지난번에 만난 뒤로 십오 년이 흘렀다는 사실이 싹 씻겨나간 것 같았다. 하지만 미리 간을 보는 것 같은 기묘한 표정이 있었다. 나는 웃음을 터뜨리고 싶지 않았다. 아직은. 결국 참지 못했지만.

자동차 문이 열리고 칼이 양팔을 활짝 벌렸다. 나는 그의 품 안으로 몸을 기댔다. 이거 반대로 했어야 하는 것 아닌가. 형인 내가 먼저 팔을 벌리고 안기라고 했어야 하는 건데. 그러나 칼과 나 사이의 역할 분담은 언제부터인지 불분명해졌다. 칼의 몸집도 인간적인 그릇도 나보다 더 크게 자랐기 때문이다. 적어도 우리가 다른 사람들과 함께 있을 때는 칼이 지휘봉을 쥐었다. 나는 가늘게 몸을 떨면서 눈을 감고 떨리는 숨을 들이쉬었다. 가을의 냄새, 캐딜락과 남동생의 냄새가 공기와 함께 들어왔다. 칼에게서는 사람들이 '남자의 향수'라고 부르는 것의 냄새가 났다.

조수석 문은 이미 열려 있었다.

칼이 나를 안고 있던 팔을 풀고 거대한 차 앞쪽을 돌아 그녀에게로 나를 데려갔다. 그녀는 계곡을 바라보며 서 있었다.

"여기 정말 아름답네." 그녀가 말했다. 호리호리하게 마른 체격이지만, 목소리는 묵직했다. 말씨를 보니 확실했다. 비록 소리의 높낮이는 틀렸어도, 최소한 문장만은 노르웨이어였다. 혹시 차를 타고 올라오면서 그녀가 그 문장을 연습한 건지, 진심이든 아니든 무조건 그 말을 하기로 미리 마음을 먹은 건지 궁금했다. 내가 원하든 원하지 않든 내 호감을 사려고 한 말이 아닐까. 그녀가 나를 향해 돌아서서 빙긋 웃었다. 가장 먼저 내 눈에 들어온 것은 그녀의 하얀 얼굴이었다. 창백한 것이 아니라 눈처럼 하얀색이었다. 정말로 눈처럼 빛을 반사해서 얼굴 윤곽이 제대로 보이지 않을 정도였다. 두 번째로 눈에 띈 것은 한쪽 눈꺼풀이었다. 아래로 늘어져서 반쯤 눈을 덮은 눈꺼풀. 마치 그녀의 절반이 몹시 졸린 것 같았다. 하지만 다른 절반은 확실하게 깨어 있었다. 불꽃처럼 빨갛고 짧은 머리카락 아래에서 생기 있는 갈색 눈이 나를 바라보았다. 그녀가 입은 간결한 검은색 외투에는 측면 절개가 없고, 몸매가 전혀 드러나지 않았다. 옷깃 위로 검은색 터틀넥 스웨터가 삐죽 올라와 있을 뿐이었다. 전체적인 첫인상은 흑백으로 사진을 찍은 뒤 머리카락에만 색을 입힌 깡마른 아이 같았다.

칼은 언제나 여자들에게 인기가 좋았기 때문에 솔직히 나는 조금 놀랐다. 그녀가 예쁘지 않다는 뜻은 아니었다. 실제로 예뻤으니까. 하지만 이 주변 사람들 말처럼 '눈이 번쩍 뜨이는 미인'은 아니었다. 그녀는 계속 미소를 지었다. 치아와 피부가 잘 구분되지 않았으니, 치아 역시 몹시 하얗다는 뜻이었다. 칼의 이도 하얀색이었다. 옛날부터 항상 그랬다. 나와는 다르게. 칼은 자기가 나보다 훨씬 더 잘 웃기 때문에 햇빛에 이가 표백돼서 그렇게 하얀 거라고 우스갯소리를 하곤 했다. 어쩌면 두 사람 모두 그 하얀 치아 때문에 서로에게 반했는지도 모를 일이었다. 서로 거울을 보는 것 같은 기분으로. 비록 칼이 키가 크고 체격도 건장하고 머리는 금발 눈은 파란색이었지만, 나는 첫눈에 두 사람이 닮았다고 생각했다. 사람들 말처럼 활기를 북돋워준다는 점에서. 낙천적인 성격 덕에 남들에게서 가장 좋은 점만 볼 준비가 되어 있다는 점에서. 그건 자기 자신에 대해서도 마찬가지였다. 뭐, 아마 그럴 것이라는 얘기다. 당연히 나는 아직 저 여성과 아는 사이가 아니니까.

"이쪽은…….." 칼이 입을 열었다.

"섀넌 알레인이에요." 그녀가 중간에 끼어들면서 한 손을 내밀었다. 손이 어찌나 작은지 마치 닭발을 쥐고 악수하는 것 같았다.

"오프가르야." 칼이 자랑스럽게 덧붙였다.

섀넌 알레인 오프가르는 악수를 좀 길게 하려고 했다. 그것도 칼과 닮은 점이었다. 남들의 호감을 얻고 싶어서 유달리 서두른다는 점.

"시차는 괜찮아?" 나는 질문을 던지고 나서 멍청한 질문을 했다고 후회했다. 시차가 무엇인지 몰라서가 아니라, 내가 다른 시간대로 여행한 적이 한 번도 없다는 사실을 칼이 알기 때문이었다. 칼이 무슨 대답을 하든 내게는 별로 의미가 없었다.

칼은 고개를 끄덕였다. "이틀 전에 도착했어. 차를 기다리느라 이제 온 거지. 차는 배로 왔거든."

나는 고개를 끄덕이며 자동차 번호판을 흘깃 보았다. MC. 모나코. 이국적이지만, 만약 자동차 번호판을 새로 받아야 하는 경우 내가 가져도 되느냐고 물어볼 만큼 이국적이지는 않았다. 주유소

사무실 벽에는 프랑스령 적도 아프리카, 버마, 바수톨란드*, 영국령 온두라스, 말레이시아 조호르의 옛 번호판들이 걸려 있었다. 내 기준은 높았다.

섀넌은 칼에게서 내게로, 다시 칼에게로 시선을 옮기더니 빙긋 웃었다. 이유는 모르겠다. 칼과 그의 유일한 가족인 형이 함께 웃고 있는 모습에 행복해졌을까. 살짝 긴장했던 분위기가 사라진 것도, 칼을, 아니 자기들을 고향의 형이 반가이 맞아준 것도 기뻤을까.

"내가 가방을 옮기는 동안 형이 섀넌한테 집 구경을 시켜주는 게 어때?" 칼은 이렇게 말하고 나서 트렁크를 열었다. 그걸 트렁크라고 부르는 건 아빠의 버릇이었다.

"한 바퀴 돌고 오면 대략 시간이 맞을 겁니다." 나는 뒤를 따라오는 섀넌에게 웅얼거렸다.

우리는 집을 끼고 돌아 북쪽으로 걸어갔다. 그쪽에 출입구가 있었다. 아빠가 왜 마당과 도로를 향해 문을 내지 않았는지는 정말 모르겠다. 매일 밖으로 나올 때마다 자기 땅을 전부 한눈에 담고 싶었던 것인지도 모른다. 아니면 햇볕이 복도보다 부엌을 따뜻하게 데워주는 것이 더 중요했는지도 모르고. 섀넌과 함께 문턱을 넘어 안으로 들어간 나는 복도에 있는 문 세 개 중 하나를 열었다.

"부엌이에요." 이 말을 하는데 고약한 기름 냄새가 났다. 저게 줄곧 저기 있었던 거야?

"멋지네요." 섀넌이 거짓말을 했다. 그래, 내가 부엌을 깨끗이 정리하고 물청소까지 한 건 사실이지만 딱히 '멋지다'고 할 만한 모

---

* 옛 영국 보호령으로, 지금은 독립국인 레소토 왕국이 되었다.

습은 아니었다. 섀넌이 휘둥그렇게 뜬 눈으로 (어쩌면 좀 불안했던 것일 수도 있다) 장작 난로에서 천장에 난 구멍을 통해 위층까지 이어진 연통을 따라갔다. 정밀한 목공 기술. 아빠는 안전하게 목재를 통과해 위층까지 둥근 연통을 연결한 기술을 이렇게 표현했다. 만약 아빠의 말이 사실이라면, 우리 농장에서 정밀한 목공 기술이 발휘된 사례는 야외 화장실에 있는 둥근 구멍 두 개와 여기 둥근 연통밖에 없었다. 나는 여기에 적어도 전기는 들어온다는 사실을 섀넌에게 알려주려고 전등 스위치를 켰다가 껐다.

"커피?" 나는 수도꼭지를 틀었다.

"고맙지만 나중에 먹는 게 좋겠어요."

적어도 노르웨이 예절은 다 익힌 모양이었다.

"칼은 마실 거예요." 나는 찬장을 열어 커피포트가 손에 잡힐 때까지 안을 더듬었다. 심지어 구식으로 거칠게 간 커피도 사다놓은 것이 조금 있었다. 커피를 산 것이 얼마 만인지…… 뭐, 까마득하다. 나는 냉동건조 커피를 마셔도 아무렇지 않은 사람이었기 때문에, 수도꼭지 밑에 커피포트를 대고 있다가 습관적으로 온수를 받고 있음을 깨달았다. 귀 근처가 벌겋게 달아오르는 것 같았다. 뭐, 어쨌든 수도꼭지에서 받은 뜨거운 물로 가루 커피를 타는 게 좀 슬프다고 말할 테면 말하라지. 커피는 커피고, 물은 물이다.

나는 커피포트를 열판에 올리고 오븐을 켠 뒤, 주방을 사이에 두고 양쪽에 붙어 있는 두 방 중 한쪽 문을 향해 두 걸음을 걸어갔다. 서쪽을 향한 방이 식당인데, 서풍이 불 때 완충 역할도 하기 때문에 겨울에는 이 방을 닫아두었다. 그래서 우리는 모든 식사를 부엌에서 했다. 동쪽을 향한 방은 서재로, 책꽂이와 텔레비전이 있고 별도의 장작 난로도 있었다. 남쪽에는 아빠가 이 집에 유일하게 허락한 사치스러운 공간, 즉 유리로 덮인 테라스가 있었다. 아빠는 그곳을 '포치'라고 부르고, 엄마는 '겨울정원'이라고 불렀다. 하지만 겨울이면 그곳은 당연히 나무 덧문으로 꽁꽁 닫혀 있었다. 여름에는 아빠가 그곳에 앉아 담배를 씹으며 버드와이저 맥주를 한두 병 비우곤 했다. 그것도 아빠에게는 사치스러운 일이었다. 이 연한 색 미국 맥주를 사려면 반드시 마을까지 다녀와야 했다. 은빛이 도는 초록색 상자에 든 베리스 씹는담배는 미국에 사는 친척이 물을 건너 보내주었다. 아빠는 스웨덴산 싸구려와 다르게 미국산 씹는담배는 발효 단계를 거치기 때문에 그 맛이 난다고 일찌감치 내게 설명해주었다. "버번과 비슷해." 아빠는 노르웨이 사람들이 스웨덴산 싸구려만 쓰는 건 더 좋은 것이 있다는 사실을 모르기 때문이라고 주장했다. 하지만 적어도 나는 그 사실을 알고 있었으므로, 처음부터 베리스 씹는담배를 썼다. 칼과 나는 아빠가 창턱에 줄 세워놓은 빈 병 개수를 세곤 했다. 아빠가 맥주를 네 병 이상 마시면 눈물이 글썽해진다는 것을 알기 때문이었다. 자기 아빠가 눈물을 글썽거리는 모습을 보고 싶어하는 사람은 없다. 지금 생각해보면, 내가 간혹 술을 마시더라도 한두 병을 넘지 않는 이유가 그것인지도 모른다. 나는 눈물을 글썽거리고 싶지 않았다. 칼은 술에 취하면 행복해지는 유형이었으므로 나처럼 제한을 둘 필요가 별로 없었다.

나는 섀넌과 함께 집 안을 이리저리 돌아다니며 구경시켜주는 동안 계속 이런 기억들을 떠올렸다. 아빠가 영어로 '주ᅔ 침실'이라고 부르던 가장 큰 침실을 보여주자 섀넌은 이렇게 말했다.

"끝내주네요."

나는 새로 만든 욕실도 보여주었다. 이제는 새것이라고 할 수 없을 만큼 시간이 흘렀지만, 이 집에 가장 늦게 생긴 방이기는 했다. 우리가 어렸을 때는 집에 욕실이 없었다고 말하면 그녀는 십중팔구 믿지 않았을 것이다. 우리는 아래층 부엌에서 난로로 물을 데워 몸을 씻었다. 이 새 욕실이 생긴 것은 자동차 사고 이후였다. 칼이 편지에 쓴 대로, 섀넌이 정말로 바베이도스 출신이고 그녀를 캐나다의 대학으로 유학 보낼 수 있을 만큼 유복한 가정에서 자랐다면, 한겨울에 형제가 큰 대야에 함께 들어가 덜덜 떨면서 이미 더러워진 물로 목욕하는 광경을 상상하기 힘든 것이 당연했다. 그런데 우습게도 마당에는 아빠의 캐딜락 드빌이 주차되어 있었다. 그것이야말로 분명히 우리에게 어울리는 차였기 때문에.

어렸을 때 칼과 함께 쓰던 방의 문이 확연히 불룩하게 휘어져 있어서 나는 걸쇠를 조금 흔든 뒤에야 문을 열 수 있었다. 퀴퀴한 냄새와 기억이 한 줌 공기를 타고 우리에게 날아왔다. 옷장을 열었다가 까맣게 잊고 있던 낡은 옷의 냄새를 맡을 때와 비슷했다. 한쪽 벽에는 책상 하나와 나란히 놓인 의자 두 개가 있었다. 맞은편 벽에는 이층 침대가 있고, 아래층 부엌에서 올라온 난로 연통이 침대한쪽 끝에 보였다.

"칼과 내가 쓰던 방이에요." 내가 말했다.

섀넌은 이층 침대를 고갯짓으로 가리키며 물었다. "누가 위였어요?"

"나요. 형이니까." 나는 의자 등받이에 쌓인 먼지를 손가락으로 훑었다. "내가 오늘 이 방으로 짐을 옮길게요. 칼이랑 둘이서 큰 방을 써요."

섀넌은 깜짝 놀라서 나를 바라보았다. "어머, 로위, 그럴 수는……."

나는 제대로 뜨고 있는 그녀의 한쪽 눈에 시선의 초점을 맞췄다. 머리는 빨간색이고 피부는 눈처럼 새하얀데 눈이 갈색이라니 좀 이상한데? "칼과 당신은 두 사람이고, 나는 혼자니까 당연하죠. 오케이?"

섀넌은 다시 방을 한번 둘러보았다. "고마워요."

나는 섀넌을 이끌고 엄마 아빠가 쓰던 방으로 들어갔다. 이미 꼼꼼히 환기를 해둔 뒤였다. 사람들의 몸에서 어떤 냄새가 나든, 숨 쉴 때마다 남의 체취가 느껴지는 것은 별로 좋아하지 않는다. 칼의 체취만 빼고. 칼에게서는 정확히 말해서 좋은 냄새는 아니지만, 적어도 '딱 알맞은' 냄새가 난다. 나와 같은 냄새. 우리의 냄새. 겨울이면 항상 앓아눕는 칼 옆으로 나는 바짝 다가가 눕곤 했다. 칼에게서는 언제나 딱 알맞은 냄새가 났다. 고열 때문에 땀을 흠뻑 흘린 뒤에도. 입에서 병자의 냄새가 날 때도. 나는 칼의 냄새를 들이마시고 부르르 떨면서 펄펄 끓는 칼의 몸에 바짝 붙었다. 칼의 몸에서 발산되는 열을 이용해 내 몸뚱이를 데웠다. 한 사람의 고열이 다른 사람에게는 열판이 된다. 이렇게 높은 데서 살다 보면 사람이 실용적으로 변한다.

섀넌이 창가로 가서 밖을 바라보았다. 여전히 외투의 단추를 끝까지 전부 잠근 상태였다. 십중팔구 집 안이 추웠을 것이다. 9월인데. 겨울을 나기가 힘들 것 같았다. 칼이 가방들을 들고 좁은 계단을 쿵쿵 올라오는 소리가 들렸다.

"칼이 형은 부자가 아니랬어요." 섀넌이 말했다. "하지만 여기서 보이는 모든 것이 당신과 칼의 것이네요."

"맞아요. 그래봤자 외곽의 땅이지만. 전부."

"외곽의 땅?"

"황무지." 칼이 말했다. 칼은 숨을 몰아쉬며 문간에 서서 빙긋 웃고 있었다. "양이랑 염소가 풀을 뜯는 곳. 이런 산속에서는 경작할 수 있는 게 많지 않아. 당신이 직접 봐. 나무도 몇 그루 없다고. 하지만 우리가 여기 스카이라인을 손보기는 할 거야. 그렇지, 로위?"

나는 천천히 고개를 끄덕였다. 천천히. 옛날 내가 아직 애송이였을 때 고개를 끄덕이던 늙은 농부들처럼. 나는 그 주름진 이마 뒤의 뇌로 워낙 복잡한 생각을 많이 하기 때문에 우리 마을의 소박한 방언으로는 그 생각을 모두 표현하는 데 시간이 오래 걸리는 줄 알았다. 어쩌면 아예 생각을 전부 표현할 수 없을 것 같기도 했다. 그런데 그 노인들은 텔레파시로 서로를 다 이해하는 것 같았다. 고개를 끄덕이는 그 어른들은. 한 사람이 천천히 고개를 끄덕이면, 다른 사람이 천천히 고개를 끄덕이며 답하는 식이었다. 그런데 지금 내가 그 사람들과 똑같이 천천히 고개를 끄덕이고 있었다. 그때나 지금이나 이해가 가는 게 별로 없는데도.

물론 칼에게 무슨 소리냐고 자세히 물어볼 수도 있었을 것이다. 하지만 그래봤자 답을 얻지 못했을 가능성이 크다. 칼이 이런저런 답을 많이 내놓기야 했겠지만, 내가 원하는 답은 없었을 것이다. 아니, 내게 답이 꼭 필요하지 않았을 수도 있다. 나는 그저 칼이 돌아온 것이 반가워서 당장은 도대체 왜 돌아왔느냐는 질문으로 귀찮게 굴 생각이 전혀 없었다.

"로위는 정말 친절하셔." 섀넌이 말했다. "우리한테 이 방을 내주신대."

"네가 어릴 때 쓰던 방에서 자려고 돌아온 건 아니겠지 싶어서." 내가 말했다.

칼은 고개를 끄덕였다. 천천히. "그럼 대단한 건 아니지만 보상으로." 칼이 이렇게 말하면서 커다란 마분지 상자를 내밀었다. 나는 금방 그것의 정체를 알아차리고 상자를 받았다. 베리스였다. 미국산 씹는담배.

"젠장, 다시 만나서 정말 반가워, 형." 칼이 목멘 소리로 말했다. 그리고 내게 다가와 또 양팔로 나를 감쌌다. 이번에는 진짜 포옹이었다. 나도 칼을 마주 안았다. 칼의 몸이 예전보다 말랑말랑해진 것이 느껴졌다. 두툼한 패딩 같은 것이 조금 더 붙어 있었다. 내 턱에 닿은 칼의 턱 피부도 예전만큼 힘이 없었다. 칼이 깨끗이 수염을 깎았는데도 까끌까끌한 것이 내 피부에 닿았다. 모직 재킷은 단단하게 직조된 고급품인 것 같았다. 셔츠는…… 전에는 칼이 셔츠를 입은 적이 한 번도 없었다. 심지어 말투도 예전과 달랐다. 우리가 엄마를 흉내 낼 때 쓰던 도시 말투였다. 하지만 그런 건 괜찮았다. 칼의 체취가 그대로였으니까. 칼에게서는 칼의 냄새가 났다. 칼이 한 걸음 뒤로 물러나 나를 보았다. 여자 눈처럼 아름다운 눈이 반짝였다. 젠장, 내 눈도 반짝이고 있었다.

"커피가 끓고 있어." 나는 지나치게 목메지 않은 목소리로 이렇게 말하고 나서 계단으로 향했다.

그날 밤 나는 침대에 누워 귀를 기울였다. 새로운 사람들이 들어왔으니 집에서 다른 소리가 나려나? 그렇지 않았다. 여느 때와 똑같이 삐걱거리고 콜록거리고 휑휑했다. 나는 주 침실에서 나는 소리에도 귀를 기울였다. 벽이 얇아서 사이에 욕실이 있는데도 그 방에서 나는 목소리가 들렸다. 둘이서 내 얘기를 하고 있나? 형이 항상 이렇게 조용한 편이냐고 섀넌이 칼에게 묻고 있을까? 자기가

만든 칠리 콘 카르네*를 로위가 맛있게 먹은 것 같으냐고 칼에게
묻고 있을까? 말이 별로 없는 형님이 내가 가져온 선물을 정말로
좋아했을까? 내가 친척들을 통해서 정말 힘들게 구한 그 바베이도
스의 낡은 자동차 번호판 말이야. 형님이 나를 좋아하는 것 같아?
칼은 로위가 누구에게나 그렇게 대한다면서 그냥 시간을 두고 기
다려보라고 답할 것이다. 그러면 새넌은 혹시 로위가 자신을 질투
할지도 모른다고 말할 것이다. 로위에게는 동생뿐이니 여자한테
빼앗긴 것 같아서 질투할 수밖에 없지 않겠느냐고. 칼은 크게 웃으
며 그녀의 뺨을 어루만지고, 겨우 하루가 지났을 뿐이니 그런 걱정
은 하지 마라, 모든 일이 잘 풀릴 거다, 하고 말한다. 그러자 그녀가
그의 어깨에 얼굴을 묻고, 틀림없이 그 말이 맞을 것이라고 말한
다. 어쨌든 칼이 형을 닮지 않아 다행이라고. 여긴 범죄가 거의 없
는 곳인데 사람들이 힝상 강도를 당할까 봐 겁이 나는 깃처럼 인성
을 찡그리고 다니는 게 이상하다는 말도 한다.
　아니면 둘이서 그걸 할지도 모른다.
　엄마와 아빠가 쓰던 침대에서.
　"누가 위였어?" 아침 식탁에서 내가 이렇게 물어봐야 할 것 같았
다. "나이 많은 쪽?" 그러고는 놀라서 입을 다물지 못하는 두 사람
을 구경하는 거지. 맑은 아침 공기 속으로 뛰쳐나가서 차에 올라타
사이드브레이크를 풀고, 운전대를 느끼면서 예이테스빙엔이 불쑥
시야에 나타나는 걸 보는 거야.
　밖에서 길고 아름답고 슬픈 소리가 들려왔다. 물떼새의 소리. 깡
마르고 진지한 이 산의 외로운 새. 사람이 산책을 나가면 함께 따

---

* 매운 멕시코 요리.

라오지만 언제나 안전한 거리를 유지하는 새. 마치 겁이 너무 많아 친구를 사귀지 못하면서도, 자신이 고독을 노래할 때 누가 들어주기를 원하는 것 같다.

2

　나는 월요일에 평소보다 삼십 분 이른 시각인 5시 30분에 주유
소에 도착했다. 카운터를 지키고 있는 에길은 피곤한 안색이었다.
　"좋은 아침이에요." 에길이 단조로운 목소리로 말했다. 에길도
물떼새처럼 낼 수 있는 음이 하나밖에 없었다.
　"좋은 아침. 밤에 바빴어?"
　"아뇨." 에길은 내가 이른바 의례적인 질문을 했다는 걸 알아차
리지 못했는지 이렇게 대답했다. 오두막을 찾아왔다가 도시로 돌
아가는 관광객들의 물결이 거의 끊기는 일요일 밤이면 주유소가
바쁠 일이 전혀 없다는 사실을 나는 잘 알고 있었다. 그런데도 에
길에게 그런 질문을 던진 것은 주유기 주위가 깨끗하지 않기 때문
이었다. 밤샘 영업을 하는 다른 주유소들에서는 야간에 혼자 근무
하는 사람이 절대 건물 밖으로 나가지 않는 것이 규칙이지만, 나는
지저분한 것이 싫다. 개조한 차를 타고 다니는 어린 폭주족 무리가
우리 주유소를 패스트푸드 음식점 겸 흡연장 겸 데이트 장소로 이
용하고 있기 때문에 종이 포장지며 담배꽁초가 항상 많이 떨어져
있었다. 심지어 쓰고 버린 콘돔도 있었다. 프랑크푸르트 소시지도

담배도 모두 우리 주유소에서 파는 물건인지라 이 어린 폭주족 고객들을 쫓아낼 수는 없다. 녀석들이 자기 차에 앉아 하염없이 시간을 보낸다 해도 환영이다. 그래서 나는 야간에 근무하는 녀석들에게 시간이 날 때마다 지저분한 것을 치우라고 말한다. 직원용 화장실에서 변기에 앉을 때마다 정면으로 보이는 자리에 공고문도 붙여두었다. '반드시 해야 하는 일을 하라. 모든 것은 여러분의 손에 달렸다. 미루지 말고 지금.' 에길은 내가 변기 청소 때문에 그 말을 붙여놓은 줄 아는 모양이었다. 하지만 내가 책임감을 갖고 청소하자는 말을 워낙 여러 번 했기 때문에 에길도 내가 밤에 바빴느냐고 물어본 뜻을 이제는 알아들을 만도 한데. 하기야 에길은 그냥 피곤하기만 한 게 아니었다. 생각이 단순해서 웃음거리가 된 적이 워낙 많은 스무 살 청년이라 이제는 농담처럼 던지는 말에 신경도 쓰지 않았다. 최소한의 노력으로 그럭저럭 살아가고 싶다면, 말을 잘 알아듣지 못하는 시늉을 하는 것이 그리 멍청한 전술은 아니다. 그러니 어쩌면 에길은 사실 그렇게 멍청한 것이 아닌지도 모른다.

"일찍 오셨네요."

내가 너무 일찍 와서 네가 주유기 주변을 치우지 못했다는 뜻이지? 밤새 여기가 깨끗했던 것처럼 보일 수 있었는데.

"잠이 안 와서." 나는 금고로 다가가 새로운 근무조의 명령어를 입력했다. 그것으로 밤 근무가 끝나고, 사무실에서 프린터가 돌아가는 소리가 들렸다. "집에 가서 좀 자."

"감사합니다."

나는 사무실로 가서 프린터가 계속 뱉어내는 종이를 들어 매상을 살펴보았다. 괜찮은 것 같았다. 이번에도 역시 바쁜 일요일이었다. 이 지역의 중심 도로가 이 나라에서 가장 붐비는 길은 아닐지라도, 양방향으로 35킬로미터는 가야 다음 주유소가 나오기 때문에 우리는 운전자들에게 일종의 오아시스 같은 존재였다. 특히 오두막에서 주말을 보내고 집으로 돌아가는 젊은 가족들에게 그러했다. 나는 자그마한 자작나무 숲 옆, 부달 호수가 바라보이는 자리에 탁자와 벤치를 두어 개 놓아 손님들이 앉아서 햄버거나 빵이나 콜라를 먹을 수 있게 했다. 어제만 해도 빵이 거의 삼백 개나 팔렸다. 나는 자동차들이 배출하는 이산화탄소보다 나로 인해 사람들이 겪게 될 글루텐 과민증이 더 걱정스러웠다. 종이를 죽 읽어 내려가다 보니, 에길이 내버린 프랑크푸르트 소시지 개수가 눈에 들어왔다. 납득할 만한 수준이었지만, 여느 때와 마찬가지로 판매량에 비해 조금 지나치게 많다 싶었다. 에길은 이미 옷을 갈아입고 문으로 향하는 중이었다.

"에길?"

에길이 뻣뻣하게 몸을 굳히며 걸음을 멈췄다. "네?"

"2번 주유기에 누가 종이 타월을 둘둘 감으면서 재미있게 논 모양이야."

"제가 치울게요." 에길은 미소를 지으며 밖으로 나갔다.

나는 한숨을 내쉬었다. 이렇게 작은 마을에서는 좋은 직원을 찾기가 쉽지 않다. 똑똑한 녀석들은 오슬로나 베르겐으로 공부하러 가고, 열심히 일하는 녀석들은 노토덴, 시엔, 콩스베르그로 돈을 벌러 간다. 만약 여기서 해고당한다면 에길은 곧장 실업수당을 받게 될 텐데 그래도 녀석이 먹어 치우는 소시지 양은 줄어들지 않을 것이다. 그가 카운터 앞에 서서 돈을 내는 손님이 된다는 점만 다를 뿐. 사람들은 비만이 주로 소도시의 문제라고 말한다. 주유소 직원들이 마음을 달래려고 마구 먹어대는 일은 아주 쉽게 일어난다. 주유소에 들른 사람들은 모두 곧 다른 곳으로 떠난다. 직원 입장에서 보면 어디든 여기보다는 나을 것 같다. 손님들이 타고 다니는 차를 자신은 평생 탈 수 없을 것 같고, 손님들과 함께 다니는 여자들은 마을 술집에서 엉망으로 취했을 때가 아니면 감히 말도 걸어볼 수 없을 것 같다. 그래도 곧 에길과 이야기를 해봐야 할 것 같았다. 본부는 에길 같은 녀석들에게는 관심이 없었다. 결산 결과만이 그들의 관심사였다. 그럴 만했다. 1969년에 노르웨이에는 70만 대의 자동차와 4천여 곳의 주유소가 있었다. 그 뒤로 사십오 년 동안 자동차 대수는 거의 네 배로 늘었지만, 주유소 수는 절반 이하로 줄었다. 그들에게도 우리에게도 힘든 시대였다. 나는 통계수치를 계속 찾아보았기 때문에 스웨덴과 덴마크에서는 살아남은 주유소의 절반 이상이 이미 무인 자동화 시스템으로 돌아간다는 사실을 알고 있었다. 노르웨이에서는 마을들이 듬성듬성 흩어져 있어서 아직 그 단계에 이르지 못했지만, 그래도 주유기를 담당하는 사람이 점차 사라지는 추세라는 사실만은 여기서도 분명히 알 수 있다. 사실 우리는 이미 멸종한 거나 마찬가지다. 주유소 직원이 자동차에 기름을 넣어주는 광경을 마지막으로 본 것이 언제인가? 요즘 우리는 프랑크푸르트 소시지, 콜라, 비치 볼, 바비큐용 숯, 자동차 유리 세정제, 생수 등을 파느라고 바쁘다. 생수라고 해도 수돗물과 다를 것이 없지만, 비행기로 배송되기 때문에 우리가 판매하는 비디오 테이프보다 더 비싸다. 나는 지금 불평을 하려는 것이 아니다. 내가 스물셋의 나이로 인수한 자동차 정비소에 주유소 체인이 관심을 보인 것은 정비소 앞마당에 설치해둔 주유기 두 대나 우리 정비소의 괜찮은 영업 현황 때문이 아니었다. 우리 정비소의 위치 때문이었다. 체인점 본부에서는 내가 이렇게 오랫동안 버텨온 것에 감탄했다고 말했다. 지방의 자동차 정비소들은 이미 사라진 지 오래였기 때문이다. 본부에서는 내게 주유소를 맡기겠다면서 이곳의 구조를 조금 바꾸고 싶다고 말했다. 내가 협상에서 조금 더 얻어낼 수도 있었겠지만, 우리 오프가르 집안은 옥신각신 흥정을 하지 않는다. 당시 나는 아직 서른 살도 되지 않았는데 내 인생이 이미 끝난 것처럼 느끼고 있었다. 나는 그때의 협상에서 챙긴 푼돈으로 농장에 욕실을 새로 지어, 정비소에서 홀아비처럼 한 칸짜리 방에 살던 생활을 청산할 수 있었다. 정비소 터가 워낙 널찍했기 때문에 본부에서는 정비소를 그대로 놔두고 그 옆에 주유소를 지었다. 그리고 낡은 세차 시설을 현대화했다.

에길이 문을 쾅 닫고 나갔다. 나는 본부가 내 요구대로 자동문을 설치해주겠다고 약속한 것을 떠올렸다. 십사 일마다 한 번씩 들르는 영업부장은 항상 웃는 얼굴로 형편없는 농담들을 던졌다. 가끔 내 어깨를 한 손으로 짚고 마치 은밀한 말을 전하듯이 본부에서 만족하고 있다고 말하기도 했다. 그들이 만족하는 거야 당연한 일이었다. 우리가 멸종위기에 맞서 훌륭하게 싸우면서 이윤을 내고 있다는 사실을 결산서에서 보았을 테니까. 에길이 근무하는 밤이면 주유기가 있는 앞마당이 항상 깔끔하지만은 않은 상태인데도 그랬다.

6시 십오 분 전. 나는 냉동 상태였다가 밤사이 녹은 빵을 정리하면서 좋았던 시절을 생각했다. 내가 정비소의 피트에 내려가 자동차에 기름칠을 하던 시절. 정말 열심히 일했다. 보상이 나를 기다린다는 사실을 알기 때문에. 산속 오두막에서의 만남, 누구에게도 들키지 말아야 하는 비밀. 트랙터 한 대가 세차장으로 다가오는 것이 보였다. 저 농부가 저 괴물을 다 씻기고 나면 내가 가서 물청소를 해야 할 것이라는 사실을 곧바로 알 수 있었다. 이곳의 점장으로서 나는 인력 관리, 장부 작성, 직원을 비롯한 모든 사람의 심리 관리를 책임지고 있었다. 하지만 주유소 점장의 시간을 가장 많이 잡아먹는 일이 무엇인지 아는가? 청소다. 빵을 굽는 일이 명실공히 두 번째고.

나는 정적에 귀를 기울였다. 사실 이곳이 정말로 조용해지는 법은 없다. 주말이 끝나 오두막 손님들이 집으로 돌아가고 우리가 다시 밤에 가게 문을 닫게 되기 전에는, 온갖 소리의 교향곡이 끊임없이 들려오기 때문이다. 커피머신, 소시지 조리기, 냉동고, 음료수 냉장고에서도 소리가 난다. 각자 독특한 소리를 지녔지만, 그중에서도 가장 독특한 소리를 내는 것은 햄버거 롤을 데우는 기계다. 정감 있게 꽥꽥거리는 것 같은 그 소리를 눈을 감고 들으면 기름칠이 잘된 모터 소리와 거의 흡사하다. 영업부장은 지난번 여기 들렀을 때 나더러 가게에 음악을 나직하게 틀어놓으면 어떻겠느냐고 말했다. 조사 결과에 의하면 소비 욕구와 식욕을 한꺼번에 자극하는 소리가 있다는 것이었다. 나는 천천히 고개를 끄덕이기만 하고 아무 말도 하지 않았다. 나는 정적이 좋다. 곧 문이 열릴 것이다. 십중팔구 배달원이 들어오겠지. 보통은 7시 전에 배달원 여러 명이 와서 차에 기름을 넣거나 커피를 사 간다.

나는 농부가 트랙터에 트럭용 면세 디젤유를 채우는 모습을 지켜보았다. 그가 집에 돌아가면 저 기름 중 일부를 자동차 기름 탱크로 옮기리라는 것을 나는 알고 있었다. 하지만 그것은 저 농부와 경찰이 해결할 일이므로 나는 어찌 되든 신경 쓰지 않았다.

내 시선은 주유기들을 지나 길을 건너가서 순환도로와 인도를 스친 뒤 이 마을 특유의 목조주택 한 곳에 이르렀다. 전쟁 직후에 지어진 3층 주택이었다. 베란다는 부달 호수 쪽을 향하고 있고, 창문은 도로의 먼지가 쌓여 더러웠으며, 벽에 붙어 있는 커다란 포스터는 미용실과 일광욕실을 광고하고 있었다. 길을 가다 이 포스터를 보는 사람들은 십중팔구 머리 자르기와 일광욕이 동시에 이루어지는 줄 알 것이다. 이 집에 사는 사람들의 거실에서 그런 영업을 하는 모양이라고. 나는 이 동네 사람들 외에 다른 사람들이 그 집에 들어가는 모습을 본 적이 없었다. 이 마을 사람들은 그레테 스미트의 집이 어디인지 모두 알고 있었으니, 저 포스터의 진짜 목적이 무엇인지는 불분명했다. 그레테가 길가에 나와 서 있는 것이 보였다. 얼어붙을 듯한 추위 속에 크로스 신발과 티셔츠 차림으로 서서 좌우를 신중하게 살피더니 우리 가게 쪽으로 길을 건넜다.

　오슬로에서 차를 몰고 온 사람이 시속 50킬로미터라는 속도제한 표시를 전대 보지 못했다고 우긴 것이 고작 유 개월 전의 일이었다. 그가 우리 주유소를 조금 지나친 지점에서 우리 노르웨이어 선생님을 차로 친 다음이었다. 마을에서 주유소를 운영하다 보면 좋은 점도 있고 나쁜 점도 있다. 좋은 점은 동네 사람들이 우리 가게에서 장을 본다는 것과 시속 50킬로미터라는 속도제한 표시 때문에 외지 차량들이 충동적으로 우리 주유소에 들른다는 점이다. 나는 정비소를 운영할 때도 이 동네 경제에 기여했다. 외지에서 온 손님들이 어쩌다 차를 본격적으로 수리할 일이 생기면, 근처 카페에서 식사를 하고 호숫가의 야영 오두막에서 하룻밤을 묵었기 때문이다. 나쁜 점은 이곳의 통행량이 줄어드는 것이 시간문제라는 사실이다. 자동차를 운전하는 사람들은 속도제한이 90킬로미터쯤 되는 곧은 도로를 원하기 때문에, 목적지로 가는 길에 지나는 모든 작은 마을의 도로를 엉금엉금 달리는 걸 좋아하지 않는다. 이곳 오스를 우회하는 새 중심 도로 건설계획이 이미 오래전부터 마련되어 있었지만, 아직까지는 지리적 조건이 우리를 도와주었다. 교통 당국이 산에 터널을 뚫어 새 도로를 지으려니 비용이 너무 많이 들었던 것이다. 그러나 언제든 터널은 뚫릴 것이다. 앞으로 20억 년 뒤 우리 태양이 폭발하면서 태양계를 날려버릴 것이라는 사실만큼 확실한 사실이다. 물론 터널은 태양폭발보다 훨씬 먼저 생길 것이다. 이렇게 오지에서도 더 뒤편으로 밀려나버리면 이곳을 지나는 차량들에 기대어 생계를 해결하던 우리도 모두 끝장날 것이다. 그뿐만 아니라 마을의 다른 사람들에게도 태양이 영원히 사라질 때와 아주 비슷한 충격파가 미칠 터였다. 농부들이야 그래도 계속 젖소의 젖을 짜고 이런 고산지대에서도 기를 수 있는 작물을 재배하겠지만, 다른 사람들은 중심 도로가 없어진 마을에서 무엇을 하겠는가? 서로의 머리를 잘라주고, 피부가 새까맣게 탈 때까지 서로에게 일광욕을 시켜주며 살겠는가?

문이 열렸다. 어렸을 때 그레테는 낡아서 바랜 회색처럼 보였다. 머리카락도 우중충했다. 지금도 회색인 건 여전하지만, 머리에 파마를 한 탓에 정말로 무섭게 보였다. 어디까지나 내 생각이다. 물론 인간이 반드시 예뻐야 하는 것은 아니다. 하지만 조물주께서 그레테에게만은 인색하게 굴었음이 분명했다. 등도, 목도, 무릎도 전부 구부정했다. 커다란 매부리코도 영 어울리지 않는 곳에 와 있는 것 같았다. 누가 그 작은 얼굴에 억지로 코를 붙여놓기라도 한 것처럼. 조물주는 그레테의 코뿐만 아니라 다른 부위에 대해서도 역시 못된 성질을 발휘했다. 눈썹, 속눈썹, 가슴, 엉덩이, 뺨…… 그레테에게는 이런 것들이 전혀 없었다. 입술은 얇아서 지렁이와 비슷했다. 그레테도 젊었을 때는 그 생고기 색깔의 지렁이에 밝은 빨간색 립스틱을 바르고 다녔다. 그럭저럭 잘 어울리기도 했다. 하지만 어느 날 갑자기 화장을 그만둬버렸다. 틀림없이 칼이 이곳을 떠난 무렵일 것이다.

그래, 다른 사람들이 나와 같은 눈으로 그레테 스미트를 보지 않을 수는 있다. 어쩌면 그녀에게도 나름대로 매력이 있는지 모른다. 나는 그녀의 내면을 알기 때문에 외면을 볼 때 그것이 영향을 미쳤다. 그레테 스미트가 정말로 사악한 사람이라는 뜻은 아니다. 멋있게 들리는 정신과 병명 같은 것이 틀림없이 있을 것이다.

"그것이 오늘은 얼얼하네." 그레테가 말했다. '그것'은 아마 북풍을 말하는 것 같았다. 북풍이 계곡을 휩쓸고 내려올 때면, 덧없이 사라진 여름의 잔해와 빙하 냄새가 함께 실려왔다. 그레테는 마을에서 자랐지만, '그것' 같은 단어를 쓰는 버릇은 부모에게서 배웠을 가능성이 컸다. 북부 출신인 그레테의 부모는 야영장을 운영하다가 망한 뒤, 두 사람 모두 당뇨병의 후유증인 희귀한 말초신경장애 진단을 받으면서 사회보장 수급자가 되었다. 그렇게 살다 보면 부서진 유리 위를 걷는 것 같은 심정이 되는 모양이다. 그레테의 이웃 사람 말로는 신경증에 전염성이 전혀 없다고 하니, 그레테가 이렇게 된 것은 통계적 의미의 기적이 분명하다. 하지만 통계적 의미의 기적은 늘 일어난다. 이제 그레테의 부모는 '그레테의 미용실 겸 선 살롱'을 광고하는 포스터 바로 위층에서 살고 있지만, 모습을 자주 드러내지는 않았다.

"칼 왔어?"

"응." 그레테가 '예'나 '아니오'라는 답을 들으려고 던진 질문이 아니라는 사실을 알면서도 나는 대답했다. 그레테의 말은 그냥 서술문이었다. 물음표는 더 많은 정보를 달라는 요구일 뿐이었다. 하지만 나는 정보를 줄 생각이 없었다. 그레테와 칼의 관계는 건전하지 않았다. "뭐가 필요해?"

"칼이 캐나다에서 잘 사는 줄 알았는데."

"일이 잘 풀리더라도 가끔은 고향에 가고 싶은 충동이 생겨."

"그쪽 부동산 시장이 아주 들쭉날쭉하다고 들었어."

"맞아. 아주 빨리 값이 오르거나, 덜 빠르게 오르거나 하지. 커피? 커스터드 빵?"

"토론토의 거물께서 왜 이 작은 마을로 돌아오셨는지 모르겠네."

"사람 때문이겠지."

"글쎄." 그레테는 내 포커페이스를 유심히 살폈다. "그런데 쿠바 여자랑 같이 왔다며?"

이쯤 되면 그레테를 안쓰럽게 생각하는 편이 쉬웠을 것이다. 부모는 사회보장 수급자로 살고, 코가 있어야 할 자리에는 운석이 떨어진 것 같은 구덩이가 있고, 손님도 없고, 눈썹도 없고, 남편도 없고, 칼도 없고, 다른 사람을 만날 생각도 없는 것 같으니까. 하지만 그레테에게는 사악함이 숨어 있었다. 사람들은 남이 그 사악함에 부딪혀 땅을 긁는 꼴을 본 뒤에야 비로소 그 존재를 알아차렸다. 어쩌면 그것은 모든 작용에 상응하는 반작용이 존재한다는 뉴턴의 법칙이었는지도 모른다. 그레테가 겪은 모든 고통이 반드시 다른 사람에게 전이되어야 한다는 법칙. 칼이 어렸을 때 파티에서 술을 마시다가 나무 밑에서 그레테랑 그걸 하지 않았다면, 그레테가 이렇게 변하지 않았을지도 모른다. 아니면 여전히 이렇게 변했을지도 모르고.

"쿠바라." 나는 카운터를 닦으면서 말했다. "무슨 시가 이름 같네."

"맞아, 그렇지?" 그레테는 나와 금지된 비밀을 나누려는 것처럼 카운터 위로 몸을 기울였다. "한 모금 빨면 좋은 맛이 나는 갈색의……."

'금방 밝아지네.' 내 머리에 본능적으로 이런 생각이 떠올랐다. 사실은 그레테의 입에 커스터드 빵을 쑤셔 넣어 이 쓸데없는 말을 막아버리고 싶은 마음이 굴뚝같은데도.

"……냄새도 아주 좋은 것." 마침내 그레테의 말이 끝났다. 지렁이 같은 입술이 씩 웃었다. 자신의 비유가 마음에 든 모양이었다.

"하지만 그녀는 쿠바 출신이 아니야." 내가 말했다. "바베이도스에서 왔어."

"그래, 그래. 태국이든 러시아든 어디든, 그냥 하녀겠지."

나는 폭발했다. 그레테가 나를 도발하고 있다는 걸 더 이상 숨길 수 없었다. "뭐? 너 지금 뭐라고 했어?"

"예쁠 거라고." 그레테가 의기양양하게 웃었다.

"원하는 게 뭐야, 그레테?"

그레테는 내 뒤의 진열장을 눈으로 훑었다. "엄마가 리모컨에 건전지가 필요하대."

거짓말 같았다. 그레테의 어머니가 이틀 전 가게에 들러 건전지를 사 갔기 때문이다. 그레테의 어머니는 아픈 발로 가게 바닥이 용암이라도 되는 것처럼 걸었다. 나는 그레테에게 건전지를 건네고 계산기에 금액을 입력했다.

"새년." 그레테가 더듬더듬 카드를 긁으면서 말했다. "인스타그램에서 사진을 봤어. 그 여자한테 무슨 문제 있는 거 아냐?"

"난 모르겠던데."

"왜 이래, 바베이도스 출신이면 백인이 아니어야지. 게다가 그 여자 눈은 왜 그래?"

"네 어머니 리모컨이 아주 안달하고 있겠다."

그레테는 카드 단말기에서 카드를 꺼내 지갑에 넣었다. "또 봐, 로위."

나는 천천히 고개를 끄덕였다. 우리는 당연히 또 보게 될 것이다. 이 마을 사람들이 모두 그렇듯이. 하지만 그녀의 말에는 이 이상의 의미가 들어 있었기 때문에 나는 마치 다 알아들은 사람처럼 고개를 끄덕여주며 그녀가 굳이 다른 의미까지 설명해주겠다고 귀찮게 굴지 않기를 바랐다.

그레테가 나간 뒤 문이 스르르 닫혔지만, 완전히 닫히지는 않았다. 문의 나사를 내가 잘 죄어놓았는데도. 정말로 새 문을 설치할 때가 된 모양이었다. 자동문으로.

9시 전에 직원 한 명이 출근한 덕분에 나는 밖으로 나가 아까 농부가 트랙터를 세차한 자리를 청소할 수 있었다. 예상대로 바닥에 커다란 진흙 덩어리들이 떨어져 있었다. 강력한 세정제인 프리츠를 미리 혼합해둔 덕분에 나는 진흙을 대부분 제거하고 바닥을 물로 씻어냈다. 우리가 십 대이던 시절이 문득 떠오르면서, 매일 인생이 뒤집어질 수도 있다는 생각이 들었다. 아니, 실제로 우리 인생은 매일 뒤집어지고 있었다. 그때 양쪽 어깨뼈 사이를 누가 콕콕 찌르는 것 같은 느낌이 들었다. 경찰 특공대가 현행범을 빨간 레이저 광선으로 조준할 때 느껴지는 열기와 비슷했다. 그래서 뒤에서 작게 콜록거리는 소리가 들렸을 때도 나는 화들짝 놀라지 않고 뒤로 시선을 돌렸다.

"여기서 진흙 레슬링이라도 했나?" 경찰관이 말하는 동안 얄팍한 입술 사이에서 담배가 움찔거렸다.

"트랙터야." 내가 말했다.

경찰관은 고개를 끄덕였다. "동생이 돌아왔다고?"

쿠르트 올센 경찰관은 뺨이 홀쭉하고 마른 남자였다. 가난뱅이 같은 콧수염, 입에는 항상 직접 말아서 피우는 담배, 꼭 끼는 청바지, 자기 아버지가 신고 다니던 뱀 가죽 부츠. 사실 쿠르트는 옛 경찰관 시그문 올센과 점점 더 비슷한 모습으로 변해가는 듯했다. 쿠르트와 마찬가지로 금발을 길게 기르고 다니던 시그문을 볼 때마다 나는 영화 〈이지 라이더〉에 나온 데니스 호퍼를 생각했다. 쿠르트 올센은 일부 축구선수처럼 다리가 O자 모양으로 휘어 있었는데, 실제로 한창때 4부 리그에 속한 이 지역 축구팀의 주장으로 뛴 적이 있었다. 탄탄한 테크닉과 전술적인 감각에, 공장 굴뚝처럼 담배를 피워대면서도 구십 분을 모두 뛸 수 있는 체력도 있었다. 다들 쿠르트는 더 높은 리그로 올라가야 마땅하다고 말했다. 하지만 그렇게 큰 도시로 나갔다가는 그냥 벤치 신세만 지게 될 수도 있었다. 이 동네에서 영웅 대접을 받는데 그런 위험을 왜 무릅쓰겠는가? "어제 칼이 왔어." 내가 말했다. "어떻게 알았어?"

"이걸로." 쿠르트가 포스터 한 장을 펼쳐서 들어 올렸다.

'꿈을 따르라!'가 제목이었다. 그 아래에 있는 문구는 '오스 스파 산정호텔.' 나는 계속 읽었다. 경찰관은 나를 재촉하지 않았다. 나랑 비슷한 또래라서, 옛날 학창 시절에 선생님이 나더러 '가벼운 난독증'이 있다고 말한 것을 알고 있을 가능성이 있었다. 선생님은 부모님에게 이 사실을 알리면서 동시에 난독증은 유전되는 경우가 많다고 말해주었다. 아빠는 파르르 화를 내면서 지금 자기 아들이 사생아일지도 모른다는 말을 하는 거냐고 물었다. 하지만 그때 엄마가 오슬로에 사는 친척 올라브에게 난독증이 있다는 사실을 아빠에게 일깨워주었다. 올라브는 인생이 그리 잘 풀리지 않은 편이었다. 칼은 나중에 이때 일을 듣고 자기가 내게 '독서 스승'이 되어주겠다고 제안했다. 칼이 직접 '독서 스승'이라고 말했다. 그때 칼은 진심으로 기꺼이 이 일에 시간을 내어줄 생각이었을 것이다. 하지만 내가 거절했다. 어린 남동생을 스승으로 삼고 싶은 사람이 어디 있겠는가? 대신 내 비밀 연인이 선생님이 되었고, 높은 산속의 여름 농장 오두막이 우리의 학교가 되었다. 하지만 이건 세월이 많이 흐른 뒤에 일어난 일이다.

경찰관이 가져온 포스터는 오르툰 마을회관에서 열릴 투자자 모임에 오라고 사람들에게 권유했다. 누구나 환영이며, 커피와 와플이 나올 것이라고 했다. 모임에 나온 것만으로 무슨 의무가 생기는 것도 아니라고 했다. 나는 맨 밑에 적힌 이름과 서명을 보기도 전에 이미 상황을 파악했다. 이거였다. 칼이 집으로 돌아온 이유.

이름 뒤에 학위가 있었다. 칼 아벨 오프가르. 경영학석사. 세상에나.

이걸 어떻게 생각해야 할지 알 수 없었다. 벌써 골치가 아파질 것 같다는 생각밖에 들지 않았다.

"이게 중심 도로의 버스 정류장과 가로등에 전부 붙어 있어." 경찰관이 말했다.

그렇다면 경찰관만 일찍부터 움직인 게 아니었다. 칼도 일찍 일어난 모양이었다.

경찰관이 포스터를 다시 둘둘 말았다. "허가 없이 이런 짓을 하는 건 고속도로법 33항 위반이야. 칼한테 포스터를 떼라고 말해주겠어?"

"직접 가서 말하지, 그래?"

"내가 칼 전화번호를 모르잖아. 그리고……." 경찰관은 포스터를 겨드랑이에 끼고, 몸에 꼭 맞는 리바이스 청바지 허리띠에 엄지손 가락을 끼운 뒤, 고갯짓으로 북쪽을 가리켰다. "네가 말해주면 내 가 굳이 저기까지 갈 필요가 없으니까. 해줄래?"

나는 천천히 고개를 끄덕이며, 경찰관이 굳이 가고 싶지 않다는 방향을 바라보았다. 주유소에서는 오프가르의 집이 보이지 않았 다. 예이테스빙엔의 굽잇길이 언뜻 보일 뿐이었다. 절벽 꼭대기의 회색 땅도. 집은 그 땅 뒤편의 높은 곳에 있어서 시야에 들어오지 않았다. 그곳은 땅이 평평했다. 하지만 오늘은 그 땅에 뭔가 다른 것이 보였다. 뭔가 빨간 것. 나는 곧 그것의 정체를 알아차렸다. 노 르웨이 국기였다. 틀림없이 월요일이라 칼이 저 국기를 게양했을 것이다. 그건 왕이 집에 돌아왔다는 표시로 하는 행동 아니었나? 나는 하마터면 웃음을 터뜨릴 뻔했다.

"허가를 신청하면 돼." 경찰관이 손목시계를 보면서 말했다. "그 럼 우리가 조치할게."

"알았어."

"그래." 쿠르트 올센은 카우보이모자의 챙을 건드리듯이 손가락 두 개를 들어 올렸다. 원래 모자를 쓰고 왔어야 하는 건데.

포스터를 모두 떼어내는 데에는 하루가 걸릴 것이고, 그때쯤이 면 이미 포스터는 제 역할을 다한 뒤일 것이다. 우리 둘 다 아는 사 실이었다. 포스터를 미처 보지 못한 사람이라면 남에게서 포스터 이야기를 듣게 될 터였다.

나는 다시 돌아서서 호스와 연결된 물을 틀었다. 하지만 양쪽 어깨뼈 사이를 뜨겁게 찌르는 듯한 감각이 계속 사라지지 않았다. 지난 세월 동안 줄곧 그랬던 것처럼. 쿠르트 올센의 의심이 느리지만 확실하게 내 옷을 뚫고, 피부를 뚫고 들어와 살에 제 존재를 새기고 있었다. 그것은 단단한 뼈에 부딪혔을 때야 비로소 멈춰 섰다. 나의 의지력과 고집, 증거 부족도 그것을 막아 세운 힘이었다.

"거기 그건 뭐야?" 쿠르트 올센의 목소리였다.

나는 시선을 돌려 그가 아직 거기 서 있다는 사실에 깜짝 놀란 시늉을 했다. 쿠르트가 고갯짓으로 바닥의 금속 격자 쪽을 가리켰다. 그리로 물이 콸콸 쏟아져 들어가고 있었다. 그가 가리킨 것은 물에 씻겨 내려가지 않은 작은 조각이었다.

"어?" 내가 말했다.

경찰관은 쪼그리고 앉았다. "여기서 피가 나고 있잖아. 이건 살덩이인데."

"그러게."

경찰관이 나를 흘깃 올려다보았다. 그의 담배가 벌겋게 타오르는 끝만 남아 있었다.

"큰사슴이야." 내가 말했다. "차에 치였어. 살이 자동차 앞쪽 격자판에 걸린 거지. 사람들이 여기서 지저분해진 그 차를 닦았어."

"조금 아까 트랙터라고 한 것 같은데, 로위."

"아마 어젯밤에 들른 자동차에서 나왔을 거야. 내가 에길한테 물어볼게. 혹시 네가 궁금한 게 있으면……." 경찰관이 펄쩍 뛰며 뒤로 물러났다. 내가 그쪽으로 호스의 방향을 돌렸기 때문이다. 나는 자동차 격자판에서 물살로 살덩이를 떼어내 시멘트 바닥으로 흘려보냈다.

"……수사해야지." 쿠르트 올센의 눈이 번득이더니, 그의 손이 전혀 젖지 않은 바지 허벅지를 훔쳤다. 그가 수사라는 단어를 일부러 사용한 건지는 모르겠다. 그건 그가 옛날 그때도 사용한 단어였다. 수사. 물론 이번 이 일은 마땅히 조사 대상이었다. 나는 쿠르트 올센을 싫어하지 않았다. 그는 그저 맡은 일을 하는 괜찮은 사람이었다. 하지만 그의 '수사'는 확실히 싫었다. 만약 포스터에 오프가르라는 이름이 없었다면, 그가 포스터를 들고 굳이 여기까지 왔을 것 같지도 않았다.

주유소 안의 가게로 다시 돌아오니 십 대 소녀 두 명이 서 있었다. 한쪽은 에길의 뒤를 이어 카운터를 보고 있는 율리고, 다른 한쪽은 내게 등을 돌리고 선 손님이었다. 그녀는 고개를 숙인 채로 뭔가를 기다리고 있었다. 하지만 문이 열렸는데도 고개를 돌려 그쪽을 확인해보려 하지 않았다. 그래도 나는 그 애가 지붕을 수리하는 기술자인 모에의 딸 나탈리인 것 같았다. 가끔 그 애가 밖에서 폭주족 소년들 무리와 함께 있는 것을 본 적이 있었다. 흔히들 하는 말처럼 율리가 활달하고 기운찬 성격이라면, 나탈리 모에의 무표정한 얼굴에는 예민하면서도 폐쇄적인 느낌이 있었다. 자기가 조금이라도 감정을 내보이면 조롱당할 거라고 생각하는 것 같았다. 그런 나이였다. 하지만 지금쯤 고등학교에 다닐 나이 아닌가? 어쨌든 나는 나탈리가 부끄러워하는 이유를 대충 짐작했다. 율리가 내게 인사하면서 동시에 사후피임약이 진열된 선반을 고갯짓으로 가리켜 내 짐작을 확인해주었다. 율리는 열일곱 살밖에 안 됐기 때문에 담배와 약을 판매할 수 없었다.
나는 카운터 뒤로 들어갔다. 나탈리가 곤혹스러워하는 이 상황을 최대한 빨리 끝내버릴 작정이었다.

"엘라원?" 나는 이 이름의 약이 든 작고 하얀 상자를 카운터에 놓으며 물었다.

"어?" 나탈리 모에가 말했다.

"네가 말한 사후피임약." 율리는 무자비했다.

나는 내 카드를 사용해서 계산기에 금액을 입력했다. 책임감 있는 어른이 이 약을 산 것처럼 꾸미기 위해서였다. 나탈리 모에가 가게를 나갔다.

"트론베르틸이랑 했대요." 율리가 이렇게 말하고 나서 풍선껌을 딱딱 씹었다. "서른 살이 넘었고, 부인이랑 애들도 있는 사람인데."

"어려서 그렇지."

"뭐가 어려요?" 율리가 나를 바라보았다. 이상한 일이었다. 율리는 체격이 크지 않은데도 모든 것이 커 보였다. 구불구불한 머리, 손, 널찍한 어깨와 묵직한 가슴. 거의 저속해 보이는 입술. 그리고 그 눈. 내 눈을 똑바로 바라보는 그 커다란 파란색 눈. "서른 살 넘은 사람이랑 그걸 하기에는 어리다고요?"

"항상 분별 있는 결정을 내릴 수 있는 나이가 아니라는 뜻이야. 저 애도 곧 배우게 될지 모르지."

율리는 코웃음을 쳤다. "저걸 사후피임약이라고 부르는 이유는 그런 게 아니에요. 게다가 여자애 나이가 어리다고 해서 자기가 뭘 원하는지 모르는 것도 아니고요."

"그래, 네 말이 옳겠지."

"하지만 여자애가 아까 그 애처럼 순진한 표정을 지으면 남자들은 전부 아이고, 가엾네, 라고 생각해요. 딱 우리가 원하는 대로 생각하는 거죠." 율리는 웃음을 터뜨렸다. "남자들은 진짜 단순해요."

나는 비닐장갑을 끼고 바게트에 버터를 바르기 시작했다. "무슨 비밀 모임이라도 있어?"

"네?"

"너희 여자들 말이야. 다른 여자들이 무슨 생각을 하는지 아는 것처럼 굴잖아. 여자들끼리 자세한 이야기를 주고받는 거야? 서로의 내면을 완벽히 파악할 수 있게? 나는 다른 남자들에 대해 정말 모르겠거든. 내가 아는 게 쥐뿔도 없다는 것밖에는. 그 사람들이 무슨 짓을 저지를지 나도 몰라. 내가 남자들에 대해 안다고 생각하는 것 중에 맞는 건 기껏해야 40퍼센트밖에 안 될 거야." 나는 바게트에, 얇게 저민 상태로 배달된 살라미와 달걀을 올렸다. "그런데 항상 사람들은 남자들보고 단순하다고 하지. 그러니 나는 인류의 절반을 그렇게 훤히 들여다보는 여자들에게 찬사를 보낼 수밖에."

율리는 대답하지 않았다. 침을 꿀꺽 삼키는 것이 보였다. 틀림없이 어제 잠을 충분히 자지 못해서, 고등학교를 중퇴한 십 대 소녀에게 이렇게 마구 공격을 날리게 된 것 같았다. 율리는 너무 어린 나이부터 인생이 자꾸 꼬이기만 하는 아이였다. 세월이 흐르면 그것이 바뀔 수도 있겠지만. 옛날에 아빠가 하던 말처럼 율리에게는 건방진 구석이 있었다. 반항적이지만, 그걸 나무라는 반응보다는 격려가 더 필요한 아이였다. 물론 나무람도 필요하지만, 가장 많이 필요한 건 격려였다.

"이제 타이어 가는 요령은 어느 정도 터득한 거지?" 내가 말했다.

아직 9월인데도 산속 제일 높은 곳의 오두막에는 눈이 내렸다. 우리는 타이어를 팔지도 않고 타이어를 갈아준다고 광고하지도 않는데, 도시 사람들이 SUV를 몰고 계속 우리를 찾아와 도와달라고 간청했다. 여자 못지않게 남자도 많았다. 그들은 가장 기본적인 일조차 할 줄 모른다. 언젠가 태양풍에 세상의 모든 전자장비가 먹통이 되는 날이 온다면, 그들은 일주일도 견디지 못하고 죽을 것이다.

율리가 빙긋 웃었다. 기뻐 죽겠다는 표정이었다. 기분이 잘 바뀌는 녀석이었다.

"도시 사람들은 지금 도로가 미끄러운 줄 알아요." 율리가 말했다. "날이 진짜 추워져서 영하 20도, 30도가 되면 어떻겠어요?"

"그럼 도로가 덜 미끄러워지겠지."

율리는 무슨 소리인지 모르겠다는 표정으로 나를 바라보았다.

"얼음은 녹는점에 가까울 때 더 미끄러워." 내가 말했다. "정확히 영하 7도일 때 가장 미끄럽지. 아이스하키 경기장에서 일부러 유지하는 얼음 온도가 그 정도야. 차가 미끄러지는 건 압력이나 마찰 때문에 얼음 위에 얇은 수막이 생긴 탓이 아니야. 옛날에는 사람들이 그런 줄 알았지만, 사실은 그 온도에서 자유로이 풀려난 분자들이 가스를 형성하기 때문이야."

"어떻게 그런 걸 다 아세요, 로위?" 율리가 터무니없이 우러러보는 표정으로 나를 보았다.

나는 당연히 바보가 된 기분이었다. 피상적인 지식 쪼가리를 과시하며 으스대는 멍청이들. 그런 녀석들을 보면 나도 참기 힘들다.

"우리가 파는 잡지에 다 나와." 내가 잡지 진열대를 가리키며 말했다. 자동차, 배, 사냥, 낚시 관련 잡지들과 〈트루 크라임〉 옆에 나란히 〈파퓰러 사이언스〉가 쌓여 있었다. 영업부장의 고집으로 들여놓은 패션 잡지도 두어 종류 있었다.

하지만 율리는 나를 그렇게 쉽사리 놓아주려 하지 않았다.

"내가 보기에 서른 살은 그렇게 많은 나이가 아니에요. 적어도 운전면허 시험에 통과했다는 이유만으로 자기가 어른인 줄 아는 스무 살짜리들보다는 나아요."

"난 서른이 넘었어, 율리."

"그래요? 그럼 점장님 동생은 몇 살인데요?"

"서른다섯."

"점장님 동생이 어제 기름을 사러 왔어요."

"네가 일하는 시간이 아니었잖아."

"여기서 친구들이랑 같이 크네르텐의 차 안에 앉아 있었어요. 점장님 동생이 누군지 가르쳐준 사람이 바로 개예요. 그때 내 친구들이 뭐라고 했는지 알아요? 점장님 동생이 DILF*래요."

나는 대꾸하지 않았다.

"근데 그거 알아요? 내가 보기에는 점장님이 더 DILF예요."

나는 그만하라고 경고하듯이 율리를 쏘아보았지만, 율리는 씩 웃을 뿐이었다. 그러고는 거의 알아차리기 힘들 만큼 살짝 허리를 펴고, 널찍한 어깨도 뒤로 잡아당겼다. "DILF의 뜻이 뭐냐면……"

"고맙지만 그 뜻은 나도 알 것 같아. 아스코 배달 트럭 네가 맡을 거야?"

아스코의 트럭 한 대가 주유소 안에 들어와 있었다. 탄산수와 과자 종류.

율리는 연습에 연습을 거듭한 '난 지금 심심해 죽겠어'라는 표정으로 나를 바라보았다. 그러고는 풍선껌을 불었지만, 풍선이 금방 터져버렸다. 율리는 고개를 뒤로 휙 젖히고 씩씩하게 걸어 나갔다.

---

* 성적 매력이 있는 유부남을 뜻하는 속어. 'Dad I'd like to fuck'의 머리글자를 따서 만든 말이다.

3

"여기?" 내가 외곽의 우리 땅을 바라보며 믿을 수 없다는 듯이 물었다.

"여기." 칼이 말했다.

바위들이 흩어진 히스밭. 바람에 시달려 속살을 드러낸 산허리. 물론 환상적인 풍경이었다. 어디를 봐도 파란 산꼭대기가 보이고, 저 아래 수면에는 햇살이 부딪혀 반짝였다. 그래도. "여기 위에다 도로를 지어야 돼. 상수도도. 하수도도. 전기도."

"맞아." 칼이 웃음을 터뜨렸다.

"망할 놈의 '산꼭대기'에 있는…… 있는 시설을 어떻게 관리하려고?"

"독특하잖아, 안 그래?"

"멋지기도 하고요." 섀넌이 말했다. 그녀는 검은 외투 차림으로 덜덜 떨면서 팔짱을 낀 채 우리 뒤에 서 있었다. "멋질 거예요."

나는 주유소에서 일찍 퇴근해 돌아왔다. 그리고 당연히 가장 먼저 칼에게 포스터 일을 따졌다.

"나한테 말 한마디 없이 그런 짓을 해? 사람들이 나한테 오늘 얼

51

마나 많이 물어봤는지 알아?"

"많이 물어봤다고? 반응이 긍정적인 것 같아?" 칼이 득달같이 이렇게 묻는 것을 보고 나는 내가 이런 식으로 짓밟히고 무시당할 때 기분이 어떨지 칼이 눈곱만큼도 생각하지 않았음을 깨달았다.

"아, 젠장." 내가 말했다. "이런 일로 돌아오는 거라고 왜 나한테 말 안 했어?"

"형한테 어설픈 이야기를 하고 싶지 않았으니까 그렇지." 칼이 한 팔로 내 어깨를 감싸고, 그 빌어먹게 따스한 미소를 지었다. "형이 정처 없이 여기까지 올라와서 오만 가지 반대할 이유를 생각해내는 게 싫었어. 형은 타고난 회의주의자잖아. 형도 알다시피. 그러니까 이제 그만 내려가서 저녁이나 먹자. 내가 다 이야기해줄게, 응?"

그래, 내 기분이 정말로 조금 나아졌다. 다른 건 몰라도, 엄마와 아빠가 있던 시절 이후 처음으로 퇴근해 돌아온 내 앞에 제대로 요리한 음식이 차려져 있었다는 사실만으로도. 배부르게 식사를 마친 뒤 칼이 내게 호텔 그림을 보여주었다. 달나라의 이글루처럼 보였다. 유일한 차이점은, 순록 두어 마리가 한가로이 지나가고 있다는 점이었다. 상당히 메마르고 현대적으로 보이는 풍경 속에 건축가가 그려 넣은 것은 그 순록들과 이끼 조금이 전부였다. 우습게도 그 그림이 내 마음에 들었다. 하지만 그건 십중팔구 사람들이 편안히 쉬면서 즐거운 시간을 보낼 수 있는 호텔이 아니라, 화성의 주유소 같은 분위기 때문이었을 것이다. 사람들이 이런 곳을 찾을 때는 분명히 이보다 더 따스하고 품격 있는 분위기, 노르웨이의 낭만이 느껴지는 곳, 장밋빛 패널과 식물이 자라는 지붕 같은 것을 원할 것이다. 무슨 동화 속 왕이 사는 궁전 같은 곳 말이다.

그 그림을 보고 나서 우리는 집을 출발해 몇 킬로미터를 걸어 칼이 호텔 자리로 점찍어둔 곳으로 올라왔다. 지는 해가 산꼭대기에서 반짝이는 화강암과 히스밭을 비췄다.

　"그게 풍경 속에 어떻게 녹아들어갈지 보이지?" 칼이 아까 식당에서 본 그림 속의 호텔을 허공에 그리며 말했다. "중요한 건 풍경과 기능이야. 산속 호텔의 생김새에 대한 사람들의 기대가 아니라. 이 호텔은 건축에 대한 기존의 생각에 어울리는 게 아니라, 그 생각을 바꿔놓을 거야."

　"그건 알겠어." 내가 말했다. 그래도 반대할 이유가 많다고 생각하는 만큼 회의적으로 들리는 목소리였을 것이다.

　칼은 호텔 면적이 1만 1천 제곱미터가 될 것이며, 객실 이백 개 규모라고 설명했다. 첫 삽을 뜬 지 이 년 안에 영업을 하게 될 것이다. 아니, 여기에는 흙이 별로 없으니까 삽을 뜨기보다는 첫 번째 폭약을 터뜨린 뒤라고 말을 고쳐야 할 것 같다. 칼의 '비관적인 추정치'에 따르면 건설비는 4억이었다.

　"그 많은 돈을 어디서……."

　"은행."

　"오스 저축은행?"

　"아니, 아니." 칼이 웃음을 터뜨렸다. "이런 일을 감당하기에는 너무 작지. 도시 은행이야. DnB."

　"그 은행이 너한테 왜 4억을 빌려줘? 이런……." 내가 실제로 '미친 짓'이라는 말을 하지는 않았지만, 내 생각이 무엇인지는 분명히 드러났을 것이다.

　"우리는 유한회사를 만들지 않을 거니까. SL을 만들 거야."

　"SL?"

"공동책임 회사. 이 마을 사람들은 현금이 많지 않아. 있는 건 자기들이 살고 있는 땅과 농장뿐이지. SL을 세우면 그 사람들이 돈을 한 푼도 내놓지 않아도 사업에 참여할 수 있어. 크든 작든 일단 투자한 사람들은 모두 똑같은 비율의 주식을 갖고 이윤도 똑같이 나눠 가질 거야. 다들 그냥 가만히 앉아서 부동산으로 돈이나 벌면 된다는 얘기야. 은행들은 여기에 돈을 대고 싶어서 입에서 침을 줄줄 흘릴걸. 한마을 전체보다 더 안전한 담보는 없으니까!"

나는 머리를 긁적였다. "그러니까 네 말은, 만약 사업이 쓰러지면……."

"투자자들은 각자 자기 주식 지분만큼만 책임을 지면 돼. 투자자가 백 명이라면, 회사가 10만의 빚을 지고 파산했을 때 모두, 그러니까 형이랑 투자자들이 모두 책임져야 하는 금액은 일 인당 1천 크로네가 되는 거지. 설사 일부 투자자들이 1천 크로네를 마련하지 못하더라도 그건 형이 걱정할 일이 아니야. 채권자가 걱정할 일이지."

"맙소사."

"멋지지? 그러니까 투자하는 사람이 많을수록 개인의 부담도 적어져. 물론 사람이 많아지면 사업이 진짜로 성공했을 때 각자가 가져가는 몫도 적어지겠지."

쉽게 이해할 수 없는 얘기였다. 모든 일이 계획대로 이루어지면, 돈을 한 푼도 내지 않고 오히려 긁어들이기만 할 수 있는 회사라니. 설사 사업이 망하더라도 각자는 자기 지분만큼만 책임을 지면 된다고?

"알았어." 나는 이 계획의 함정이 어디에 있을지 찾아보려고 애쓰면서 말했다. "그럼 사람들이 한 푼도 투자할 필요 없다면서 왜 투자자 회의를 열겠다고 사람들을 초대하는 거야?"

"그거야 그냥 '참가자'보다는 '투자자'라는 말이 훨씬 더 근사해 보이니까. 안 그래?" 칼은 엄지손가락을 허리띠에 걸고 웃기는 목소리를 냈다. "난 그냥 농사꾼이 아니야. 호텔 투자자라고. 알아?" 칼이 크게 웃음을 터뜨렸다. "어디까지나 심리적인 문제야. 마을 사람 절반이 참가하겠다고 나서면, 나머지 절반도 가만히 있을 수만은 없을걸. 이웃들이 아우디를 사서 몰고 다니며 호텔 주인 행세를 하는데 자기들은 그걸 멀거니 구경만 하게 될까 봐. 그러느니 돈 몇 푼 잃을 위험을 감수하는 게 낫지. 이웃들도 다 하는 일인데."

나는 천천히 고개를 끄덕였다. 칼이 말한 심리적인 설명이 십중팔구 옳을 것이다.

"아주 탄탄한 계획이야. 시작하기가 까다로워서 그렇지." 칼이 땅바닥을 발로 찼다. "처음에 몇 명만 모으면 돼. 이 계획이 참여하고 싶을 만큼 매력적이라고 다른 사람들한테 보여줄 수 있는 사람들로. 거기까지만 해내면, 다들 여기에 올라타고 싶어할 테니 일이 저절로 굴러갈 거야."

"알았어. 그럼 처음의 그 몇 명을 어떻게 설득할 건데?"

"형도 설득하지 못하면서 어떻게 할 거냐는 뜻이지?" 칼이 살짝 슬픈 눈으로 특유의 활달하고 멋진 미소를 지었다. "한 명이면 돼." 내가 미처 대답하기도 전에 칼이 말했다.

"한 명이라면……?"

"먼저 앞장서서 나서는 사람. 오스."

그럼 그렇지. 나이 많은 카운티 의회 의장. 마리의 아버지. 그는 이십 년 넘게 의장직을 수행하면서, 굳건히 노동당을 지지하는 이 마을을 좋을 때나 힘들 때나 강력한 지도력으로 이끌다가 어느 날 갑자기 이만하면 할 만큼 했다며 물러나기로 했다. 이제 일흔 살이 넘었을 오스는 주로 집에서 농사에 전념했지만, 가끔 지역신문 〈오스 데일리〉에 글을 쓰기도 했다. 그러면 사람들은 그의 글을 읽었다. 그러고 나면 처음에는 오스에게 동의하지 않던 사람들도 새로운 시각으로 다시 생각해보게 되었다. 이 나이 많은 의장의 글솜씨, 지혜, 항상 본능적으로 올바른 결정을 내리는 능력은 사람들에게 빛을 뿌려주었다. 사람들은 오스가 지금도 의장직에 있었다면 이 마을을 우회하는 고속도로 계획이 결코 빛을 보지 못했을 것이라고 진심으로 믿었다. 그가 의장이었다면 이 도로가 모든 것을 망쳐서 마을 사람들은 오가는 차량들 덕분에 올리던 추가 소득을 빼앗길 것이고, 따라서 이 마을 전체가 지도에서 사라져 인적 끊긴 유령 마을이 될 것이며, 은퇴할 나이가 다 돼서 보조금으로 생활하는 늙은 농사꾼 몇 명만 이곳에 남게 될 것이라고 다 설명했을 것이다. 그래서 누군가는 현직 의장이 아니라, 오스가 대표단을 이끌고 수도로 가서 교통 장관에게 한 수 가르쳐주는 게 어떻겠느냐는 방안을 내놓기도 했다.

나는 침을 뱉었다. 설명하자면 이것은 노인들이 천천히 고개를 끄덕이는 것과는 반대되는 행동으로 동의하지 않는다는 뜻이다.

"오스가 아무것도 없는 산꼭대기에 스파 호텔을 짓자는 계획에 위험을 무릅쓰고 자기 농장과 땅을 내놓을 만큼 안달이 나 있다고? 자기 딸을 배신한 뒤에 외국으로 날라버린 놈의 손에 오스가 자기 운명을 맡길 것 같아?"

칼은 고개를 저었다. "형이 몰라서 그래. 오스는 날 좋아했어. 난 그냥 사윗감이 아니었다고. 오스에게 없는 아들 노릇을 했지."

"그때 널 안 좋아한 사람은 없어, 칼. 하지만 네가 그녀의 절친한 친구랑 놀아나고서……."

칼이 경고의 눈빛을 보내는 바람에 나는 목소리를 낮추고 섀넌이 이 이야기를 들었는지 확인했다. 그녀는 히스밭에 쪼그리고 앉아서 뭔가를 유심히 살피고 있었다.

"……그 뒤에는 네 인기 순위가 몇 계단 내려갔어."

"오스는 나랑 그레테 사이의 일을 몰랐어. 오스가 아는 건 자기 딸이 날 찼다는 것뿐이야."

"뭐?" 나는 믿을 수 없었다. 하지만 다시 생각해보니 꼭 그런 것만도 아니었다. 항상 외적인 부분에 몹시 신경 쓰는 마리라면 이 마을 최고의 연인과 헤어졌다고만 말하는 편이 당연히 더 좋았을 것이다. 그것도 자기가 칼을 찼다는 것이 그녀가 공식적으로 내놓은 이야기였으니까. 사람들은 마리가 산속에서 농사짓는 청년 오프가르보다 더 높은 곳을 겨냥하는 모양이라고 암묵적으로 생각했다.

"마리랑 헤어진 직후에 오스가 나를 불러서 정말 실망스럽다고 말했어." 칼이 말했다. "그러고는 마리랑 다시 잘해볼 수 없겠느냐고 묻더라고. 자기도 아내랑 힘들 때가 몇 번 있었지만 사십 년 넘게 잘 견디며 살고 있다면서. 나는 나도 그렇게 살고 싶지만 지금은 한동안 여길 벗어나 있고 싶다고 말했지. 오스는 이해한다면서 몇 가지 제안을 했어. 마리한테서 듣기로 내 성적이 좋다니까 미국에 있는 대학에 장학금을 받고 가면 어떻겠느냐고. 자기가 손을 써주겠다는 거야."

"미네소타 대학? 오스가 손을 써준 거였어?"

"거기에 있는 노르웨이-미국 친선회에 아는 사람이 있더라고."

"너 그런 얘기는 한 번도 안 했잖아."

칼은 어깨를 으쓱했다. "창피해서 그랬지. 내가 오스의 딸을 배신했는데, 나를 믿어주는 오스의 도움을 받는 거잖아. 그래도 오스 역시 나름대로 이유가 있어서 날 도왔을 거야. 아마 내가 대학에서 학위를 따고 돌아와 공주님과 왕국의 절반을 되찾기를 바랐겠지. 동화 속 주인공처럼."

"그래서 이제 또 오스한테 도움을 청하겠다고?"

"내가 아니야. 마을이 청하는 거지."

"그래, 마을. 그럼 네가 마을에 대해 그렇게 가슴이 따뜻해지는 생각을 하기 시작한 게 정확히 언제야?"

"형은 이렇게 냉정하고 냉소적인 사람이 된 게 정확히 언제인데?"

나는 빙긋 웃었다. 칼이 묻는다면 나는 내가 변한 날짜와 시각을 정확히 말해줄 수 있었다.

칼이 심호흡을 했다. "세상 반대편에 앉아서 내가 정말로 어떤 사람인지 생각하다 보면 모종의 변화가 일어나. 내 고향에 대해서, 내가 속한 곳에 대해서, 여기 사람들에 대해서 생각하다 보면."

"그러니까 여기 사람들이 네 동포라는 걸 알게 됐다?" 나는 저기 1천 미터 아래에 있는 마을 쪽을 고갯짓으로 가리켰다.

"좋을 때나 나쁠 때나 그래. 남한테 줘버릴 수 없는 유산 같아. 내가 원하든 원하지 않든 계속 나한테 되돌아오니까."

"그래서 여기 말씨를 버린 거야? 고향의 문화에 등을 돌린 거야?"

"그럴 리가. 이건 엄마의 문화야."

"엄마가 도시 말씨를 쓴 건 가정부로 오래 일했기 때문이야. 그게 원래 엄마의 말씨는 아니었어."

"그럼 이렇게 표현하면 어때? 어머니의 적응성을 우리가 물려받은 걸로. 미네소타에는 노르웨이 사람이 아주 많아. 그런데 내 말투가 '그은사하면' 사람들, 특히 잠재적인 투자자들이 내 말에 더 귀를 기울이더라고." 칼은 '근사하면'이라는 말을 엄마가 그랬던 것처럼 코로 발음하면서 과장되게 멋을 부렸다. 우리는 웃음을 터뜨렸다.

"곧 옛날 말씨로 돌아올 거야." 칼이 말했다. "난 여기 오스 출신이야. 하지만 오프가르의 피가 더 강해. 진짜 내 사람은 말이야, 로위, 그건 누구보다도 바로 형이야. 고속도로가 마을을 에둘러 가는 바람에 이 마을을 지금처럼 만들어준 것들이 전혀 오지 않게 되고 형의 주유소는……."

"그건 내 주유소가 아니야, 칼. 난 거기서 일할 뿐이야. 여기 말고 다른 데서 주유소 일을 하게 될 수도 있어. 회사가 보유한 주유소가 오백 군데나 되니까. 그러니까 네가 나를 구출해줄 필요는 없어."

"내가 형한테 빚진 게 있잖아."

"내가 말하잖아. 난 필요한 게 전혀……."

"아니, 형한테는 필요한 게 있어. 형한테 정말 필요한 건 주유소 주인이 되는 거야."

나는 입을 다물었다. 그래, 칼이 정곡을 찌른 건 맞았다. 어찌 됐든 내 동생이니까. 칼만큼 나를 잘 아는 사람은 없었다.

"이번 계획으로 형은 필요한 돈을 갖게 될 거야. 여기 주유소를 살 돈. 여기가 아니라면 어디라도."

그동안 나는 돈을 저축하고 있었다. 식비, 주유소에서 저녁을 먹고 오지 않은 날 특대형 피자를 데울 전기료, 낡은 볼보에 넣을 기름값, 집을 그럭저럭 살 만한 상태로 유지하는 데 필요한 돈을 빼고 나머지 돈을 한 푼도 남김없이 저축했다. 내가 이 주유소를 사서 체인점 계약을 하게 될지도 모른다고 본부에도 미리 말해두었다. 본부는 중심 도로를 오가는 차들이 곧 끊어질 것이라는 사실을 알고는 내 말에 부정적이지만은 않은 태도를 보였다. 하지만 주유소 가격이 내가 원하는 만큼 떨어지지 않았다. 역설적이지만, 그건 내 탓이었다. 우리 주유소가 장사를 너무 잘하고 있었으니까.

"만약 내가 이 SL인가 뭔가에 참여한다면……."

"그렇지!" 칼이 고함을 질렀다. 마치 내가 이미 참가하기라도 한 것처럼 좋아하는 것이 정말 칼다웠다.

나는 짜증스레 고개를 저었다. "그래도 네 호텔이 완공돼서 영업할 때까지 이 년이 걸려. 게다가 호텔이 수익을 내게 될 때까지 또 최소한 이 년을 잡아야 할 거고. 사업이 망하면 그런 것도 없지. 어쨌든 앞으로 십 년 동안 내가 주유소를 살 수 있게 돼서 급히 대출이 필요해지면 은행에서는 이렇게 말할 거야. '안 됩니다. 여기 이 SL 프로젝트 때문에 빚이 당신 목까지 차 있으니까요.'"

내가 이렇게 당혹스러울 정도로 뻔한 헛소리를 해대는데도 칼은 아예 대꾸할 생각도 하지 않았다. 내가 SL에 참여하든 안 하든, 지금 돌아가는 상황을 보아하니 아무도 오지 않는 곳에 덩그러니 남을 주유소를 사겠다는 사람에게 대출을 해줄 은행은 없을 것이다.

"형은 이 호텔 프로젝트에 참여할 거야. 그리고 호텔 건설이 시작되기도 전에 주유소를 살 돈을 손에 쥐게 될 거야."

나는 칼을 바라보았다. "그게 무슨 소리야?"

"호텔이 들어설 자리를 SL이 매입해야 하거든. 그런데 그 땅 주인이 누구야?"

"너랑 나지. 그게 뭐? 아무것도 없는 산을 몇 에이커쯤 판다고
해서 부자가 되지는 않아."

"그건 누가 가격을 정하는가에 따라 다르지."

난 현실적인 문제나 논리 앞에서 둔하다는 소리를 잘 듣지 않는
편인데도 이번에는 몇 초쯤 시간이 흐른 뒤에야 칼의 말을 알아들
었다.

"지금 네 말은……."

"내 말은, 이 프로젝트의 얼개를 짜는 일이 내 책임이라는 뜻이
야. 투자자 모임 때 내놓을 예산 서류의 항목들을 정하는 사람이
바로 나라고. 물론 땅의 가치에 대해 거짓말을 할 생각은 없어. 하
지만 우리가 가격을 2천만으로 정한다면……."

"2천만이라니!" 나는 화가 나서 손으로 히스를 찰싹 때렸다. "이
땅이?"

"……그건 전체 예산 규모 4억에 비해 상대적으로 아주 적은 금
액이니까 그 돈을 쪼개서 다른 항목에 조금씩 덧붙이는 식으로 처
리해도 큰 문제가 되지 않아. 1번 항목, 도로와 주변 지역. 2번 항
목, 주차 공간. 3번 항목, 실제 호텔이 들어설 자리……."

"누가 에이커당 가격이 얼마냐고 묻기라도 하면?"

"그럼 당연히 말해줘야지. 우린 도둑이 아니니까."

"도둑이 아니면 뭔데……?" 잠깐, 우리? 왜 갑자기 나까지 한편
이 되어버린 거지? 아니, 그래, 지금은 사소한 일에 신경 쓸 때가
아니다. "그럼 우리가 뭔데?"

"게임을 하는 사업가들."

"게임? 전부 여기 마을 사람들이야. 아무것도 모르는 사람들이
라고, 칼."

"시골뜨기란 말이지? 그거야, 뭐, 우리가 잘 알지. 우리도 여기 출신이니까." 칼은 침을 뱉었다. "아빠가 캐딜락을 샀을 때랑 같아. 그때도 여기 사람들은 분명히 거슬렸을걸. 틀림없어."

칼이 비뚤어진 미소를 지었다.

"이 프로젝트로 여기 땅값이 전부 오를 거야, 로위. 호텔 자금이 마련되기만 하면 우린 2단계로 넘어갈 거야. 스키 리프트, 오두막, 산막. 진짜 돈이 되는 건 그런 거야. 그러니까 땅값이 곧 천정부지로 치솟을 걸 알면서 지금 헐값에 땅을 넘길 이유가 없잖아. 하물며 그런 사업을 일으킬 사람이 바로 우리인데. 우리가 누굴 속이는 게 아니야, 로위. 처음 돈을 모을 때 오프가르 형제가 너무 많은 돈을 가져간다고 우리가 굳이 지붕 위에서 소리칠 이유가 없어. 그러니까……." 칼이 나를 바라보았다. "주유소를 살 돈이 필요해, 안 필요해?"

나는 곰곰이 생각해보았다.

"내가 오줌 싸고 올 동안 생각해봐."

칼은 이렇게 말하고 돌아서서 둥근 언덕 꼭대기로 걸어 올라갔다. 반대편에서 보이지 않을 만한 곳을 찾으려는 모양이었다.

칼은 자신이 방광을 비우고 올 때까지 4대 전부터 우리 집안 소유였던 땅을 팔 건지 말 건지 결정하라며 내게 시간을 주었다. 지금 상황에서 칼이 말한 가격을 받는 것은 노상강도나 다름없었다. 생각할 필요가 없었다. 몇 대 위의 조상 따위 나는 신경도 쓰지 않았다. 적어도 우리 집안에 대해서는 그랬다. 게다가 이 황무지에는 특별히 감정적인 추억도 다른 가치도 전혀 없었다. 여기서 갑자기 희귀 금속이라도 발견되면 또 모를까. 우리가 가져올 2천만이라는 액수가 새 발의 피에 불과하고, 이 계획에 참여하는 모든 마을 사람이 궁극적으로 자기 몫을 가져갈 수 있을 거라는 칼의 말이 옳다면, 나도 거리낄 이유가 없었다. 2천만이라면 내 몫이 1천만이었다. 그 돈이면 엄청나게 좋은 주유소를 살 수 있었다. 좋은 자리에 있는 최고급 주유소. 빚을 한 푼도 지지 않고. 완전 자동 세차 설비. 별도의 식당.

"로위?"

나는 돌아섰다. 바람 때문에 섀넌이 다가오는 소리를 듣지 못했다. 섀넌이 나를 올려다보았다.

"아픈 것 같아요." 섀넌이 말했다.

순간적으로 나는 그녀가 자기 얘기를 하는 줄 알았다. 강한 바람과 추위에 떨면서 서 있었으니까. 내가 어렸을 때 쓰던 낡은 니트 모자 아래에서 섀넌의 커다란 갈색 눈이 나를 올려다보았다. 하지만 곧 섀넌이 양손으로 뭔가를 감싸고 있는 것이 보였다. 섀넌이 손을 벌렸다.

작은 새였다. 하얀 머리에 검은 두건 같은 무늬, 밝은 갈색 목. 색이 연한 것을 보니 수컷임이 분명했다. 이미 생기가 없는 듯했다.

"떼새네요." 내가 말했다.

"저기 쓰러져 있었어요." 섀넌이 히스들 사이 움푹한 공간을 가리켰다. 그곳에 알이 하나 보였다. "하마터면 내가 밟을 뻔했어요."

나는 쪼그리고 앉아 알을 만져보았다.

"맞아요. 알을 희생하느니 녀석은 알을 그대로 깔고 앉아서 차라리 제가 밟히는 편을 택할 겁니다."

"여기 새들은 봄에 알을 깨고 나오는 줄 알았는데요. 캐나다에서는 그렇거든요."

"맞습니다. 하지만 이 알은 이미 죽었기 때문에 깨지지 않은 거예요. 아비가 그걸 모른 모양이네요, 가엾게도."

"아비요?"

"알을 품고 새끼를 돌보는 건 떼새 수컷의 몫입니다." 나는 일어서서 섀넌의 손 위에 누워 있는 새의 가슴을 쓰다듬었다. 손끝에서 녀석의 빠른 박동이 느껴졌다. "이 녀석 지금 죽은 척하는 거예요. 우리가 알에 신경을 쓰지 못하게."

섀넌은 주위를 두리번거렸다. "다른 녀석들은 어디 있어요? 암컷은요?"

"암컷은 아마 다른 데서 다른 수컷과 놀고 있을 겁니다."

"놀아요?"

"그거요, 짝짓기. 섹스."

섀넌이 설마 그럴 리가 있겠느냐는 표정을 지었다. "짝짓기 시기가 아닌데도 새들이 섹스를 해요?"

"농담입니다. 하지만 희망이야 언제나 품을 수 있죠. 어쨌든 그런 걸 일처다부제라고 합니다."

섀넌이 새의 등을 쓰다듬었다. "자식을 위해 모든 걸 희생하는 수컷이라니. 어미가 부정을 저지를 때도 가정을 지키는 수컷이라면 정말 희귀한 거네요."

"사실 일처다부제의 의미는 그런 게 아닙니다. 그건……."

"여자가 여러 남편을 취하는 결혼 형태죠." 섀넌이 말했다.

"아."

"맞아요. 세계 여러 곳에 그 제도가 존재하고 있어요. 특히 인도와 티베트 쪽에."

"세상에, 어째서……." 나는 어째서 그런 걸 알고 있느냐고 묻기 직전이었지만, 그 대신 그 사람들은 어째서 그렇게 사느냐고 질문을 바꿔 물었다.

"보통 형제들이 한 여자랑 결혼해요. 가족이 흩어지는 걸 막기 위해서."

"그런 줄은 몰랐어요."

섀넌이 고개를 한쪽으로 기울였다. "혹시 사람보다 새에 대해 더 잘 아시는 것 아니에요?"

나는 대답하지 않았다. 그러자 섀넌이 소리 내어 웃으며 새를 하늘로 높이 날려 보냈다. 녀석은 날개를 펴고 똑바로 앞을 향해 날아갔다. 내가 녀석을 계속 바라보고 있는데, 갑자기 시야 가장자리에서 뭔가가 움직이는 것이 느껴졌다. 처음 든 생각은 뱀이 나타났다는 거였다. 고개를 돌려보니, 바위 능선을 따라 거무스름한 것이 구불구불 우리 쪽으로 내려오고 있었다. 시선을 들자 칼이 능선 꼭대기에 서 있는 것이 보였다. 리우를 굽어보는 그리스도상처럼 아래를 굽어보며 계속 오줌을 싸고 있었다. 나는 옆으로 물러나 콜록거렸다. 섀넌도 오줌 줄기를 보고는 나와 똑같은 행동을 했다. 오줌 줄기는 마을을 향해 계속 구불구불 내려갔다.

"여기 이 땅을 2천만 크로네에 파는 걸 어떻게 생각해요?" 내가 물었다.

"아주 큰돈 같은데요. 새 둥지가 어디 있을까요?"

"미국 달러로 250만이에요. 우린 그 땅에 이백 개의 침대가 있는 집을 지을 겁니다."

섀넌이 빙긋 웃으며 돌아서서 우리가 온 길을 되짚어 걸어가기 시작했다. "엄청 많네요. 하지만 그 떼새가 먼저 여기 살고 있었어요."

잠자리에 들기 직전에 전기가 나갔다.

나는 부엌에 앉아 가장 최근의 회계 결과를 훑어보고 있었다. 본부가 주유소를 파는 경우 미래의 이익을 어떻게 계산해서 주유소 가격을 정할지 알아보기 위해서였다. 1천만 크로네가 있으면, 십 년짜리 체인점 계약뿐만 아니라 건물과 땅을 포함한 모든 것을 사들일 수 있을 것 같았다. 정말로 이 주유소의 주인이 되는 것이다.

나는 일어서서 마을을 내려다보았다. 그쪽에도 불빛이 전혀 보이지 않았다. 다행이었다. 우리 집에 문제가 있는 게 아니라는 뜻이니까. 나는 거실 문까지 두 걸음쯤 걸어가서 문을 열고 칠흑 같은 어둠 속을 내다보았다.

"누구 있어?" 나는 혹시나 해서 소리쳤다.

"있어." 칼과 섀넌이 한목소리로 대답했다.

나는 더듬더듬 엄마의 흔들의자로 걸어가 앉았다. 바닥의 널빤지에 의자 발판이 닿을 때마다 삐걱거리는 소리가 났다. 섀넌이 키득거렸다. 둘이 술을 마신 모양이었다.

"면목이 없네요." 내가 말했다. "우리 집이 아니라…… 저쪽에 문제가 있는 거예요."

"저는 괜찮아요." 섀넌이 말했다. "어렸을 때는 정전이 일상이었는데요, 뭐."

나는 어둠 속을 향해 말했다. "가난한 곳인가요, 바베이도스가?"

"아뇨." 섀넌이 말했다. "카리브 해 섬 중에 가장 부유한 축에 속해요. 하지만 제가 어릴 때 살던 곳에서는 전선을 호리는 사람이 워낙 많아서…… 이걸 노르웨이어로는 뭐라고 해요?"

"우리 말에는 그런 단어가 없는 것 같은데." 칼이 말했다.

"전기가 들어오는 메인 선에 전선을 연결해서 전기를 훔치는 거예요. 그런 사람들 때문에 망 전체가 불안정해지죠. 저한테는 익숙한 일이었어요. 그러다 보니, 모든 것이 언제든 사라질 수 있다는 생각에도 익숙해졌고요."

지금 섀넌이 단순히 전기 얘기만 하는 게 아니라는 생각이 언뜻 들었다. 혹시 가정과 가족에 대한 얘기일까? 아까 섀넌은 포기하지 않고 떼새의 둥지를 찾아내서, 우리가 또 그곳을 밟는 일이 일어나지 않게 땅에 잔가지 하나를 박아두었다.

"자세히 얘기해봐요." 내가 말했다.

잠시 동안 어둠 속에는 적막만이 흘렀다.

그러다 섀넌이 미안하다는 듯 나직하게 웃음을 터뜨렸다. "로위가 우리한테 얘기를 해주는 게 어때요?"

섀넌은 노르웨이어 단어를 단 한 번도 잘못 사용하는 법이 없고 구문 역시 완벽한데도 그 말씨 때문에 여전히 외국인처럼 들린다는 사실이 놀라웠다. 아니면 그녀가 만들어준 음식 때문이었는지도 모른다. 카리브 해의 음식이라는 모퐁고.

"맞아, 로위한테 얘기하라고 해. 형은 어둠 속에서 얘기하는 거 잘해. 옛날에 내가 잠이 안 온다고 하면 형이 그렇게 해줬어."

네가 우느라고 잠을 못 잔 거잖아. 나는 속으로 생각했다. 그 일이 끝난 뒤에는 내가 네 침대로 내려가 너를 안아줬지. 내 살갗에 닿는 네 체온이 아주 따뜻했어. 나는 너한테 그 일은 생각하지 말라고, 내가 이제부터 해주는 이야기만 생각하고 잠이 찾아오는 걸 물리치지 말라고 말했어. 이런 생각을 하는 순간에 나는 섀넌의 말씨나 모퐁고 때문이 아님을 깨달았다. 그녀가 여기 이 어둠 속에 나랑 칼이랑 함께 있기 때문이었다. 우리 집의 어둠 속, 오로지 나와 칼에게만 속한 이 어둠 속에.

4

    칼은 벌써 손님을 맞으려고 문 앞에 가 있었다. 예이테스빙엔을 향해 자동차들이 힘겹게 길을 올라오는 소리가 들렸다. 기어가 계속 바뀌었다. 섀넌이 만들고 있는 펀치에 내가 독한 술을 더 부었더니 그녀가 의아한 얼굴로 나를 바라보았다.

    "과일 맛보다 값싼 술맛을 더 좋아하거든요." 나는 이렇게 말하고 나서 부엌 창문으로 밖을 내다보았다.

    파사트 한 대가 집 앞에 멈추고, 5인승 자동차에서 여섯 명이 구르듯이 내렸다. 항상 똑같았다. 모두 무리를 지어 올라오는데 운전자는 여자였다. 이런 술 파티에서 남자들이 왜 자기에게 우선권이 있다고 생각하는지, 여자들은 누가 부탁하기도 전에 왜 자진해서 운전대를 잡는지 알 수 없었지만, 하여튼 항상 그랬다. 독신이라서 또는 집에 아이를 맡길 사람이 있어서 파티에 갈 수 있는 젊은이들은 운전자를 결정하기 위해 가위바위보를 했다. 칼과 내가 어렸을 때는 술 취한 사람들도 운전대를 잡았다. 아빠도 그랬다. 하지만 요즘은 음주 운전을 하는 사람이 없다. 아내를 때리는 사람은 여전히 있지만, 그런 사람들도 음주 운전은 결코 하지 않는다.

거실에 '축 귀향'이라고 적힌 플래카드가 걸려 있었다. 내가 보기에는 좀 이상했다. 이 미국식 관습에서는 귀향한 사람 본인이 아니라 가족들과 친구들이 파티를 준비해야 한다는 점이 중요한 것 아닌가. 하지만 섀넌은 그냥 웃으면서 다른 사람들이 해주지 않으면 본인이라도 해야 하는 법이라고 말했다.

"펀치는 제가 맡을게요." 섀넌이 내게 다가와서 말했다. 나는 집에서 빚은 술과 과일 칵테일을 섞은 음료를 국자로 퍼서 유리잔에 담는 일을 하고 있었다. 섀넌은 여기 처음 도착했을 때처럼 검은색 터틀넥 스웨터와 검은 바지 차림이었다. 십중팔구 다른 옷이겠지만, 내 눈에는 모양이 똑같아 보였다는 뜻이다. 나는 옷에 대해 잘 모르지만, 섀넌이 신중하고 고급스럽게 옷을 입는 것 같다는 생각이 들었다.

"고맙지만 나도 꽤 유능해요." 내가 말했다.

"아뇨." 자그마한 몸집의 섀넌이 이렇게 말하고는 나를 한쪽으로 밀어냈다. "로위는 가서 오랜 친구들과 얘기도 좀 나누고 그러세요. 저는 잔을 들고 돌아다니면서 여기 사람들과 친목을 다질 테니까요."

"그래요." 나는 그들이 칼의 친구이며 내게는 친구가 없다는 사실을 굳이 섀넌에게 설명하지 않았다. 그래도 어쨌든 그들이 모두 현관에서 칼과 포옹하고, 목에 뭐가 걸린 사람에게 하듯이 등을 세게 한 대씩 치고, 차를 몰고 올라오는 동안 미리 생각해두었을 젊은이다운 말을 히죽 웃으면서 건네는 모습이 보기 좋았다. 약간 들뜬 표정, 약간 수줍은 기색. 그리고 술을 원하는 모습.

그들은 나와는 악수를 했다.

내 동생과 나 사이의 차이점 중 어쩌면 이것이 가장 큰 차이점인 듯싶다. 이 사람들이 칼을 만난 것은 십오 년 만이지만, 나와는 이틀에 한 번꼴로 주유소에서 얼굴을 맞댔다. 그런데도 그들은 내가 아니라 칼을 더 친하게 여긴다. 나는 가만히 서서 칼을 지켜보았다. 우리 친구들과의 따뜻한 만남을 즐기는 모습. 나는 한 번도 누리지 못한 일. 나는 칼을 부러워하는 건가? 글쎄, 내 생각에 사람들은 모두 사랑받고 싶어하는 것 같다. 하지만 나와 칼의 처지를 바꿀 수 있다면 바꿀 것인가? 칼처럼 사람들이 내게 가까이 다가오는 것을 기꺼이 허락할 수 있을까? 칼에게는 전혀 힘든 일 같지 않았다. 하지만 나는 너무나 큰 대가를 치러야 할 것이다.

"안녕, 로위. 네가 맥주를 들고 있는 건 자주 볼 수 있는 광경이 아닌데." 마리 오스였다. 근사해 보였다. 마리는 항상 근사해 보였다. 말 안 듣는 쌍둥이 아이들과 씨름할 때조차도. 그것이 마을의 다른 여자들에게 얼마나 짜증 나는 일인지 나는 안다. 완벽한 그녀가 다른 평범한 사람들처럼 고생하는 모습을 마침내 볼 수 있지 않을까 기대했을 텐데. 이 여자는 모든 것을 가지고 있었다. 은수저 집안에 태어났을 뿐만 아니라, 머리도 좋아서 학교에서는 최상위급 성적을 올렸고, 자기 집안이 쌓아 올린 평판 또한 함께 누리고 있었다. 게다가 이 모든 것과 잘 어울리는 외모까지 갖췄다. 마리 오스는 어머니에게서 빛나는 피부와 여성적인 몸매를 물려받았고, 아버지에게서는 금발과 차가운 파란색의 교활한 눈을 물려받았다. 어쩌면 바로 그 눈과 신랄한 말투, 도도하고 냉정한 태도 때문에 남자애들이 이상할 정도로 정중하게 거리를 지키며 그녀에게 다가가지 않은 것인지도 모른다.

"우리가 더 자주 마주치지 않는 게 이상하네." 마리가 말했다. "그래, 잘 지내?"

여기서 '그래'라는 말은 그녀가 그냥 '잘 지내고 있어, 고마워'라는 일반적인 답을 원하는 게 아니라는 신호였다. 그녀가 정말로 내게 신경을 쓰고 있으며, 잘 지내는지 알고 싶어한다는 신호. 내 생각에도 그녀는 진심이었을 것 같다. 마리는 천성적으로 상냥했으며, 남을 도우려고 했다. 그런데도 왠지 남을 아래로 내려다보는 듯한 인상을 주었다. 물론 마리의 키가 180센티미터나 되기 때문일 수도 있지만, 옛날에 우리 셋이 춤을 추러 갔다가 차를 몰고 집으로 돌아올 때의 일이 생각난다. 운전은 내가 맡았고, 칼은 술에 취했고, 마리는 잔뜩 화가 나서 이렇게 말했다. "칼, 나를 이 마을의 다른 사람들과 같은 수준으로 끌어내리는 사람이랑 사귈 수는 없어, 알아?"

하지만 마리가 그 수준을 좋아하지 않는다 해도, 지금은 스스로 원해서 이 자리에 왔음이 분명했다. 마리는 학교에 다닐 때 칼보다 성적이 훨씬 좋았지만, 칼처럼 무작정 뛰어나가서 대단한 사람이 되고 싶다는 불타는 욕망으로 움직이지는 않았다. 어쩌면 이미 높은 곳에서 햇빛을 받으며 떠다니고 있었기 때문인지도 모른다. 그러니 마리는 대개 여기에 그냥 머무르는 편을 택했다. 어쩌면 그래서 칼과 헤어진 뒤 정치학 (이 마을 사람들은 '정쉬학'이라고 발음한다) 단기 코스만 밟고 나서 단 크라네와 함께 약혼반지를 끼고 고향으로 돌아와버린 건지 모른다. 단이 이 지역 노동당 신문의 편집자로 취직한 뒤에도 마리는 계속 졸업논문을 쓰고 있었지만 아무리 봐도 그 논문을 영영 완성할 수 없을 것 같았다.

"그럭저럭 잘 지내." 내가 말했다. "혼자 왔어?"

"단은 집에서 애들을 보겠대."

나는 고개를 끄덕였다. 바로 옆집에 사는 아이들 조부모에게 아이들을 봐달라고 했다면 좋아서 어쩔 줄을 몰랐을 텐데 단이 고집을 부린 모양이었다. 나는 그가 주유소에서 비싸 보이는 자전거의 타이어에 무표정하고 금욕적인 얼굴로 공기를 넣는 모습을 본 적이 있었다. 그는 비르켄 장거리경주에서 그 자전거를 탈 예정이었다. 그는 나를 모르는 척했지만, 나를 향한 적의가 손에 만져질 것처럼 생생했다. 이제 자신의 합법적인 아내가 된 여자와 예전에 잠자리를 함께했던 남자와 내가 많은 유전자를 공유하고 있다는 이유 때문이었다. 그래, 단이라면 자기 아내의 예전 남자친구가 고향으로 돌아온 것을 축하하는 자리에 굳이 달려오고 싶지 않았을 것이다.

"섀넌은 만났어?" 내가 말했다.

"아니." 마리가 이미 꽉 찬 실내를 훑어보며 말했다. 우리가 가구를 전부 한쪽으로 밀어서 비워둔 공간에 사람들이 서 있었다. "칸은 워낙 외모에 집착하는 성격이니 누가 봐도 저 여자다 싶을 만큼 예쁠 텐데."

마리가 외모에 대한 사람들의 말을 어떻게 생각하는지가 이 말에 분명히 드러났다. 옛날에 마리가 졸업생 대표로 연단에 올랐을 때 교장 선생은 그녀가 "똑똑할 뿐만 아니라 엄청난 미모도 갖추고 있다"고 그녀를 소개했다. 그러자 마리는 연설을 시작하며 이렇게 말했다. "감사합니다, 교장 선생님. 지난 삼 년 동안 선생님이 저희를 위해 해주신 모든 일에 간단히 감사의 말씀을 드리고 싶지만, 어떻게 표현해야 할지 모르겠습니다. 그래서 간단히 외모 면에서 선생님이 놀라운 행운아라고만 말씀드리겠습니다." 웃음을 터뜨린 사람은 많지 않았고, 마리의 말투에는 가시가 잔뜩 돋쳐 있었다. 의장의 딸인 그녀가 지금 상급자를 공격한 건지 하급자를 공격한 건지도 분명치 않았다.

"당신이 마리겠군요."

마리는 돌아서서 아래를 내려다보았다. 마리의 눈에서 머리 세 개는 더 내려간 곳에 섀넌의 하얀 얼굴과 하얀 미소가 있었다. "펀치 드실래요?"

마리가 한쪽 눈썹을 올렸다. 이 자그마한 인간에게서 권투경기 도전을 받은 사람 같은 얼굴이었지만, 섀넌이 쟁반을 더 높이 들어 올리자 입을 열었다.

"고맙지만 사양할게요."

"어머, 안 돼요. 혹시 가위바위보에 져서 오신 건가요?"

마리가 멍하니 섀넌을 바라보았다.

나는 헛기침을 했다. "여기 사람들이 운전자를 어떻게 정하는지 내가 섀넌한테……."

"아, 그거." 마리가 희미한 미소를 지으며 내 말을 잘랐다. "나와 남편은 원래 술을 안 마셔요."

"아하!" 섀넌이 말했다. "알코올의존자라서요? 아니면 건강에 안 좋으니까?"

마리의 얼굴이 굳는 것이 보였다. "우린 알코올의존자가 아니에요. 하지만 세계적으로 봤을 때 매년 알코올로 목숨을 잃는 사람이 전쟁, 살인, 마약으로 목숨을 잃는 사람을 다 합한 것보다 많죠."

"맞아요. 천만다행이죠." 섀넌이 생글거리며 말했다. "아, 전쟁, 살인, 마약이 지금보다 많지 않아서 다행이라는 뜻이에요."

"내 말은 알코올이 필요하지 않다는 뜻이에요." 마리가 말했다.

"물론 그러시겠죠." 섀넌이 말했다. "그래도 술 덕분에 여기 있는 사람들이 이야기를 좀 더 많이 나누고 있잖아요. 직접 차를 몰고 오셨나요?"

"물론이죠." 마리가 말했다. "당신 고향에서는 여자들이 운전을 안 해요?"

"당연히 하죠. 운전대가 오른쪽일 때만."

마리가 무슨 소리냐는 듯이 나를 바라보았다. 이 말이 우스갯소리인데 자기가 못 알아들은 거냐고 묻는 것 같았다.

나는 헛기침을 했다. "바베이도스의 자동차는 운전대가 오른쪽에 있어."

섀넌이 큰 소리로 웃었다. 마리는 어린아이의 당혹스러운 우스갯소리를 너그럽게 넘기는 사람처럼 빙긋 웃었다.

"당신 남편의 언어를 배우느라 시간과 노력을 많이 쏟은 모양이에요. 남편한테 당신의 언어를 배우라고 할 생각은 안 해봤어요?"

"좋은 질문이에요, 마리. 하지만 바베이도스에서는 영어를 써요. 게다가 나는 여기 있는 분들이 내 뒤에서 뭐라고 떠드는지 다 알고 싶기도 하고요." 섀넌은 다시 웃음을 터뜨렸다.

나는 여자들의 대화를 모두 이해하는 사람이 아니지만, 그런 나조차 지금 이 두 여자가 서로 으르렁거리고 있다는 사실을 알 수 있었다. 내가 할 일은 방해하지 않는 것뿐이었다.

"어차피 나는 영어 앞에 노르웨이어가 좋아요. 글로 쓴 영어는 세계 최악의 언어예요."

"영어 '보다' 노르웨이어가 좋다는 뜻이죠?"

"우리가 쓰는 문자는 표음문자잖아요. 그래서 노르웨이어, 독일어, 스페인어, 이탈리아어 등으로 a를 쓰면 '아'라고 발음해요. 하지만 영어에서 a의 발음은 중구난방이에요. car, care, cat, call, ABC. 무질서하기 그지없다니까요. 18세기에 이미 에프라임 체임

74

버스는 영어 철자법이 다른 어떤 언어의 철자법보다 혼란스럽다는 의견을 내놓았어요. 그런데 나는 노르웨이어를 단 한 마디도 모를 때에도 시그리 운세트의 글을 소리 내어 읽을 수 있었어요. 칼이 내 발음을 전부 이해했다고요!" 섀넌은 웃음을 터뜨리며 나를 바라보았다. "노르웨이어가 세계어가 되어야 해요. 영어가 아니라!"

"흠, 그럴지도 모르죠." 마리가 말했다. "하지만 만약 당신이 양성 평등을 진지하게 생각하는 사람이라면 시그리 운세트를 읽으면 안 돼요. 그 여자는 반동적인 반反페미니스트니까."

"글쎄요, 내가 보기에는 운세트가 2차 여성주의 물결 초기의 페미니스트 같은데요. 에리카 종처럼. 읽으면 안 되는 책에 대해 조언해주신 건 고맙지만, 나는 나와 시청점이 일치하지 않는 저자들의 책도 읽어보려고 하는 편이에요."

"시점이겠죠." 마리가 말을 바로잡았다. "당신은 언어와 문학에 대해 생각을 많이 하는 사람인 것 같네요, 섀넌. 그럼 리타 빌룸센이나 우리 마을 의사 스탠리 스핀드와 이야기를 하는 편이 더 좋을 거예요."

"누구보다……?"

마리는 희미한 미소를 지었다. "아니면 기왕 익힌 노르웨이어를 유용하게 써볼 생각을 하든지요. 예를 들면 일자리를 찾아본다거나? 여기 오스 마을에 도움이 되는 일을 하는 건?"

"다행히 난 일자리가 필요하지 않아서요."

"그래요, 틀림없이 그렇겠죠." 나는 마리가 다시 공세에 나섰음을 알 수 있었다. 상대를 깔보면서 내가 너그러이 봐준다는 듯한 표정. 마리는 자신이 그 표정을 마을 사람들에게 아주 잘 감추는 줄 알지만, 지금 그녀의 눈에 그 표정이 있었다. "어쨌거나 당신한테도…… 남편이 있으니까."

나는 섀넌을 보았다. 우리가 서서 이야기하는 동안 사람들이 쟁반에서 잔들을 가져갔기 때문에 섀넌은 쟁반의 균형을 다시 잡기 위해 남은 잔들의 위치를 바꾸고 있었다. "내가 일자리를 찾지 않아도 되는 건 이미 하는 일이 있기 때문이에요. 집에서 할 수 있는 일이죠."

마리는 놀란 표정을 지었다가 곧 거의 실망한 표정으로 바뀌었다. "무슨 일?"

"그림을 그려요."

마리의 얼굴이 다시 밝아졌다. "그림을 그린다고요." 마리가 과장되게 활기찬 목소리를 냈다. 마치 그런 일을 하는 사람에게는 항상 격려가 필요하다는 듯이. "예술가시군요." 마리가 가엾다는 듯이 단언했다.

"딱히 그렇게 말할 수는 없을 것 같아요. 일이 잘되는 날에는 혹시 모르지만. 당신은 무슨 일을 하나요, 마리?"

마리는 순간적으로 혼란스러운 기색이었지만 곧 침착한 모습으로 돌아와 이렇게 말했다. "정치학자예요."

"굉장해요! 여기 오스에 정치학자가 많이 필요한가요?"

마리는 어딘가 아픈 사람처럼 짧게 미소를 지었다. "지금은 아이들을 기르는 엄마예요. 쌍둥이."

"어머! 진짜요?" 섀넌이 믿을 수 없다는 듯 열정적으로 말했다.

"그럼요. 내가 거짓말을 왜……."

"사진! 혹시 사진 갖고 있어요?"

마리는 곁눈질로 섀넌을 내려다보며 망설였다. 그 교활한 눈이 섀넌에게 저항할까 잠시 생각해보았던 것 같다. 하지만 비쩍 마르고 눈이 한쪽밖에 없는 애송이 여자가 위험해봤자 얼마나 위험하려고. 마리는 휴대전화를 꺼내 손으로 몇 번 두드리더니 사진을 섀년에게 보여주었다. 섀년은 어떤 것을 보고 귀여워 죽겠다는 뜻을 표현할 때처럼 길게 '아아아아' 하는 소리를 내더니 내게 쟁반을 넘겼다. 아예 마리의 휴대전화를 자기 손에 쥐고 쌍둥이 사진으로 눈 호강을 하기 위해서였다.

"얼마나 복이 많으면 이런 쌍둥이를 낳았어요, 마리?"

섀년이 그냥 듣기 좋은 말을 해주는 건지 알 수 없었다. 만약 그런 거라면 그녀의 연기력이 눈부셨다. 어쨌든 마리 오스의 얼굴에서 적대적인 표정을 지울 정도는 되었다.

"더 있어요?" 섀년이 물었다. "봐도 돼요?"

"어, 그럼요."

"손님들 접대 좀 맡아줄래요, 로위?" 섀년이 휴대전화 화면에서 시선을 떼지 않은 채 이렇게 말했다.

나는 쟁반을 들고 손님들 사이를 비집고 다니며 한 바퀴 돌았다. 하지만 내가 손님들과 가벼운 대화를 나눌 필요도 없이 잔들이 그냥 사라져버렸다. 쟁반이 비자 나는 부엌으로 돌아왔지만, 거기도 붐비기는 마찬가지였다.

"어이, 로위, 은색 담배통을 꺼내놨던데, 나도 한번 해봐도 돼?"

에릭 네렐이었다. 그는 손에 맥주를 들고 냉장고에 기대서 있었다. 에릭은 근육을 열심히 단련했기 때문에, 굵은 근육질 목 위의 머리가 아주 작아 보였다. 목과 머리가 이어지는 부위가 잘 보이지도 않을 정도였다. 그의 티셔츠 위로 그냥 나무줄기가 하나 솟아 있는 것 같았다. 그리고 맨 위에 짧게 깎은 노란색 머리가 아직 삶지 않은 스파게티 다발처럼 촘촘히 모여 있었다. 어깨에서 아래로

77

이어진 양편의 이두박근은 언제나 방금 바람을 넣어 부풀린 것처럼 보였다. 하기야 누가 알겠는가. 실제로 부풀린 건지. 에릭은 낙하산 부대에서 복무하다가 제대해서, 지금은 이 마을의 유일한 진짜 술집인 프리트팔을 운영하고 있었다. 원래 카페테리아였으나, 그가 인수한 뒤 디스코와 가라오케가 있는 술집으로 바꿔놓았다. 월요일에는 이곳에서 빙고 게임이 열리고, 수요일에는 퀴즈 게임이 열렸다.

나는 주머니에서 씹는담배 통을 꺼내 그에게 건넸다. 그가 담배한 덩이를 윗입술 안쪽에 끼웠다.

"그냥 맛이나 한번 보려고." 에릭이 말했다. "미국 씹는담배를 쓰는 사람을 너 말고는 못 봤거든. 이거 어디서 났어?"

나는 어깨를 으쓱했다. "여기저기서. 그쪽에 가는 사람들한테 사다달라고 히는 거지."

"통도 멋진데." 에릭이 통을 내게 돌려주며 말했다. "넌 미국에 가본 적 있어?"

"없어."

"내가 옛날부터 궁금하던 게 하나 있는데 말이야, 넌 왜 씹는담배를 아랫입술에 끼워?"

"미국식이야." 나는 영어로 말했다. "아빠가 그렇게 하셨어. 그러면서 스웨덴 사람들만 그걸 윗입술에 끼운다고 항상 말씀하셨지. 스웨덴 사람들이 전쟁 때 겁을 먹고 물러난 걸 모르는 사람이 없다고."

에릭 네렐이 불룩한 윗입술로 웃음을 터뜨렸다. "네 동생이 좋은 걸 물어왔어."

나는 대답하지 않았다.

"저 여자 노르웨이어가 너무 유창해서 무서울 지경이라니까."

"그녀와 얘기해본 거야?"

"그냥 춤을 췄냐고 묻기만 했어."

"춤을 췄냐고 물었다고? 왜?"

에릭은 어깨를 으쓱했다. "발레리나처럼 생겼으니까. 아주 자그마한 무용수 말이야. 게다가 바베이도스에서 왔다니 칼립소니 뭐니…… 그걸 뭐라고 하더라? 소카*!"

내가 이상한 표정을 지었는지 에릭이 웃음을 터뜨렸다.

"진정해, 로위. 저 여자는 아무렇지도 않던걸. 조금 이따가 우리한테 가르쳐주겠다고 했어. 너 소카 본 적 있어? 그거 끝장나게 섹시해."

"그래." 에릭의 조언이 아주 훌륭하다는 생각이 들었다. 진정하라는 말.

에릭이 맥주병을 입에 대고 크게 한 모금 마시더니, 손으로 입을 가리고 조심스레 트림을 했다. 여자랑 살다 보면 그렇게 되는 것 같다. "지금 후켄에 낙석이 엄청 많은 것 알아?" 그가 말했다.

"몰라. 그건 왜?"

"아무도 얘기 안 해줬어?"

"얘기라니, 뭐?" 나는 오싹해졌다. 삭아가는 창문 접합제 틈새로 차가운 바람이 들어온 것 같았다.

"경찰관이 우리더러 드론으로 절벽 면을 확인해보래. 괜찮아 보이면 우리가 줄을 타고 사고 현장으로 내려가는 거지. 몇 년 전만 해도 내가 잽싸게 나서서 내려갔을 텐데, 지금은 테아가 집에서 오

* 솔과 칼립소가 섞인 대중음악.

븐에 빵을 굽고 있으니 세상이 좀 달라 보이더라고."

아니, 그냥 차가운 바람 한 줄기가 아니었다. 얼음처럼 차가운 물이 담긴 주사기였다. 사고 현장. 캐딜락. 그건 십팔 년 전부터 거기 쓰러져 있었다. 나는 고개를 저었다. "뭐, 십중팔구 괜찮아 보이겠지. 그리고 보니 돌이 떨어지는 소리가 들리긴 하네. 항상 그래."

에릭이 머릿속으로 뭔가를 계산하는 듯한 시선을 보냈다. 그가 낙석의 위험을 계산하는 건지 아니면 나의 신뢰성을 가늠해보는 건지 알 수 없었다. 어쩌면 둘 다일 수도 있었다. 사람들이 후켄에서 엄마와 아빠의 시신을 수습할 때 무슨 일이 있었는지 에릭도 분명히 들은 적이 있을 것이다. 산악구조대원 두 명이 현장으로 내려가 시신을 실은 들것을 줄에 감아 올리기 시작했다. 그러다 들것이 바위 벽에 쾅 부딪혔는데 낙석이 발생하지 않았다. 사고가 발생한 것은 구조대원들이 올라올 때였다. 로프에 매달린 구조대원 때문에 자리에서 벗어난 바위 하나가 아래쪽에 있던 구조대원을 때려 어깨 관절을 부숴놓았다. 나와 칼은 예이테스빙엔에서 구급차 뒤에 구조대, 경찰관과 함께 줄곧 서 있었다. 내가 가장 똑똑히 기억하는 것은 차갑고 적막한 저녁 공기 속에서 들려온 비명이다. 그 소리를 낸 사람의 모습은 눈에 보이지 않았다. 두 구조대원은 그 아래에서 줄에 매달린 채 오락가락하며 계속 바위 벽에 부딪히고 있었다. 마치 고통을 측정하려는 듯이 느리고 차분하게. 까마귀가 위험을 알리려고 차분한 울음소리를 내는 것 같았다.

"어이, 어서 한마디 해!" 에릭이 소리쳤다.

거실에서 칼의 목소리가 들려오고, 사람들이 밀고 들어오는 것이 보였다. 나는 문간에서 서 있을 자리를 찾았다. 칼은 대부분의 사람보다 머리 하나쯤 더 큰데도 굳이 의자에 올라가 서 있었다.

"내 귀하고 귀한 친구들." 그의 목소리가 우렁차게 울렸다. "너희 모두를 다시 보니 진짜 좋다게 반갑다. 십오 년이라니⋯⋯." 칼은 우리가 이 말을 음미할 수 있게 잠시 말을 멈췄다. "너희들은 대부분 매일 보는 사이일 테니 조금씩 변해가는 모습을 알아차리지 못했겠지만, 우린 진짜 나이를 먹었어. 한 가지만 분명히 하자. 너희들과 비교하면⋯⋯." 그는 심호흡을 한 번 한 뒤, 뻔뻔하고 짓궂은 미소를 지으며 사람들을 둘러보았다. "내 상태가 훨씬 더 좋은 것 같아."

웃음소리와 크게 반박하는 소리가 일었다.

"맞아, 맞아!" 칼이 소리쳤다. "여기서 그래도 잃을 만한 외모라도 있는 사람이 나밖에 없다는 점을 생각하면 더욱더 놀라운 일이지."

또 웃음이 일고, 휘파람 소리와 야유가 들려왔다. 누군가가 칼을 의자에서 끌어 내리려고 했다.

"하지만." 칼은 누군가의 도움으로 의자 위에서 안정되게 균형을 잡으며 말했다. "여자들은 반대인걸. 너희 모두 옛날보다 훨씬 더 근사해졌어."

여자들에게서 환호와 박수가 쏟아졌다.

그때 남자의 목소리가 들렸다. "조심해야지, 칼!"

나는 시선을 돌려 마리가 어디 있는지 찾아보았다. 자동으로 나오는 이 버릇을 나는 끝내 벗어버리지 못했다. 섀넌은 시야를 확보하기 위해 부엌의 조리대에 올라가 앉아 있었다. 등이 아치처럼 둥글었다. 에릭 네렐은 냉장고 옆에 서서 섀넌을 유심히 살피는 중이었다. 나는 방을 나와 계단을 올라가서 어릴 때 쓰던 방으로 갔다. 문을 닫고 위층 침대에 누웠다. 부엌의 난로 연통 구멍을 통해 칼의 목소리가 들려왔다. 말을 전부 알아들을 수는 없었지만, 대략적인 요점은 알아들었다. 내 이름이 들리더니 잠시 침묵이 흘렀다.

남자의 목소리가 들려왔다. "변소에 갔겠지." 웃음소리.

새년의 이름이 들리고, 남자처럼 묵직한 그녀의 목소리가 들렸다. 올빼미의 노랫소리를 내는 참새. 몇 마디 말이 들린 뒤 정중하고 절제된 박수 소리가 이어졌다.

나는 맥주를 한 모금 길게 마시고 천장을 빤히 바라보았다. 눈을 감았다.

다시 눈을 떴을 때는 집 안이 한결 조용했다. 파티가 끝날 때까지 내가 내내 자버렸음을 깨달았다. 마지막 손님들이 떠나는 중이었다. 자동차에 시동이 걸리고 엔진 소리가 커졌다. 타이어에 자갈이 밟히는 소리. 예이테스빙엔으로 향하는 자동차들이 브레이크를 밟으면 커튼에 빨간 불빛이 비쳤다.

그 뒤에 이어진 침묵은 거의 절대적이었다. 타박타박 몇 걸음 걷는 소리와 부엌에서 들려오는 나직한 목소리. 사소하지만 현실적인 문제에 대해 평범하고 일상적인 대화를 나누는 어른들의 목소리. 어렸을 때 나는 그런 소리를 들으며 스르르 잠들었다. 안전하다고 알려주는 소리. 너무나 당연하고 좋고 변함없어서 영원할 것만 같은 안락함.

나는 꿈을 꾸었다. 자동차가 한순간 공중으로 떠올라 우주로 향할 것처럼 보였지만, 중력과 현실이 그 차를 붙잡았다. 엔진이 있어서 무게가 더 나가는 자동차 앞쪽이 천천히 아래로 기울어지기 시작했다. 어둠을 향해서. 후켄을 향해서. 비명 소리가 났다. 아빠의 소리가 아니다. 엄마의 소리도 아니다. 구조대원의 소리도 아니다. 내 소리다.

섀넌이 내 방 앞에서 키득거리며 "안 돼!"라고 속삭이는 소리가 들린다. 그 뒤를 이어 칼이 취한 목소리로 말한다. "로위는 그냥 아늑하다고 생각할걸. 우리가 어땠는지 보여줄게."

나는 뻣뻣하게 굴었다. 칼이 실제로 그렇게 할 가능성은 별로 없다는 사실을 알면서도. 설마 우리가 정말로 어땠는지 그녀에게 보여줄 리가.

문이 열렸다.

"자, 형?" 술 냄새가 나는 칼의 입김이 내 얼굴에 닿았다.

"응." 내가 대답했다.

"그냥 가자." 섀넌이 속삭였지만 침대가 흔들리는 것이 느껴졌다. 칼이 아래층 침대에 누워 섀넌을 끌어당겼기 때문이다.

"파티에 형이 없어서 아쉬웠어." 칼이 말했다.

"미안." 내가 말했다. "좀 쉰다는 게 그만 잠이 들었어."

"Rånegjengen 때문에 시끄러운 와중에 계속 자는 건 쉬운 일이 아닌데."

"그러게." 내가 대답했다.

"Rånegjengen이 뭐야?" 섀넌이 물었다.

"어린 폭주족 무리. 아주 단순한 걸로 즐거워하는 시끄러운 놈들이야." 칼이 킬킬거렸다. "성능을 높인 자기들 자동차로 타이어에 불이 붙도록 달리지." 칼이 아래층 침대에서 병으로 술을 마시는 소리가 들렸다. "하지만 오늘 여기 온 녀석들은 마누라 때문에 이제 그런 짓을 못 해. 전통을 이어가는 건 로위의 주유소에서 빈둥거리는 애들이야."

"거기서 råne가 무슨 뜻인데?" 섀넌이 물었다.

"돼지라는 뜻이에요." 내가 말했다. "수컷. 잔뜩 흥분해서 위험한 녀석이죠."

"꼭 위험하게 돼야 해요?"

"뭐, 거세할 수도 있죠. 그러면 galte가 돼요."

"Galte." 섀넌이 내 말을 따라 했다.

"그러니까 엄밀히 말해서 오늘 밤 우리 집에 온 녀석들은 råne-gjeng이 아니라 galtegjeng이었지." 칼이 쿡쿡 웃었다. "결혼해서 안정을 찾고 거세당했으니까. 어느 모로 보나 번식은 아직 가능한 것 같지만."

"Galtegjeng이지. 게다가 몇 놈은 미국 차를 몰잖아. 네가 줄여서 암카라고 부르는 것." 우리가 말하는 노르웨이어 단어들이 언어에 뛰어난 섀넌의 머릿속으로 곧장 들어가 쏙쏙 박히는 모습이 눈에 보이는 듯했다.

"섀넌은 미국 차를 좋아해." 칼이 말을 이었다. "열한 살 때부터 직접 뷰익을 몰았다고. 아얏!"

섀넌이 아래층 침대에서 작은 소리로 칼을 나무랐다.

"뷰익이라." 내가 말했다. "나쁘지 않은데."

"거짓말이에요. 난 운전하지 않았어요." 섀넌이 말했다. "할머니가 형제인 레오에게서 물려받은 낡고 녹슨 차의 운전대를 잡아봐도 된다고 나한테 허락했을 뿐이에요. 레오 할아버지는 쿠바에서 카스트로 편에 서서 바티스타와 싸우다 죽었어요. 자동차도 레오 할아버지도 엉망이 된 모습으로 아바나에서 돌아왔죠. 할머니가 그 자동차를 혼자서 원래 모습으로 돌려놨어요."

칼이 웃었다. "레오 할아버지는 돌려놓지 못했고?"

"어떤 뷰익이었습니까?" 내가 물었다.

"로드마스터 54년식." 섀넌이 말했다. "내가 브리지타운에서 대학에 다닐 때 할머니가 그 차로 매일 나를 학교에 데려다주셨어요."

내가 몹시 피곤했음이 틀림없다. 아니면 펀치와 맥주 기운이 여전히 남아 있었는지도 모르고. 나는 하마터면 그해에 나온 뷰익 로드마스터야말로 내가 본 가장 아름다운 차라고 말할 뻔했다.

"파티 내내 잠들어 있었다니 아쉬워요, 로위." 섀넌이 말했다.

"형은 신경 안 써." 칼이 말했다. "로위는 사람을 별로 안 좋아하거든. 물론 나는 빼고."

"로위가 칼의 목숨을 구했다던데, 사실이에요?" 섀넌이 물었다.

"아뇨." 내가 말했다.

"사실이지!" 칼이 말했다. "우리가 빌룸센한테서 중고 다이빙 장비를 사긴 했는데 강습을 들을 돈이 없어서 쥐뿔도 모르는 상태로 무작정 장비를 시험하겠다고 나섰을 때 있잖아."

"그건 내가 잘못한 거야." 내가 말했다. "간단한 일이라고 말한 게 나니까. 논리적으로 따지면 그렇다고."

"형이 그렇다네. 물론 형은 잘해냈어. 하지만 내 차례가 됐을 때 마스크 안으로 물이 들어오는 바람에 내가 겁에 질려서 마우스피스를 뱉어버렸지. 로위가 없었다면……."

"아냐, 아냐, 난 그냥 뱃전 너머로 몸을 기울여서 너를 끌어 올렸을 뿐이야." 내가 말했다.

"바로 그날 저녁에 그 다이빙 장비의 내 지분을 팔았지. 다시는 눈길도 주기 싫어서. 형이 나한테 얼마를 줬더라? 100크로네였나?"

내 입꼬리가 벌어지는 것이 느껴졌다. "모처럼 너한테 싼값을 치렀다고 생각한 것만 기억나."

"돈을 받긴 왜 받아!" 섀넌이 소리쳤다. "형에게 보답한 적이 있기는 해?"

"없어." 칼이 말했다. "로위는 나보다 훨씬 착한 사람이야."

섀넌이 갑자기 웃음을 터뜨리자 침대가 흔들렸다. 아마 칼이 섀넌을 간질인 것 같다.

"진짜?" 섀넌이 딸꾹질을 하며 물었다.

대답하는 소리가 들리지 않아서 나는 그녀의 질문이 나를 향한 것이었음을 깨달았다.

"아뇨. 칼이 거짓말을 하는 거예요." 내가 말했다.

"그래요? 그럼 칼이 뭘 해줬는데요?"

"내 숙제에서 잘못된 부분을 고쳐줬어요."

"아냐, 안 그랬어." 칼이 반박했다.

"에세이를 제출할 때마다 전날 밤에 칼이 지금 누워 있는 그 자리에서 일어나 내 가방으로 몰래 다가가서 내 연습장을 꺼내 가지고 화장실로 갔어요. 거기서 틀린 철자법을 전부 고쳐줬죠. 그러고는 연습장을 다시 가방에 넣은 뒤에 자기 침대로 살금살금 들어갔어요. 나한테는 한마디도 안 하고."

"그런 일이 한 번쯤은 있었는지도 모르지!" 칼이 말했다.

"매번 그랬어." 내가 말했다. "나도 너한테 그 일에 대해서는 아무 말 안 했지만."

"왜요?" 속삭이는 섀넌의 목소리가 어두운 방처럼 어두운 기운을 띠고 있었다.

"어린 동생이 내 잘못을 바로잡아주는 걸 기꺼이 내버려뒀다는 사실을 다른 사람들이 알면 좀 그렇잖아요. 하지만 노르웨이어에서 낙제를 할 수는 없었으니까." 내가 말했다.

"두 번이야." 칼이 말했다. "어쩌면 세 번일 수도 있고."

우리는 말없이 누워 있었다. 침묵을 함께 나눴다. 칼의 숨소리가 들렸다. 어찌나 친숙한지 내 숨소리를 듣는 것 같았다. 하지만 지금은 이 방에서 또 다른 사람이 숨을 쉬고 있다고 생각하니 질투심이 가슴을 찔렀다. 저 아래에 누워 칼을 안고 있는 사람이 내가 아니라니. 몸이 오싹해지는 소리가 들렸다. 저 바깥 멀리서 들려오는 소리 같았다. 후켄에서 들려오는 소리 같기도 했다.

아래층 침대에서 중얼거리는 소리가 들렸다.

"저게 무슨 짐승이냐고 섀넌이 묻는데." 칼이 말했다. "갈까마귀 였나?"

"맞아." 나는 대답한 뒤 잠시 기다렸다. 갈까마귀는 보통 두 번 울었다. 적어도 여기 산 위에서 사는 녀석은 그랬다. 하지만 오늘은 아니었다.

"위험한 건가요?" 섀넌이 물었다.

"그럴지도 모르죠." 내가 말했다. "아니면 우리 귀에는 들리지 않는 다른 갈까마귀 소리에 대답한 것일 수도 있고요. 그 갈까마귀가 6킬로미터쯤 떨어져 있을지도 모르잖아요."

"갈까마귀는 우는 소리가 다양한가요?"

"네. 사람이 둥지에 너무 가까이 다가갔을 때는 소리가 달라요. 주로 암컷들이 울어대죠. 때로는 도저히 알 수 없는 이유로 녀석들이 합창을 하기도 하고요."

칼이 쿡쿡 웃었다. 내가 사랑하는 소리. 따스함과 안락함이 퍼져 나갔다. "로위는 다른 것보다도 새들에 대해서 제일 잘 알아. 아마 자동차 정도가 예외일까. 주유소도 그렇고."

"하지만 사람은 아니구나." 섀넌이 말했다. 말투만 봐서는 그것이 질문인지 단언인지 잘 알 수 없었다.

"그렇지." 칼이 말했다. "그래서 로위는 사람을 새 이름으로 불러. 아빠는 종달새였고, 엄마는 딱새였어. 베르나르 삼촌은 자동차 정비사가 되기 전에 신부가 되는 공부를 했다는 이유로 검은머리 쑥새. 녀석 몸에 하얀 옷깃 같은 무늬가 있거든."

섀넌이 웃음을 터뜨렸다. "그럼 당신은 뭐였어?"

"나는…… 내가 뭐였지?"

"밭종다리." 내가 조용히 말했다.

"밭종다리가 잘생기고 힘세고 똑똑한 새인가 봐요." 섀넌이 쿡쿡 웃으며 말했다.

"그러게요." 내가 말했다.

"녀석이 다른 새보다 더 높이 난다고 붙여준 이름이야." 칼이 말했다. "게다가 입도 크고 버리노 큰데 그게…… 형이 그걸 뭐라고 불렀지?"

"Fluktspill." 내가 말했다.

"Fluktspill." 섀넌이 말했다. "듣기 좋은 단어인데요. 무슨 뜻이에요?"

나는 일일이 설명하기가 너무 귀찮다는 듯이 한숨을 내쉬었다. "뽐내듯이 날갯짓하는 걸 말해요. 녀석이 최대한 높이 올라가면 노래를 시작하거든요. 자기가 얼마나 높이 올라왔는지 다들 보라고. 그러고는 날개를 쫙 펼친 채로 하강하면서 갖은 재주와 곡예를 뽐내요."

"칼 반박이네요." 섀넌이 소리쳤다.

"판박이." 칼이 말했다.

"판박이." 섀넌이 되풀이했다.

"하지만 밭종다리가 뽐내기를 좋아한다 해도 원칙 없는 사기꾼은 아니에요. 오히려 녀석이 속임수에 쉽게 넘어가죠. 그래서 뻐꾸기가 제 알을 낳을 둥지를 찾을 때 밭종다리 둥지를 제일 좋아해요."

"칼, 불쌍해라!" 섀넌이 말했다. 곧이어 푸짐하게 입을 맞추는 소리가 들렸다. "로위가 보기에 나는 어떤 새예요?"

나는 잠시 생각해보았다. "잘 모르겠어요."

"그래도 말해봐." 칼이 말했다.

"글쎄, 벌새? 난 사실 산에 사는 새들밖에 몰라."

"벌새는 싫어요!" 섀넌이 반발했다. "너무 작잖아요. 단것도 좋아하고. 아까 내가 발견한 새는 안 될까요? 떼새 말이에요."

나는 떼새의 하얀 얼굴과 검은 눈을 생각해보았다. 군인의 짧은 머리처럼 보이는 머리 장식도.

"좋아요." 내가 말했다. "섀넌은 떼새예요."

"그럼 로위는 뭐예요?"

"나요? 난 아무것도 아니에요."

"그런 사람이 어디 있어요? 말해봐요."

나는 대답하지 않았다.

"형은 우리가 어떤 사람인지 우리에게 말해주는 이야기꾼이야." 칼이 말했다. "그러니까 형은 모든 사람이자 아무도 아니지. 이름 없는 산새야."

"이름도 없고 고독한 산새." 섀넌이 말했다. "로위처럼 이름 없는 수컷은 짝을 찾기 위해 어떤 노래를 불러요?"

칼이 웃음을 터뜨렸다. "미안해, 형. 얘는 형한테서 지금까지 살아온 일생을 다 듣기 전에는 멈추지 않을 거야."

"알았어." 내가 말했다. "수컷 산새는 암컷을 찾으려고 노래하지 않는 것이 특징이에요. 그런 짓은 겉만 번드르르하지 아무 의미도 없다고 생각하거든요. 어차피 이렇게 높은 산속에는 새가 앉아 노래할 나무도 없어요. 그러니까 노래 대신 암컷이 감탄할 만한 둥지를 짓죠."

"호텔 말인가요?" 섀넌이 물었다. "아니면 주유소?"

"호텔이 제일 좋을 것 같네요." 내가 말했다.

두 사람이 한꺼번에 웃음을 터뜨렸다.

"자, 이제 저 위의 목도리지빠귀가 좀 쉬게 해주자고." 칼이 이렇게 말하고 나서 섀넌과 함께 침대를 벗어났다.

"잘 자." 칼이 내 머리를 쓰다듬었다.

문이 닫힌 뒤 나는 가만히 누워 두 사람의 소리에 귀를 기울였다.

칼은 기억하고 있었다. 오래전 딱 한 번 내가 목도리지빠귀라고 그에게 말한 것을. 수줍음과 조심성이 많아서 바위들 사이에 몸을 숨기는 새. 그때 칼은 나더러 그렇게 숨을 필요가 없다고 말했다. 겁낼 것이 없다고. 그 말에 나는 이렇게 대답했다. 나도 아는데, 그래도 무서워.

나는 잠들었다. 아까 꿨던 그 꿈을 또 꿨는데, 마치 아까 그 장면에서 잠시 멈춘 채로 나를 기다린 것 같았다. 구조대원이 바위에 맞아 비명을 지르는 소리에 깨어난 나는 그것이 섀넌의 소리임을 깨달았다. 섀넌은 계속, 계속 소리를 질렀다. 칼의 섹스 솜씨가 죽여주게 좋은 모양이었다. 두 사람에게는 잘된 일이었다. 하지만 그런 소란 속에서 잠들기는 당연히 쉽지 않았다. 잠시 그 소리를 듣다 보니 이제 섀넌이 절정에 올랐나 싶었지만, 소리가 멈추질 않아서 나는 머리 위에 베개를 덮어썼다. 한참 뒤 베개를 떼어내니 다시 집 안이 조용했다. 두 사람은 십중팔구 잠들었을 것이다. 하지만 나는 잠이 오지 않았다. 내가 이리저리 뒤척이자 침대가 삐걱거렸다. 경찰관이 사람을 후켄으로 내려보내 캐딜락을 확인해보고 싶어한다던 에릭 네렐의 말이 생각났다.

그러다 마침내 들려왔다.

갈까마귀가 두 번째로 우는 소리.

이번에는 분명히 위험을 경고하는 소리였다. 임박한 위험이 아니라, 저기 어딘가에서 기다리는 숙명을 알리는 소리. 그 숙명은 아주 오래전부터 끈기 있게 기다리고 있었다. 결코 잊지 않고. 큰일이었다.

5

칼. 내 어린 시절의 기억 속에 거의 항상 존재한다. 이층 침대 중 아래층에서 자는 칼. 1월에 온도가 영하 15도로 떨어지거나 다른 합당한 이유가 있을 때 나는 칼의 옆으로 기어 들어갔다. 내 동생 칼. 나와 싸우다가 분해서 울음을 터뜨리며 내게 달려들던 아이. 하지만 결과는 매번 똑같았다. 내가 쉽게 칼을 제압해서 타고 앉아 양팔을 꽉 붙잡고 코를 꼬집어주는 결말. 칼이 저항을 그만두고 울기만 할 때면 나는 이 아이가 이렇게 약하다는 사실에, 포기해버렸다는 사실에 짜증이 났다. 그러다 마침내 칼이 딱 어리고 힘없는 동생의 눈빛으로 나를 바라보면 나는 목이 메서 칼을 일으켜주고 한 팔로 끌어안으며 이런저런 말로 달래주었다. 하지만 목에 덩어리가 얹힌 느낌과 죄책감은 칼의 눈물이 마르고 한참 지난 뒤에도 사라지지 않았다. 한번은 우리가 싸우는 걸 아빠가 본 적이 있다. 아빠는 아무 말 없이 보기만 했다. 우리처럼 산속에 사는 사람들이 자연의 잔혹한 처사에 개입하지 않는 것과 같았다. 그 자연이 우리 염소들에게 영향을 미친다면 얘기가 좀 달라졌지만. 싸움은 우리 둘 다 눈물을 글썽거리며 소파에 앉아 내가 칼을 한 팔로 끌어안는 것으로 끝났다. 아빠는 화난 표정으로 고개만 절레절레 젓다가 나가버렸다.

　내가 열두 살이고 칼이 열한 살일 때 있었던 일도 기억난다. 베르나르 삼촌이 쉰 살이 되었을 때다. 삼촌이 무슨 일인가를 했는데, 엄마와 아빠의 반응을 보고 우리는 그것이 엄청난 일이었음을 깨달았다. 삼촌이 온 식구를 큰 도시로 초대해 그랜드 호텔에서 파티를 열었다. 엄마에게서 그 호텔에 수영장도 있다는 말을 듣고 칼과 나는 신이 나서 미친 듯이 날뛰었다. 하지만 막상 호텔에 도착해보니 수영장이 없었다. 처음부터 없었다고 했다. 나는 무척 화가 났지만, 칼은 별로 신경 쓰지 않는 것 같았다. 그런데 호텔 직원 한 명이 열한 살짜리 소년에게 호텔을 구경시켜주겠다고 나섰을 때, 나는 칼의 재킷 주머니가 수영복 때문에 불룩해진 것을 보았다. 구경을 마치고 돌아온 칼은 여기 굉장한 것들이 많다면서, 이 호텔이 세상에나 궁전이었다고 말했다. 언젠가 자기도 이것과 존나 똑같은 궁전을 지을 거라는 말도 했다. 정말로 이렇게 말했다. 상스러운 말만 빼고. 그 뒤로 칼은 그날 밤 그랜드 호텔의 수영장에서 자기가 수영을 했다고 항상 한사코 주장했다.

　내 생각에 그런 면에서 칼은 엄마를 닮은 것 같다. 꿈이 현실을 덮고, 포장이 내용물을 이길 수 있다는 점. 일이 생각대로 풀리지 않으면, 두 사람은 현실을 자신의 꿈에 맞게 자꾸만 고쳐서 상상해낸 뒤 그 상상과 맞지 않는 일에는 대체로 눈을 감아버렸다. 예를 들어, 엄마는 똥 냄새와 마구간 냄새가 풍기는 우리 집 복도를 말할 때 항상 영어 단어인 'hall'을 사용했다. 'haaall'이라고 발음하면서. 엄마는 십 대 때부터 해운업을 하는 집안에서 하녀 겸 가정부로 일했기 때문에 영국적인 분위기와 상류층 분위기가 나는 것들을 좋아했다.

아빠는 정반대였다. 아빠는 마구간에서 쓰는 삽을 똥삽이라고 불렀고, 항상 미국적인 것들로 주변을 채우고 싶어했다. 그것도 미국 대도시가 아니라 미네소타 같은 미국 중서부 분위기를 좋아했다. 우리가 한 번도 만나지 못한 할아버지와 함께 아빠가 네 살 때부터 열두 살 때까지 거기서 살았기 때문이다. 미국은 아빠에게 항상 약속의 땅이었다. 캐딜락, 감리교, 행복 추구도 마찬가지였다. '행복 추구'라는 말은 항상 영어로 했다. 원래 아빠는 미국 대통령 캘빈 쿨리지의 이름을 따서 내 이름을 칼빈으로 지으려고 했다. 쿨리지는 물론 공화당 출신이었다. 카리스마가 넘쳤던 그의 전임자 워런 하딩은 모두 영어의 c로 시작되는 일련의 스캔들(여자chicks, 카드cards, 부정부패corruption, 코카인cocaine)을 뒤에 남겼지만, 캘빈은 근면하고, 진지하고, 느리고, 과묵하고, 무뚝뚝한 사람이었다. 아빠의 설명에 따르면, 서두르는 법 없이 출세의 사다리를 한 칸씩 뚜벅뚜벅 올라갔다고 한다. 하지만 엄마가 이 이름을 싫어했기 때문에 협상 결과 내 이름을 로위로 정하고 캘빈은 미들 네임으로 넣었다.

칼의 미들 네임인 아벨은 미국 국무 장관이었던 아벨 파커 업셔에게서 따온 것이다. 아빠의 설명에 따르면 그는 똑똑하고 매력적인 사람이자 꿈이 큰 사람이었다. 그 꿈이 어찌나 컸는지 그는 1845년에 텍사스의 미국 병합을 추진해 미국의 덩치를 하루아침에 엄청 크게 불려놓았다. 이 거래의 일환으로 아벨은 텍사스가 노예제도를 계속 유지하는 것을 인정해주었다. 하지만 아빠의 설명에 따르면 당시 상황을 감안할 때 이것은 사소한 일에 불과했다.

칼과 내가 각각 이름의 원조가 된 두 사람과 어쩌면 꽤 닮았는지도 모른다. 옛 의장님 오스는 혹시 몰라도, 마을 사람들은 누구도 미국의 캘빈과 아벨에 대해 전혀 몰랐다. 그들은 그저 내가 아빠를 많이 닮았고 칼은 엄마를 많이 닮았다고 말할 뿐이었다. 하지만 여기 오스에 사는 사람들은 무슨 소리인지도 모르면서 그런 말을 한다.

아빠가 캐딜락 드빌을 몰고 집으로 돌아왔을 때 나는 열 살이었다. 빌룸센 중고차와 폐차장을 운영하는 빌룸 빌룸센이 이 아름다운 차에 대해 자랑한 적이 있었다. 원래 주인이 미국에서 수입했지만 관세를 감당하지 못해 할 수 없이 이 차를 팔았다고 했다. 다시 말해서 1979년식인 이 자동차가 바싹 마른 네바다 사막에 곧게 뻗은 고속도로를 달린 것 외에는 새 차나 다름없다는 뜻이었다. 그러니 어디 녹이 슬었을까 걱정할 필요가 없었다. 아빠는 십중팔구 느릿느릿 고개를 끄덕였을 것이다. 아빠는 차에 대해 아무것도 몰랐고, 나는 아직 자동차에 관심을 갖기 전이었다. 아빠는 가격을 흥정해보지도 않고 무작정 계약을 맺었다. 하지만 차는 이 주도 되기 전에 정비소로 들어갔다. 아바나 거리에 서 있는 고물 자동차들 못지않게 온갖 결함과 여기저기서 떼어 온 부품들이 가득하다는 사실이 거기서 밝혀졌다. 결국 자동차 구입 비용보다 수리비가 더 들었다. 마을 사람들은 죽어라 웃어대며, 자동차에 대해 전혀 모르니 그런 일을 당하는 것이라고 말했다. 옛날에 말을 사고팔던 약삭빠른 영감 빌룸센의 승리였다. 하지만 내게는 새로운 장난감이 생긴 셈이었다. 아니, 장난감 정도가 아니라 학습 교재였다. 수천 개의 부품으로 이루어진 그 기계에서 나는 시간을 들여 구조를 이해하고 머리와 손을 제대로 사용하면 많은 물건을 얼마든지 수리할 수 있다는 교훈을 얻었다.

나는 베르나르 삼촌의 자동차 정비소에서 점점 많은 시간을 보내게 되었다. 삼촌은 '일을 거들어도 좋다'고 허락해주었지만, 사실 나는 도움보다 방해가 될 때가 더 많았다. 아빠는 내게 권투를 가르쳐주었다. 그 무렵 칼에 대한 내 기억은 조금 모호하다. 그때는 칼이 훌쩍 자라기 전이었다. 처음에는 내 키가 칼보다 더 클 것 같았고, 칼은 한동안 심각한 여드름투성이였다. 학교에서 칼은 공부를 잘했지만 조용한 성격이라 친구가 별로 없어서 혼자 있을 때가 많았다. 칼이 고등학교에 들어가고 내가 정비소에서 더 많은 시간을 보내게 된 뒤에는 잠잘 시간이 되어서야 서로 얼굴을 보는 날이 많았다.

어느 날 저녁 내가 열여덟 살이 되기를 몹시 기다리고 있다는 말을 한 기억이 난다. 성인이 돼서 운전면허증을 따겠다는 얘기였는데, 엄마는 눈물을 한 방울 흘리면서 나더러 자동차에 올라 오프가르 집안을 떠날 생각밖에 없는 거냐고 물었다.

물론 지금 되돌아보면 차라리 그 편이 최선이었을 것이라고 쉽게 말할 수 있다. 하지만 그때 이미 여기저기가 무너지고 있었으므로 나는 그냥 도망쳐버릴 수 없었다. 망가진 부분을 고치고 수리해야 했다. 게다가 내가 간다면 어디로 가겠는가?

그러던 어느 날 엄마와 아빠가 세상을 떠났다. 그때의 내 기억속 장면들에는 칼이 다시 언제나 포함되어 있다. 난 열여덟 살이 코앞이었고, 칼은 아직 열일곱 살이 되기 전이었다. 우리는 캐딜락이 마당에서 출발해 예이테스빙엔 방향으로 가는 모습을 지켜보고 있었다. 지금도 몇 번이나 돌려 보면서 매번 새로운 부분을 찾아낼 수 있는 영화처럼 기억이 생생하다.

제너럴모터스 공장에서 나온 2톤 무게의 기계가 천천히 굴러가며 점차 속도를 얻는다. 이제는 타이어에 자갈이 밟히는 소리가 들리지 않을 만큼 자동차가 멀리 가버렸다. 정적과 정적 그리고 빨간 꼬리등. 내 심장이 뛰는 것이 느껴진다. 그 속도도 점점 빨라진다. 예이테스빙엔까지 20미터 더. 원래 고속도로 정비부가 추락 방지막을 세우려고 했지만, 우리 농장까지 이어진 도로의 마지막 100미터가 오프가르 집안의 사유지라서 책임도 그들에게 있음을 카운티 의회가 발견했다. 이제 10미터만 더. 브레이크등이 두 개의 막대처럼 보인다. 트렁크 뚜껑과 반짝이는 범퍼 사이에 그어진 하이픈 두 개. 그것에 반짝 불이 들어왔다가 사라졌다. 모든 것이 사라졌다.

6

"자, 어디 보자, 로위. 너는 사고가 있던 날 저녁 집 앞에 서 있었는데 시간이……." 시그문 올센 경찰관이 고개를 수그리고 앉아서 서류를 훑어보았다. 풍성한 갈기 같은 그의 금발을 보니 학교 체육관의 대걸레가 생각났다. 앞으로 늘어진 머리나 옆머리나 뒷머리나 모두 길이가 똑같았다. 경찰관은 바다코끼리 같은 콧수염도 무성하게 기르고 있었다. 그 대걸레 같은 머리와 콧수염은 아마 1970년대부터 쭉 같은 모양인 것 같았다. 그것이 그에게는 가능한 일이었다. 수그린 그의 머리에 머리숱이 줄어드는 기미는 전혀 없었다. "……7시 반. 네 부모님이 멀어지는 걸 보았다고?"

나는 고개를 끄덕였다.

"브레이크등에 불이 들어오는 것도 봤다고 했지?"

"네."

"그거 그냥 꼬리등 아니야? 둘 다 빨간색이라는 건 알지?"

"브레이크등이 더 밝아요."

경찰관이 재빨리 시선을 들어 나를 보았다.

"너 곧 열여덟 살이지?"

나는 또 고개를 끄덕였다. 어쩌면 그가 보는 서류에 이 사실이 적혀 있을 수도 있고, 초등학교 때 자기 아들 쿠르트가 나보다 한 학년 아래였다는 사실을 기억하는 것일 수도 있었다.

"고등학교?"

"삼촌의 정비소에서 일해요."

경찰관은 다시 책상으로 고개를 수그렸다. "다행이네. 그럼 우리가 스키드마크가 없는 걸 이상하게 생각하는 이유를 너도 알겠구나. 설사 혈액검사 결과 네 아버지가 술을 마신 걸로 나온다 해도, 그 커브 길을 잊어버리거나 페달을 잘못 밟을 정도는 아니었을 거야. 운전하다 말고 잠이 들지도 않았을 거고."

나는 아무 말도 하지 않았다. 경찰관은 세 가지 가능성을 단번에 내놓았고, 내게는 달리 떠오르는 가능성이 없었다.

"칼 말로는 너희 가족이 병원에 있는 베르나르 오프가르 삼촌의 문병을 가려고 했다던데. 네가 그 삼촌 밑에서 일하는 거냐?"

"네."

"하지만 우리가 베르나르하고도 이야기를 해봤는데 말이지, 너희 가족이 오기로 약속된 건 없다고 했어. 너희 부모님이 연락 없이 그렇게 찾아갈 때가 많았니?"

"아뇨. 연락하고 찾아가는 일도 많지 않았어요."

경찰관은 천천히 고개를 끄덕이고는 다시 서류를 유심히 살폈다. 그 일이 그에게는 가장 편안한 것 같았다. "네 아버지가 우울해하는 것 같았니?"

"아뇨."

"확실해? 다른 사람들은 네 아버지가 아주 처져 있는 것 같았다던데."

"아빠가 우울증이었다는 말을 듣고 싶으신 거예요?"

올센이 다시 시선을 들었다. "너 그거 무슨 소리냐, 로위?"

"그러면 사건이 간단해질 수 있잖아요. 아빠가 엄마까지 데리고 자살했다고 결론지을 수 있다면."

"왜 사건이 간단해진다고 생각하는 거야?"

"아빠를 좋아하는 사람이 없었으니까요."

"그렇지 않아, 로위."

나는 어깨를 으쓱했다. "뭐, 좋아요. 아빠는 분명히 우울증이었어요. 혼자 있을 때가 아주 많았고요. 집에 있을 때는 가만히 앉아서 말도 별로 안 했어요. 맥주나 마셨죠. 원래 우울한 사람들이 그렇잖아요."

"우울증을 앓는 사람들은 때로 아주 영리하게 그걸 숨기지." 올센 경찰관의 시선이 내 시선을 옭아매려고 했다. 히지만 일단 내 시선을 붙잡는다 해도 계속 붙들고 있기는 쉽지 않았다. "혹시 네 아버지가…… 살아 있는 것이 좋지 않다는 말을 한 적이 있니?"

'살아 있는 것이 좋지 않다.' 시그문 올센은 일단 이 말을 뱉은 뒤, 마치 최악의 고비를 넘긴 사람처럼 굴었다. 그의 시선이 차분히 내게 머물렀다.

"누가 살아 있는 걸 좋아해요?" 내가 물었다.

순간적으로 올센은 충격을 받은 기색이었다. 그가 한쪽으로 고개를 기울이자 히피 스타일의 긴 머리가 어깨 위로 늘어졌다. 어쩌면 정말로 대걸레인지도 모른다는 생각이 들었다. 그의 책상 뒤에 하얀 아메리카들소 두개골이 그려진 거대한 허리띠 죔쇠와 뱀 가죽 부츠 한 켤레가 숨겨져 있다는 사실을 나는 알고 있었다. 우리는 죽음이 빚어낸 옷을 입는다.

"싫다면서 왜 살아 있지, 로위?"

"그거야 뻔하죠."

"그래?"

"죽는 게 훨씬 더 나쁠 것 같으니까요."

내 열여덟 번째 생일이 코앞이었지만, 엉터리 같은 규정에 따르면 나와 칼에게는 아직 보호자가 필요했다. 카운티 정부는 베르나르 삼촌을 우리 보호자로 지정했다. 노토덴에 있는 사회복지국에서 나온 두 여자는 베르나르 삼촌에 대해 조사해보고는 만족스러운 결과를 얻은 모양이었다. 베르나르는 우리에게 내어준 침실을 두 여자에게 보여주고, 칼이 학교에서 잘 지내고 있는지 학교 측과 자주 이야기를 나누겠다고 약속했다.

사회복지국 여자들이 떠난 뒤 나는 베르나르 삼촌에게 칼과 내가 우리 집으로 올라가서 이틀 밤쯤 자고 와도 괜찮겠느냐고 물었다. 여기 마을에서는 침실 창문을 통해 도로에서 들려오는 소음이 너무 지독했다.

베르나르는 괜찮다면서 커다란 냄비에 끓인 랍스케우스*를 가져가라고 주었다.

그 뒤로 우리는 다시 마을로 내려가지 않았다. 비록 공식적인 주소는 여전히 베르나르 삼촌의 집으로 되어 있었지만. 삼촌도 우리를 계속 돌봐주었다. 보호자로서 지방정부에서 받는 돈도 곧장 우리에게 보내주었다.

이 년쯤 지난 뒤, 그러니까 내가 '프리츠의 밤'으로 명명한 그날

* 고기와 감자를 넣은 노르웨이식 스튜.

로부터 상당한 시간이 흐른 뒤, 베르나르 삼촌이 다시 병원에 입원했다. 암이 이미 다른 곳으로 퍼진 상태였다. 나는 삼촌의 침대 옆에 앉아 훌쩍거리며 삼촌의 말을 들었다.

"독수리들이 허락도 없이 집으로 들어와 자리를 잡을 때가 멀지 않다는 걸 너도 알지?"

삼촌의 딸 부부 얘기였다.

베르나르 삼촌은 항상 딸이 특별히 나쁜 짓을 한 적은 없다고 말했다. 다만 삼촌이 딸을 그리 좋아하지 않을 뿐이라고. 하지만 삼촌이 난파선 도둑에 대해 설명할 때 누구를 염두에 두었는지 나는 알고 있었다. 밤에 배를 향해 가짜 불빛을 쏘아 보낸 뒤, 좌초한 배를 약탈하는 자들.

삼촌의 딸은 두 번 문병을 왔다. 한 번은 삼촌에게 남은 시간이 얼마나 되는지 알아보려고, 두 번째에는 삼촌의 집 열쇠를 가지러.

베르나르 삼촌이 내 어깨에 한 손을 올리더니 진부하고 구질구질한 폭스바겐 농담을 던졌다. 아마 나를 웃게 해주려고 그러는 것 같았다.

"삼촌은 죽을 거예요!" 내가 소리쳤다. 무척 화가 나 있었다.

"그건 너도 마찬가지야. 그리고 내가 먼저 가는 게 맞는 순서지. 응?"

"어떻게 이렇게 누워서도 농담을 해요?"

"뭐, 똥구덩이에 목까지 파묻혔을 때 기억할 것은 머리를 계속 들고 있어야 한다는 거야."

결국 나도 웃음을 터뜨릴 수밖에 없었다.

"마지막 부탁이 하나 있다." 삼촌이 말했다.

"담배요?"

"그것도 있고. 네가 올가을에 실습 수련생으로 이론 시험을 쳤으면 해."

"벌써요? 실습 경력이 오 년 있어야 되잖아요."

"넌 이미 오 년을 채웠어. 초과근무를 많이 했으니까."

"하지만 그건 계산에 포함……."

"나한테는 포함돼. 내가 자격도 없는 놈한테 이론 시험을 치라고 할 것 같아? 너도 알잖아. 넌 내가 아는 최고의 정비사야. 그래서 저기 탁자 위 봉투에 서류를 준비해뒀다. 네가 내 밑에서 오 년 동안 일했다는 증명서야. 거기 적힌 날짜에는 신경 쓰지 말고. 알아들었어Er det klart?"

"개울물처럼 분명하게요Klart som bekk*."

이건 우리 사이의 농담이었다. 베르나르 삼촌 밑에서 일하는 어떤 정비사가 무슨 뜻인지도 모르면서 항상 이 표현을 사용했다. 삼촌은 그의 말을 바로잡아주지 않았다. 내가 삼촌의 웃음소리를 들은 것은 그때가 마지막이었다.

내가 이론 시험에 합격하고 실기 시험이 몇 달 뒤로 다가왔을 때, 베르나르 삼촌은 이미 혼수상태였다. 삼촌의 딸이 생명 유지 장치를 꺼달라고 말한 뒤로는, 스물한 살의 애송이인 내가 사실상 정비소를 운영하고 있었다. 그래도 삼촌의 유언장이 공개되고 내가 정말로 정비소를 물려받았다는 사실을 알게 된 것은 충격적…… 아니, 그 정도는 아니고, 놀라운 일이었다.

삼촌의 딸은 당연히 반발하고 나섰다. 내가 가엾은 자기 아버

---

* 잉크처럼 분명하다(Klart som blekk)를 잘못 쓴 표현이다.

지 옆에 붙어 앉아서 꼬드겼다는 것이 그녀의 주장이었다. 나는 굳이 주장하고 싶지도 않지만, 베르나르 삼촌이 내게 정비소를 물려준 것은 날 부자로 만들어주기 위해서가 아니라 정비소가 남의 손에 넘어가는 것을 막기 위해서라고 말했다. 그러니 삼촌의 딸이 원한다면, 그녀가 부르는 값에 정비소를 내가 사겠다고. 그렇게 하면 최소한 삼촌의 소망만은 이루어줄 수 있지 않겠는가. 삼촌의 딸이 값을 불렀다. 나는 우리 오프가르 사람들은 원래 흥정하는 성격이 아니지만 그녀가 부른 가격을 내가 감당할 수 없으며, 정비소에서 얻는 소득에 비해서도 지나치게 높은 가격이라고 말했다.

삼촌의 딸은 정비소를 시장에 내놓았다. 그러나 거듭 가격을 내려도 사겠다는 사람이 나서지 않자 결국 나를 다시 찾아왔다. 내가 처음부터 그녀에게 제안했던 가격을 치르자, 그녀는 계약서에 서명하고 피르르 회를 내며 밖으로 걸어 나갔다. 마치 부정한 속임수에 당한 사람 같았다.

나는 최선을 다해 정비소를 운영했다. 그래봤자 경험도 없고 시장의 추세도 몰랐으니 한계가 있었다. 하지만 실적이 아주 나쁘기만 한 것도 아니었다. 인근의 다른 정비소들이 차츰 문을 닫으면서 내게로 일이 몰린 덕분이었다. 마르쿠스를 시간제 직원으로 데리고 있기에 그 정도면 충분했다. 하지만 저녁에 자리에 앉아서 칼과 계산을 해보면(당시 칼은 경영학을 공부하고 있었으므로 대변과 차변을 구분할 수 있었다), 밖에 있는 주유기 두 대가 정비소보다 더 많은 돈을 벌어들인다는 사실을 분명히 알 수 있었다.

"공공 도로 관리국 사람들이 확인하러 나왔어." 내가 말했다. "내가 자격증을 유지하려면 장비를 업그레이드해야 돼."

"얼마나 들어?" 칼이 말했다.

"20만. 더 들 수도 있고."

"여기서는 그 돈 못 구해."

"나도 알아. 어쩌지?"

주유소에 우리 둘의 생계가 달려 있었다. 그래서 나는 대답을 알면서도 칼에게 물어보았다. 그 답을 칼이 말하는 편이 나을 것 같아서.

"정비소를 팔고 주유기만 돌려야지." 칼이 말했다.

나는 그레테 스미트가 이발기를 갖다 댔던 목덜미를 문질렀다. 까끌까끌한 머리카락이 손끝을 찔러댔다. 그레테는 이것을 '군인 머리'라고 했다. 유행하는 머리는 아니지만 고전적인 스타일이라고. 앞으로 십 년 뒤에 지금 찍은 사진을 봐도 민망해서 몸부림칠 일은 없다는 뜻이었다. 머리를 깎고 난 뒤 사람들은 유난히 아버지와 닮아 보인다면서 판박이라고 말했다. 그 말이 옳다는 것을 알기 때문에 무척 듣기 싫었다.

"형이 차에 기름을 채우는 일보다 차를 고치는 일을 더 좋아하는 건 알아." 한참 침묵이 흐른 뒤 칼이 말했다. 그동안 나는 고개를 끄덕이지도 침을 뱉지도 않았다.

"그건 괜찮아. 어차피 자동차를 고치는 사람이 줄어들고 있으니까." 내가 말했다. "자동차 회사들이 옛날처럼 차를 만들지 않거든. 우리한테 오는 일은 대부분 바보라도 할 수 있는 것들이야. 요즘은 이 일에 '정성'을 쏟을 필요가 없어." 나는 스물한 살인데, 말하는 것이 꼭 예순 살 노인 같았다.

다음 날 빌룸 빌룸센이 와서 정비소를 둘러보았다. 빌룸센은 선천적으로 뚱뚱한 사람이었다. 첫째, 체형부터 살이 찔 수밖에 없었다. 그래서 전체적인 균형을 위해 배와 허벅지와 턱에 살이 잔뜩 붙어 있었다. 둘째, 그의 걸음걸이, 말투, 몸짓 또한 뚱뚱한 사람의 것이었다. 이걸 어떻게 설명해야 할지 잘 모르겠지만, 한번 시도는 해보겠다. 빌룸센은 오리처럼 양발을 벌린 채 어기적거리며 걸었다. 말할 때는 목소리가 크고 삼가는 기색이 없었으며, 커다란 몸짓과 얼굴 표정을 말에 곁들였다. 요약하자면, 빌룸센은 아주 많은 공간을 차지하는 사람이었다. 셋째, 그는 시가를 피웠다. 클린트 이스트우드라면 몰라도, 평범한 사람들은 뚱뚱하지도 않은 몸으로 시가를 피운다고 주장해봤자 남들이 믿어주지 않는다. 심지어 윈스턴 처칠과 오슨 웰스도 애를 먹을 것이다. 중고차 상인인 빌룸센은 무슨 속임수를 써도 손님에게 팔아넘길 수 없는 차에서 부품을 모두 떼어내 팔았다. 나도 가끔 그에게서 부품을 살 때가 있었다. 빌룸센은 다른 중고품도 거래했는데, 훔친 물건을 처리하고 싶을 때 빌룸센을 찾아가면 될 거라는 소문도 있었다. 급전이 필요한데 은행 문턱을 넘기가 쉽지 않은 사람도 마찬가지였다. 하지만 돈을 제때 갚지 못한다면 하느님께 기도나 드리는 수밖에 없었다. 빌룸센이 유틀란트에서 불러온 덴마크인 해결사가 각종 공구를 들고 와서 설사 어머니의 돈을 강탈하는 한이 있더라도 돈을 갚겠다는 약속을 금방 받아내기 때문이다. 사실 이 해결사를 실제로 본 사람은 없지만, 우리가 어렸을 때 상상력을 부추기는 일이 있기는 했다. 빌룸센의 중고차 판매점 앞에 덴마크 번호판을 단 하얀색 재규어 E 타입이 주차되어 있었던 것이다. 덴마크인 해결사의 하얀 차. 소문이 힘을 얻기에는 그것만으로 충분했다.

빌룸센은 모든 장비와 공구를 살펴보았다. 가격을 부르기 전에 깎아 내리거나 제외할 것이 있는지 파악하기 위해서였다.

"별것 없어요." 내가 말했다. "이쪽 업계를 잘 아시니까, 전부 최고급 장비라는 걸 아시겠죠?"

"네가 네 입으로 말했잖아, 로위. 장비를 업그레이드해야 자격을 유지할 수 있다고."

"하지만 아저씨가 공인된 정비소를 운영할 것도 아니잖아요. 아저씨가 파는 고물 자동차들이 일주일 정도만 굴러가게 수리하면 되는 것 아니에요?"

빌룸센이 너털웃음을 터뜨렸다. "내가 가격을 매길 땐, 그 물건이 너한테 얼마나 가치 있는지 따지지 않아, 로위 오프가르. 너한테 얼마나 가치가 없는지를 따지지."

나는 매일 새로운 것을 배우고 있었다.

"조건이 하나 있어요. 마르쿠스도 같이 데려가세요." 내가 말했다.

"헛간을 팔면서 트롤을 딸려 보낸다고? 왜 이래? 마르쿠스는 정비사라기보다 트롤에 가까운 녀석이잖아."

"그게 조건이에요, 빌룸센 아저씨."

"마르쿠스 같은 트롤을 어디에 써먹을 수 있을지 정말 모르겠다, 로위. 나라에 보험료도 내야 하고, 복지비용도 있는데."

"네, 네, 저도 다 알아요. 하지만 마르쿠스는 아저씨가 파는 차들이 도로에서 위험한 존재가 되지 않게 해줄 거예요. 그 점이 아저씨보다 낫죠."

빌룸센은 턱 맨 아래쪽의 살을 만지작거리며 비용을 계산하는 것 같은 표정을 지었다. 그러고는 커다란 낙지의 눈 같은 퉁방울눈 한쪽으로 나를 바라보며 훨씬 더 낮은 가격을 불렀다.

나는 더 이상 참을 수가 없어서 그냥 좋다고 말해버렸다. 그러자 빌룸센이 곧바로 한 손을 내밀었다. 십중팔구 내가 마음을 바꾸기 전에 확실히 하기 위해서였을 것이다. 나는 내 앞에 쫙 펼쳐진 자그마한 손가락 다섯 개를 바라보았다. 물을 채운 라텍스 장갑 같았다. 그 손을 잡는데 몸이 부르르 떨렸다.

"내일 와서 다 가져가마." 빌룸센이 말했다.

빌룸센은 삼 개월 뒤 마르쿠스를 해고했다. 시험 삼아 데리고 있는 기간이 끝나기 전이었으므로, 해고 수당을 지불할 필요가 없었다. 그는 마르쿠스에게 지각을 자주 해서 경고를 했는데도 또 지각한 것이 해고 사유라고 말했다.

"정말로 그랬어?" 나는 이제 나 혼자 운영하는 주유소가 된 과거의 정비소로 일자리를 구하려고 찾아온 마르쿠스에게 물었다. 나는 평일에 항상 열두 시간씩 이곳에서 일하고 있었다.

"응." 마르쿠스가 말했다. "9월에 십 분 지각. 11월에 사 분 지각."

그렇게 해서 주유기 두 대로 세 명이 먹고 살게 되었다. 나는 과거 정비소로 쓰던 공간에 음료수와 과자를 파는 자동판매기를 들여놓았지만, 동네 사람들은 물건도 더 많고 거리도 가까운 소비조합 매점으로 갔다.

"이래서는 안 되겠어." 칼이 함께 작성한 대차대조표를 가리키며 말했다.

"계곡 위쪽에 오두막을 분양하는 데가 세 군데나 새로 생겼어." 내가 말했다. "겨울을 기다려봐. 오두막을 산 주인들이 차를 몰고 전부 이 앞을 지나갈 테니까."

칼은 한숨을 내쉬었다. "진짜 고집쟁이."

어느 날 SUV 한 대가 주유소 앞마당에 들어와 섰다. 남자 두 명이 내리더니 뭔가를 찾듯이 정비소 건물과 세차장을 한 바퀴 돌왔다.

"화장실을 찾는 거라면, 여기 안에 있어요." 내가 소리쳤다.

그들은 내게 다가와 각자 명함을 건넸다. 이 나라 최대의 주유소 체인에서 나온 사람들이었다. 그들은 내게 이야기를 좀 하자고 말했다. 나는 "무슨 이야기요?" 하고 물은 뒤에야 칼이 그들에게 연락했음을 깨달았다. 그들은 이렇게 보잘것없는 곳에서 내가 이 정도 실적을 거두는 것이 놀랍다면서, 조금만 더 손을 보면 훨씬 더 많이 벌 수 있다고 설명했다.

"프랜차이즈 계약이죠. 십 년." 그들이 말했다.

그들은 계곡 위쪽에 새 오두막들을 짓는 대규모 투자가 이루어지고 있다는 것과, 이 앞의 대로를 지나갈 교통량 예측에 대해서도 알고 있었다.

"그래서 그 사람들한테 뭐라고 했어?" 내가 집으로 돌아왔을 때 칼이 들뜬 얼굴로 물었다.

"고맙다고 했지." 나는 이렇게 말하고 나서 부엌 식탁에 늘어지듯 앉았다. 칼이 데운 미트볼이 놓여 있었다.

"고맙다고?" 칼이 말했다. "그게 무슨……." 그가 내 표정을 살폈다. "고맙지만 괜찮다는 뜻이야? 젠장, 로위!"

"그 사람들은 전부 구입하겠다고 했어. 건물이랑 땅까지. 물론 큰돈이지. 하지만 난 거기를 소유하고 있는 게 좋은 것 같아. 내 안의 농부 기질이겠지."

"아무리 그래도 그렇지. 여기서 살아남으려면 그 수밖에 없어."

"그 사람들이 올 거라고 미리 말해주지 그랬어."

"그럼 그 사람들 말을 들어보지도 않고 거절부터 했을 거잖아."

"아마 그랬겠지."

칼은 앓는 소리를 내며 양손으로 머리를 움켜쥐었다. 한참 동안 그대로 있다가 한숨을 내쉬었다. "형 말이 맞아. 내가 참견할 일이 아니지. 미안해. 돕고 싶어서 그랬어."

"나도 알아. 고맙다."

칼은 한 손의 손가락을 벌려서 그 틈새로 나를 바라보았다. "그럼 그 사람들한테서 아무 소득이 없는 거야?"

"있었지."

"진짜?"

"먼 길을 가야 하니까 우리 주유소에서 기름을 채웠어."

7

아빠가 내게 권투를 조금 가르쳐주었지만 나는 내가 잘 싸우는 편인지 잘 모른다.

오르툰에서 무도장이 열렸다. 여느 때의 그 밴드가 몸에 꼭 맞는 흰색 정장을 차려입고 나와 스웨덴의 히트곡들을 연주했다. 보컬은 깡마른 남자였는데, 로드 스튜어트 같은 목소리를 내는 것과 그 사람만큼 많은 여자랑 사귀는 것이 그의 꿈이라서 사람들은 그를 로드라고 불렀다. 그가 노르웨이어와 스웨덴어를 뒤섞어 울부짖듯 노래할 때면, 가끔 마을에 들러 이 나라 전역에서 거대한 깨달음의 파도가 일고 있다고 설교하던 순회 목사 아르만의 목소리와 비슷하게 들렸다. 아르만은 심판의 날이 가까이 다가왔으므로 이렇게 깨달음이 번져나가는 것이 좋은 일이라고 말했다. 하지만 만약 그가 그날 저녁 오르툰에 있었다면, 아직도 할 일이 적잖이 남아 있음을 깨달았을 것이다. 남녀를 막론하고 온갖 연령대의 사람들이 집에서 직접 담근 술을 마시고 취해서 마을회관 앞의 잔디밭을 휘청휘청 돌아다녔다. 만약 그들이 그 술을 안으로 가지고 들어가려 했다면 압수당했을 것이다. 로드가 황금빛이 섞인 갈색 눈에 대해

113

노래하는 가운데 연인들은 서로에게 몸을 의지했다. 그러다 그들 역시 술에 취해 풀밭에 널브러져서 또 술을 마시거나, 자작나무 숲속에서 정사를 벌이거나, 토하거나, 똥을 쌌다. 어떤 사람들은 굳이 숲속으로 들어가려 하지도 않았다. 사람들은 우리의 로드가 골수 여성 팬 한 명을 무대로 초대해 밴드의 자작곡을 같이 불렀던 일에 대해 이야기했다. '오늘 밤 나를 생각하나요'라는 노래였는데, 에릭 클랩턴의 '원더풀 투나이트'와 너무나 비슷해서 그가 천연덕스러운 표정을 유지하는 것이 기적처럼 보일 정도였다. 노래를 두 소절 부른 뒤 그는 기타리스트에게 엄청나게 긴 솔로 연주를 시키고는 여자와 함께 무대 뒤로 사라져버렸다. 마이크까지 손에 든 채였다. 그러다 세 번째 소절을 부를 때가 됐을 때 무대 뒤에서 다소 숨을 헐떡이는 것 같은 목소리가 들려왔다. 로드는 그 소절을 절반쯤 부르다가 우쭐거리며 다시 무대에 모습을 드러냈다. 이번에는 혼자였다. 그는 무대 앞의 여자들 두어 명에게 윙크를 하다가 그들의 경악한 표정을 알아차리고 아래를 내려다보았다. 그의 하얀 바지에 피가 묻어 있었다. 그는 노래를 끝까지 부른 뒤 마이크를 스탠드에 끼우고 한숨과 함께 미소를 지으며 '이런, 이런, 이런……'이라는 가사를 다음 곡에 집어넣었다.

길고 경쾌한 여름밤. 보통 싸움은 10시가 지난 뒤에야 시작되었다. 두 청년이 싸움을 벌일 때 원인은 십중팔구 여자였다. 누군가가 말을 걸었던 여자, 또는 아주 자주 아주 밀착해서 춤을 췄던 여자. 어쩌면 그 싸움의 사연은 오르툰의 그 토요일 저녁보다 훨씬 전에 시작된 것일 수도 있지만, 어쨌든 지금 술기운과 구경꾼들의 부추김이 연료가 되어 갈등이 폭발하게 되었다. 가끔은 남자들이 그저 싸우고 싶어서 여자를 손쉬운 핑계로 삼기도 했다. 그런 사람들은 아주 많았다. 자기가 싸움 외에는 잘하는 것이 별로 없다고 생각하는 남자들, 오르튠의 무도장을 자신의 무대로 활용하는 남자들.

물론 정말로 질투가 원인일 때도 있었다. 대개는 칼이 관련된 경우였다. 하지만 칼이 먼저 싸움을 시작한 적은 한 번도 없었다. 새로 거듭난 칼은 엄청난 매력으로 상대의 무장을 해제해버렸다. 진짜 싸움을 좋아하는 악당들이 굳이 신경 쓸 상대도 아니었다. 다른 녀석들이 칼을 공격하는 것은 분위기에 휩쓸린 탓이었다. 어떤 때는 칼이 아무 짓도 하지 않았는데도 싸움이 벌어졌다. 그는 그저 여자들을 웃게 하고, 그들의 애인보다 좀 더 로맨틱하게 굴고, 그 파란 눈으로 어떤 여자의 눈을 지그시 바라보았을 뿐이었다. 칼에게는 여자친구가 있기 때문이었다. 다른 사람도 아니고, 카운티 의회 의장의 딸이 칼의 애인이었다. 그러니 다른 남자들에게 칼이 위협이 될 리가 없는데도, 술기운에 머리가 몽롱해지면 사람들의 생각이 달라지는지 말솜씨 하나는 기가 막히는 이 로맨틱한 청년에게 본때를 보여주려고 했다. 그들은 먼저 주먹다짐을 시작했다가 그 주먹에 맞은 칼의 표정에 더 열이 받았다. 칼이 진심으로 놀란 표정, 하지만 거의 자기가 그냥 봐준다는 듯한 표정을 짓기 때문이었다. 칼이 전혀 자기방어를 하지 않는 것도 그들의 화를 더욱더 부채질했다.

여기서 내가 등장한다.

내 생각에 나는 사람들을 무장해제시켜 더 이상 피해를 야기하지 않게 만드는 데 재능이 있는 것 같다. 폭탄 해체반과 같다. 나는 실용적인 사람이다. 세상이 어떻게 돌아가는지 안다는 뜻이다. 아마 그것이 이유일 것이다. 무게중심, 질량, 속도, 그런 것들을 나는 이해한다. 그래서 내 동생을 두들겨 패려는 녀석들을 저지하는 데 필요한 일을 했다. 딱 필요한 만큼만. 덜하지도 더하지도 않게. 하지만 물론 가끔은 더하는 편이 필요할 때도 있었다. 코가 부러지고, 가끔은 갈비뼈도 부러지고, 적어도 한 놈 정도는 턱이 부러지는 정도. 그는 다른 도시에서 온 녀석인데, 아까 칼의 코를 주먹으로 세게 때렸다.

나는 순식간에 현장에 나타났다. 피가 흐르는 손마디, 내 소매에 묻은 피 그리고 누군가의 말이 기억난다. "이제 그만해, 로위."

아니, 이 정도로는 그만둘 수 없었다. 내 밑에 깔린 그 피투성이 얼굴에 주먹 한 방 더. 한 방만 더 때리면 문제를 영원히 해결할 수 있을 텐데.

"경찰이 곧 올 거야, 로위."

나는 허리를 숙여 녀석에게 귓속말을 한다. 귀 양쪽으로 피가 흐르고 있다.

"다시는 내 동생 건드리지 마, 알았어?"

술기운과 고통 때문에 유리처럼 멍해진 눈이 내게 고정되었지만, 그 시선은 내면을 향하고 있다. 나는 한 팔을 들어 올린다. 내 밑에 깔린 녀석이 고개를 끄덕인다. 나는 일어나서 옷을 탁탁 털고 볼보 240으로 걸어간다. 아직 시동이 걸려 있고, 운전석 문이 열려 있다. 칼은 이미 뒷좌석에 몸을 쭉 펴고 늘어져 있다.

"내 차에 피 묻히면 죽어." 나는 클러치를 풀고 가속페달을 밟으면서 말한다. 내가 페달을 어찌나 세게 밟았는지 잔디밭의 풀과 흙덩이가 공중으로 튀어 오른다.

"로위." 산으로 올라가는 길을 따라 커브를 몇 번 돌았을 때 졸린 목소리가 말한다.

"그래. 마리한테는 말 안 할게." 내가 말했다.

"그 얘기가 아니야."

"토할 것 같아?"

"아니, 형한테 할 얘기가 있어."

"그러지 말고……."

"사랑해, 형."

"칼, 무슨……."

"맞아! 난 멍청이 바보야. 하지만 형은, 형은 그런 거 신경 안 쓰잖아. 매번 형이 나타나서 나를 구해주지." 이제 칼은 울먹거리고 있었다. "로위, 있잖아…… 나한테는 형뿐이야."

나는 운전대를 잡고 있는 피투성이 주먹을 바라본다. 나는 정신이 말짱하고, 몸속의 피는 기분 좋게 고동치며 돌고 있다. 마지막 그 한 방을 때릴 수 있었는데. 내 밑에 깔려 있던 그 남자는 시기심만 가득한 하찮은 놈이었다. 사회의 낙오자. 그렇게까지 때릴 필요는 없었을 것이다. 하지만 세상에, 그 마지막 한 방을 얼마나 때리고 싶었는지.

나중에 알고 보니 내가 턱뼈를 부러뜨린 그자는 원래 자기를 잘 모르는 사람들이 가득한 파티장에 나타나 누군가의 화를 돋운 뒤 마음껏 주먹을 휘두르는 놈으로 유명했다. 그놈의 턱이 부러졌다는 소리를 듣고 나는 소환장이 날아올 줄 알았지만, 그런 일은 끝내 없었다. 오히려 그놈이 경찰에 신고했으나 경찰관이 그냥 포기하라고 조언했다는 이야기를 들었다. 경찰관은 칼도 갈비뼈 한 대가 부러졌다고 말했다는데, 그건 사실이 아니었다. 나중에 나는 그때 턱을 부러뜨린 것이 미래를 위한 훌륭한 투자였음을 깨달았다. 그때 얻은 명성 덕분에, 칼이 문제에 휘말리더라도 내가 나타나 싸울 자세를 잡기만 하면 상대가 그냥 뒷걸음칠 때가 많았다.

"젠장." 술에 취한 칼이 목멘 소리를 내며 코를 훌쩍인다. 우리는 각자 침대에 누워 있다. "난 평화로운 사람이야. 여자애들을 웃게 해줄 뿐이라고. 그런데 남자들은 전부 화를 내. 그러다 형이 나타나서 대신 문제를 해결해버리지. 나 때문에 형한테 앙심을 품는 사람들만 잔뜩 생기고, 젠장." 칼이 또 코를 훌쩍거린다. "미안해." 그리고 내 매트리스 아래의 판자를 때린다. "듣고 있어? 미안하다고."

"그놈들이 바보야. 이제 잠이나 자."

"미안해!"

"자라고."

"응, 응, 알았어. 그래도 로위……."

"응."

"고마워. 고마워, 진짜…… 진짜……."

"조용히 좀 해라, 응?"

"……형이 내 형이라서. 잘 자."

정적이 흐르다가 아래층 침대에서 고른 숨소리가 들려온다. 편안하다. 내 동생의 편안한 숨소리만큼 좋은 것은 없다.

하지만 칼이 이 도시와 나를 떠나게 만든 파티에서는 주먹질이 전혀 오가지 않았다. 칼은 술에 취했고, 로드는 갈라진 목소리로 노래를 불렀고, 마리는 집으로 돌아갔다. 그와 마리가 싸웠던가? 그랬을 수도 있다. 마리는 카운티 의회 의장의 딸이니 칼보다 더 남들의 눈을 신경 쓰는 것이 어찌 보면 당연했다. 하지만 파티에서 항상 술을 너무 많이 마시는 칼에게 지쳤을 수도 있었다. 아니면 다음 날 일찍 일어나서 부모님과 함께 교회에 가거나 시험공부를 해야 해서 일찍 돌아간 것일 수도 있고. 아니, 마리는 그렇게 새침하고 성실하지 않았다. 예의는 있었지만, 새침하고 성실한 사람은 아니었다. 마리는 취한 칼을 옆에서 보살피는 일이 싫어서 가장 친한 친구인 그레테에게 그 일을 넘겨버렸다. 그레테는 조금 지나치게 좋아하는 것 같았다. 그레테가 칼을 사랑한다는 사실을 모를 정도라면 상당히 눈이 나쁘다고 봐야 한다. 하지만 물론 마리라면 그걸 모를 가능성이 얼마든지 있었다. 그러니 그다음에 벌어질 일도 전혀 예상하지 못했다. 로드가 여느 때처럼 '러브 미 텐더'를 마지막 곡으로 부르고 있을 때 무도장에서 칼을 부축하고 있던 그레테가 자작나무 숲속으로 칼을 데려갔다. 그리고 나무에 기대선 채로 일을 마쳤다. 칼은 뭐가 어떻게 된 건지 잘 몰랐다고 말했다. 그레테의 다운재킷이 나무껍질에 쓱싹쓱싹 마찰하는 소리에 정신을 차렸을 뿐이라고. 결국 재킷의 천이 찢어지면서 깃털들이 꼬꼬마 천사들처럼 허공을 날아다니기 시작하자 그 쓱싹거리는 소리가 사라졌다. 칼의 표현을 그대로 옮긴 것이다. 꼬꼬마 천사들. 정적 속에서 그는 그레테 본인은 어떤 소리도 내지 않았음을 깨달았다. 이 순간의 마법을 깨기 싫었거나, 별로 느끼지 못한 탓이었을 것이다. 칼이 멈춘 것이 그때였다.

"내가 옷을 새로 사주겠다고 말했어." 다음 날 아침 아래층 침대에서 칼이 말했다. "그런데 그레테가 괜찮대. 자기가 수선할 수 있다고. 그래서 내가……." 칼이 앓는 소리를 냈다. 술 냄새가 허공을 떠돌았다. "바느질을 도와줄까 하고 물었어."

위층의 나는 한참 웃다가 결국 눈물을 줄줄 흘렸다. 칼이 이불을 머리 위로 덮어쓰는 소리가 들렸다. 나는 침대 밖으로 몸을 내밀고 말했다.

"그래서 이제 어쩔 거야, 바람둥이 씨?"

"몰라." 이불 속에서 목소리가 들려왔다.

"누구한테 들키지는 않았어?"

아무도 두 사람을 보지 못했다. 어쨌든 그 뒤로 일주일 동안 우리는 마을에서 그레테와 칼에 대한 소문을 듣지 못했다. 마리도 듣지 못한 모양이었다. 칼이 걱정하지 않아도 될 것 같았다.

하지만 그레테가 찾아왔다. 칼과 나는 겨울정원에 앉아 있다가, 그레테가 자전거를 타고 예이테스빙엔의 굽잇길을 달려오는 것을 보았다.

"젠장." 칼이 말했다.

"자기 등산 재킷을 찾으러 온 모양인데." 내가 말했다. "너 말이야."

칼이 내게 하도 매달려서 결국 내가 밖으로 나가 칼이 지독한 감기에 걸렸다고 말했다. 전염성이 아주 높은 감기라고. 그레테는 나를 빤히 바라보았다. 땀이 맺혀 반짝거리는 그 커다란 코를 기준으로 마치 날 겨냥하는 듯한 시선이었다. 그러다가 돌아섰다. 다시자전거에 오른 그녀는 짐 바구니에 묶어두었던 다운재킷을 입고 있었다. 바늘로 꿰맨 자국이 등을 타고 내려오는 흉터 같았다.

그레테는 다음 날 다시 찾아왔다. 문을 열어준 칼이 뭐라고 말하기도 전에 그레테는 사랑한다고 말했다. 그러자 칼은 그날 일이 실수였다고 대답했다. 자기가 아주 멍청한 짓을 했으며, 지금도 후회하고 있다고 말했다.

다음 날 마리가 전화를 걸어 그레테에게서 모든 이야기를 들었다면서, 부정을 저지른 사람과는 사귈 수 없다고 말했다. 나중에 칼은 마리가 울었지만 차분한 태도였다고 말해주었다. 자기는 이해할 수 없다는 말도 했다. 마리가 이별을 통고한 것은 이해가 가지만, 그레테가 자작나무 숲에서 있었던 일을 마리에게 털어놓은 것은 이해할 수 없다고. 재킷 일을 비롯해서 모든 일에 대해 그레테가 칼에게 화를 내는 건 이해할 수 있었다. 복수를 원해도 어쩔 수 없는 일이었다. 하지만 유일한 친구를 잃는 위험까지 무릅쓴다면, 그건 자기 손으로 발등을 찍는 꼴이 아닌가?

나는 별로 대답할 말이 없었지만, 베르나르 삼촌이 전에 난파선 도둑에 대해 말해준 것이 생각났다. 옛날에 가짜 신호로 배들을 암초가 있는 곳으로 끌어들여 좌초시킨 뒤 약탈했다는 사람들. 그때부터 나는 그레테를 암초로 생각하게 되었다. 아무도 볼 수 없게 몸을 숨긴 채, 뱃전을 찢어발길 기회만 기다리는 암초. 어떤 의미에서는 자신의 열정에 스스로 사로잡힌 그녀가 안쓰러웠지만, 마리를 배신했다는 점에서는 그녀도 칼과 하나도 다를 것이 없었다. 나는 그녀에게서 칼이 미처 보지 못한 것을 감지했다. 숨겨진 사악함. 자신의 것을 망가뜨리는 고통보다 남을 함께 끌고 넘어지면서 느끼는 기쁨이 더 큰 사람이다. 학교에서 총기 난사 사건을 벌이는 놈들의 심리와 똑같다. 여기서 다른 점은 그 범인이 아직 살아 있다는 것뿐. 아직 살아서 사람들을 불태워버릴 수도 있고, 머리카락을 잘라버릴 수도 있다.

몇 주 뒤 마리가 갑자기 오스에서 도시로 이사했다. 하지만 그녀는 오래전부터 그곳에서 공부할 계획이었다고 주장했다.

그리고 또 몇 주가 흐른 뒤 칼이 미국 미네소타에서 장학금을 받고 경영학을 공부하게 되었음을 밝혔다. 마리의 이사만큼이나 갑작스러운 일이었다.

"그래, 그런 일을 거절하면 안 되지, 당연히." 나는 이렇게 말하고 나서 침을 꿀꺽 삼켰다.

"그렇겠지." 칼은 잘 모르겠다는 듯이 말했다. 하지만 내가 녀석에게 속을 리가. 녀석이 이미 오래전에 마음을 굳혔음을 나는 알아차렸다.

그다음 며칠이 분주히 지나갔다. 나는 주유소에서 할 일이 많았고 칼은 떠날 준비를 하느라 여념이 없었으므로 우리 둘이 차분히 이야기를 나눌 시간이 없었다. 나는 차를 몰고 몇 시간 거리인 공항까지 칼을 데려다주었다. 하지만 그때도 이상하게 우리는 별로 대화를 나누지 않았다. 비가 억수같이 내리는 날이라 자동차 와이퍼 소리가 정적을 가려주었다.

공항 출발 층 입구 앞에 차를 세운 나는 시동을 끈 뒤 기침을 한 번 한 뒤에야 말을 꺼낼 수 있었다. "다시 올 거야?"

"뭐? 당연하지." 칼은 따스하고 환한 미소와 함께 거짓말을 하면서 양팔로 나를 끌어안았다.

오스로 돌아가는 내내 비가 그치지 않고 내렸다.

내가 마당에 차를 세우고 집 안의 유령들에게 돌아간 것은 이미 날이 어두워진 뒤였다.

8

칼이 돌아왔다. 금요일 저녁에 나는 주유소에 혼자 남아 생각에 빠졌다.

칼이 미국으로 떠났을 때 나는 칼이 좋은 성적과 재능을 이용해 이 쓰레기장을 탈출해서 지평을 넓히는 것이 당연하다고 생각했다. 또한 그것이 오프가르 집안에 무겁게 드리워져 우리를 압박하는 그림자들, 과거의 기억으로부터 도망치는 방법이라는 생각도 있었다. 혹시 마리 오스 때문에 그가 떠난 건가 하는 생각은 이제야, 칼이 돌아온 지금에야 문득 머리에 떠올랐다.

마리가 칼을 버린 것은 그가 자신의 절친한 친구와 바람을 피웠기 때문이지만, 그 일이 그녀에게도 혹시 이곳을 벗어날 기회를 제공해준 건 아니었을까? 사실 마리는 오프가르 집안의 시골 청년보다는 더 높은 곳을 겨냥하고 있었다. 그녀가 고른 남편이 이 점을 확인해준다고 할 수 있다. 마리와 단 크라네는 오슬로의 대학에서 처음 만났다. 둘 다 활발하게 활동하는 노동당원이었으며, 단은 오슬로의 아주 유복한 가정 출신이었다. 지금은 〈오스 데일리〉의 편집자로 일하고 있다. 그와 마리는 아이를 두 명 낳았으며, 마리의 부모가 사는 집보다 더 커질 만큼 집을 계속 확장했다. 마리는 자신이 칼 오프가르와 어울리지 않는다며 아주 즐거운 듯이 악의적으로 쑥덕거리던 사람들의 입을 이것으로 모두 막아버렸다. 단순한 복수 그 이상의 성과를 거둔 것이다.

반면 칼의 문제는 그대로 남아 있었다. 잃어버린 명예와 이 동네에서 누리던 특별한 지위를 어떻게 회복할 것인가. 그래서 이렇게 고향으로 돌아온 건가? 아름다운 아내와 캐딜락을 자랑하고, 이 동네 사람들이 한 번도 보지 못한 큰 호텔을 지으려고?

그것은 정말이지 터무니없고 거의 필사적인 프로젝트였다. 도로에서 몇 킬로미터나 떨어진 곳, 나무들이 자라는 선보다 더 위쪽에 호텔을 지어야 한다고 그렇게 고집을 부리다니. 순전히 '산 정상의 호텔'이라는 광고 문구를 사실로 만들기 위해서였다. 하지만 사실 수목한계선 아래쪽에 위치한 호텔들도 즐겁게 그런 문구를 사용했다. 또 다른 문제는 증기탕에 앉아 있거나 소변처럼 미지근한 물에 목욕하려고 누가 굳이 산꼭대기까지 올라오겠는가 하는 것이었다. 도시 사람들은 원래 저 아래쪽에서 그런 일을 하지 않는가.

공중에 성을 짓겠다는 계획을 위해 땅을 위험 앞에 내놓아야 한다고 소수의 농부들을 설득하는 일이 불가능할 것이라는 점도 문제였다. 포드 자동차나 슈워제네거의 영화만 빼고 외부에서 새로 들어오는 모든 것에 대한 의심을 엄마 젖을 먹을 때부터 품고 있는 사람들의 마을에서 어떻게 그런 일을 해낼 수 있겠는가.

물론 칼의 의도 또한 문제였다. 칼은 산꼭대기에 호텔 리조트와 스파를 지으면 이 마을도 마침내 지도에 실려 느리고 조용한 죽음에서 구출될 것이라고 말했다.

하지만 마을 사람들이 그의 의도를 꿰뚫어 보지 않을까? 그가 진짜로 원하는 것은 자기 자신, 즉 칼 오프가르를 남들이 우러러보는 자리에 올려놓는 것임을 깨닫지 못할까? 칼처럼 넓은 세상에서 뭔가를 이룩한 사람들이 고향으로 돌아오는 이유가 바로 그것이었다. 그를 아직도 카운티 의회 의장의 딸에게 차이고 달아난 바람둥이로 기억하는 고향으로 돌아온 이유. 모두가 자신을 오해하고 있지만 동시에 속속들이 이해해주는 고향에서 다시 인정받는 것만큼 굉장한 일은 없다. 고향 사람들은 협박과 위안을 반씩 섞어 이렇게 말할 것이다. "내가 너를 알지." 그의 진면목을 안다는 뜻이다. 거짓과 가식 뒤에 숨기만 할 수는 없다는 뜻이다.

내 시선이 중앙 도로를 따라 광장으로 향했다.

뭐든지 훤히 들여다보인다는 것. 모든 작은 마을의 저주이자 영광이다. 조만간 모든 사실이 드러날 것이다. 모든 사실이. 칼은 광장에 자신의 동상을 세울 기회를 얻기 위해 기꺼이 그 위험을 무릅썼다. 보통 동상으로 길이길이 남는 것은 카운티 의회 의장이나 목사나 댄스 그룹 소속 가수에게만 허락되는 일인데.

문이 열리면서 나의 생각이 중단되고 율리가 안으로 들어왔다.

"이제는 점장님이 밤 근무를 하는 거예요?" 그녀가 과장되게 놀란 시늉을 하며 큰 소리로 물었다. 껌을 짝짝 씹으며 양발에 번갈아 무게를 싣듯이 몸을 살짝 흔들고 있는 그녀는 조금 차려입은 모습이었다. 몸에 꼭 끼는 티셔츠 위에 짧은 재킷을 입고 팔짱을 꼈으며, 화장도 평소보다 진했다. 그녀는 나와 여기서 마주칠 줄 예상하지 못했기 때문에, 이렇게 꾸민 자신의 모습을 내가 보고 있는 것을 깨닫고 어색한 표정을 지었다. 폭주족 남자애들과 어울려 금요일 밤을 보내는 여자애의 모습. 나는 상관없었지만, 율리에게는 상관없는 일이 아닌 모양이었다.

"에길이 몸이 안 좋아." 내가 말했다.

"그럼 다른 애들한테 연락하셔야죠." 율리가 말했다. "예를 들어 저한테라도. 원래는 점장님이 이렇게 하면 안……."

"연락할 시간이 없었어. 괜찮아. 뭘 사러 온 거야, 율리?"

"아니에요." 율리는 여기서 말을 멈추고 풍선껌을 불어 터뜨렸다. "그냥 에길한테 인사나 하려고 들어온 거예요."

"그래, 내가 에길한테 전해줄게. 네가 다녀갔다고."

율리는 나를 바라보며 껌을 씹었다. 눈이 흐릿했다. 적어도 겉으로는 당황한 마음을 잘 다스렸는지 다시 강한 여자 율리가 되어 있었다.

"점장님은 어렸을 때 금요일 밤에 뭘 하셨어요?" 율리의 발음이 살짝 뭉개지는 것을 보니 저기 자동차 안에서 뭔가 한 모금 마신 것 같다는 생각이 문득 들었다.

"춤췄어." 내가 말했다.

율리의 눈이 휘둥그레졌다. "점장님이 춤을요?"

"그렇게 말할 수도 있겠지."

밖에서 자동차 엔진 소리가 들렸다. 마치 야행성 육식동물이 으르렁거리는 것 같았다. 아니면 짝짓기를 위한 외침이거나. 율리는 짐짓 짜증스러운 표정을 지으며 어깨 너머로 문을 흘깃 바라보았다. 그러고는 금고를 등지고 돌아서서 등 뒤의 카운터를 양손으로 짚었다. 짧은 재킷이 위로 올라갔다. 율리는 숨을 한 번 들이쉬고 펄쩍 뛰어 카운터에 엉덩이를 올려놓았다.

"여자도 많았어요, 로위?"

"아니." 나는 이렇게 말하고 나서 주유기 옆의 보안 카메라를 확인했다. 주말마다 기름을 채운 뒤 돈을 내지 않고 가버리는 운전자가 적어도 하루에 한 명씩 있다는 말을 해주면 사람들은 엄청 놀라면서 저기 산 위의 오두막을 산 사람들은 모두 도둑놈이라고 말한다. 나는 그렇지 않다, 오두막 주인들은 부자라서 돈을 생각하지 않기 때문에 그러는 거다, 라고 말한다. 우리가 자동차 번호판을 통해 확인한 운전자의 주소로 대금 미납에 대해 알려주면 열 명 중 아홉 명은 돈을 모두 지불하면서 정말로 그냥 깜박했다고 진심으로 사과하는 편지를 함께 보낸다. 그들은 아빠나 칼이나 나처럼 캐딜락에 기름을 채우면서 많은 액수의 돈과 그 돈으로 살 수 있는 온갖 것들, 그러니까 CD, 새로 나온 바지 그리고 아빠가 항상 말하던 미국 횡단 자동차 여행 같은 것들이 주유기 카운터를 휙휙 스쳐 가는 광경을 지켜본 적이 없기 때문이다.

"왜요?" 율리가 말했다. "로위는 진짜 섹시하잖아요, 알죠?" 그녀는 키득거렸다.

"그땐 안 그랬나 보지."

"그럼 지금은요? 지금은 왜 여자친구가 없어요?"

"있었어." 나는 음식을 담아 내가는 쟁반들의 설거지를 마치면서 이렇게 말했다. 장사는 잘됐지만, 지금은 주말 관광객들이 모두 오두막에 올라가 있을 시간이었다. 그들은 집으로 돌아갈 때에나 다시 이곳에 나타날 터였다. "열아홉 살 때 결혼했는데, 신혼여행에서 그녀가 물에 빠졌어."

"네?" 율리가 소리쳤다. 내가 꾸며낸 이야기라는 사실을 알면서도.

"태평양에서 내 요트를 타다가 밖으로 굴러떨어졌지. 아마 샴페인을 너무 많이 마셨나 봐. 물속에서 숨도 제대로 못 쉬면서 날 사랑한다고 말하더니 그대로 가라앉았어."

"뒤따라 뛰어들지 않았어요?"

"그런 요트는 사람이 수영하는 속도보다 훨씬 더 빨라. 그랬다간 우리 둘 다 죽었을 거야."

"그래도요. 부인을 사랑했을 것 아니에요."

"그랬지. 그래서 내가 구명부표를 던져줬어."

"아, 그랬군요." 율리는 손으로 카운터를 짚고 앉은 자세 그대로 앞으로 몸을 기울였다. "그런데 부인을 잃은 뒤에 괜찮았어요?"

"그럴 때 보면 사람은 진짜 놀라운 존재야, 율리. 너도 앞으로 알게 될 거야."

"아뇨." 율리가 건조하게 말했다. "난 그런 걸 알기 위해 기다릴 생각이 없어요. 원하는 건 전부 손에 넣을 거예요."

"그렇군. 원하는 게 뭔데?"

이건 자동으로 나온 질문이었다. 아무 생각 없이 게으름을 피우다가 방금 공을 네트 너머로 넘긴 셈이었다. 그 은근한 시선이 내 눈에 고정되어 초록색으로 번득이는 것을 보고 내가 혀끝을 깨물었는지도 모르겠다.

"그럼 포르노를 많이 보시겠네요. 꿈에 그리던 여자를 그렇게 잃은 뒤로. 부인이 열아홉 살이었다니, 열아홉 살을 찾으세요? 가슴이 큰 여자로?"

나는 그녀에게 대답하는 데 시간을 너무 끌었다. 당연히 율리는 자신이 정곡을 찔렀다고 생각하는 것 같았다. 그래서 나는 더욱더 말을 더듬게 되었다. 대화는 이미 궤도를 벗어났다. 율리는 열일곱 살이고 나는 그녀의 직장 상사인데, 그녀는 자신이 나를 원한다고 스스로 생각해버린 듯했다. 그런데 지금은 술에 조금 취하기까지 했으니 지나치게 대담해져서 수작을 부리고 있었다. 저기 밖에서 자동차에 앉아 그녀를 기다리는 남자애들한테는 이런 방법이 통했으니까, 지금도 자기가 감당할 수 있다고 생각할 터였다. 내가 이런 것들을 전부 율리에게 털어놓고 내 자존심을 지킬 수도 있었을 것이다. 하지만 그것은 샴페인에 취한 십 대 소녀를 내 요트에서 물속으로 차버리는 것과 같은 짓이었다. 그래서 나는 그녀와 내게 모두 구명부표가 될 만한 것을 찾았다.

그때 문이 열린 것이 바로 우리의 구명부표였다. 율리는 즉시 카운터에서 내려갔다.

어떤 남자가 문간에 서 있었다. 나는 그를 금방 알아보지 못했다. 저 앞으로 차가 들어온 적이 없으니 분명히 이 동네 사람일 텐데. 그는 등이 구부정했고, 뺨이 아주 홀쭉해서 얼굴이 모래시계 모양과 비슷했다. 머리카락은 몇 줌밖에 되지 않았다.

그가 문간에 걸음을 멈추고 서서 나를 빤히 바라보았다. 지금 몸을 돌려 이 자리를 뜰 수만 있다면 원이 없겠다는 표정이었다. 혹시 옛날에 오르툰 외곽의 풀밭에서 내게 맞은 것이 흔적으로 남아 지금껏 그 일을 잊지 못한 사람일까. 그가 머뭇머뭇 CD 진열대로 가더니 물건들을 훑어보며 간간이 우리 쪽을 힐끔거렸다.

"누구야?" 내가 소곤거렸다.

"나탈리 모에의 아빠예요." 율리도 소곤거렸다.

지붕 기술자. 그렇지. 옛날과 달라진 모습이었다. 사람들이 흔히 하는 말처럼, 조금 쪼그라들었다고 해야 하나. 병에 걸린 건지도 모를 일이었다. 그를 보니 마지막이 가까워졌을 때의 베르나르 삼촌이 생각났다.

모에가 우리에게 다가와 CD 한 장을 카운터에 놓았다. 〈로저 휘테이커 히트곡 선집〉. 할인 가격. 그는 조금 멋쩍어하는 것 같았다.

자신의 취향이 그리 자랑스럽지 않다는 듯이.

"30크로네입니다." 내가 말했다. "카드인가요, 아니면······."

"현금입니다." 모에가 말했다. "오늘은 에길이 안 나왔나요?"

"몸이 안 좋아서요." 내가 말했다. "더 필요한 것이 있으세요?"

모에는 머뭇거렸다. "아뇨." 그는 거스름돈을 받은 뒤, CD를 들고 밖으로 나갔다.

"세상에." 율리는 이렇게 말하면서 다시 카운터에 올라앉았다.

"세상에 뭐?"

"못 봤어요? 날 모른 척했잖아요."

"난 불편해 보인다는 생각만 했어. 에길이 이 자리에 있었으면 하는 것 같던데. 에길한테서 뭘 사고 싶었는지는 모르겠지만."

"그게 무슨 소리예요?"

"금요일 밤에 갑자기 로저 휘테이커의 음악을 듣는 게 세상에서 가장 중요해져서 여기까지 나오는 사람은 없어. 그 사람이 부끄러워한 건 자기가 고른 음악 때문이 아니야. CD는 그냥 제일 싼 걸 고른 거야."

"그럼 콘돔을 사러 왔다가 겁을 먹고 물러난 거네요." 율리가 웃음을 터뜨렸다. 마치 그런 일을 직접 겪어본 사람 같은 말투였다. "누구랑 짧게 즐기려나 봐요. 집안 내력이네."

"그만해."

"아니면 항우울제를 사러 왔는지도 모르죠. 저 아저씨 파산했으니까. 아까 점장님 뒤에 진열된 약들을 빤히 보는 거 못 봤어요?"

"네 말은 우리 가게에 두통약보다 더 센 게 있을 줄 알고 그 사람이 왔다는 거야? 난 그 사람이 파산한 줄도 몰랐어."

"세상에, 점장님, 원래 사람들이랑 얘기를 잘 안 하시잖아요. 그러니 사람들도 점장님한테 시시콜콜 얘기해주지 않죠."

"그럴지도 모르지. 오늘 밤에는 젊음을 즐기러 안 나갈 거야?"

"젊음!" 율리는 코웃음을 치며 계속 앉아 있었다. 여기 계속 있을 핑계를 찾아내려고 머리를 쥐어짜는 것 같았다. 그녀의 얼굴 앞쪽으로 풍선껌이 슬슬 부풀다가 출발신호 총소리처럼 빵 하고 터졌다. "시몬 말로는 호텔이 공장처럼 보인대요. 아무도 거기 투자하지 않을 거라던데요."

시몬 네르가르는 율리의 삼촌이었다. 내가 옛날에 그에게 흔적을 남긴 것은 확실히 기억하고 있었다. 그는 나보다 한 학년 위로, 성격이 거친 편이었다. 권투를 배워서 인근에서 두어 번 경기에 나간 적도 있었다. 그가 좋아하던 여자애와 칼이 춤을 추자 그는 폭발했다. 시몬이 칼의 목덜미를 붙잡고 있는 것을 사람들이 빙 둘러서서 구경하고 있을 때 내가 나타났다. 나는 무슨 일이냐고 물은 뒤, 그가 대답하려고 입을 여는 순간 스카프를 감은 주먹을 휘둘렀다. 약하게 저항하던 치아가 뒤로 밀리는 것이 느껴졌다. 시몬은 휘청거리며 피를 뱉고는 나를 빤히 바라보았다. 겁을 먹었다기보다 경탄하는 기색이었다. 무술을 배운 남자들은 싸움의 규칙을 생각하기 때문에 싸움에서 진다. 하지만 시몬은 포기하지 않았다는 점에서 인정해줄 만했다. 그는 턱을 보호하기 위해 주먹을 올리고 내 앞에서 폴짝폴짝 뛰어다니기 시작했다. 내가 발로 무릎을 차주자 그는 폴짝거리기를 그만두었다. 허벅지에 발길질을 맞았을 때는 엄청 아팠는지 눈이 커다래졌다. 그렇게 큰 근육이 안에서 출혈을 일으키면 어떻게 되는지 그는 아마 생각해본 적이 없었을 것이다. 그는 더 이상 움직이지 못하고 가만히 서서 적의 살육을 기다렸다. 적에게 포위당했으나 마지막 한 사람까지 싸울 것이라고 다

짐한 부대 같았다. 하지만 나는 그에게 상대를 제대로 한 대 후려
치는 미심쩍은 명예조차 허락해주지 않고 그대로 등을 돌려 내 손
목시계를 확인했다. 마치 약속이 있는데, 아직도 시간이 많이 남았
다는 듯이. 그러고는 어슬렁어슬렁 그에게서 멀어졌다. 사람들은
시몬에게 얼른 나를 쫓아가 한 대 치라고 재촉했다. 내가 아는 것
을 그들은 몰랐다. 시몬은 단 한 걸음도 걸을 수 없는 상태라는 것.
그래서 사람들은 그를 향해 소리치다가 조롱과 야유를 퍼붓기 시
작했다. 나중에 치과의사가 만들어준, 지나치게 하얀 치아 두 개가
아니라 바로 그것이 내가 그날 밤 시몬에게 남긴 흔적이었다.

"그러니까 네 삼촌이 그림을 봤다는 거야?"

"시내 은행에 그림을 본 사람이 있는데 시몬이 그 사람을 알아
요. 그 사람이 셀룰로스 공장 같다고 했대요."

"셀룰로스라. 수목한계선 위인데. 재미있네."

"네?"

밖에서 엔진 하나가 포효하자 다른 엔진이 응답했다.

"혈기가 들끓는 남자애들이 너를 부르네." 내가 말했다. "네가
나가서 합류하면 탄소배출이 확 줄어들겠다."

율리는 앓는 소리를 냈다. "쟤들은 너무 유치해요, 로위."

"그럼 집에 가서 이거나 들어." 나는 J. J. 케일의 〈내추럴리〉 CD
하나를 건넸다. 다섯 장 남아 있던 것을 이제야 비로소 CD 진열대
에서 치운 참이었다. 나는 이 마을 사람들이 케일의 가라앉은 블루
스와 미니멀한 기타 솔로 연주를 틀림없이 좋아할 줄 알고 이 CD
를 일부러 주문했다. 하지만 율리가 옳았다. 내가 사람들과 이야기
를 하지 않으니 그들을 잘 몰랐다. 율리는 CD를 받고서 뚱한 표정
으로 카운터에서 내려와 문으로 향했다. 노골적으로 유혹하듯 엉

덩이를 흔들면서도 동시에 내게 손가락 하나를 들어 보이는 모습에는 열일곱 살짜리만이 보여줄 수 있는 차갑고 계산적인 무구함이 고스란히 들어 있었다.

그때 문득 어떤 생각이 떠올랐다. 이유는 잘 모르겠지만, 저 애가 처음 여기서 일하기 시작한 열여섯 살 때에 비하면 무구함을 아주 조금 잃어버린 것이 아닌가 하는 생각. 아니, 도대체 무슨 생각을 하는 거야? 율리를 이런 식으로 생각한 적은 한 번도 없었다. 한 번도. 아니, 있었나? 없었다. 틀림없이 아까 율리가 몸을 카운터 위로 끌어 올리려고 뒤로 손을 짚었을 때의 모습 때문일 것이다. 재킷이 벌어지면서 브래지어와 티셔츠 안쪽의 젖꼭지가 도드라지게 보이던 순간. 하지만 젠장, 저 애는 열세 살 때부터 저렇게 가슴이 컸지만 나는 그걸 특별하게 생각한 적이 없었다. 그런데 지금은 왜? 난 젖꼭지에 환장하는 남자도 아니고, 십 대 소녀한테 달아오르는 남자도 아니었다. 큰 가슴이나 열아홉 살짜리를 특별히 원하지도 않았다.

수수께끼는 그것만이 아니었다.

그 수치스러운 표정. 금요일 밤에 폭주족 소년들과 어울릴 때의 모습을 내게 들켰다고 생각했을 때 율리가 지은 표정을 말하는 것이 아니다. 그 지붕 기술자의 표정. 나방처럼 여기저기를 스치던 모에의 시선. 내 시선을 피하려고 애쓰던 모습. 율리는 그의 시선이 내 뒤의 진열대를 향해 춤추고 있었다고 말했다. 나는 고개를 돌려 진열장을 훑어보았다. 의심이 들었지만 즉시 물리쳤다. 그래도 다시 의심이 들었다. 이 마을에 처음으로 슬롯머신 한 대가 들어왔을 때가 생각났다. 칼과 내가 그것으로 하던 게임에서 하얀 점이 테니스공처럼 왔다 갔다 했었는데. 그 슬롯머신은 커피 바의 아이스크림 기계 옆에 있었다. 아빠가 우리를 차에 태워 데려다주면 우리는 줄을 서서 기다리고, 아빠는 우리를 디즈니랜드에 데려다준 것 같은 표정을 지었다.

나는 그렇게 수치스러워하는 표정을 본 적이 있었다. 집에서. 거울 속에서. 그래서 알아보았다. 그보다 더 심오한 것은 없었다. 저지른 죄가 너무나 추악하고 용서할 수 없는 것이라서가 아니라, 다시 그 죄를 저지르게 될 것이라서. 거울은 내게 이번이 마지막이라고 맹세하지만, 그 일은 몇 번이고 자꾸만 일어난다. 죄를 저지를 때도 수치스럽지만, 그보다는 자신이 이렇게 약한 사람이라는 사실이 더 수치스럽다. 하기 싫은 일을 한다는 사실이 수치스럽다. 하고 싶어서 하는 일이라면 적어도 순수한 악의를 품은 자신의 천성을 탓할 수도 있을 텐데.

9

　토요일 아침. 마르쿠스가 주유소에 나와 일을 인계받았고, 나는 2단 기어로 산길을 올라갔다. 집 앞에 멈춰 엔진을 공회전시키면서 내가 돌아왔음을 알렸다.

　칼과 섀넌은 부엌에 앉아 호텔 도면을 열심히 들여다보며 발표에 대해 의논하고 있었다.

　"시몬 네르가르에 따르면, 아무도 투자하지 않을 거라는데." 나는 문설주에 몸을 기대고 하품을 하며 말했다. "그림을 본 은행 직원한테서 들었대."

　"내가 만난 사람 중에 적어도 열두 명은 이 그림을 엄청 좋아했어." 칼이 말했다.

　"여기 마을에서?"

　"토론토에서. 이런 일에 대해 잘 아는 사람들."

　나는 어깨를 으쓱했다. "네가 설득해야 하는 사람들은 토론토에 살지도 않고, 이런 일이 어떻게 돌아가는지도 몰라. 잘해봐라. 난 자러 간다."

　"요 오스와 오늘 만나기로 했어." 칼이 말했다.

나는 걸음을 멈췄다. "진짜?"

"응. 파티에서 마리한테 약속을 좀 주선해달라고 했지."

"끝내주네. 그래서 마리를 초대한 거야?"

"그런 이유도 있었지. 새넌한테 소개해주고 싶기도 했고. 우리가 여기서 살 거라면 그 둘이 볼 때마다 서로 인상을 찡그리지 않는 게 좋잖아. 그런데 어떻게 됐는지 알아?" 칼은 새넌의 어깨에 한 손을 올렸다. "여기 이 아가씨가 얼음여왕을 녹인 것 같아."

"녹여?" 새넌이 눈을 흘겼다. "자기야, 그 여자는 날 미워해. 그렇죠, 로위?"

"흠." 내가 말했다. "당신이 그 쌍둥이 사진으로 재주를 부리지 않았다면 더 미워했을걸요."

나는 집에 들어온 뒤 처음으로 새넌을 똑바로 바라보았다. 새넌은 크고 하얀 실내 가운 차림이었다. 샤워를 한 지 얼마 되지 않아 머리카락은 아직 젖은 채였다. 지금까지 그녀가 이렇게 맨살을 많이 노출한 적은 없었다. 항상 검은 스웨터와 바지 차림이었으니까. 하지만 지금은 날씬한 다리와 실내 가운 목 부분의 맨살이 노출되어 있었다. 그녀의 얼굴만큼이나 하얗고 잡티가 없었다. 젖은 머리는 평소보다 더 어둡고 윤기가 덜했다. 거의 암적색처럼 보였다. 그때 처음으로 어떤 것이 눈에 띄었다. 그녀의 코 주위에 흩어진 연한 주근깨. 그녀는 빙긋 웃었지만, 왠지 상처받은 듯한 표정이었다. 칼이 이상한 말을 했나? 내가 이상한 말을 했나? 그 쌍둥이를 보고 그렇게 환호하는 척한 것이 냉소적으로 보인다는 내 생각을, 내가 단순히 암시하는 수준에서 그치지 않았을 가능성이 있었다. 하지만 그녀는 그런 식의 냉소주의는 문제없이 받아들일 것 같았다. 새넌 같은 여자는 누군가의 양해를 구하지 않고 그냥 자기가 할 일을 하는 사람 같았다.

"섀넌이 오늘 저녁에 우리한테 노르웨이 음식을 만들어주고 싶대." 칼이 말했다. "내 생각에는······."

"난 밤에 일하러 가야 돼." 내가 말했다. "누가 병가를 냈거든."

"아?" 칼이 한쪽 눈썹을 올렸다. "다른 직원이 다섯 명이나 있지 않아?"

"다들 시간을 내기 힘들대." 내가 말했다. "주말이잖아. 갑자기 벌어진 일이기도 하고." 나는 이렇게 모든 직원의 빈자리를 메우는 것이 주유소 운영자의 운명이라는 듯이 양팔을 벌렸다. 칼은 내 말을 한마디도 믿지 않는 기색이 역력했다. 형제들은 이것이 문제다. 서로의 거짓말을 잘도 알아내니까. 하지만 내가 달리 무슨 말을 할 수 있겠는가? 너희 둘이 밤새 떡을 치는 바람에 도통 잠을 잘 수 없다고 해?

"난 가서 눈 좀 붙여야겠어."

어떤 소리가 나를 깨웠다. 특별히 큰 소리는 아니었지만, 애당초 여기 산속에서는 소리가 날 때가 별로 없었다. 게다가 그것은 산속에서 날 만한 소리도 아니었다. 아마 그래서 내 뇌가 그 소리를 그냥 흘려보내지 못했을 것이다.

쉭쉭거리는 소리가 섞인 진동 같았다. 말벌 소리와 잔디 깎는 기계 소리의 중간쯤.

나는 창밖을 내다보았다. 침대에서 일어나 재빨리 옷을 입고 서둘러 계단을 내려가 예이테스빙엔을 향해 천천히 걸어갔다.

쿠르트 올센 경찰관이 에릭 네렐과 함께 있었다. 안테나가 달린 리모컨을 든 남자도 있었다. 그들은 모두 나를 깨운 물건을 올려다보고 있었다. 접시 크기만 한 흰색 드론 하나가 그들의 머리 위 1미터 높이에 떠 있었다.

"오케이." 내가 이렇게 말하자 그들은 그제야 내 존재를 알아차렸다. "투자자 모임 포스터를 찾아?"

"좋은 아침이야, 로위." 경찰관이 자기가 말하는 박자에 맞춰 통통 튀듯이 움직이는 담배를 그대로 둔 채 말했다.

"여긴 사유지야." 나는 서두르느라 미처 잠그지 못한 허리띠를 잠그고 있었다. "그건 알아들은 거지?"

"뭐, 사유지도 사유지 나름이지."

"뭐?" 나는 이렇게 말하고 나서, 차분해져야 한다는 사실을 깨달았다. 주의하지 않으면 내가 너무 흥분하게 될 것이다. "그 도로가 공유지면 교통 당국이 돈을 대서 안전 차단막을 세웠겠지. 안 그래?"

"그거야 그렇지, 로위. 하지만 이 일대가 전부 황무지로 지정돼 있으니, 아무나 드나들 수 있어."

"난 아까 포스터에 대해 물었어. 경찰관이 지금 그 자리에 서 있을 권리가 있는지를 물은 게 아니라. 야간 근무를 끝내고 온 지 얼마 안 됐는데, 그 드론으로 날 깨울 거였으면 미리 얘기라도 해주지 그랬어."

"그러게." 올센 경찰관이 말했다. "방해가 될까 봐 그랬지, 로위. 오래 걸리지 않을 거야. 사진 몇 장만 찍으면 돼. 나중에 다시 와서 사람을 내려보내도 안전상의 문제가 없겠다는 판단이 내려지면, 그때는 당연히 미리 이쪽에 알릴 거야." 그가 나를 바라보았다. 차가운 표정은 아니고, 그냥 나를 지켜보는 얼굴이었다. 지금 저 드론과 마찬가지로 그는 내 스냅사진을 찍고 있는 것 같았다. 드론은 능선 아래로 사라져 후켄의 사진을 죽어라 찍어대고 있었다. 나는 무표정을 유지하려고 애쓰며 고개를 끄덕였다.

"미안해." 올센이 말을 이었다. "이 일이 좀…… 민감하다는 건 나도 알아." 그는 사제처럼 그 단어에서 머뭇거렸다. "너한테 미리 말할 걸 그랬어. 능선이 집이랑 이렇게 가깝다는 걸 깜박 잊었지 뭐야. 할 말이 없네. 사고가 실제로 어떻게 일어났는지 정확히 밝히는 데 네가 낸 세금이 쓰이고 있다는 사실을 기뻐하면 안 될까? 우리 모두 진실을 알고 싶어하잖아."

모두? 나는 속으로 고함을 질렀다. 네가 알고 싶은 거겠지. 옛날부터 항상 그런 소리를 했잖아, 쿠르트 올센. 네 아버지가 마무리하지 못한 일을 마무리하고 싶다고.

"알았어." 나는 하고 싶은 말 대신 이렇게 말했다. "이게 민감한 문제라는 말은 맞아. 칼과 나는 여기서 대략 무슨 일이 있었는지 아니까 자세한 걸 모두 알아내기보다는 그 일을 잊으려고 애쓰는 데 더 쏠려 있었어." 침착하자. 이렇게 하면 돼, 그래. 이렇게.

"그렇겠지." 올센이 말했다.

드론이 능선 위로 모습을 드러내더니 그대로 허공에 멈춰 서서 내 귀를 괴롭혔다. 그러다 우리를 향해 날아와 리모컨을 쥔 남자의 손에 내려앉았다. 유튜브에서 훈련된 매가 장갑을 낀 주인의 손에 내려앉던 장면과 비슷했다. 불쾌했다. '빅브라더가 너를 보고 있다'는 파시스트 국가를 배경으로 한 공상과학영화의 한 장면 같았다. 드론을 조종하는 남자의 피부 속에 전선이 여러 다발 이식되어 있을 것 같았다.

"빨리 끝났네요." 경찰관이 담배를 바닥에 떨어뜨리고 발로 밟으며 말했다.

"공기가 희박하면 배터리가 빨리 닳아요." 드론 조종사가 말했다.
"사진은 찍었어요?"

드론 조종사가 자기 휴대전화 화면을 손가락으로 건드리자 우리 모두 그의 주위로 옹기종기 모여들었다.

조명도 소리도 없는 동영상 화면은 화질이 그리 좋지 않았다. 아니, 녹음 기능도 켜놓았는데 저 아래가 이렇게나 조용했던 것일 수도 있었다. 아빠의 캐딜락 드빌이 구겨진 채 놓여 있는 모습이, 등부터 땅에 떨어져서 무기력하게 허공에서 다리를 버둥거리다가 어느 행인의 무심한 발길에 밟혀 죽은 딱정벌레 같았다. 군데군데 풀이 웃자라고 녹이 슨 차대와 위를 향한 바퀴들은 상한 곳이 없었다. 하지만 차의 앞뒤는 빌룸센의 폐차 압착기를 통과하기라도 한 것처럼 우글우글하게 구겨져 있었다. 저 아래의 적막과 어둠 때문인지 나는 영상을 보며 다이대닉호를 향해 바다로 들어가는 다이버들을 찍은 다큐멘터리를 떠올렸다. 아마 캐딜락의 모습 때문이었을 것이다. 사라져간 시대의 아름다운 선을 지닌 또 하나의 난파선. 비극이 된 갑작스러운 죽음의 또 다른 이야기. 이 이야기를 워낙 자주 들은 탓에 나를 포함한 여러 사람의 상상 속에서 이것은 점차 반드시 그 자리에 있어야 하는 어떤 것으로 변해갔다. 처음부터 운명이 그렇게 정해져 있었던 것 같았다. 형이상학적으로 화려하고 무적이라고 여겨지던 기계가 깊은 곳으로 곤두박질치면서 속을 드러냈다. 그때의 광경이 어땠을지, 그 안에 타고 있던 사람들이 죽음을 예감하고 어떤 두려움을 느꼈을지가 거기 드러나 있었다. 그냥 옛날에 살았던 누군가의 죽음이 아니었다. 삶이 서서히 무너지는 죽음이 아니었다. 예고도 없이 갑작스레 찾아온 죽음, 우연이 겹쳐서 이루어진 죽음이었다. 나는 몸을 부르르 떨었다.

"능선에 낙석이 상당히 많아." 에릭 네렐이 말했다.

"그 돌들이 천 년이나 백 년 전에 떨어진 것일 수도 있지." 쿠르트 올센이 말했다. "자동차 위에는 돌이 없잖아. 차대에도 돌에 맞은 흔적이나 우그러진 자국이 없고. 그러니 모르긴 몰라도, 그 구조대원이 돌에 맞은 뒤로는 돌이 하나도 떨어지지 않았을 거야."

"그 사람 이제는 산을 안 타." 네렐이 화면을 보며 말했다. "한 팔이 옆구리에 그냥 대롱대롱 매달려 있거든. 크기도 옛날의 절반밖에 안 되고. 몇 년째 진통제로 버티는 중이야. 말 한 마리가 정신을 잃고 쓰러질 만큼 엄청난 양을 한꺼번에 먹지."

"그래도 살아 있잖아." 올센이 짜증스럽게 말을 끊었다. 얼굴이 붉어져 있었다. 혹시 '살아 있다'는 말은 캐딜락에 타고 있던 사람들은 그렇지 않다는 뜻인가? 아니, 그냥 생각나는 대로 내뱉은 말에 불과했다. 그래도 다른 의미가 있는 것 같았다. 혹시 죽은 예전 경찰관을 말한 건가? 자기 아버지인 시그문 올센?

"뭐가 됐든 저 아래로 떨어지는 건 대부분 저 차에 부딪히게 돼 있어." 올센이 화면을 가리켰다. "그런데 차대에 이끼가 자라고 뭐가 부딪힌 흔적이 전혀 없단 말이야. 이걸 보면 역사를 알 수 있지. 우리는 역사에서 교훈을 얻을 수 있고. 선을 더듬어서 뒤로 갈 수 있다면, 앞으로 나아가는 것도 가능해."

"그러다 어깨에 돌을 맞을걸." 내가 말했다. "머리에 맞을 수도 있고."

에릭 네렐이 턱을 긁으며 천천히 고개를 끄덕이는 것이 보였다. 올센의 얼굴이 더욱더 붉어졌다.

"말했듯이, 저 아래 후켄에서는 돌 구르는 소리가 항상 들려." 나는 올센을 똑바로 바라보았다. 하지만 내 말은 누가 봐도 에릭 네렐을 향한 것이었다. 그는 곧 아빠가 될 예정이었다. 저 우그러진 차를 조사하러 사람을 내려보내도 안전한지 평가하는 전문가도 그였다. 올센이 그의 말을 무시했다가 무슨 일이 생기기라도 하면 경찰관 자리를 보전할 수 없었다. "돌이 저 차를 직접적으로 때리지 않고 그 옆에 떨어지는지도 몰라." 내가 말했다. "그런데 그 자리에 조사하러 내려간 사람들이 서 있게 된다면?"

올센의 대답은 들을 필요도 없었다. 이 싸움에서 내가 이미 이겼음을 곁눈질로 알 수 있었다.

그들이 탄 자동차 소리가 점점 희미하게 사라지는 동안 나는 예이테스빙엔에 서 있었다. 갈까마귀 한 마리가 날아가는 것을 지켜보며, 다시 사방이 조용해지기를 기다렸다.

내가 안으로 들어가자, 평소처럼 검은 옷을 입은 섀넌이 조리대에 몸을 기대고 있었다. 소년처럼 깡마른 몸매를 강조해주는 옷을 입었는데도 여성적인 느낌이 뚜렷하다는 생각이 또 뇌리를 스쳤다. 그녀는 김이 피어오르는 컵을 작은 손으로 감싸 온기를 느끼고 있었다. 티백 끈이 컵에 대롱거렸다.

"저 사람 누구예요?" 섀넌이 물었다.

"경찰관이에요. 사고 현장을 조사하고 싶대요. 아빠가 왜 후켄으로 떨어졌는지 꼭 알아내야 한다고."

"그래요?"

나는 어깨를 으쓱했다. "내가 그때 다 봤어요. 아빠가 브레이크를 너무 늦게 밟았어요. 브레이크는 제때 밟아야 하잖아요."

"브레이크는 제때 밟아야죠." 섀넌이 농부처럼 천천히 고개를 끄덕이며 내 말을 되풀이했다. 벌써 우리의 몸짓을 배운 것 같았다. 나는 다시 아까 생각했던 공상과학영화를 떠올렸다.

"칼은 그 차를 끌어 올리는 게 불가능하다고 하던데요. 차가 거기 있는 게 신경 쓰이세요?"

"환경오염 문제 말고요? 아뇨."

"아니라고요?" 섀넌은 컵을 다시 두 손으로 들어 올려 차를 한 모금 마셨다. "왜요?"

"설사 두 분이 지금 방에 있는 더블 침대에서 돌아가셨어도 우린 그 침대를 버리지 않았을 거예요."

섀넌이 빙긋 웃었다. "감상적인 건지 무심한 건지 모르겠네요."

나도 빙긋 웃었다. 이제는 게으르게 늘어진 그녀의 눈꺼풀이 눈에 들어오지도 않았다. 그녀가 여행길에 지친 몸으로 이곳에 처음 도착했을 때만큼 눈꺼풀이 늘어지지 않은 것 같기도 했다.

"난 현실이 우리가 생각하는 것보다 더 많이 감정을 좌우한다고 봐요." 내가 말했다. "소설에서는 이룰 수 없는 사랑을 다루지만, 현실에서는 열 명 중 아홉 명이 확실히 사랑을 이룰 수 있다고 생각하는 상대를 사랑하게 되죠."

"확실해요?"

"열 명 중 여덟 명." 내가 말했다.

그녀 옆에 나란히 선 나는 노란색 계량스푼으로 커피 가루를 퍼서 커피포트에 넣으며 그녀의 시선을 알아차렸다.

"죽을 때도 사랑할 때도 현실적이에요." 내가 말했다. "이 동네 사람들처럼 생활이 빠듯한 사람들은 다 그렇게 삽니다. 아마 당신한테는 이상하게 보이겠지만."

"이상할 게 뭐 있어요?"

"바베이도스는 부유한 섬이라면서요. 당신은 뷰익을 몰고, 대학에도 다녔죠. 토론토로 이사도 했고."

섀넌은 잠시 머뭇거리다가 대답했다. "그런 걸 계층이동이라고 하죠."

"어렸을 때는 가난했다는 뜻인가요?"

"그렇기도 하고 아니기도 해요." 그녀는 심호흡을 했다. "나는 레드레그예요."

"레드레그?"

"미국 애팔래치아 산맥에 사는 하류층 백인에 대해 들어봤을 거예요. 흔히 시골뜨기라고 불리는 사람들."

"액막이, 밴조, 근친상간."

"그게 전형적인 인식이죠, 맞아요. 안타깝게도 일부는 사실이기도 하고요. 바베이도스에 사는 하류층 백인인 레드레그도 마찬가지예요. 레드레그는 17세기에 바베이도스로 이주한 아일랜드인과 스코틀랜드인의 후손이에요. 오스트레일리아 이주민처럼 호송 중이던 죄수들이 많았어요. 사실상 노예였죠. 바베이도스가 아프리카에서 노예를 수입하기 전에는 그 사람들이 노동력을 제공했어요. 나중에 노예제도가 폐지되고 아프리카인의 후손들이 계층이동을 하면서, 백인 레드레그는 대부분 뒤에 처졌죠. 그 사람들은 대부분 자기들끼리 판자촌에 살아요. 그런 곳을 노르웨이어로 Rønner라고 하는 것 같은데. 우리는 사회 밖에 존재하는 사회예요. 가난의 덫에 붙잡힌. 교육은 전혀 못 받고, 알코올의존증에 근친상간에 질병에…… 바베이도스 세인트존의 레드레그 중에 재산이 조금이라도 있는 사람은 드물어요. 부유한 흑인들을 상대하는 작은 상점 주인이나 농사를 짓는 사람이 몇 명 있을 뿐. 다른 사람들은 흑인과 갈색 피부 국민들의 돈으로 운영되는 국가 복지에 기대어 살죠. 사람들이 우리를 어떻게 알아보는지 알아요? 치아예요.

이가 남아 있는 사람도 대부분 갈색으로 변해 있어요…… 충치?"
섀넌은 마지막 말을 영어로 했다.

"Råte예요." 나는 노르웨이어를 가르쳐주었다. "하지만 당신 이
는……."

"우리 엄마가 언제나 음식을 제대로 먹는지, 매일 이를 닦는지
확인했거든요. 나한테는 좀 더 나은 삶을 살게 해주려고 열심이었
어요. 엄마가 돌아가신 뒤에는 할머니가 엄마를 대신했고요."

"세상에." 나는 달리 할 말이 생각나지 않았다.

섀넌이 차를 후후 불었다. "다른 건 몰라도, 우리 레드레그는 가
난의 덫에서 끝내 탈출하지 못하는 게 흑인과 라틴계만은 아니라
는 증거예요."

"그래도 당신은 거기서 나왔잖아요."

"맞아요. 그리고 나는 인종차별주의자라서, 내 아프리카인 유전
자 덕분에 탈출했다고 생각해요."

"당신이요? 아프리카인?"

"엄마와 할머니가 모두 아프리카계 바베이도스인이었어요." 섀
넌은 내 놀란 얼굴을 보고 웃음을 터뜨렸다. "내 머리와 피부색은
내가 세 살이 되기도 전에 술을 너무 마셔서 죽어버린 아일랜드계
레드레그한테서 물려받은 거예요." 섀넌은 좁은 어깨를 으쓱했다.
"할머니와 엄마가 모두 세인트존에 살면서 각각 스코틀랜드인, 아
일랜드인과 결혼했지만 나는 한 번도 진짜 레드레그로 분류되지
않았어요. 우리가 땅을 조금 가진 것도 이유였지만, 특히 내가 브
리지타운의 더웨스트인디스 대학에 합격한 게 컸죠. 나는 우리 집
뿐만 아니라 우리 동네 전체를 통틀어서도 처음으로 대학에 간 사
람이었어요."

나는 섀넌을 바라보았다. 섀넌이 여기에 온 뒤로 자신에 대해 이렇게 길게 말한 것은 처음이었다. 어쩌면 간단한 이유 때문인지 모른다. 내가 지금까지 그녀에 대해 물어본 적이 없다는 것. 적어도 그녀와 칼이 내 침대 아래층에 함께 들어온 그날 이후로는 물어본 적이 없었다. 그녀가 내 이야기를 더 듣고 싶다고 말하기도 했고. 어쩌면 그녀는 내가 어떤 사람인지 먼저 확인해보고 싶었는지도 모른다. 이제는 확인이 끝난 모양이었다.

나는 콜록거렸다. "그런 결정을 내리기가 정말 쉽지 않았겠는데요."

섀넌은 고개를 저었다. "결정은 할머니가 내리셨어요. 가족 전체에게, 그러니까 삼촌이며 이모며 내 친척들 전부에게 내 학비를 분담시킬 수 있었거든요."

"학비를 분담."

"학비를 분담. 나중에 토론토에서 공부할 때도 마찬가지였어요. 대학 시절에 할머니가 차로 나를 학교까지 데려다주고 데리러 온 건 시내에 방을 따로 구해줄 수 있는 형편이 아니었기 때문이에요. 한 교수님은 나더러 바베이도스의 새로운 계층이동을 보여주는 사례라고 했어요. 그래서 나는 사백 년이 흘렀어도 레드레그는 이 사회에서 여전히 시멘트 반죽에 빠져 철벅거리는 신세니까, 내가 고마워해야 할 사람은 사회 개혁가가 아니라 우리 가족이라고 대답했어요. 나는 식구들에게 모든 것을 빚진 레드레그예요. 앞으로도 영원히 그럴 거예요. 그러니까 내가 토론토에서 옛날보다 나은 형편이 되었다 해도, 오프가르의 집은 여전히 사치스럽게 보여요. 아시겠어요?"

나는 고개를 끄덕였다. "뷰익은 어떻게 됐어요?"

섀넌은 혹시 내가 농담을 시도한 건지 확인하려는 사람처럼 나를 바라보았다. "우리 할머니 안부는 안 물어요?"

"건강히 잘 살아계시잖아요."

"그걸 어떻게 알아요?"

"할머님 얘기를 할 때 당신 목소리. 흔들림이 없어요."

"와, 자동차 정비사 겸 심리학자예요?"

"자동차 정비사예요. 뷰익은 이제 없는 거죠? 맞아요?"

"할머니가 실수로 기어를 주행에 놓은 채로 집 밖에 세워두셨어요. 차가 경사로를 굴러 내려가다가 쓰레기 수거함에 부딪혀서 박살이 났죠. 내가 며칠이나 울었는지 몰라요. 내가 차 이야기를 할 때 내 목소리에서 그것도 알아낸 건가요?"

"네. 뷰익 로드마스터 1954년식. 그런 차라면 그럴 만도 하죠."

섀넌은 여러 각도에서 나를 연구하듯이, 내가 무슨 루빅큐브라도 되는 것처럼, 고개를 이쪽저쪽으로 기울였다.

"자동차와 미녀." 그녀가 거의 혼잣말처럼 중얼거렸다. "있잖아요, 어젯밤 꿈에 아주 오래전에 읽은 책이 나왔어요. 틀림없이 저기 후켄에 떨어져 있는 그 자동차 때문일 거예요.《크래시》. 이게 그 책 제목이에요. J. G. 밸러드. 자동차 사고에 흥분하는 사람들 이야기죠. 사고와 부상에 흥분하는 사람들. 자기들의 것이든 남의 것이든 상관없이. 그 소설로 만든 영화 봤어요?"

나는 기억을 더듬어보았다.

"데이비드 크로넨버그." 섀넌이 내 기억을 돕기 위해 말해주었다.

나는 고개를 저었다.

섀넌이 머뭇거렸다. 주유소에서 일하는 사람에게는 아마 흥미가 없을 이야기를 괜히 꺼냈다고 후회하는 것 같았다.

"난 영화보다 책이 더 좋아요." 나는 그녀의 난처함을 달래주려고 했다. "하지만 책도 읽은 적이 없네요."

"책에 멀홀랜드 드라이브에 있는 사각지대가 나와요. 밤에 자동차들이 절벽 아래 황무지로 자주 떨어지는 곳이죠. 거기서 차를 들어 올려서 꺼내는 비용이 너무 비싸기 때문에 그 아래가 일종의 자동차 공동묘지처럼 변했는데, 자동차 더미의 높이가 매년 높아져요. 그렇게 세월이 흐르다 보면 누구도 추락하지 않는 날이 오겠죠. 절벽 너머로 떨어지더라도 산처럼 쌓인 사고 자동차들이 구해줄 테니까요."

나는 천천히 고개를 끄덕였다. "사고 자동차들이 구해준다니, 나도 한번 읽어봐야겠네요. 아니면 영화를 보든가."

"사실 나는 영화가 더 좋았어요. 소설은 일인칭 시점이라 이상하게 보여요. 이야기가 주관적이고……." 섀넌은 여기서 말을 멈췄다. "억지로 끼어든다는 말을 노르웨이어로 뭐라고 해요?"

"미안하지만 그건 칼에게 물어봐야 하겠는데요."

"칼은 요 오스를 만나러 갔어요."

나는 부엌 식탁을 보았다. 도면이 그대로 놓여 있었다. 칼은 노트북컴퓨터도 가져가지 않은 모양이었다. 복잡한 자료를 들고 가서 기가 질리게 만들지 않는 편이, 이 마을에 스파 호텔이 필요하다고 오스를 설득하는 데 효과적일 것이라고 생각한 듯했다.

"Påtrengende?" 내가 단어를 제안했다.

"고마워요. 그 영화는 påtrengende하지 않아요. 물론 카메라는 펜보다 더 객관적이기 마련이죠. 그리고 크로넨버그가 소설의 알맹이를 잘 잡아냈어요."

"알맹이라면?"

그녀의 건강한 눈에 불꽃 같은 것이 번득이더니 목소리가 활기를 띠었다. 이제 내가 정말로 관심이 생겼음을 깨달은 모양이었다.

"망가진 것의 아름다움." 섀넌이 말했다. "일부가 부서진 그리스 조각상은 더욱더 아름다워요. 망가지지 않은 부분을 통해 그것이 과거에 얼마나 아름다웠을지 볼 수 있으니까요. 틀림없이, 반드시 아름다웠을 거예요." 섀넌은 손바닥으로 조리대를 눌렀다. 그 힘으로 자기 몸을 들어 올려 파티 때처럼 등을 둥글게 구부리고 조리대 위에 앉으려는 것 같았다. 자그마한 무용수. 젠장.

"재미있네요." 내가 말했다. "난 가서 잠을 좀 더 자야겠어요."

그녀의 눈에 타오르던 불꽃이 무슨 표시기처럼 사라졌다.

"커피는요?" 섀넌이 말했다. 실망감이 느껴지는 목소리였다. 이제야 대화 상대가 생겼는데. 바베이도스 사람들은 항상 서로 이야기를 나누는 모양이었다.

"두어 시간 더 자야 돼요. 몸이 그걸 알아요." 나는 이렇게 말하고 나서 열판을 끈 뒤 냄비를 불에서 내렸다.

"그렇죠." 섀넌은 조리대에서 손을 뗐다.

나는 삼십 분 동안 침대에 누워 머리를 비우고 잠들려고 노력했다. 연통 구멍을 통해 노트북컴퓨터의 키보드 두드리는 소리, 종이가 바스락거리는 소리가 들려왔다. 잠은 어림도 없었다.

나는 다시 익숙한 절차를 되풀이했다. 일어나서 옷을 입고 서둘러 나갔다. 문이 쾅 닫히기 전에 "나중에 봐요!"라고 소리쳤다. 틀림없이 뭔가를 피해 도망치는 사람의 인사처럼 들렸을 것이다.

10

"아, 안녕하세요." 에길이 문을 열면서 말했다. 면목 없다는 표정이었다. 거실에서 전쟁 게임이 돌아가는 소리와 그의 친구들이 신나게 떠들어대는 목소리가 내게도 들린다는 사실을 에길도 알고 있으니 틀림없이 면목이 없었을 것이다. "네, 몸이 한결 나아졌어요." 그가 재빨리 말했다. "오늘 밤에는 일할 수 있어요."

"몸이 나을 때까지 얼마든지 쉬어도 돼." 내가 말했다. "그것 때문에 온 거 아니야."

에길은 그럼 도대체 이유가 무엇일지 짐작해보려고 자신의 양심을 뒤져보는 것 같았다. 틀림없이 한두 개쯤 마음에 걸리는 일이 있을 것이다.

"모에가 보통 무엇을 사러 와?" 내가 물었다.

"모에?" 에길은 생전 처음 듣는 이름처럼 이 이름을 되풀이했다.

"지붕 기술자 말이야. 그 사람이 와서 널 찾았어."

에길은 빙긋 웃었지만, 눈에 두려운 기색이 보였다.

"그 사람이 뭘 사러 오는 거야?" 나는 다시 물었다. 혹시 에길이 질문을 잊어버렸을지도 모른다는 듯이.

"별것 없어요." 에길이 말했다.

"그래도 말해봐."

"기억이 잘 안 나요."

"돈은 현찰로 내나?"

"네."

"그게 기억난다면, 그 사람이 뭘 사는지도 기억나겠지. 어서."

에길은 나를 빤히 바라보았다. 그 양 같은 시선에서 나는 고해를 허락해달라는 기원을 보았다.

나는 한숨을 내쉬었다. "그동안 그것 때문에 고민하고 있었구나, 에길."

"네?"

"그 사람한테 약점을 잡힌 거야. 그렇지? 그 사람이 널 어떤 식으로든 협박했니?"

"모에가요? 아니에요."

"그럼 왜 그 사람 일을 숨겨주는 건데?"

에길은 가만히 서서 눈만 깜박였다. 뒤쪽 거실에서는 전쟁이 한창 벌어지고 있었다. 에길의 필사적인 표정 뒤에 혼돈이 있었다.

"그 사람은…… 그 사람은……."

나는 지금 이걸 참고 들어줄 수 있는 기분이 아니었다. 효과를 더 높이기 위해 나는 목소리를 낮게 깔았다. "거짓말은 하지 마, 에길."

청년의 목울대가 승강기처럼 오르락내리락하더니, 그가 복도 쪽으로 반걸음 물러났다. 겁에 질려 금방이라도 문을 쾅 닫을 것 같았는데 실제로 그렇게 하지는 않았다. 어쩌면 내 눈에서 뭔가를 보았는지도 모르겠다. 그의 뇌가 그것을 보고 오르툰에서 흠씬 얻어

맞은 남자들의 이야기를 떠올렸는지도 모른다. 그는 굴복했다.

"무슨 물건을 사든 저보고 거스름돈은 그냥 가지라고 했어요."

나는 고개를 끄덕였다. 에길이 내 밑에서 일하기 시작할 때 나는 팁을 받지 말라고 당연히 일러두었다. 만약 손님이 고집을 부리거든, 그 금액을 계산기에 입력한 뒤 돈을 따로 빼놓았다가 직원 중 누가 실수로 거스름돈을 너무 많이 내줬을 때 그 돈으로 메우라고 지시했다. 보통 실수를 저지르는 사람은 에길이었지만, 본인은 그걸 잊었을 수도 있었다. 지금 딱히 그에게 그 사실을 말해주고 싶지도 않았다. 내가 원하는 것은 내 의심이 옳은지 확인하는 것이었다.

"그 사람이 뭘 샀어?"

"우리가 불법적인 일을 한 건 아니에요." 에길이 말했다.

나는 그가 과거시제로 대답하는 것을 보니, 그와 모에가 무슨 일을 꾸몄든 이제 못 하게 되었음을 그도 아는 것 같다고 굳이 지적해주지 않았다. 어쨌든 그것이 합법적인 일일 가능성은 별로 없었다. 나는 기다렸다.

"엘라원이에요." 에길이 말했다.

그렇군. 사후피임약.

"얼마나 자주?" 내가 물었다.

"일주일에 한 번."

"너더러 아무한테도 말하지 말라고 하던?"

에길은 고개를 끄덕였다. 안색이 창백했다. 창백하고 멍청한 녀석. 하지만 사람들 말처럼 정신적 결함이 있는 녀석은 아니었다. 사람들은 이런 걸 지칭하는 말을 더러운 속옷 갈아입듯이 자주 바꾸니까 지금은 정신적 결함이 아니라 다른 이름일 테지만 그래도 어쨌든. 에길도 대충 눈치로 상황을 알아차렸을 것이다. 비록 모에는 그가 모를 거라는 쪽에 도박을 걸었겠지만. 이제 알 것 같았다. 에길은 그저 면목이 없는 것이 아니라 완전히 굴욕감을 느끼고 있었다. 그보다 더 무거운 벌은 없다. 내가 그 쓴잔을 몇 잔이고 마셔봤기 때문에 하는 말이다. 판사가 어떤 선고를 내리더라도 그보다 더 큰 수치심을 안겨줄 수는 없다는 것을 알기 때문에 하는 말이다.

"그럼 오늘은 아파서 쉬고 내일은 건강해지는 걸로 하자." 내가 말했다. "알았지?"

"네."

나는 뒤에서 문이 닫히는 소리를 듣지 못했다. 에길이 계속 그 자리에서 나를 지켜보고 있는 것 같았다. 이제부터 어떻게 될지 고민하면서.

나는 그레테 스미트의 미용실에 들어섰다. 타임머신을 타고 전쟁 직후의 미국에 착륙한 것 같았다. 한쪽 구석에 누덕누덕 기운 자국이 많은 거대한 빨간색 이발관 의자가 놓여 있었다. 그레테에 따르면, 루이 암스트롱이 그 의자에 앉은 적이 있다고 한다. 또 다른 구석에는 1950년대에 만들어진 미용실용 헤어드라이어가 있었다. 옛날 미국영화에서 노부인들이 받침대 위에 헬멧 같은 것이 달린 그 드라이어 아래에 앉아 잡지를 읽으며 수다를 떨곤 했다. 하지만 나는 그 기계를 볼 때마다 배우 조너선 프라이스와 그가 나온 영화 〈브라질〉의 전두엽 절제술 장면이 생각난다. 그레테는 자신의 표현에 따르면 '샴푸와 세팅'에 그 헬멧을 이용한다. 특수한 샴푸로 먼저 손님의 머리를 감긴 뒤 롤러를 만다. 그리고 손님의 머리를 이 헬멧 안에 넣어 머리카락을 천천히 말리는 것이다. 1950년대에 만들어진 이 기계가 토스터기처럼 붉게 달아오를 때 그것이 머리카락에 직접 닿지 않게 스카프로 머리를 감싸는 편이 좋다. 그레테에 따르면, 샴푸와 세팅이 이제 복고풍을 타고 다시 유행할 참이었다. 여기 오스에서는 그 유행이 애당초 사라진 적이 한 번도 없는 것 같지만. 어쨌든 내 의견을 묻는다면, 그 기계를 가장 자주 사용하는 사람이 그레테 본인이었던 것 같다고 말하겠다. 그녀는 그 기계로 머리에서 아래로 늘어진 회갈색 파마머리를 유지했다.

옛날의 유명한 미국 영화배우들 사진이 벽에 붙어 있었다. 미국적인 분위기가 나지 않는 것은 그레테가 사용하는 유명한 미용 가위뿐이었다. 그레테는 누구든 조금이라도 관심을 보이면 그 스테인리스 가위가 일본 니가다 1000이며, 값은 1만 5천 크로네이고, 평생 애프터서비스가 되는 제품이라고 말해주었다.

그레테가 시선을 들었지만 니가타 가위는 계속 움직였다.

"올센." 내가 말했다.

"안녕, 로위. 올센은 일광욕을 하고 있어."

"나도 알아. 올센의 자동차를 봤어. 일광욕은 어디야?" 나는 손님의 귓불과 위험할 만큼 가까운 곳에서 찰칵거리는 일본산 슈퍼 가위를 지켜보았다.

"올센이 방해받기 싫어할 것……."

"저쪽이야?" 나는 이 방에 있는 또 다른 문을 가리켰다. 문에 붙은 포스터에서는 햇볕에 구릿빛으로 살을 태운 여자가 비키니 차림으로 필사적인 미소를 짓고 있었다.

"금방 끝날 거야……." 그레테는 자기 옆 탁자 위의 리모컨을 흘깃 내려다보았다. "십사 분 남았어. 밖에서 기다리면 안 돼?"

"그래도 되지. 하지만 남자들도 가끔은 두 가지 일을 한꺼번에 할 수 있어. 볕을 쬐면서 말을 하는 정도라면." 나는 이발관 의자에 앉아 거울을 통해 나를 빤히 바라보는 여자에게 고갯짓으로 인사한 뒤 일광욕실 문을 열었다.

형편없는 공포영화 속으로 들어온 것 같았다. 드라큘라의 관처럼 생긴 물건 측면에서 가느다란 틈을 통해 새어 나오는 푸르스름한 빛을 빼면 사방이 어두웠다. 이 방에는 드라큘라의 관처럼 생긴 그 일광욕 기계 두 대와 의자 하나뿐이었다. 의자 등받이에는 쿠르트 올센의 청바지와 가벼운 가죽 재킷이 걸쳐져 있었다. 기계 안쪽의 램프에서 심하게 진동하는 듯한 무서운 소리가 나서, 금방이라도 끔찍한 일이 벌어질 것 같다는 감정을 더욱 고조시켰다.

나는 일광욕 기계 옆으로 의자를 끌고 갔다. 이어폰에서 음악이 새어 나오고 있었다. 순간적으로 로저 휘테이커의 음악인가 싶어서 진짜 공포영화를 찍는구나 하고 생각했지만, 잘 들어보니 존 덴버의 '테이크 미 홈 컨트리 로드'였다.

"너한테 미리 말해주러 왔어." 내가 말했다.

안에서 뭔가 움직이는 소리가 들렸다. 뭐가 관 뚜껑에 부딪혔는지 관이 흔들리더니 나직하게 욕하는 소리가 들렸다. 그리고 음악 소리가 멈췄다.

"어쩌면 성폭력 사건이 될 수도 있는 일이야." 내가 말했다.

"아, 그래?" 올센의 목소리가 양철 깡통 속에서 말하는 것처럼 들렸다. 그가 내 목소리를 알아들었는지 판단할 수 없었다.

"가까운 가족과 성적인 관계를 맺는 사람이 있어." 내가 말했다.

"계속해."

나는 말을 멈췄다. 이 상황이 가톨릭의 고해와 기괴하게 닮았다는 생각이 문득 들었기 때문인지도 모른다. 하지만 죄를 지은 사람은 내가 아니었다. 이번에는 아니었다.

"모에…… 지붕 기술자 말이야…… 그 사람이 일주일에 한 번씩 사후피임약을 사 가. 알다시피 그 집에 십 대 딸이 있잖아. 며칠 전에는 그 애가 사후피임약을 사 갔어."

나는 올센 경찰관이 누가 봐도 뻔한 결론에 도달할 때까지 기다렸다.

"왜 일주일에 한 번이고, 왜 여기 가게야?" 올센이 물었다. "시내에서 대량으로 한꺼번에 사면 되잖아. 아니면 애한테 피임약을 먹이든지."

"매번 이게 마지막이라고 생각하기 때문이겠지." 내가 말했다. "그 남자는 자기가 멈출 수 있다고 생각하는 거야."

기계 안에서 라이터가 찰칵거리는 소리가 들렸다. "그걸 네가 어떻게 알아?"

나는 어떻게 대답해야 좋을지 고민했다. 드라큘라의 관에서 담배 연기가 새어 나와 푸르스름한 빛 속에서 흩어져 어둠 속으로 사라졌다. 에길처럼 나도 고해를 하고 싶은 충동이 일었다. 절벽 너머로 차를 몰아 떨어져버리고 싶은 충동.

"우리는 모두 오늘보다 내일 더 나은 사람이 될 거라고 믿고 싶어하지." 내가 말했다.

"이런 마을에서 그런 비밀을 오래 유지하는 건 쉬운 일이 아니야. 난 누구든 모에를 의심하는 걸 본 적이 없어."

"그 사람 파산했어. 할 일 없이 집에서 빈둥거리는 중이야."

"그래도 술은 절대 안 먹잖아." 올센이 이제야 조금이나마 내 생각에 보조를 맞추기 시작했다. "살다가 일이 잘못된다고 해서 모두가 자기 딸과 그 짓을 하는 건 아니야."

"일주일에 한 번씩 사후피임약을 사는 것도 그렇지."

"자기 부인이 다시 임신하는 게 싫어서 그러는 것일 수도 있어. 아니면 그 딸이 어떤 남자애랑 진하게 사귀는 중이고, 모에는 아버지로서 그걸 걱정하는 것일 수도 있고." 올센이 기계 안에서 담배를 한 모금 빠는 소리가 들렸다. "딸에게 계속 효과가 있는 피임방법을 쓰게 하고 싶지 않은 거야. 그랬다가는 딸이 아무하고나 마구 어울릴지도 모르니까. 모에는 오순절교회 신자라고."

"그건 몰랐네. 하지만 그것만으로 근친상간의 가능성이 딱히 줄어들지는 않아."

내가 '근'으로 시작하는 그 단어를 말하자 관 뚜껑 아래에서 올센이 놀라는 것이 느껴졌다.

"그렇게 심각한 혐의를 제기하려면, 단순히 피임약을 사는 것 말고 더 확실한 증거가 있어야 돼." 올센이 말했다. "있어?"

내가 뭐라고 할 수 있을까? 그의 눈에서 수치심을 읽었다고? 그 수치심이 워낙 강력해서 내게는 그보다 더 확실한 증거가 없을 정도라고?

"이제 너도 알게 됐으니까 그 딸하고 한번 얘기를 해봐." 내가 말했다.

'해봐'라는 말은 하지 않는 편이 나았을지도 모르겠다. 그 말이 올센에게 명령하는 것처럼 들릴 수도 있다는 사실을 미리 알았어야 하는 건데. 하지만 내가 이 모든 가능성을 알면서도 그냥 그렇게 말해버린 것 같기도 하다. 어쨌든 올센의 목소리가 반음쯤 높아지고 소리도 커졌다.

"이런 일은 그냥 우리한테 맡겨. 비록 우리가 더 시급한 사건들을 먼저 다루게 될 가능성이 높다고 지금 이 자리에서 바로 말해 줄 수 있지만." 그의 어조를 보니 맨 끝에 내 이름을 말할 것 같았지만, 그는 그 빈 공간을 그대로 내버려두었다. 만약 나중에 내 의심이 옳은 것으로 판명되고 경찰서가 아무런 조치도 취하지 않았다는 사실이 함께 드러나는 경우에 대비해서, 이것이 익명의 제보였다고 주장할 여지를 남겨두는 편이 자신에게 나을 것이라는 생각으로 올센은 지금 머리를 열심히 굴리고 있을 것 같았다. 그래도 나는 그의 말을 그냥 넘기지 못했다.

"더 시급한 사건이라는 게 뭔데?" 나는 이 질문을 던지고 나서, 차라리 혀를 깨물 걸 그랬다고 생각했다.

"그건 네가 상관할 일이 아니지. 어쨌든 사람들이 쑥덕거리는 뒷소문 같은 ㄱ 얘기는 그냥 혼자만 알고 있어. 이 마을에 그런 식의 히스테리가 일어나면 곤란하니까."

나는 침을 꿀꺽 삼켰다. 내가 뭐라고 말을 하기도 전에 존 덴버의 노래가 다시 시작되었다.

나는 일어나서 그 방을 나왔다. 그레테와 손님은 세면대로 자리를 옮겨 머리를 감으며 수다를 떨고 있었다. 나는 항상 머리를 자르기 전에 감기는 줄 알았다. 오늘은 확실히 뭔가 다른 일을 하고 있는 모양이었다. 머리를 상대로 한 일종의 화학전 같은 것. 어쨌든 세면대 가장자리에 튜브형 약품 여러 개가 놓여 있고, 두 사람은 하는 일에 몰두해서 내 존재를 알아차리지 못했다. 나는 문 옆에 있는 리모컨을 집어 들었다. 올센의 시간이 십 분 남은 것 같았다. 나는 위를 가리키는 화살표를 눌러 숫자를 20으로 바꿨다. 그러고 나서 '얼굴 태닝'이라고 표시된 버튼을 누르자 태닝의 강도를 표시하는 화면이 나왔다. 원래 점이 하나뿐이었으나, 화살표를 세 번 누르자 최대 강도가 되었다. 우리처럼 서비스업에 종사하는 사람들은 손님이 돈을 낸 만큼 서비스를 받는다고 느끼는 것이 얼마나 중요한지 잘 안다.

나는 그레테와 손님 옆을 지나치면서 그들의 대화를 몇 마디 주워들었다. "……질투했지. 당연히 걔가 자기 남동생과 사랑하는 사이였으니까."

그레테가 내 존재를 알아차리고 안색이 굳었다. 하지만 나는 못 들은 척 고갯짓으로 인사만 건넸다.

신선한 공기 속으로 나온 나는 같은 일이 정말 징그럽게 되풀이된다는 생각이 들었다. 모든 일이 전에도 있었고, 앞으로도 일어날 것이다. 결과도 똑같을 것이다.

11

마을에서 매년 열리는 축제에도 사람이 이만큼 많이 모이지 않았다. 우리가 마을회관 대강당에 의자 육백 개를 준비했는데도 자리가 모자라서 몇몇 사람은 서 있어야 했다. 나는 의자에 앉은 채 몸을 돌려 누군가를 찾는 척 강당 뒤편을 바라보았다. 모두 와 있었다. 마리와 함께 온 그녀의 남편 단 크라네는 기자의 눈으로 이곳을 훑어보았다. 중고차 판매인 빌룸 빌룸센과 함께 온 우아한 아내 리타는 남편과 나란히 앉아 있는데도 남편보다 머리 하나쯤 더 커 보일 정도로 키가 컸다. 신임 카운티 의회 의장 보스 길베르트는 오스 축구클럽의 홈경기 때 심판으로도 뛰는 사람이었지만, 그런 운동의 덕을 본 것 같지는 않았다. 에릭 네렐은 만삭처럼 보이는 아내 테아와 함께 있었다. 쿠르트 올센 경찰관도 보였다. 광선에 잔뜩 그을린 그의 얼굴이 빨간 등불처럼 번들거렸다. 증오가 가득한 그의 시선이 내 시선과 마주쳤다. 그레테 스미트는 스미트 부부를 데려왔다. 그들이 빠르게 주차장을 가로질러 오는 모습이 보였다. 나탈리 모에는 부모 사이에 앉아 있었다. 나는 그 애의 아버지와 시선을 마주치려고 했지만, 그는 이미 시선을 피한 뒤였다.

내가 사실을 알지도 모른다고 짐작했기 때문일까. 아니면 지붕을 고치는 자신의 업체가 파산한 것을 모두 알고 있기 때문일 수도 있었다. 그가 이 호텔 프로젝트에 투자한다면, 마을에 있는 그의 채권자들은 모두 격분할 것이다. 하지만 그냥 모임에 한번 나와봤다는 말로 무사히 빠져나갈 수는 있을 것이다. 이 자리에 나온 사람들 대부분이 투자할 생각보다는 호기심에 나왔을 가능성이 컸다. 옛 카운티 의회 의장 요 오스도 1970년대에 순회 목사 아르만이 왔을 때 이후로 마을회관에 이렇게 사람이 빽빽하게 들어찬 모습을 보지 못했다. 오스는 연단에 서서 사람들을 바라보았다. 키가 크고 깡마른 몸매가 깃대 같았다. 자작나무처럼 하얗고 위를 향해 둥글게 휘어진 그의 눈썹은 해가 갈수록 점점 더 높아지는 듯했다.

"설교자가 방언을 하고 병자를 고쳐주는 쇼가 마을 영화관에서 상영되는 영화만큼 인기를 끌던 시절이 있었습니다." 오스가 말했다. "심지어 그런 쇼는 공짜였죠."

당연히 웃음이 일었다.

"자, 여러분이 들으러 온 것은 내 말이 아니라 고향에 돌아온 우리의 아들 칼 아벨 오프가르의 말이겠죠. 그의 설교가 우리 마을에 구원과 영생을 가져다줄지 모르겠습니다. 그 부분에 대해서는 여러분이 직접 결론을 내려야 할 겁니다. 내가 이 청년과 그의 프로젝트를 소개하는 역할을 맡은 것은 현재 우리가 처한 상황을 생각할 때 신선한 시도라면 무엇이든 이 마을이 기쁘게 받아들여야 하기 때문입니다. 우리에게는 새로운 생각이 필요합니다. 헌신이 필요합니다. 하지만 과거의 사고방식도 필요합니다. 세월의 시험을 이겨낸 그 사고방식 덕분에 우리는 이 황량하지만 아름다운 마을에서 계속 살아올 수 있었습니다. 그러니 이 청년의 말을 열린 마음과 공정한 태도로 들어주시기 바랍니다. 이 청년은 이 마을 출신의 소박한 농촌 소년도 크고 넓은 세상에서 성공할 수 있음을 증명했습니다. 칼, 앞으로 나오게!"

천둥 같은 갈채가 일었지만, 칼이 연단에 다다랐을 무렵에는 눈에 띄게 소리가 줄어들었다. 십중팔구 칼보다는 오스에게 보내는 갈채였을 것이다. 칼은 정장에 넥타이 차림이었지만, 재킷을 벗고 와이셔츠 소매를 걷어 올린 상태였다. 그는 집에서 미리 이런 차림을 우리에게 보여주며 의견을 구했다. 섀넌은 왜 재킷을 입지 않느냐고 물었다. 나는 칼이 선거운동 때 공장노동자들에게 연설하면서 서민적인 모습을 연출하려 시도한 미국 대통령 후보들을 보았기 때문이라고 설명했다.

"그 사람들은 바람막이 잠바에 야구 모자를 써요." 섀넌이 말했다.

"중요한 건 균형을 딱 알맞게 맞추는 거야." 칼이 말했다. "갑갑하고 건방지게 보이면 안 돼. 어차피 우리도 이 마을 출신이니까. 여기 사람들은 트랙터를 몰고, 고무장화 차림으로 돌아다닌다고. 하지만 우리는 진지하고 전문적인 분위기도 연출할 필요가 있어. 여기 사람들은 견진성사 때 반드시 넥타이를 매. 그러니 다른 차림으로 나타난다면, 그건 뭘 모른다는 뜻이야. 내가 재킷을 입고 왔지만 벗었다는 걸 보여주는 건 내가 지금 이 일에 아주 진지하게 임하고 있지만 동시에 의욕에 불이 붙어서 언제든 타오를 수 있다는 신호야."

"손을 더럽히는 걸 꺼리지 않는다는 거지." 내가 말했다.

"맞아." 칼이 말했다.

차를 타러 나가는 길에 섀넌은 쿡쿡 웃으며 내게 속삭였다. "그거 아세요? 난 '손톱에 때가 낀다'가 맞는 표현인 줄 알았어요. 그건 완전히 틀린 건가요?"

"무슨 말을 하고 싶은가에 달렸죠." 내가 대답했다.

"먼저……." 칼이 강연대를 양손으로 짚은 자세로 말했다. "제가 오늘 여러분을 초대하면서 밝힌 그 모험에 대해 이야기하기 전에, 이렇게 수많은 옛 친구들과 지인들 앞에 서 있으니 정말 감개무량하다는 말씀을 드리고 싶습니다. 정말 감격했습니다."

나는 조심스러운 기대감을 감지했다. 옛날에 칼은 사랑받는 존재였다. 적어도 칼을 별로 좋아하지 않는 부인을 둔 남자들은 칼을 좋아했다. 이 마을을 떠날 때의 칼을 그들은 있는 모습 그대로 좋아해주었다. 하지만 그때의 칼과 지금의 칼이 같을까? 기운이 넘치는 장난꾸러기, 환한 미소를 짓는 재미있는 녀석, 남녀노소를 막론하고 누구에게나 다정한 말을 해주는 상냥하고 사려 깊은 청년. 혹시 칼은 이 사람들을 초대하며 스스로 밝힌 것처럼 '경영학석사', 즉 경영의 전문가로 변해버린 것은 아닐까? 다른 새들은 숨도 쉴 수 없는 고도에서 하늘을 날 수 있는 산새. 캐나다. 부동산업계의 거물. 카리브 해 출신의 이국적이고 학식 높은 아내가 조금 지나치게 잘 꾸민 모습으로 그 자리에 앉아 있었다. 이 동네의 평범한 여자는 이제 그에게 너무 촌스럽게 보일까?

"기쁘고 감격스럽습니다." 칼이 다시 말했다. "왜냐하면 지금, 마침내, 이 자리에 서서……." 예술적인 솜씨로 잠시 말을 멈추고 칼은 사람들을 훑어보며 넥타이를 바로잡았다. "……로드의 기분을 맛보았으니까요."

잠시 정적이 흐르다가 웃음이 터졌다.

칼의 하얀 미소. 이제 자신감이 보였다. 청중을 휘어잡았다는 자신감. 그는 강연대의 주인이라도 되는 것처럼 긴 팔을 강연대의 양편에 놓았다.

"동화책은 대개 '옛날 옛적에'라는 말로 시작합니다. 하지만 지금의 이 동화는 아직 써지지 않았습니다. 때가 되면, '옛날 옛적에 오르툰 마을회관에 사람들이 모여서 앞으로 짓게 될 호텔에 대해 이야기했어요'라는 문장으로 이야기가 시작될 겁니다. 그렇다면 이제 이 호텔 이야기로 들어가서……."

칼이 리모컨의 버튼을 누르자 그의 뒤편에 있는 거대한 스크린에 도면이 나타났다. 헉하고 놀라는 소리가 들렸으나, 칼은 그보다 더 큰 반응을 기대한 모양이었다. 칼이 내 동생이니까 알 수 있었다. 좀 더 정확히 말하자면, 칼은 더 긍정적인 놀라움을 예상한 것 같았다. 나는 사람들이 달나라의 이글루보다 안락한 집의 난롯가를 더 좋아할 것 같다고 칼에게 말했다. 하지만 달리 생각해보면, 그 호텔이 어느 정도 우아한 것은 부인할 수 없는 사실이었다. 건물의 비율과 선이 눈에 띄었고, 전체적으로 아름다워 보였다. 투명한 얼음이나 하얀 파도, 또는 산의 깨끗한 사면과 비슷했다. 심지어 주유소와도 비슷한 것 같았다.

칼은 이 사람들을 설득하기가 녹록지 않다는 것을 알아차렸다. 칼이 다시 생각을 정리하는 것이 내 눈에는 보였다. 칼은 다음 공격을 위해 마음을 다잡고 있었다. 그는 도면을 사람들에게 설명했다. 스파, 운동시설, 수영장, 어린이 놀이방, 다양한 급의 호텔방, 프런트 데스크와 로비, 식당. 이 모든 시설이 최고급으로 지어질 것이며, 기대가 높은 손님들을 주로 겨냥하게 될 것임을 강조했다. 다시 말해서 지갑이 두툼한 사람들을 겨냥한다는 뜻이었다. 호텔은 마을과 같은 이름으로 불릴 것이다. 오스 스파 산정호텔. 이 이름으로 모든 대중매체에 광고가 나갈 예정이었다. 칼은 이 마을의 이름이 품질의 대명사가 될 것이라고 말했다. 독보적이지만 배타적이지는 않은 것. 평범한 소득수준의 일가족이 이곳에서 주말을 보낼 수는 있을 테지만, 그것은 그들이 기대를 품고 돈을 모아야만 가능한 일이 되어야 했다. 마을의 이름 또한 즐거움과 나란히 연상될 것이다. 칼은 그런 즐거움을 살짝 맛보여주려는 듯이 미소를 지었다. 내 눈에는 사람들이 점점 그의 말에 끌려들고 있는 것 같았다. 심지어 열정적인 분위기도 조금씩 나타나는 것 같았다. 그건 이 지역에서 날이면 날마다 볼 수 있는 일이 아니었다. 그래도 사람들은 총비용을 들었을 때에야 다시 헉하고 놀란 소리를 냈다.

4억 크로네.

헉. 강당의 온도가 곤두박질쳤다.

칼은 이런 소리가 나올 줄 예상하고 있었다. 하지만 표정을 보니 이렇게 강한 반응은 예상 밖인 것 같았다.

칼의 말이 빨라졌다. 사람들의 관심을 잃을까 봐 조바심을 쳤다. 그는 이 일대에 땅을 소유한 사람들은 호텔과 오두막 건설 덕분에 땅값이 오를 테니 그것만으로도 충분한 투자수익을 거둘 수 있을 것이라고 말했다. 상점과 서비스 업체 경영자들도 마찬가지였다. 호텔과 오두막 덕분에 관광객들이 더 늘어날 테니까. 돈이 많고, 돈 쓰는 것을 좋아하는 사람들이 몰려올 터였다. 사실 마을은 호텔 자체보다 이런 관광객들 덕분에 더 이득을 볼 가능성이 높았다.

칼은 잠시 말을 멈췄다. 사람들은 가만히 침묵을 지키며 앉아 있었다. 모든 것이 확실하지 않았다. 다섯 번째 줄에 앉은 내 눈에 어떤 움직임이 보였다. 강한 바람 속의 깃대 같은 움직임. 맨 앞줄에 앉은 오스였다. 남들보다 우뚝 솟은 그의 하얀 머리가 *끄덕끄덕* 움직였다. 그가 천천히 고개를 끄덕였다. 모두 그것을 보았다.

그때 칼이 최고의 패를 꺼냈다.

"하지만 이 모든 일의 전제 조건은 호텔이 지어져서 영업하는 겁니다. 사람들이 거기에 필요한 노력을 기꺼이 들이는 겁니다. 특정한 사람들이 기꺼이 어느 정도의 위험을 감수하고 이 프로젝트에 재정을 지원하는 겁니다. 다른 사람들을 위해서. 이 마을의 모두를 위해서."

이 지역 사람들은 평균적으로 도시 사람들보다 교육 수준이 떨어진다. 독창적인 영화나 도시적인 시트콤에서 요점을 파악하는 속도도 느리다. 하지만 행간의 의미는 읽을 줄 안다. 오스에서는 필요 이상으로 말을 많이 하지 않는 것을 이상적인 품성으로 보기 때문에, 사람들은 상대가 표현하지 않은 것을 알아듣는 재주가 생겼다. 지금 이 자리에서 말로 표현하지 않은 내용은, 여러분이 이 프로젝트에 투자하는 '특정한 사람들'의 행렬에 합류하지 않는다면 '다른 사람들'로 분류되리라는 것이었다. '다른 사람들'이란 스스로 기여하지 않고 이차적인 혜택만 보는 사람이었다.

천천히 고개를 끄덕이는 사람이 더 많이 눈에 들어왔다. 그 움직임이 점점 퍼져나갔다.

그때 한 남자가 목소리를 높였다. 아빠에게 캐딜락을 판 사람, 빌룸센이었다.

"이게 그렇게 좋은 투자처라면, 왜 이렇게 많은 사람이 필요한 거지, 칼? 너 혼자 독식하지 않는 이유가 뭐야? 아니면 네 깜냥이 닿는 대로 최대한 투자하고, 나머지는 거물 두어 명만 끌어들이면 될 텐데."

"제가 거물이 아니니까요." 칼이 말했다. "이 자리에도 그런 사람이 많지 않고요. 제가 더 큰 몫을 가져갈 수도 있겠죠. 실제로 투자금이 계획만큼 모이지 않으면, 모자라는 금액은 제가 기쁘게 투자할 겁니다. 하지만 이 프로젝트를 들고 고향으로 돌아올 때 제가 생각한 건, 여윳돈이 있는 사람들뿐만 아니라 모두에게 참가할 기회를 줘야 한다는 거였어요. 그래서 이걸 제가 SL 회사로 보는 겁니다. 공동책임 회사요. 여러분이 이 호텔의 부분 소유주가 되기 위해 무엇도 내놓을 필요가 없다는 뜻입니다. 단 한 푼도!" 칼이 주먹으로 강연대를 쳤다.

침묵이 흘렀다. 사람들이 무슨 생각을 하는지 짐작이 갔다. 이거 웃기지도 않는 야바위 아니야? 또 아르만이 왔을 때 꼴이 나는 것 아냐?

그때 칼이 사람들에게 복음을 전파했다. 돈을 내지 않고도 소유할 수 있다는 말. 경영학석사께서 말씀하시니, 사람들은 귀를 기울였다.

칼이 말했다. "투자하는 사람이 많을수록 개인이 감당할 위험이 줄어든다는 뜻입니다. 여러분 모두가 참여한다면 각자의 위험부담은 기껏해야 자동차 한 대 값 정도일 거예요. 저기 빌룸센 씨한테서 중고차를 산다면 좀 다르겠지만."

웃음소리. 강당 뒤편에서는 몇 명이 박수를 치기도 했다. 자동차 이야기는 모두가 알아들었다. 이 순간에는 빌룸센이 판매한 차가 나중에 어떻게 되었는지 아무도 생각하지 않는 것 같았다. 칼이 손을 든 사람 한 명을 웃는 얼굴로 지적했다.

어떤 남자가 일어섰다. 칼만큼 키가 컸다. 칼이 이제야 그의 얼굴을 알아보았다는 사실을 나는 알 수 있었다. 그에게 발언권을 준 것을 후회하는 것 같기도 했다. 어쨌든 그 남자 시몬 네르가르가 입을 열자 다른 치아보다 유난히 하얀 치아 두 개가 보였다. 내 생각이 틀렸을 수도 있지만, 그가 말할 때 그의 콧구멍에서, 제대로 치료되지 않은 뼈에서, 휘파람 소리 같은 것이 아직도 나는 듯했다.

"그 호텔이 들어설 곳이 너와 네 형의 땅이니……." 그는 시간을 끌며 말의 여운을 남겼다.

"네?" 칼이 크고 단단한 목소리로 말했다. 조금 지나치게 크고 단단하다는 사실을 알아차린 사람은 아마 나밖에 없을 것이다.

"……네가 얼마나 요구할 생각인지 흥미로울 것 같은데."

"요구한다고요?" 칼은 눈으로 사람들을 훑었다. 머리는 움직이지 않았다. 장내가 다시 조용해졌다. 아무리 봐도 칼이 시간을 벌기 위해 그런 말을 던진 것 같았다. 이런 생각을 나만 한 것이 아닐 것이다. 시몬도 그런 분위기를 알아차렸는지 거의 승리감에 들뜬 것 같은 목소리로 말을 이었다.

"혹시 경영학석사께서는 '가격'이라는 말을 더 잘 이해하시려나."

여기저기서 웃음소리가 들렸다. 그리고 곧 기대감이 가득한 침묵이 뒤를 따랐다. 사람들은 고개를 들었다. 물가에서 물을 먹다가 아직 걱정하지 않아도 될 만큼 거리가 멀긴 해도 어쨌든 사자가 다가오는 것을 알아차린 동물들 같았다.

칼은 빙긋 웃더니, 자기 앞에 놓인 서류를 향해 고개를 숙였다. 오랜 친구가 장난으로 정강이를 차는 시늉을 했을 때처럼 키득거리며 웃기라도 하는 건지 어깨가 떨렸다. 칼은 서류를 깔끔하게 정리하면서 어떻게 대답하면 가장 좋을지 말을 고르는 것 같았다. 나는 그것을 느낄 수 있었다. 재빨리 주위를 둘러보니 다른 사람들도

다 알아차린 기색이었다. 그 순간이 왔다는 것. 결정의 순간. 나보다 두 줄 앞에서 이미 꼿꼿하던 허리를 더 꼿꼿하게 세우는 사람이 보였다. 섀넌이었다. 연단을 올려다보니, 칼의 시선이 내게 고정되어 있었다. 거기에 담긴 표정은 사과였다. 칼이 졌다는 것. 일을 망쳤다는 것. 자기 때문에 가족들도 같이 힘들어졌다는 것. 우리 둘다 깨달았다. 칼이 원하는 호텔은 생기지 않을 것이다. 나도 내 주유소를 장만할 수 없을 것이다.

"우리는 아무것도 원하지 않습니다." 칼이 말했다. "로위와 저는 그 땅을 기부할 겁니다."

처음에 나는 잘못 들은 줄 알았다. 시몬도 같은 생각을 하는 것 같았다. 하지만 곧 웅성거리는 소리가 강당 전체로 퍼지는 것을 들으면서, 사람들도 나와 똑같은 말을 들었음을 깨달았다. 누군가가 박수를 치기 시작했다.

"아뇨, 아닙니다." 칼이 두 손을 들어 올렸다. "아직 갈 길이 멉니다. 계획에 합류하겠다는 예비 의향서에 필요한 숫자만큼 많은 사람들이 서명해주셔야 합니다. 그래야 카운티 의회가 허가 신청서를 받아보고 이 프로젝트가 가볍지 않다는 걸 알아차릴 겁니다. 감사합니다!"

갈채 소리가 더 커졌다. 자꾸만, 자꾸만. 순식간에 모두가 박수를 치고 있었다. 시몬만 빼고. 아마 빌룸센도 빼고. 그리고 나도 빼고.

"어쩔 수 없었어!" 칼이 말했다. "모 아니면 도인 상황이었다고. 보면 몰라?"

밖에 세워둔 자동차로 향하는 나를 칼이 반쯤 뛰다시피 따라왔다. 나는 자동차 문을 열고 운전석에 앉았다. 번쩍거리는 돈 덩어리처럼 보이는 자기 차 대신 회색과 흰색이 섞인 나의 볼보 240을 타고 회의장으로 가자고 제안한 사람은 칼이었다. 나는 시동을 걸고, 칼이 조수석 문을 닫기도 전에 페달을 밟았다.

"아, 젠장, 로위!"

"아, 젠장, 뭐?" 나는 고함을 지르며 백미러를 조정했다. 오르툰이 저 뒤로 사라져갔다. 뒷좌석에 새넌이 겁먹은 얼굴로 조용히 앉아 있는 것이 보였다. "네가 약속했잖아! 사람들이 땅값을 물으면 사실대로 말하겠다고, 이 자식아!"

"아, 이러지 좀 마, 로위! 형도 그 분위기 느꼈잖아. 속일 생각은 마. 형 얼굴에 다 쓰여 있었으니까. 내가 아까 그 자리에서, 아, 네, 마침 물어보셨으니까 말인데요, 시몬, 로위와 저는 사실 그 바위 땅의 값으로 4천만 크로네를 부를 겁니다, 이렇게 말했다면 그걸로 모든 얘기가 끝났을 거야. 형이 주유소를 살 돈을 절대 손에 넣을 수 없었을 거라고."

"넌 거짓말을 했어!"

"그래, 거짓말을 했어. 그래서 형한테 아직 주유소를 살 기회가 남은 거잖아."

"기회는 무슨 기회?" 내가 페달을 밟은 발에 힘을 주며 핸들을 돌리자 타이어가 자갈 속으로 파고들면서 신음하는 것이 느껴졌다. 차가 끽 하는 소리를 내며 중앙 도로로 올라섰다. 타이어에서 날카로운 소리가 나고 고무가 아스팔트에 눌어붙었다. 뒷좌석에서도 작은 비명 같은 소리가 났다. "호텔에서 수익이 나기 시작하는 십 년 뒤에?" 나는 페달을 바닥까지 밟으며 침을 뱉었다. "중요한 건 네가 거짓말을 했다는 거야, 칼! 네 거짓말 때문에 320에이커나 되는 내…… 내 땅이 공짜로 날아갔어!"

"십 년이나 안 걸려, 바보야. 길어야 일 년이면 형한테 기회가 생길 거야."

우리 사이에서 '바보'라는 말은 애칭과 비슷했다. 나는 칼이 휴전을 요청하고 있음을 깨달았다.

"그래. 일 년이라 치고 그다음에는?"

"그다음에는 오두막을 지을 땅을 매물로 내놔야지."

"오두막을 지을 땅?" 나는 운전대를 주먹으로 쳤다. "미치겠네, 오두막은 잊어버려, 칼! 너 못 들었어? 카운티 의회가 오두막 개발을 더 이상 허용하지 않겠다고 표결했어."

"그랬어?"

"카운티 의회가 오두막을 지어서 얻을 이득이 없다고. 지출뿐이지."

"그래?"

"오두막 주인들은 자기네 주소지에 세금을 내. 여기에서 주말을 보내는 건 일 년에 평균 여섯 번뿐이라서 그 사람들이 쓰고 가는 돈으로는 그 망할 놈의 오두막 유지비를 감당할 수가 없어. 상하수도, 쓰레기 수거, 제설. 오두막 주인들은 주유소에서 기름을 채우고 햄버거를 사 먹지. 주유소나 몇몇 가게에는 좋은 일이지만, 카운티 의회 입장에서 보면 바닷물에 물 한 방울을 떨어뜨리는 격이야."

"그건 정말 몰랐어."

나는 칼을 흘깃 바라보았다. 칼이 나를 향해 씩 웃었다. 나쁜 자식. 그걸 몰랐을 리가 있나.

"우리가 카운티 의회한테 뭘 할 거냐면, 따뜻한 침대를 파는 거야. 차가운 침대의 반대."

"뭐라고?"

"오두막은 차가운 침대야. 십 주 중에 구 주는 비어 있으니까. 호텔은 따뜻한 침대지. 일 년 내내 돈을 쓰는 사람들로 가득하다고. 카운티 의회가 비용을 감당할 필요도 없어. 따뜻한 침대는 모든 카운티 의회의 몽정 같은 거야, 로위. 규정 따위 신경 쓰지 마. 기획 허가가 나올 테니. 캐나다도 그러니까, 여기도 그럴 거야. 형이랑 나한테 큰돈을 벌어주는 건 호텔이 아니야. 오두막 부지 판매 허가를 받으면 돈이 생기는 거야. 허가는 나와. 우리가 카운티 의회에 30-70을 제의할 거니까."

"30-70?"

"차가운 침대 70퍼센트의 건설 허가를 받는 대가로 따뜻한 침대 30퍼센트를 짓겠다고 하는 거야."

나는 속도를 조금 줄였다. "그쪽에서 받아들일 것 같아?"

"대개는 조건이 반대인 거래만 받아들이겠지. 따뜻한 침대가 70퍼센트인 쪽. 하지만 다음 주에 열릴 카운티 의회 회의를 생각해봐. 거기서 중앙 도로의 경로가 바뀐 다음에 어떻게 할지 의논할 텐데, 내가 이 계획을 내밀 거야. 그리고 오늘 저녁에 마을 사람 전체가 투표로 찬성한 호텔을 그 사람들 앞에 내놓는 거지. 그 사람들이 객석을 슬쩍 바라보면, 에이브러햄 링컨이 앉아서 고개를 끄덕이고 있을걸. 이거 진짜 좋은 거야."

링컨은 아빠가 요 오스에게 지어준 별명이었다. 그래, 나도 칼이 묘사한 광경이 눈에 보이는 듯했다. 그들은 칼이 요구하는 것을 모두 내어줄 것이다.

나는 흘깃 거울을 보았다. "당신 생각은 어때요?"

"내 생각요? 당신이 발정 난 돼지처럼 차를 몬다고 생각하는데요."

우리의 눈이 마주치고, 우리는 웃음을 터뜨렸다. 곧 칼도 합류했다. 내가 어찌나 정신없이 웃어댔는지, 칼이 나 대신 운전대를 잡아야 할 정도였다. 나는 다시 운전대를 잡고, 중앙 도로를 벗어나 우리 농장으로 이어진 급커브 길로 들어섰다.

"저기 좀 봐요." 섀넌이 말했다.

우리는 저기를 보았다.

파란 불빛을 번쩍거리는 차 한 대가 도로 한복판에 있었다. 우리가 속도를 늦추자 헤드라이트 불빛에 쿠르트 올센의 모습이 드러났다. 그는 자신의 랜드로버 보닛에 몸을 기대고 팔짱을 낀 자세로 빈둥거리고 있었다. 나는 내 차 범퍼가 그의 무릎에 거의 닿을 때까지 차를 멈추지 않았지만, 그는 꿈쩍도 하지 않았다. 그가 우리 차 창문 쪽으로 걸어오는 것을 보고 나는 창문을 내렸다.

"음주 검사야." 올센이 내 얼굴에 손전등 불빛을 비췄다. "차에서 내려."

"내려?" 나는 한 손으로 빛을 가리며 물었다. "여기 앉아서 기계를 불면 안 돼?"

"내려." 올센이 말했다. 단호하고, 차분하고, 차가웠다.

나는 칼을 보았다. 칼이 고개를 두 번 끄덕였다. 첫 번째는 올센의 말대로 하라는 뜻이고, 두 번째는 올센이 고집을 꺾지 않을 것 같다는 뜻이었다.

나는 차에서 내렸다.

"저거 보여?" 올센이 자갈길에 그럭저럭 똑바로 파인 선을 손전등으로 비추며 말했다. 그가 카우보이 부츠의 발꿈치로 그어놓은 선이었다. "저걸 따라서 걸어."

"지금 장난치는 거지?"

"아니, 난 장난 안 쳐. 로위 칼빈 오프가르. 여기서부터 시작이야. 걸어."

나는 시키는 대로 했다. 그냥 빨리 끝내버리자 싶어서.

"이런, 조심, 조심해야지." 올센이 말했다. "다시 해. 천천히. 이걸 줄이라고 생각해. 걸음마다 줄에 발을 올리듯이 하라고."

"무슨 줄?" 나는 다시 출발하면서 물었다.

"협곡에 매어놓은 줄. 예를 들어, 건드리기만 해도 돌멩이들이 굴러 내리는 협곡. 그런 곳에 대해 잘 안다고 주장하는 사람들이 보고서에서 그 장소를 조사하지 않는 편이 좋다고 조언하는 곳. 줄 위를 걷다가 한 발만 잘못 내디디면 말이야, 로위, 그대로 떨어지는 거야."

내가 무슨 남자 모델처럼 걸어야 하는 탓인지 깜박거리는 그의 손전등 불빛 때문인지는 알 수 없지만, 진밀로 균형을 유지하기가 엄청나게 힘들어졌다.

"내가 술 안 마시는 거 알잖아." 내가 말했다. "왜 이래?"

"그래, 넌 술을 안 마시지. 그럼 네 동생은 두 사람 몫을 마실 수 있거든. 그래서 생각해보니까, 너를 잘 감시해야겠더라고. 항상 정신이 멀쩡한 사람들은 뭔가를 숨기는 거야, 안 그래? 술에 취했다가 비밀을 불어버릴까 봐 무서운 거지. 그래서 사람도 멀리하고, 파티도 멀리하는 거야."

"괜히 한번 샅샅이 털어보는 거라면, 지붕 기술자 모에를 털어 봐, 올센. 아직 조사 안 했어?"

"입 다물어, 로위. 괜히 날 산만하게 만들려고 그러는 거 다 알아." 그의 목소리에서 조금씩 차분함이 사라졌다.

"성적인 학대를 막으려고 애쓰는 게 정신을 산만하게 만드는 거야? 술을 전혀 안 마시는 사람한테 음주 검사를 하는 편이 더 낫다고?"

"어이쿠. 거기서 선을 벗어났네." 올센이 말했다.

나는 바닥을 내려다보았다. "벗어나긴 개뿔."

"거길 봐, 보여?" 올센은 선 밖으로 벗어난 발자국에 손전등을 비췄다. 그건 카우보이 부츠의 발자국이었다. "나랑 같이 가야겠어."

"젠장, 올센. 음주 검사기나 꺼내!"

"누가 기계를 망가뜨렸어. 엉뚱한 버튼을 눌러서 아주 못 쓰게 만들었지." 그가 말했다. "균형 테스트에 실패했으니까 그 결과를 바탕으로 삼는 수밖에 없어. 알다시피 경찰서에는 안락한 감방이 있으니까 채혈을 해줄 의사가 올 때까지 거기서 기다리면 돼."

내가 기가 막힌다는 듯이 그를 바라보자 그는 손전등을 턱 아래에 대고 소리쳤다. "왁!" 그러고는 유령처럼 킬킬거렸다.

"그 손전등 조심해." 내가 말했다. "이미 전자파를 많이 쬔 것 같으니까."

올센은 별로 기분이 상한 것 같지 않았다. 계속 웃으면서 그는 허리띠에 매어둔 수갑을 풀었다.

"돌아서, 로위."

dom

3부

JO NESBØ

12

    어느 날 저녁 늦게 나는 바닥에 난 연통 구멍을 통해 그 소리를 들었다. 열여섯 살 때였다. 저 아래 부엌에서 꾸준하게 들려오는 대화 소리에 나는 거의 잠들기 직전이었다. 그녀는 할 말이 별로 없었는데도, 주로 이야기하는 사람 역시 그녀였다. 아빠는 대부분 '응' 아니면 '아니'로만 답하다가 가끔 그녀의 말을 중간에 끊고, 지금 상황이 어떤지, 어떻게 일을 처리해야 하는지를 명확하고 간결하게 말해주었다. 이런 말을 할 때 아빠는 거의 언성을 높이지 않았다. 하지만 대화가 끝나고 나면 그녀가 한동안 잠잠해지는 것이 정해진 순서였다. 그러다가 다른 주제를 들고나와 다시 차분히 이야기하기 시작했다. 마치 지난번에 다른 주제를 제기한 적이 없다는 듯이. 이상하게 들리는 줄은 알지만, 나는 엄마가 어떤 사람인지 끝내 제대로 알지 못했다. 어쩌면 내가 그녀를 이해하지 못했기 때문일 수도 있고, 별로 관심이 없었기 때문일 수도 있고, 그녀가 아빠 옆에서 워낙 희미한 존재라서 내 눈에 보이지 않았던 것일 수도 있었다. 누구보다 친밀했던 사람, 자신을 낳아준 사람, 십팔 년 동안 매일 같이 있었던 사람의 생각과 감정이 지금도 완전히 수수께끼로 남아 있다는 말은 당연히 이상하게 들릴 것이다. 엄마는 행복했나? 엄마의 꿈은 무엇이었나? 엄마는 아빠와 대화를 나눌 수 있고 칼과도 조금 대화를 나눴으면서 왜 나와는 거의 대화를 나누지 않았나? 내가 엄마를 잘 이해하지 못했듯이 엄마도 날 거의 이해하지 못한 건가? 내가 엄마의 감춰진 면을 언뜻 본 것은 딱 한 번뿐이었다. 부엌에 있던 엄마, 외양간에 있던 엄마, 옷을 수선해주고 우리에게 아버지 말씀대로 하라고 말하던 엄마. 하지만 베르나르 삼촌이 쉰 살이 되던 그날 그랜드 호텔에서 본 엄마는 달랐다. 로코코 양식의 방에서 식사를 마친 뒤 어른들은 하얀 재킷을 입은 뚱뚱한 남자 삼인조의 연주에 맞춰 춤을 추었다. 칼이 호텔 구경을 하는 동안 나는 식탁에 앉아 엄마를 보았다. 엄마는 내가 한 번도 본 적이 없는 표정을 짓고 춤추는 사람들을 지켜보고 있었다. 어렴풋이 미소를 지으며 꿈꾸는 듯한 표정. 엄마의 시선에는 살짝 베일이 드리워진 듯했다. 앞에 놓인 술과 비슷한 빨간색 원피스를 입고 앉아서 콧노래를 부르는 엄마를 보고 있으려니, 어쩌면 엄마가 예쁜 사람인지도 모른다는 생각이 생전 처음으로 들었다. 예쁘다니. 크리스마스이브만 빼면 나는 엄마가 술을 마시는 모습을 본 적이 없었다. 크리스마스이브에도 아쿠아비트*를 딱 한 잔 마시는 것이 전부였다. 그날 밤 아빠에게 춤을 추고 싶으냐고 묻는 엄마의 목소리에는 낯선 온기가 있었다. 아빠는 고개를 저었지만 엄마에게 미소를 지었다. 혹시 아빠도 엄마에게서 나와 같은 것을 보았을까. 그때 아빠보다 조금 젊은 남자가 다가와 엄마에게 춤을 청했다. 아빠는 맥주를 한 모금 마시며 고개를 끄덕이고는 남자에게 빙긋 웃

* 스칸디나비아 반도의 투명한 브랜디.

어 보였다. 자랑스럽다는 듯이. 나는 그러고 싶지 않았지만, 춤을 추러 나가는 엄마를 시선으로 뒤쫓았다. 나는 그저 너무 창피한 광경이 펼쳐지지 않기를 바랐을 뿐이다. 엄마가 남자에게 몇 마디 말을 하자 남자가 고개를 끄덕였고, 두 사람의 춤이 시작되었다. 엄마는 남자와 상당히 밀착해서 춤을 추다가 더 다가가더니 휙 멀어졌다. 엄마의 춤은 빨랐다가 느려졌다. 정말로 춤을 출 줄 아는 듯했다. 나는 짐작도 못 했는데. 그것만이 아니었다. 그 낯선 남자를 바라보는 엄마의 시선. 반쯤 감은 눈과 변하지 않는 어렴풋한 미소. 지금은 아니지만 곧 잡아먹을 예정인 생쥐를 갖고 노는 고양이 같았다. 그때 내 옆의 아버지가 부산해졌다. 저 낯선 남자 때문이 아니라 내가 엄마라고 부르는 저 여자 때문이라는 생각이 불현듯 들었다.

이내 춤이 끝나고 엄마는 다시 우리 옆에 앉았다. 나중에 우리가 빌린 호텔방에서 칼이 내 옆에 누워 잠든 뒤, 복도에서 누군가의 목소리가 들렸다. 엄마의 목소리였는데, 평소와 달리 크고 날카로웠다. 나는 침대에서 일어나 문을 아주 조금 열었다. 엄마, 아빠가 머무르는 건너편 방의 문간이 보일 만큼만. 아빠가 뭐라고 말하자 엄마가 손을 들어 아빠를 때렸다. 아빠는 자신의 뺨을 만지며 차분하고 낮은 목소리로 또 뭐라고 말했다. 엄마는 다른 손을 들어 또 아빠를 때렸다. 그러고는 아빠의 손에서 열쇠를 빼앗아 문을 열고 안으로 사라져버렸다. 아빠는 살짝 웅크린 자세로 가만히 서서 뺨을 문지르며 내가 어둠 속에 서 있는 쪽을 바라보았다. 슬프고 외로워 보였다. 거의. 테디베어를 잃어버린 아이 같았다고나 할까. 문이 살짝 열린 것을 아빠가 알아차렸는지는 모르겠다. 내가 아는 것은 그날 저녁 내가 엄마와 아빠에 대해 뭔가를 살짝 엿봤다는 사실이다. 내가 잘 이해할 수 없는 어떤 것. 그 이상 자세히 알고 싶지 않은 어떤 것. 다음 날 차를 몰고 오스의 집으로 돌아갈 때는 모든 것이 평소와 똑같았다. 엄마는 아빠에게 조용하고 차분하게 일상적인 이야기를 했고, 아빠는 주로 맞장구를 치다가 가끔 아니라고 대답했다. 아니면 심한 기침을 터뜨리거나. 그러면 엄마는 한동안 조용히 입을 다물었다.

　내가 그날 저녁에 두 사람의 대화에 유난히 귀를 기울인 것은, 한참 동안 침묵하다가 입을 연 사람이 바로 아빠였기 때문이다. 아빠는 어떻게 말해야 좋을지 계속 고민하던 이야기를 꺼낸 사람 같았다. 아빠의 목소리도 평소보다 훨씬 더 조용해서 거의 속삭이는 듯했다. 우리가 방바닥에 난 연통 구멍을 통해 부모님의 대화를 들을 수 있다는 사실은 부모님도 당연히 알고 있었다. 하지만 그 대화가 얼마나 잘 들리는지는 알지 못했다. 구멍도 구멍이지만, 중요한 역할을 한 것은 연통이었다. 연통이 소리를 크게 증폭시켰기 때문에 마치 우리가 저 아래에 같이 앉아 있는 것 같았다. 칼과 나는 이 사실을 군이 부모님에게 알릴 필요가 없다고 이미 예전에 의견 일치를 보았다.

　"시그문 올센이 오늘 그 얘기를 꺼냈어." 아빠가 말했다.

　"그래?"

　"칼의 선생 한 명에게서 이른바 '의심스럽다는 신고'를 받았다는군."

　"그래서?"

　"칼의 바지 뒤쪽에 피가 묻은 걸 두 번 보았대. 칼한테 무슨 일이냐고 물었더니, 칼이, 그 선생의 표현에 따르면, '상당히 말이 안 되는 설명'을 내놓았다는 거야."

"무슨 설명인데?" 이제는 엄마도 목소리를 아주 작게 낮췄다.

"올센이 자세히 말을 안 하려고 하더라고. 그냥 경찰서에서 칼과 만나고 싶어한다는 이야기를 전해주기만 하면 된대. 열여섯 살 미만의 아이들을 심문할 때는 반드시 부모에게 알려야 하는 모양이야."

누가 얼음물 한 양동이를 내 머리에 부어버린 것 같았다.

"올센 말이, 칼이 원한다면 우리가 그 자리에 함께 있어도 된대. 법적으로 칼은 경찰관들에게 뭔가 반드시 말해야 할 의무가 없다는 말도 해줬어. 일단 알아두라면서."

"그래서 뭐라고 했어?" 엄마가 속삭였다.

"내 아들은 당연히 경찰과 만나는 걸 거부하지 않을 거라고 했지. 하지만 내가 먼저 그 녀석과 이야기를 해보고 싶으니, 칼이 선생에게 내놓았다는 그 말이 안 되는 설명이 뭔지 알면 도움이 될 거라고 말했어."

"그랬더니 경찰관이 뭐래?"

"생각을 좀 해보더니, 칼이 자기 아들과 같은 반이라서 자기도 당연히 칼을 안다는 거야. 그 아들 이름이 뭐지?"

"쿠르트."

"맞아. 쿠르트. 어쨌든 자기는 칼이 정직하고 올바른 아이라는 걸 안대. 그리고 자기는 칼의 설명을 믿는다고 했어. 그 선생이 사범대학을 갓 졸업한 사람이라면서, 요즘은 그런 학교에서 이런 일을 주의해서 잘 살펴보라고 교육시킨다나. 그러니 사방에서 그런 일이 벌어지는 것처럼 보이는 거지."

"그거야 당연하지. 칼이 선생한테 뭐라고 했대?"

"자기가 헛간 뒤편에 쌓인 널빤지 더미에 앉았는데, 거기에 못이 튀어나와 있었다고."

나는 엄마의 다음 질문을 기다렸다. '두 번이나?' 하지만 그 질문은 나오지 않았다. 엄마가 알았나? 짐작했나? 나는 침을 꿀꺽 삼켰다.

"세상에, 라위몬." 엄마가 한 말은 이것뿐이었다.

"그 널빤지 더미를 옛날에 치워버려야 했어." 아빠가 말했다. "내일 해치울 생각이야. 그다음에 칼과 얘기를 해봐야지. 녀석이 그렇게 다치고서도 우리한테 알리지 않는 걸 내버려둘 수는 없잖아. 녹슨 못이라고. 패혈증이든 뭐든 걸릴 수 있어."

"우리가 그 애랑 얘기를 해봐야 돼. 로위한테도 동생을 잘 살펴보라고 해야 하고."

"그럴 필요는 없을걸. 로위가 하는 일이 그것뿐이잖아. 내가 보기에는 사실 좀 이상해. 녀석이 항상 동생을 살핀다는 게."

"이상해?"

"무슨 결혼한 부부 같잖아."

잠시 침묵. 이제 나온다. 나는 속으로 생각했다.

"칼은 혼자 서는 법을 배워야 돼." 아빠가 말했다. "내가 생각해봤는데, 아이들한테 진작 방을 따로 내줬어야 했어."

"그럴 공간이 없잖아."

"무슨 소리야, 마르기트? 당신은 침실과 침실 사이에 욕실을 만들고 싶다지만, 우리한테 그럴 여유가 없는 걸 알잖아. 하지만 벽을 한두 개 움직여서 침실을 하나 더 만드는 데는 돈이 별로 안 들 거야. 이삼 주면 될걸."

"그래?"

"내가 이번 주말에 공사를 시작할게."

두 아이를 떼어놓자는 생각을 엄마에게 털어놓기 훨씬 전에 아빠는 이미 결정을 내렸음이 분명했다. 칼과 나의 의사는 중요하지 않았다. 나는 주먹을 쥐고 욕설이 나오려는 것을 억지로 참았다. 아빠가 미웠다. 미웠다. 칼은 틀림없이 입을 다물 테지만, 그것만으로는 충분하지 않았다. 경찰관. 학교. 엄마. 아빠. 이미 걷잡을 수 없었다. 뭔가를 알고, 뭔가를 보고, 갑자기 모든 것을 이해한 사람이 너무 많았다. 곧 수치가 해일처럼 우리 모두를 쓸어갈 것이다. 수치. 수치. 수치. 그것은 참을 수 없었다. 우리 중 누구도 그것을 참을 수 없을 터였다.

13

프리츠의 밤.

칼과 내가 그날을 이렇게 부른 적은 없지만, 나는 머릿속으로 이런 이름을 지어 불렀다.

가을인데도 화상을 입을 것처럼 더운 날이었다. 내 나이는 스무 살. 엄마와 아빠가 탄 캐딜락이 후켄으로 떨어진 지 이 년이 흘렀다. "이젠 좀 괜찮아졌냐?" 시그문 올센이 이런 질문을 던지면서 머리 위에서 낚싯대를 휘둘렀다. 낚싯줄이 휙 뻗어 나가고, 릴이 달각달각 소리를 냈다. 점점 묵직하게 낮아지는 그 소리가 내가 한 번도 들어본 적이 없는 새소리 같았다.

나는 대답하지 않고, 스피너*만 눈으로 좇았다. 스피너는 햇빛을 받아 순간적으로 반짝 빛을 내더니 수면 아래로 사라졌다. 우리가 앉아 있는 배에서 워낙 먼 곳이었기 때문에, 스피너가 가라앉을 때 물 튀는 소리가 났는지는 알 수 없었다. 나는 원하는 곳까지 배를 몰고 가면 되는데 왜 스피너를 저렇게 멀리 던졌느냐고 묻고 싶었

---

* 루어낚시 미끼의 일종.

185

다. 릴을 감을 때 스피너가 그럭저럭 수평으로 물살을 헤치면 살아 있는 물고기와 더 흡사해 보이기 때문인 것 같기도 했다. 나는 낚시에 대해 아는 것이 전혀 없고 앞으로 알아볼 생각도 없으므로 그냥 가만히 입을 다물었다.

"항상 그런 것처럼 보이지는 않아도, 사실은 사람들의 말이 옳거든. 시간이 모든 상처를 치유해준다는 말 말이다." 경찰관은 대걸레 같은 머리카락에서 선글라스를 벗겨냈다. "상처 몇 개 정도는 확실해." 그가 말을 덧붙였다.

나는 대답할 말이 없었다.

"베르나르는 어떠냐?" 그가 물었다.

"잘 지내세요." 삼촌에게 살날이 몇 달밖에 남지 않았다는 사실을 아직 모를 때였다.

"너희 형제가 베르나르의 집에는 잘 안 가고 주로 오프가르 집에서 산다고 들었다. 아동복지 쪽 사람들이 그러던데?"

이 질문에도 나는 대답할 말이 없었다.

"뭐, 네가 이제는 다 컸으니 그게 문제가 되지는 않지. 나도 호들갑을 떨 생각은 없다. 칼은 아직 학교에 다니지?"

"네."

"그 녀석은 잘 지내니?"

"네." 달리 또 무슨 말을 할 수 있을까? 나는 건방을 떠는 것이 아니었다. 칼은 지금도 엄마 생각이 많이 난다고 말했다. 낮이나 밤이나 내내 겨울정원에 앉아 숙제를 하다가, 아빠가 노르웨이로 돌아오면서 가져온 미국 소설 두 권을 읽고 또 읽을 때도 있었다. 《아메리카의 비극》과 《위대한 개츠비》. 칼이 이 두 작품 외에 제대로 된 소설을 읽는 것은 한 번도 보지 못했다. 칼은 이 두 작품을,

특히 《아메리카의 비극》을 몹시 좋아했다. 어떤 날은 저녁때 내 옆에 앉아 이 소설을 읽어주면서 어려운 단어를 즉시 번역해주기도 했다.

한번은 칼이 엄마와 아빠가 후켄에서 질러대는 비명을 들었다고 주장했다. 하지만 나는 그냥 갈까마귀 소리라고 말해주었다. 우리 둘이 교도소에 갇히는 악몽을 꾼다는 말을 칼에게서 들었을 때는 나도 불안해졌다. 하지만 점차 마음이 차분해졌다. 칼은 여전히 비쩍 마르고 창백했지만 잘 먹었다. 키도 쑥쑥 자라서, 순식간에 나보다 머리 하나쯤 더 커졌다.

놀랍게도 그렇게 모든 것이 제자리를 찾았다. 차분해졌다. 믿기가 힘들 정도였다. 세상의 종말이 왔다가 지나가고, 우리는 살아남았다. 우리들 중에 괜찮은 녀석들은 하여튼 살아남았다. 스러진 사람들은 옛날에 아빠가 '부수적인 피해'라고 부르던 것인가? 의도하지는 않았지만, 전쟁의 승리를 위해 필요한 인명 피해였나? 잘 모르겠다. 전쟁에서 이겼는지도 모르겠다. 싸움이 멈춘 것은 분명했다. 이런 정전 상태가 오래 지속되면 평화와 혼동하기 쉽다. 그 '프리츠의 밤' 전날의 상태가 그랬다.

"옛날에는 쿠르트를 데리고 다녔지." 올센이 말했다. "한데 그 녀석은 낚시에 별로 흥미가 없는 것 같아."

"당연하죠." 나는 그런 생각을 하다니 말도 안 된다는 듯이 대답했다.

"솔직히 녀석은 무슨 일에도 흥미가 없는 것 같다. 넌 어떠냐, 로위? 자동차 정비사가 될 거냐?"

올센이 그의 작은 배에 나를 태워 부달 호수로 데려온 이유가 무엇인지 나는 알지 못했다. 아마 이렇게 하면 내가 좀 느긋해질 거라고 생각한 모양이었다. 그래서 심문 때 하지 않은 말을 하게 될지도 모른다고. 아니면 그냥 경찰관으로서 책임감을 느껴서 내가 어떻게 지내고 있는지 이야기를 해보고 싶었던 것일 수도 있었다.

"네, 뭐, 안 될 것도 없잖아요?" 내가 말했다.

"그렇지. 넌 언제나 이것저것 만지작거리는 걸 좋아했으니까. 지금 쿠르트 녀석이 관심을 보이는 건 여자애들뿐이야. 항상 만나는 여자애가 바뀌던데. 너랑 칼은 어떠냐? 너희 레이더에 잡힌 여자애가 있어?"

내가 수면 아래의 어둠 속을 들여다보며 스피너를 찾아내려고 애쓰는 동안 올센은 가만히 있었다.

"넌 여자친구를 사귄 적이 없는 것 같은데, 그렇지?"

나는 어깨를 으쓱했다. 스무 살짜리에게 지금 여자친구가 있느냐고 묻는 것과 여자친구를 사귄 적이 있느냐고 묻는 것은 서로 다른 문제였다. 시그문 올센도 그 점을 알고 있었다. 그가 머리를 저렇게 대걸레처럼 다듬기 시작한 게 몇 살 때였는지 궁금해졌다. 어쨌든 저 스타일이 그에게는 효과가 있었던 모양이었다.

"제 마음을 사로잡는 사람이 없었어요. 그냥 나도 여자친구가 있다고 말하기 위해서 여자를 사귀는 건 무의미하잖아요."

"물론이지. 어떤 사람들은 아예 여자를 사귀고 싶어하지 않기도 하고. 저마다 좋아하는 것이 다르니까."

"네." 방금 얼마나 옳은 말을 했는지 올센이 알기만 한다면. 하지만 아무도 몰랐다. 칼뿐이었다.

"다른 사람이 다치지만 않는다면야." 올센이 말했다.

"물론이죠." 우리가 지금 도대체 무슨 이야기를 하고 있는 건지, 이 낚시가 언제 끝날 건지 궁금했다. 정비소에는 내일까지 수리를 끝내야 하는 자동차가 한 대 있었고, 배가 육지에서 너무 멀리 나와 있는 것도 마음에 걸렸다. 부달 호수는 크고 깊었다. 아빠는 농담 삼아 이곳을 '광대한 미지의 세계'라고 불렀다. 이 일대에서 바다와 가장 닮은 곳이 바로 이 호수였기 때문이다. 학교에서는 세 강의 흐름과 바람 때문에 부달 호수에 수평 물살이 생겨나지만, 정말로 무서운 것은 수온의 차이로 인해 (특히 봄에) 강력한 수직 물살이 만들어진다는 점이라고 가르쳤다. 그 흐름이 3월에 헤엄을 치러 나간 사람을 물속 깊은 곳으로 빨아들일 만큼 강한지는 잘 모르겠다. 하지만 우리는 수업을 들으면서 놀란 눈을 하고 강한 물살을 상상했다. 내가 호수 근처에서 항상 마음을 편안히 가질 수 없는 이유가 어쩌면 그것인지도 모른다. 칼과 나는 다이빙 장비를 시험할 때도 물살이 없는 산속의 작은 호수로 갔다. 혹시 배가 뒤집히더라도 우리가 호숫가까지 쉽게 헤엄칠 수 있는 곳이었다.

"너희 부모가 죽은 직후에 나랑 잠깐 얘기했던 거 기억하니? 그때 내가 우울증으로 고생하면서 그걸 숨기는 사람이 많다고 했지?" 올센이 물에 젖은 낚싯대를 감아 들였다.

"네."

"기억한다고? 기억력이 좋구나. 음, 나도 우울해지는 게 어떤 건지 직접 맛본 적이 있다."

"직접요?" 내가 약간 놀란 목소리로 말했다. 그가 그런 목소리를 듣고 싶어하는 것 같아서였다.

"심지어 약까지 처방받아서 먹었지." 올센이 나를 보며 빙긋 웃었다. "심지어 총리라고 해도 그런 약을 먹는 상황이라면, 그 사실을 인정해도 괜찮아. 어쨌든 내가 그걸로 고생한 건 아주 오래전 일이다."

"세상에."

"하지만 스스로 목숨을 끊을 생각은 한 번도 안 했어. 그게 얼마나 힘든 일인지 알았다고나 할까. 아내와 두 자식을 남겨두고 내가 어떻게 모든 걸 끝내겠니?"

나는 침을 꿀꺽 삼켰다. 왠지 정전 상태가 곧 끝날 위험이 도래한 것 같았다.

"부끄러운 일이지. 넌 어떻게 생각하니, 로위?"

"몰라요."

"몰라?"

"네." 나는 보송보송한 코로 콧물을 들이마시는 시늉을 했다. "여기서 뭘 낚으시려는 거예요?" 나는 이 초쯤 그와 눈을 마주쳤다가 고갯짓으로 수면을 가리켰다. "대구랑 넙치, 검정대구랑 연어?"

올센은 릴을 조작했다. 아마 줄이 감기지 않게 고정했던 것 같다. 그러고 나서 그는 배 바닥과 우리가 앉아 있는 발판 사이에 낚싯대를 쐐기처럼 끼웠다. 그다음에는 선글라스를 벗고 작업복 바지의 허리띠를 붙잡아 위로 끌어 올렸다. 허리띠에 대롱대롱 매달린 가죽 케이스에 휴대전화가 들어 있었다. 그는 가끔 한 번씩 휴대전화를 확인하곤 했다. 그가 시선을 내게 고정했다.

"너희 부모는 보수적인 사람들이었다. 엄격한 기독교인이었지."

"글쎄요."

"감리교 신자였어."

"그건 그냥 아빠가 미국에서 가져온 습관 같은 거였어요."

"너희 부모는 동성애에 대해 딱히 너그러운 편이 아니었다."

"엄마는 사실 그걸 별로 문제 삼지 않았지만, 아빠는 완고하게 반대하셨죠. 공화당원으로 선거에 출마한 미국인이라면 또 모를까." 이건 농담이 아니었다. 아빠가 직접 한 말을 고스란히 되풀이한 거였다. 다만 그 뒤에 아빠가 일본 군인들도 후보 명단에 있다고 덧붙였다는 말은 하지 않았다. 아빠의 표현에 따르면, 일본 군인들은 적이지만 훌륭한 사람들이었다고 했다. 이 말을 할 때 아빠는 마치 전쟁에 직접 참전한 사람 같았다. 아빠가 감탄한 것은 일본의 할복이라는 의식이었다. 아빠는 모든 일본 군인이 꼭 그래야 하는 상황이 되면 할복을 시행한다고 믿는 것 같았다. "인구가 얼마 안 되는 집단이라도, 자기들에게 실패라는 선택지가 존재하지 않는다는 사실을 깨닫고 나면 어디까지 도달할 수 있는지 봐라." 언젠가 아빠가 내게 한 말이다. 나는 그때 아빠 옆에 앉아서, 사냥용 칼을 반짝반짝 닦는 아빠를 지켜보고 있었다. "누구든 실패하면 암 덩어리를 잘라내듯이 스스로를 사회에서 잘라내야 한다는 사실을 그들은 깨달았어." 올센에게 이 말을 해줄 수도 있었을 것이다. 하지만 왜 굳이?

올센이 헛기침을 했다. "너는 동성애를 어떻게 생각하니?"

"저요? 생각이고 자시고 할 게 있나요? 아저씨는 머리카락이 갈색인 사람들을 어떻게 생각하시는데요?"

올센은 다시 낚싯대를 잡고 릴을 감기 시작했다. 그 순간 나는 상대에게 계속 말해보라고 부추기고 싶을 때 사람들이 그런 식으로 손을 움직인다는 사실을 깨달았다. 하지만 나는 입을 열지 않았다.

"단도직입적으로 물어보마, 로위. 너 게이니?"

올센이 왜 '동성애' 이야기를 하다가 '게이'라는 화제로 옮겨갔는지 모르겠다. 어쩌면 그는 내가 화를 낼 만한 일을 만들면 자기 책임이 줄어든다고 생각했는지도 모른다. 물속에서 스피너가 반짝이는 것이 보였다. 너무 강하지 않게 살짝 시간을 끌듯이 반짝였다. 마치 빛의 속도가 물속에서는 좀 느려지기라도 하는 것처럼. "저를 꼬시는 거예요, 올센 아저씨?"

아마 그는 이런 말을 예상하지 못했을 것이다. 그는 줄을 감던 손을 멈추고, 경악한 표정으로 나를 바라보았다. 그 서슬에 낚싯대 가 퍼뜩 튀어 올랐다. "뭐? 그게 무슨, 아니야. 나는……."

바로 그때 스피너가 수면 위로 올라와 날치처럼 뱃전을 넘어왔 다. 그리고 우리 머리 위를 한 바퀴 돈 다음 다시 낚싯대 쪽으로 가 서 올센의 뒤통수에 얌전히 내려앉았다. 대걸레 머리가 확실히 보 기보다 숱이 많은지, 올센은 전혀 모르는 기색이었다.

"만약 제가 게이라면, 아직 그 사실을 남들에게 밝히지 않은 상 태죠." 내가 말했다. "누군가에게 밝혔다면 십오 분도 안 돼서 아저 씨를 포함한 마을 사람 모두가 그 사실을 알았을 테니까요. 그러니 까 저는 그냥 그걸 비밀로 하고 싶다는 뜻이 돼요. 아니면 제가 게 이가 아니거나."

처음에 올센은 놀란 표정을 지었다가, 곧 내 논리를 곱씹는 것 같은 얼굴이 되었다.

"난 경찰관이다, 로위. 네 아버지를 잘 아니까 하는 말인데, 그게 자살이라는 걸 도저히 받아들일 수가 없어. 적어도, 네 어머니까지 함께 데려간 건 정말 이해가 안 간다."

"그거야 자살이 아니었으니까 그렇죠." 나는 나직한 목소리로 말했다. 그 순간 내 머릿속에서는 하고 싶은 말이 고함을 질러대고 있었다. "제가 계속 말했잖아요. 아빠가 커브를 제대로 돌지 못했 다고."

"그럴 수도 있겠지." 올센은 턱을 문질렀다.

그의 머릿속에 뭔가가 있었다, 정신 나간 작자 같으니.

"이틀쯤 전에 안나 올레우센을 만나서 물어봤다." 올센이 말했다. "옛날에 수술실에서 간호 수녀로 일한 적이 있잖아. 지금은 알츠하이머병으로 요양원에 있지만. 우리 집사람이랑 친척이라, 같이 만나러 갔지. 아내가 꽃병에 물을 담으러 나간 사이에, 안나가 나한테 말하더라. 계속 후회하던 일이 하나 있다고. 비밀을 지켜야 한다는 서약 때문에, 네 동생 칼이 수술실에 실려 왔을 때 나한테 말하지 못했다고. 항문에 반상출혈이 있었다고 하더라. 열상이 있었다는 뜻이지. 네 동생은 어쩌다 그런 상처가 생겼는지 안나한테 좀처럼 말하지 않았지만, 사실 가능한 답이 그렇게 많지 않아. 안나는 칼이 남자와 성관계를 맺은 적이 없다고 말할 때 워낙 차분해서, 아마 강간은 아닌가 보다 하고 생각했다고 말했다. 서로 동의 하에 관계를 맺은 것 같다고. 칼이 워낙……." 올센은 수면을 물끄러미 바라보았다. 그의 뒤통수에서 스피너가 대롱거렸다. "……그러니까, 워낙 예쁜 아이였잖니."

그가 다시 내게 시선을 돌렸다.

"안나가 그때 나한테는 말하지 않았지만, 너희 부모한테는 알렸다고 하더라. 그리고 이틀 뒤에 네 아버지가 차를 몰고 후켄으로 떨어진 거야."

나는 속을 꿰뚫어 보는 듯한 그의 시선을 피했다. 갈매기 한 마리가 잔잔한 수면 위를 스치듯이 날면서 사냥감을 찾는 모습이 보였다.

"아까 말했지만, 안나는 치매를 앓고 있다. 그러니 안나의 말은 모두 적당히 감안해서 들어야 돼. 하지만 그 말을 들으니 몇 년 전 학교에서 위험신호가 날아왔던 것이 기억나더라. 칼의 바지 뒷부

193

분에 피가 밴 것을 두 번이나 보았다던 교사의 말."

"못 때문이에요." 내가 나직하게 말했다.

"그걸 못 봤니?"

"못이라고요!"

내 목소리가 이상하게 잔잔한 수면 위로 둥둥 떠올라 육지로 향했다가 바위에 부딪혀 되돌아왔다. ……라고요 ……라고요. 모든 것이 결국은 되돌아오는구나. 이런 생각이 들었다.

"네 아버지와 어머니가 왜 살기 싫어졌는지 밝히는 데 네가 도움이 될지도 모른다고 생각했다, 로위."

"그건 사고였어요. 이제 그만 돌아가면 안 돼요?"

"로위, 이건 꼭 알아둬라. 난 이걸 그냥 이대로 흘려보낼 수 없어. 조만간 모두 밝혀질 거다. 그러니까 너랑 칼 사이에 정확히 무슨 일이 있었는지 지금 말하는 게 최선이야. 그 이야기가 너한테 불리하게 사용될까 봐 걱정할 필요는 없다. 이건 사법적인 의미의 정식 심문이 아니니까. 여기 낚싯배 위에는 너랑 나, 둘뿐이야. 관련자 모두가 최대한 힘들어지지 않게 내가 잘 처리하마. 네가 협조한다면, 가능한 한 관대한 처벌을 받게 내가 손을 써줄게. 지금 보아하니, 칼이 아직 미성년자일 때 그런 일이 있었던 것 같은데, 그렇게 되면 한 살 위인 네가 위험……."

"아저씨." 나는 올센의 말을 끊었다. 목이 단단히 조여들어서 내 목소리가 마치 난로 연통을 뚫고 나오는 것 같았다. "정비소에 제가 수리해야 하는 차가 있어요. 그리고 오늘은 물고기가 잡히지 않을 것 같네요, 경찰관님."

올센은 한참 동안 나를 바라보았다. 마치 내 속을 훤히 읽을 수 있다는 믿음을 내게 심어주려는 것 같았다. 그러다 그는 고개를 끄덕이고는 낚싯대를 바닥에 내려놓으려고 몸을 움직였다. 그러나 스피너의 갈고리가 대걸레 머리 아래의 구릿빛 목에 걸리는 바람에 불만스러운 소리를 내뱉었다. 그는 손가락 두 개로 갈고리를 떼어냈다. 그의 살갗에서 피 한 방울이 가늘게 떨고 있는 것이 보였지만, 핏방울은 어디로도 흐르지 않았다. 올센이 모터에 시동을 걸고 오 분 뒤 우리는 오두막을 이고 있는 보트 창고 안으로 들어갔다. 배에서 내린 뒤에는 올센의 푸조 자동차에 올라 마을로 향했고, 그는 나를 정비소 앞에 내려주었다. 기가 막히게 조용한 십오 분 동안의 드라이브였다.

코롤라 자동차를 붙들고 일하기 시작한 지 고작 삼십 분이 지났을 때, 내가 스티어링 박스를 막 교체하려고 하는데 세차장 쪽에서 전화벨 소리가 들렸다. 잠시 뒤 베르나르 삼촌이 말했다.

"로위, 네 전화다. 칼이야."

나는 손에 들고 있던 것을 떨어뜨렸다. 칼은 정비소로 전화하는 법이 없었다. 우리 집에서는 위기 상황이 아닌 한 누구에게도 전화하지 않았다.

"무슨 일이야?" 베르나르 삼촌이 들고 있는 호스의 물소리 때문에 나는 고함을 질렀다. 물줄기가 자동차의 어느 부분을 때리는가에 따라 소리가 커지기도 하고 작아지기도 했다.

"올센 경찰관이야." 칼이 말했다. 떨리는 목소리였다.

정말로 위기가 왔음을 깨달은 나는 마음을 가라앉혔다. 그 나쁜 자식이 벌써 자기가 의심하던 걸 공개한 건가? 형인 내가 칼의 동성애 상대라고?

"경찰관이 사라졌어." 칼이 말했다.

"사라져?" 나는 웃음을 터뜨렸다. "웃기지 마. 사십오 분쯤 전에 내가 봤는데."

"진짜야. 죽은 것 같아."

나는 전화기를 쥔 손에 힘을 주었다. "그게 무슨 소리야? 죽은 것 같다니?"

"나도 몰라. 사라졌다고 했잖아. 하지만 느낌이 와, 로위. 분명히 죽었을 거야."

세 가지 생각이 연달아 나를 강타했다. 첫째, 칼이 완전히 이성을 잃었다. 목소리에 화난 기색은 전혀 없었고, 비록 성격이 좀 무르기는 해도 이 세상의 것이 아닌 것들을 볼 만큼 지나치게 민감한 체질 또한 아니었다. 둘째, 만약 시그문 올센 경찰관이 이렇게 딱 필요한 때에 지상에서 사라졌다면 그거야말로 내게는 믿을 수 없을 만큼 좋은 일이다. 셋째, 개를 죽였을 때와 같은 일이 또 되풀이되는 거다. 내게는 선택의 여지가 없었다. 동생을 배신한 탓에, 나는 죽을 때까지 갚아야 하는 빚이 생겼다. 이번에 또 빚을 갚을 때가 왔을 뿐이다.

14

"아빠가 사라진 뒤에 상황이 변했어." 쿠르트 올센이 내 앞의 탁자에 커피 잔을 놓으며 말했다. "내가 경찰이 될 운명이었다거나 그런 건 아니야."

그는 자리에 앉아 이마의 금발 고수머리를 옆으로 쓸어 넘기고는 담배를 말기 시작했다. 우리는 원래 감방이지만 어느 모로 보나 창고로도 쓰이는 것 같은 방에 앉아 있었다. 벽 앞의 바닥에 서류들이 쌓여 있었다. 여기 갇힌 사람들이 직접 자기 기록을 살피고, 하는 김에 남의 기록도 좀 보면서 시간을 때우라고 저렇게 가져다 놓은 건가 싶었다.

"하지만 네 아버지가 사라지신 뒤 상황이 정말로 좀 달라지기는 했지."

나는 커피를 한 모금 마셨다. 쿠르트는 내 피에서 알코올이 전혀 검출되지 않으리라는 사실을 나만큼 잘 알면서도 혈액검사를 하자며 나를 이 방으로 끌고 들어왔다. 그리고 지금 휴전을 제의하고 있었다. 나야 반대할 이유가 없었다.

"그럴 때는 사람이 하루아침에 철이 들지." 쿠르트가 말했다.

"그럴 수밖에 없으니까. 아빠가 어떤 책임을 지고 있었는지도 조금 알게 돼. 내가 아빠를 힘들게 하려고 정말 갖은 수를 다 썼구나 하는 생각도 들고. 아빠의 충고는 죄다 무시하고, 아빠의 생각이나 말도 그냥 옆으로 밀어버리고, 최대한 아빠를 닮지 않은 사람이 되려고 갖은 방법을 썼으니까. 아마 내 안에서 그래봤자 너도 네 아빠랑 똑같은 사람이 될 거라고 말하는 목소리가 들리기 때문이었을 거야. 네 아빠의 복사판이 될 거라고. 세상이 돌고 도는 거니까. 결국 우리는 왔던 곳으로 돌아갈 거라고. 다들 그렇잖아. 네가 산새에 관심이 있었던 걸 난 알아. 칼이 너한테서 떨어진 깃털을 가끔 학교에 들고 왔어. 그래서 우리가 칼을 놀렸지." 쿠르트는 정겨운 기억을 떠올린 사람처럼 빙긋 웃었다. "그 새들을 예로 들어볼까, 로위? 녀석들은 사방을 돌아다녀. 그걸 아마 '이동'이라고 하는 것 같은데. 하지만 자기 선조들이 한 번도 가보지 않은 곳은 녀석들도 안 가. 매번 똑같은 시기에 똑같은 서식지에서 짝짓기를 한다고. 새처럼 자유롭다고? 웃기는 소리. 그냥 우리가 그렇게 믿고 싶을 뿐이야. 우리도 똑같은 원 안을 맴도는 신세니까. 새장에 갇힌 새랑 똑같아. 다만 그 새장이 워낙 크고 철창이 아주 가늘어서 우리 눈에 보이지 않을 뿐이지."

쿠르트는 자신의 독백이 조금이라도 효과가 있었는지 확인하려는 듯이 나를 흘깃 바라보았다. 나는 천천히 고개를 끄덕여줄까 생각했지만 실제로 끄덕이지는 않았다.

"너랑 나도 똑같아, 로위. 원의 크기가 다를 뿐이야. 큰 원은 내가 아빠의 뒤를 이어 경찰관직을 물려받은 거고, 작은 원은 아빠가 도무지 잊지 못하던 미제 사건이 하나 있었다는 거야. 나한테도 그런 사건이 있어. 아빠의 실종. 서로 비슷한 부분이 있는 것 같지 않아? 절망 또는 우울증에 빠진 두 남자가 스스로 목숨을 끊다니."

나는 어깨를 으쓱하며 애써 무심한 표정을 지었다. 젠장, 이거였나? 시그문 올센의 실종?

"우리 아빠의 경우에는 시신도 없고, 정확한 장소도 모른다는 것이 다른 점이지." 쿠르트가 말했다. "그냥 호수라는 것만 알아."

"광대한 미지의 세계." 내가 천천히 고개를 끄덕이며 말했다.

쿠르트가 날카로운 시선으로 나를 바라보다가, 나와 박자를 맞춰 고개를 끄덕이기 시작했다. 그래서 순간적으로 우리가 똑같이 움직이는 두 대의 주유기처럼 보였다.

"우리 아빠가 살아계신 모습을 마지막에서 두 번째로 본 사람이 너고, 마지막으로 본 사람이 네 동생이니까, 너한테 물어볼 것이 몇 가지 있어."

"그런 건 우리 모두 있을걸." 나는 커피를 또 한 모금 마셨다. "하지만 그날 네 아버지와 같이 낚시를 갔을 때 얘기는 이미 자세히 해줬잖아. 여기 그 진술서도 있을 텐데." 나는 벽 앞에 쌓여 있는 서류들을 고갯짓으로 가리켰다. "게다가 난 여기 혈중알코올농도 검사 받으러 온 거잖아, 안 그래?"

"물론이지." 쿠르트 올센은 다 말아서 완성된 담배를 자신의 담배쌈지에 넣었다. "그러니까 이건 공식적인 심문이 아니야. 내가 네 말을 받아 적지도 않을 거고, 여기서 오간 말을 증언할 사람도 없어."

바로 그날의 낚시와 똑같군. 나는 속으로 생각했다.

"나는 우리 아빠가 널 6시에 자동차 정비소 앞에 내려준 뒤 무슨 일이 있었는지 구체적으로 알고 싶을 뿐이야. 그날 네가 고쳐야 하는 차가 있었다며?"

나는 심호흡을 했다. "구체적으로? 나는 그날 토요타 코롤라 자동차의 스티어링 박스와 베어링을 교체했어. 아마 1989년식이었을 거야."

쿠르트의 눈빛이 굳어졌다. 그가 말한 휴전이 위험해진 것 같았다. 나는 전략적인 후퇴를 결정했다.

"네 아버지가 우리 농장까지 가서 칼을 만났어. 네 아버지가 떠난 뒤 칼이 나한테 전화했지. 정전이 됐는데 이유를 모르겠다고. 발전기가 낡은 데다 몇 군데 접지 문제가 있었는데, 칼은 그런 쪽에는 재주가 없으니 내가 차를 몰고 올라가서 고쳤어. 날이 점점 어두워지기 시작했으니 몇 시간쯤 걸린 것 같아. 나는 늦게야 정비소로 돌아갔어."

"진술서에 따르면 네가 돌아간 시각이 11시야."

"그게 맞을 거야. 워낙 오래전 일이라서."

"한 목격자는 우리 아빠가 9시에 차를 몰고 마을을 지나는 걸 본 것 같다고 말했어. 하지만 이미 어두워진 뒤라 확실치는 않다고."

"그래."

"문제는, 우리 아빠가 칼의 진술대로 농장을 떠난 6시 30분부터 9시 사이에 무엇을 했냐는 거야."

"그건 네가 풀어야 할 문제지."

쿠르트가 나를 빤히 바라보았다. "짐작 가는 건?"

나는 놀란 표정을 지어 보였다. "내가? 없어."

밖에 차가 와서 서는 소리가 들렸다. 의사가 온 모양이었다. 쿠르트는 손목시계를 흘깃 보았다. 의사에게 좀 천천히 오라고 말해 두었을 것이라는 짐작이 들었다.

"그건 그렇고, 그 차는 어떻게 됐어?" 쿠르트가 별일 아니라는 듯이 물었다.

"차?"

"그 토요타 코롤라."

"뭐, 괜찮았던 것 같아."

"내가 탐문 기록이랑 그 낡은 토요타 주인을 확인해봤어. 네 말대로 89년식, 맞아. 빌룸센이 수리해서 팔려고 정비소에 맡긴 차던데. 그냥 시동만 걸리면 된다고 했겠지, 아마."

"아마 그랬을 거야."

"하지만 안 걸렸어."

"뭐?" 나는 큰 소리를 냈다.

"내가 어제 빌룸센을 만났어. 네가 그 차를 운전할 수 있게 만들어줄 거라고 베르나르가 약속한 걸 기억하더라고. 기억이 유난히 생생한 건, 손님이 100킬로미터나 떨어진 곳에서 와서 그 차를 시험 운전 해보려고 했는데 네가 약속한 대로 차가 수리되어 있지 않았기 때문이야."

"아, 그래?" 나는 눈을 가늘게 뜨고, 안개 속처럼 어두운 과거의 기억을 들여다보는 시늉을 했다. "그럼 내가 접지 불량을 찾아내서 고치는 데 걸린 시간 때문에 수리가 늦어진 모양이네."

"그래, 네가 그 문제에 확실히 시간을 많이 쏟기는 했지."

"그랬어?"

"그저께 그레테 스미트를 만나서 얘길 해봤어. 사람들이 뭔가 특별한 일과 관련된 사실들은 아무리 하찮고 일상적인 것이라도 어찌나 잘 기억하는지 정말 놀라워. 이를테면 경찰관이 실종된 특별한 일 같은 것 말이야. 그레테는 그날 아침 5시에 일어나서 창밖을 봤더니, 정비소에 불이 켜져 있고, 네 차가 거기 세워져 있었다고

201

했어."

"손님한테 약속을 했으면, 최선을 다해서 약속을 지켜야지." 내가 말했다. "설사 성공하지 못한다 해도, 그건 여전히 인생의 좋은 규칙이야."

쿠르트 올센은 나한테서 몹시 불쾌한 농담을 들었다는 듯이 나를 노려보았다.

"알았어, 알았어." 내가 가볍게 말했다. "사람을 후퀸으로 내려보내다던 일은 잘되고 있어?"

"그건 두고 봐야지."

"네렐이 반대해?"

"그건 두고 봐야지." 올센이 다시 말했다.

문이 열리고 의사인 스탠리 스핀드가 나타났다. 원래 바이블벨드* 출신으로, 여기시 인턴 생활을 한 뒤 나중에 다시 돌아온 사람이었다. 삼십 대인 그는 상냥하고 외향적인 성격이었으며, '그냥 아무렇게나 입었는데도 어찌어찌 잘 어울리네'라고 말하는 듯 예술적으로 흐트러진 옷차림에 '머리를 빗지는 않았지만 요새는 이런 게 유행이야'라고 말하는 듯 역시 예술적으로 흐트러진 머리 모양을 하고 있었다. 그의 몸은 단단함과 부드러움이 묘하게 섞여 있어서, 근육을 어디서 사다가 붙인 것 같았다. 사람들은 그가 게이라고 말했다. 콩스베르그에 처자식이 있는 남자와 연인 사이라고.

"혈액검사 준비됐어요?" 그가 'r' 발음을 엄청나게 굴리면서 물었다.

---

* 기독교의 영향이 강한 미국 남부와 중서부.

"그런 것 같네요." 쿠르트 올센은 이 말을 하면서 내게서 한 번도 눈을 떼지 않았다.

스탠리가 내 혈액을 채취한 뒤 나는 그와 함께 밖으로 나왔다.

의사가 안으로 들어온 순간부터 쿠르트 올센은 그 사건 이야기를 그만두었다. 아직은 순전히 개인적으로 조사하고 있을 뿐이라던 그의 말을 확인해주는 행동이었다. 우리가 밖으로 나올 때 쿠르트는 아주 살짝 고개를 끄덕이기만 했다.

"나도 오르툰에 있었습니다." 경찰서 앞 광장에서 신선하고 상쾌한 저녁 공기를 들이마시며 스탠리가 말했다. 경찰서는 이 지역의 다른 관공서들과 함께 1980년대의 특색 없는 건물에 들어 있었다. "당신 동생이 확실히 사람들을 불끈불끈하게 만들었어요. 그럼 이제 정말로 스파 호텔이 생기는 겁니까?"

"먼저 카운티 의회를 통과해야죠."

"거기서 허락하면 나도 반드시 참가하고 싶습니다."

나는 고개를 끄덕였다.

"차로 모셔다드릴까요?" 스탠리가 물었다.

"아뇨, 괜찮습니다. 칼을 부를 거예요."

"그렇습니까? 제가 많이 돌아가지 않아도 되는데요." 그가 내 시선을 몇 분의 일 초쯤 필요 이상으로 길게 붙잡은 것 같았다. 아니면 내가 그냥 지나친 의심에 사로잡힌 것일 수도 있고.

나는 고개를 저었다.

"그럼 다음에." 그는 이렇게 말하고는 자기 자동차 문을 열었다. 이리로 이사 온 뒤에는 자동차 문을 잠그지 않게 되었음이 분명했다. 도시 사람들이 흔히 그런 변화를 보인다. 시골 사람들은 자동차 문을 잠그지 않는다는 낭만적인 생각을 갖고 있기 때문이다. 하지만 틀린 생각이다. 우리는 집도 잠그고, 보트 창고도 잠근다. 특히 자동차는 확실하게 잠근다. 나는 스탠리의 자동차 꼬리등이 사라지는 모습을 지켜보면서 휴대전화를 꺼내 들고 칼을 만나기 위해 걸어가기 시작했다. 하지만 이십 분 뒤 내 앞에 캐딜락이 와서 섰을 때 운전석에는 섀넌이 앉아 있었다. 그녀는 집에 도착한 뒤 칼이 샴페인을 땄다고 설명했다. 섀넌은 살짝 맛만 봤을 뿐 칼이 한 병을 거의 마셔버렸기 때문에, 그녀가 그를 설득해서 대신 운전대를 잡았다는 얘기였다.

"내가 교도소에 간 걸 둘이서 축하한 건가요?" 내가 물었다.

"안 그래도 형님이 그런 말을 할 거라고 칼이 말했어요. 그러면서 이렇게 대답하라고 하던데요. 형이 틀림없이 풀려날 테니까 그걸 축하한 거라고. 칼은 축하할 이유를 찾아내는 데 선수예요."

"맞아요. 그것도 내가 부러워하는 점이죠." 나는 '도'라는 말에 오해의 소지가 있음을 깨닫고 설명하려 했다. 내가 강조하려던 말은 '부럽다'이고, '도'는 섀넌의 말이 옳을 뿐만 아니라 일을 구분해서 구획 짓는 칼의 능력 또한 내가 부러워한다는 뜻이라고 말하려 했다. 칼한테 내가 부러워하는 다른 부분이 '또' 있다는 의미의 '도'는 아니라고. 하지만 다시 생각해보니 나는 뭘 하든 항상 일을 더 복잡하게 꼬아버리는 편이었다.

"그렇군요." 섀넌이 말했다.

"많이 부러워하는 건 아니에요."

섀넌이 빙긋 웃었다. 그녀의 손이 작아서 운전대가 거대하게 보였다.

"앞이 잘 보여요?" 나는 헤드라이트 불빛이 몰아내고 있는 어둠을 고갯짓으로 가리키며 물었다.

"이걸 눈꺼풀처짐^{ptosis}이라고 해요." 섀넌이 말했다. "그리스어로 '떨어진다'는 뜻의 단어예요. 저는 이게 선천적인 건데, 눈을 훈련시키면 약시로 발전할 가능성을 줄일 수 있어요. 난 약시가 아니니까 다 잘 보여요."

"다행이네요."

섀넌은 첫 번째 급커브가 나타나자 기어를 바꿨다. "예를 들어, 당신 눈에는 내가 당신에게서 칼을 빼앗는 것처럼 보인다는 것, 그게 당신에게 문제가 된다는 것도 볼 수 있어요." 섀넌이 가속페달을 밟자 차체 아래에서 자갈이 시끄럽게 튀었다. 순간적으로 나는 방금 섀넌이 한 말을 못 들은 척해야 할지 고민했다. 하지만 그랬다가는 섀넌이 틀림없이 같은 말을 되풀이할 것 같았다.

나는 그녀에게 고개를 돌렸다.

"고마워요." 내가 뭐라고 한마디도 하기 전에 섀넌이 말했다.

"고맙다고요?"

"당신이 포기한 모든 것에 대해서. 현명하고 좋은 사람이라서. 당신과 칼이 서로에게 얼마나 소중한지 잘 알아요. 나는 생판 낯선 사람인 주제에 당신 동생과 결혼한 것으로도 모자라서 당신의 물리적인 영역까지 밀고 들어왔죠. 원래 당신이 자던 자리를 정말로 내가 차지했으니까요. 틀림없이 내가 미울 거예요."

"글쎄요." 나는 심호흡을 했다. 그렇지 않아도 힘든 하루였다. "난 딱히 좋은 사람으로 알려져 있지 않아요. 진짜 문제는 불행히도 당신에게 미운 부분이 별로 없다는 거네요."

"당신 가게에서 일하는 사람들 두 명이랑 얘기를 해봤어요."

"그랬어요?" 나는 진심으로 놀랐다.

"여긴 아주 작은 동네예요. 아마 당신보다 내가 사람들하고 얘기를 더 할걸요. 그리고 당신 생각은 틀렸어요. 사람들은 당신을 좋은 사람으로 생각해요."

나는 코웃음을 쳤다. "내 주먹에 이가 날아간 사람과는 아직 얘기를 안 한 모양이네요."

"그런지도 모르죠. 하지만 그것도 동생을 지키려고 한 행동이잖아요."

"나한테 너무 많은 걸 기대하지 마세요. 그래봤자 실망만 할 거예요."

"당신한테 뭘 기대해야 할지 벌써 알 것 같아요. 약시의 좋은 점은, 사람들이 속을 잘 터놓는다는 거예요. 귀도 잘 안 들리는 줄 알거든요."

"그러니까 칼에 대해 모든 것을 안다는 겁니까? 그런 말을 하는 거예요?"

섀넌은 빙긋 웃었다. "사랑은 장님이에요. 여기 사람들이 그렇게 말하지 않나요?"

"노르웨이에서는 사랑이 사람을 장님으로 만든다고 합니다."

"아하." 섀넌이 작게 웃었다. "사랑은 장님이라는 영어보다 훨씬 더 정확한 말인데요. 어차피 사람들이 이 말을 완전히 잘못 사용하고 있기는 하지만."

"그래요?"

"사람들은 우리가 사랑하는 사람의 좋은 점만 본다는 뜻으로 이 말을 써요. 하지만 사실 이 말은 큐피드가 화살을 쏠 때 눈가리개를 쓴다는 사실을 가리키는 거예요. 화살이 누굴 맞힐지는 순전히 우연으로 결정된다는 거죠. 누구와 사랑에 빠질지 우리가 직접 결정하는 게 아니라는 뜻이에요."

"그게 정말입니까? 우연이에요?"

"칼과 제 얘기를 묻는 건가요?"

"예를 든 겁니다."

"글쎄요. 우연은 아닐 수도 있지만, 사랑에 빠지는 게 항상 자의로 결정되는 일은 아니죠."

"우리처럼 산에서 사는 사람들이 사랑이니 죽음이니 하는 문제에 대해 현실적인지 난 잘 모르겠어요. 당신은 그렇게 생각하는 것 같지만."

차가 마지막 경사로를 올라가는 동안 헤드라이트 불빛이 우리 집 담을 맹폭했다. 불빛에 유령처럼 하얗게 보이는 얼굴이 거실 창문 뒤에서 검은 구멍 같은 눈으로 우리를 빤히 바라보고 있었다.

섀넌은 차를 세우고 기어를 P에 놓은 뒤, 헤드라이트와 시동을 껐다.

유일하게 소리가 나는 물건을 끄면 정적이 순식간에 내려앉는다. 갑작스러운 포효처럼. 나는 자리에 가만히 앉아 있었다. 섀넌도 마찬가지였다.

"얼마나 압니까?" 내가 물었다. "우리에 대해서. 우리 가족에 대해서."

"거의 전부 아는 것 같아요. 결혼해서 이리로 오는 조건으로 나는 칼에게 모든 걸 다 털어놓아야 한다고 말했어요. 나쁜 일까지 전부. 나쁜 일은 특히. 칼이 말해주지 않은 일은 여기에 도착한 뒤 내 눈으로 봤고요." 섀넌은 반쯤 감긴 자기 눈꺼풀을 가리켰다.

"그럼 당신은……." 나는 침을 꿀꺽 삼켰다. "당신이 아는 그 일을 감당할 수 있겠어요?"

"내가 자란 거리에서는 오빠가 여동생이랑 섹스를 했어요. 아버지가 딸을 강간하고, 아들들은 아버지의 죄를 되풀이하면서 존속살인을 저질렀죠. 그래도 사람들은 살아가요."

나는 천천히, 그러니까 냉소적인 의미가 아니라 정말로 천천히 고개를 끄덕이며 내 담배통을 꺼냈다. "그런 것 같네요. 하지만 견디기엔 힘들 텐데요."

"네. 맞아요." 섀넌이 말했다. "하지만 사연 없는 사람이 어디 있나요. 게다가 오래전 일인데요. 사람은 변해요. 난 그걸 진심으로 믿어요."

나는 가만히 앉아서, 옛날에 상상만 할 때는 우리 식구가 아닌 외부인이 그 일을 알게 되는 것이 최악의 일 같았는데 실제로는 그렇지 않은 이유가 무엇인지 생각해보았다. 답은 분명했다. 섀넌 알레인 오프가르는 외부인이 아니었다.

"가족." 나는 윗입술 아래에 담배를 끼워 넣으며 말했다. "그게 당신한테는 큰 의미인 거죠?"

"모든 것이죠." 섀넌이 주저 없이 대답했다.

"가족의 사랑도 당신을 장님으로 만듭니까?"

"그게 무슨 뜻이에요?"

"부엌에서 당신이 바베이도스 이야기를 할 때, 사람들이 원칙보다는 가족과 감정에 더 충실하다고 믿는다는 말을 한 것 같은데요. 정치적 견해나 옳고 그름에 대한 인식도 나중이라고. 내가 제대로 알아들은 겁니까?"

"네. 가족이 유일한 원칙이에요. 옳고 그름은 거기서부터 생겨나는 거예요. 다른 건 전부 부차적이에요."

"그런가요?"

섀넌은 앞 유리창을 통해 우리 집을 바라보았다. "브리지타운에서 윤리학 교수님 한 분이 우리한테 말했어요. 법치의 상징인 정의의 여신은 정의와 처벌을 상징하는 천칭과 칼을 손에 들고 있으며, 눈은 큐피드처럼 가리고 있다고요. 보통은 모든 사람이 법 앞에 평등하다는 뜻으로 이걸 해석하죠. 법은 누구의 편도 들지 않고, 가족이나 사랑 같은 것에는 관심이 없다, 법은 법일 뿐이다, 이런 뜻으로."

섀넌이 고개를 돌려 나를 바라보았다. 어두운 차 안에서 눈처럼 하얀 그녀의 얼굴이 빛났다.

"하지만 눈가리개를 쓰면 천칭도 안 보이고, 자기 칼이 어디를 때리는지도 안 보여요. 교수님 말씀에 따르면, 그리스 신화에서 눈가리개를 하는 건 오로지 내면의 눈만 사용한다는 뜻이었대요. 내면에서 답을 찾는 눈이라는 뜻이에요. 앞이 보이지 않는 현자는 자신이 사랑하는 것만 봐요. 밖에 있는 건 아무 의미가 없어요."

나는 천천히 고개를 끄덕였다. "우리가, 그러니까 당신과 나와 칼이 가족입니까?"

"피가 이어져 있지는 않지만 우리는 가족이에요."

"좋네요. 그럼 우리가 전략회의를 할 때 당신도 난로 연통에 귀를 기울이는 대신 가족으로서 대화에 참여해도 됩니다."

"난로 연통요?"

"말하자면 그렇다는 거예요."

칼이 정문으로 나와 우리를 향해 자갈길을 걸어오고 있었다.

"왜 전략회의예요?" 섀넌이 물었다.

"이건 전쟁이니까요." 내가 말했다.

나는 그녀를 바라보았다. 그녀의 두 눈이 전투준비를 갖춘 아테

나 여신처럼 번득였다. 세상에, 그녀가 얼마나 아름다웠는지.

나는 그녀에게 프리츠의 밤에 대해 말하기 시작했다.

15

나는 호스의 물소리 때문에 베르나르 삼촌이 내 목소리를 듣지 못하기를 바라면서 전화기에 대고 말했다.

"칼, 무슨 소리야? 분명히 죽은 것 같다니?"

"한참 아래로 떨어졌을 거야. 그런데 그 아래쪽에서 아무 소리도 안 들려. 확신할 수는 없지만, 어쨌든 사라졌어."

"어디로?"

"후켄이지 어디야. 사라졌어. 내가 몸을 기울이고 들여다봐도 안 보여."

"칼, 거기 꼼짝 말고 있어. 아무한테도 말하지 말고, 아무것도 손대지 마. 그냥 아무것도 하지 마, 알았어?"

"형이 오는 데 시간이 얼마나……."

"십오 분이면 돼."

나는 전화를 끊고 세차장에서 나와 예이테스빙엔 쪽을 올려다보았다. 산을 깎아 만든 도로 자체가 여기서는 보이지 않지만, 만약 누군가가 차를 몰고 그 길을 달리고 있다면 자동차 윗부분을 절반쯤 볼 수 있다. 만약 맑은 날 누가 밝은색 옷을 입고 벼랑 가장자리에 서 있다면, 그 사람의 모습도 볼 수 있다. 하지만 그날은 날씨가 너무 흐렸다.

"집에 일이 있어서 좀 갔다 올게요." 내가 소리쳤다.

베르나르 삼촌은 호스의 입구를 돌려 물을 잠갔다.

"무슨 일인데?"

"접지 문제예요."

"아, 그래? 급한 거냐?"

"칼이 오늘 밤에 꼭 전기가 필요하대요. 학교 숙제를 반드시 마쳐야 한다고. 갔다가 다시 내려올게요."

"알았다. 음, 난 삼십 분 뒤에 나갈 예정이다만, 너도 열쇠가 있으니까."

나는 볼보에 올라 출발했다. 이 마을의 유일한 경찰관이 협곡 바닥에 누워 있으니 단속에 걸릴 위험이 별로 없는데도 나는 속도제한을 반드시 지켰다.

칼은 예이테스빙엔에 서 있었다. 나는 집 앞에 차를 세우고 시동을 끈 뒤 사이드브레이크를 잡아당겼다.

"무슨 소리 들려?" 나는 후퀜 쪽을 고갯짓으로 가리키며 물었다.

칼은 고개를 저었다. 말이 없고, 눈에는 황망한 기색이 역력했다. 칼의 그런 모습은 처음이었다. 머리카락이 사방으로 삐죽삐죽 뻗친 것을 보니, 손으로 머리를 문지르기라도 한 것 같았다. 동공은 충격을 받은 사람처럼 확장되어 있었다. 실제로 충격을 받았을 가능성이 높았다. 가엾은 녀석.

"어떻게 된 거야?"

칼은 염소들이 자주 그러는 것처럼 휘어진 길 한가운데에 앉았다. 그리고 고개를 숙여 양손에 얼굴을 묻었다. 자갈길 위에 트롤

같은 그림자가 길게 드리워졌다.

"아저씨가 여기로 올라왔어." 칼이 더듬더듬 말했다. "형이랑 낚시를 다녀왔다고 하더니 막 이것저것 물어보기 시작했어. 그래서 내가……." 칼은 조개처럼 입을 꾹 다물었다.

"시그문 올센이 여기에 왔단 말이지?" 나는 칼 옆에 앉으며 말을 재촉했다. "아마 내가 이런저런 이야기를 했다면서, 너한테 물었겠지. 네가 어렸을 때 내가 너한테 손을 댄 게 맞는지 확인해줄 수 있느냐고."

"맞아!" 칼이 소리쳤다.

"쉿!"

"우리 둘 다 사실대로 말하고 최대한 빨리 그 일을 극복하는 게 최선이랬어. 그게 아니라면 자기가 길고 고통스럽고 공개적인 재판에서 증거를 내놓을 수밖에 없다고. 난 형이 나한테 손댄 적이 없다고 했어. 그런 식으로는, 그렇게……." 칼은 말을 하면서 땅바닥을 향해 손짓을 했다. 마치 내가 옆에 없는 것 같았다. "이런 상황에서는 피해자가 가해자한테 공감하는 게 드문 일이 아니래. 피해자가 스스로 책임의 일부를 나눠 지는 게. 특히 그 일이 한동안 지속됐다면."

그때 나는 생각했다. 그래, 올센 경찰관이 그 부분은 제대로 짚으셨네.

칼의 입술에서 흐느끼는 소리가 터져 나왔다. "그러더니 수술실의 안나가 엄마랑 아빠한테 우리가 뭘 하고 있는지 말했다고 했어. 엄마, 아빠가 후켄으로 떨어지기 이틀 전에. 올센은 언젠가 사실이 밝혀질 수밖에 없다는 걸 아빠가 알고, 워낙 보수적인 기독교인이라서 그 수치심을 견딜 수 없었을 거랬어."

그래서 엄마를 같이 데리고 갔다는 거지. 남색을 저지른 두 아들 녀석 대신. 나는 속으로 생각했다.

"나는 아니라고 말하려고 했어. 그게 아니다, 그건 사고였다, 정말 순전히 사고였다. 하지만 올센은 들으려고 하지도 않고 계속 말했어. 아빠의 혈중알코올농도가 아주 낮았기 때문에, 그렇게 정신이 멀쩡한 상태에서 커브를 잘못 돌 리가 없다는 거야. 그러다 내가 너무 절박해져서, 올센이 정말로 이걸 터뜨릴 생각이다 싶어서……."

"응." 나는 앉아 있던 날카로운 돌을 손으로 찰싹 때리면서 말했다. "올센은 그 망할 놈의 사건을 깨끗이 정리하고 싶어해."

"그럼 우리는 어떻게 되는데? 교도소에 가?"

나는 히죽 웃었다. 교도소? 그래, 그럴 수도 있겠지. 나는 교도소에 대해서는 별로 생가해보지도 않았다. 만약 진실이 모두 밝혀진다면 내가 견딜 수 없는 것은 수치심이지 교도소 생활이 아니라는 사실을 알기 때문이었다. 만약 그들이, 마을 사람들이 사실을 알게된다면, 내가 오랫동안 어둠 속에서 혼자 견디던 수치심만이 문제가 아니게 될 것이다. 믿을 수 없을 만큼 낯 뜨거운 일이 다 밝혀져서 비난과 조롱의 대상이 되고, 오프가르 집안은 굴욕을 당할 것이다. 사람들이 흔히 하는 말처럼 어쩌면 그것은 개인의 일탈이었을 수도 있지만, 아빠는 할복의 근간이 된 논리를 이해하는 사람이었고 나도 마찬가지였다. 수치를 당해 무너진 사람에게 탈출구는 죽음밖에 없다는 논리. 하지만 사람은 꼭 필요한 경우가 아니라면 죽음을 원하지 않는 법이다.

"시간이 별로 없어." 내가 말했다. "어떻게 된 거야?"

"난 진짜 절박했어." 칼은 이렇게 말하고 나서 나를 슬쩍 올려다보았다. 내게 뭔가를 고백하려 할 때의 시선이었다. "그래서 그건 확실히 사고다, 내가 증명할 수 있다고 말했어."

"뭐?"

"뭐든 말할 수밖에 없었어, 로위! 그래서 타이어 한 개에 구멍이 나 있었다고 말했어. 그래서 벼랑 아래로 떨어진 거라고. 아무도 차를 확인해보지 않았잖아. 사람들은 시체만 기계로 감아올렸지. 그 구조대원이 낙석에 맞은 뒤로는 아무도 감히 거기에 내려가지도 않았고. 나는 타이어에 난 구멍을 사람들이 발견하지 못한 것도 놀랄 일이 아니라고 말했어. 차가 완전히 뒤집어져서 바퀴를 위로 향한 채 쓰러져 있는데 타이어에 구멍이 났는지 어떻게 알겠느냐고. 하지만 내가 이 주쯤 전에 쌍안경을 들고 벼랑 가장자리로 가서 단단한 바위를 붙잡고 몸을 기울여 차를 보았다고 말했어. 왼쪽 앞바퀴 타이어가 눈에 띄게 쪼그라든 걸 보았다고. 그러니까 틀림없이 차가 그 아래로 떨어지기 전에 구멍이 났을 거다, 차대에는 전혀 손상이 없으니까, 그렇게 말했지. 차가 공중제비를 돌아서 지붕부터 바닥에 떨어진 거라고."

"올센이 그 말을 믿었어?"

"아니. 자기가 직접 보고 싶다고 했어."

이제 어떻게 된 일인지 알 것 같았다. "그래서 네가 쌍안경을 가져와서⋯⋯."

"올센이 바로 그 가장자리로 갔어. 그리고⋯⋯." 칼이 훅 숨을 한 번 내쉬더니 눈을 감고 말을 이었다. "돌이 흘러내리는 소리랑 비명이 들렸어. 그러고 보니까 올센이 사라진 거야."

사라졌지. 완전히 사라진 건 아니지만. 나는 속으로 생각했다.

"못 믿겠어?"

나는 심연을 내려다보았다. 내가 열두 살 때, 그러니까 베르나르 삼촌의 쉰 살 생일을 맞아 우리가 그랜드 호텔에 모였을 때의 기억 하나가 머릿속을 스쳤다. "사람들이 이걸 보고 무슨 생각을 할 것 같아?" 내가 말했다. "중대한 범죄 수사와 관련해서 경찰관이 널 만나러 여기까지 올라왔는데 저 아래에서 죽어버렸어. 정말로 죽었다면 말이지만."

칼이 천천히 고개를 끄덕였다. 칼도 모를 리가 없었다. 그러니 산악구조대나 의사를 부르는 대신 나한테 전화를 걸었을 것이다.

나는 일어서서 몸에 묻은 흙을 털었다. "헛간에 가서 밧줄 가져와." 내가 말했다. "긴 걸로."

나는 밧줄 한쪽 끝을 집 옆에 세워둔 자동차의 견인용 고리에 단단히 묶고, 반대쪽 끝은 내 허리에 둘렀다. 그러고는 밧줄을 풀면서 예이테스빙엔으로 걸어가기 시작했다. 백 걸음을 걷고 나니 밧줄이 팽팽해졌다. 벼랑 가장자리까지는 10미터가 남아 있었다.

"지금이야!" 내가 소리쳤다. "명심해. 천천히!"

칼이 볼보의 차창 안에서 엄지를 들어 보이더니 후진을 시작했다.

나는 밧줄을 팽팽하게 유지하는 것이 요령이라고 그에게 설명해주었다. 이제는 돌이킬 수 없었다. 나는 우리 둘을 모두 서둘러 저 아래로 데려가려는 사람처럼 벼랑으로 향했다. 벼랑 가장자리가 가장 힘들었다. 내 몸이 저항했다. 머리로는 이래도 괜찮다고 확신하는데 몸이 따라주지 않아서 머뭇거리게 되었다. 내가 가장자리에 멈춰 선 것을 칼이 알아차리지 못한 탓에 밧줄이 느슨해졌다. 나는 칼에게 조금 전진하라고 소리쳤지만 칼은 내 말을 듣지 못했다. 그래서 나는 돌아서서 후쿼을 등진 자세로 한 걸음 뒷걸음질을

쳐서 아래로 떨어졌다. 1미터도 채 떨어지지 않았을 때 밧줄이 허리를 콱 죄는 바람에 숨이 턱 막혀서 나는 다리를 쭉 펴는 걸 잊어버렸다. 그 바람에 몸이 벼랑 쪽으로 흔들릴 때 무릎과 이마를 바위에 찧고 말았다. 나는 욕설을 퍼부으면서 신발 밑창을 바위에 대고 간신히 버틴 뒤, 깎아지른 벼랑을 내려가기 시작했다. 하늘을 올려다보니 이제 연한 파란색으로 변해 있었다. 벌써 별이 두어 개 보였다. 자동차 소리는 들리지 않았다. 사방이 완전히 고요했다. 아마 이 정적 때문인지, 이렇게 자동차에 밧줄을 연결하고 허공에 대롱거리며 별을 바라보니 내가 우주비행사가 된 것 같았다. 우주선에 연결되어 우주공간에 떠 있는 우주비행사. 보위의 노래에 나오는 톰 소령이 생각났다. 순간적으로 계속 이렇게 있으면 좋겠다는 생각이 들었다. 삶의 마지막 또한 이렇게 둥둥 떠서 어디론가 흘러가버리는 식으로 끝났으면 싶었다.

그러다 보니 벼랑이 끝났다. 단단한 바닥에 발이 닿은 뒤 나는 밧줄이 내 앞의 땅바닥에 코브라처럼 둥글게 말리는 모습을 지켜보았다. 두 겹, 세 겹. 나는 밧줄을 따라 벼랑 꼭대기를 바라보았다. 자동차 배기구에서 나온 연기가 아주 작게 보였다. 칼이 가장자리에 바짝 차를 댄 모양이었다. 밧줄의 길이가 딱 그 정도밖에 되지 않았다.

나는 몸을 돌렸다. 지난 세월 동안 사방의 절벽에서 굴러떨어진 크고 작은 돌들이 바닥에 쌓여 있었다. 나는 예이테스빙엔에서 여기까지 수직으로 쭉 내려왔지만, 아래쪽에 날카로운 기둥들처럼 솟은 벽은 살짝 경사가 져 있어서 머리 위로 보이는 저녁 하늘이 내가 서 있는 자갈밭보다 더 넓어 보였다. 자갈밭의 넓이는 대략 100제곱미터쯤 되었다. 여기에는 햇빛이 거의 들지 않기 때문에 식물이 자라지 않았다. 아무 냄새도 나지 않았다. 그냥 돌뿐이었다. 공간과 돌.

우주선, 그러니까 아빠의 검은색 캐딜락 드빌이 옛날에 산악구조대원들의 설명을 들으며 내가 상상했던 모습 그대로 누워 있었다.

지붕을 아래로 하고 바퀴가 허공을 향한 채로 쓰러진 자동차 뒷부분은 납작하게 구겨져 있었지만, 앞부분은 거의 손상되지 않아서 그쪽에 타고 있던 사람들은 혹시 살았을지도 모른다는 생각까지 들 정도였다. 엄마와 아빠는 자동차 밖에서 발견되었다. 자동차 앞쪽이 땅바닥에 닿을 때 앞 유리창을 통해 튕겨져 나온 것이다. 두 사람이 안전벨트를 하지 않았다는 사실이 자살설에 힘을 실어주었다. 아빠가 원래 안전벨트에 반대하는 사람이었다고 내가 설명했는데도 소용없었다. 아빠가 안전벨트에 반대한 것은 그 효용을 몰라서가 아니라, 이른바 '보모국가'가 강요하는 일이기 때문이었다. 올센 경찰관은 아빠가 마을에서 운전할 때 안전벨트를 맨 모습을 여러 번 보았다고 생각했는데, 실제로 아빠는 경찰관이 있을 만한 곳에서는 안전벨트를 맸다. 보모국가보다 더 싫어하는 게 벌금이었기 때문이다.

갈까마귀 한 마리가 올센 경찰관의 배 위에 서서 조심스레 나를 지켜보았다. 녀석의 발톱은 아메리카들소 두개골 모양의 커다란 허리띠 죔쇠를 움켜쥐고 있었다. 올센의 하반신이 차대의 뒤쪽 끝부분에 걸쳐져 있고, 나머지 부분은 차의 뒤편으로 늘어져 내가 서 있는 곳에서는 보이지 않았다. 갈까마귀가 고개를 홱 돌리며 내 움직임을 시선으로 좇았다. 나는 자동차 옆을 돌아 뒤쪽으로 갔다. 깨진 유리 조각들이 발에 밟혔다. 중간에 거대한 바위 두어 개가 떨어져 있어서 나는 두 손과 두 발로 바위를 타 넘어야 했다. 올센의 상반신은 자동차 번호판과 트렁크 앞에 늘어져 있었다. 척추뼈가 부러져 90도로 꺾였기 때문에 관절이 하나도 없는 허수아비처럼 보였다. 머리에는 대걸레가 늘어져 있고 몸에는 옷을 입은 지푸라기 인형. 거기에서 핏방울이 작게 똑똑 소리를 내며 돌바닥으로 떨어졌다. 손을 치켜든 채로 (그의 자세 때문에 사실 손은 바닥을 향하고 있었다) 그렇게 늘어져 있는 모습이 마치 이제 포기하겠다는 신호를 보내려고 애쓰는 것 같았다. 옛날에 아빠는 항상 이렇게 말했다. "죽으면 지는 거야." 올셴은 확실히 죽었다. 냄새도 났다.

내가 한 걸음 더 다가가자 갈까마귀가 제자리에 그대로 버티고 서서 나를 향해 소리를 질렀다. 아마 나를 북극도둑갈매기로 아는 모양이었다. 이 바닷새는 다른 새들의 먹이를 훔쳐서 살아가는 비열한 녀석이다. 나는 돌멩이를 하나 주워서 갈까마귀에게 던졌다. 녀석은 두 번 날카로운 울음소리를 내며 날아갔다. 한 번은 나를 향해 증오에 차서 지르는 소리였고, 다른 한 번은 유감의 표현이었다.

능선에서부터 벌써 어둠이 몸집을 키우고 있었기 때문에 시간이 없었다.

밧줄 하나만으로 올셴의 시체를 어떻게 저 위로 올릴지 잘 생각해야 했다. 중간에 시체가 어딘가에 걸리거나 밧줄에서 풀려 미끄러질 위험도 없어야 했다. 인간의 시체는 빌어먹을 마술사 후디니와 비슷했다. 가슴에 밧줄을 묶으면, 팔과 어깨가 저절로 졸아들어서 몸이 빠져나가버린다. 허리띠 죔쇠에 밧줄을 묶거나 허리에 둘러 새우처럼 끌어 올리면, 도중에 무게중심이 바뀌어서 시체가 뒤집어져 밧줄에서 빠져나가거나 바지가 벗겨져버린다. 나는 시체의 목에 풀매듭으로 밧줄을 거는 것이 가장 간단한 방법이라는 결론을 내렸다. 그러면 무게중심이 아주 낮아져서 어느 방향으로든 시체가 뒤집힐 염려가 없었다. 또한 머리와 어깨가 먼저 올라오기 때문에 시체가 어딘가에 걸릴 위험이 더 적었다. 물론 대개 스스로 목을 맬 생각이 있는 사람들만 배우는 매듭법을 내가 어떻게 알았는지 궁금해하는 사람들이 있을 것이다.

나는 체계적으로 움직이면서 현실적인 문제들에 온 신경을 집중했다. 나는 그런 것을 잘하는 편이다. 지금 이 모습, 그러니까 검은 우주선 뒤쪽에 올센이 입을 쩍 벌린 장식품처럼 걸려 있는 모습이 나중에 틀림없이 생각날 테지만, 그건 그때 가서 고민할 문제였다.

내가 칼에게 준비가 끝났다고 소리를 지른 것은 이미 날이 어두워진 뒤였다. 나는 세 번이나 소리를 질러야 했다. 칼이 차에 휘트니 휴스턴의 CD를 틀어놓아서 그녀가 '영원히 당신을 사랑할 거야' 하고 노래하는 목소리가 산속에 울려 퍼졌다. 칼은 시동을 걸었다. 차가 천천히 움직이게 클러치를 조작하는 소리도 들렸다. 밧줄이 팽팽해지자 나는 시체를 안아 바위 사면까지 안전하게 운반한 다음 손을 놓았다. 그리고 아래에 서서 그것이 목을 쭉 뺀 천사처럼 하늘로 올라가는 모습을 지켜보았다. 어둠이 천천히 시체를 삼키더니, 나중에는 시체가 바위에 쓸리는 소리만 들려왔다. 그다음에는 어둠 속에서 짧게 획 하는 소리, 내 옆으로 겨우 몇 미터 떨어진 바닥에 뭔가가 쿵 떨어지는 소리가 났다. 젠장, 시체가 올라가는 길에 돌 몇 개를 아래로 떨어뜨린 모양이었다. 어쩌면 더 떨어질 수도 있었다. 나는 유일한 피난처인 캐딜락의 앞 유리창 안으로 기어 들어갔다. 그곳에 앉아 계기판의 다이얼들을 보며 거꾸로 뒤집어진 숫자들을 읽으려고 했다. 이제 어떻게 해야 하나 생각했다. 계획의 다음 순서를 어떻게 처리해야 할까. 현실적인 세부 사항들, 반드시 제대로 해내야 하는 일들, 1번 계획이 잘못되었을 때의 다른 선택지들. 이렇게 단순한 생각을 한 덕분에 나는 한층 더 차분해졌다. 물론 상황은 거지 같았다. 사람이 죽었다는 사실을 은폐하려 하는 것이니까. 이런 생각을 하니 마음이 차분해졌다. 아니, 어쩌면 이런 현실적인 생각이 아니라 냄새 때문이었는지도 모른다. 가죽 시트의 냄새. 거기에는 아빠의 땀 냄새, 엄마의 담배 냄새와 향수 냄새, 이 캐딜락을 처음 샀을 때 모두 함께 시내로 가던 길에 마을로 내려가는 구불구불한 도로가 아직 끝나지도 않았는데 칼이 멀미를 일으켜 게워낸 토사물 냄새가 잔뜩 배어 있었다. 엄마는 담배를 끄고 창문을 내린 다음, 아빠의 은색 씹는담배 통에서 담배 한 뭉치를 꺼냈다. 하지만 칼은 우리가 마을을 빠져나올 때까지 계속 토했다. 그가 워낙 갑자기 토하기 시작했기 때문에 미처 비닐봉지를 열 틈도 없었다. 그래서 창문을 전부 열었는데도 자동차 안에서는 가스실 같은 악취가 났다. 칼은 뒷좌석에서 내 무릎을 베고 누워 눈을 감았다. 그제야 모두가 차분해졌다. 엄마는 토사물을 닦아낸 뒤 우리에게 비스킷 한 봉지를 주었다. 아빠는 '러브 미 텐더'를 원래의 절반쯤 되는 속도로 평소보다 두 배쯤 목소리를 떨며 불렀다. 지금 생각해보면 그것이 우리 가족에게 최고의 여행이었다.

그다음은 빠르게 진행되었다.

칼이 다시 던져준 밧줄을 나는 내 몸에 묶고, 칼에게 준비가 되었음을 알렸다. 그리고 내려올 때와 똑같은 방식으로 벼랑을 따라 위로 올라갔다. 마치 영상을 거꾸로 돌린 것 같았다. 내가 발을 디딘 자리를 눈으로 볼 수는 없었지만, 나 때문에 돌이 아래로 굴러

내리지는 않았다. 하마터면 머리에 돌을 맞을 뻔한 일만 없었다면, 이 산이 상당히 안전한 곳이라고 판단했을 것이다.

올센은 볼보의 헤드라이트 불빛을 받으며 예이테스빙엔에 누워 있었다. 눈에 띄는 외상이 그리 많지는 않았다. 사자의 갈기 같은 머리카락이 피에 흠뻑 젖었고, 한쪽 손은 뭉개진 것처럼 보였다. 아까 풀매듭으로 밧줄을 묶었던 목에는 검푸른 흔적이 남아 있었다. 밧줄 때문에 색이 변한 건지, 아니면 죽은 지 얼마 되지 않은 시신이라 출혈이 발생해서 멍이 든 건지는 지금도 알 수 없다. 어쨌든 그 자국이 난 자리의 목뼈가 부러져 있었고, 내장의 손상도 심해서 부검을 실시한다면 그 밧줄 자국이 사인이 아님을 알 수 있을 터였다. 물론 익사도 아니었다.

나는 올센의 축축한 뒷주머니 한쪽에 손을 넣어 그의 자동차 열쇠를 꺼냈다. 다른 쪽 주머니에는 올센이 보트 창고를 잠글 때 사용한 열쇠고리가 있었다.

"가서 아빠의 사냥용 칼을 가져와." 내가 말했다.

"응?"

"현관에 걸려 있어. 엽총 옆에. 얼른 가져와."

칼이 집으로 달려가는 동안 나는 산속 주민이라면 누구나 일 년 내내 자동차 트렁크에 가지고 다니는 눈삽을 꺼내서 올센을 질질 끌며 운반했던 자리의 자갈을 퍼내 저 아래쪽 후퀜으로 던졌다. 자갈은 소리 하나 내지 않고 사라졌다.

"여기." 칼이 숨을 몰아쉬며 말했다.

그가 내게 건넨 칼은 내가 옛날에 개를 죽일 때 사용했던 그 칼이었다. 칼날에 홈이 있는 칼.

그때처럼 지금도 칼은 내 뒤에 서서 다른 곳을 보고 있었다. 나는 올센의 대걸레 머리카락을 붙잡아 옛날 개를 잡았을 때처럼 그의 머리를 고정했다. 그리고 칼끝을 이마에 대고 뼈에 닿는 느낌이 들 때까지 힘을 준 다음, 비스듬한 각도로 머리를 한 바퀴 돌아 칼집을 냈다. 귀 바로 위쪽을 지나고, 목 맨 위에 옹이처럼 튀어나온 뼈 위도 지나가면서 칼날은 두개골의 선을 따라갔다. 옛날에 아빠가 여우의 가죽 벗기는 방법을 시범으로 보여준 적이 있지만, 이번에는 달랐다. 나는 지금 머리 가죽을 벗기고 있었다.

"비켜봐, 칼. 네가 불빛을 가리고 있어."

칼이 나를 향해 돌아섰다가 하품을 한 번 하고는 자동차 반대편으로 걸어가는 소리가 들렸다.

내가 머리 아래쪽과 머리 가죽을 분리하려고 애쓰고 있는데, 다시 휘트니 휴스턴이 노래를 시작했다. 영원히, 절대로 무슨 일이 있어도 영원히, 당신을 사랑할 것이라는 노래였다.

우리는 볼보 바닥에 쓰레기봉투를 깔고 시그문 올센의 뱀 가죽 부츠를 벗긴 뒤, 엉망이 된 시체를 트렁크에 실었다. 그러고 나서 나는 올센의 푸조 운전석에 앉아 백미러를 흘깃 보며 머리 가죽을 잘 정돈했다. 머리에 대걸레 같은 머리카락을 쓰고 있는데도 나는 시그문 올센처럼 보이지 않았지만, 그의 선글라스까지 끼고 나니 어두운 밤에 밖에서 나를 보는 사람을 속일 정도는 되는 것 같았다. 누구든 이 차를 운전하는 사람이 경찰관 본인이 아닐 것이라고는 생각하지 못할 것이다.

나는 천천히, 하지만 너무 느리지는 않게 차를 몰아 마을을 통과했다. 경적을 울리거나 다른 방식으로 사람들의 주의를 끌 필요는 없었다. 길을 걷던 사람 두어 명이 자동적으로 고개를 돌려 자동차를 보았다. 그들의 뇌는 경찰관의 차를 알아보고 그가 어디로 가는 길인지 무의식적으로 궁금해할 것이다. 하지만 어쨌든 그가 호숫가 쪽을 향해 가고 있다는 사실은 그들이 보기에 분명했다. 그러니 반쯤 졸음에 겨운 그 농부들의 뇌는 올센이 자신의 오두막으로 가는 모양이라고 생각할 가능성이 있었다. 만약 그들이 그 오두막의 위치를 아는 사람들이라면.

오두막에 도착한 뒤 나는 보트 창고까지 차를 몰고 가서 시동을 끄고, 자동차 열쇠를 그대로 차에 꽂아두었다. 그러고는 헤드라이트를 껐다. 이것이 보일 만한 거리에 누가 살고 있기 때문이 아니라, 만일의 경우를 위해서였다. 시그문 올센이 차를 몰고 지나간 것을 알아차린 사람이 헤드라이트 불빛을 보고 여기 들러 인사나 하자고 생각할 수도 있지 않은가. 나는 운전대, 기어 스틱, 문고리를 깨끗이 닦았다. 그리고 손목시계를 확인했다. 나는 칼에게 내 볼보를 몰고 정비소로 가서 밖에 잘 보이게 세워둔 뒤, 내가 준 열쇠로 정비소 문을 열고 불을 켜라고 지시해두었다. 내가 거기서 일하는 것처럼 보이게. 그다음에는 올센의 시체를 볼보의 트렁크에 그대로 두고 이십 분쯤 기다리다가 길에 사람이 없는지 먼저 확인한 뒤, 차를 몰고 내가 있는 오두막까지 오는 것이 칼의 임무였다.

나는 보트 창고의 잠긴 문을 열고 들어가 보트를 꺼냈다. 배는 나란히 놓인 통나무들 위를 덜컹덜컹 굴러서 마침내 안도의 한숨 같은 소리를 내며 호수의 품에 안겼다. 나는 천으로 뱀 가죽 부츠의 물기를 닦고, 오른쪽 부츠에 올센의 열쇠고리를 넣었다. 그리고 두 짝을 모두 보트에 던져 넣고는 배를 물 위로 밀었다. 나는 그 자리에 서서 배가 '광대한 미지의 세계'를 향해 흘러가는 모습을 지켜보며 거의 뿌듯해졌다. 부츠를 이렇게 처리한 것은 사람들이 흔히 하는 말처럼 천재적인 솜씨였다. 열쇠고리와 부츠 한 켤레만 있는 빈 배를 발견한 사람들이 무슨 생각을 하겠는가? 부츠 그 자체가 일종의 유서 역할을 하지 않겠는가. 지상에서 방황하던 시간을 이제 끝내려 한다는 선언 같은 것. 우울증을 앓는 경찰관 올림. 기가 막히게 멍청한 일이 벌어지지만 않았다면, 거의 아름답다고 해도 될 것 같은 광경이었다. 자신이 수사 중인 사람의 코앞에서 깊이가 100미터나 되는 협곡으로 떨어지다니. 진짜 황당해서 기가 막힐 지경이었다. 솔직히 나도 그 말을 믿는다고 자신 있게 말할 수 없었다. 그 자리에 가만히 서서 이런 생각을 하다 보니 그 멍청한 행동이 점점 더 멍청하게 보였고, 배는 다시 육지를 향해 돌아오기 시작했다. 나는 더욱더 힘을 주어 배를 밀었지만, 결과는 역시 같았다. 결국 일 분 뒤 배의 용골이 호숫가의 돌에 몸을 비벼대고 있었다. 어떻게 해야 할지 알 수 없었다. 옛날에 선생님이 부달 호수의 수평 물살과 풍향 등에 대해 말해준 내용에 따르면, 배는 내게서 계속 멀어져야 했다. 혹시 여기는 물살이 계속 제자리를 맴도는 자리인 걸까. 틀림없이 그런 것 같았다. 배가 호숫가에서 더 멀리까지 떠가야만 밖으로 흘러나가는 물살을 만나 남쪽의 셰테렐바 강에 접어들 수 있었다. 그래야만 올센이 물에 뛰어들었을 것으로 짐작되는 영역이 아주 넓어져서 그의 시체가 발견되지 않아도 이상하게 보이지 않을 것이다. 나는 배에 올라 시동을 걸고 조금 앞으로 나아간 뒤 시동을 껐다. 배는 계속 호숫가에서 멀어지는 중이었다. 나는 배의 키를 깨끗이 닦았다. 그것만 닦았다. 사람들이 이 배의 지문을 조사해보자고 나섰을 때, 내 지문이 전혀 발견되지 않는다면 오히려 더 의심스러울 것이다. 바로 그날 내가 이 배에

탄 적이 있으니까. 나는 호숫가를 흘긋 바라보았다. 거리가 200미터쯤. 갈 수 있을 것이다. 나는 뱃전을 타고 넘어 물속으로 들어갈까 생각해보았지만, 그랬다가는 앞으로 나아가는 배의 움직임이 멈춰버릴 것임을 깨닫고 의자 대용인 널빤지 위에 올라서서 그대로 물에 뛰어들었다. 차가운 물에 갑자기 닿는 느낌이 마치 나를 해방시키는 것 같아서 놀라웠다. 너무 뜨겁게 달아올랐던 내 머리가 순간적으로 차갑게 식었다. 나는 헤엄치기 시작했다. 옷을 입은 채로 헤엄치기가 생각보다 힘들어서 팔다리가 서투르게 움직였다. 선생님이 말한 수직 물살을 생각했다. 그 물살이 나를 아래로 끌어당기는 것이 느껴지는 듯했다. 그래서 나는 서투른 개구리헤엄으로 물살을 가르며 지금은 봄이 아니라 가을임을 되새겨야 했다. 육지의 방향을 가르쳐줄 표지가 전혀 없었기 때문에 이럴 줄 알았으면 헤드라이트를 그냥 켜둘 걸 그랬다는 생각이 들었다. 그때 팔보다 다리 힘이 더 세다고 배운 기억이 나서 나는 죽어라 발을 놀렸다.

그러다 갑자기 뭔가가 나를 붙들었다.

나는 물속으로 끌려 내려가 물을 삼키다가 다시 수면으로 올라왔다. 나를 공격한 것이 무엇인지는 몰라도 하여튼 거기서 벗어나려고 정신없이 첨벙거렸다. 나를 붙잡은 것은 물살이 아니라……다른 것이었다. 그것이 내 손을 붙들고 놓으려 하지 않았다. 이빨인지 턱인지가 내 손목을 꽉 물고 있는 것이 느껴졌다. 나는 다시 물속으로 끌려 들어갔지만 적어도 이번에는 입을 벌리지 않았다. 나는 손가락을 하나로 모아 손을 작게 만들어서 홱 잡아당겼다. 자유로워졌다. 다시 수면으로 올라온 나는 가쁘게 공기를 마셨다. 어둠 속에서 1미터쯤 떨어진 곳에 가벼운 물체 하나가 떠 있었다. 코르크였다. 내가 후릿그물 안으로 헤엄쳐 들어온 것이다.

나는 숨을 골랐다. 헤드라이트를 환하게 켠 자동차가 중앙 대로를 지나갈 때 올센의 보트 창고 윤곽이 보였다. 그다음에는 이렇다 할 문제가 없었다. 다만 내가 호숫가로 기어 올라갔을 때, 아까 자동차 불빛에 보인 곳이 올센의 보트 창고가 아니라는 점이 문제였을 뿐. 아마도 후릿그물 주인의 보트 창고인 것 같았다. 올센의 보트 창고와 아주 많이 떨어진 곳은 아니었으나, 이것은 사람이 아주 쉽게 방향감각을 잃어버릴 수 있음을 보여준다. 나는 젖은 신발 때문에 철벅거리며 나무들 사이를 지나 대로까지 가서 다시 올센의 오두막으로 향했다.

칼이 마침내 볼보를 몰고 나타났을 때 나는 나무 뒤에 앉아 숨어 있었다.

"몸이 흠뻑 젖었잖아!" 칼은 오늘 저녁에 있었던 일 중에 이것이 가장 놀라운 일이라는 듯이 소리쳤다.

"정비소에 다른 옷이 있어." 나는 이렇게 말하려고 했지만, 2행정 엔진을 탑재한 동독산 바르트부르크 353 자동차처럼 이가 덜걱거렸다. "출발해."

십오 분 뒤 나는 물기를 닦고 작업복 두 벌을 겹쳐 입었다. 그래도 여전히 몸이 덜덜 떨렸다. 우리는 볼보를 후진으로 몰아 정비소 안으로 들어와서 문을 닫고, 트렁크의 시체를 바닥으로 꺼냈다. 그리고 그를 X 자 형태로 앉힌 뒤 잠시 바라보았다. 뭔가가 없어진 것 같았다. 나랑 낚시를 하러 갔을 때는 그에게 있던 어떤 것. 혹시 대걸레 같은 머리카락일까? 아니면 부츠? 아니면 다른 것? 나는 영혼을 믿지 않지만, 틀림없이 뭔가가 있었다. 올센을 올센으로 만들어주던 뭔가가.

227

나는 볼보를 다시 밖으로 몰고 나가 누구나 볼 수 있는 곳에 세웠다. 이제 남은 것은 순전히 현실적이고 기술적인 일이었다. 우리가 이 일을 하는 데 필요한 것은 행운이나 영감이 아니었다. 딱 맞는 도구만 있으면 되었다. 정비소에는 도구가 아주 많았다. 우리가 어떤 도구를 어디에 사용했는지 내가 자세히 말할 필요는 없을 것이다. 우리가 먼저 올센의 허리띠를 제거하고, 그의 옷을 잘라내고, 그의 신체 또한 모두 그렇게 했다고 말하는 것으로 충분할 것이다. 아니, 내가 그렇게 했다. 칼은 또 멀미를 했다. 나는 올센의 주머니를 뒤져 금속으로 된 물건을 모두 꺼냈다. 동전, 허리띠와 쥠쇠, 지포 라이터. 나중에 기회를 봐서 이것들을 호수에 던져 넣을 생각이었다. 그다음에는 잘라낸 신체 부위들과 사자 갈기 같은 머리카락을 트랙터 바구니에 실었다. 베르나르 삼촌이 겨울에 눈을 치울 때 사용하는 트랙터였다. 일을 마친 나는 프리츠 강력 세제 여섯 통을 가져왔다.

"그게 뭐야?" 칼이 물었다.

"세차장을 청소할 때 쓰는 거야. 모든 걸 없애주거든. 디젤유도 아스팔트도. 심지어 석고도 녹여버려. 1데시리터당 5리터의 물로 희석해서 쓰는 거야. 다시 말해서, 희석하지 않으면 이걸로 무엇이든 완전히 없앨 수 있다는 뜻이야."

"확실해?"

"베르나르 삼촌이 말해줬어. 삼촌이 한 말은 정확히 이거였지만. '이게 손가락에 묻었을 때 곧바로 씻어내지 않으면, 그 손가락하고는 영원히 안녕일 거다.'"

내가 이 이야기를 한 것은 무거운 분위기를 바꾸기 위해서였지만, 칼은 미소조차 짓지 못했다. 마치 이 모든 것이 내 잘못인 것 같았다. 하지만 나는 이 생각을 여기서 그만두었다. 계속했다가는 이것이 정말 내 잘못이라고, 언제나 내 잘못이었다고 생각하게 될 것을 알기 때문이었다.

"어쨌든." 내가 말했다. "아마 그래서 이걸 플라스틱 통이 아니라 금속 통에 담아 파는 것 같아."

우리는 입과 코에 천을 둘러 테이프로 고정하고, 세제 통 뚜껑을 열어 트랙터 바구니에 한 통씩 차례로 쏟았다. 흰색에 가까운 연한 회색 액체가 시그문 올센의 토막 난 시체를 완전히 덮을 때까지.

그러고는 기다렸다.

아무 일도 일어나지 않았다.

"불을 꺼야 하지 않을까?" 칼이 천을 두른 입으로 말했다. "누가 들어오면 어떻게 해?"

"괜찮아. 밖에 있는 차가 베르나르 삼촌 것이 아니라 내 것이라는 걸 알 거야. 나는 딱히······."

"그래, 그래." 칼이 중간에 말을 막았기 때문에 나는 말을 계속할 필요가 없었다. '나는 딱히 사람들이 들러서 가볍게 이야기를 나눌 수 있는 사람이 아니잖아.'

또 몇 분이 지났다. 나는 작업복이 엉뚱한 곳에 잘못 닿지 않게 하려고 몸을 움직이지 않았다. 트랙터 바구니 안에서 일어날 일을 내가 어떻게 상상했던 건지는 모르겠다. 하지만 내가 무슨 상상을 했든, 트랙터 바구니 안에서는 아무 일도 일어나지 않았다. 혹시 프리츠의 성능에 대한 설명이 과장광고였나?

"그냥 땅에 묻으면 안 될까?" 칼이 콜록거리며 말했다.

나는 고개를 저었다. "이 근처에 개, 오소리, 여우가 너무 많아. 녀석들이 시체를 파낼 거야."

사실이었다. 여우들이 공동묘지에서 땅에 굴을 파 보나케르 일가의 무덤 안까지 들어간 적이 있었다.

"저기, 로위?"

"음?"

"만약 형이 후켄에 내려갔을 때 올센이 아직 살아 있었다면……."

칼이 이걸 물어볼 줄 나는 알고 있었다. 묻지 않았으면 했는데.

"……형이 어떻게 했을 것 같아?"

"상황에 따라 다르지." 나는 사타구니를 긁고 싶은 것을 참았다. 속에 입은 것이 베르나르 삼촌의 작업복이기 때문이었다.

"그때 우리 개처럼?" 칼이 물었다.

나는 잠시 생각해보았다.

"올센이 살아 있었다면 적어도 자기가 실수로 떨어졌다고 사람들한테 말할 수는 있었겠지."

칼은 고개를 끄덕이고는 한쪽 발에서 다른 쪽 발로 몸무게를 옮겼다. "내가 올센이 그냥 그렇게 됐다고 했는데, 그게 사실……."

"쉿."

나직하게 지글거리는 소리가 났다. 달걀프라이를 할 때의 소리와 비슷했다. 바구니 안을 들여다보았더니, 액체가 아까보다 더 하얗게 변해 있고 신체 부위들은 보이지 않았다. 표면에 거품이 떠다녔다.

"이것 봐." 내가 말했다. "프리츠가 잘하고 있어."

"그럼 그다음에는 어떻게 됐어요?" 섀넌이 물었다. "시체가 전부 녹았어요?"

"네." 내가 말했다.

"그날 밤에 다 그렇게 된 건 아냐." 칼이 말했다. "뼈도 안 녹았고."

"그럼 어떻게 했어요?"

나는 심호흡을 했다. 능선 위로 솟아오른 달이 예이테스빙엔에서 캐딜락 보닛에 앉아 있는 우리 셋을 내려다보았다. 유난히 따뜻한 바람이 남동쪽에서 불어왔다. 나는 이 높새바람이 저 멀리 태국에서 출발해, 내가 아직 가본 적도 없고 앞으로도 영영 가보지 못할 여러 나라를 거쳐 여기까지 불어왔다고 상상하며 즐거워했다.

"우리는 동이 트기 직전까지 기다렸어요." 내가 말했다. "그러고는 트랙터를 세차장으로 몰고 가서 바구니를 비웠죠. 뼈 몇 개랑 살점이 거름망에 걸려서 우리는 그걸 다시 바구니에 넣고 프리츠를 또 부었어요. 그다음에 트랙터를 정비소 뒤편에 세우고 바구니를 최대한 높이 올렸죠." 나는 양손을 머리 위로 들어 바구니의 높이를 알려주었다. "지나가던 사람이 괜한 호기심에 그 안을 들여다볼지도 모르잖아요. 이틀 뒤에 내가 그걸 다시 세차장에서 비웠어요."

"베르나르 삼촌은요?" 섀넌이 물었다. "뭘 물어보시지는 않던가요?"

나는 어깨를 으쓱했다. "왜 트랙터를 거기에 갖다 두었느냐고 물었죠. 그래서 차를 수리해달라는 전화가 세 통이나 한꺼번에 걸려와서 공간을 확보할 필요가 있었다고 말했어요. 그 세 사람이 전부 나타나지 않은 건 물론 이상한 일이었지만, 살다 보면 그럴 때도 있잖아요. 삼촌은 내가 빌룸센의 토요타 수리를 다 마치지 못한 걸 더 걱정했어요."

"그거야 형이 바빴으니까 그렇지." 칼이 말했다. "어쨌든 다른 사람들처럼 삼촌도 경찰관이 스스로 물에 빠져 죽었다는 사실에 더 관심이 많았어. 부츠만 남은 배가 발견돼서, 사람들이 시신을 찾는 중이었거든. 이 이야기는 전에 이미 해줬잖아."

"이렇게 자세히 해주지는 않았어." 섀넌이 말했다.

"형이 나보다 기억력이 좋은가 봐."

"그럼 그걸로 끝이에요?" 섀넌이 물었다. "경찰관이 살아 있는 모습을 두 사람이 마지막으로 봤는데, 경찰이 조사하지 않았어요?"

"했죠." 내가 말했다. "이웃 마을의 경찰관이랑 잠깐 이야기를 나눴어요. 우리는 사실대로 말했죠. 부모님의 사고 뒤에 잘 지내는지 올센이 우리 안부를 물었다고요. 올센은 워낙 배려가 깊은 사람이었으니까. 아니, 사실 나는 올센이 배려가 깊은 사람이라고 현재형으로 말했어요. 올센이 아직 살아 있다고 생각하는 사람처럼. 올센이 스스로 물에 빠져 죽었다는 사실을 모두가 알고 있는데도. 그쪽에 오두막을 한 채 갖고 있는 사람이 어두워진 뒤에 올센의 차가 도착하는 소리가 들렸다고 증언했어요. 배에 시동을 거는 소리랑, 그 직후에 뭔가가 첨벙하는 것 같은 소리도 들렸다고 했죠. 그래서 밖으로 나와 호수를 재빨리 살펴보았지만…… 아무것도 보이지 않았다고 말했어요."

"그럼 시신을 끝내 못 찾은 걸 이상하게 생각하지 않은 거예요?" 섀넌이 말했다.

나는 고개를 끄덕였다. "사람들은 바다에 빠진 시신이 항상 조만간 나타난다고 생각하는 것 같아요. 수면으로 떠오르거나, 해안으로 밀려오거나, 누군가의 눈에 띈다고. 하지만 그런 건 예외적인 경우예요. 시체가 영원히 사라지는 게 보통이죠."

"그럼 그 사람 아들은 우리가 숨긴 것 중에 뭘 알고 있을까요?" 보닛 위에서 우리 두 사람 사이에 앉아 있던 새넌이 나와 칼을 차례로 바라보았다.

"아마 아무것도 모를걸." 칼이 말했다. "허술한 부분이 전혀 없었어. 비와 서리와 세월이 모든 걸 쓸어 갔으니까. 내 생각에 쿠르트는 그냥 자기 아버지랑 똑같은 것 같아. 이 미제 사건을 특히 손에서 놓을 수 없는 거지. 아버지한테는 후켄에 떨어진 캐딜락이 그런 사건이었고, 아들 쿠르트한테는 자기 아버지가 아무런 말도 없이 사라진 사건이고. 그러니까 존재하지도 않는 답을 찾아 헤매는 거야. 맞지, 로위?"

"그럴 거야. 그런데 전에는 쿠르트가 이 사건과 관련해서 여기저기 조사하고 다니는 낌새가 없었거든. 왜 갑자기 시작했지?"

"내가 집에 왔기 때문인지도 모르지." 칼이 말했다. "자기 아버지를 마지막으로 만난 사람이잖아. 학교 때 같은 반이었던 오프가르 농장의 하찮은 녀석. 그런데 지역신문을 보니 캐나다에서 잘나간다면서 고향으로 돌아와 마을을 구원할 생각이라고 하네. 그러니까 이런 거야. 나는 큰 사냥감이고, 쿠르트는 사냥꾼. 하지만 쿠르트한테는 총알이 없어. 그냥 자기 아버지가 나랑 만난 다음에 차를 몰고 출발했다가 그대로 사라져버린 것이 뭔가 이상하다는 육감뿐. 그래서 내가 고향으로 돌아온 뒤 쿠르트가 다시 생각해보게 된 거지. 세월이 흘러서 쿠르트도 이제 냉정한 머리로 거리를 두고 생각할 수 있게 됐으니까. 맑아진 머리로 이것저것 짐작을 해보는 거야. 아버지가 호수에 빠진 게 아니라면, 어디로 갔을까? 아, 후켄이구나."

"그럴지도." 내가 말했다. "하지만 뭔가를 뒤쫓고 있는 것 같아. 그렇게 고집스럽게 거기에 내려가려고 하는 이유가 있을 것 아냐. 조만간 정말로 내려갈걸."

"에릭 네렐이 내려가지 말라고 할 거라며? 돌멩이들이 굴러떨어질 위험이 있으니까." 칼이 말했다.

"그렇긴 하지만, 내가 그 점을 물어봤을 때 쿠르트는 좀 건방지게 '두고 보면 알겠지'라고 말했어. 아마 다른 방법을 생각해낸 것 같아. 하지만 그보다 더 중요한 건 이거야. 녀석이 도대체 뭘 찾으려는 걸까?"

"시체가 완벽한 은신처에 숨겨져 있다고 생각하는 거죠." 섀넌이 말했다. 그녀는 눈을 감고, 일광욕을 하듯이 달빛을 향해 얼굴을 들어 올리고 있었다. "우리가 저 아래에 떨어져 있는 자동차 트렁크에 시체를 넣었다고 생각하는 거예요."

나는 옆에서 섀넌을 유심히 살펴보았다. 그녀의 얼굴에 닿는 달빛 때문인지, 눈을 뗄 수가 없었다. 에릭 네렐도 이래서 파티 때 섀넌에게 추파를 던진 건가? 아니, 그는 그저 한바탕 어울려도 괜찮을 것 같은 여자를 봤을 뿐이었다. 내가 본 것은…… 글쎄, 내가 뭘 봤지? 산에서 한 번도 본 적이 없는 새. 섀넌 알레인 오프가르는 휘파람샛과에 속했다. 섀넌처럼 녀석들은 몸집이 작다. 심지어 벌새보다 더 작은 녀석들도 있다. 녀석들은 또한 다른 생물들의 노래를 금방 배워서 곧바로 흉내 낸다. 적응력도 뛰어나서, 겨울에 위험해지면 주변 풍경과 구분하기 힘들게 깃털의 색을 바꾸기까지 한다. 섀넌이 이 대화에 자신을 포함시켰을 때, '우리'가 시체를 그곳에 넣었다고 아주 자연스럽게 말했을 때, 그보다 더 옳은 말이 없는 것 같았다. 섀넌은 뭔가를 포기해야 한다는 부담감 없이, 자신이 속하게 된 새로운 환경에 이미 적응하고 있었다. 그녀는 아무런 망설임 없이 나를 형제라고 불렀다. 먼저 그 단어를 시험해보지도 않았다. 이제 우리는 가족이었으니까.

"바로 그거야!" 칼이 말했다. 고향을 떠나 있는 동안 이 표현을 배워서 아주 사랑하게 된 모양이었다. "만약 쿠르트가 그렇게 믿는다면, 우리는 녀석이 거기에 쉽게 내려가서 자기 생각이 틀렸음을 확인하게 해줘야지. 우리는 사업에 투자를 받아내야 돼. 마을 사람들을 전부 우리 편으로 만들어야 한다고. 어떤 식으로든 의심을 살 여유가 없어."

"그럴지도." 나는 뺨을 긁적였다. 간지러워서가 아니라, 가끔 그런 식으로 정신을 분산시키면 한 번도 해보지 못한 생각이 떠오르기 때문이었다. 바로 그때 그 느낌이 왔다. 내가 미처 생각하지 못한 뭔가가 있다는 것. "그래도 나는 쿠르트가 그 아래에서 정확히 무엇을 찾으려 하는지 알았으면 좋겠어."

"녀석한테 물어봐?" 칼이 제안했다.

나는 고개를 저었다. "쿠르트 올센은 에릭 네렐이랑 같이 여기에 왔을 때 거짓말을 했어. 자기 아버지 때문이 아니라 그 사고 때문에 온 것처럼. 그러니까 쿠르트 올센이 우리한테 자기 패를 보여줄리가 없어."

우리는 침묵 속에 앉아 있었다. 엉덩이 아래의 보닛은 이미 차갑게 식었다.

"어쩌면 그 에릭이라는 사람이 그 사람의 패를 봤는지도 몰라요. 에릭한테 물어볼 수도 있겠죠." 섀넌이 말했다.

우리는 그녀를 바라보았다. 그녀는 여전히 눈을 감고 있었다.

"에릭이 왜 우리한테 그런 말을 해주겠어요?" 내가 물었다.

"말해주지 않는 편보다 나으니까요."

"그래요?"

섀넌이 내게 고개를 돌려 눈을 뜨고 미소를 지었다. 그녀의 촉촉한 치아가 달빛을 받아 반짝였다. 나는 그녀가 무슨 생각을 하는지 당연히 몰랐지만, 그녀가 우리 아빠처럼 가족이 먼저라는 자연의 법칙을 따르는 사람이라는 점은 분명히 알았다. 가족이 옳고 그른 것보다 먼저였다. 전 인류보다도 먼저였다. 그리고 세상은 항상 우리와 세상 모든 사람의 대결이었다.

16

다음 날 바람의 방향이 바뀌었다.

내가 일어나서 아래층 부엌으로 내려가니, 섀넌이 내가 옛날에 입던 털 스웨터를 입고 장작 난로 옆에 팔짱을 끼고 서 있었다. 옷이 너무 커서 우스워 보일 정도였지만, 그녀에게 예술가 같은 터틀넥이 더 남지 않은 모양이라는 생각이 문득 들었다.

"좋은 아침이에요." 그녀가 말했다. 입술에 핏기가 없었다.

"일찍 일어났네요." 나는 부엌 식탁에 놓인 서류들을 고갯짓으로 가리켰다. "계획은 잘돼가요?"

"그저 그래요." 그녀는 내가 살펴보기도 전에 앞으로 두 걸음 걸어와서 서류들을 정리했다. "그래도 잠도 안 오는데 침대에 누워 있는 것보다는 그만그만한 수준이라도 일을 하는 편이 나아요." 섀넌은 서류를 폴더에 넣고 다시 난로 옆으로 돌아갔다. "이게 정상 인가요?"

"정상?"

"이 계절에 말이에요."

"기온요? 맞아요."

"하지만 어제는……."

"……그것도 정상이었죠." 나는 창가로 가서 하늘을 올려다보았다. "내 말은, 날씨가 이렇게 급작스럽게 바뀌는 게 정상이라는 거예요. 여기 산속에서는."

섀넌이 고개를 끄덕였다. '산'이라는 단어 하나로 많은 것이 설명되는 상황에 익숙해진 것 같았다. 열판에서 조금 떨어진 곳에 커피포트가 보였다.

"방금 끓인 거예요." 섀넌이 말했다.

나는 커피를 한 잔 따르고 그녀를 바라보았지만 그녀는 고개를 저었다.

"에릭 네렐에 대해 생각하고 있었어요." 그녀가 말했다. "여자친구가 임신했지요?"

"네." 나는 이렇게 대답하고 커피를 마셨다. 좋았다. 아니, 객관적으로 말하면 좋다고 할 수 없었지만, 딱 내가 좋아하는 맛이었다. 나와 커피 취향이 같은 것이 아니라면, 내가 내 커피를 끓일 때 섀넌이 유심히 지켜보았음이 분명했다. "지금 당장 에릭한테서 억지로 뭔가를 짜낼 필요는 없을 것 같아요."

"그래요?" 섀넌이 말했다.

"곧 눈이 올 것 같네요."

"눈이라고요?" 섀넌이 믿을 수 없다는 표정으로 나를 보았다. "9월인데요?"

"운이 좋으면 그럴걸요."

섀넌이 천천히 고개를 끄덕였다. 이유를 묻지 않아도 아는 똑똑한 여자. 쿠르트 올센이 후켄에 내려가서 뭘 할 생각인지는 몰라도, 눈이 내리면 그 아래까지 무사히 내려가 뭔가를 찾아내기가 훨씬 더 어려워질 것이다.

"하지만 눈이 또 사라질 수도 있어요." 새년이 말했다. "여기서는 획획 잘 바뀌잖아요……." 그녀가 졸린 듯한 미소를 지었다. "여기 산속에서는."

나는 쿡쿡 웃었다. "토론토도 추울 때는 추운 곳인 줄 알았는데요?"

"우리가 살던 집에서는 밖에 나가지 않는 한 추위를 잘 못 느꼈어요."

"점점 좋아질 거예요." 내가 말했다. "이런 날이 최악이에요. 북쪽에서 바람이 불어오고, 첫서리가 땅바닥에 그대로 남아 있을 때. 겨울이 되면 기온이 이보다 온화해지고 눈도 더 많이 와요. 우리가 불을 피운 뒤 며칠이 지나면 온기가 벽에도 스며들고요."

"그럼 그때까지는……." 나는 이제야 그녀가 떠는 것을 알아보았다. "그냥 덜덜 떨어야 하나요?"

나는 빙긋 웃으며 내 커피 잔을 조리대에 놓았다. "몸이 따뜻해지게 도와줄게요." 나는 이렇게 말하고 나서 그녀에게 다가갔다. 우리의 눈이 마주치고, 그녀는 화들짝 놀라더니 좁은 가슴 위로 더 단단히 팔짱을 꼈다. 불이 혓바닥을 날름거릴 때처럼 그녀의 하얀 목에 붉은 기운이 번졌다. 나는 그녀 앞에서 몸을 숙여 장작 난로의 문을 열었다. 그러면 그렇지. 너무 큰 장작을 너무 많이 넣어서 불길이 꺼져가고 있었다. 나는 가장 큰 장작을 손으로 꺼내 난로 받침에 내려놓았다. 장작에서 하얀 연기가 피어올랐다. 내가 풀무질을 하자 불이 밝게 타올랐고, 나는 문을 닫았다.

내가 허리를 펴는 순간 칼이 안으로 들어왔다. 옷을 아무렇게나 입고, 머리카락이 사방으로 뻗친 모습이었다. 손에 휴대전화를 든 그가 활짝 웃었다.

"카운티 의회 의제가 발표됐어. 우리가 1번이야."

주유소에서 나는 마르쿠스에게 경량 눈삽을 진열해놓으라고 말했다. 이 주 전쯤 주문해둔 성에 제거기와 부동액도 함께 진열하라고 했다.

나는 〈오스 데일리〉를 읽었다. 1면 대부분이 내년으로 예정된 카운티 의회 선거에 할애되었지만, 오르툰에서 열린 투자자 모임에 관한 기사가 안쪽 면에 있다는 안내 또한 인쇄되어 있었다. 그 안쪽 면을 펼치니, 기사 몇 줄과 커다란 사진 두 장이 한 면을 몽땅 차지하고 있었다. 사진 한 장은 사람이 빽빽하게 들어찬 강당을 찍은 것이고, 다른 한 장은 활짝 웃으며 전직 카운티 의회 의장 요 오스의 어깨에 한 팔을 올린 칼을 찍은 것이었다. 요 오스는 뜻밖의 일에 조금 당황한 듯한 표정이었다. 단 크라네는 사설에서 새로 들어설 스파 호텔을 언급했으나, 그가 이 계획에 찬성하는지 반대하는지는 알 수 없었다. 아니, 그가 마음속 깊은 곳에서는 이 사업계획을 모두 쓰레기통에 처넣고 싶어한다는 것을 어렵지 않게 깨달을 수 있었다. 사람들이 마을을 구할 수 있으리라는 희망을 품고 이 호텔에 매달린다고 말한 익명의 취재원을 그가 인용했기 때문이다. 나는 그 취재원이 크라네 본인일 것이라고 짐작했으나, 그는 확실히 진퇴양난의 처지였다. 너무 긍정적으로 쓰면 지역신문을 이용해서 장인을 돕는 것처럼 보일 것이고, 너무 부정적으로 쓰면 아내의 전 남자친구에게 이기려 드는 것이라고 사람들이 비난할 우려가 있었다. 지역신문의 기자로 일하면서 균형을 잡기는 쉽지 않은 것 같다.

9시에 가랑비가 내리기 시작했다. 예이테스빙엔에는 비 대신 눈이 내리는 것이 보였다.

11시가 되자 마을에서도 비가 눈으로 바뀌었다.

12시에는 영업부장이 가게로 들어왔다.

"평소처럼 만반의 준비가 돼 있군요." 그가 환하게 웃었다. 내가 진열해둔 눈삽을 사서 밖으로 나가는 손님을 내가 배웅한 다음이었다.

"여긴 노르웨이니까요." 내가 말했다.

"당신에게 제안할 것이 있어요." 그가 말했다. 또 우리한테 판매 촉진 행사를 강요하려는 건가 싶었다. 그런 행사는 전혀 잘못된 것이 아니다. 열 번 중 여덟 번은 실제로 효과도 있다. 본부 사람들이 일을 할 줄 안다는 뜻이다. 하지만 시골에서 파라솔과 배구공이나 이국적인 스페인 소시지와 무설탕 펩시콜라의 할인 행사를 하는 것은 가끔 너무 지역 특성을 무시하는 일처럼 보인다. 각 지역 사람들 취향과 욕구를 지역별로 알아두는 것도 중요하다.

"높은 사람 한 분이 이리로 전화를 할 거예요." 영업부장이 말했다.

"네?"

"쵤라네의 큰 주유소 한 곳이 좀 힘들거든요. 위치도 좋고 시설도 현대적인데, 거기 점장이 잘해내지 못했어요. 판매촉진 행사를 따르지도 않고, 보고도 제때 안 하고, 직원들은 의욕도 없고…… 뭐, 아시잖아요. 분위기를 바꿔놓을 사람이 필요해요. 이런 건 원래 내가 할 일이 아닌데, 당신한테 미리 말해주는 거예요. 윗사람들한테 당신과 얘기해보라고 제안한 사람이 바로 나거든요." 그는 그런 건 아무 일도 아니라는 듯 양팔을 벌려 보였다. 그걸 보고 나는 그가 내게서 넘치는 감사의 말을 기대하고 있음을 깨달았다.

"감사합니다." 내가 말했다.

그는 미소를 지으며 계속 기다렸다. 어쩌면 내가 윗사람한테 어떻게 대답할지 그에게 미리 말해줘야 한다고 생각하는 것 같기도 했다.

"정말 갑작스러운 이야기네요." 내가 말했다. "그분들이 하시는 말씀을 듣고 좀 생각해볼게요."

"좀 생각해본다고요?" 영업부장이 웃음을 터뜨렸다. "이건 아주 많이 생각해야 하는 일이에요. 이건 그냥 돈을 더 벌게 되는 일이 아니라고요. 당신이 큰 무대에서 어떤 실력을 발휘할 수 있는지 보여줄 기회예요."

만약 자기가 소도시의 킹메이커처럼 보이고 싶어서 나더러 그 제안을 받아들이라고 설득하는 거라면, 비유를 잘못 고른 셈이었다. 하기야 크든 작든 무대에 오른다는 생각만으로도 내 손에 땀이 찬다는 사실을 그가 모르는 것은 당연한 일이었다.

"생각을 해볼게요." 내가 말했다. "치즈버거 캠페인 어때요? 어떨 것 같아요?"

1시에 율리가 들어왔다.

주유소에 아무도 없어서 율리는 곧장 내게 다가와 뺨에 입을 맞췄다. 일부러 부드러운 입술을 조금 오래 대고 있었다. 율리가 어떤 향수를 쓰는지는 모른다. 향수를 너무 많이 뿌렸다는 사실을 알 뿐이다.

"응. 뭐?" 그녀가 나를 놓아주고 올려다봤을 때 나는 이렇게 말했다.

"새 립스틱을 시험해본 거예요." 율리가 내 뺨을 닦아주며 말했다. "오늘 일 끝나고 알렉스랑 만날 거거든요."

"그라나다 알렉스? 키스한 다음에 립스틱이 얼마나 묻어나는지 시험한 거야?"

"아뇨. 립스틱을 바르면 입술의 감각이 얼마나 무뎌지는지 본 거예요. 남자들이 콘돔을 끼었을 때처럼요. 비슷한 거잖아요, 그렇죠?"

나는 대답하지 않았다. 이런 대화를 하고 싶지 않았다.

"알렉스는 사실 꽤 다정해요." 율리가 말했다. 그리고 고개를 한쪽으로 기울인 채 나를 유심히 살펴보았다. "어쩌면 우리가 키스보다 더한 걸 할지도 몰라요."

"행운아 알렉스네." 나는 재킷을 입으며 말했다. "혼자서도 괜찮지?"

"혼자요?" 그녀의 얼굴에 실망이 떠올랐다. "점장님은……."

"물론 기껏해야 한 시간 뒤면 돌아올 거야. 오케이?"

실망한 표정이 사라졌다. 하지만 곧 이마에 주름이 잡혔다. "가게들은 문을 닫았어요. 여자예요?"

나는 미소를 지었다. "무슨 일 생기면 전화해."

나는 차를 몰고 마을을 통과해 부달 호수를 따라 뻗은 길로 접어들었다. 여기서는 눈이 바닥에 닿는 순간 녹아버렸지만, 산 위에는 아직 남아 있는 것이 보였다. 나는 손목시계를 보았다. 평범한 평일 1시에 직장을 잃은 지붕 기술자가 집에 혼자 있을 확률은 상당히 높았다. 나는 하품을 했다. 간밤에 잠을 잘 이루지 못한 탓이었다. 나는 두 사람의 침실에서 나는 소리에 귀를 기울이며 깨어 있

243

었다. 하지만 전혀 소리가 들리지 않아서 더 힘들었다. 더 열심히 귀를 기울이고 더 긴장해야 했으니까.

차를 몰고 지붕 기술자의 집으로 다가가던 내 눈에 그의 하얀 집과 가장 가까운 이웃집 사이에 적어도 100미터쯤 펼쳐진 경작지가 들어왔다.

안톤 모에는 차가 다가오는 소리와 모습을 십중팔구 듣고 보았을 것이다. 내가 벨을 울리고 몇 초 뒤 문을 열어준 그의 가느다란 머리카락이 바람에 이리저리 날렸다. 그가 약간 놀란 얼굴로 나를 바라보았다.

"들어가도 돼요?" 내가 물었다.

모에는 아마도 거절할 구실을 찾으려는지 머뭇거리다가 들어오라는 듯 한쪽 옆으로 물러섰다.

"신발은 안 벗어도 돼." 그가 말했다.

우리는 부엌 식탁에 서로 마주 보고 앉았다. 벽에 걸린 두 개의 액자는 성경 구절과 십자가를 자수로 놓은 것이었다. 조리대에 커피가 가득한 커피포트가 놓여 있었다.

"커피?"

"아뇨, 괜찮아요."

"혹시 네 동생의 호텔에 투자하라는 말을 하러 온 거라면, 괜히 애쓸 필요 없어. 지금 이쪽에는 현찰이 별로 흐르지 않아서 말이야." 모에가 겸연쩍게 웃었다.

"아저씨 딸 때문에 왔어요."

"아, 그래?"

나는 창턱에 놓인 작은 망치를 보았다. "그 애가 지금 열여섯 살이고, 오르툰 고등학교에 다니죠?"

"맞아."

망치에 글자가 새겨져 있었다. '올해의 지붕 기술자, 2017.'

"그 애가 다른 데로 이사하고, 학교도 노토덴 고등학교로 옮기면 좋겠어요." 내가 말했다.

모에는 어안이 벙벙한 얼굴로 나를 보았다. "그게 무슨 소리야?"

"그쪽 학교가 좀 더 미래지향적인 수업을 하거든요."

그가 나를 보았다. "정확히 무슨 말을 하려는 거지, 오프가르?"

"아저씨가 나탈리를 그 학교로 보내면서 이렇게 말하라고 일러 주는 거예요. 그쪽 학교가 좀 더 미래지향적인 수업을 한다고."

"노토덴? 여기서 차로 두 시간이나 걸려."

그의 얼굴에는 아무것도 드러나지 않았지만, 지금쯤 뭐가 어떻게 된 건지 슬슬 알아차렸을 것이다. "네가 나탈리를 그렇게 생각해주는 건 고맙지만, 오프가르, 내 생각에는 오르툰도 괜찮아. 나탈리가 이미 2학년이기도 하고. 노토덴은 큰 도시잖아. 큰 도시에서는 나쁜 일들이 일어날 수도 있다고."

나는 기침이 나왔다. "내 말은, 노토덴이 관련된 사람 모두에게 최선이라는 거예요."

"모두?"

나는 깊이 숨을 들이쉬었다. "아저씨 딸이 매일 밤 아버지가 들어와 그걸 하지 않을까 걱정하며 잠자리에 들지 않아도 되겠죠. 아저씨는 딸과 가족과 아저씨 자신에게 수모를 주지 않고 잠자리에 들 수 있을 테고요. 그러다 보면 미래에 그 일을 모두 잊어버리고 아무 일도 없었던 척할 수도 있지 않겠어요?"

안톤 모에는 나를 빤히 바라보았다. 얼굴은 시뻘겋게 불타오르고, 눈은 금방이라도 폭발할 것 같았다. "그게 무슨 소리야, 오프가르? 술이라도 먹었어?"

"수치심을 말하는 거예요. 아저씨 가족들이 느낄 수치심. 모두 알면서 아무런 행동도 하지 않았으니, 모두들 자신에게도 일말의 책임이 있다고 생각하겠죠. 이미 모든 걸 잃은 마당에, 이걸 내버려둔다고 해서 더 잃을 것도 없다는 생각도 있을 거고요. 모든 걸 잃은 뒤에도 최소한 하나는 남잖아요. 가족."

"미친놈!" 그가 언성을 높였는데도 목소리가 더 가늘고 왜소하게 들렸다. 그가 일어섰다. "너 그만 가라, 오프가르."

나는 계속 앉아 있었다. "내가 지금 아저씨 딸의 방으로 들어가서 침대보를 벗겨 경찰관에게 넘길 수도 있어요. 정액 자국을 찾아내서 그게 아저씨 건지 알아보라고요. 아저씨는 나를 막을 수 없을걸요. 하지만 그래봤자 아마 소용없을 거예요. 아저씨 딸이 경찰 편에서 아저씨한테 불리한 증언을 하지는 않을 테니까. 아버지를 돕고 싶어하겠죠. 무슨 일이 있어도 항상. 그러니까 이 일을 멈출 유일한 방법은……." 나는 잠시 말을 멈추고 고개를 들어 그와 시선을 마주쳤다. "우리 모두 이 일을 멈추고 싶어하잖아요, 안 그래요?"

그는 아무 대답 없이 나를 빤히 바라보기만 했다. 차갑고 죽은 눈이었다.

"다른 방법이 하나 있긴 해요. 만약 나탈리가 노토덴으로 이사하지 않는다면 내가 아저씨를 죽일 거예요. 나탈리는 주말도 노토덴에서 보내야 하고, 아저씨는 그 애를 만나러 가면 안 돼요. 아줌마는 괜찮지만 아저씨는 안 돼요. 단 한 번도. 나탈리가 크리스마스 때 집에 오면, 아저씨는 아저씨 부모님이나 처갓집 식구들을 이 집에 초대해서 머무르게 해요." 나는 식탁을 덮은 체크무늬 식탁보의 주름을 손으로 매끈하게 폈다. "질문 있어요?"

파리 한 마리가 유리창에서 계속 붕붕거렸다.

"날 어떻게 죽일 건데?"

"때려서 죽일까 생각했어요. 그게 아무래도 적절할⋯⋯." 나는 입맛을 다셨다. 심리 게임이었다. "⋯⋯성경적인 의미로 적절하다고 할까?"

"그래, 넌 확실히 사람을 잘 때리기로 소문이 나 있지."

"그럼 내 말에 동의한 거예요, 모에?"

"저기 성경 구절 보이나, 오프가르?" 그가 벽에 걸린 자수 하나를 가리켰다. 나는 복잡하게 둘둘 말린 모양의 글자들을 하나하나 읽어냈다. '여호와는 나의 목자시니 내게 부족함이 없으리로다.'

작게 쿵 하는 소리가 들리더니 오른손에서부터 팔을 타고 올라오는 고통에 나는 소리를 질렀다. 모에가 '올해의 지붕 기술자' 망치를 높이 쳐들고 다시 내려치기 직전이었다. 내가 간신히 왼손을 피한 직후 망치가 식탁을 때렸다. 오른손이 너무 아파서 일어나는 순간 머리가 어지러울 정도였지만, 나는 스피드를 이용해 그에게 왼쪽 어퍼컷을 먹였다. 그의 턱에 주먹이 들어갔는데도 우리 사이의 식탁 때문에 팔을 움직이는 각도가 너무 커서 힘을 충분히 실을 수 없었다. 그가 내 머리를 향해 망치를 휘두르는 것을 보고 나는 움츠리며 뒤로 물러났다. 그가 계속 내게 달려들자 식탁 다리가 바닥을 긁고 의자가 날아갔다. 그가 내 속임수 동작에 속은 사이 내 왼쪽 주먹이 그의 코를 때렸다. 그는 소리를 지르며 다시 망치를 휘둘렀다. 그가 2017년에는 올해의 지붕 기술자였는지 몰라도, 이번에는 망치를 휘두르는 솜씨가 별로였다. 그가 아직 균형을 잡지 못하고 비틀거리는 틈에 나는 그에게 바짝 다가가서 왼손으로 그의 오른쪽 콩팥에 세 번 재빨리 주먹을 먹였다. 그가 고통에 헉하고 숨을 삼키는 소리가 들렸다. 내가 곧바로 발을 들어 그의 무릎을 찍자, 뭔가가 뚝 부러지는 느낌과 함께 그의 다리가 무너졌다. 싸움은 이걸로 끝이었다. 그는 바닥으로 쓰러졌지만, 이내 바닥을 휩쓸듯이 다가와 내 다리를 양팔로 붙들었다. 나는 오른손으로 쿠커를 붙잡고 몸을 지탱하면서 쓰러지지 않으려고 했지만 모에의 망치에 맞았을 때 오른손이 단단히 상했는지 제대로 힘을 줄 수 없었다. 내가 뒤로 쓰러지고 얼마 되지 않아 모에가 나를 깔고 앉았다. 그의 무릎이 내 양팔을 누르고, 망치 자루가 내 후두를 눌렀다. 어떻게 해도 숨을 쉴 수가 없어서 시야가 점점 까맣게 변해갔다. 그가 내 머리 바로 옆에 머리를 갖다 대고, 귓가에서 사납게 속삭였다.

"네놈이 뭐라고 내 집에 들어와 나를 협박해? 산에서 사는 이 더럽고 무식한 놈이."

그가 낮게 웃는 소리를 내더니 앞으로 몸을 기울여 내게 체중을 실었다. 내 허파에 마지막으로 남아 있던 공기가 빠져나가면서 기분 좋은 현기증이 밀려왔다. 자동차 뒷좌석에서 잠든 남동생의 부드러운 몸과 얽혀 잠들기 직전처럼. 차창을 통해 하늘의 별이 보이고, 앞좌석에서는 부모님이 낮은 소리로 이야기를 나누며 웃고 있다. 나는 긴장을 풀고 나 자신을 향해 스르르 쓰러진다. 커피 냄새와 담배 냄새가 섞인 입김이 내 얼굴에 닿는다. 침방울도 떨어진다.

"넌 안짱다리에, 난독증에, 염소랑 그 짓을 하는 변태야." 모에가 사납게 속삭였다.

이런 거구나. 나는 속으로 생각했다. 자기 딸한테도 이런 식으로 말하겠구나.

나는 복근에 힘을 주고 허리를 들어 다리처럼 만든 다음, 다시 힘을 주고 팔을 휘둘렀다. 뭔가가 맞았다. 보통 코에 맞을 때가 많지만, 그게 뭐가 됐든 간에 하여튼 내 후두에 가해지던 힘이 한순간 느슨해진 덕분에 나는 온몸의 근육에 산소를 채울 만큼 숨을 들이쉴 수 있었다. 나는 그의 무릎에 눌린 왼손을 휙 빼내서 그의 귀를 세게 때렸다. 그리고 균형을 잃은 그를 옆으로 쳐내고 다시 왼손으로 그를 때렸다. 몇 번이나, 몇 번이나.

내 주먹질이 멈췄을 때는 바닥에 태아처럼 몸을 웅크린 모에의 코에서 피가 작은 개울처럼 흐르고 있었다. 핏줄기는 뒤집어진 의자의 좌판까지 이어졌다.

나는 그를 향해 몸을 기울였다. 그가 내 말을 들을 수 있었는지는 모르겠지만, 어쨌든 나는 피범벅이 된 그의 귀를 향해 속삭였다.

"난 안짱다리 아냐, 씨발."

"나쁜 소식은 안쪽 관절이 박살 났을 가능성이 높다는 겁니다." 진찰실에서 스탠리 스핀드가 말했다. "좋은 소식은 일전의 혈중알코올농도 검사 수치가 0이 나왔다는 거고요."

"박살?" 나는 이렇게 말하면서 내 가운뎃손가락을 내려다보았다. 이상한 각도로 쭉 뻗은 손가락이 원래 크기보다 두 배로 부어 있었다. 살갗도 찢어져 있었다. 상처가 없는 곳도 검푸른 멍이 들어서 흑사병에 걸린 것 같았다. "확실해요?"

"네. 하지만 진단서를 써줄 테니 시내 큰 병원에 가서 엑스레이를 찍어보세요."

"왜요? 확실하다면서요?"

스탠리는 어깨를 으쓱했다. "아마 수술을 해야 할 겁니다."

"안 하면 어떻게……?"

"그럼 그 손가락을 두 번 다시 움직일 수 없을 거라고 장담합니다."

"수술을 하면요?"

"십중팔구 그 손가락을 두 번 다시 움직일 수 없을 겁니다."

나는 손가락을 보았다. 좋지 않았다. 하지만 만약 내가 지금도 정비사로 일하고 있었다면 상황이 훨씬 더 안 좋았을 것이다.

"고마워요." 나는 이렇게 말하고 나서 일어섰다.

"잠깐, 아직 안 끝났습니다." 스탠리는 회전의자를 굴려, 종이 시트로 덮인 진찰대로 다가갔다. "여기 앉으세요. 손가락 위치가 어긋났으니까 복귀시킬 필요가 있습니다."

"그게 무슨 뜻이죠?"

"똑바로 편다는 뜻입니다."

"아플 것 같은데요."

"국소마취를 할 겁니다."

"그래도 아플 것 같아요."

스탠리가 짓궂은 미소를 지었다.

"1에서 10 중에 어느 정도?" 내가 물었다.

"확실한 8."

나는 그에게 마주 웃어주었다.

그는 내게 마취 주사를 놓은 뒤, 약효가 도는 데 몇 분쯤 걸릴 거라고 말했다. 우리는 조용히 앉아 있었다. 나보다는 그가 더 편안한 것 같았다. 침묵이 계속 쌓이다 못해 나중에는 귀가 멀 것 같아서 결국 나는 그의 책상 위의 헤드폰을 가리키며 무엇을 즐겨 듣느냐고 물었다.

"오디오 북입니다." 그가 말했다. "척 팔라닉의 작품이라면 무엇이든 좋아요. 〈파이트 클럽〉 봤습니까?"

"아뇨. 그 사람 작품이 왜 좋은데요?"

"그 사람 작품이 그렇게까지 좋다고는 말 안 했습니다." 스탠리가 빙긋 웃었다. "하지만 그 사람 사고방식이 나랑 비슷해요. 그걸 표현하는 재주도 있고요. 준비됐습니까?"

"팔라닉이라." 나는 이 이름을 되뇌며 손을 내밀었다. 그와 나의 눈이 마주쳤다.

"분명히 말하는데, 나는 방금 내린 눈에 미끄러지는 와중에 바닥을 짚는 바람에 그렇게 됐다는 말 안 믿습니다." 스탠리가 말했다.

"네."

그가 따뜻한 손으로 내 손가락을 감싸는 것이 느껴졌다. 손가락이 완전히 마취되었다면 좋았을 거라는 생각이 들었다.

"〈파이트 클럽〉 하니 생각난 건데……." 그가 손가락을 잡아당기면서 말했다. "내가 보기에는 당신이 그런 클럽 모임을 마치고 곧장 온 것 같습니다."

확실한 8이라는 말은 결코 과장이 아니었다.

치료실에서 나온 나는 대기실에서 마리 오스와 부딪혔다.

"안녕, 로위." 그녀가 말했다. 그녀 특유의 우월감이 느껴지는 미소를 짓고 있었지만, 얼굴이 붉어진 것이 보였다. 상대에게 인사하면서 이름을 부르는 것은 그녀와 칼이 사귈 때 사용하기 시작한 인사법이었다. 칼은 연구자가 실험 대상자들에게 말을 걸면서 이름을 부르면 대상자들이 미처 깨닫지도 못한 사이에 긍정적인 반응이 40퍼센트 증가했다는 연구 결과를 어딘가에서 읽었다. 하지만 나는 그 연구 결과에 해당하지 않았다.

"안녕." 나는 손을 등 뒤로 감춘 채 인사했다. "눈이 일찍 왔어."

보았는가? 이것이 같은 마을에 사는 사람에게 인사하는 방법이다.

내 차로 돌아와 앉고 나니, 붕대를 감아놓은 욱신거리는 손가락 없이 어떻게 시동 키를 돌릴지가 고민이었다. 아까 마리가 왜 얼굴을 붉혔는지도 궁금했다. 뭔가 부끄러운 병에 걸리기라도 했나? 아니면 자기 몸에 문제가 생겼다는 사실 자체가 부끄러운 건가? 마리는 평소 얼굴을 붉히는 법이 없었다. 그녀와 칼이 사귈 때, 그녀가 갑자기 앞에 나타나면 얼굴을 붉히는 쪽은 나였다. 물론 그녀가 실제로 얼굴을 붉히는 모습을 두어 번 본 적이 있기는 했다. 한 번은 칼이 생일 선물로 그녀에게 목걸이를 사줬을 때였다. 화려한 목걸이는 아니었지만, 마리는 칼이 완전히 빈털터리라는 사실을 알고 있었기 때문에, 그에게서 베르나르 삼촌의 책상 서랍에서 200크로네를 훔쳤다는 자백을 기어코 받아냈다. 물론 나도 그 사실을 알고 있었다. 그런데 베르나르 삼촌이 마리에게 멋진 목걸이를 했다고 칭찬하자, 마리의 얼굴이 붉어졌다. 어찌나 심하게 붉어졌는지 얼굴의 혈관이 터진 건 아닌지 겁이 날 정도였다. 그런 면에서 그녀는 나와 같은 사람인 것 같았다. 가벼운 도둑질이나 사소한 거절 같은 일을 끝내 잊어버리지 못한다는 점에서. 그런 일들은 몸속에 혹처럼 자리를 잡고 있다가 추운 날이면 욱신거린다. 어떤 때는 밤에 갑자기 욱신거리기도 한다. 나이가 백 살이 되더라도, 여전히 부끄러워서 뺨이 달아오를 것이다.

율리는 나를 가여워했다. 스핀드 선생님이 더 강한 진통제를 줬어야 했다면서. 알렉스와의 일은 전부 자신이 꾸며낸 일이며, 지금 만나는 사람은 없다는 말도 했다. 누구에게도 키스를 허락할 생각 역시 없다는 말도 있었다. 나는 건성으로 들었다. 손이 욱신거려서 이미 집으로 돌아갔어야 마땅하지만, 집에 가봤자 기다리는 것은 더 많은 고통뿐이었다.

율리는 내게 몸을 기울여 붕대를 감은 내 손가락을 걱정스러운 표정으로 유심히 살펴보았다. 내 팔뚝에 율리의 부드러운 가슴이 닿고, 얼굴에는 달콤한 풍선껌 냄새가 나는 입김이 닿았다. 율리의 입이 내 귓가에 아주 가까이 다가와 있어서, 껌 씹는 소리가 소가 습지에서 풀을 뜯는 소리처럼 들렸다.

"질투 같은 거 안 생겼어요?" 율리가 열일곱 살짜리답게 짐짓 순진한 척하며 속삭였다.

"질투? 나는 다섯 살 때부터 계속 질투했어."

율리는 재미있는 농담을 들은 사람처럼 웃음을 터뜨렸다. 나는 정말 농담이었다는 듯 억지로 웃었다.

17

어쩌면 나는 칼이 태어나던 날부터 칼을 질투했는지도 모른다. 아니 어쩌면 그 전부터, 엄마가 부풀어 오른 배를 다정하게 쓰다듬으며 동생이 곧 태어날 거라고 말한 그날부터일 수도 있다. 하지만 내가 처음으로 질투와 맞닥뜨린 기억은 다섯 살 때였다. 그날 누군가가 내게 이 고통스럽고 쿡쿡 쑤시는 느낌이 질투라고 가르쳐주었다. "동생을 질투하면 안 되지." 아마 엄마가 한 말이었던 것 같다. 칼을 무릎에 앉힌 채로. 칼은 이미 한참 전부터 거기에 앉아 있었다. 나중에 엄마는 칼에게 더 많은 사랑이 필요하기 때문에 더 많은 사랑을 주는 거라고 말했다. 그럴 수도 있겠지만, 엄마는 그날 말할 수도 있었던 다른 말은 하지 않았다. 칼을 사랑하기가 더 쉽다는 말.

하지만 나야말로 칼을 무엇보다 사랑한 사람이었다.

주위 사람들이 칼에게 보여주는 무조건적인 사랑뿐만 아니라 칼이 사랑해주는 사람들에게도 내가 질투를 느낀 이유가 그거였다. 개도 칼이 사랑해주는 존재 중 하나였다.

어느 해 여름에 여기서 가족들과 함께 오두막을 빌려 휴가를 보

낸 소년도 마찬가지였다. 칼은 자기만큼 잘생긴 그 아이와 아침에
도 낮에도 밤에도 항상 어울려 놀았다. 그동안 나는 여름이 끝날
날만 헤아렸다.

마리도 있었다.

둘이 사귀기 시작하고 몇 달 동안 나는 마리가 사고를 당해서 내
가 칼을 위로해주는 상상을 하곤 했다. 그 질투심이 언제 사랑으로
변했는지, 아니 사랑으로 변하기는 한 건지 정확히는 모르겠다. 어
쩌면 그 두 감정이 나란히 존재했던 것 같기도 하다. 어쨌든 그 사
랑은 다른 모든 것을 눌러버렸다. 아주 무서운 병에 걸린 것 같았
다. 나는 먹을 수도, 잘 수도 없었고, 평범한 대화에 집중할 수도 없
었다.

나는 마리가 칼을 만나러 올 때를 두려워하면서도 기다렸다. 마
리가 날 안아주거나 갑자기 말을 걸거나 나를 바라볼 때면 얼굴
이 붉어졌다. 물론 이런 감정에 나는 깊은 수치심을 느꼈다. 두 사
람을 마음에서 놓아 보내고 작은 부스러기만으로 만족하지 못하
는 것에, 두 사람과 한방에 앉아서 그 자리에 남아 있을 구실을 만
들어보려고 평소와는 다른 행동을 하는 것에. 예를 들어, 흥미롭고
재미있는 사람처럼 구는 식으로. 그러다 결국 나는 내 역할을 찾아
냈다. 조용히 침묵을 지키며 귀를 기울여주고, 칼의 농담에 웃음을
터뜨리거나 마리가 읽은 글의 내용과 마리의 아버지인 의장님이
했다는 말에 천천히 고개를 끄덕여주는 역할. 내가 차로 두 사람을
파티장에 데려다주면, 칼은 그곳에서 취하도록 술을 마셨고 마리
는 칼이 망나니처럼 굴지 못하게 하려고 최선을 다했다. 마리가 나
더러 항상 술도 못 마시고 맑은 정신을 유지해야 하니 심심하지 않
으냐고 물었을 때 나는 괜찮다고 말했다. 술보다는 운전을 더 좋아

255

하니까 괜찮다고. 게다가 때로는 둘이 달라붙어야 칼을 돌볼 수 있잖아, 그렇지? 마리는 빙긋 웃고 나서 다시는 그런 질문을 던지지 않았다. 아마 마리도 이해한 것 같다. 다른 사람들도 다 이해했을 것이다. 칼만 빼고 모두.

"당연히 로위도 우리랑 같이 가야지!" 스키를 타러 가자거나, 주말에 시내에서 열리는 파티에 가자거나, 오스의 늙은 말을 타러 가자는 얘기가 오갈 때마다 칼은 이렇게 말했다. 이유 같은 건 말하지 않았다. 그의 활달하고 행복한 표정만으로도 충분했다. 그의 얼굴은 세상이 좋은 곳이며 그곳에 사는 사람들도 모두 좋은 사람들이니 그런 세상에 사는 것만으로도 다들 틀림없이 행복할 거라고 말하고 있었다.

물론 나는 결코 어떤 내색도 하지 않았다. 나는 바보가 아니었으므로, 마리가 내게서 조용하지만 자신을 희생할 줄 알고 항상 도울 준비가 되어 있는 형 이외의 다른 모습을 보았을 거라고는 생각하지 않았다.

그런데 어느 토요일 저녁 마을회관에서 그레테가 내게 다가와 마리가 나를 사랑한다고 말했다. 칼은 내가 일주일 먼저 앓고 일어난 독감에 걸려 집에 누워 있었으므로, 그날 굳이 운전할 필요가 없었던 나는 에릭 네렐이 직접 빚어서 항상 이런 자리에 가져오는 술을 조금 마신 참이었다. 그레테도 술에 취한 상태였다. 그녀의 눈에서 사악한 마녀가 춤추고 있었다. 그레테는 틀림없이 그냥 평지풍파를 좀 일으켜보려고 엉터리 같은 소리를 지껄이는 중이었다. 나는 그레테를 잘 알고, 그녀가 칼을 바라보는 시선도 본 적이 있었다. 그래도 그레테의 말은 순회 목사 아르만이 댄스 가수 같은 스웨덴어 말씨로 우리의 구세주에 대해 이야기하며 내세가 있다고 말할 때와 비슷한 느낌이었다. 절대 가능성이 없는 일이지만 그래도 내가 절박하게 듣고 싶어하던 말을 누군가가 해주면, 마음속의 작은 한 귀퉁이, 내 마음 중에서도 약한 한 부분이 그 말을 믿어버리는 법이다.

나는 입구 근처에 서 있는 마리를 보았다. 마리와 이야기하고 있는 남자는 우리 마을 사람이 아니었다. 우리 마을 남자들은 마리를 무서워하기 때문에 먼저 다가가지 않았다. 마리가 칼의 여자친구라서가 아니라, 자기들보다 똑똑해서 자기들을 내려다본다는 사실을 알기 때문이었다. 그녀는 아마 모든 사람 앞에서 누구나 훤히 알 수 있게 퇴짜를 놓을 것이다. 오르툰 사람들은 모두 카운티 의회 의장의 딸이 무슨 행동을 하는지 한쪽 귀를 기울이고 있었다.

하지만 칼의 형인 나는 마리에게 얼마든지 다가갈 수 있었다. 적어도 나와 마리에게는 아무렇지도 않은 일이었다.

"안녕, 로위." 마리가 빙긋 웃었다. "이쪽은 오토. 오슬로에서 정치학을 공부하고 있어. 나한테도 그렇게 하라고 권하는 중이고."

나는 오토를 보았다. 그는 맥주병을 입술에 대고 다른 방향을 바라보고 있었다. 아무래도 내가 대화에 끼는 것이 싫은지 최대한 빨리 내가 사라지기를 바라는 기색이었다. 나는 그의 맥주병 바닥을 한 대 쿵 치고 싶은 것을 애써 참고 마리에게 주의를 집중하며 입술을 적셨다.

"우리 춤출까?"

마리가 조금 놀란 표정으로 재미있다는 듯이 나를 바라보았다. "넌 춤 안 추잖아, 로위."

나는 어깨를 으쓱했다. "배우면 되지." 내가 생각보다 더 많이 취한 모양이었다.

마리는 크게 소리 내어 웃으며 고개를 저었다. "난 안 돼. 나도 춤을 배워야 하는 사람인데."

"내가 도와줄게." 오토가 말했다. "사실 남는 시간에 스윙을 가르치기도 하니까."

"그래, 좋겠다!" 마리는 이렇게 말하고 나서 그를 향해 눈부신 미소를 지었다. 그녀는 이런 미소를 아주 쉽게 지을 수 있었다. 상대에게 이 세상에 당신과 나뿐이라고 말하는 듯한 미소였다. "사람들의 웃음거리가 되는 게 두렵지 않다면."

오토가 빙긋 웃었다. "내 생각에는 그렇게까지 엉망일 것 같지 않은데." 그는 맥주병을 계단에 내려놓았다. 그 덕분에 나는 기회가 있을 때 저 병을 그의 입에다 박아버릴 걸 그랬다는 생각이 들었다.

"정말 용감한 남자인걸." 마리가 그의 어깨에 한 손을 얹으며 말했다. "너도 괜찮아, 로위?"

"그럼, 물론이지." 나는 어디 머리를 박을 벽이 없나 하고 주위를 둘러보며 말했다.

"그럼 용감한 남자가 둘이네." 마리는 다른 손을 내 어깨에 얹으며 말했다. "선생님과 제자. 난 너희 둘이 춤추는 모습을 보며 즐겨야지."

이 말과 함께 마리는 사라졌다. 나는 이 초쯤 지난 뒤에야 방금 무슨 일이 일어난 건지 이해했다. 이 오토라는 녀석과 나만 그 자리에 남아 서로를 바라보고 있었다.

"차라리 싸울래?" 내가 물었다.

"당연하지." 그는 눈을 한 번 부라리고는 맥주병을 들고 사라져버렸다.

나도 불만은 없었다. 어차피 너무 취한 상태였으니까. 하지만 다음 날 아침 깨어났을 때는 두통과 숙취 같은 죄책감이 너무 심해서 차라리 오토에게 얻어맞는 편이 나았을 것 같았다. 내가 이 이야기를 해줬더니 칼은 콜록거리다가 웃고 또 콜록거리기를 반복했다. 나는 그레테가 내게 한 말은 칼에게 들려주지 않았다.

"형 진짜 끝내주게 최고야! 동생의 여자친구한테 다른 놈이 붙는 걸 막으려고 춤까지 추려고 하다니."

나는 앓는 소리를 냈다. "마리하고만 출 생각이었어. 그 오토라는 녀석이 아니라."

"그래도. 이리 와, 내가 뽀뽀해줄게!"

나는 칼을 밀어냈다. "됐어. 나더러 또 독감에 걸리라고?"

마리에 대한 나의 감정을 칼에게 말하지 않은 것에 딱히 죄책감이 느껴지지는 않았다. 그보다는 칼이 그것을 스스로 알아차리지 못했다는 점이 놀라웠다. 내가 칼에게 모든 이야기를 다 털어놓을 수도 있었을 것이다. 그랬다면 칼도 이해했을 것이다. 어쨌든 이해한다고 말하기는 했을 것이다. 고개를 한쪽으로 기울이고, 생각에 잠긴 표정으로 나를 바라보며 살다 보면 그런 일도 있는 법이라고, 그런 일은 금방 지나간다고 말했을 것이다. 그걸 알기 때문에 나는 입을 다물고 그 일이 그냥 지나가기를 기다렸다. 그 뒤로 나는 두 번 다시 마리에게 춤을 청하지 않았다.

하지만 마리가 내게 청했다.

그레테가 칼과 그걸 했다고 마리에게 털어놓아서 마리가 칼을 차버린 지 몇 달 뒤의 일이었다. 칼은 미네소타로 유학을 떠났고, 나는 집에서 혼자 살고 있었다. 어느 날 누군가가 문을 두드렸다. 마리였다. 마리는 자신의 가슴을 내게 밀어붙이며 날 꼭 끌어안고

서는 놓아주지 않았다. 그리고 나더러 자기랑 같이 자고 싶으냐고
물었다. "나랑 잘래?" 이것이 그녀가 내 귓가에 속삭인 말이었다.
그러고는 이렇게 덧붙였다. "로위." 누군가의 이름을 부르면 그 사
람의 마음이 더 말랑해진다는 연구 결과 때문이라기보다는 자신이
말한 상대가 바로 나, 로위임을 강조하기 위해서였다.

"네가 그러고 싶은 걸 알아." 그녀는 내가 머뭇거리는 것을 알아
차리고 이렇게 말했다. "처음부터 알고 있었어, 로위."

"아냐. 네가 잘못 알았어."

"거짓말." 마리는 우리 둘의 몸 사이로 한 손을 밀어 넣었다.

나는 그녀에게서 몸을 떼고 물러났다. 물론 나는 그녀가 온 이유
를 알고 있었다. 칼에게 이별을 선언한 사람이 자신인데도, 그녀는
자신이 모욕당했다고 생각했다. 어쩌면 그녀는 정말로 헤어지고
싶었던 것이 아니라, 달리 선택의 여지가 없다고 생각했던 것인지
도 모른다. 의장님의 딸인 마리 오스라면 산속 농부의 아들이 자신
을 배신하고 부정을 저질렀다는 사실을 알면서도 참고 살 수는 없
을 테니까. 더구나 그레테가 마을 사람들 중 절반은 그 사실을 알
게끔 만들어버린 뒤였다. 하지만 그냥 칼이 짐을 싸서 떠난 것만
으로는 충분하지 않았다. 균형을 되찾아야 했다. 마리가 두 달 뒤
에 나를 찾아왔다는 사실은 그녀가 마지못해 이런 결론을 내렸음
을 뜻했다. 다시 말해서, 지금 우리가 함께 잠자리에 든다면 그것
은 연인과 헤어져 약해진 여자의 상황을 내가 이용하는 것이 아니
라 세상 누구보다 사랑하던 동생에게서 바로 얼마 전에 버림받은
형의 상황을 그녀가 이용하는 것이었다.

"어서." 그녀가 말했다. "내가 널 도와줄게."

나는 고개를 저었다. "네가 아니야, 마리."

그녀는 방 한가운데에서 걸음을 멈추고 경악한 표정으로 나를 빤히 바라보았다. "그럼 그게 사실이야?"

"뭐가?"

"사람들이 말하는 거."

"사람들이 무슨 말을 하는지 내가 어떻게 알아?"

"네가 여자한테 관심이 없대. 네가 생각하는 건 오로지……." 마리는 여기서 말을 멈추고, 적당한 단어를 찾는 척했다. 마침내 단어를 발견한 모양이었다. "……자동차와 새뿐이라고."

"내 말은 너한테 문제가 있는 게 아니라는 뜻이었어, 마리. 칼이 문제지. 이러는 건 옳은 일이 아닌 것 같아."

"맞아. 그렇지."

　이제 나도 알 수 있었다. 산 아래 마을 사람들이 자기들을 대하는 그녀의 태도에서 하찮지만 선심을 써서 상대해준다는 듯 무시하는 기색을 보는 이유를. 하지만 그것만 있는 것은 아니었다. 그녀에게는 원래 알면 안 되는 것을 아는 사람 같은 태도도 있었다. 칼이 무슨 말을 해준 거지?

"다른 복수 방법을 찾아보는 게 좋을 거야." 내가 말했다. "그레테한테 조언을 구해. 그 애가 그쪽에 소질이 있거든."

　그러자 마리가 얼굴을 붉혔다. 이번에는 정말로 말문이 막힌 기색이었다. 그녀는 씩씩하게 걸어 나가서 자기 차에 올랐다. 예이테스빙엔을 향해 쌩하니 달려가는 그녀의 자동차 뒤에서 자갈들이 허공을 날았다.

　며칠 뒤 시내에서 나를 다시 만난 그녀는 또 얼굴을 붉히면서 나를 보지 못한 척했다. 그 뒤로도 여러 번 그런 일이 있었다. 우리 마을처럼 좁은 곳에서는 누군가와 우연히 부딪히는 일을 완전히 피하기가 불가능하다. 하지만 세월이 흘러 마리는 오슬로로 가서 정치학을 공부하게 되었다. 그리고 그녀가 돌아왔을 때 우리는 거의 예전처럼 서로 대화를 나눌 수 있었다. 거의. 우리의 사이가 예전과 똑같을 수는 없었다. 내가 무엇을 아는지 그녀도 알고 있었다. 그녀에게는 이것이 몸 안에서 자라는 암 덩어리 같다는 것. 내가 그녀를 거절한 일을 말하는 것이 아니다. 내가 그녀를 봤다는 것, 그녀의 알몸을 봤다는 것이 문제였다. 추한 알몸을 봤다는 것.

내게도 암 덩어리가 있다면, 십중팔구 마리의 이름이 적힌 것이 하나쯤 있었을 것이다. 하지만 그 혹은 어느 순간부터 자라지 않았다. 나는 사랑의 감정이 사라질 때까지 참고 기다렸다. 생각하면 우스운 일이지만, 나는 그녀와 칼 사이가 끝난 것과 거의 동시에 마리를 더 이상 사랑하지 않게 되었다.

18

내가 지붕 기술자 모에를 찾아가 만난 날로부터 이틀 뒤, 본부에서 전화를 걸어 쉴라네에 있는 주유소를 내게 제안했다. 내가 괜찮다고 사양하자 본부에서는 실망한 기색이었다. 그쪽에서 이유를 묻기에, 나는 대답해주었다. 중앙 고속도로의 경로가 바뀔 예정이라 내가 운영 중인 주유소가 흥미로운 도전에 직면했는데, 나는 그 도전에 맞서는 날이 기대된다고. 본부 사람은 감탄한 목소리로 안타깝다고 말했다. 쉴라네 쪽 주유소에 내가 딱 맞는다고 진심으로 믿었다고 했다.

그날 늦게 쿠르트 올센이 주유소에 들렀다.

그는 카운터 앞에 양발을 벌리고 서서 검지와 엄지로 영화 〈이지 라이더〉 스타일의 콧수염을 쓰다듬으며, 내가 응대하던 손님이 나가 가게가 빌 때까지 기다렸다.

"안톤 모에가 너한테서 중대한 상해를 당했다고 신고했어."

"그것참 귀여운 표현이네." 내가 말했다.

"그럴지도 모르지. 네가 자기한테 어떤 비난을 했는지도 말했어. 그래서 내가 나탈리하고도 이야기를 해봤는데, 나탈리는 아버지가 자기 몸에 손을 댄 적이 없대."

"그럼 무슨 소리를 기대했어? 마침 물어보시니 말씀인데, 아버지가 실제로 나랑 그 짓을 해요, 그럴 줄 알았어?"

"강간을 의심하는 거라면 나는 결코……."

"세상에, 난 강간이라고 말한 적 없어. 엄밀히 따지자면. 그래도 그건 강간이야. 너도 잘 알 텐데."

"아니."

"어쩌면 나탈리는 자기가 제대로 저항하지 않아서 그렇게 된 거라고 생각할지도 몰라. 그 일이 시작됐을 때는 그냥 어린아이였는데도, 그게 잘못된 일이라는 걸 자기가 마땅히 알고 있어야 했다고 생각할 수도 있고."

"진정해. 너도 잘 모르……."

"잘 들어. 아이들은 부모의 행동이 모두 옳다고 생각해. 하지만 나탈리는 그 일을 비밀로 해야 한다는 말을 들은 것도 기억하고 있지. 그러니까 속으로는 그게 옳은 일이 아니라는 걸 알지도 몰라. 하지만 그 일을 비밀로 지키는 데 자기도 한몫을 했으니까, 하느님이나 경찰관에 대한 의리보다 가족에 대한 의리가 먼저니까, 자기도 일부 죄가 있다고 생각하는 거야. 그 애가 열여섯 살이 되면서 그 짐을 감당하기가 조금 편안해질지도 모르지. 자기가 자의로 이 일에 동참한 거라고 스스로를 설득한다면."

올센은 콧수염을 쓰다듬었다. "꼭 네가 사회학 공부를 하면서 모에의 집에 한동안 살았던 것 같다?"

나는 대답하지 않았다.

올센이 한숨을 내쉬었다. "열여섯 살짜리 애한테 아버지에게 불리한 증거를 내놓으라고 다그칠 수는 없어. 너도 그건 알아야지.

그리고 그 애는 무엇이든 자신이 한 말에 책임을 져야 하는 나이야."

"그럼 네 말은, 둘의 관계가 동의에 의한 것일 수도 있고 여자애가 이제는 법적으로 미성년자가 아니니 넌 그냥 모르는 척하겠다는 거야?"

"아냐!" 쿠르트 올센은 주위를 두리번거리며 가게에 다른 손님이 들어오지 않았는지 확인한 뒤 목소리를 낮췄다. "직계가족의 근친 강간은 그런 것과 상관없이 처벌할 수 있어. 설사 딸이 서른 살이고 둘이 100퍼센트 동의한 관계라 해도 모에는 징역 육 년을 받을 수 있다고. 하지만 아무도 입을 안 여는데 내가 그걸 어떻게 증명해? 내가 아버지를 체포해봤자 관련된 사람 모두의 인생을 파괴할 스캔들이 될 뿐이야. 엄청난 자원을 들여서 수사해도 유죄판결은 안 나올 거라고. 게다가 전국 신문에서 이 마을의 이름도 진흙탕을 구르게 되겠지."

너 역시 이름에 시커먼 먹칠을 하게 될 거라는 말도 덧붙이지 그래. 나는 속으로 생각했다. 하지만 올센의 얼굴과 목소리에 드러난 절망감이 진짜임을 나는 그의 표정을 보고 알 수 있었다.

"그러니 어쩔 수가 없잖아." 올센이 양팔을 벌리며 한숨을 내쉬었다.

"여자애를 아버지랑 떼어놔." 내가 말했다. "예를 들어, 노토덴으로 이사를 가게 한다든지."

올센은 내게서 시선을 돌려 신문 판매대만 뚫어져라 바라보았다. 거기에 아주 흥미로운 것이 있다는 듯이. 그 상태로 천천히 고개를 끄덕였다.

"어쨌든 그쪽에서 널 신고했으니 나도 뭔가 하기는 해야 돼. 너도 알지? 최고 형량은 징역 사 년이야."

"사 년?"

"턱뼈가 두 군데 부러졌고, 한쪽 귀에 영구적인 장애가 올 수 있대."

"그럼 아직 한쪽 귀가 남았네. 그쪽 귀에 대고 귓속말을 해줘. 그쪽에서 신고를 취하하면, 적어도 그자가 딸과 벌인 일을 사람들이 알게 되지는 않을 거라고. 나도 알고, 너도 알고, 그자도 알지. 그자가 신고한 이유는 딱 하나뿐이라는 걸. 자기가 신고하지 않으면, 내 말이 맞는 것처럼 보일 테니까."

"네 논리는 나도 알겠어, 로위. 하지만 경찰관으로서 나는 너 때문에 누군가가 움직이기 힘들게 됐다는 사실을 모른 척할 수는 없어."

나는 어깨를 으쓱했다. "정당방위야. 내가 손을 대기도 전에 그자가 먼저 망치로 나를 공격했어."

올센이 짧게 웃었지만, 그 웃음은 눈까지 미치지 못했다. "나더러 그 말을 믿으라는 거야? 지금까지 한 번도 문제를 일으킨 적이 없는 오순절교회파 신도가 로위 칼빈 오프가르를 공격했다고? 너는 사람을 흠씬 두들겨 패는 걸 무엇보다 좋아한다고 온 마을에 소문이 다 났는데?"

"네 머리와 눈을 써." 나는 양손을 펴서 카운터 위에 올려놓았다.

올센이 빤히 바라보았다. "그리고?"

"난 오른손잡이야. 나랑 싸워본 사람들이 모두 그렇게 말할 거야. 내가 오른손으로 자기들을 쓰러뜨렸다고. 그런데 왜 내 오른손에는 이 손가락을 제외하고 긁힌 자국 하나 없을까? 이게 다른 사람들 눈에 어떻게 보일지 모에한테 설명해줘. 자기가 먼저 나를 공격했다는 사실이 밝혀지면 자기 딸 문제뿐만 아니라 그 중대한 상해라는 것도 어떻게 보일지."

올센은 콧수염을 열심히 쓰다듬다가 고개를 한 번 끄덕였다. "그 놈이랑 얘기해볼게."

"고마워."

올센은 고개를 들어 내게 시선을 고정했다. 그의 눈에서 분노가 번득였다. 고맙다는 말을 놀림으로 받아들인 것 같았다. 그는 나를 위해서가 아니라 자신을 위해 이렇게 애쓰는 중이었다. 혹시 나탈리를 위해서나 이 마을을 위해서일 수는 있어도, 어쨌든 나를 위해서는 아닐 터였다.

"눈이 오래가지는 않을 거야." 그가 말했다.

"그래?" 나는 무심하게 말했다.

"다음 주 날씨가 온화하다는 예보가 나왔어."

카운티 의회 회의는 5시에 시작되었다. 집을 나서기 전에 칼은 섀넌, 나와 함께 산천어와 감자, 오이샐러드와 사워크림으로 식사를 했다. 내가 식당에서 이 음식들을 내놓았다.

"요리를 잘하시네요." 섀넌이 식탁을 치우며 말했다.

"고마워요. 하지만 정말 간단한 요리였는데요." 나는 멀어져가는 캐딜락의 엔진 소리에 귀를 기울이며 대답했다.

우리는 거실에 앉아 내가 끓인 커피를 마셨다.

"호텔이 첫 번째 의제예요." 나는 시계를 흘깃 보며 말했다. "그러니까 칼이 곧 연단에 설 겁니다. 우리는 그저 칼이 klare brasene 하기를 바라며 행운을 비는 수밖에요."

"Klare brasene?" 섀넌이 말했다.

"아직 못 들어본 표현인가요? 어려움을 극복한다는 뜻이에요."

"Braser가 뭐예요?"

"모르겠는데요. 뭔가 바다와 관련된 말일 거예요. 내 관심사는 아니네요."

"포도주를 좀 마셔야겠어요." 섀넌은 부엌으로 가서 잔 두 개와 칼이 차갑게 식히려고 냉장고에 넣어둔 스파클링와인 한 병을 가지고 돌아왔다.

"그럼 로위의 관심사는 뭐예요?"

"내 관심사요?" 나는 병을 따는 그녀의 모습을 지켜보며 말했다. "제 소유의 주유소를 원하고…… 음, 대충 그 정도인 것 같네요."

"아내나 아이들은?"

"자연히 생기는 거라면 오케이예요."

"왜 한 번도 연애를 안 했어요?"

나는 어깨를 으쓱했다. "연애에 필요한 게 나한테는 없는 것 같아요."

"매력적이지 않다는 뜻인가요? 그런 뜻으로 말한 거예요?"

"반쯤 농담이긴 했는데, 그게 맞아요."

"내가 분명히 말하지만, 그렇지 않아요, 로위. 당신한테 미안해서 하는 말이 아니라, 사실대로 말하는 거예요."

"사실?" 나는 그녀가 내민 잔을 받아 들었다. "그런 건 원래 주관적이지 않아요?"

"주관적인 것도 있죠. 남자의 매력은 상대방 여자의 취향에 따라 제 눈의 안경으로 결정될 때가 많을걸요, 아마. 여자의 매력과는 다르게."

"그게 불공평하다고 생각하나요?"

"남자는 외모가 덜 중요하니까 더 자유로울지도 모르죠. 하지만 그만큼 사회적 지위가 더 중요해지니까요. 여자들이 외모로 평가받는 게 싫다고 투덜거린다면, 남자들은 출세에 대한 압박이 괴롭다고 투덜거려야 마땅해요."

"만약 미모도 지위도 없는 사람이라면?"

섀넌은 신발을 아무렇게나 벗어버리고 의자 위에 발을 올렸다. 그리고 포도주를 길게 한 모금 마셨다. 이 순간을 즐기고 있는 것 같았다.

"미모와 마찬가지로 지위를 측정하는 척도도 다양해요." 그녀가 말했다. "찢어지게 가난한 화가라도 천재라면 하렘을 거느릴 수 있을지 모르죠. 여자들은 수완이 좋은 남자, 무리에서 두드러지는 남자에게 끌리거든요. 미모도 지위도 없다면, 매력이나 성격, 유머 같은 다른 특징으로 그 부분을 보충해야 해요."

나는 웃음을 터뜨렸다. "내 점수가 바로 거기에 있다, 그렇게 생각하는 거예요?"

"네." 그녀는 간단히 대답했다. "건배."

"건배. 그리고 눈물나게 고맙네요." 나는 이렇게 말하면서 잔을 들어 올렸다. 작은 거품들이 내게 뭔가 속삭이는 것 같았지만 나는 그 말을 알아들을 수 없었다.

"천만에요."

"그럼 칼한테는, 어떤 점을 보고 반한 거예요? 외모, 지위, 매력 중에서." 나는 이 말을 하면서 내 잔이 거의 빈 것을 보고 깜짝 놀랐다.

"불안함이죠." 섀넌이 말했다. "상냥함도 있고요. 그게 칼이 아름다운 부분이에요."

나는 오른손을 들어 경고하듯 검지를 흔들려고 했지만 붕대가 감긴 중지를 구부릴 수가 없어서 대신 왼손을 사용했다. "그런 식으로 다원주의적인 번식 이론을 내세우면서 동시에 자신은 예외라고 주장하면 안 되죠. 불안함과 상냥함으로는 부족해요."

샤넌은 웃으면서 우리 둘의 잔을 다시 채웠다. "물론 맞는 말씀이지만, 내 감정이 그런 걸 어쩌겠어요. 나의 합리적인 두뇌는 틀림없이 내 자식에게 좋은 아버지가 되어줄 사람을 찾고 있겠지만, 산만하고 인간적인 부분은 이 약한 남자에게서 아름다움을 보고 사랑에 빠져버렸는데요."

나는 고개를 저었다. "외모, 지위, 아니면 그걸 보충하는 다른 특징."

"잠깐만요." 샤넌은 탁자의 램프 불빛 앞으로 잔을 들어 올리며 말했다. "외모예요."

나는 아무 말 없이 고개를 끄덕이며, 숲에서 함께 있었다는 칼과 그레테를 생각했다. 그녀의 재킷이 불길하게 비벼지다가 찢어지는 모습. 그 외에 다른 소리도 들렸다. 철썩거리는 소리. 소가 수렁에 빠졌을 때처럼. 부드러운 젖가슴. 율리. 나는 억지로 이 생각을 밀어냈다.

"물론 미모가 절대적인 건 아니에요." 샤넌이 말했다. "그냥 우리가, 우리들 각자가 그렇다고 말하는 거죠. 미모에는 언제나 맥락이 있어요. 예전에 우리가 경험했던 것과 관련되어 있다고요. 우리가 느끼고 학습해서 한데 꿰맞춘 모든 것. 전 세계 사람들은 자기네 국가國歌가 세계 최고이고, 자기 엄마의 요리 솜씨도 세계 최고이고, 자기 도시에서 가장 아름다운 여자가 세계 최고의 미녀라고 생각하는 경향이 있어요. 새롭고 낯선 음악을 처음 들었을 때 우리는 그걸 좋아하지 않아요. 그러니까, 진짜로 낯선 음악을 말하는 거예요. 완전히 처음 듣는 음악을 좋아한다거나 심지어 사랑한다고까지 말하는 사람들이 있는 건, 이국적인 거라는 부분이 마음에 들어서예요. 자극적이거든요. 게다가 이웃들보다 더 뛰어난 감수성과 우주적 이해 능력을 갖고 있다는 기분도 느낄 수 있고요. 하지만 사실은 그게 무의식적으로 익숙한 음악이라서 좋아하는 거예요. 한때는 새로웠던 것도 시간이 흐르면 경험의 일부가 되죠. 그리고 사랑스럽고 아름다운 것에 대한 조건적인 학습, 즉 미학적인 감각의 일부가 되는 거예요. 20세기 초에 미국 영화는 전 세계 사람들에게 백인 영화배우들에게서 아름다움을 찾으라고 가르치기 시작했어요. 나중에 세월이 흐른 뒤에는 흑인 영화배우들도 거기에 포함되었죠. 지난 오십 년 동안에는 아시아 영화들도 자기네 스타들에 대해 똑같은 가르침을 설파했어요. 하지만 그들의 아름다움이 반드시 대중에게 어느 정도 익숙한 것이어야 하기 때문에, 아시아 배우가 지나치게 아시아인 같으면 안 돼요. 아름다움에 대한 기존의 인식, 여전히 백인으로 고정돼 있는 이상적인 모습과 비슷한 구석이 있어야 된다고요. 이런 관점에서 보면, 미학적인 의미의 '감각'이라는 단어는 아무리 좋게 봐줘도 부정확해요. 우리는 시각과 청각을 갖고 태어나지만, 미학적인 면에서는 모두 백지에서부터 시작해요. 우리는……."

그녀는 갑자기 말을 멈추고 스치듯이 미소를 짓더니 잔을 입술로 들어 올렸다. 아무래도 별로 관심이 없을 것 같은 사람을 상대로 강의를 하고 있다는 사실을 깨달은 듯했다. 우리는 한동안 침묵 속에 앉아 있었다. 그러다 내가 기침 소리를 냈다.

"어디선가 읽었는데, 모든 사람이, 심지어 가장 고립돼서 살아가는 부족조차도, 좌우 대칭인 얼굴을 좋아한대요. 그렇다면 선천적인 감각도 조금은 있다는 뜻 아닌가요?"

섀넌이 나를 바라보다가 미소를 지으며 몸을 앞으로 기울였다.

"그럴지도 모르죠. 하지만 좌우 대칭에 관련된 규칙들이 워낙 단순하고 엄격하기 때문에, 전 세계 사람들이 그 부분에 대해 같은 취향을 갖고 있는 게 놀라운 일은 아니에요. 신적인 존재에 대한 믿음에 사람들이 쉽게 의지하는 것과 같아요. 보편적이지만 선천적이지는 않다는 뜻이에요."

"그럼 만약 내가 당신이 예쁘다고 생각한다고 말한다면요?" 그냥 무심결에 내 입에서 이 말이 튀어나갔다.

처음에 그녀는 놀란 표정이다가 자신의 늘어진 눈을 가리켰다. 그러고는 따뜻하지도 어둡지도 않지만, 냉혹한 금속성 목소리로 입을 열었다. "그럼 그건 거짓말이거나, 아니면 당신이 아름다움이라는 개념의 가장 기본적인 원칙도 이해하지 못했다는 뜻이 되겠죠."

내가 선을 넘었다는 깨달음이 왔다. "그러니까 원칙이 있기는 하네요?" 나는 원래 있던 곳으로 다시 돌아오려고 애썼다.

섀넌은 이대로 그냥 넘어갈지 어떨지를 결정하려는 듯 나를 바라보았다. "좌우 대칭." 마침내 그녀가 말했다. "황금 비율. 자연을 흉내 낸 형태. 보색. 화음."

나는 고개를 끄덕였다. 대화가 다시 제 궤도로 돌아온 것 같아 마음이 놓였지만, 조금 전의 실수를 나 자신이 쉽사리 용서할 수 없을 것이라는 확신이 들었다.

"아니면 건축의 경우, 기능적인 형태가 있죠." 섀넌이 계속 말을 이었다. "사실 그건 자연을 흉내 낸 형태랑 같아요. 벌집의 육각형 구조. 비버가 쌓는 둑. 여우 굴의 구조. 딱따구리가 구멍을 파서 만든 둥지. 이건 결국 다른 새들의 집이 되지만요. 어쨌든 이것들은 모두 아름다움을 위해 만들어진 것이 아닌데도 아름다워요. 살기 좋은 집도 아름답죠. 그렇게 간단한 거예요."

"주유소는 어때요?"

"그것도 아름다울 수 있죠. 우리가 찬양할 만하다고 생각하는 기능을 갖고 있다면."

"그럼 교수대는……?"

섀넌이 빙긋 웃었다. "……사형이 필요하다는 인식이 존재하는 한 아름다울 수 있어요."

"그런 식으로 생각하려면 반드시 사형수를 미워해야 하는 것 아닌가요?"

섀넌은 생각에 잠긴 사람처럼 입술을 핥았다. "그냥 사형이 필요하다고 생각하는 정도로 충분할 것 같네요."

"하지만 캐딜락도 아름답죠." 나는 포도주를 더 따르면서 말했다. "현대적인 자동차들에 비하면 딱히 기능적인 형태가 아니더라도."

"그 차의 선은 자연을 흉내 낸 거예요. 독수리처럼 날 수 있게, 하이에나처럼 이를 드러낼 수 있게, 상어처럼 물살을 가를 수 있게 만들어진 것 같거든요. 공기역학에 따라 만들어져서, 우리를 우주로 데려다줄 로켓엔진이 들어갈 공간이 그 안에 있을 것 같아요."

"하지만 형태는 기능에 대해 거짓을 말해요. 우리는 그걸 알죠. 그런데도 여전히 아름답다고 생각하고요."

"음, 무신론자들도 교회를 아름답다고 생각할 수 있으니까요. 하지만 신자들의 눈에는 아마 교회가 훨씬 더 아름답게 보이겠죠. 영생을 함께 연상할 테니까. 유전자를 후손에게 전달하고 싶은 남자가 여성의 몸에 반응하는 것처럼요. 여자가 불임이라는 사실을 남자가 안다면, 자기도 모르는 사이에 그 여성의 육체에 대한 남자의 욕망이 조금 줄어들 거예요."

"그럴까요?"

"시험해볼 수도 있어요."

"어떻게요?"

그녀가 힘없는 미소를 지었다. "난 자궁내막증을 앓고 있어요."

"그게 뭔데요?"

"원래 자궁내막의 조직세포와 비슷한 세포들이 자궁 밖에서 자라는 병이에요. 내가 임신할 가능성이 희박하다는 뜻이죠. 내부에 뭔가 부족하다는 인식이 외면의 매력을 감소시킨다는 말에 동의하시나요?"

나는 그녀를 바라보았다. "아뇨."

그녀는 미소를 지었다. "그건 피상적인 의식이 내놓는 대답이네요. 무의식이 그 정보를 어떻게 소화하는지 시간을 좀 두고 지켜보세요."

보통 눈처럼 하얀 그녀의 뺨이 불그스름해진 건 포도주 때문일 수도 있었다. 내가 막 대답을 하려는데 그녀의 웃음소리가 나를 방해했다.

"어차피 당신은 내 시아주버니니까 실험 대상으로는 별로 적합하지 않아요."

나는 고개를 끄덕이고는 일어나서 시디플레이어로 다가가 J. J. 케일의 〈내추럴리〉를 틀었다.

우리는 조용히 음반을 들었다. 노래가 모두 끝났을 때, 섀넌이 처음부터 다시 듣자고 말했다.

'낯선 사람에게 가지 마'가 한창 흘러나올 때 문이 열리더니 칼이 문 앞에 서 있었다. 진지하고 체념한 듯한 표정을 한 그가 스파클링와인병을 고갯짓으로 가리켰다.

"저거 왜 열었어?" 그가 가라앉은 목소리로 물었다.

"여기에 호텔이 필요하다고 카운티 의회를 설득하는 데 당신이 성공할 줄 알고 있었으니까." 섀넌이 잔을 들어 올리며 말했다. "당신이 원하는 만큼 오두막을 지어도 좋다고 허락해줄 테니 미리 축하하고 있었지."

"지금 내 얼굴이 그렇게 보여?" 칼이 우울한 표정으로 우리를 빤히 바라보며 말했다.

"당신 지금 아주 형편없는 배우 같아." 섀넌은 이렇게 말하고 나서 술을 한 모금 마셨다. "가서 잔이나 하나 가져와, 여보."

칼의 가면이 깨졌다. 그는 크게 웃으며 양팔을 활짝 벌리고 우리에게 다가왔다. "반대표는 딱 하나뿐이었어. 다들 좋아했다고!"

남은 스파클링와인을 거의 혼자 마시다시피 하면서 회의에서 있었던 일들을 생생하게 묘사하는 칼의 머리 위에 열의가 후광처럼 떠 있는 것 같았다.

"다들 한마디도 안 빼놓고 열심히 들었어. 그러다 한 명이 뭐라고 했는지 알아? '우리 좌익당에서는 늘 무엇이든 더 잘할 수 있다는 말을 하는데, 오늘 보니 누구도 이보다 더 잘할 수는 없겠는걸.' 다들 구획 획정 계획에 즉석에서 동의했기 때문에, 우리가 이제 오두막을 지을 수 있게 되었지." 칼은 창문을 가리켰다. "회의가 끝난 뒤에 빌룸센이 나한테 와서 축하한다고 하더라고. 내가 우리 가족

275

을 부자로 만들 뿐만 아니라, 모든 마을 사람들의 농경지를 딴 유전처럼 바꿔놓을 거라면서. 자기가 산을 더 많이 소유하지 못한 게 이렇게 안타까울 수가 없대. 그러고는 즉석에서 우리 땅 가격으로 3백만을 제시했어."

"그래서 넌 뭐라고 했어?" 내가 물었다.

"그 가격이 어제의 땅 가격보다 두 배인지는 몰라도, 지금은 가격이 이미 열 배로 치솟았다고 했지. 아니, 오십 배지! 건배!"

섀넌과 나는 각각 빈 잔을 들어 올렸다.

"호텔은 어떻게 됐어?" 섀넌이 물었다.

"완전 좋아했어. 진짜. 우리 계획에 수정을 요구한 것도 아주 미미한 수준이야."

"수정?" 섀넌의 연한 오른쪽 눈썹이 치켜 올라갔다.

"그게 좀…… 빈약하다고 생각한 모양이야. 아마 이 표현이 맞을 거야. 노르웨이의 색채를 조금 더 넣어달라고 했어. 신경 쓸 정도는 아니야."

"노르웨이의 색채? 그게 무슨 뜻이야?"

"세세한 부분을 말하는 거야. 뗏장을 덮은 지붕이라든가, 여기저기 목재를 넣어달라든가. 입구 양편의 숲속에 커다란 트롤 조각상을 세워달라는 말도 있었어. 다 그런 웃기는 얘기들이지, 뭐."

"그래서?"

칼은 어깨를 으쓱했다. "좋다고 했어. 별로 어려운 일도 아니라고." 그는 뒤의 말을 영어로 했다.

"뭘 어떻게 했다고?"

"이봐, 자기야, 그런 건 심리적인 문제야. 사람들은 자기가 칼자루를 쥔 기분을 느끼고 싶어해. 외국에서 이제 막 돌아온 시끄러운 녀석에게 아무렇게나 질질 끌려가는 농사꾼이 아니라는 거지, 알겠어? 그러니까 우리가 그 사람들한테 뭔가를 내놓아야 해. 내가 그런 양보를 하면서 비용이 많이 드는 것처럼 굴었으니까, 이제 그 사람들은 나를 최대한 밀어붙인 줄 알고 다른 걸 요구하지 않을 거야."

"타협은 없다며." 섀넌이 말했다. "약속했잖아." 칼을 노려보는 그녀의 눈빛이 번득였다.

"진정해, 자기야. 한 달 뒤에 우리가 첫 삽을 뜰 때는 분명히 운전석에 앉아 있을 거야. 그때 우리가 그런 B급 물건들을 사용할 수 없는 이유를 현실적으로 설명하면 돼. 그때까지는 그 사람들이 원하는 걸 손에 쥘 수 있다고 생각하게 돼."

"당신이 모두에게 원하는 걸 손에 쥘 수 있다는 생각을 심어주는 것처럼?"

내가 그녀에게서 한 번도 들어보지 못한 싸늘한 목소리였다.

칼은 의자에 앉은 채 몸을 꼼지락거렸다. "자기야, 지금은 축하할 때지 이런……."

섀넌이 갑자기 벌떡 일어나 밖으로 나가버렸다.

"이게 다 무슨 일이야?" 현관문이 쾅 닫히는 소리를 들으며 내가 물었다.

칼은 한숨을 내쉬었다. "이게 섀넌의 호텔이거든."

"섀넌의 호텔?"

"섀넌이 설계했어."

"섀넌이 설계해? 건축가가 아니라?"

"섀넌이 건축가야, 로위."

"그래?"

"토론토 최고의 건축가라고 해도 돼. 하지만 자기 나름의 스타일과 주장이 있고, 불행히도 하워드 로아크를 조금 닮았어."

"하워드 뭐?"

"그 사람도 건축가인데, 자기가 설계한 그대로 지어지지 않았다는 이유로 건물을 폭파해버렸어. 섀넌도 세세한 부분 하나하나를 놓고 까다롭게 굴 거야. 조금만 더 성격이 유연했으면 토론토 최고의 건축가일 뿐만 아니라 가장 일이 많은 건축가가 되었을 텐데."

"이게 그렇게 중요한 문제 같지는 않지만, 넌 도대체 왜 섀넌이 그 호텔을 설계했다는 말을 안 한 거야?"

칼은 한숨을 내쉬었다. "설계도 서명란의 이름은 섀넌이 다니는 회사 이름이거든. 난 그거면 될 줄 알았어. 프로젝트 팀장이 젊은 외국인 아내한테 설계를 맡기면, 사람들은 그 프로젝트에 전문성이 부족하다고 자동적으로 의심할 것 아냐. 물론 섀넌의 경력을 알면 모든 문제가 사라지겠지만, 나는 투자자와 카운티 의회의 마음을 확보할 때까지 굳이 소란을 피우지 않아도 되지 않나, 하고 생각했어. 섀넌도 동의했고."

"그건 알았어. 그런데 왜 너희 둘 다 나한테 말 안 한 거야?"

칼은 양팔을 벌렸다. "그러면 형도 사람들한테 거짓말을 하며 돌아다녀야 하잖아. 아니, 내 말은, 거짓말이 아니긴 하지. 섀넌이 다니는 회사 이름이 거기 있으니까. 하지만…… 뭐, 형도 알잖아."

"문제가 될 만한 부분이 그렇게 많지 않다? 엉뚱한 말이 퍼져나갈 위험도 줄이자?"

"아, 진짜, 로위." 칼은 그 슬프고 아름다운 눈으로 나를 바라보았다. "난 지금 백만 개나 되는 공으로 곡예를 부리는 곡예사와 같아. 그러니까 정신이 산만해질 일을 최소한으로 줄이려는 것뿐이라고.”

나는 이를 빨듯이 숨을 들이쉬었다. 얼마 전부터 내게 이런 버릇
이 생긴 것 같았다. 옛날에 아빠한테도 같은 버릇이 있었는데, 그
때는 짜증스러웠다. “알았어.” 내가 말했다.

“그래.”

“공이니 정신이 산만해질 일이니 하니까 생각나는데, 내가 며칠
전에 병원에 갔다가 마리를 만났어. 날 보고 얼굴을 붉히던데.”

“아, 그래?”

“뭘 부끄러워하는 사람 같았어.”

“뭘?”

“모르지. 하지만 너랑 그레테랑 그런 일이 있고 네가 미국으로
간 뒤에 마리는 너한테 복수하려고 했어.”

“무슨 짓을 했는데?”

나는 깊이 숨을 들이쉬었다. “나한테 들이댔지.”

“형한테?” 칼이 박장대소를 터뜨렸다. “그러면서 나한테는 형한
테 모든 걸 말해주지 않았다고 투덜거린 거야?”

“그게 마리가 원한 거였어. 네가 그걸 알아내고 마음의 상처를
입는 거.”

칼은 고개를 저으며 사투리가 섞인 말씨로 말했다. “여자의 한을
얕보면 안 된다니까. 그래서 형은 받아들였어?”

“아니. 수치심에 시뻘게진 얼굴을 보니까, 마리가 절대 원하는
대로 복수를 못 할 것 같다는 생각이 들었어. 마리 오스는 잘 잊는
편이 아니니까, 그때 그 일이 지금도 무슨 포낭처럼 안에 들어 있
을 거야. 그러니까 네가 마리를 조심하는 게 좋을 것 같아.”

“마리가 무슨 계획이라도 꾸미는 것 같아?”

"이미 실행했을지도 모르지. 너랑 가족인 나를 보고 수치심을 느낄 만큼 극단적인 일을."

칼은 턱을 문질렀다. "예를 들면, 우리 계획에 영향을 미칠 만한 일?"

"네 일을 망치려고 모종의 수를 썼는지도 몰라. 그냥 내 생각을 말하는 거야."

"형이 그런 생각을 하는 근거는 우연히 마주쳤을 때 마리가 얼굴을 붉혔다는 거고?"

"바보 같은 소리인 줄은 알아. 하지만 마리는 얼굴을 잘 붉히는 성격이 아니잖아. 우리가 잘 알지. 자신감이 넘쳐서 좀처럼 당황하는 법이 없어. 게다가 도덕주의자이기도 하지. 네가 베르나르 삼촌한테서 훔친 돈으로 마리한테 목걸이를 사줬을 때 기억나?"

칼은 고개를 끄덕였다.

"마리가 그때랑 비슷했어. 자기도 잘못인 줄 아는 일에 동참했는데, 이제는 너무 늦어서 후회할 수도 없다고 생각하는 사람 같았다고."

"알아들었어. 마리를 조심할게."

나는 일찍 잠자리에 들었다. 바닥을 통해 거실에 있는 칼과 섀넌의 말소리가 들려왔다. 말을 이해할 수 있는 정도는 아니고, 그저 싸우는 소리뿐이었다. 그러다 조용해졌다. 계단을 오르는 발소리, 침실 문이 닫히는 소리. 그리고 섹스.

나는 베개로 귀를 막고 J. J. 케일의 '낯선 사람에게 가지 마'를 속으로 불렀다.

19

눈이 녹았다.

나는 부엌 창가에서 밖을 내다보았다.

"칼은 어디 있어요?" 내가 물었다.

"업자들과 얘기 중이에요." 섀넌이 말했다. 그녀는 뒤의 조리대에 올라앉아서 〈오스 데일리〉를 읽고 있었다. "아마 현장에 있을걸요."

"건축가도 거기 있어야 하는 것 아니에요?"

섀넌은 어깨를 으쓱했다. "칼이 혼자 처리하고 싶대요."

"신문에서는 뭐래요?"

"카운티 의회가 수문을 열었대요. 오스가 부유한 도시민들의 휴일 캠프가 되고, 우리는 하인이 될 거라네요. 정말로 우리의 손길이 필요한 사람들을 위해 난민캠프를 짓는 편이 더 나을 거래요."

"세상에, 그거 단 크라네의 말이에요?"

"어느 독자가 보낸 글이라는데, 이걸 아주 눈에 잘 보이게 실은 데다가 이 기사가 어느 면에 있는지 1면에도 박아놨어요."

"크라네의 사설은 어때요?"

"아르만 목사라는 사람에 대한 이야기예요. 부흥회랑 기적적인 치유 이야기. 그 사람이 헌금 통을 꽉 채워서 오스를 떠나고 일주일 뒤에, 그 사람이 치료해준 사람들이 다시 휠체어 신세가 됐대요."

나는 웃음을 터뜨리며, 부달 호수 남쪽 끝에 있는 오테르틴 산 위의 하늘을 살펴보았다. 서로 어긋나는 징조들이 가득해서 오늘 날씨가 어떨지 짐작하기 힘들었다. "크라네가 칼을 직접 비난할 수는 없었나 보죠." 내가 말했다. "반면 그럴 용기가 있는 사람들한테는 지면을 팍팍 내어주고요."

"어쨌든 우리가 그쪽을 너무 경계할 필요는 없을 것 같아요." 섀넌이 말했다.

"그쪽은 그럴지도 모르죠." 나는 섀넌을 향해 돌아섰다. "쿠르트 올센이 뭘 찾으려 하는지 알아낼 수 있을 것 같다는 생각이 여전하다면, 이제 딱 좋은 시기가 온 건지도 몰라요."

프리트팔은 고객의 규모에 좌우되는 술집이었다. 이 술집이 모든 사람의 취향을 만족시키려고 애썼다는 뜻이다. 맥주로 갈증을 해소하는 사람들을 위한 스툴이 놓인 긴 바, 식사를 하는 사람들을 위한 작은 원탁들, 몸을 움직이고 싶은 사람들을 위해 디스코 조명이 돌아가는 작은 무도장, 잠시도 가만히 있지 못하는 사람들을 위한 당구대와 내기 전표, 쿠폰, 승리의 희망을 품은 사람들에게 경마를 보여주는 텔레비전. 가끔 탁자 사이를 우쭐거리며 돌아다니는 검은 수탉이 어떤 손님들을 위한 존재인지는 모르겠지만, 누구도 녀석을 귀찮게 여기지 않았고 녀석을 귀찮게 하지도 않았다. 녀석은 맥주 주문을 받지도 않고, 지오반니라고 이름을 불러도 반응을 보이지 않았다. 하지만 지오반니가 죽으면 분명히 아쉬워할 사람들이 있을 것이다. 에릭 네렐은 녀석이 조금 질기지만 먹을 만한 코코뱅*이 되어 단골들 앞에 놓일 것이라고 말했다.

섀넌과 나는 3시에 그 술집에 들어섰다. 지오반니는 어디에도 보이지 않았고, 남자 둘이 텔레비전을 열심히 보고 있을 뿐이었다. 자갈을 깐 경주로에서 말들이 갈기를 휘날리며 떼 지어 달렸다. 우리는 창가 탁자에 앉았다. 나는 미리 의논한 대로 섀넌의 노트북컴퓨터를 꺼내 탁자에 놓고 자리에서 일어나 바로 걸어갔다. 우리가 들어올 때부터 에릭 네렐이 거기서 〈오스 데일리〉를 읽는 척하며 우리를 지켜보고 있었다.

"커피 둘." 내가 말했다.

"오케이." 에릭이 검은 보온 통의 꼭지 아래에 컵을 놓고 꼭지를 눌렀다.

"어떻게 돌아가?" 내가 말했다.

에릭이 이상한 표정으로 나를 바라보았다. 나는 고갯짓으로 신문을 가리켰다.

"아, 그거." 에릭이 말했다. "아니. 뭐, 사실……." 에릭이 새 잔을 놓았다. "아냐."

내가 커피를 가지고 자리로 돌아가니 섀넌이 이미 컴퓨터를 켜놓은 뒤였다. 나는 그녀 옆에 앉았다. 다소 음침해 보이는 화면보호기 속의 직사각형 고층 건물이 내 눈에는 평범해 보였지만, 섀넌은 걸작이라고 설명했다. 시카고에 있는 IBM 빌딩. 섀넌은 미스라는 사람이 그것을 설계했다고 말했다.

---

* 닭고기와 채소를 포도주로 조린 프랑스 요리.

나는 주위를 둘러보았다. "오케이. 어떻게 하고 싶어요?"

"우리가 커피를 마시면서 그냥 잡담을 나누면 돼요. 그건 그렇고 이 커피 정말 끔찍하네요. 하지만 저 사람이 우리를 보고 있으니까 내가 싫은 표정을 짓지는 않을 거예요."

"에릭 말이에요?"

"네. 그리고 텔레비전 앞의 두 사람도. 당신은 커피를 다 마신 뒤에 노트북컴퓨터를 차지하고, 화면 속 뭔가에 아주 몰두한 척하면서 가끔 자판을 눌러주세요. 절대 시선을 들지 말고 나머지는 나한테 맡겨요."

"알았어요." 나는 이렇게 말하고 나서 커피를 벌컥벌컥 마셨다. 섀넌이 옳았다. 화학적으로 반감이 느껴지는 맛이었다. 그냥 뜨거운 물이 더 맛있었을 것이다. "내가 구글로 자궁내막증을 찾아봤어요. 구식 방법이 효과가 없으면, 인공수정을 시도할 수 있다고 되어 있던데요. 칼이랑 그 방법을 생각해봤어요?"

섀넌은 한쪽 눈을 크게 떴다. 몹시 화가 난 표정이었다.

"가벼운 잡담을 나누라면서요." 내가 말했다.

"그건 가벼운 잡담이 아니잖아요." 섀넌이 낮은 목소리로 거칠게 말했다. "무거운 얘기죠."

"원한다면 주유소 얘기를 할 수도 있어요." 나는 어깨를 으쓱하며 말했다. "아니면 오른손 중지가 뻣뻣할 때 생기는 우습고 굴욕적인 문제도 있고요."

섀넌이 빙긋 웃었다. 그녀의 기분은 해발 2천 미터를 넘어선 산속의 날씨처럼 종잡을 수 없었지만, 그 미소가 나를 감쌀 때면 마치 따뜻한 욕조에 들어가는 것 같았다.

"난 정말 아이를 낳고 싶어요." 섀넌이 말했다. "무엇보다 원하는 게 그거예요. 물론 머리가 아니라 마음으로."

섀넌은 내 어깨 너머로 에릭이 있는 쪽을 바라보았다. 그리고 상대도 자신을 마주 바라본 것처럼 미소를 지었다. 쿠르트가 찾는 것이 무엇인지 에릭이 모른다면 어쩌지? 여기에 온 것이 잘한 일인지 이제는 그리 자신할 수 없었다.

"당신은 어때요?" 섀넌이 물었다.

"나요?"

"아이들 말이에요."

"아, 이런, 그렇죠. 그거야, 난 그저……."

"그저?"

"내가 아버지 노릇을 잘할지 잘 모르겠어요."

"틀림없이 좋은 아빠가 될 거예요, 로위."

"적어도 내게 없는 것을 모두 메워줄 수 있는 엄마가 있어야겠죠. 주유소를 운영하는 일이 시간을 얼마나 잡아먹는지도 이해해주는 사람이어야 하고요."

"아빠가 되고 나면, 온 세상에 주유소밖에 없는 것처럼 구는 그 태도도 바뀔걸요."

"당신은 세상에 산화알루미늄으로 지은 고층 건물밖에 없는 것처럼 굴잖아요."

섀넌이 빙긋 웃었다. "지금이에요."

나는 그녀와 순간적으로 눈을 마주친 뒤 컴퓨터를 가져와서 워드 문서를 열어 글을 쓰기 시작했다. 단어가 생각나는 대로 자판을 누르면서 철자법에만 신경을 썼다. 한동안 그러고 있다 보니 섀넌이 일어나 걸어가는 소리가 들렸다. 그녀가 엉덩이를 평소보다 더 살랑거리며 걷고 있을 거라는 사실은 굳이 보지 않아도 알 수 있었다. 그 망할 놈의 걸음걸이. 바를 등지고 앉은 내 귀에 스툴 다리가 바닥을 긁는 소리가 들렸다. 그녀가 그 의자에 앉아 에릭 네렐과 수다를 떨기 시작했을 것이다. 전에 칼의 귀향을 축하하는 파티 때처럼 에릭의 눈은 오늘도 섀넌에게 못 박혀 있을 터였다. 내가 그렇게 앉아서 철자법 연습에 깊이 빠져 있는데, 누군가가 내 맞은편 의자에 늘어지듯 앉았다. 순간적으로 나는 섀넌인 줄 알았다. 계획을 완수하지 못하고 벌써 돌아왔나 싶으면서도, 역설적으로 묘한 안도감이 들었다. 하지만 그 사람은 섀넌이 아니었다.

"안녕." 그레테가 말했다.

가장 먼저 눈에 들어온 것은 그녀의 파마머리가 이제 금발로 변했다는 사실이었다.

"안녕." 나는 그 짧은 단어 하나로 내가 지금 말도 못 하게 무지무지 바쁘다는 뜻을 전하려고 했다.

"이런, 이런, 예쁜 게 작업도 잘 거네." 그레테가 말했다.

내 시선이 자동적으로 그레테의 시선을 따라갔다.

섀넌과 에릭이 서로를 향해 몸을 기울이고 있었다. 두 사람이 앉은 곳의 위치 때문에 우리에게는 옆모습만 보였다. 섀넌은 에릭의 말에 웃음을 터뜨렸다. 조금 전의 나처럼 에릭도 따뜻한 욕조에 들어가는 것 같은 기분을 즐기는 것이 보였다. 순전히 그레테가 '예쁜 게'라고 말했기 때문일 수도 있지만, 이제는 정말로 내 눈에도 보였다. 섀넌 알레인 오프가르는 그냥 예쁘기만 한 것이 아니라, 아름답다는 사실. 그녀는 독특한 방식으로 빛을 흡수하면서 동시에 반사했다. 나는 정신 나간 놈처럼 그녀에게서 눈을 뗄 수 없었다. 그레테의 목소리가 다시 들릴 때까지.

"이런."

나는 그녀에게 시선을 돌렸다. 그녀는 이제 새넌이 아니라 나를 보고 있었다.

"뭐?"

"아무것도 아냐." 그레테의 지렁이 같은 입술이 살짝 심술궂은 미소를 짓고 있었다. "칼은 오늘 어디 갔어?"

"호텔 현장에 있을걸."

그레테는 고개를 저었다. 나는 그녀가 어떻게 그 답을 알았는지 생각하지 않으려고 했다.

"그럼 나도 몰라. 동업자들이랑 얘기하고 있으려나."

"그럴 수도 있겠다." 그레테는 여기서 말을 더 해야 할지 고민하는 것 같았다.

"네가 프리트팔 단골인 줄은 몰랐어." 나는 화제를 바꾸려고 말을 건넸다.

그레테는 들어오는 길에 텔레비전 아래의 탁자에서 가져왔음이 분명한 쿠폰 한 줌을 들어 보였다. "아빠한테 드리려고. 말 대신 호텔에 후원할까 생각 중이라고 하시지만. 원칙은 똑같아. 아빠에 따르면. 최소의 지출로 큰 이윤을 올릴 가능성. 이게 맞아?"

"지출 쪽은 아니야." 내가 말했다. "어느 정도 이윤을 올릴 가능성은 있지. 하지만 무거운 청구서를 받게 될 가능성도 있어. 최악의 상황이 벌어졌을 때 감당할 수 있을지를 먼저 확인해보시라고 해."

"무슨 뜻이야?"

"일이 전부 엎어졌을 때를 말하는 거야."

"아, 그거." 그레테는 쿠폰을 가방에 넣었다. "내 생각에는 칼의 영업 솜씨가 너보다 좋은 것 같다, 로위." 그레테는 나를 올려다보며 빙긋 웃었다. "하기야 칼은 언제나 그랬지. 안부나 전해줘. 그리고 칼의 저 바비인형 잘 지켜보고. 에릭을 너무 녹여버릴 것 같으니까."

나는 고개를 돌려 섀넌과 에릭을 보았다. 두 사람 모두 휴대전화를 꺼내 들고 글자를 입력하는 중이었다. 내가 다시 시선을 돌렸을 때, 그레테는 이미 문으로 향하고 있었다.

나는 컴퓨터 화면에 내가 쓴 글자들을 읽기 시작했다. 젠장. 내가 완전히 정신이 나갔나? 스툴이 바닥을 긁는 소리가 다시 들려서 나는 그 문서를 서둘러 휴지통에 넣었다.

"끝났어요?" 섀넌이 물었다.

"네." 나는 컴퓨터를 닫고 일어섰다.

"어때요?" 나중에 볼보에 섀넌과 함께 앉아서 나는 이렇게 물었다.

"오늘 밤에 일이 벌어질 것 같아요."

섀넌을 집까지 데려다준 뒤 나는 다시 주유소로 와서 일찍 퇴근하고 싶다고 미리 요청한 마르쿠스와 교대했다.

"새로운 소식은?" 내가 율리에게 물었다.

"별로요." 율리는 이렇게 말하고 나서 풍선껌을 불었다. "알렉스가 꼭지가 돌았어요. 나더러 꼬리를 친대요. 나탈리는 이사할 예정이고요."

"어디로?"

"노토덴. 나도 이해가 가요. 여기는 따분하잖아요."

"진짜 그렇지." 나는 금고 아래의 서랍에서 열쇠를 꺼냈다. "정비소에 잠깐 다녀올게, 괜찮지?"

나는 잠긴 정비소 문 대신 사무실 문을 이용했다. 퀴퀴한 냄새를 맡으니, 내가 오랜만에 여기에 왔다는 실감이 났다. 날씨가 너무 추울 때는 차를 이리로 끌고 와서 타이어를 갈았다. 하지만 정비소를 닫은 뒤로는 바닥의 피트에 들어간 적이 거의 없었다. 칼이 미국으로 떠난 뒤 혼자 남은 나는 이 정비소 뒤편에 작은 골방을 하나 만들어서 침대, 텔레비전, 열판을 가져다 두었다. 그리고 한겨울에 산으로 올라가는 도로와 우리 집이 눈에 뒤덮이고, 혼자 집에 있는 몇 시간을 위해 난방을 켜는 것이 무의미해 보일 때면 그냥 이 골방에서 살았다. 샤워는 세차장에서 문을 닫아놓고 해결했다. 그때만큼 깨끗하게 산 적이 없다. 나는 골방의 매트리스를 확인해보았다. 보송보송했다. 열판도 제대로 작동했다. 심지어 텔레비전도 처음에 조금 지직거리더니 잘 돌아갔다.

나는 정비소로 걸어 나왔다.

우리가 늙은 올센의 팔과 다리와 머리를 잘라낸 그곳에 섰다. 아니, 내가 잘라냈다. 칼은 옆에 서서 보기만 하는 것도 견디지 못했다. 그런 건 괜찮았다. 칼이 그런 걸 굳이 견딜 필요가 있는가? 나는 바구니를 공중으로 치켜든 트랙터를 사흘 동안 밖에 그냥 놔두었다가, 세차장으로 몰고 들어가 바구니 안의 내용물을 비웠다. 그것들이 배수구로 매끄럽게 흘러가는 모습을 지켜보았다. 그러고 나서 호스로 바구니를 깨끗이 닦아내고 나니 끝이었다. 그 장소에 다시 선 기분이 어땠느냐고? 여기에 유령이 있었느냐고? 무려 십육 년 전의 일이었다. 그리고 그날 밤 나는 이렇다 할 감정이 없었다. 감정을 느낄 여유가 없었다. 게다가 혹시 유령이 있다 해도 아마 여기가 아니라 후켄에 있을 터였다.

"로위." 내가 주유소로 돌아가자 율리가 아주 긴 이름을 부르듯이 모음을 길게 늘이면서 나를 불렀다. "꼭 가보고 싶은 꿈의 장소가 있어요?" 율리는 여행 잡지를 뒤적여 어느 바닷가의 사진을 보여주었다. 몸에 걸친 것이 별로 없는 젊은 한 쌍이 이글거리는 햇볕 속에 편안히 누워 있었다.

"있다면 노토덴일걸." 내가 말했다.

율리는 멍하니 입을 벌리고 나를 보았다. "제일 멀리 가본 곳이 어디예요?"

"난 아무 데도 간 적이 없어."

"와, 세상에."

"남쪽도 가보고 북쪽도 가봤지만, 외국에는 간 적 없어."

"없긴 왜 없어요!" 율리가 고개를 한쪽으로 기울이고 나를 유심히 바라보다가 조금 덜 건방지게 말을 이었다. "다 있지 않아요?"

"멀리까지 몇 번 간 적이 있긴 하지." 내가 말했다. "여기서." 나는 붕대를 감은 손가락으로 내 이마를 조심스레 두드렸다.

"무슨 뜻이에요?" 율리가 희미한 미소를 지었다. "미친 적이 있다는 뜻이에요?"

"사람을 토막 낸 적도 있고, 무방비한 개를 쏜 적도 있어."

"그러시겠죠. 부인이 샴페인에 취해서 물에 빠져 허우적거리니까 구명대를 던져준 적도 있을 테고요." 율리가 웃음을 터뜨렸다. "내 또래 남자애들은 왜 점장님만큼 재미가 없을까요?"

"재미있어지는 데는 시간이 오래 걸려. 시간과 노력이 필요해." 내가 말했다.

그날 저녁 집에 돌아왔더니 섀넌이 칼의 옛 누비 파카를 입고 겨울정원에 앉아 있었다. 모자는 내 것이고, 무릎에는 모직 담요를 덮고 있었다.

"추운데 해가 진 직후에 여기 앉아 있는 게 좋아요." 섀넌이 말했다. "바베이도스에서는 순식간에 해가 져서 갑자기 어두워지거든요. 토론토에서는 너무 단순하고요. 수많은 고층 건물에 시야가 가려서 해가 그냥 사라져버려요. 하지만 여기서는 모든 것을 슬로 모션으로 볼 수 있어요."

"노르웨이어로 Sakte kino라고 해요." 내가 말했다.

"Kino? 느린 영화라고요?" 섀넌이 웃음을 터뜨렸다. "와, 맘에 드네요. 빛이 아주 다채로우니까요. 호수에 비치는 빛, 산을 비추는 빛, 산 뒤의 빛. 사진작가가 갑자기 미쳐서 조명을 제멋대로 쓰는 것 같아요. 난 노르웨이의 자연이 좋아요." 섀넌은 일부러 과장되게 진지한 표정을 지으며 말을 이었다. "야생의 벌거벗은 노르웨이 자연."

나는 부엌에서 가져온 커피 잔을 들고 그녀 옆에 앉았다. "칼은요?"

"프로젝트에 중요한 누군가를 달달하게 녹여야 한대요. 중고차를 파는 사람이라던데요."

"빌룸센이네요. 다른 일은요?"

"다른 일?"

"다른 일은 없었어요?"

"어떤 일 말이에요?"

구름 사이 틈으로 달이 창백한 얼굴을 내밀었다. 공연이 시작되기 전에 막 뒤에서 객석을 살짝 내다보는 배우 같았다. 섀넌의 얼굴에 닿아 반사되는 빛을 보며, 나는 지금 그녀가 바로 그런 상태임을 깨달았다. 공연이 시작되기를 기다리며 발을 동동 구르는 여배우.

"그 사람 8시까지 버텼어요." 섀넌은 담요 밑에 있던 손을 꺼내 내게 휴대전화를 건넸다. "나는 그 사람이 마음에 든다고 말했죠. 그런데 여기가 심심하니까 사진을 좀 보내줄 수 있겠느냐고 했더니, 그 사람이 어떤 사진을 원하느냐고 묻더라고요. 그래서 노르웨이의 자연을 원한다고 했어요. 벌거벗은 야생의 노르웨이 자연. 꽃이 만발한 풍경이면 더 좋고."

"그런데 이걸 보냈다고요?" 나는 에릭 네렐이 섀넌의 주문에 맞춰 보낸 셀카를 보았다. 거시기 사진이라는 말도 얌전할 정도였다. 그는 벽난로 앞에 순록의 가죽처럼 보이는 것을 깔고 알몸으로 누워 있었다. 무슨 로션 같은 것을 몸에 발랐는지 움찔거리는 근육이 은은히 반짝였다. 그리고 사진 한가운데에 아주 훌륭하게 발기한 그것이 있었다.

물론 그의 얼굴은 사진에 나오지 않았지만, 임신한 여자친구라면 그를 알아보고도 남을 만큼 많은 것들이 거기 있었다.

"어쩌면 내 말을 잘못 알아들었다고 할지도 모르죠." 섀넌이 말했다. "하지만 난 정말 엄청나게 불쾌해요. 아마 이 사람의 장인도 그럴 거예요."

"장인?" 내가 말했다. "여자친구가 아니고요?"

"나도 그 생각을 좀 해봤는데, 에릭이 아주 영리하게 말을 조심했더라고요. 임신한 여자친구한테 어떻게 변명하면 되는지 잘 아는 것 같아요. 납작 엎드려서 용서를 구하면서 어쩌고저쩌고 떠들어대겠죠. 하지만 장인이라면……."

나는 쿡쿡 웃었다. "당신 진짜 심술궂네요."

"아뇨." 섀넌이 진지하게 말했다. "착한 거죠. 내가 사랑하는 사

292

람들을 위해 최선을 다하는 거니까. 설사 나쁜 짓을 해야 한다 해도 피하지 않고."

나는 고개를 끄덕였다. 왠지 이런 일이 처음이라고 단정할 수는 없을 것 같았다. 내가 뭔가 말을 하려는데 8기통 미국 자동차가 낮게 부르릉거리는 소리가 들렸다. 원뿔형 불빛이 나타나더니 캐딜락이 예이테스빙엔을 돌았다. 우리는 자동차가 서고 칼이 내리는 모습을 지켜보았다. 칼은 차 옆에 서서 휴대전화를 귀에 댔다. 그리고 집으로 걸어오며 조용히 뭐라고 말했다. 나는 의자에 등을 기대고 뒤쪽 벽의 전등 스위치를 켰다. 칼이 우리를 보고 화들짝 놀랐다. 마치 뭔가 나쁜 짓을 하다가 들킨 사람 같았다. 하지만 섀넌과 어둠 속에 숨어서 나쁜 짓을 하기라도 한 것처럼 그에게 들키는 걸 바라지 않는 사람은 바로 나였다. 나는 우리가 어두운 편이 더 좋아서 불을 켜지 않았다는 걸 보여주려고 다시 스위치를 껐다. 그리고 그 순간 내가 옳은 결정을 내렸음을 깨달았다.

"내가 정비소로 내려가서 살게요." 내가 낮은 목소리로 말했다.

"네?" 섀넌이 역시 낮은 목소리로 말했다. "왜요?"

"두 사람이 넓게 살라고요."

"넓게요? 지금도 넓고 좋아요. 집 한 채와 산 하나가 모두 우리 세 사람 것인데요. 그냥 있으면 안 돼요, 로위? 나를 위해서라도?"

나는 그녀의 얼굴을 보려고 했지만 달이 다시 숨어버려서 어두웠다. 섀넌도 더 이상 아무 말 하지 않았다.

칼이 거실 문으로 나와서 우리와 합류했다.

"오스 스파 산정호텔 SL의 투자자 모집 기한이 끝났어." 칼은 이렇게 말하고 나서, 손에 뚜껑을 딴 맥주를 든 채 고리버들 의자에 털썩 주저앉았다. "참가자는 사백이십 명. 마을에서 그럴 여유가 있는 사람이 모두 참여한 거나 마찬가지야. 은행도 준비됐고, 업자들과도 얘기가 끝났어. 원칙적으로는 내일 회의가 끝난 뒤에 땅파기를 시작할 수 있어."

"땅을 파다니?" 내가 물었다. "먼저 다이너마이트를 써야 할 텐데."

"그렇지, 그렇지. 그건 그냥 쇼를 위해서야. 굴착기가 이 산을 정복하려고 밀고 들어오는 탱크 같은 거지."

"미국식으로 폭파부터 해." 내가 말했다. "생명체를 모두 말살한 다음에 진군해서 정복해."

칼의 까끌까끌한 수염 자국이 옷깃을 긁는 소리가 들렸다. 칼이 어둠 속에서 나를 향해 고개를 돌린 모양이었다. 그는 아마 내 말에 더 많은 의미가 들어 있지 않은지 고민하고 있을 것이다. 그 의미가 무엇인지는 알 수 없지만.

"빌룸 빌룸센과 요 오스가 이사회에 참여하기로 했어." 칼이 말했다. "회사에서 나를 관리자로 선출한다는 조건하에."

"네가 완전한 통제권을 쥐게 될 것 같네."

"그렇다고 볼 수 있지." 칼이 말했다. "SL의 좋은 점은, 유한회사랑 달리 법적으로 이사회니 회계사니 하는 것들을 모두 갖출 필요가 없다는 거야. 우리가 이사회와 회계사를 두려는 건 은행의 요구 때문이지. 하지만 사실 관리자가 계몽 군주처럼 회사를 운영하는 게 가능해. 그 덕분에 모든 일이 무지하게 쉬워질 거야." 맥주병이 쿵 하는 소리를 냈다.

"로위가 이사를 나가겠대." 섀넌이 말했다. "정비소로."

"말도 안 돼." 칼이 말했다.

"우리한테 넓게 살라고."

"그래, 어쩌면 공간이 필요한 건 나일 수도 있어." 내가 말했다. "오랫동안 혼자 살다 보니 내가 괴짜가 되어버렸나 봐."

"그럼 나랑 섀년이 이사를 나가야 맞지." 칼이 말했다.

"아냐." 내가 말했다. "여기에 두 명 이상의 사람이 살게 된 것이 기뻐. 이 집도 기뻐하고 있어."

"그럼 둘보다는 셋이 훨씬 더 낫잖아." 칼이 말했다. 그가 섀년의 무릎에 한 손을 얹는 것이 느껴졌다. "게다가 누가 알아? 언젠가 식구가 네 명이 될지." 약 이 초 동안 완전한 침묵이 흐르다가 칼이 다시 정신을 차린 듯이 말했다. "아닐 수도 있고. 내가 왜 그런 생각을 했냐면, 방금 에릭이 그로랑 같이 저녁 산책을 나가는 걸 봤거든. 배가 아주 많이 불렀더라고." 여전히 아무 반응이 없었다. 맥주를 꿀꺽꿀꺽 마시는 소리가 나더니 칼이 트림을 했다. "그런데 우리 셋은 왜 이야기를 하면서 이렇게 어둠 속에 앉아 있을 때가 많은 거지?"

그래야 표정으로 속내를 알아차리는 일이 없을 테니까. 나는 속으로 생각했다. "내가 내일 에릭이랑 잠깐 얘기를 해볼게. 그리고 저녁에 짐을 옮길 거야." 내가 말했다.

칼이 한숨을 내쉬었다. "로위……."

나는 일어섰다. "이제 자러 가야겠다. 둘 다 정말 멋진 사람들이라 내가 얼마나 좋아하는지 몰라. 하지만 아침에 일어났을 때 다른 사람들의 얼굴이 보이지 않는 생활도 아주 기대가 되네."

그날 밤 나는 돌처럼 곤히 잠들었다.

20

에릭 네렐은 시외에 살았다. 나는 섀넌에게 우리가 말하는 '시외'란 부달 호숫가를 의미한다고 이미 설명해주었다. 물이 셰테렐바 강으로 흘러 들어가는 지점을 향해 뻗은 호숫가 일대가 시외였다. 호수의 모양은 V를 뒤집어놓은 것 같고 마을이 그 꼭대기에 위치했기 때문에, '시내'나 '시외'라는 말은 딱히 동서남북을 의미하지 않았다. 그냥 어차피 호수를 따라 뻗어 있는 중앙 도로에서 어느 쪽으로 가야 할지 일러줄 때 사용하는 표현일 뿐이었다. 오스, 지붕 기술자 모에, 빌룸센은 땅이 비교적 평평하고 햇빛이 더 잘 들어서 조금 낫다고 생각되는 '시내'에 살았다. 반면 올센의 오두막과 네렐의 농장은 시외의 그늘진 곳에 있었다. 옛날 십 대 시절에 칼과 마리 등 아이들 한 무리가 몰래 빠져나가 동이 터올 때까지 파티를 즐기던 오스의 오두막으로 이어진 길도 역시 '시외'에 있었다.

나는 차를 몰면서 이런 생각에 조금 빠져 있었다.

나는 헛간 앞 포드 코티나 뒤에 차를 세우고, 문을 열어준 에릭의 파트너 그로에게 에릭을 보러 왔다고 말했다. 그러면서 그녀가 저 짧은 팔로 어떻게 만삭의 배를 지나 문고리를 잡았는지 저절로 궁금해지는 것을 어쩔 수 없었다. 어쩌면 그녀가 옆에서 문고리에 접근하는 방식으로 그 문제를 해결했는지도 모른다는 생각이 들었다. 나도 측면에서 이 문제에 접근할 작정이었다.

"지금 운동 중이야." 그로가 헛간 쪽을 가리키며 말했다.

"고마워. 이제 얼마 안 남았지?" 내가 말했다.

그로는 빙긋 웃었다. "응."

"그래도 아직 에릭이랑 저녁 산책을 하는 모양이더라?"

"늙은 아줌마랑 개는 운동이 필요하니까." 그로는 웃음을 터뜨렸다. "그래도 이젠 집에서 300미터 이상 못 가."

내가 헛간으로 들어갔을 때 에릭은 나를 보지도, 내 소리를 듣지도 못한 것 같았다. 그는 벤치에 누워 씩씩, 훅훅 숨을 몰아쉬며 바벨을 들어 올리고 있었다. 바벨을 가슴까지 내렸다가 다시 들어 올릴 때는 커다랗게 소리를 내질렀다. 나는 그가 바벨을 정리대에 올려놓을 때까지 기다렸다가 그의 앞에 나섰다. 그가 이어폰을 귀에서 빼냈다. '스타트 미 업'의 선율이 들렸다.

"로위." 에릭이 말했다. "일찍 일어났네."

"몸매가 좋다." 내가 말했다.

"고마워." 그는 일어나서 할리우드 브래츠*의 사진이 있는 땀투성이 티셔츠 위에 플리스 재킷을 걸쳤다. 그의 사촌인 카지노 스틸이 그 밴드에서 키보드를 연주했었다. 에릭은 시기만 잘 맞아떨어졌다면 할리우드 브래츠가 섹스 피스톨스나 뉴욕 돌스보다 더 유명해졌을 거라고 항상 주장했다. 옛날에 그가 이 밴드의 노래를 두

---

* 영국의 록밴드.

곡쯤 연주해주는 것을 들으면서 시기 문제가 아니었던 것 같다는 생각을 한 기억이 난다. 하지만 나는 자상한 에릭이 좋았다. 전체적으로도 나는 에릭 네렐을 상당히 좋아하는 편이었다. 하지만 지금은 그런 것이 중요하지 않았다.

"우리가 정리할 것이 좀 있어." 내가 말했다. "네가 섀넌에게 보낸 사진 말인데, 효과가 별로 좋지 않아."

에릭은 창백해져서 세 번 눈을 깜박거렸다.

"섀넌이 나한테 그걸 가져왔어. 칼한테는 보여주기 싫다면서. 칼이 마구 날뛸 테니까. 하지만 그걸 들고 경찰관한테 갈 거래. 법적으로 보면, 이건 진짜 성기 노출이야."

"안 돼, 안 돼, 잠깐, 섀넌이……."

"섀넌이 말한 건 자연을 찍은 사진이었어. 어쨌든, 내가 신고하지 말라고 섀넌을 설득했어. 신고했다가는 우리 모두 엄청 귀찮아질 거고, 그로는 말도 못 하게 충격을 받을 거라고 설명했지."

파트너의 이름을 듣고 에릭의 턱 근육에 힘이 들어가는 것이 보였다.

"섀넌은 네 아이가 곧 태어날 예정이라는 걸 알고, 그 사진을 네 장인에게 보여주겠다고 했어. 장인에게 결정을 맡기겠다고 말이야. 이런 말을 해서 미안한데, 섀넌이 고집이 좀 세."

에릭의 입은 여전히 벌어져 있었지만, 거기서 아무 소리도 나오지 않았다.

"내가 온 건 널 돕고 싶어서야. 내가 섀넌을 막을 수 있을지 한번 해보려고. 난 진짜 시끄러운 것도 싫고 싸움도 싫거든. 너도 알잖아."

"그래." 에릭의 말끝에 거의 들리지 않을 정도로 작은 물음표가 붙어 있는 것 같았다.

"예를 들어서 나는 엄마와 아빠가 돌아가신 우리 땅에서 사람들이 뭘 찾겠다고 마구 헤집으며 돌아다니는 것도 싫어. 그런 일이 벌어질 거라면, 뭐가 어떻게 돌아가는 건지 나도 꼭 알아야겠어."

에릭이 다시 눈을 깜박였다. 무슨 말인지 알아들었다고 눈으로 신호를 보내는 것 같았다. 내가 거래를 하러 왔다는 뜻임을 알아들었다고.

"올센은 무슨 일이 있어도 후켄에 사람들을 내려보낼 거야, 그렇지?"

에릭이 고개를 끄덕였다. "올센이 독일에 안전복을 주문했어. 폭탄 처리반이 입는 것 같은 옷 말이야. 실제로 낙석에 맞지만 않는다면 안전하게 내려갈 수 있다는 얘기야. 게다가 그 옷을 입고 자유롭게 움직일 수도 있고."

"올센이 찾는 게 뭐야?"

"난 올센이 거기에 내려가고 싶어한다는 것밖에 몰라, 로위."

"아니. 거기 내려가는 건 올센이 아니라 너지. 그러니까 거기서 뭘 찾아야 하는지 틀림없이 너한테 말해줬을 거야."

"설사 내가 그걸 알고 있다 해도, 그건 누구한테도 말할 수 없어, 로위. 제발 이해해줘."

"그래, 그래야지. 그럼 너도 이해해줘. 너무 불쾌해서 불같이 화가 난 섀넌을 내가 막을 수는 없을 것 같다는 걸."

에릭 네렐은 벤치에 앉아 불쌍한 개처럼 나를 바라보았다. 어깨는 축 처지고, 양손은 무릎 위에 놓여 있었다. 그의 허벅지 옆 벤치 위에 놓여 있는 이어폰에서는 여전히 '스타트 미 업'의 선율이 징징 울려 나왔다.

"네가 날 속인 거구나." 그가 말했다. "너랑 그 계집이. 그 아래에 그게 있는 거야, 그렇지?"

"거기 뭐가 있는데?"

"옛날 경찰관의 휴대전화."

나는 한 손으로 볼보를 운전하며 다른 손으로는 휴대전화를 들었다. "시그문 올센의 휴대전화 신호가 그가 실종된 날 밤 10시까지 계속 잡혔대."

"무슨 소리야?" 칼이 앓는 소리를 냈다. 숙취에 시달리는 사람 같았다.

"전원이 켜진 휴대전화는 삼십 분마다 한 번씩 신호를 보내. 그게 기지국에 기록되는 거야. 다시 말해서, 기지국의 기록부에 휴대전화가 언제 어디에 있었는지 다 나온다는 거지."

"그래서?"

"쿠르트 올센이 얼마 전 시내의 휴대전화 회사와 접촉해서, 자기 아버지가 사라진 날의 그 기록을 확보했대."

"그 옛날의 기록이 아직도 남아 있어?"

"그런가 봐. 시그문 올센의 휴대전화 신호가 기지국 두 곳에 기록되어 있는데, 그건 목격자가 자동차 소리와 모터보트 엔진 소리를 들었다고 말한 시각에 그가 오두막에 있을 수 없었다는 뜻이야. 적어도 그의 휴대전화는 그곳에 있을 수 없었어. 기지국 기록에 따르면, 그 휴대전화는 우리 집, 후켄, 시몬 네르가르의 농장 그리고 거기서부터 마을 사이의 숲이 포함된 지역에 있었어. 그건 시그문 올센이 오후 6시 30분에 우리 집에서 차를 몰고 출발했다고 네가 경찰에 진술한 내용과 어긋나는 사실이지."

"경찰관이 차를 몰고 어디로 갔는지는 말하지 않았어. 그냥 우리 농장을 떠났다고만 했지." 칼의 목소리가 이제 한층 또렷했다. "모르긴 몰라도 경찰관이 우리 집이랑 마을 사이 어디선가 차를 세웠을 수도 있잖아. 해가 진 뒤에 목격자가 엔진 소리를 들었다는 자동차와 보트는 다른 사람 것일 수도 있고. 올센의 것 말고도 그 근처에 다른 사람들의 오두막이 있으니까. 아니면 목격자가 시간을 잘못 알았을 수도 있어. 그런 게 기억에 정확히 남지는 않잖아."

"맞아." 나는 트랙터 한 대가 가까워지는 것을 보며 말했다. "하지만 내가 가장 걱정하는 건 시간대와 관련된 의문들이 아니야. 쿠르트가 후켄에서 정말로 휴대전화를 찾아내면 어쩌나 하는 거지. 에릭 네렐에 따르면 쿠르트가 후켄에 내려가서 찾으려는 게 그거래."

"아, 젠장. 그런데 그게 거기 있을까? 형이 다 정리하지 않았어?"

"했지. 경찰관의 물건을 전부 치웠어. 하지만 우리가 시체를 끌어 올릴 때 날이 점점 어두워진 것 기억나? 그때 내가 돌멩이들이 떨어지는 소리를 듣고 망가진 차 안으로 피했잖아."

"그래서?"

나는 차선을 바꿨다. 트랙터가 커브 길에 너무 가까이 다가간 것이 보였지만 개의치 않았다. 나는 페달을 밟으며 커브가 시작되는 지점에서 트랙터 앞으로 끼어들었다. 마침 트랙터 운전자가 백미러를 향해 고개를 절레절레 젓는 것이 보였다.

"떨어진 건 돌멩이가 아니라 휴대전화였어. 경찰관이 허리띠에 매달아놓은 홀더에 휴대전화가 있었던 거야. 그런데 시체가 바위 표면을 따라 끌어 올려지면서 휴대전화가 떨어진 거지. 물론 날이 어두워서 나는 그걸 보지 못했고."

"어떻게 그렇게 확신해?"

"우리가 정비소에서 시체를 토막 낼 때 내가 허리띠를 빼내고 옷을 잘랐잖아. 프리츠로 처리하기 전에 금속 물건이 있는지 주머니도 뒤졌어. 동전, 허리띠 죔쇠, 라이터가 나왔는데, 휴대전화는 없었어. 내가 왜 멍청하게 그 생각을 못 했나 몰라. 경찰관의 가죽 홀더에 대해서 분명히 알고 있었는데."

잠시 침묵이 흐르다가 칼이 물었다. "그럼 이제 어떻게 해?"

"우리가 후켄에 다시 내려가야지. 쿠르트보다 먼저."

"언제?"

"쿠르트의 안전복이 어제 도착했어. 에릭이 10시에 쿠르트를 만나서 그 옷을 입어본 뒤 곧바로 후켄으로 갈 거야."

휴대전화 속에서 칼의 숨소리가 거칠어졌다. "아, 젠장." 그가 말했다.

21

두 번째로 내려가는 길은 더 느리면서 동시에 더 빠른 것 같았다. 빠른 것은, 우리가 이미 옛날에 현실적인 문제를 해결했던 방안들을 기억하고 있기 때문이었다. 더 느린 것은, 쿠르트 팀이 언제 올지 몰라서 우리가 아주 서둘러야 했기 때문이었다. 나는 누군가에게 쫓기면서 빨리 도망치려고 하는데도 마치 물속에서 달리는 것처럼 몸이 잘 움직이지 않는 악몽 속으로 들어가는 기분이었다. 섀넌은 예이테스빙엔의 초입에 서서 올라오는 차가 없는지 망을 보는 일을 맡았다.

칼과 나는 전에 썼던 그 밧줄을 사용했다. 다시 말해서 칼이 정확히 어느 지점까지 볼보를 후진시켜야 하는지 안다는 뜻이었다.

마침내 바닥에 닿은 나는 바위 벽 쪽을 향한 채로 밧줄을 벗어버리고 천천히 돌아섰다. 십칠 년 만이었다. 하지만 이곳에서는 시간이 그대로 정지한 것 같았다. 높이는 비교적 낮은 편이지만 살짝 안으로 기울어진 남쪽 바위 벽 때문에 여기 아래쪽까지는 빗줄기가 곧바로 떨어지지 않았다. 빗물은 예이테스빙엔 쪽의 높은 수직 바위 벽을 타고 흘러내려 바위틈으로 빠져나갔다. 부서진 자동차에 녹슨 곳이 거의 없고 타이어도 여전히 멀쩡한 이유가 십중팔구 그것인 듯싶었다. 하지만 타이어의 고무는 살짝 썩은 것처럼 보였다. 아빠의 캐딜락을 동물이 집으로 삼은 적도 없기 때문에, 좌석 커버와 패널도 모두 고스란히 남아 있는 것 같았다.

나는 손목시계를 확인했다. 10시 30분. 젠장. 나는 눈을 감고, 옛날에 뭔가가 바닥에 떨어지는 소리를 들은 지점이 어디인지 기억을 되살려보았다. 하지만 너무 오래전 일이었다. 작용하는 힘은 중력뿐이었으니까, 휴대전화는 시체에서 수직 낙하를 했을 것이다. 간단한 물리법칙에 따르면, 수평속도가 없는 모든 물체는 수직으로 떨어진다. 나는 당시 이런 생각을 의식적으로 밀어냈다. 지금도 그렇게 하는 편이 나을 것 같았다. 나는 가져간 손전등으로, 밧줄이 매달려 있는 바위 벽 근처의 바위들 사이를 수색하기 시작했다. 우리가 저 위에서 자동차를 후진시키는 경로에 이르기까지 모든 것을 그때와 똑같이 재현했으므로, 휴대전화가 떨어졌다면 틀림없이 이 근처 어디일 터였다. 하지만 휴대전화가 쏙 들어가버렸을 것 같은 바위 틈새가 수백 군데나 되었다. 게다가 휴대전화가 바위에 맞고 튀어 올라 완전히 다른 곳에 떨어졌을 가능성도 얼마든지 있었다. 한 가지 좋은 점이 있다면, 가죽 케이스 때문에 휴대전화가 산산이 부서져 사방으로 흩어졌을 가능성은 별로 없다는 것이었다. 물론 그것도 내가 그 망할 놈의 물건을 찾았을 때의 얘기지만.

육감에 휘둘려, 옛날 아빠가 목을 친 뒤에 엄마의 손에서 튀어나가버린 닭들처럼 사방을 뛰어다니지 말고 좀 더 체계적인 방법을 써야 했다. 나는 휴대전화가 떨어졌을 법한 구역을 대략 정사각형 모양으로 정한 뒤, 왼쪽 맨 위 구석부터 수색을 시작했다. 바닥에 무릎을 꿇고 앉아서 별로 무겁지 않은 돌멩이들을 일일이 들어보고, 무거운 바위 틈새에는 손전등 불빛을 비춰 보았다. 눈으로 볼 수도 없고 손을 넣어 만져볼 수도 없는 곳에서는 칼의 휴대전화와 셀카 봉을 사용했다. 카메라를 녹화 모드로 놓고 플래시를 켠 상태로.

십오 분 뒤 나는 사각형의 한가운데에 있었다. 냉장고 크기의 두 바위 틈새로 셀카 봉을 막 밀어 넣었는데, 저 위에서 칼의 목소리가 들렸다.

"로위……."

무슨 일인지는 당연히 깨달았다.

"놈들이 오는 걸 셰넌이 봤대!"

"어디?" 내가 소리쳤다.

"지금 산길에 들어섰어."

우리에게 있는 시간은 길어야 삼 분이었다. 나는 셀카 봉을 빼내서 영상을 돌려 보았다. 어둠 속에 한 쌍의 눈이 나타나는 바람에 나는 놀라서 펄쩍 뛰었다. 망할 놈의 쥐 새끼였다. 놈은 빛을 피해 시선을 돌리더니 꼬리를 휙 채면서 사라져버렸다. 그때 그것이 보였다. 검은 가죽 케이스에 이빨 자국들이 숭숭 나 있기는 했지만, 틀림없었다. 올센 경찰관의 휴대전화였다.

나는 배를 깔고 엎드려서 바위 아래로 팔을 뻗었지만 길이가 모자랐다. 손가락은 화강암이나 허공만 긁어댈 뿐이었다. 젠장! 내가 이렇게 찾았다면 저들도 찾을 수 있다는 얘기였다. 내 앞을 막은 이 망할 놈의 바위를 치워야 했다. 나는 바위에 등을 대고 무릎을 구부린 뒤, 발을 바위 벽에 대고는 끙 하고 힘을 썼다. 바위는 꿈쩍도 하지 않았다.

"지금 야판스빙엔의 커브를 돌고 있어." 칼이 소리쳤다.

나는 다시 힘을 주었다. 이마에 굵은 땀방울이 맺히고, 근육과 인대가 끊어지기 직전까지 혹사당했다. 혹시 지금 바위가 살짝 움직인 건가? 다시 힘을 쓰자 확실히 움직임이 느껴졌다. 등에서. 나는 아파서 소리를 질렀다. 아, 씨! 그대로 늘어졌다. 아직 몸을 움직일 수 있을까? 그건 가능했지만, 젠장, 죽을 만큼 아팠다.

"로위. 지금……."

"내가 '지금'이라고 말하면 페달을 밟고 2미터 앞으로 가!"

나는 밧줄을 잡아당겼다. 바위를 한 번 감아 묶을 여유밖에 없었다. 나는 아빠가 보라인매듭이라고 부르던 매듭법을 사용했다. 그리고 바위 뒤에 서서, 볼보가 조금이라도 바위를 들어 올리는 데 성공한다면 뒤에서 밀 준비를 했다.

"지금!"

엔진이 부르릉 돌아가는 소리가 나더니 갑자기 작은 돌멩이들이 우박처럼 내 머리 위로 쏟아졌다. 그중 하나가 내 정수리를 정통으로 때렸지만, 바위가 움직이는 것이 느껴졌기 때문에 나는 미식축구 팀의 라인배커처럼 힘을 쓰며 바위를 밀었다. 저 위에서 맹렬하게 돌아가는 볼보의 타이어 때문에 자갈들이 비처럼 우수수 쏟아지는 가운데, 바위가 흔들렸다. 그러다 곧 바위가 쓰러지자, 썩은 입 냄새 같은 것이 땅에서 풀썩 피어올랐다. 갑자기 들어온 빛에 곤충들이 허둥지둥 피하는 것을 언뜻 보면서 나는 털썩 무릎으로 주저앉아 휴대전화를 손에 쥐었다. 바로 그 순간 커다란 소리가 들렸다. 위를 올려다보니, 너덜너덜해진 밧줄 끝이 바위 벽을 따라 획 위로 올라가면서 바위가 내 쪽으로 다시 쓰러지기 시작했다. 나는 엉덩방아를 찧으며 뒤로 물러났다. 원래 자리로 돌아온 바위를 노려보는데, 몸이 덜덜 떨리고 숨이 찼다. 내가 방금 짐승의 아가리에서 도망친 것 같았다.

저 위에서는 이제 볼보의 소리가 나지 않았다. 팽팽하던 밧줄이 느슨해졌음을 깨달은 모양이었다. 그러다 다른 엔진 소리가 들렸다. 랜드로버 한 대가 트랙터처럼 덜덜거리며 가파른 길을 올라오고 있었다. 소리가 아주 잘 들렸다. 아직 커브가 몇 개 남은 것 같았지만, 밧줄 끝이 7, 8미터나 위에 있었다.

"올라간다!" 나는 이렇게 소리치면서, 끊어진 채 바위에 묶여 있는 밧줄을 풀어 올센의 휴대전화와 함께 재킷 주머니에 쑤셔 넣었다.

저 위에 걸린 밧줄 끝이 아까보다 가까워졌지만, 그래도 여전히 거의 3미터 높이였다. 보아하니 칼은 완전히 절벽 가장자리까지 차를 후진시킨 듯했다. 나는 멀쩡한 왼손으로 바위 벽에서 잡고 올라갈 만한 곳을 찾았다. 그런데 그 바위 전체가 움직이는 것 같았다. 여기서 항상 돌멩이들이 떨어지는 소리가 들린다고 거짓말을 한 사람은 나였지만, 여기 돌멩이들이 단단히 박혀 있지 않은 건 사실이었다! 그래도 내게는 선택의 여지가 없었다. 나는 오른손을 어떤 바위 턱에 얹었다. 다행히 등의 통증이 너무 커서 가운뎃손가락의 욱신거리는 아픔은 느껴지지도 않았다. 나는 바위 위에 간신히 발을 올린 뒤, 손으로 또 잡을 곳을 찾아 다리를 위로 올렸다. 송충이처럼 엉덩이를 쭉 빼고 그렇게 올라가다가 오른손으로 밧줄을 붙잡으면서 비로소 허리를 폈다. 그다음에는? 왼손으로 밧줄에 매달렸다. 한 손으로는 밧줄을 허리에 묶을 수 없었다.

"로위!" 섀넌의 목소리였다. "지금 마지막 커브를 돌고 있어요."

"지금!" 나는 밧줄 끝을 손목에 한 바퀴 반 감아 약 50센티미터 지점을 꽉 쥐면서 소리쳤다. "지금! 지금!" 내 명령이 저 위까지 전달되었다. 밧줄이 나를 끌어 올리기 시작하는 순간, 나는 왼손과 복근에 힘을 주면서 다리를 들어 바위 벽을 발로 짚었다. 그러고 곧장 하늘을 향해 달렸다. 내가 칼에게 가속페달을 세게 밟으라고 말한 것은, 올센 일행이 다가오고 있기 때문이 아니라, 사람이 맨손으로 밧줄에 매달릴 수 있는 시간에는 한계가 있기 때문이었다. 그날 오전 내가 아마 수직 100미터 달리기 세계 신기록을 세웠을 것이다. 세계 최고의 단거리 선수들이 그렇듯이, 나도 그 길을 달려 올라가는 동안 한 번도 숨을 쉬지 않은 것 같다. 나는 10미터를 올라갈 때마다 점점 멀어지는 바닥만 생각했다. 만약 내가 추락하는 경우 죽음의 가능성이 시시각각 더욱 확실해지고 있었다. 마침내 예이테스빙엔 위로 올라섰을 때 나는 밧줄을 놓지 않고 계속 매달려 자갈길을 몇 미터쯤 질질 끌려 간 뒤 안전하다는 판단이 들었을 때에야 손을 놓았다. 섀넌이 나를 부축해 일으켜 세우고는 나와 함께 달려가서 차 안으로 뛰어들었다. "헛간 뒤로 가." 내가 말했다.

우리가 막 진흙밭에 들어서는 순간, 올센의 랜드로버가 예이테스빙엔에서 커브를 돌아오는 것이 언뜻 보였다. 볼보 뒤편 풀 속에 아나콘다처럼 꼬여 있는 밧줄이나 우리 모습을 그가 보지 못했어야 하는데.

나는 조수석에 앉아 계속 숨을 고르고, 칼은 차에서 뛰어내려 밧줄을 둘둘 감기 시작했다. 섀넌은 헛간 한 귀퉁이로 뛰어가 예이테스빙엔을 내려다보았다.

"저 아래에 차를 세웠어요." 그녀가 말했다. "저 사람들이 누굴 데려왔는데…… 노르웨이어로 양봉업자가 뭐죠?"

"Birøkter." 칼이 말했다. "저 아래에 말벌이 있을까 봐 데려왔나

보네."

나는 웃음을 터뜨렸다. 그 바람에 몸이 떨리자 마치 누가 내 등에 칼을 찔러 넣는 것 같았다.

"칼." 내가 조용히 말했다. "너 어젯밤에 왜 빌룸센 집에 갔다고 했어?"

"뭐?"

"빌룸센은 시내에 살아. 네가 어젯밤에 만난 에릭 커플은 시외에 살고."

칼은 대답하지 않았다. "왜 그런 것 같아?" 얼마 뒤 그가 물었다.

"나더러 짐작해보라고?" 내가 말했다. "너는 일단 들어본 뒤에, 진실을 말하는 대신 그냥 그 말이 맞는다고 할지 생각해보려고?"

"알았어." 칼은 섀넌이 아직 헛간 귀퉁이에 서서 올센 일행을 지켜보고 있는지 백미러로 확인하며 말했다. "그냥 생각할 것이 있어서 드라이브를 나갔다고 형한테 말할 수도 있었겠지. 그게 꼭 틀린 말도 아니고. 공사를 맡기로 한 중요한 회사 한 곳이 어제 견적을 갑자기 15퍼센트나 올렸거든."

"진짜?"

"그 사람들이 이리로 올라왔었어. 우리가 부지에 대해 자기들한테 충분히 설명하지 않았다면서 공사 시작을 늦추겠다는 거야. 부지가 날씨 영향을 그렇게 많이 받는 곳인지 몰랐다고."

"은행은 뭐래?"

"그쪽은 몰라. 내가 이 프로젝트 전체를 투자 참여자들한테 4억에 팔았으니까, 공사를 시작하기도 전에 6천만이 더 늘어난 견적을 그쪽에 내놓을 수는 없어."

"그럼 어떻게 할 거야?"

"그 회사한테 그냥 꺼져버리라고 하고, 그 밑의 하청업자들이랑 내가 직접 거래할 거야. 그러면 내가 할 일이 늘어나겠지. 목수, 벽돌공, 전기기사 등을 모두 내가 상대하면서 일을 감독해야 하니까. 하지만 그 회사가 전기설비 회사를 고용하면서 자기 몫으로 10퍼센트나 20퍼센트를 떼어갈 때보다는 비용이 훨씬 덜 들 거야."

"하지만 네가 어제 시외로 나간 이유는 그게 아니잖아."

칼은 고개를 끄덕였다. "나는……."

자동차 문이 열리고 섀넌이 뒷좌석으로 들어와 앉는 바람에 칼의 말이 끊겼다.

"지금 내려갈 준비를 하고 있어요." 섀넌이 말했다. "시간이 좀 걸릴 것 같아요. 무슨 얘기를 하고 있었어요?"

"나더러 어제 어디 있었느냐고 형이 물었어. 그래서 올센의 오두막까지 차를 몰고 다녀왔다는 얘기를 막 하려고 했지. 거기 보트하우스로 내려가서 그날 로위가 겪은 일들을 전부 상상해봤거든." 칼이 깊이 숨을 들이쉬었다. "형은 자살을 위장하다가 하마터면 익사할 뻔했어. 순전히 나를 구해주기 위해서. 형은 안 지쳐?"

"지쳐?"

"내 뒤치다꺼리를 하는 것 말이야."

"올센이 후켄으로 떨어진 건 네 잘못이 아니잖아." 내가 말했다.

칼이 나를 바라보았다. 내 생각을 칼이 알아차렸는지는 모르겠다. 나는 수직 낙하 법칙에 대해, 시그문 올센이 바위 벽에서 5미터 떨어진 자동차 뒤쪽에 떨어진 것에 대해 생각하고 있었다. 바로 그 때문에 칼이 깊이 숨을 들이쉬고 입을 열었던 것인지도 잘 모르겠다. "로위, 그 모든 일에 대해 꼭 말할 것이……."

"필요한 건 전부 알고 있어." 내가 칼의 말을 끊었다. "그리고 난 네 형이야."

칼은 고개를 끄덕였다. 웃는 얼굴이었지만, 금방 눈물을 흘릴 것
같았다. "그렇게 간단한 거야, 로위?"

"응, 그래." 내가 말했다.

22

 그들이 예이테스빙엔에서 일을 마쳤을 무렵, 우리는 부엌에 앉아 커피를 마시고 있었다. 나는 쌍안경을 가져와 그들의 얼굴에 초점을 맞췄다. 시각은 3시. 그들이 내려간 지 거의 네 시간이었다. 창문을 살짝 열었더니 쿠르트 올센이 뭐라고 고함치는 소리가 들렸다. 모처럼 담배를 물지 않은 쿠르트의 입술 움직임만 봐도 무슨 말인지 분명히 알 수 있었다. 오늘 그의 얼굴이 붉어진 것은 온전히 일전에 나 때문에 자외선을 너무 많이 쬔 탓만은 아니었다. 에릭의 몸짓에는 무심함이 드러났다. 여기서 도망치고 싶다는 생각도 있는 것 같았다. 아마 그는 올센이 뭔가 의심하고 있음을 짐작했을 것이다. 경찰관을 돕는 두 사람과 에릭 네렐은 살짝 혼란스러운 표정이었다. 그들은 십중팔구 이 작전의 실제 목적을 거의 몰랐을 것이다. 마을의 소문이 어떤지 잘 아는 올센이 꼭 필요한 정보만 알려주었을 테니까.
 에릭은 웃기게 생긴 폭탄 처리반 옷을 벗은 뒤 다른 두 사람과 함께 쿠르트의 랜드로버에 올랐다. 쿠르트 본인은 우리 집 쪽으로 고개를 돌린 채 계속 서 있었다. 물론 햇빛이 우리 집 창문을 똑바로 비추고 있기 때문에 쿠르트가 우리를 볼 수는 없었을 것이다. 하지만 쌍안경에서 빛이 반사되었을지도 모른다는 생각이 들었다. 아니면 그가 자갈길에 새로 생긴 타이어 자국과 밧줄 자국을 발견했을 수도 있었다. 아니면 내가 지나친 걱정을 하는 것인지도 모르고. 어쨌든 그는 바닥에 침을 뱉은 뒤 차에 올라 사라져버렸다.

　나는 이 방 저 방 돌아다니면서 짐을 쌌다. 적어도 내게 필요할 것 같은 물건들은 모두 챙겼다. 그리 멀리 가는 것도 아니고, 이사에 대해 심각하게 생각할 필요가 없는데도 그렇게 짐을 쌌다. 다시는 돌아오지 않을 사람처럼.

　내가 어렸을 때 칼과 같이 쓰던 방에서 커다란 파란색 이케아 가방에 이불과 베개를 쑤셔 넣고 있는데, 뒤에서 섀넌의 목소리가 들렸다.

　"그렇게 간단해요?"

　"이사 말이에요?" 나는 고개를 돌리지 않은 채 물었다.

　"당신이 형이라고 한 거요. 그래서 항상 칼을 돕는 거예요?"

　"다른 이유가 없잖아요."

　그녀는 안으로 들어와 문을 닫았다. 그리고 벽에 등을 기대고 서서 팔짱을 꼈다. "초등학교 2학년 때 친구를 한 번 밀친 적이 있어요. 그 애는 아스팔트에 머리를 찧었죠. 그 직후에 그 애가 안경을 쓰기 시작했어요. 전에는 시력에 아무 문제가 없던 애라서, 나는 틀림없이 내 탓이라고 확신했어요. 그 말을 입 밖에 내지는 않았지만, 그 애도 나를 밀어서 아스팔트에 머리를 찧게 해주면 좋겠다는 생각이 들었어요. 5학년 때까지 그 애는 남자친구를 사귀지 못했는데, 그게 안경 때문이라는 거예요. 나는 그것도 내 탓으로 돌

리고, 별로 그 애랑 같이 있고 싶지 않을 때도 같이 있어줬어요. 그
애는 공부를 잘하는 편이 아니라서 6학년을 한 번 더 다녀야 했는
데, 나는 그것도 머리를 다친 탓이라고 확신했어요. 그래서 나도
그 애랑 같이 6학년을 다시 다녔어요."

나는 움직임을 멈췄다. "뭘 했다고요?"

"일부러 수업을 빼먹고, 숙제도 절대 안 하고, 구두시험에서는
일부러 제일 쉬운 문제에 틀린 답을 말했어요."

나는 옷장을 열어, 개켜놓은 티셔츠, 양말, 속옷을 가방에 넣기
시작했다. "그 친구는 나중에 괜찮아졌어요?"

"네." 섀넌이 말했다. "안경을 쓰지 않게 됐어요. 그리고 어느 날
내가 남자친구를 소개해줬더니 깜짝 놀라더라고요. 나더러 미안하
다면서, 자기가 내 마음을 아프게 한 것처럼 나도 자기 마음을 아
프게 할 기회가 생기면 좋겠다고 말했어요."

나는 바베이도스의 자동차 번호판을 가방에 넣으면서 빙긋 웃었
다. "그 이야기의 교훈이 뭔가요?"

"쓸데없는 죄책감이 때로는 누구에게도 도움이 되지 않는다."

"내가 죄책감을 느끼는 것 같아요?"

섀넌은 고개를 한쪽으로 기울였다. "그런가요?"

"무슨 죄책감일까요?"

"모르죠."

"나도 몰라요." 나는 가방의 지퍼를 닫았다.

내가 문을 열려는데 섀넌이 내 가슴에 한 손을 얹었다. 그 손길
에 열기와 냉기가 한꺼번에 내 몸을 타고 흘렀다.

"칼이 나한테 전부 얘기해준 것 같지 않아요, 그렇죠?"

"전부라니, 뭘요?"

"당신들 두 사람에 대해서."

"전부 얘기하는 건 언제나 불가능해요. 누구에 대해서든."

그러고 나서 나는 밖으로 나왔다.

칼이 엄마의 haaall에서 말없이 따뜻하게 날 폭 안아주며 배웅했다.

그러고 나서 나는 밖으로 나왔다.

가방과 이케아 대형 가방을 자동차 뒷좌석에 싣고 차에 오른 나는 운전대에 이마를 찧다가 시동을 켜고 예이테스빙엔 쪽으로 속도를 냈다. 순간적으로 그 가능성이 내 머리를 스쳤다. 영원한 해결책. 점점 커져만 가는 망가진 자동차와 시체 더미.

사흘 뒤 나는 오스 FK의 홈구장에 서 있었다. 그날 예이테스빙엔에서 운전대를 꺾을 걸 그랬다는 생각이 들 정도였다. 비가 억수같이 쏟아지고, 기온은 5도였으며, 스코어는 3-0이었다. 이 점수가 거슬리는 것은 아니었다. 축구 따위 내게는 아무것도 아니니까. 하지만 나는 또 다른 경기, 그러니까 올센과 과거를 상대로 우리가 이겼다고 생각했던 경기가 아직 전반전도 끝나지 않았다는 사실을 막 깨달은 참이었다.

23

칼이 캐딜락으로 나를 데리러 왔다.

"같이 가줘서 고마워." 그는 정비소 여기저기를 돌아다니며 말했다.

"상대가 누구야?" 나는 긴 장화를 신으며 물었다.

"기억 안 나." 칼은 선반 기계 앞에 서 있었다. "하지만 다른 리그로 강등되지 않으려면 꼭 이겨야 하는 경기인 것 같아."

"어떤 리그?"

"도대체 무슨 이유로 내가 축구에 대해 형보다 더 잘 안다고 생각하는 거야?" 칼은 손으로 벽에 걸린 도구들을 가볍게 쓸었다. 빌룸센이 가져가지 않은 물건들이었다. "여기가 나오는 악몽을 꾼 적이 있는데." 내가 시체를 자를 때 그 도구 중 일부를 사용했던 것을 떠올린 모양이었다. "그날 밤, 내가 토했지?"

"조금." 내가 말했다.

칼이 쿡쿡 웃었다. 그때 베르나르 삼촌의 말이 생각났다. 세월이 흐르면 모든 기억이 좋은 기억으로 변한다는 말.

칼이 선반에서 플라스틱병 하나를 꺼냈다. "그 세척제를 지금도

써?"

"프리츠 강력 세제? 쓰지. 하지만 지금은 그때만큼 고농축으로 만드는 게 법으로 금지돼 있어. EU의 규칙이야. 가자."

"그래, 가자." 칼은 빙긋 웃으며 납작한 모자를 빙빙 돌렸다. "Heia Os, knus og mos, tygg og spytt en aprikos!* 이거 기억나?"

기억났다. 하지만 홈구장의 다른 사람들, 덜덜 떨고 있는 백오십 명가량의 사람들은 그 옛날의 이 응원가를 잊어버린 것 같았다. 아니면 경기 시작 십 분 만에 우리가 이미 2-0으로 지고 있는 상황에서 그 노래를 부를 필요가 없다고 생각했거나.

"우리가 왜 여기 왔는지 잊지 않게 해줘." 나는 칼에게 말했다. 우리는 폭 7미터, 높이 2.5미터의 둥근 관중석 맨 아래 줄에 서 있었다. 관중석은 애스트로터프 경기장의 서쪽 절반을 감싸는 형태였다. 여러 개의 포스터에 분명히 명시되어 있듯이, 나무로 지은 이 관중석의 후원자는 오스 스파레방크였다. 옛날에 재가 깔려 있던 경기장을 인조 잔디로 덮는 비용은 빌룸센이 냈다는 사실을 모르는 사람이 없었다. 빌룸센은 동부의 최고 축구클럽에서 사용한 지 얼마 안 된 중고 인조 잔디를 사왔다고 주장했지만, 사실 그것은 인조 잔디 초창기부터 사용되던 낡은 물건이었다. 그때는 인조 잔디 때문에 선수들이 어딘가에 화상을 입거나 발목을 접질리거나 최소한 인대 하나는 찢어진 상태로 경기를 마치는 것이 거의 일상이었다. 동부의 축구클럽은 그보다 덜 위험한 새 인조 잔디를 깔기 위해 낡은 인조 잔디를 제거하는 작업을 해준다면 그것을 공짜로

---

* 상대 팀을 박살 내라는 응원 구호.

317

주겠다고 빌룸센에게 제안했다.

관중석에서는 어느 정도 전체를 조망할 수 있었지만, 이곳의 가장 중요한 기능은 서풍을 가려주는 것이었다. 이 마을의 가장 부유한 시민들에게 비공식적인 VIP 좌석을 제공하는 용도도 있었다. 그들은 관중석 맨 위의 일곱 줄을 차지했다. 신임 카운티 의회 의장인 보스 길베르트가 지금 서 있는 곳이 그곳이었다. 오스 FK의 파란색 유니폼 앞쪽에 로고가 장식돼 있는 오스 스파레방크의 행장과 빌룸 빌룸센도 함께였다. 빌룸센은 유니폼 등판의 번호 위에 빌룸센 중고차와 폐차장이라는 이름을 어떻게든 집어넣는 데 성공했다.

"우리 고향 팀을 응원하러 온 거지." 칼이 말했다.

"그럼 시끄럽게 소리를 좀 질러야겠네." 내가 말했다. "우리 편이 학살당하고 있잖아."

"오늘은 그냥 우리의 관심을 보여주기만 하면 돼. 그래야 내년에 우리가 이 클럽의 후원자가 되었을 때 사람들이 즐거울 때나 힘들 때나 이 팀과 함께한 열성 팬 두 사람이 그 돈을 냈다는 걸 알게 될 테니까."

나는 코웃음을 쳤다. "나는 경기장에 온 게 이 년 만에 처음이야. 너는 십오 년 만에 처음이고."

"하지만 이번 시즌에 남은 세 번의 홈경기에는 모두 와야지."

"이미 다른 리그로 강등된 뒤에도?"

"그러면 더 와야지. 그들이 패했을 때도 우리는 그들을 버리지 않았다, 사람들은 이런 걸 알아볼 거라고. 거기에 돈까지 들어오면, 그 전에 우리가 경기장에 온 적이 없다는 사실은 잊어버리는 거지. 어쨌든, 이제부터 '그들'이라고 하면 안 돼. '우리'라고 해야 돼. 이

축구팀과 오프가르는 한 팀이야."

"왜?"

"호텔에는 모든 사람의 호의가 필요하니까. 이 팀의 팬으로 보일 필요가 있어. 내년 이맘때쯤이면 이 팀은 나이지리아에서 훌륭한 공격수를 새로 사올 수 있을 거야. 지금 유니폼에서 '오스 스파레 방크'가 적힌 자리에는 '오스 스파 산정호텔'이라는 이름이 들어갈 거고."

"프로선수를 말하는 거야?"

"아니지, 미쳤어? 하지만 내가 아는 사람 하나가 오슬로의 래디슨 호텔에서 일하는 나이지리아인을 아는데 그 친구가 축구를 한 적이 있어. 실력이 얼마나 좋은지는 모르지만, 우리 호텔에서 더 높은 연봉으로 같은 일을 하겠느냐고 제안할 거야. 그거면 그 친구를 데려올 수 있을지 모르지."

"그래, 안 될 것도 없지. 설마 저 선수들보다 더 못하겠어?" 비가 쏟아지는 경기장에서 우리 팀의 레프트백이 방금 슬라이딩 태클을 시도했다. 안타깝게도 밝은 초록색의 플라스틱 잔디는 여전히 마찰력이 너무 강했기 때문에, 그 친구는 발을 헛디뎌 목표한 곳에서 5미터나 떨어진 곳에 배부터 떨어지고 말았다.

"그리고 형은 저 자리에 서 있게 될 거야." 칼이 고갯짓으로 맨 위 줄을 가리켰다. 나는 살짝 고개를 돌렸다. 신임 의장 보스 길베르트가 은행장, 빌룸센과 함께 거기에 서 있었다. 기공식 때 길베르트가 첫 삽을 뜨기로 했다는 말은 칼에게서 이미 들었다. 칼은 공사에 참여할 가장 중요한 업체들과 이미 계약을 마쳤다. 지금은 첫서리가 내리기 전에 공사를 시작하는 것이 관건이었다.

고개를 돌려보니 쿠르트 올센이 후보선수 자리 옆에 서서 감독과 이야기하는 모습이 보였다. 감독은 불편한 표정이었지만 왕년에 오스의 골게터로서 기록을 세운 선수의 조언을 대놓고 거부할 수는 없을 터였다. 쿠르트 올센이 나를 발견하고는 감독의 어깨에 한 손을 얹으며 마지막으로 한마디 더 조언을 해준 뒤 칼과 나를 향해 안짱다리로 성큼성큼 다가왔다.

"오프가르 형제가 축구에 관심이 있는 줄은 몰랐네." 그가 말했다.

칼은 빙긋 웃었다. "헤이, 네가 컵 대회에서 어떤 큰 팀하고 경기할 때 골을 넣은 걸 기억하는데. 대단했지?"

"그래." 올센이 말했다. "우리가 9-1로 졌지."

"쿠르트!" 뒤편에서 누군가가 소리쳤다. "자네가 지금 저기서 뛰어야겠어, 쿠르트!"

웃음이 터졌다. 담배를 입에 문 쿠르트 올센은 그 목소리가 들린 쪽을 향해 환히 웃으며 고개를 끄덕여 보이고는 다시 우리에게 시선을 돌렸다. "어쨌든 여기서 만나니 반가워. 너한테 물어보고 싶은 게 있거든, 칼. 너도 얼마든지 들어도 돼, 로위. 여기서 할까, 아니면 저기 핫도그 노점으로 걸어가면서 할까?"

칼은 머뭇거렸다. "핫도그가 좋겠네."

우리는 사나운 비바람을 뚫고 골대 뒤편의 핫도그 노점으로 향했다. 다른 관중들이 우리를 지켜봤던 것 같다. 팀은 2-0으로 지고 있고 카운티 의회 결의안이 얼마 전에 통과되었으니 지금은 칼 오프가르가 오스 FK보다 더 흥미로운 존재였을 가능성이 높다.

"우리 아버지가 실종되신 날의 시간대 구성에 관한 건데." 쿠르트 올센이 말했다. "넌 아버지가 6시에 너희 집에서 출발하셨다고 했어. 맞아?"

"워낙 오래전 일이긴 한데." 칼이 말했다. "그래도 맞을 거야. 기록에 그렇게 적혀 있다면."

"그래. 하지만 기지국에 수신된 신호에 따르면, 아버지의 휴대
전화는 그날 저녁 10시까지 너희 집 근처에 있었어. 그 뒤로는 신
호가 끊겼고. 아마 배터리가 방전되었거나, 누군가가 유심을 뺐거
나, 휴대전화가 망가진 거겠지. 아니면 휴대전화가 너무 깊은 곳에
묻혀서 신호가 전달되지 못했을 수도 있고. 그렇다면, 우리가 너희
농장 주변을 금속 탐지기로 확인해봐야 해. 그러니까 그 근처에 있
는 것들을 아무것도 손대지 마. 기공식 얘기가 들리던데, 그것도
연기해야 할 거야."

"무-뭐?" 칼이 말을 더듬었다. "그게 무슨……."

"그게 뭐?" 올센은 핫도그 노점 앞에서 걸음을 멈추고 콧수염을
쓰다듬으며 차분하게 칼을 바라보았다.

"얼마나 미루라는 거야?"

"흠." 올센은 아랫입술을 내밀고 계산을 해보는 것 같은 표정을
지었다. "그 일대가 넓으니까 삼 주. 사 주가 될 수도 있고."

칼은 앓는 소리를 냈다. "세상에, 쿠르트, 그러면 비용이 얼마나
드는지 알아? 계약한 업체들이 약속한 날에 일을 하러 올 거야. 게
다가 서리가……."

"미안해." 올센이 말했다. "그래도 의심스러운 죽음에 대한 수사
를 하면서, 이윤에 대한 너의 욕망까지 고려해줄 수는 없어."

"내 이윤만 말하는 게 아니잖아." 칼이 살짝 떨리는 목소리로 말
했다. "마을 전체가 걸린 일이야. 아마 요 오스도 같은 의견일걸."

"옛날 의장님?" 쿠르트는 핫도그 노점의 판매원에게 손가락 하
나를 들어 보였다. 그녀가 소시지 집게를 들어 자기 앞의 팬 안으
로 찔러 넣는 것을 보니 그 손짓에 모종의 의미가 있는 모양이었

다. "아까 신임 의장님하고 얘기를 해봤어. 지금 실제로 결정권을 쥔 보스 길베르트 의장님 말이야. 지금 저 위에 있어." 올센은 관중석 쪽을 고갯짓으로 가리켰다. "길베르트는 내 얘기를 듣고, 호텔 신축 프로젝트를 추진하는 사람이 어쩌면 살인이 될 수도 있는 사건에 연루되었다는 소식이 새어 나갈까 봐 무척 걱정하던데." 노점 판매원이 밀랍 종이에 핫도그를 얹어 올센에게 건넸다. "하지만 물론 자기는 내 수사를 막을 권한이 없다고 하더군."

"기자들한테는 뭐라고 말해?" 내가 물었다. "기공식이 연기됐다고 발표할 때를 말하는 거야."

쿠르트 올센은 고개를 돌려 나를 빤히 바라보다가 축축하고 흐물흐물한 소리를 내며 소시지를 한입 물고 씹어댔다. "난 모르겠는걸." 그가 돼지 내장이 가득한 입으로 말했다. "하지만 그렇지, 단 크라네라면 흥미로운 기삿거리라고 생각할 수도 있겠네. 자, 그럼 나는 이제 그날의 시간대 구성에 대한 의문을 풀 수 있을 거고 너는 기공식을 할 수 없다는 통보를 제대로 전달받은 거야, 칼. 후반전에는 경기가 잘 풀리기를 빈다."

쿠르트 올센은 쓰지도 않은 모자를 향해 경례하듯이 손가락 두 개를 올려 보이고는 자리를 떠났다.

칼이 돌아서서 나를 바라보았다.

당연히 나를 바라보았다.

우리는 경기가 끝나려면 아직 십오 분이 남았을 때 경기장을 떠났다. 우리 팀은 4-0으로 지고 있었다.

우리는 곧장 정비소로 차를 몰았다.

그동안 나는 계속 생각을 해보았다.

우리가 꼭 해야 하는 일이 몇 가지 있었다.

"됐어?" 칼이 물었다. 텅 빈 정비소에 그 목소리가 메아리쳤다.

나는 돌고 있는 선반 기계 위로 몸을 기울여 결과물을 살펴보았다. 칼이 올센의 휴대전화의 금속 외피에 대문자들을 도래송곳으로 새겨 넣었다. 시그문 올센이라는 이름이 선명했다. 어쩌면 좀 지나치게 선명한 것 같기도 했다.

"조금 더 손을 보는 게 낫겠어." 나는 이렇게 말하고 나서 휴대전화를 다시 가죽 케이스에 넣었다. 그리고 그것을 끈에 끼워 위아래로 조금 흔든 뒤, 끈의 클립이 휴대전화를 단단히 붙들고 있는지 확인했다. "가자."

나는 정비소와 사무실 사이의 복도에 서 있는 금속 옷장의 문을 열었다. 거기에 그것이 있었다.

"세상에." 칼이 말했다. "그동안 계속 여기에 둔 거야?"

"음, 우리가 전에 한 번 시험해봤을 때를 빼고는 한 번도 사용한 적 없어." 나는 이렇게 말하고 나서 노란색 산소탱크를 흔들어보고, 살짝 썩은 잠수복에 몸을 쑤셔 넣었다. 물안경과 스노클은 선반 위에 있었다.

"섀넌한테 전화해서 늦을 거라고 미리 말해야겠네." 칼이 말했다.

24

그날 밤 정비소로 돌아왔을 때 나는 너무 추워서 몸의 떨림이 멈추질 않았다. 칼이 차 안에서 추위를 녹이라며 술이 들어 있는 수통을 건네주었다. 칼이 섀넌이 있는 집으로 차를 몰고 떠난 뒤 나는 그 수통에 의지했다. 섀넌은 아마 따뜻한 더블 침대에 누워 칼을 기다리고 있을 것 같았다. 빌어먹을, 나는 질투하는 게 맞았다. 그렇지 않은 척하는 건 포기해버렸다. 하지만 그래봤자 무슨 소용일까? 어차피 가질 수 없는 것을. 갖고 싶지도 않았다. 나는 지붕 기술자 모에처럼 나 자신의 욕망을 상대로 가망 없는 싸움을 벌이고 있었다. 이 끔찍한 병을 다 몰아낸 줄 알았는데, 그 병이 다시 도졌다. 거리를 두고 잊으려 노력하는 것만이 나의 유일한 희망이었다. 내 일에 끼어들어 나를 노토덴으로 보내버릴 사람이 없으니 내가 스스로 움직이는 수밖에 없었다.

나는 세차장의 잠금장치를 열고 호스를 파이프에 연결한 뒤 더운물을 틀었다. 그리고 옷을 벗고 델 것처럼 뜨겁고 세찬 물줄기 앞에 섰다. 갑자기 온도가 오른 탓이었는지, 남자들이 교수대에 매달렸을 때와 똑같은 생리적 반응이었는지, 물에서 피어오른 열기가 내 머릿속에서 더블 침대의 이불 속 열기로 변환된 건지 잘 모르겠다. 어쨌든 그 상상 속에서 침대에 누워 있는 사람은 나였다. 그렇게 눈을 감고 선 채로 나는 적어도 두 가지를 느꼈다. 목에서 올라오는 흐느낌. 발기해서 욱신거리는 성기.

물이 쉭쉭 쏟아져 나오는 소리 때문에 문에서 열쇠를 돌리는 소리가 들리지 않은 모양이었다. 문이 열리는 소리를 듣는 것과 동시에 나는 눈을 떴다. 그리고 문 앞의 어둠 속에서 그녀의 윤곽을 보자마자 최대한 빨리 등을 돌렸다.

"어머, 죄송해요!" 물소리 속에서 율리가 외치는 소리가 들렸다. "닫혀 있어야 하는 세차장에 불이 켜진 걸 보고……."

"그래!" 나는 위스키와 흘리지 못한 눈물과 수치심이 진하게 밴 목소리로 율리의 말을 잘랐다.

문이 닫히는 소리가 들린 뒤에도 나는 고개를 수그리고 가만히 서 있었다. 나 자신을 내려다보았다. 흥분이 사라져 성기가 수그러들고 있었다. 놀란 가슴만 아직 남아 있었다. 마치 방금 비밀을 들킨 사람처럼. 내가 어떤 사람이고 무슨 짓을 했는지 이제 모두 알게 되기라도 한 것처럼. 그 저주받을 배신자, 비겁자, 살인범, 바람둥이. 알몸이 드러났다. 완전히. 하지만 곧 심장도 원래의 속도를 찾았다. "모든 걸 잃었을 때 좋은 점은 더 이상 잃을 것이 없다는 거지." 베르나르 삼촌은 시한부 선고를 받은 뒤 문병을 온 내게 이렇게 말했다. "어떤 의미에서는 마음이 놓이기도 해, 로위. 이젠 달리 겁낼 것이 없거든."

그러니 당시 나는 모든 것을 잃은 상태가 아니었음이 분명하다. 여전히 겁이 났으니까.

나는 물기를 닦고 바지를 입은 뒤 신발을 찾아 몸을 돌렸다.

율리가 문 옆의 의자에 앉아 있었다.

"괜찮으세요?" 그녀가 물었다.

"아니. 손가락이 부러졌어."

"웃기는 소리 마세요. 내가 다 봤어요."

"그래." 나는 신발을 신으면서 말했다. "날 봤다니 말인데, 너한테 괜찮으냐는 말을 듣는 게 좀 상처가 된다."

"웃기는 소리 마시라니까요. 아까 울고 계셨잖아요."

"아냐. 샤워할 때 얼굴에 물이 묻는 건 이상한 일이 아니야. 너 원래 오늘 근무가 아니잖아."

"맞아요. 저기서 자동차에 타고 있다가 오줌이 마려웠어요. 하지만 숲속으로 들어가기는 싫었거든요. 여기 화장실 써도 돼요?"

나는 머뭇거렸다. 주유소 화장실을 쓰라고 말할 수도 있겠지만, 소년 폭주족들에게 너희가 우리 주차장을 만남의 장소로 쓰는 것도 거슬리는데 주유소 화장실까지 들락거리는 건 싫다는 말을 우리가 한 적이 있다는 게 문제였다. 게다가 율리한테서 직접 이런 말을 들었으면서 나무 뒤로 돌아가서 볼일을 보라고 말할 수도 없는 노릇이었다.

내가 옷을 다 입은 뒤 율리는 타박타박 나를 따라서 정비소 안으로 들어왔다.

"아늑하네요." 화장실에서 볼일을 보고 나온 그녀는 이렇게 말하고 나서 내 방의 벽을 둘러보았다. "저기 복도에 왜 젖은 잠수복이 걸려 있어요?"

"말리려고."

율리의 입술이 뾰로통해졌다. "한잔 마셔도 돼요?" 그녀는 제멋대로 커피 메이커에 다가가 건조대에서 깨끗한 잔을 하나 꺼내 커피를 채웠다.

"친구들이 널 기다리겠다." 나는 그녀에게 주의를 주었다. "이러다 널 찾는다고 숲속을 뒤지겠어."

"그럴 리가요." 율리는 침대에 나와 나란히 앉았다. "내가 알렉스랑 싸웠으니 다들 집으로 갔을 거예요. 점장님은 여기서 뭐 하세요? 텔레비전 봐요?"

"대충 그렇지."

"저건 뭐예요?" 율리는 부엌으로 쓰는 공간의 벽에 걸린 자동차 번호판을 가리켰다. 나는 갖고 있던 번호판 도감《세계의 자동차 번호판》을 뒤져서 'J'가 성 요한 교구를 뜻한다는 사실을 알아냈다. 글자 다음에는 숫자 네 개가 있었다. 국기든 뭐든 국가를 알아낼 수 있는 특징은 전혀 없었다. 캐딜락에 달린 모나코 번호판처럼. 어쩌면 바베이도스가 섬나라라서 그 나라에 등록된 자동차들은 국경을 넘는 일이 없기 때문일 수도 있었다. 나는 구글로 레드레그라는 단어도 검색해본 결과 그들 중 대부분이 성 요한 교구에 산다는 사실을 알게 되었다.

"말레이시아 조호르의 자동차 번호판이야." 내가 말했다. 몸이 이제야 좀 따뜻해져서 긴장이 풀렸다. "말레이시아에 있는 옛 술탄국이지."

"쳇." 율리의 이 감탄사가 번호판을 향한 것인지, 술탄국을 향한 것인지, 나를 향한 것인지는 알 수 없었다. 율리가 내 옆에 어찌나 붙어 앉았는지, 팔과 팔이 부딪칠 정도였다. 이번에는 그녀가 나를 향해 고개를 돌리고는 내게도 똑같이 하라는 듯이 기다렸다. 내가 이 상황에서 후퇴할 방법을 열심히 생각하고 있는데, 율리가 내 휴대전화를 침대 끝으로 던져버리고 양팔로 나를 끌어안더니 목에 얼굴을 묻었다. "우리 잠깐 같이 누워 있으면 안 돼요?"

"그럴 수 없다는 거 알잖아, 율리." 나는 움직이지도 않고, 율리의 포옹에 반응하지도 않았다.

율리가 내 얼굴을 향해 자신의 얼굴을 들었다. "술 냄새가 나요, 로위. 술 마셨어요?"

"조금. 너도 마신 것 같은데."

"그럼 우리 둘 다 핑계가 있는 거네요." 율리는 이렇게 말하면서 웃음을 터뜨렸다.

나는 대답하지 않았다.

율리가 나를 뒤로 밀어 눕히고 위에 올라앉아서 말에게 박차를 가할 때처럼 양쪽 발꿈치로 내 허벅지를 눌렀다. 나는 마음만 먹으면 쉽게 율리를 떨쳐낼 수 있었지만 그렇게 하지 않았다. 율리가 앉은 채로 나를 내려다보았다. "잡았다." 나직한 목소리였다.

그래도 나는 대답하지 않았다. 하지만 내 것이 다시 단단해지는 것이 느껴졌다. 율리도 분명히 느끼고 있을 터였다. 율리가 조심스레 몸을 움직이기 시작했다. 나는 그녀를 말리지 않고 그냥 지켜보기만 했다. 그녀의 시선이 몽롱해지더니 숨소리가 거칠어졌다. 나는 눈을 감고 다른 사람을 상상했다. 율리의 손이 내 손목을 매트리스에 누르고, 풍선껌 냄새가 나는 숨결이 내 얼굴에 닿았다.

나는 몸을 굴려 율리를 벽 쪽으로 떨어뜨리고 일어섰다.

"왜요?" 조리대로 걸어가는 나를 향해 율리가 소리쳤다. 나는 수도에서 물을 한 잔 받아서 마신 뒤 다시 잔을 채웠다.

"그만 가봐." 내가 말했다.

"로위도 원하잖아요!" 율리가 반발했다.

"맞아. 그러니까 네가 가야 돼."

"아무도 모를 거예요. 다들 내가 집에 간 줄 안다니까요. 집에서는 내가 알렉스네 집에서 자고 오나 보다 할 거고요."

"안 돼, 율리."

"왜요?"

"넌 열일곱 살이야……."

"열여덟이에요. 이틀만 지나면 열여덟 살."

"……난 네 직장 상사야……."

"내일 그만두면 돼요!"

"……그리고……." 나는 말을 멈췄다.

"그리고?" 율리가 소리를 질렀다. "그리고?"

"나는 다른 사람을 좋아해."

"좋아해요?"

"사랑해. 다른 사람을 사랑하고 있어."

이어진 침묵 속에서 내 말이 여운을 남기며 사라졌다. 그것은 내가 나 자신에게 한 말이었다. 진실처럼 들리는지 들어보려고 소리 내서 한 말이었다. 진실처럼 들렸다. 당연히.

"누군데요?" 율리가 딸꾹질을 했다. "의사예요?"

"뭐?"

"스핀드 선생님?"

나는 대답을 하지 못하고 손에 잔을 든 채 그냥 가만히 서 있었다. 율리는 침대에서 내려와 재킷을 입었다.

"그럴 줄 알았어!" 그녀는 나를 밀치고 밖으로 나가며 소리쳤다.

나는 그 뒤를 따라가 문간에 서서 그녀를 지켜보았다. 율리는 아스팔트를 부수려는 기세로 발을 쾅쾅 구르며 걸어갔다. 나는 문을 잠그고 안으로 들어와 침대에 누웠다. 헤드폰을 휴대전화에 꽂고 재생을 눌렀다. J. J. 케일. '울고 있는 눈'.

25

다음 날 아침 포르셰 카옌 한 대가 주유소 앞마당으로 들어왔다. 남자 둘과 여자 한 명이 내리더니, 남자 한 명이 기름을 채우는 동안 다른 두 사람은 다리운동을 했다. 여자는 금발이고 노르웨이식으로 차분하게 차려입었지만, 왠지 오두막에 놀러 온 사람은 아닌 것 같았다. 남자는 흠잡을 데 없는 모직 코트에 목도리를 매고, 우스꽝스러울 정도로 커다란 선글라스를 쓰고 있었다. 여자들이 자신이 예쁘지는 않지만 그래도 뭔가 한 수는 갖고 있다는 사실을 사람들에게 알리고 싶을 때 쓰는 선글라스였다. 그는 양팔을 많이 움직이며 말에 활발한 몸짓을 곁들였다. 여기저기를 가리키며 여자에게 설명도 해주었지만, 나는 그가 이 동네에 처음 온 사람이라는 데에 돈을 걸 수도 있었다. 그가 노르웨이 사람이 아니라는 데에도 역시 내기를 걸 수 있었다.

주위가 조용하고 나는 심심했다. 가끔 여행자들에게서 흥미로운 이야기를 들을 수 있다는 생각을 해낸 나는 그들에게 다가가 포르셰 앞 유리를 닦아주며 어디로 가는 길이냐고 물었다.

"서쪽으로요." 여자가 말했다.

"아, 그걸 놓칠 수는 없죠." 내가 말했다.

여자는 웃음을 터뜨리며 선글라스 쓴 남자에게 영어로 내 말을 번역해주었다. 남자도 웃음을 터뜨렸다.

"새로 찍을 영화의 촬영 장소를 찾는 중입니다." 남자가 영어로 말했다. "여기도 흥미로워 보이네요."

"영화감독이세요?" 내가 물었다.

"감독 겸 배우죠." 그는 이렇게 말하고 나서 선글라스를 벗었다. 잘 관리된 얼굴과 지독히 파란 눈이 드러났다. 그가 내 반응을 기다리고 있었다.

"이쪽은 데니스 쿼리예요." 여자가 넌지시 나를 재촉했다.

"로위 칼빈 오프가르입니다." 나는 빙긋 웃고는 유리창의 물기를 닦은 뒤 다른 주유기로 갔다. 시작한 김에 그것도 닦을 생각이었다. 그래, 뭐, 정말로 재미있는 이야기를 지닌 손님들이 가끔 들어오기는 한다.

캐딜락이 앞마당으로 미끄러지듯 들어오더니 칼이 뛰어내렸다. 그는 주유기 노즐 하나를 고리에서 꺼내다가 나를 보고 무슨 일이냐는 듯 눈썹을 올렸다. 칼은 축구 경기와 잠수가 있었던 그날 이후 이틀 동안 내게 같은 질문을 열 번이나 던졌다. 놈들이 미끼를 물었을까? 나는 고개를 저었다. 그와 동시에 조수석에 앉은 섀넌을 보고 심장이 덜컹했다. 어쩌면 그녀도 파란 눈의 미국인을 보고 심장이 덜컹했는지도 모른다. 한 손으로 입을 가리더니 가방 안을 뒤져 펜과 종이를 찾아내서 그에게 달려갔기 때문이다. 그가 사인을 해주며 빙그레 웃는 것이 보였다. 그의 조수가 자동차로 다가와 올라타는 동안 데니스 쿼리는 그 자리에 서서 섀넌과 이야기를 나눴다. 그녀가 돌아서려는데 그가 그녀를 불러 세우더니 펜과 종이를 다시 가져가서 뭔가를 적었다.

나는 칼에게 다가갔다. 칼의 얼굴이 잿빛이었다.

"걱정돼?" 내가 물었다.

"조금."

"영화배우래."

칼이 비틀린 미소를 지었다. "그거 말고." 내 말이 농담이라는 건 칼도 알고 있었다. 칼은 결코 질투를 이해하지 못했다. 옛날 오르툰의 무도회에서 매번 상황을 일찍 알아차리지 못한 것도 그 때문이었다. "기공식 때문에." 칼이 한숨을 내쉬었다. "길베르트한테 전화가 왔는데, 첫 삽을 뜨는 역할을 해줄 수 없대. 무슨 문제가 생겼다고. 자세한 말은 안 하는데 틀림없이 쿠르트 올센 때문일 거야. 망할 자식!"

"진정해."

"진정? 사방에서 기자들을 초대해놨어. 이건 위기라고." 칼은 자유로운 손으로 얼굴을 쓸었지만, 그 와중에도 어떤 남자에게 웃으며 인사를 건넸다. 내 생각에 은행에서 일하는 남자였던 것 같다. "신문에 어떤 제목이 실릴지 벌써 보이지 않아?" 그 남자가 멀리 떨어진 뒤 칼이 다시 말을 이었다. "살인사건 수사로 호텔 공사 지연. 기업가 본인이 중요 용의자."

"애당초 기자들이 살인이니 용의자니 하고 쓸 근거가 없잖아. 게다가 기공식은 아직 이틀이나 남았어. 그 전에 일이 잘 풀릴지도 모르지."

"지금 잘 풀려야지, 로위. 식을 취소할 거라면 오늘 오후에 결정을 내려야 한다고."

"저녁에 친 그물은 대개 다음 날 아침에 거둬들이는 법이야."

"뭔가가 잘못됐다는 거야?"

"그물 주인이 그물을 더 오래 펼쳐두고 있을 가능성이 있다는 얘기야."

"하지만 그물을 너무 오래 펼쳐놓으면 잡힌 물고기들이 다른 녀석들한테 잡아먹힌다며."

"바로 그거야." 나는 이렇게 말하고 나서 내가 언제부터 '바로 그거야'라는 말을 쓰기 시작했는지 모르겠다는 생각을 잠깐 했다. "그러니까 십중팔구 오늘 아침에 그물을 걷었을 거야. 아니면 단순히 그물 주인이 신고를 늦게 하는 것일 수도 있고. 진정해."

영화배우 일행이 탄 SUV가 중앙 고속도로에 올라설 때 섀넌이 우리에게 다가왔다. 그녀는 얼굴을 빛내며, 심장이 튀어 가지 않게 붙잡으려는 듯 한 손을 가슴에 대고 있었다.

"사랑에 빠졌어?" 칼이 물었다.

"천만에." 섀넌이 대답하자, 칼이 크게 웃음을 터뜨렸다. 조금 전까지 우리가 나눈 이야기를 벌써 잊어버린 것 같았다.

한 시간 뒤 낯익은 자동차 한 대가 또 주유소 앞마당의 디젤 주유기 앞에 섰다. 오늘 하루가 점점 흥미로워진다는 생각이 들었다. 내가 밖으로 나가는 동안 쿠르트 올센이 랜드로버에서 내렸다. 그의 성난 표정을 보고 나는 드디어, 재미있는 이야기가 왔구나, 하는 생각이 들었다.

나는 양동이에 스펀지를 담갔다 꺼낸 뒤 그의 자동차 와이퍼를 잡아당겼다.

"괜찮아." 그가 저지했지만, 내가 이미 앞 유리창에 비눗물을 잔뜩 끼얹은 뒤였다.

"시야가 밝으면 밝을수록 좋잖아." 내가 말했다. "더구나 가을이 가까운 지금은."

"네 도움이 없어도 앞은 잘 보이는 것 같은데, 로위."

"그런 소리 마." 나는 더러운 물을 유리창에 뿌리면서 말했다. "칼이 왔다 갔어. 오늘쯤 기공식을 취소해야 할 것 같대."

"오늘?" 쿠르트 올센이 시선을 들었다.

"응. 진짜 안타까워. 학교 관악대도 크게 실망할 거야. 그동안 열심히 연습했으니. 노르웨이 국기도 오십 개 샀는데, 하나도 남은 게 없어. 마지막 순간에 사형 집행이 정지될 가망은 전혀 없는 거야?"

쿠르트 올센은 시선을 내리고 땅에 침을 뱉었다.

"네 동생한테 기공식을 열어도 된다고 해."

"응?"

"맞아." 올센이 작은 목소리로 말했다.

"수사에 뭔가 진전이 있었어?" 나는 단어를 조심스레 골랐을 뿐만 아니라, 목소리 또한 빈정거리는 것처럼 들리지 않게 조심했다. 그리고 비눗물을 또 끼얹었다.

올센이 허리를 쭉 펴고 콜록거렸다. "오늘 아침에 오게 프레드릭센한테서 전화가 왔어. 우리 오두막 근처에 살면서 우리 보트하우스 바로 앞에 그물을 펼쳐두는 사람이거든. 오래전부터."

"설마." 나는 스펀지를 양동이에 떨어뜨리고 고무 유리닦이를 집어 들면서 말했다. 나를 뚫어버릴 듯이 바라보는 쿠르트의 시선은 알아차리지 못한 척했다.

"오늘 아침에 프레드릭센이 이상한 물고기를 한 마리 잡았대. 우리 아버지의 휴대전화."

"세상에." 내가 유리닦이로 유리를 문지르자 고무에서 작게 끽끽거리는 소리가 났다.

"프레드릭센 말로는, 휴대전화가 그 자리에 십육 년 전부터 계속 있었던 것 같다더군. 침전물에 뒤덮여서 당시 아버지를 찾으러 들어갔던 잠수부들이 못 본 것 같다고. 자기가 그물을 펼칠 때마다 그물이 휴대전화에 스쳤을 거래. 그러다 오늘 아침에 그물을 걷을 때 그물 아래쪽이 우연히 케이스 클립 아래로 들어가는 바람에 휴대전화가 딸려 올라온 거지."

"대단한 일이네." 나는 휴지를 한 장 찢어서 유리닦이의 고무 날을 닦으며 말했다.

"대단한 일이라는 말로는 부족하지. 십육 년 동안 그물을 쳤는데, 휴대전화가 이제야 거기에 걸리다니."

"그런 게 바로 이른바 혼돈이론의 정수 아냐? 무슨 일이든 조만간 일어나게 돼 있다. 가장 가능성이 희박한 일까지도."

"그건 알겠어. 하지만 왜 하필 지금인지가 이상해. 너무 극적이잖아."

올센은 아마 이렇게 말하고 싶었을 것이다. '너랑 칼에게 너무 좋은 일이잖아.'

"게다가 옛날에 밝혀진 그 시간대 구성하고도 안 맞아." 쿠르트 올센은 이렇게 말하고 나서 나를 바라보며 반응을 기다렸다.

그가 무엇을 원하는지 알 것 같았다. 내가 반박하기를 원할 것이다. 목격자의 말을 항상 믿을 수 있는 것은 아니라거나, 스스로 목숨을 끊을 만큼 깊은 절망에 빠진 사람이 항상 논리적인 행동을 하는 건 아니라고. 아니면 심지어 기지국 쪽에 실수가 있었을지 모른다는 말까지. 하지만 나는 그 유혹에 저항했다. 검지와 엄지로 내

턱을 잡고 천천히 고개를 끄덕였다. 아주 천천히. 그리고 이렇게 말했다. "그래, 그런 것 같네. 디젤?"

올센은 나를 한 대 때리고 싶은 표정이었다.

"뭐, 그래도 이제 최소한 유리창으로 길을 볼 수는 있게 됐잖아." 내가 말했다.

그는 자동차 문을 쾅 닫고 시동을 걸었다. 하지만 곧 페달을 부드럽게 밟으면서 차분하게 유턴해서 천천히 고속도로로 빠져나갔다. 그가 백미러로 나를 지켜보고 있다는 걸 알기 때문에, 나는 손을 흔들고 싶은 것을 힘들게 참았다.

26

신기한 광경이었다.

거센 바람이 북서쪽에서 불어오고, 여기 사람들 표현처럼 비가 고양이와 토끼같이 마구 쏟아졌다. 그런데도 비옷을 갖춰 입고 부들부들 떨고 있는 사람 백여 명이 여기 산 위에 모여, 정장을 입은 칼이 보스 길베르트와 포즈를 취하는 모습을 지켜보았다. 의장의 직위를 상징하는 체인을 착용하고 정치가로서 최고의 미소를 지은 길베르트와 칼은 모두 삽을 들고 있었다. 지역신문사를 비롯한 여러 언론사의 사진기자들이 열심히 찰칵찰칵 셔터를 누르는 가운데, 오르툰 학교 관악대가 거센 바람 속에서 'Mellom Bakkar og Berg'*를 연주하는 소리가 어렴풋이 들렸다. 길베르트는 약간의 유머를 곁들여 '신임 의장님'이라고 소개되었지만, 그는 기분 나쁜 기색이 전혀 없었다. 요 오스 이후의 의장들이 모두 그렇게 불렸기 때문이었다. 나는 보스 길베르트를 특별히 싫어할 이유가 없었지만, 머리 앞쪽에 머리카락이 벗어진 부분이 있고 미들 네임을 퍼스

---

* 노르웨이에서 가장 유명한 노래 중 하나로 노르웨이 서부의 비공식적인 찬가. 제목은 '고지와 산들 사이에서'라는 뜻이다.

트 네임으로 쓰고 있기 때문에 확실히 수상쩍은 구석이 있었다. 그래도 그를 오스 카운티 의회 의장직에서 끌어내릴 정도는 아니었다. 어쨌든 장차 카운티의 규모가 커진다면 의장 자리를 놓고 더욱 치열한 경쟁이 벌어질 테니, 길베르트는 저런 머리 모양으로는 분명히 애를 먹을 터였다.

칼이 길베르트에게 삽으로 먼저 흙을 뜨라는 신호를 보냈다. 그가 들고 있는 삽은 이 행사를 위해 특별히 리본과 꽃으로 장식되어 있었다. 길베르트는 사진기자들을 위해 웃어 보이면서 첫 삽을 떴다. 젖은 머리카락이 우연히 빗어 넘긴 것처럼 그의 대머리 부위에 찰싹 달라붙어 있다는 사실을 모르는 것이 분명했다. 길베르트가 뭐라고 재치 있는 말을 던지자, 알아들은 사람이 전혀 없는데도 가까이에 있던 사람들은 성실하게 웃음을 터뜨렸다. 모두 박수를 치고, 길베르트는 뒤집힌 우산을 들고 있는 비서에게 서둘러 다가갔다. 사람들은 모두 길가에 세워둔 버스를 향해 산길을 씩씩하게 걸어갔다. 축하 모임이 벌어질 프리트팔로 우리를 데려다줄 버스들이었다.

검은 깃털의 지오반니는 손님들과 탁자 다리 사이를 불안한 듯 돌아다녔다. 나는 에릭이 나를 향해 오만상을 찌푸리고 서 있는 바에서 술을 가져왔다. 빌룸센, 요 오스, 단 크라네와 대화를 나누는 칼과 합류할까 생각해보았으나, 그 대신 섀넌이 있는 곳으로 향했다. 그녀는 스탠리, 길베르트, 시몬 네르가르와 함께 서 있었다. 그들은 데이비드 보위와 지기 스타더스트에 대해 이야기하는 것 같았다. 십중팔구 스피커에서 쾅쾅 울려 나오는 '스타맨'* 때문인 듯

---

* 데이비드 보위의 노래.

싶었다.

"당연히 변태죠. 여자처럼 옷을 입잖아요." 시몬이 말했다. 이미 살짝 취해서 다소 공격적인 말투였다.

"변태라는 말이 동성애자를 뜻하는 거라면, 이성애자 중에도 여자처럼 보이는 남자들이 있습니다." 스탠리가 말했다.

"난 그런 거 역겨워요." 시몬이 신임 의장을 바라보며 말했다. "자연에 어긋나잖아요."

"꼭 그렇지는 않아요." 스탠리가 말했다. "동물들도 그럴 때가 있는걸요. 로위, 새에 관심이 많으니까 알겠네요. 새들 중에 수컷이 암컷을 흉내 내는 종이 있잖아요. 암컷과 똑같은 깃털로 암컷처럼 위장하죠."

다른 사람들이 모두 나를 바라보자, 내 얼굴이 점점 달아올랐다.

"그것도 특별한 경우에만 그러는 게 아니에요." 스탠리가 말을 이었다. "암컷의 형태를 평생 유지하잖아요, 그렇죠?"

"제가 아는 산새 중에는 없는데요." 내가 말했다.

"봤죠?" 시몬이 이렇게 말하자, 스탠리는 실망했다는 듯이 나를 잠깐 바라보았다. "자연은 실용적이에요. 그러니 여자처럼 차려입는 게 도대체 무슨 의미가 있겠어요?"

"아주 간단해요." 섀넌이 말했다. "위장한 수컷들은 성性의 시장에서 경쟁자가 될 수 있는 다른 수컷들을 물리치려고 하는 알파 수컷들의 관심을 피할 수 있어요. 알파 수컷이 싸우는 동안, 위장한 수컷들은 말하자면 몰래 짝짓기를 하죠."

길베르트 의장이 인심 좋게 웃음을 터뜨렸다. "나쁜 전략은 아니네요."

스탠리가 섀넌의 팔에 손을 올렸다. "드디어 사랑이라는 게임의 복잡성을 이해하는 분이 나타났네요."

"뭐, 그렇게 어려운 문제도 아닌데요." 섀넌이 빙긋 웃으며 말했다. "우리는 모두 가장 편안한 생존 전략을 찾아 헤매죠. 그러다 개인적으로든 사회적으로든 그 전략이 더 이상 효과를 발휘하지 못하는 상황과 맞닥뜨리면, 비록 조금 덜 편안하더라도 그 상황에 필요한 다른 전략을 시도하게 돼요."

"가장 편안한 전략이라는 건 무슨 뜻입니까?" 보스 길베르트가 물었다.

"사회의 규칙을 따르는 전략이죠. 그러면 제재를 당할 위험이 없으니까요. 다른 말로는 도덕이라고도 해요, 의장님. 그러다 그게 효과가 없으면, 우리가 규칙을 어기게 되는 거예요."

길베르트는 굵은 눈썹 한쪽을 치떴다. "딱히 가장 편안한 방법이 아닌데도 도덕적으로 행동하는 사람이 많습니다."

"그건 부도덕한 사람으로 보일 거라는 생각만으로도 너무 불쾌해져서 결정을 내릴 때 그 점을 중요하게 생각하는 사람들이 있기 때문이에요. 하지만 만약 우리가 투명 인간이라서 어떤 행동을 해도 잃을 것이 없다면, 전혀 신경 쓰지 않게 될 거예요. 사실 우리는 모두 생존과 유전자 증진을 인생 최고의 목표로 삼고 있는 기회주의자들이에요. 그러니 영혼도 기꺼이 팔아넘길 수 있는 거죠. 다만 몇몇 사람들이 다른 대가를 요구하는 것뿐이에요."

"아멘." 스탠리가 말했다.

길베르트는 쿡쿡 웃으며 고개를 저었다. "이거야 원, 대도시 사람들 이야기네요. 우리한테는 너무 벅차요. 그렇지, 시몬?"

"다른 말로는 허튼소리라고도 하죠." 시몬이 잔을 비우고 다시 잔을 채우려고 주위를 둘러보며 말했다.

"자, 자, 시몬." 의장이 말했다. "이건 기억해야 합니다, 오프가르 부인. 이 나라 사람들은 제2차 세계대전 때 올바른 도덕적 가치를 위해 목숨을 희생했어요."

"우리가 계속 영화로 만드는 그 중수공장 파괴작전에서 희생된 열두 명을 말하는 겁니다." 스탠리가 말했다. "나머지 사람들은 대체로 나치가 무슨 일을 하든 그냥 내버려뒀어요."

"입 다물어요." 시몬이 말했다. 눈꺼풀이 눈동자 위로 절반쯤 늘어져 있었다.

"그 열두 명은 도덕적 가치를 위해 목숨을 바쳤다고 볼 수 없어요." 섀넌이 말했다. "그 사람들은 조국을 위해, 자기들 마을을 위해, 가족을 위해 그렇게 한 거예요. 만약 히틀러가 경제적, 정치적 상황이 독일과 똑같은 노르웨이에서 태어났다면, 역시 여기서도 권좌에 앉았을 거예요. 그리고 중수공장을 파괴한 그 사람들은 히틀러를 위해 싸웠겠죠."

"아, 씨팔!" 시몬이 고함쳤다. 나는 그를 저지해야 할 경우에 대비해서 한 걸음 앞으로 다가갔다.

하지만 섀넌은 굴하지 않았다. "아니면 1930년대와 1940년대의 독일인들이 철저한 비도덕에 물든 세대라고 생각하세요? 당시의 노르웨이인들은 운 좋게 그렇지 않았고요?"

"그건 아주 강한 주장입니다, 오프가르 부인."

"강해요? 도발적일 수는 있겠죠. 조국의 역사에 깊은 애정을 품은 노르웨이 사람이라면 불쾌하게 느낄 수도 있겠네요. 제가 말하려는 건, 행동의 동인으로서 도덕이 인간 사회에서 과대평가되어 있다는 것뿐이에요. 반면 같은 무리에 대한 우리의 충성심은 과소평가되었고요. 우리는 자신이 속한 집단이 위협을 받고 있다는 생

342

각이 들 때, 우리의 목적에 맞는 도덕을 형성해요. 모든 역사에 등장하는 가문 간의 유혈 복수극과 종족 학살을 저지른 범인은 괴물이 아니라, 우리처럼 자기가 도덕적으로 올바른 행동을 하고 있다고 믿는 인간들이었어요. 우리는 무엇보다도 먼저 자신이 속한 집단에 충성을 바치고, 그다음에 그 집단의 필요에 맞게 변화하는 도덕에 충성합니다. 저의 삼촌 할아버지는 쿠바 혁명에 참여하셨는데, 지금도 피델 카스트로를 보는 정반대의 두 가지 시각이 존재하죠. 하지만 둘 다 도덕적인 면에서는 똑같이 교조적이에요. 우리 각자가 카스트로를 보는 시각을 결정하는 건 우리가 정치적으로 우파인가 좌파인가 하는 점이 아니라, 카스트로가 우리의 가까운 사람들에게 어떤 영향을 미쳤는가 하는 점이에요. 즉, 우리의 가족이나 친척이 아바나에서 정부의 관리가 되었는가, 아니면 마이애미로 피난을 왔는가가 중요한 거죠. 다른 건 모두 부차적이에요."

누가 내 소매를 잡아당기는 것이 느껴져서 나는 고개를 돌렸다. 그레테였다.

"나랑 잠깐 이야기할 수 있어?" 그녀가 속삭였다.

"안녕, 그레테. 우리가 지금 한창 대화 중이라……."

"몰래 하는 짝짓기." 그레테가 말했다. "아까 들었어."

이 말을 하는 그녀의 태도 때문에 나는 그녀를 더 자세히 살펴보게 되었다. 그녀의 말이 내가 품고 있던 육감, 내가 이미 생각해본 가능성과 공명했다.

"그래, 가자." 나는 이렇게 말하고 나서 그녀와 함께 바로 향했다. 스탠리와 섀넌의 시선이 등 뒤에 느껴졌다.

"칼의 아내한테 네가 전해주었으면 하는 게 있어." 어느 정도 거리를 벌린 뒤, 그레테가 말했다.

"왜?" 나는 '뭔데?'라고 묻지 않았다. 그것이 무엇인지 이미 알기 때문이었다. 그레테의 어두운 눈빛에 답이 있었다.

"그 여자가 네 말은 믿을 테니까."

"내가 그냥 전해주기만 하는 건데 왜 믿을 거라고 확신해?"

"네가 직접 하는 말처럼 할 거잖아."

"내가 왜 그래야 하는데."

"너도 나랑 같은 걸 원하니까, 로위."

"원하다니, 뭘?"

"둘이 헤어지는 거."

나는 충격받지 않았다. 놀라지도 않았다. 그냥 홀린 듯 바라보았다.

"왜 이래, 로위. 칼과 저 남쪽 여자가 서로 안 어울린다는 건 우리 둘 다 알잖아. 우린 순전히 두 사람을 위해서 이러는 거야. 저 여자가 사실을 스스로 알아가면서 천천히 고통받지 않게 해주는 거지. 불쌍한 여자잖아."

나는 바싹 마른 목구멍을 적시려고 애썼다. 몸을 돌려 가버리고 싶었지만 그러지 못했다. "알아가다니, 뭘?"

"칼이 다시 마리랑 놀아나고 있다는 것."

나는 그레테를 바라보았다. 창백한 얼굴 주위의 파마머리가 후광처럼 도드라졌다. 머리카락에 생기를 준다는 샴푸 광고에 사람들이 홀랑 넘어간다는 사실이 나는 항상 놀라웠다. 머리카락에는 생기를 '다시' 얻을 수 있는 생명이 애당초 존재하지 않는다. 머리카락은 모낭에서 자라난 케라틴 표피로, 이미 죽은 상태다. 우리가 힘주어 몸 밖으로 내보내는 배설물과 마찬가지로 생명이 없다. 머리카락은 과거에 우리가 무엇을 먹고 어떤 행동을 했는지 보여주는 역사이고, 우리는 시간을 거슬러 돌아갈 수 없다. 그레테의 파마머리는 미라처럼 박제된 과거, 영구동토층이었으며, 죽음 그 자체만큼이나 무서웠다.

"오스의 오두막에서 그러고 있어."

나는 대답하지 않았다.

"내 두 눈으로 직접 봤어." 그레테가 말했다. "길에서 차가 보이지 않게 숲속에 차를 세우고 그 오두막에서 만나는 거야."

나는 그녀에게 칼을 미행하는 데 시간을 얼마나 쏟은 거냐고 묻고 싶었지만 묻지 않았다.

"하기야 칼이 아무하고나 자고 다니는 건 놀랄 일이 아니지." 그레테가 말했다.

그녀는 내가 그게 무슨 뜻이냐고 물어봐주기를 바라는 기색이 역력했다. 하지만 그녀의 표정, 뭔가에 대한 확신이 엄마가 우리에게 〈빨간 모자〉를 읽어줄 때를 연상시켜서 나는 물어보지 않기로 했다. 어렸을 때 나는 왜 빨간 모자가 변장한 늑대에게 그 최종적인 질문, 그러니까 왜 이빨이 그렇게 크냐는 질문을 던지는지 도무지 이해할 수 없었다. 그가 늑대임을 이미 의심하고 있지 않았던가. 늑대가 정체를 들킨 것을 알게 되면 그녀를 붙잡아 먹어버릴 것임을 그녀도 알지 않았던가? 이 이야기에서 내가 얻은 교훈은, '왜 그렇게 귀가 커요?' 다음에 멈추자는 것이었다. 헛간에서 장작을 더 가져오겠다고 말한 뒤 걸음아 날 살려라 하고 도망쳐야 했다. 하지만 나는 그냥 그 자리에 서 있었다. 그리고 그 망할 놈의 빨간 모자처럼 이렇게 물었다. "그게 무슨 뜻이야?"

"아무하고나 자고 다닌다는 말? 대개 그렇잖아. 어렸을 때 성적으로 학대당한 사람들은."

나는 숨을 멈춘 상태였다. 근육 하나도 움직일 수 없었다. 나는 갈라진 목소리로 입을 열었다. "도대체 왜 칼이 학대당했다고 생각 하는데?"

"칼이 직접 말했으니까. 술에 취해서 오르툰의 숲에서 나랑 그걸 한 뒤에. 울면서, 이런 짓을 한 것이 후회스럽지만 자기도 어쩔 수 없다고 했어. 자기 같은 사람이 문란해진다는 말을 어딘가에서 읽 었다고."

나는 입속에서 혀를 움직여 침을 찾아보았지만, 입안은 건초 헛 간처럼 바싹 말라 있었다.

"문란하다니." 내가 속삭이듯 할 수 있는 말은 이것뿐이었지만, 그레테는 듣지 못한 것 같았다.

"그리고 자기가 학대당한 걸 네가 네 탓으로 돌리고 자책한다는 말도 했어. 그래서 네가 자기를 항상 돌봐주는 거라고. 자기한테 빚을 진 것 같아서."

내 성대가 이제 조금 소리를 낼 수 있게 되었다. "네가 너무 오랫 동안 거짓말을 반복하다 보니 너 자신도 그 말을 믿게 된 거야."

그레테는 짐짓 유감이라는 듯 고개를 저으며 빙긋 웃었다. "그 때 칼이 완전히 취했기 때문에 자기가 그 말을 했다는 사실을 틀림 없이 잊어버렸겠지만, 분명히 말했어. 나는 칼한테 너를 학대한 사 람은 형이 아니고 아버지인데 왜 형이 자책하느냐고 물었지. 칼은 네가 형이라서 그러는 것 같대. 동생을 돌보는 게 형의 책임이라고 생각한다고. 그래서 결국 네가 자기를 구해줬다고 했어."

"그러니까 칼이 그런 말을 했던 것 같다고?" 나는 애를 써보았지 만, 그레테에게는 아무런 효과가 없었다.

"진짜로 그렇게 말했다니까." 그레테가 고개를 끄덕였다. "하지만 네가 걔를 어떻게 구해줬느냐고 물었더니 걔는 말하지 않았어."

끝이었다. 그 지렁이 같은 입술이 움직이는 것이 보였다. "그래서 지금 묻는 거야. 너 무슨 짓을 했어, 로위?"

나는 고개를 들어 그레테의 눈을 바라보았다. 기대와 환희. 반쯤 벌어진 입. 거기에 포크를 쑥 집어넣는 일만 남아 있었다. 내 가슴속이 부글거리더니 웃음이 났다. 나도 어쩔 수 없었다.

"엥?" 그레테가 말했다. 내가 아예 소리 내어 웃기 시작하자 그녀의 표정은 놀라움으로 바뀌었다.

나는…… 솔직히 내 기분이 뭐였지? 행복? 안도? 살인한 사실이 들통난 범인들은 기다림이 끝나고 마침내 그 끔찍한 비밀을 혼자서만 간직하지 않아도 된다는 생각에 해방감을 느낀다. 아니, 나는 그냥 미친 거였나? 동생을 학대한 사람은 아버지였고, 형인 나는 그것을 막기 위해 아무 짓도 안 했다는 사실이 알려지느니 차라리 내가 동생을 학대한 범인으로 알려지는 편이 낫다고 생각했으니 미친 것은 확실했다. 아니, 미친 것이 아니라 온 마을이 거짓과 헛소문에 뿌리를 두고 나를 역겨워하는 것은 견딜 수 있어도 거기에 진실이 아주 티끌만큼이라도 들어 있다면 견딜 수 없다는 심정일 수도 있었다. 오프가르의 집에서 벌어진 일에서 중요한 것은 아버지가 아들을 성적으로 학대했다는 사실뿐만 아니라, 그 피해자의 형이 그 일에 개입할 수 있었는데도 용기가 없어서 비겁하게 엎드렸다는 사실이었다. 그는 사실을 알면서도 입을 다물었고, 이런 자신이 부끄러운 나머지 거울에 비친 자신의 모습을 감당할 수 없어 머리를 깊이 수그렸다. 그런데 지금 최악의 일이 벌어졌다. 그레테 스미트가 어떤 사실을 알아내서 떠들어대면, 그녀의 미용실 손님들이 모두 그 일에 대해 알게 되고, 그다음에는 온 마을로 그 이야기가 퍼져나갔다. 그런 일이 순식간에 이루어졌다. 그럼 나는 왜 웃음을 터뜨렸을까? 상상할 수 있는 최악의 일이 방금 일어났기 때문이었다. 그 순간은 이미 몇 초 전의 과거가 되었다. 이제는 모든 것이 손수레에 실려 지옥으로 갈 것이고, 나는 자유였다.

"그래서?" 칼이 밝게 말했다. "이 동네에서는 짜릿한 걸 느끼고 싶을 때 뭘 해?" 칼은 한 팔을 내 어깨에, 다른 팔은 그레테의 어깨에 얹었다. 그리고 내게 샴페인 냄새가 나는 입김을 내뿜었다.

"흠." 내가 말했다. "네가 말해봐, 그레테."

"속보 경마." 그레테가 말했다.

"속보 경마?" 칼은 크게 소리 내어 웃으며 카운터의 쟁반에서 샴페인 한 잔을 집었다. 지금 고주망태가 되어가는 중이었다. 확실했다. "로위가 경주마를 쫓아다니는 줄은 몰랐어."

"내가 로위를 끌어들이려고 애쓰는 중이야." 그레테가 말했다.

"그럼 너의 한 방은?"

"한 방?"

"영업전략 말이야."

"경기를 하지 않으면 이길 수 없다. 로위도 이걸 아는 것 같아."

칼이 내게 시선을 돌렸다. "그래?"

나는 어깨를 으쓱했다.

"로위는 경기를 하지 않으면 패배할 일도 없다고 생각하는 편이지." 칼이 말했다.

"모두 승자가 될 수 있는 게임을 찾기만 하면 돼." 그레테가 말했다. "네 호텔의 경우처럼, 칼. 패배자는 없고, 오로지 승자들만의 해피 엔딩."

"그걸로 건배하자!" 칼이 이렇게 말하고 나서 그레테와 유리잔을 챙 부딪치고는 내게 시선을 돌렸다. 아직도 잔을 높이 든 채였다.

나는 여전히 바보 같은 미소를 짓고 있다는 사실을 깨달았다.

"내 잔을 저쪽에 뒀어." 나는 데이비드 보위에 관한 대화가 오가는 쪽을 고갯짓으로 가리킨 뒤 그 자리를 떴다. 다시 돌아올 생각은 없었다.

내가 아까 있던 곳으로 돌아가는 동안 내 심장은 노래를 부르고 있었다. 불합리하고 태평하게, 거의 조롱하듯이. 목사가 우리 부모님의 관에 흙을 흩뿌리고 있을 때 묘석에 앉아 지저귀던 흰머리딱새 같았다. 해피 엔딩은 없지만, 의미 없는 행복을 느끼는 순간들은 있다. 어쩌면 그런 순간들이 모두 마지막이 될 수 있으니, 한껏 목소리를 높이는 게 어떤가? 온 세상에 알리자. 그러고 나서 후일 생명이, 또는 죽음이 우리를 쓰러뜨리게 하라.

내가 다가가는데, 스탠리가 그 사실을 이미 알고 있었던 사람처럼 나를 향해 고개를 돌렸다. 그리고 웃음기 없이 나와 시선을 마주치려고 했다. 온기가 내 몸을 타고 흘렀다. 이유는 알 수 없었다. 아는 것이라고는 마침내 때가 됐다는 것뿐이었다. 내가 예이테스 빙엔으로 차를 몰고 가서 모퉁이를 돌아 나오지 않는 날. 나를 기다리는 보상은 몇 초 동안의 자유, 이해, 진실 그리고 그 모든 것뿐임을 분명히 아는 상태로. 나는 도로를 벗어나 자유낙하할 것이다. 그러고 나서 내게 끝이 올 것이다. 망가진 차를 다시는 되찾아 올 수 없는 곳에 추락해서. 그러면 축복받은 고독과 평화와 고요 속에서 썩어갈 수 있을 것이다.

내가 왜 하필 그 순간을 선택했는지는 모르겠다. 어쩌면 그 샴페인 한 잔이 내게 딱 충분한 만큼의 용기를 주었는지도 모른다. 그레테가 내게 준 그 작은 희망을 키워볼 생각도 하지 않고 곧장 짓

밟아버려야 한다는 것을 알고 있었기 때문인지도 모른다. 나는 그녀가 주려는 상을 원하지 않았다. 그것은 인생에서 맛볼 수 있는 모든 고독보다도 더 나쁠 것 같았다.

나는 스탠리를 지나쳐 속보 경마 쿠폰 옆의 샴페인 잔을 들고 새년 뒤에 섰다. 그녀는 호텔이 이 마을에 어떤 존재가 될지 열정적으로 이야기하는 신임 의장의 말에 귀를 기울이고 있었다. 하지만 의장의 말은 다음 선거를 겨냥한 것일 가능성이 높았다. 나는 새년의 어깨를 가볍게 건드리고, 귓가로 몸을 기울였다. 그녀의 체취를 맡을 수 있을 정도로 가까운 거리였다. 내가 그때까지 만났거나 잠자리를 했던 여자들의 체취와는 완전히 다르면서도 동시에 몹시 친숙했다. 마치 나 자신의 체취처럼.

"미안하지만······." 나는 속삭였다. "나도 어쩔 수가 없어요. 당신을 사랑해요."

그녀는 나를 향해 돌아서지 않았다. 방금 뭐라고 했느냐고 되묻지도 않았다. 표정 하나 변하지 않은 채 계속 길베르트만 바라보았다. 마치 내가 그의 말을 번역해서 속삭인 것 같았다. 하지만 순간적으로 그녀의 체취가 강해지는 것이 느껴졌다. 그녀의 몸을 흐르다가 내게로 흘러오는 그 온기가 그녀의 살갗에서 그 체취 분자들을 함께 데려오는 것 같았다.

나는 계속 문으로 걸어가다가 파야초* 기계 옆에 걸음을 멈추고 남은 샴페인을 쭉 마신 뒤 기계 위에 잔을 놓았다. 지오반니가 날카로운 검열관 수탉처럼 나를 바라보며 서 있다가 거의 경멸하는 듯한 표정으로 시선을 돌리는 것이 보였다. 녀석이 꼬끼오 하고 울

---

* 핀란드의 전통적인 도박 게임.

자 히틀러의 앞머리처럼 생긴 빨간색 볏이 펄쩍 뛰었다.

나는 밖으로 나갔다. 눈을 감고 숨을 들이쉬었다. 비에 깨끗이 씻긴 공기가 뺨에 닿는 느낌이 면도날처럼 날카로웠다. 아, 그래, 올해는 겨울이 일찍 올 것 같았다.

주유소에 도착한 나는 본부에 전화해서 인사 담당자를 바꿔달라고 말했다.

"로위 오프가르입니다. 쉴라네의 주유소 점장 자리가 아직 비어 있는지 궁금해서요."

gd●m

4부

JO NESBØ

27

사람들은 내가 아빠를 가장 많이 닮았다고 말한다.

말이 없고 꾸준한 점. 상냥하고 실용적인 점. 특별히 눈에 띄는 재주가 없는 근면하고 평범한 사람이지만, 언제나 그럭저럭 잘 살아갈 수 있을 것이다. 아마 인생에 기대하는 것이 그리 많지 않다는 점이 가장 큰 이유일 것이다. 혼자 있는 것을 즐기는 편이지만, 필요할 때에는 사람들과 어울릴 줄도 알고, 어려움에 처한 사람을 알아차릴 줄 아는 공감 능력도 갖고 있다. 남의 인생에 참견하면 안 된다고 판단할 줄 아는 염치도 있다. 아빠가 남들의 간섭을 허락하지 않았던 것과 비슷하다. 사람들은 아빠가 자부심이 높지만 거만하지는 않다고 말했다. 아빠가 남들을 존중하는 만큼 사람들도 아빠를 존중해주었지만, 아빠는 마을에서 어떤 일에서건 주도적으로 앞에 나선 적이 한 번도 없었다. 그런 일은 아빠보다 더 많이 배운 사람, 더 언변이 좋은 사람, 더 추진력이 있는 사람, 카리스마와 비전을 지닌 사람, 그러니까 오스나 칼 같은 사람들에게 맡겨두었다. 아빠와 달리 염치가 없는 사람들.

아빠는 정말로 염치를 알았다. 그리고 나는 아빠한테서 그 성격을 분명히 물려받았다.

아빠는 자신이라는 존재와 자신의 행동을 부끄러워했다. 나는 나라는 존재와 내가 하지 않은 행동을 부끄러워했다.

아빠는 나를 좋아했다. 나는 아빠를 사랑했다. 그리고 아빠는 칼을 사랑했다.

장남으로서 나는 염소 삼십 마리를 기르는 산속 농장을 어떻게 운영해야 하는지 철저한 기초 훈련을 받았다. 노르웨이의 염소 개체수는 할아버지의 시절에 비해 5분의 1로 줄었고, 염소를 기르는 농부의 수는 지난 십 년 동안 절반으로 뚝 떨어졌다. 미래에는 오프가르 집안처럼 소규모로 염소를 길러서는 먹고살기가 힘들 것이라는 사실을 아빠는 십중팔구 알아차렸을 것이다. 하지만 아빠의 말처럼, 언젠가 세상이 혼돈에 빠져서 모두가 각자도생해야 하는 날이 올 가능성은 언제나 있었다. 그런 때에도 나 같은 사람들은 역시 그럭저럭 잘 헤쳐나갈 것이다.

반면 칼 같은 사람들은 거꾸러질 것이다.

아빠가 칼을 더 사랑한 이유가 어쩌면 그것인지 모른다.

아니면 칼이 나처럼 아빠를 우러러보지 않았기 때문인지도 모른다.

정말로 그랬던 것인지 나는 모른다. 아들을 보호하려는 아빠의 본능과 아들에게서 사랑받고 싶다는 욕구가 합쳐진 탓인지는. 아니면 칼이 아빠와 처음 만났을 때의 엄마와 너무나 닮았기 때문일 수도 있다. 말투, 웃는 모습, 사고방식, 움직임이 모두 똑같았다. 심지어 옛날에 찍은 엄마의 사진과도 똑같았다. 아빠는 칼이 엘비스처럼 잘생겼다고 말하곤 했다. 어쩌면 아빠가 엄마에게 반한 것도 그 점 때문인지 모른다. 엘비스를 닮은 모습. 금발의 엘비스. 하지만 라틴계나 인도계의 특징도 있었다. 아몬드 모양의 눈, 매끄럽게 빛나는 피부, 유난히 눈에 띄는 눈썹. 항상 수면 바로 아래에 있는 것처럼 보이는 미소와 웃음. 어쩌면 아빠는 엄마를 다시 한번 사랑하게 된 것인지도 모른다. 그리고 그다음에는 칼을 사랑하게 된 것인지도.

나는 모른다.

내가 아는 것은 아빠가 아들들의 방에서 자기 전에 책을 읽어주는 일을 맡았고, 책을 읽어주는 시간이 갈수록 길어졌다는 사실뿐이다. 아빠는 위층 침대에서 내가 잠들고 난 뒤에도 한참 동안 계속 남아 있었다. 나는 그런 사실을 까맣게 모르다가 어느 날 밤 칼이 우는 소리에 깨어났다. 아빠는 칼이 소리를 내지 못하게 하려는 중이었다. 침대 가장자리 너머로 아래를 내려다보니, 아빠의 의자가 비어 있었다. 아빠가 칼의 옆자리로 슬그머니 들어갔음이 분명했다.

"무슨 일이에요?" 내가 물었다.

아래층 침대에서 아무런 대답이 들려오지 않았기 때문에 나는 한 번 더 물었다.

"칼이 나쁜 꿈을 꿨어." 아빠가 말했다. "더 자라, 로위."

나는 다시 잠들었다. 무구한 자의 죄 많은 잠이었다. 그 뒤로도 그런 나날이 이어지다가 어느 날 밤 칼이 또 울었다. 이번에는 아빠가 나간 뒤였기 때문에 내 동생은 위로해줄 사람 없이 혼자 있었다. 그래서 내가 아래층 침대로 내려가 동생을 끌어안고 무슨 꿈을 꿨느냐고 물었다. 꿈을 이야기하고 나면 괴물들이 모두 사라질 거라면서.

칼은 훌쩍거리면서 괴물들이 아무에게도 말하지 말라고 했다고 말했다. 자기가 비밀을 말하면 괴물들이 와서 나와 엄마까지 데려갈 거라고, 우리 모두를 후켄으로 데려가 잡아먹을 거라고 했다는 거였다.

"아빠는 안 데려가?" 내가 물었다.

칼은 대답하지 않았다. 그때 내가 상황을 이해하고도 마음속에 묻어버렸는지, 아니면 나중에야 이해했는지, 이해하고 싶어했는지 지금도 잘 모르겠다. 그 괴물이 아빠라는 사실을 알았는지. 엄마가 그 사실을 알고 싶어했지만 의지력이 부족했던 건지도 역시 잘 모르겠다. 그 일이 우리의 눈과 귀 앞에서 뻔히 벌어지고 있었으니까. 그러니 그 상황을 외면한 채 막으려고 노력하지 않았다는 점에서 엄마도 나만큼 죄를 지었다.

내가 마침내 행동에 나선 것은 열일곱 살 때였다. 아빠와 나, 단둘이서 헛간에 있을 때였다. 아빠가 용마루 아래의 전구들을 바꾸는 동안 나는 사다리를 단단히 붙들고 있었다. 산속 농가의 헛간은 천장이 그리 높지 않지만, 그래도 나는 몇 미터 아래에 서 있는 내가 아빠에게 위험한 존재가 될 수 있다고 생각했다.

"칼한테 하는 짓 그만두세요."

"됐다." 아빠는 조용히 말하고 나서 작업을 끝냈다.

아빠가 아래로 내려오는 동안 나는 최대한 단단히 사다리를 붙잡고 있었다. 아빠는 전구들을 내려놓은 뒤 나를 공격했다. 얼굴은 때리지 않고 몸만, 그것도 맞았을 때 가장 아픈 부드러운 부위들을 모두 때렸다. 내가 숨도 제대로 쉬지 못하고 건초 더미 속에 누워 있는데 아빠가 내게로 몸을 수그리더니 탁하고 갈라진 목소리로 속삭였다. "아버지한테 그런 소리를 하다니. 한 번만 더 그러면 죽여버릴 테다, 로위. 아버지를 막는 방법은 하나뿐이야. 입을 다물고 기회를 노려서 아버지를 죽여버리는 것. 알았어?"

물론 나는 알아들었다. 빨간 모자가 했어야 하는 행동이 바로 그거였다. 하지만 나는 말을 하기는커녕 고개조차 끄덕일 수 없는 상태라서 고개만 살짝 들어 올렸다. 아빠의 눈에 눈물이 맺힌 것이 보였다.

아빠가 나를 부축해서 일으켜 세운 뒤 우리는 함께 저녁 식사를 했다. 그날 밤 아빠는 또 아래층 침대에서 칼과 함께 있었다.

다음 날 아빠가 나를 헛간으로 데려갔다. 그곳에는 아빠가 미네소타에서 노르웨이로 올 때 가져온 커다란 샌드백이 매달려 있었다. 예전에 한동안 아빠는 칼과 내게 권투를 시키려고 했지만, 우리는 관심을 보이지 않았다. 아빠가 미네소타 출신의 유명한 복서 형제인 마이크 기번스와 토미 기번스의 이야기를 해줘도 소용이 없었다. 토미 기번스는 아빠가 가장 좋아하는 선수라서, 우리에게 그의 사진을 보여주며 키가 큰 금발의 헤비급 선수인 토미와 칼이 많이 닮았다고 말한 적도 있었다. 나는 마이크와 더 비슷했다. 형인데도 덩치가 더 작은 그는 권투선수로서 그리 성공을 거두지 못했다. 어쨌든 둘 다 챔피언이 되지는 못했다. 토미가 1923년에 챔피언 문턱까지 가기는 했다. 그때 그는 위대한 잭 뎀프시와의 15회전 경기에서 판정패했다. 셸비라는 작은 도시에서 벌어진 경기였다. 그레이트 노던 철도의 교차점인 이 도시에 대해 철도국장 피터 셸비(이 도시의 이름은 그의 이름을 딴 것이다)는 '하느님께 버림받은 진흙 구덩이'라고 말했다. 이 도시 사람들은 그날의 경기 덕분에 이 도시가 미국 지도에 실릴 것이라는 약속을 믿고 전 재산은 물론 빌린 돈까지 모두 투자했다. 그 돈으로 커다란 경기장을 지었으나,

모인 관객은 7천 명뿐이었다. 거기에 돈을 내지 않고 몰래 들어온 관객이 몇 명 더 있었다. 결국 은행 네 곳을 포함한 도시 전체가 파산했다. 토미 기번스는 챔피언 벨트도 없이 파산한 마을을 떠났다. 그의 주머니에는 땡전 한 푼 없었고, 남은 것은 그래도 시도는 해봤다는 사실뿐이었다.

"몸은 어떠냐?" 아빠가 물었다.

"괜찮아요." 하지만 사실은 온몸이 아팠다.

아빠는 자세를 잡고 서는 법과 기본적인 펀치를 날리는 법을 내게 보여준 뒤, 자신의 낡은 글러브를 내게 끼워주었다.

"방어는요?" 나는 뎀프시-기번스 경기에 관한 뉴스 화면을 떠올리고 이렇게 물었다.

"네가 먼저 강하게 때리면 방어는 필요 없어." 아빠는 이렇게 말하고 나서 샌드백 뒤에 자리를 잡았다. "이것이 적이다. 놈이 널 죽이기 전에 네가 먼저 놈을 죽여야 한다고 다짐해."

그래서 나는 죽였다. 아빠는 샌드백이 너무 흔들리지 않게 손으로 단단히 붙잡았지만, 가끔 그 뒤에서 고개를 내밀고 나를 바라보았다. 내가 누구를 죽이려고 이런 훈련을 하는지 내게 가르쳐주려는 듯이.

"나쁘지 않구나." 아빠가 말했다. 나는 양손으로 무릎을 짚고 몸을 수그린 채 땀을 뻘뻘 흘리고 있었다. "이제 글러브 없이 손목에 테이프를 감고 다시 해보자."

삼 주도 안 돼서 나는 주먹으로 샌드백에 구멍을 냈다. 그래서 샌드백 천을 두껍게 꼰 실로 꿰매야 했다. 그 꿰맨 자리를 때리다 보면 손마디에서 피가 흘렀지만, 나는 상처가 나을 때까지 이틀을 기다렸다가 또 피를 흘리곤 했다. 그 편이 더 나았다. 고통이 고통을 죽이고, 가만히 서서 주먹질만 할 뿐 달리 할 수 있는 일이 없는 현실에 대한 울분도 죽여주었다.

그 일은 여전히 계속되고 있었다.

어쩌면 예전만큼 자주는 아니었는지도 모르겠다. 기억나지 않는다.

다만 이제 아빠는 내가 자든 말든, 엄마가 자든 말든 신경 쓰지 않았다는 사실만 기억날 뿐이다. 아빠는 자신이 이 집의 대장이며, 대장은 자기 마음대로 행동하는 사람이라는 점을 보여주는 데에만 관심이 있었다. 또한 나를 신체적인 면에서 자신과 대등한 존재로 바꿔놓았다. 마치 자신이 우리를 물리적으로가 아니라 영적으로 지배한다는 것을 우리에게 보여주려는 것 같았다. 물리적인 것은 덧없이 사라지기 마련이지만, 영적인 것은 영원하니까.

나는 여전히 수치스러웠다. 아래에서 들려오는 소리로부터, 이층 침대가 삐걱거리며 흔들리고 있다는 사실로부터, 그 집으로부터 도망쳐 다른 생각을 하려고 하는 것이 부끄러웠다. 아빠가 가고 나면 나는 칼에게 내려가 칼의 울음이 그칠 때까지 안아주며, 언젠가, 언젠가 나랑 같이 어디 먼 곳으로 가자고 속삭였다. 내가 아빠를 막겠다고. 나랑 거울처럼 닮은 그 망할 놈을 막겠다고. 하지만 알맹이 없는 말뿐이라 내 수치심만 더 커졌다.

우리가 파티에 갈 수 있는 나이가 됐을 때 칼은 술을 지나치게 많이 마셔댔다. 그러고는 필요 이상으로 많은 일에 휘말렸다. 나는 그것이 반가웠다. 집에서는 절대 할 수 없는 일을 밖에서는 할 수 있었으니까. 내 동생을 보호하는 일. 간단했다. 나는 아빠가 가르쳐준 대로 먼저 세게 주먹을 휘둘렀다. 상대가 아빠의 얼굴을 붙인 샌드백이라도 되는 것처럼 얼굴을 때렸다.

하지만 결국 그날이 올 수밖에 없었다.

정말로 그날이 왔다.

칼이 와서 의사의 진찰을 받았다고 말했다. 의사가 그를 진찰한 뒤 많은 질문을 던졌으며, 사람들이 의심하는 것 같았다고. 내가 왜 병원에 간 거냐고 물었더니, 칼은 바지를 내리고 보여주었다. 나는 너무 화가 나서 울기 시작했다.

그날 밤 잠자리에 들기 전에 나는 포치로 가서 사냥용 나이프를 가져와 베개 밑에 두고 기다렸다.

네 번째 밤에 그가 왔다. 여느 때처럼 나는 문이 작게 삐걱거리는 소리에 깨어났다. 그가 복도의 불을 꺼버려서 나는 문간에 선 윤곽만 볼 수 있었다. 나는 베개 아래로 손을 넣어 나이프 손잡이를 쥐었다. 전쟁 중에 오스에서 일어났던 파괴 활동에 대해 온갖 자료를 읽은 베르나르 삼촌에게 물어봤더니, 삼촌은 적의 등에서 콩팥이 있는 자리에 칼을 찔러 넣으면 소리 없이 상대를 죽일 수 있다고 말했다. 누군가의 목을 베는 것은 영화에 나오는 것보다 훨씬 더 어렵기 때문에 많은 사람들이 적의 목을 붙잡은 자신의 엄지손가락을 베게 된다는 것이었다. 나는 콩팥의 위치가 정확히 어디쯤인지 몰랐지만, 그냥 무작정 몇 번이나 찔러대기로 계획을 짰다. 그러다 보면 한 번쯤은 콩팥을 맞힐 것이다. 맞히지 못한다면, 그의 목과 내 엄지를 함께 베는 방법을 쓸 수밖에 없을 것이고. 까짓 것 상관없었다.

문간에 선 형체가 살짝 흔들렸다. 어쩌면 평소보다 맥주를 몇 잔 더 마신 것 같았다. 그는 방을 잘못 찾았는지 고민하는 사람처럼 그냥 서 있기만 했다. 사실 방을 잘못 찾은 것이 맞았다. 이미 몇 년 전부터. 하지만 오늘이 마지막일 것이다.

그가 숨을 들이쉬는 것 같은 소리가 났다. 허공을 향해 코를 킁 킁거리는 것 같기도 했다.

문이 닫히자 칠흑 같은 어둠이 덮치고, 나는 준비를 했다. 심장 이 어찌나 세게 뛰는지 문자 그대로 갈비뼈를 때려대는 것이 느껴 질 지경이었다. 그때 계단에서 들려오는 그의 발소리에, 그가 생각 을 바꿨음을 깨달았다.

현관문이 열리는 소리가 났다.

그가 뭔가를 느낀 걸까? 아드레날린이 확실히 구분되는 냄새를 풍기기 때문에 우리 뇌가 의식적으로든 무의식적으로든 그 냄새를 알아차리고 자동적으로 경계 상태에 들어간다는 글을 어디선가 읽 은 적이 있었다. 아니면 그가 문간에서 결정을 내린 걸까? 오늘 밤 만 이렇게 가버리는 것이 아니라, 그 일을 이제 끝내기로? 다시는 그 일이 일어나지 않는 걸까?

누운 내 몸이 떨리기 시작했다. 숨을 들이쉴 때 목에서 긁히는 소리가 나는 것을 듣고, 나는 문이 삐걱거릴 때부터 숨을 참고 있 었음을 깨달았다.

얼마 뒤 누군가가 조용히 우는 소리가 들렸다. 나는 다시 숨을 참았다. 그것은 칼의 소리가 아니었다. 칼은 다시 고르게 숨을 쉬 고 있었다. 우는 소리는 난로 연통을 타고 들려왔다.

나는 살금살금 침대에서 내려와 옷을 주워 입고 아래층으로 내 려갔다.

엄마가 반쯤 어둠에 잠긴 부엌에서 조리대 옆에 앉아 있었다. 엄 마는 누비 외투처럼 생긴 빨간색 실내복을 입고, 창밖의 불 켜진 헛간을 빤히 바라보았다. 손에는 잔이 하나 들려 있고, 식탁에는 몇 년째 따지도 않고 식당의 수납장 속에 넣어두었던 버번 병이 서 있었다.

나는 의자에 앉았다.

그리고 엄마와 똑같이 헛간 쪽을 바라보았다.

엄마는 잔을 비운 뒤 다시 술을 채웠다. 그랜드 호텔에 갔던 그날 저녁 이후로 엄마가 크리스마스도 아닌데 술을 마시는 것을 본 건 처음이었다.

그러다 마침내 엄마가 갈라진 목소리로 입을 열었다. 가늘게 떨리는 목소리였다.

"있잖니, 로위, 나는 네 아빠를 너무나 사랑하기 때문에 네 아빠 없이는 살 수가 없어."

엄마가 혼자서 오랫동안 속으로 해오던 논쟁의 결론 같았다.

나는 아무 말 없이 그냥 헛간만 바라보았다. 그쪽에서 무슨 소리가 들리기를 기다렸다.

"하지만 저 사람은 나 없이도 살 수 있지." 엄마가 말했다. "칼이 태어났을 때 합병증이 있었어. 내가 피를 너무 많이 흘려서 의식을 잃었기 때문에 의사가 네 아빠한테 결정을 맡겼거든. 태아에게 위험한 방법과 산모에게 위험한 방법 중에 무엇을 택할 건지. 네 아빠는 나한테 위험한 방법을 선택했어, 로위. 나중에 나한테 그러더라. 나라도 당연히 같은 선택을 했을 거라고. 그래, 맞아. 하지만 그때 선택을 한 사람은 내가 아니잖니, 로위. 네 아빠였지."

내가 헛간에서 들려오기를 기대한 소리는 무엇이었을까? 그 답을 나는 알고 있다. 총소리. 내가 계단을 내려올 때 포치로 나가는 문이 열려 있었다. 그리고 포치 벽에 높이 걸려 있던 엽총이 보이지 않았다.

"하지만 만약 나라면 너랑 칼의 목숨 중에 하나를 골라야 하는 상황이었다 해도 그 사람을 선택했을 거야, 로위. 이제 너도 알겠지? 너한테 엄마는 그 정도밖에 안 되는 사람이었다는 걸." 엄마가 잔을 입술에 갖다 댔다.

엄마가 이런 식으로 말하는 걸 들은 적이 없는데도 나는 신경 쓰지 않았다. 헛간에서 벌어지는 일에만 모든 신경이 쏠려 있었다.

나는 일어나서 밖으로 나갔다. 늦여름이라 내 뜨거운 뺨에 닿는 밤공기가 시원했다. 나는 서두르지 않았다. 마치 어른처럼 차분하게 규칙적으로 걸었다. 열린 헛간 문에서 흘러나오는 빛에 엽총이 보였다. 문설주에 기대어져 있었다. 더 가까이 다가가자 들보에 기대어진 사다리와 그 위에 늘어진 밧줄이 보였다.

샌드백을 둔탁하게 쿵 하고 때리는 소리가 났다.

나는 문에서 좀 떨어진 곳에서 걸음을 멈췄다. 하지만 그를 볼 수 있는 거리였다. 그는 샌드백에 주먹질을 하고 있었다. 내가 거기 그려놓은 얼굴이 자기 것임을 그가 알았을까? 십중팔구 알았을 것이다.

엽총이 저렇게 놓여 있는 건 그가 생각했던 행동을 끝까지 해내지 못했기 때문일까? 아니면 나를 부르려고 놓아둔 것일까?

이제는 내 뺨이 뜨겁지 않았다. 몸과 마찬가지로 갑자기 뺨이 얼음처럼 차가워졌다. 내가 유령이라도 되는 것처럼 가벼운 산들바람이 나를 그대로 통과해버렸다.

나는 가만히 서서 아빠를 지켜보았다. 내가 자신을 막아주기를, 자신의 행동을 막아주기를, 자신의 마음을 막아주기를 그가 바란다는 것을 나는 당연히 알고 있었다. 모든 것이 준비되어 있었다.

그는 자기가 직접 한 것처럼 보이게 상황을 꾸며놓았다. 심지어 저 밧줄조차 분명한 메시지를 전달하고 있었다. 그러니 나는 가까이에서 총을 쏜 뒤 시체 옆에 놓아두기만 하면 되었다. 나는 몸을 떨었다. 더 이상 몸이 내 마음대로 움직이지 않았다. 내 팔다리가 가늘게 떨렸다. 이제는 분노도 두려움도 느껴지지 않았다. 무력감과 수치심뿐이었다. 내가 할 수 없었으니까. 그도 죽고 싶어하고, 나도 그가 죽기를 바라는데, 그런데도 젠장, 나는 할 수 없었다. 그가 바로 나였으니까. 그가 밉고, 그가 필요했다. 나 자신이 밉고, 나 자신이 필요한 것처럼. 나는 돌아서서 걷기 시작했다. 뒤에서 그의 소리가 들렸다. 끙 하는 소리와 함께 샌드백 주먹질 팡, 욕설과 함께 또 팡, 울면서 또 팡.

다음 날 아침 식사 때는 마치 아무 일도 없었던 것 같았다. 모두 내가 꿈꾼 일인 것 같았다. 아빠는 부엌 창밖을 내다보며 날씨에 대해 몇 마디 했고, 엄마는 학교에 지각하겠다며 칼을 재촉했다.

28

내가 헛간에 아빠를 두고 돌아선 그날로부터 몇 달 뒤, 빌룸센 부인이 정비소 앞에 차를 세우고 자신의 58년식 사브 소네트의 정비를 예약했다. 마을에 단 하나뿐인 컨버터블, 로드스터 자동차였다.

마을 사람들은 빌룸센의 아내가 1970년대 노르웨이의 팝 여왕에게 강박적으로 빠져서 승용차, 옷차림, 화장, 걸음걸이 등 모든 면에서 그녀를 따라 하려 한다고 주장했다. 그녀는 심지어 그 팝의 여왕의 나직한 목소리, 그 유명한 목소리까지 따라 하려고 시도했다. 나는 너무 어려서 그 팝 스타를 몰랐지만, 빌룸센 부인이 여왕인 것은 확실했다. 의심의 여지가 없었다.

베르나르 삼촌이 병원에 가야 하는 날이라서, 내가 자동차를 살펴보는 수밖에 없었다.

"선이 멋지네요." 나는 앞쪽에 지느러미처럼 돌출된 부분을 손으로 쓸면서 말했다. 섬유강화플라스틱이었다. 베르나르 삼촌에 따르면, 사브가 생산한 이 모델은 열 대가 채 되지 않았다. 빌룸센의 지출이 생각보다 컸을 것 같았다.

"고마워." 그녀가 말했다.

나는 보닛을 열고 엔진을 살펴보았다. 전선을 확인하고, 캡들이 제대로 달려 있는지 보았다. 베르나르 삼촌을 흉내 내는 중이었다.

"차 내부도 잘 다룰 줄 아는 것 같네." 그녀가 말했다. "나이가 아주 어린 것 같은데."

이번에는 내가 고맙다고 말할 차례였다.

더운 날이었다. 나는 그날 화물자동차를 수리하다가 위아래가 붙은 작업복의 상반신 부분을 벗어버렸기 때문에 맨가슴을 드러낸 채로 그녀를 맞이했다. 헛간에서 권투 연습을 아주 많이 할 때라서 전에는 뼈에 살가죽만 입혀놓은 것 같던 몸매에 근육이 붙어 있었다. 그녀가 자동차를 어떻게 고쳐달라고 설명하는 동안 그녀의 눈이 내 몸을 미끄러졌다. 내가 차를 확인하기 전에 티셔츠를 걸치자 그녀는 거의 실망한 듯한 표정을 지었다.

나는 보닛을 닫고 그녀에게 돌아섰다. 그녀가 하이힐을 신고 있었기 때문에, 그녀의 키가 단순히 나보다 큰 정도가 아니라 탑처럼 나를 압도하고 있었다.

"어때?" 그녀는 이렇게 말하고 나서 좀 길다 싶게 침묵하다가 말을 이었다. "마음에 들어?"

"괜찮은 것 같긴 한데, 더 자세히 살펴봐야겠어요." 나는 짐짓 자신 있는 척했다. 이 차를 베르나르 삼촌이 아니라 내가 살펴볼 것처럼.

그때 그녀가 보기보다 나이가 많다는 사실이 문득 떠올랐다. 눈썹은 아예 밀어버리고 다시 그린 것 같았다. 윗입술 위쪽에는 잔주름이 잡혀 있었다. 그래도 빌룸센 부인은 베르나르 삼촌의 표현처럼 '완전 착장'을 하고 있었다.

"그럼 그렇게 살펴본……." 그녀는 고개를 한쪽으로 살짝 기울이고 나를 평가하듯 바라보았다. 내가 정육점 도마 위의 고깃덩이가 된 것 같았다. "……다음에는?"

"엔진을 살펴보고 교체가 필요한 부품이 있으면 교체할 겁니다. 물론 합리적이고 적절한 범위 안에서요." 이것도 베르나르 삼촌에게서 빌려온 말이었다. 내가 중간에 침을 한 번 꿀꺽 삼킨 것은 삼촌과 다른 점이었지만.

"합리적이고 적절한 범위." 그녀가 미소를 지었다. 내가 방금 오스카 와일드 급의 재치 있는 말을 던진 것 같았다. 하지만 사실 나는 그때 오스카 와일드의 이름을 들어본 적도 없었다. 어쨌든 그 순간 그 자리에서 오가는 대화에서 온갖 성적인 판타지를 은밀하게 읽어내는 사람이 나뿐만이 아니라는 깨달음이 왔다. 이제는 정말로 의심의 여지가 없었다. 빌룸센 부인이 내게 작업을 걸고 있었다. 물론 그녀가 여기서 더 나아가려 할 것이라는 터무니없는 생각까지 하지는 않았지만, 그녀가 시간을 들여 열일곱 살짜리 아이와 가벼운 게임을 즐기고 있는 것은 분명했다. 다 자란 고양이가 제 갈 길로 가버리기 전에 내가 대롱대롱 들고 있는 털실 뭉치를 툭툭 치는 것과 비슷했다. 그것만으로도 나는 자신이 자랑스러워서 조금 거만해졌다.

"하지만 고칠 것이 그리 많지 않다는 사실만은 지금도 말씀드릴 수 있어요." 나는 보닛에 몸을 기댄 채로 작업복 주머니에서 은색 씹는담배 통을 꺼내며 말했다. "자동차 상태가 아주 좋은 것 같은데요. 연식에 비해서."

빌룸센 부인이 웃음을 터뜨렸다.

"리타야." 그녀가 피처럼 붉은색으로 손톱을 칠한, 눈부시게 하얀 손을 내밀며 말했다.

만약 내가 그 순간에 더 몰입해 있었다면 십중팔구 그 손에 입을 맞췄겠지만, 나는 그냥 담배통을 내려놓고 뒷주머니에 걸려 있는 걸레에 손을 닦은 뒤 그녀의 손을 단단히 맞잡았다. "로위예요."

그녀는 생각에 잠긴 표정으로 나를 보았다. "그래, 로위. 하지만 손에 그렇게 힘을 줄 필요는 없어."

"에?"

"'에?'라고 하지 말고 '네?'라고 해야지. 아니면 '다시 말씀해주시겠어요?'라고 하든가. 다시 해봐." 그녀가 다시 손을 내밀었다.

나는 그 손을 다시 잡았다. 이번에는 조심스럽게. 그녀가 손을 빼냈다.

"이걸 무슨 훔친 보물처럼 잡으라는 뜻은 아니었어, 로위. 내가 손을 내밀었으니, 짧은 순간이라도 이건 네 거야. 그러니까 이걸 사용하면서 친절하게 대해야지. 이 손을 다시 잡을 허락을 받을 수 있게 굴어봐."

그녀는 세 번째로 손을 내밀었다.

나는 양손으로 그 손을 감싸 쥐었다.

그리고 어루만졌다. 내 뺨에 그 손을 갖다 댔다. 어디서 그런 용기가 났는지 모르지만, 어쨌든 나는 용기를 발휘했다. 헛간 앞에 서서 문간에 기대진 엽총을 볼 때는 없었던 용기를.

리타 빌룸센이 웃음을 터뜨리며 보는 사람이 없는지 확인하려는 듯 주위를 재빨리 둘러보고는 손을 잡힌 채로 조금 길게 시간을 끌다가 천천히 손을 빼냈다.

"배우는 게 빠르네." 그녀가 말했다. "빨라. 곧 너는 남자가 되겠지. 네 덕분에 누군가가 아주 행복해질 것 같구나, 로위."

메르세데스 한 대가 우리 앞에 와서 섰다. 빌룸센이 거기서 튀어 나와 내게 인사도 제대로 건넬 틈도 없이 움직였다. 그는 빌룸센 부인을 위해 자동차 문을 열어주느라 여념이 없었다. 아니, 그녀는 이제 리타 빌룸센이었다. 그녀가 차에 타는 동안 빌룸센이 그녀의 손을 잡아주었다. 하이힐, 높이 솟은 머리, 타이트스커트. 그들이 차를 몰고 떠난 뒤 나는 갑자기 내 앞에 나타난 가능성에 흥분과 혼란을 느꼈다. 흥분한 건 빌룸센 부인의 손을 잡아봤기 때문이었다. 그 긴 손톱이 내 손바닥을 긁던 감각. 빌룸센이 그녀를 아내로서 아주 소중히 여기고 있음이 분명하다는 사실도 한몫했다. 그는 아빠를 속여 캐딜락을 팔고서 나중에 그걸 자랑한 사람인데. 혼란을 느낀 건 엔진실 때문이었다. 그 안의 모든 것이 앞에 몰려 있는 듯했다. 기어박스가 엔진 앞에 있을 정도였다. 나중에 베르나르 삼촌은 소네트의 무게가 특별히 분산되어 있기 때문이라고 설명해주었다. 크랭크축조차 엔진이 다른 차들과 반대로 움직이도록 만들어져 있다는 것이었다. 사브 소네트. 굉장한 차였다. 지나간 시대의 아름다움을 지닌 화려하고 쓸모없는 기계.

나는 밤늦게까지 사브의 내부를 확인하고, 나사를 조이고, 부품을 교체했다. 전에 없이 맹렬한 기운이 솟았는데, 이것이 어디서 왔는지 알 수 없었다. 아니, 사실은 알고 있었다. 리타 빌룸센에게서 온 기운이었다. 그녀가 내게 닿고 내가 그녀에게 닿았다. 그녀는 나를 남자로 보았다. 아니, 적어도 앞으로 어떤 남자가 될지 봐주었다. 그것으로 뭔가가 변했다. 정비소 피트 안에 서서 손으로 차대를 쓸어보는 동안 나의 그것이 점점 단단해졌다. 나는 눈을 감고 상상해보았다. 상상하려고 노력했다. 반라의 리타 빌룸센이 보닛 위에 앉아 집게손가락으로 나를 부른다. 빨간 매니큐어. 젠장.

나는 정비소 안에 나 혼자뿐인지 열심히 귀를 기울여 확인한 다음 작업복 지퍼를 내렸다.

"로위?" 내가 위층 침대로 조용히 올라가려는데 어둠 속에서 칼이 속삭였다.

나는 정비소에서 시간외근무를 하고 왔다, 이제 그만 자자고 말하려고 했다. 하지만 칼의 목소리가 왠지 이상했다. 나는 그의 침대 등을 켰다. 울어서 눈가가 빨갛고, 뺨이 부어 있었다. 배 속이 꼬이는 것 같았다. 헛간에 엽총을 들고 갔던 그날 이후, 아빠는 오지 않았는데.

"또 왔어?" 내가 속삭였다.

칼은 고개를 끄덕였다.

"너를…… 너를 때리기도 한 거야?"

"응. 날 목 졸라 죽이려는 줄 알았어. 엄청 화가 나서, 형이 어디 있느냐고 물었어."

"젠장."

"형이 여기 있어야 돼. 형이 있으면 아빠가 안 와."

"내가 항상 여기 있을 수는 없어, 칼."

"그럼 내가 어디로 갈래. 더 이상 못 견디겠어…… 저런 사람하고 한집에서 사는 건 이제…….

나는 한 팔로 칼의 몸을 감싸고, 다른 팔로 칼의 머리를 감싸 내 가슴에 꼭 끌어안았다. 칼이 우는 소리에 엄마와 아빠가 깨지 않게.

"내가 어떻게든 할게, 칼." 나는 동생의 금발을 향해 속삭였다. "맹세해. 네가 도망칠 필요 없어. 내가 어떻게든 할게. 알았어?"

희미하게 동이 터오는 순간 내 계획이 완성되었다.

그걸 생각만 하는 것으로는 내게 어떤 의무도 생기지 않았지만, 그 순간 나는 준비가 되었음을 깨달았다. 리타 빌룸센의 말이 생각났다. 곧 남자가 될 거라는 말. 그래, 그 '곧'이 지금이었다. 이번에는 뒷걸음질 치지 않을 것이다. 그 엽총에서 물러나지 않을 것이다.

29

    사브 소네트를 손보던 그 시간 동안 내가 배운 것이 두 가지 있다. 엔진이 앞쪽으로 당겨져 있을 뿐만 아니라, 브레이크 시스템도 조작하기 쉬웠다. 현대 자동차들은 이중 브레이크 시스템을 갖고 있어서 한쪽 브레이크 호스가 잘리더라도 브레이크는 작동한다. 적어도 바퀴 두 개에 대해서는. 하지만 소네트에서는 호스 하나를 자르기만 하면 곧바로 차가 멋대로 달리게 되었다. 어디로 튈지 모르는 상태가 되는 것이다. 그러고 보니 옛날 자동차들은 대부분 이런 식이라는 생각이 떠올랐다. 아빠의 1979년식 캐딜락 드빌도 마찬가지였다. 비록 그 차의 브레이크 호스는 두 개였지만.

    이 지역 남자들은 평범한 질병으로 죽거나, 아니면 차를 몰고 시골길을 달리다가 죽거나, 헛간에서 밧줄이나 엽총을 이용해 죽는다. 아빠가 내게 엽총을 사용할 기회를 주었을 때 나는 실패했다. 아빠가 내게 두 번째 기회를 주는 일은 이제 없을 것 같았다. 내가 스스로 생각하는 수밖에 없었다. 그래서 곰곰이 생각한 결과 좋은 방안을 찾아냈다는 확신이 들었다. 선장이 배와 함께 가라앉아야 하는 식의 방안이 아니라, 순전히 현실적인 방안이었다. 자동차 사고라면, 머리에 엽총을 맞고 사람이 죽은 사건만큼 조사가 철저하지 않을 것이다. 적어도 나는 그런 식으로 나 자신을 설득했다. 게다가 내가 만약 아빠를 헛간으로 데려가 총을 쏘는 데 성공하더라도, 엄마는 그 사실을 알아차릴 것 같았다. 아빠가 없이는 살 수 없다는 엄마가 과연 경찰에게 거짓말을 할 것인지는 하느님만이 아실 일이었다. '너한테 엄마는 그 정도밖에 안 되는 사람이었어.' 하지만 캐딜락의 브레이크를 망가뜨리는 일은 간단했다. 그 결과를 예측하기도 쉬웠다. 매일 아침 아빠는 일어나서 염소를 돌보고 커피를 끓인 뒤 칼과 내가 식사하는 모습을 말없이 지켜보았다. 나와 칼이 자전거를 타고 집을 나선 뒤 (칼은 학교로, 나는 정비소로) 아빠는 캐딜락에 올라 마을로 내려와서 우리 앞으로 온 우편물을 챙기고 신문을 한 부 샀다.

캐딜락은 헛간 지붕 아래에 서 있었다. 나는 아빠가 차에 시동을 걸고 출발하는 모습을 헤아릴 수 없이 많이 보았다. 길에 눈이 쌓이거나 얼음이 있지 않는 한, 아빠는 예이테스빙엔에 들어설 때까지 브레이크를 건드리거나 방향을 꺾지 않았다.

우리는 식당에서 저녁 식사를 했다. 그리고 나서 나는 권투 연습을 하러 헛간으로 가겠다고 말했다.

아무도 입을 열지 않았다. 엄마와 칼은 각자 접시를 긁어댔지만, 아빠는 의문을 품은 눈으로 나를 바라보았다. 아빠와 나는 원래 어딜 간다고 말하지 않고 그냥 나가서 할 일을 하는 성격이기 때문이었을 것이다.

나는 정비소에서 가져온 도구를 운동 가방에 담아서 가지고 나갔다. 작업은 내가 생각했던 것보다 조금 복잡했지만 삼십 분 뒤 나는 운전대 축을 고정하는 나사를 느슨하게 풀고, 브레이크 호스

두 개에 모두 구멍을 뚫고, 브레이크 오일을 양동이에 받았다. 그리고 운동복으로 갈아입은 뒤 삼십 분 동안 샌드백을 쳤다. 그래서 엄마와 아빠가 1960년대 광고 속 부부처럼 앉아 아빠는 신문에 엄마는 뜨개질에 빠져 있는 거실에 들어섰을 때 나는 땀에 흠뻑 젖어 있었다.

"너 어젯밤 늦게 돌아왔더구나." 아빠가 신문에서 시선을 들지 않은 채 말했다.

"시간외근무요." 내가 말했다.

"여자를 만나면 그렇다고 말해도 돼." 엄마가 이렇게 말하고서 빙긋 웃었다. 마치 우리가 정말로 그 망할 놈의 광고에 나오는 평범한 가족이라는 듯이.

"그냥 시간외근무예요." 내가 말했다.

"그래." 아빠가 신문을 접었다. "앞으로는 아마 시간외근무가 더 있겠지. 방금 노토덴의 병원에서 전화가 왔다. 베르나르가 입원했다고. 어제 진찰에서 좋지 않은 것이 발견된 모양이야. 어쩌면 수술을 하게 될지도 모른다."

"아!" 내 몸이 차갑게 식는 것 같았다.

"그래. 마요르카에서 가족들과 휴가 중인 베르나르의 딸은 휴가를 중단할 수 없다고 하더구나. 그래서 병원 측이 우리더러 오라고 했다."

칼이 들어왔다. "무슨 소리예요?" 칼의 목소리는 여전히 마취당한 사람의 목소리 같았다. 뺨의 붓기는 좀 가라앉았지만 아직 고약한 멍이 남아 있었다.

"다 같이 노토덴에 갈 거야." 아빠가 의자에서 일어나면서 말했다. "가서 옷 입고 와라."

나는 당황했다. 아침에 문을 열었는데 느닷없이 기온이 영하 30도로 떨어진 것을 알게 되었을 때와 비슷했다. 강풍이 부는데도 추위는 전혀 느껴지지 않고, 갑자기 몸이 굳어버린다. 나는 입을 벌렸다가 다시 닫았다. 뇌도 굳어버렸기 때문에.

"내일 중요한 시험이 있어요." 칼이 말했다. 그가 나를 바라보는 것이 보였다. "로위가 내 공부를 봐주겠다고 약속했고요."

시험 얘기는 내게 금시초문이었다. 칼이 무엇을 얼마나 알고 있었는지는 지금도 모르겠다. 다만 내가 노토덴에 가지 않을 길을 필사적으로 찾고 있었다는 사실만은 칼이 알아차린 것 같았다.

"그래." 엄마가 아빠를 보면서 말했다. "애들은……."

"말도 안 되지." 아빠가 무뚝뚝하게 말했다. "무엇보다 가족이 먼저야."

"칼과 저는 내일 방과 후에 버스를 타고 노토덴에 갈게요." 내가 말했다.

모두들 놀란 얼굴로 나를 바라보았다. 그들 모두 알아차렸기 때문일 것이다. 내 말투가 갑자기 아빠를 닮아버린 것을. 아빠가 마음을 정하고서 다른 의견은 들으려고 하지 않을 때의 말투와 비슷했다.

"그래." 엄마가 안도한 목소리로 말했다.

아빠는 아무 말 없이 나를 빤히 바라보기만 했다.

엄마와 아빠가 외출 준비를 마치고 나갈 때 칼과 나도 마당까지 따라 나갔다.

어스름 녘에 저녁 식사를 마친 네 가족이 자동차 앞에서 서로 작별 인사를 했다. "운전 조심하세요." 내가 말했다.

아빠는 고개를 끄덕였다. 천천히. 내가 다른 사람들과 마찬가지로 유명한 마지막 말을 너무 크게 해석했을 가능성도 얼마든지 있다. 아니, 아빠의 경우에는 마지막 말이 아니라 마지막 끄덕임이지만. 어쨌든 거의 뭔가를 알아차린 것처럼 보이는 분위기가 분명히 있었다. 아니면 내게 인정한다는 신호를 보낸 것이었을까? 아들이 어른이 되어가고 있음을 인정한다고?

아빠와 엄마가 캐딜락에 앉은 뒤, 차가 으르렁거리는 소리와 함께 출발했다. 그 소리는 곧 부드럽게 부르릉거리는 소리로 바뀌었다. 그렇게 그들은 예이테스빙엔 쪽으로 달려갔다.

캐딜락의 브레이크등에 불이 들어왔다. 브레이크 페달과 연결된 등이라서, 브레이크가 작동하지 않더라도 불은 들어온다. 자동차의 속도가 올라갔다. 칼이 뭐라고 소리를 냈다. 아빠가 운전대를 돌리다가 축에서 긁히는 소리가 나는 것을 듣고, 운전대가 아무런 저항 없이 돌아가며 전혀 말을 듣지 않는다는 것을 깨닫는 모습을 나는 머릿속으로 상상할 수 있었다. 그 순간 아빠는 틀림없이 알아차렸을 것이다. 그랬으면 좋겠다. 아빠가 알아차리고 받아들였으면. 거기에 엄마도 포함되어 있음을 받아들였으면. 그걸로 계산이 맞아떨어졌으면. 엄마는 아빠가 한 짓은 견딜 수 있지만, 아빠 없이는 살 수 없다고 말했다.

그 일은 조용히 일어났다. 이상할 정도로 극적이지 않았다. 필사적으로 울리는 경적 소리도 없고, 고무가 타는 냄새도 없고, 비명도 없었다. 들리는 것이라고는 타이어가 구르는 소리뿐. 그러고 곧 차가 사라져버렸다. 검은가슴물떼새가 고독을 노래했다.

후켄에 차가 추락하는 소리가 멀리서 뒤늦게 천둥이 우르렁거리는 소리처럼 들렸다. 칼이 무슨 말을 하는지, 아니 소리를 지르는 건지 전혀 들리지 않았다. 이제부터는 이 세상에 칼과 나 둘뿐이라는 생각만 하고 있었다. 우리 앞의 도로가 텅 비어서, 오렌지색으로 물든 서쪽 하늘과 분홍색으로 물든 북쪽 및 남쪽 하늘을 배경으로 산의 윤곽만 어스름 속에 드러나 있었다. 내가 한 번도 보지 못한, 가장 아름다운 광경 같았다. 일출과 일몰이 동시에 일어나는 것 같은 광경이었다.

장례식 때의 일은 드문드문 기억날 뿐이다.

베르나르 삼촌은 다시 두 발로 서 있었다. 병원에서 수술을 하지 않기로 결정했기 때문이었다. 내가 우는 모습은 삼촌과 칼만이 보았다. 교회를 가득 메운 사람들은 내가 아는 한 엄마, 아빠와 거의 교류가 없던 사람들이었다. 오스 같은 마을에서 어쩔 수 없이 오며 가며 만난 것이 전부였다. 베르나르가 몇 마디 말을 하고, 화환에 걸려 있는 애도의 말을 읽었다. 가장 큰 화환은 빌룸센 중고차와 폐차장에서 보낸 것이었다. 십중팔구 고객 서비스 비용으로 돌려서 세금 공제를 받을 목적이었을 것이다. 칼도 나도 무엇이든 말하고자 하는 의지를 보이지 않았고, 목사도 우리에게 강요하지 않았다. 조문객이 이렇게 많은 자리에서 자신에게 재량권을 발휘할 여지가 생긴 것이 반가웠던 것 같다. 하지만 목사가 무슨 말을 했는지는 기억나지 않는다. 사실 그 말을 듣고 있었던 것 같지도 않다. 그 뒤에 애도의 말들이 이어졌다. 창백하고 슬픈 얼굴들이 줄을 지어 끝없이 지나갔다. 건널목에서 차 안에 앉아 지나가는 기차에서 밖을 내다보는 사람들의 얼굴을 지켜보는 기분이었다. 언뜻 보면 그들이 나를 보는 것 같지만, 사실은 그저 어딘가 다른 곳으로 가는 길일 뿐이다.

많은 사람들이 내게 공감한다고 말했다. 나는 그렇다면 기분이 나쁘지 않다는 뜻이라는 말을 당연히 그들에게 할 수 없었다.

칼과 내가 베르나르 삼촌 집으로 짐을 옮기기 전날 우리 집 식당에 함께 서 있던 기억이 난다. 물론 우리는 삼촌 집에 겨우 며칠만 있다가 다시 우리 집으로 돌아오게 될 줄은 모르고 있었다. 집 안이 기가 막히게 조용했다.

"이제 전부 우리 거야." 칼이 말했다.

"응. 너 갖고 싶은 거 있어?"

"저거." 칼은 아빠가 버드와이저 상자와 버번 병을 넣어두던 수납장을 가리켰다. 나는 베리스 씹는담배 통을 가졌다. 그렇게 해서 나도 씹는담배를 사용하기 시작했다. 담배를 너무 자주 씹지는 않았다. 베리스를 또 언제 살 수 있을지 짐작할 길이 없기 때문이었다. 제대로 발효된 담배의 맛을 아는 사람이라면 엉터리 스웨덴산을 사용할 생각은 들지 않는 법이다.

장례식 전에 우리는 경찰관의 심문을 받았지만, 경찰관은 '그냥 잡담'이라고 표현했다. 시그문 올센은 예이테스빙엔에 브레이크 마크가 왜 없는지 궁금하다면서, 아빠가 우울증이었느냐고 물었다. 하지만 칼과 나는 사고처럼 보였다는 이야기를 고수했다. 아마 조금 빠르게 속도를 내다가 우리가 따라오는지 확인하려고 잠깐 백미러를 보는 바람에 주의력이 흩어진 것 같다고. 대충 그렇게 된 것 같다고 말했다. 결국 경찰관도 만족한 것 같았다. 하지만 그가 사고 아니면 자살만을 염두에 둔 것이 우리에게는 다행한 일이라는 생각이 문득 들었다. 브레이크 호스에 두 개쯤 구멍을 내고 브레이크 오일을 빼내서 브레이크의 성능을 크게 떨어뜨리는 것만으로는 설사 그 행동이 발각된다 하더라도 그리 의심스럽게 보이지 않을 것임을 알고 있었다. 브레이크 시스템 안에 공기가 들어가는 것은 낡은 자동차에서 언제나 흔히 볼 수 있는 일이다. 운전대 축을 고정한 나사가 헐겁게 풀려서 운전대가 말을 듣지 않았다는 사실까지 발견된다면 좀 심각했다. 지붕을 아래로 한 채 떨어진 자동차가 내가 기대했던 것처럼 완전히 파괴되지 않았다. 만약 경찰이 차를 조사하더라도 무엇이든 조일 수 있다면 또한 헐거워지기도 하는 법이라는 결론에 도달할 가능성이 있기는 했다. 그건 고정 나사라도 마찬가지였다. 하지만 나사가 느슨한 데다가 브레이크 호스에 구멍까지 나 있다? 그럼 왜 자동차가 지나간 길 바닥에 브레이크 오일이 샌 흔적이 없는 거지? 내가 말한 것처럼 우리는 운이 좋았다. 아니, 좀 더 정확히 말하자면, 내가 운이 좋았다. 물론 나는 이 사고의 배후에 어떤 식으로든 내가 관련되어 있음을 칼이 안다는 것을 알고 있었다. 칼은 그날 저녁 자신과 내가 무슨 수를 써서라도 그 캐딜락에 타면 안 된다는 사실을 본능적으로 깨달았다. 게다가 내가 어떻게든 하겠다고 이미 칼에게 약속한 것도 있었다. 하지만 칼은 정확히 어떻게 해낸 거냐고 내게 결코 묻지 않았다. 내가 브레이크에 손을 댔음을 십중팔구 알아차렸을 것이다. 브레이크등이 켜졌는데도 캐딜락의 속도가 줄어들지 않는 것을 칼도 보았으니까. 어쨌든 칼이 묻지 않는데 내가 말할 이유가 없지 않은가. 우리는 사정을 알지도 못하는 사람을 벌할 수 없다. 만약 내가 부모를 살해한 혐의로 잡히더라도 나는 혼자서 추락을 감수할 수 있었다. 아빠 때문에 엄마까지 휘말린 것처럼, 굳이 내 옆에 칼을 앉혀둘 필요는 없었다. 그 두 사람과 달

리, 칼은 나 없이도 얼마든지 잘 살 수 있는 아이였다. 내 생각에
는 그랬다.

31

칼은 초가을에 태어났고, 나는 여름 휴가철에 태어났다. 따라서 칼은 생일에 학교 친구들의 선물을 받고 심지어 생일 파티까지 열 수 있는 반면, 내 생일은 아무런 축하 없이 지나갔다. 내가 그것 때문에 딱히 불만을 품은 것은 아니다. 그래서 축하 노래가 실제로 나를 위한 것이라는 사실을 깨닫는 데 이 초쯤 시간이 걸렸다.

"열여덟 번째 생일을 축하해!"

휴식 시간이라 나는 밖에 깔려 있는 지푸라기 깔개 위에 앉아 눈을 감고 헤드폰으로 크림의 노래를 듣고 있었다. 그러다 고개를 들고 헤드폰의 귀마개를 빼냈다. 눈이 부셔서 손으로 차양을 만들어야 했다. 내가 그 목소리를 기억하지 못해서 그런 것은 아니었다. 그녀는 리타 빌룸센이었다.

"고맙습니다." 마치 내가 하면 안 되는 일을 하다가 들킨 것처럼 얼굴과 귀가 점점 달아올랐다. "누구한테 들으셨어요?"

"성년이 됐네." 그녀는 이렇게만 말했다. "투표권이 생겼어. 운전면허도 딸 수 있고. 교도소에 갇힐 수도 있지."

사브 소네트는 그녀 뒤에 세워져 있었다. 몇 달 전과 똑같았다.

하지만 동시에 뭔가가 달랐다. 마치 그녀가 그날 뭔가 약속을 했고, 지금 그 약속을 지키러 온 것 같았다. 헤드폰을 뒷주머니에 넣는 내 손이 살짝 떨렸다. 이제 나는 키스 경험이 전혀 없지 않았다. 오르툰의 마을회관 뒤에서 누군가의 브래지어 밑을 조금 더듬어본 적도 있었다. 하지만 아직은 확실히 동정이었다.

"소네트에서 이상한 소리가 나." 그녀가 말했다.

"어떤 소리인데요?" 내가 물었다.

"나랑 같이 차에 타고 달리면서 네가 직접 들어보면 안 될까?"

"되죠. 잠깐만요." 나는 사무실로 들어갔다.

"잠시 나갔다 올게요."

"그래라." 베르나르 삼촌이 흔히 '그 망할 놈의 서류'라고 부르던 것에서 시선을 들지 않은 채 말했다. 삼촌이 병원에 입원했다 돌아온 뒤로 엄청나게 쌓인 서류가 삼촌을 사방에서 에워싸고 있었다. "언제 올 거니?"

"모르겠어요."

삼촌은 독서용 안경을 벗고 나를 바라보았다. "그래." 말투가 마치 질문을 하는 것 같았다. 더 하고 싶은 말이 있느냐고 묻는 것 같은 말투. 말하기 싫다면 괜찮다, 나는 너를 믿어.

나는 고개를 끄덕이고 햇빛이 비치는 밖으로 나갔다.

"이런 날에는 정말 지붕을 열어야 하는데." 리타 빌룸센이 중앙 고속도로로 소네트를 몰고 가면서 말했다.

나는 왜 열지 않았느냐고 묻지 않았다.

"차에서 어떤 소리가 들리는 거예요?" 내가 물었다.

"이 동네 사람들은 나더러 지붕을 열 수 있어서 이 차를 산 거냐고 물어. 여기서는 여름이 고작해야 한 달 반밖에 안 되니까 다들 아마 무슨 일인가 하겠지. 넌 아니, 로위?"

"색깔 때문인가요?"

"상당히 남성 우월주의자구나." 그녀가 웃음을 터뜨렸다. "이름 때문이야. 소네트. 그게 뭔지 알아?"

"사브잖아요."

"시의 일종이야. 4행 두 개, 3행 두 개, 총 14행으로 구성된 사랑의 시지. 최고의 소네트 시인은 프란체스코 페트라르카라는 이탈리아 사람이었는데, 백작과 결혼한 라우라라는 여자를 미친 듯이 사랑했어. 그래서 그녀에게 바치는 소네트를 317편이나 썼지. 엄청 많지?"

"여자가 이미 유부녀라니 안됐네요."

"천만에. 사랑하는 사람을 절대 온전히 손에 넣을 수 없다는 게 바로 열정의 열쇠인걸. 우리 인간들은 그런 일에 관해서는 좀 비실용적으로 만들어져 있거든."

"아, 그래요?"

"넌 배울 것이 많구나."

"그럴지도 모르죠. 하지만 차에서 이상한 소리는 안 들리는데요."

그녀는 백미러를 흘깃 보았다. "내가 아침에 시동을 걸 때 소리가 나. 엔진이 달궈지면 소리가 사라지고. 한동안 차를 세워두고 엔진이 적당히 식을 때까지 기다리자."

그녀는 방향을 가리킨 뒤 나무가 우거진 길로 들어섰다. 이 길에서 차를 몰아본 경험이 있는 게 분명했다. 얼마 뒤 그녀는 더 좁은 길로 들어가서 낮게 늘어진 소나무 가지 아래에 차를 세웠다.

그녀가 시동을 끄자 갑자기 찾아온 침묵에 나는 깜짝 놀랐다. 이 침묵을 뭔가로 채워야 한다는 생각이 본능적으로 들었다. 침묵 속에 무엇보다 많은 것이 함축되어 있었다. 이미 살인자인 나는 감히 몸을 움직이지도, 그녀를 바라보지도 못했다.

"자, 로위. 지난번에 나랑 얘기한 뒤로 여자를 만난 적 있니?"

"몇 명 있어요."

"특별한 사람은?"

나는 고개를 저으며 곁눈질로 그녀를 흘깃 보았다. 그녀는 빨간 비단 스카프를 매고 헐렁한 블라우스를 입고 있었다. 하지만 젖가슴의 윤곽이 분명히 눈에 들어왔다. 치맛자락이 위로 올라가서 맨살이 드러난 무릎도 볼 수 있었다.

"누구하고 그걸…… 해본 적은, 로위?"

배 속이 갑자기 달콤해졌다. 거짓말을 할까 했지만, 그래서 얻을 것이 무엇일까?

"다 해보진 않았어요." 내가 말했다.

"잘됐다." 그녀는 이렇게 말하고 나서 스카프를 천천히 잡아당겼다. 블라우스의 맨 위 단추 세 개가 풀려 있었다.

나의 그것이 단단해져서 바지를 밀어대자 나는 그것을 숨기려고 무릎에 손을 얹었다. 내 호르몬이 엄청 휘저어진 상태였으므로 이 상황에 대한 내 해석이 정말 옳은 건지 확신할 수 없었다.

"네가 여자의 손을 지난번보다 잘 잡게 됐는지 한번 볼까?" 그녀는 이렇게 말하고 나서 무릎 위의 내 손에 자신의 오른손을 얹었다. 그 손에서 열기가 곧장 발산되어 나의 그것 안으로 내려오는 것 같았다. 순간적으로 이 자리에서 바로 그것이 가버릴까 봐 걱정스러웠다.

나는 그녀의 손을 거부하지 않았다. 그녀는 내 손을 잡아 자신을 향해 당겼다. 그녀가 블라우스 자락을 살짝 벌리더니 내 손을 그 안에 넣었다. 왼쪽 젖가슴을 덮은 브래지어 위로.

"이런 걸 아주 오랫동안 기다렸지, 로위?" 그녀가 아이를 어르듯이 웃었다. "단단히 잡아봐, 로위. 젖꼭지를 꼭 쥐어. 나처럼 아가씨가 아닌 여자들은 좀 세게 쥐는 걸 좋아해. 아냐, 살살, 그건 힘이 좀 너무 들어갔다. 그래, 그거야. 그거 아니, 로위? 내 생각에 넌 타고난 것 같아."

그녀는 나를 향해 몸을 기울이고 엄지와 검지로 내 턱을 잡더니 내게 키스했다. 리타 빌룸센의 모든 것이 컸다. 뱀장어처럼 거칠고 강하게 내 혀를 휘감는 그녀의 혀도 마찬가지였다. 내가 프렌치 키스를 경험했던 두 여자애보다 그녀의 맛이 훨씬 더 강했다. 더 좋은 게 아니라 더 강했다. 어쩌면 조금 지나친 것 같기도 했다. 내 감각들이 전기에 감전된 듯 과부하가 걸렸다. 그녀는 키스를 끝냈다.

"아직 목적지까지는 좀 남았어." 그녀가 빙긋 웃으면서 내 티셔츠 안으로 손을 넣어 가슴을 어루만졌다. 내 것이 돌도 깨부술 수 있을 만큼 단단해진 상태였는데도, 나는 점차 차분해졌다. 그녀는 내게 많은 것을 요구하지 않고 자신이 주도권을 쥐었다. 속도와 방향을 조절하는 힘이 모두 그녀의 손안에 있었다.

"우리 좀 걷자." 그녀가 말했다.

나는 문을 열고 밖으로 나왔다. 아지랑이 같은 여름의 열기 속에서 새들이 날카롭게 찢어지는 듯한 소리로 울어댔다. 그녀가 신고 있는 파란 운동화가 처음으로 내 눈에 들어왔다.

우리는 언덕 너머까지 위를 향해 휘어진 길을 걸어갔다. 여름 휴가철이라 마을에도 도로에도 사람이 평소보다 적었다. 그러니 여기 산속에서 누군가를 만날 가능성은 아주 적었다. 그런데도 그녀는 나더러 50미터 뒤에서 걸어오다가 자기가 신호를 보내면 나무 뒤로 살짝 숨으라고 말했다.

언덕 꼭대기 근처에서 그녀가 걸음을 멈추고 내게 손짓했다.

그리고 아래쪽의 빨간색 오두막을 가리켰다.

"저게 경찰관 거야." 그녀가 말했다. "그리고 저기 저건……." 그녀는 위쪽의 작은 여름 농장을 가리켰다. "……우리 거고."

'우리 것'이라는 말이 그녀와 나의 것이라는 뜻인지, 아니면 그녀와 남편의 것이라는 뜻인지 알 수 없었다. 그래도 그곳이 우리의 목적지라는 사실만은 알 수 있었다.

그녀가 문의 잠금장치를 연 뒤 우리는 햇볕에 따뜻하게 달궈진 안으로 들어갔다. 공기가 탁했다. 그녀는 등 뒤로 손을 돌려 문을 닫고, 운동화를 발로 차듯이 벗어 던지고는 내 어깨에 양손을 얹었다. 신발을 벗었는데도 그녀의 키가 나보다 컸다. 우리 둘 다 숨을 가쁘게 몰아쉬고 있었다. 이 집까지 마지막 얼마간을 빠르게 걸어온 탓이었다. 키스를 하면서도 우리는 서로의 입을 향해 가쁘게 숨을 몰아쉬었다.

그녀의 손가락이 내 허리띠를 풀었다. 마치 평생 그 일만 해온 것 같았다. 그동안 나는 그녀의 브래지어 고리를 푸는 순간을 겁내고 있었다. 그것을 푸는 일이 내 몫인 것 같았다. 하지만 그렇지 않았다. 그녀는 아무리 봐도 가장 큰 침실임이 분명한 방으로 나를 데려갔다. 커튼이 닫힌 그 방에서 그녀는 나를 밀어 침대에 눕히고는, 스스로 옷을 벗는 모습을 내게 보여주었다. 그러고 나서 내게 다가온 그녀의 피부가 차가웠다. 땀이 이미 다 말라버린 탓이었다. 그녀는 내게 키스하며 내 벗은 몸에 자신의 몸을 비벼댔다. 곧 우리는 다시 땀을 흘리며 물에 젖은 물개 두 마리처럼 미끌미끌 몸을 비벼대고 있었다. 그녀에게서 강한 향기가 났다. 내 손이 너무 은밀하게 움직일 때는 그녀가 내 손을 치웠다. 나는 지나치게 적극적인 쪽과 참을 수 없을 만큼 수동적인 쪽 사이를 오갔다. 마침내 그녀가 내 것을 잡고 자신의 안으로 인도했다.

"움직이지 마." 그녀가 내 위에 가만히 앉아서 말했다. "그냥 느껴봐."

그러자 느낌이 왔다. 이제 공식적인 일이 되었다는 생각이 들었다. 로위 오프가르는 더 이상 동정이 아니었다.

"내일인 줄 알았어." 그날 오후 내가 정비소로 돌아가자 베르나르 삼촌이 말했다.

"뭐가요?"

"네 운전시험."

"내일 맞아요."

"설마. 난 또, 그 히죽거리는 얼굴을 보고 네가 시험을 치르고 온 줄 알았지."

32

　베르나르 삼촌은 내 열여덟 번째 생일 선물로 볼보 240을 주었다.

　나는 말문이 막혔다.

　"그런 얼굴로 보지 마라." 삼촌이 겸연쩍은 얼굴로 말했다. "중고차야. 별것도 아닌데. 너랑 칼이 그 위에 살고 있으니 차가 필요하잖아. 겨울 내내 자전거를 탈 수는 없는 노릇이니까."

　볼보 240은 이리저리 손을 보기에 완벽한 차다. 1993년에 단종된 차인데도 부품을 구하기가 쉬워서, 잘 보살핀다면 평생 동안 탈 수도 있을 것이다. 앞쪽 서스펜션의 부싱과 베어링이 조금 낡았고, 중간축의 스파이더 조인트도 마찬가지였다. 하지만 다른 부분은 엄청 상태가 좋아서 녹슨 곳 하나 없었다.

　나는 운전석에 앉아 새로 취득한 운전면허증을 글러브박스에 넣고는 시동을 걸었다. 그리고 미끄러지듯 도로를 달려 오스라고 적힌 도로표지판을 지나치면서 뭔가를 깨달았다. 도로가 이어진다는 것. 계속. 그 빨간색 보닛 앞에 온 세상이 놓여 있었다.

길고 더운 여름이었다.

매일 아침 나는 칼이 여름 아르바이트를 하고 있는 협동조합까지 차로 칼을 데려다준 뒤 정비소로 출근했다.

그렇게 몇 주, 몇 달이 흐르는 동안 내 운전 솜씨가 쓸 만한 수준으로 발전했을 뿐만 아니라, 나 자신은, 리타 빌룸센에 따르면, 노련한 연인까지는 아니어도 만족스러운 애인이 되었다.

우리는 보통 오전 늦게 만났다. 각자 자신의 차를 몰고 약속 장소로 간 다음에, 서로 다른 곳에 차를 세워 누구도 우리 둘을 연결시켜 생각하지 못하게 했다.

리타 빌룸센이 내세운 조건은 딱 하나뿐이었다.

"나를 만나는 동안 네가 다른 여자를 만나는 건 싫어."

그녀가 이런 조건을 내건 데에는 세 가지 이유가 있었다.

첫째, 성병에 걸리고 싶지 않다는 것. 그녀는 병원에서 일하기 때문에 마을에 성병이 만연하다는 것을 알고 있었다. 그리고 나 같은 사람이 상대하는 여자는 언제나 매춘부였다. 그녀가 클라미디아나 사면발니를 엄청나게 겁내는 것은 아니었다. 그런 병은 노토덴의 의사가 금방 치료할 수 있었다. 하지만 빌룸센이 가끔 그녀에게 남편의 권리를 행사하는 것이 문제였다.

둘째, 아무리 매춘부라도 사랑에 빠질 수 있으므로, 상대 남자의 말을 한마디도 빼놓지 않고 분석해서 그가 말을 피하는 부분을 모두 알아차리고, 숲에 다녀올 때마다 꼬치꼬치 캐묻는 일이 발생할 수 있었다. 그러다 그녀가 알지 말아야 할 것을 알게 되면 결국 두 사람은 어느 날 갑자기 커다란 추문의 주인공이 될 터였다.

셋째, 그녀는 나를 계속 만나고 싶어했다. 내가 어떤 식으로든 독특한 사람이라서가 아니라, 오스처럼 작은 곳에서 애인을 바꾸는 일이 너무 위험하기 때문이었다.

간단히 말해서, 빌룸센이 절대 이 일을 몰라야 한다는 것이 조건이었다. 빌룸센은 빈틈없는 사업가답게 혼선 계약서 작성을 고집했고, 빌룸센 부인은 사람들이 흔히 하는 말처럼 가진 것이 몸밖에 없었다. 지금의 삶을 계속 즐기려면 그녀는 남편에게 의존하는 수밖에 없었다. 나는 상관없었다. 갑자기 내 삶이 살아갈 가치가 있는 것이 되었으니까.

빌룸센 부인이 가진 것은, 그녀 자신의 표현을 빌리자면, 문화였다. 그녀는 동부의 좋은 집안 출신이었지만, 아버지가 가산을 탕진한 뒤 안정을 선택해서 매력은 없지만 부유하고 근면한 중고차 판매원과 결혼했다. 그리고 이십 년 동안 자신이 피임장치를 사용하는 것이 아니라 그의 정자에 문제가 있는 것이 분명하다고 그를 설득하는 데 성공했다. 그림에 대한 쓸데없는 지식, 문학에 대한 역시 쓸데없는 지식 그리고 온갖 좋은 말들을 남편에게 억지로 가르치는 데 실패한 그녀는 그것을 모두 내게 넘겼다. 그녀는 내게 세잔과 반고흐의 그림을 보여주었다. 〈햄릿〉과 〈브란트〉*를 소리 내어 읽어주었다. 《황야의 이리》**와 《인식의 문》***도 읽어주었다. 그때까지 나는 이것들이 책 제목이 아니라 밴드 이름인 줄 알았다. 하지만 그녀가 내게 읽어주면서 무엇보다도 좋아한 작품은 프란체스코 페트라르카가 라우라를 위해 쓴 소네트였다. 대개 세련된 노르웨이어로 번역된 소네트를 살짝 떨리는 목소리로 읽어주었다. 우

---

* 헨리크 입센의 희곡.

** Der Steppenwolf. 헤르만 헤세의 소설. 동명의 록밴드가 있다.

*** The Doors of Perception. 올더스 헉슬리의 저서. 록밴드 '도어스'가 이 책에서 아이디어를 얻어 그룹 이름을 지었다고 밝힌 바 있다.

리는 또한 대마초를 함께 피웠다. 비록 리타는 그걸 어디서 구했는지 절대 말하지 않았지만. 글렌 굴드가 연주하는 골드베르크 변주곡도 들었다. 나는 리타 빌룸센과 오두막에서 비밀리에 만나던 그 시기가 내게 어느 대학이나 아카데미보다 더 좋은 학교였다고 말할 수 있다. 비록 지나친 과장일 가능성이 높지만. 그래도 내가 볼보 240을 몰고 마을을 벗어나며 운전에 익숙해진 것과 같은 효과를 내게 미쳤음은 분명하다. 나는 저 바깥에 넓은 세상이 있다는 사실에 눈을 떴다. 내가 그 세상의 내밀한 암호를 배울 수만 있다면, 그것을 내 것으로 만드는 꿈을 꿀 수도 있었다. 하지만 그런 일은 결코 일어나지 않을 터였다. 난독증으로 고생하는 형인 내게는.

그렇다고 칼이 세상을 여행하고 싶다는 충동을 느끼는 것 같지도 않았다.

오히려 그 반대였다. 여름이 가을로, 겨울로 이어지는 동안 칼은 점점 혼자 지내는 시간이 많아졌다. 내가 무슨 생각을 그렇게 하느냐, 볼보를 타고 나랑 드라이브를 나가지 않겠느냐고 물으면, 칼은 그냥 모호하고 온화한 미소를 지으며 나를 바라보기만 했다. 마치 내가 그 자리에 없는 것 같았다.

"이상한 꿈을 꿔." 어느 날 저녁 칼이 느닷없이 말했다. 우리는 겨울정원에 앉아 있었다. "꿈에서 형이 킬러야. 위험한 킬러. 그리고 나는 형이 위험한 사람이라 형을 부러워해."

그날 저녁 캐딜락이 예이테스빙엔에서 절벽 아래로 떨어지게 내가 손을 썼다는 사실을 칼이 어떻게든 알고 있음을 나는 당연히 알고 있었다. 하지만 칼은 그 일에 대해 한마디도 하지 않았다. 나로서는 칼에게 그 얘기를 해서, 자백을 듣고도 신고하지 않은 공범으로 만들 이유가 없었다. 그래서 나는 대답 대신 잘 자라고 인사하고 그 자리를 떠났다.

그때가 내게는 유일하게 행복 비슷한 것을 느낄 수 있는 시기였다. 좋아하는 일을 하면서 내 차로 어디든 가고 싶은 곳에 갈 수 있었고, 모든 십 대 소년의 섹스에 대한 망상을 현실로 경험하고 있었다. 하지만 그걸 누구에게든 자랑할 수 있는 처지는 아니었다. 심지어 칼에게도 말할 수 없었다. 리타가 누구도 안 된다고 말했기 때문이었다. 나는 그 약속을 지키겠다고 내 동생의 이름을 걸고 맹세했다.

그러다 어느 날 저녁 결국 필연적인 일이 일어났다. 여느 때처럼 리타는 나와 함께 있는 모습을 남에게 들키지 않으려고 나보다 먼저 오두막을 나섰다. 나는 여느 때처럼 이십 분을 기다렸다. 하지만 그날 저녁에 우리가 만난 시간이 평소보다 늦었다. 나는 전날 밤부터 그날 온종일 정비소에서 쉴 새 없이 일한 탓에 거기 침대에 누워 완전히 편안하게 쉬고 있었다. 그 오두막을 사서 수리한 돈은 빌룸센 씨의 주머니에서 나왔지만, 그가 이곳에 발을 들인 적은 한 번도 없다고 리타가 말했기 때문이었다. 그는 너무 뚱뚱하고 움직이기를 싫어하는 성격인데, 이곳으로 올라오는 길은 너무 길고 가팔랐다. 리타는 빌룸센이 이 오두막을 산 데에는 이곳이 오스 의장의 오두막보다 크고 그 오두막을 내려다보는 위치라는 점이 어느 정도 영향을 미쳤다고 내게 말해주었다. 노르웨이가 석유 덕분에 부자 나라가 되어가던 시기에 시골의 미개발지를 사둔다는 순수한 투자 목적도 있었다. 그 옛날에도 빌룸센은 한참 뒤에나 일어날 산속 오두막 붐의 냄새를 이미 맡은 모양이었다. 그 붐이 고속도로를 따라 더 올라간 지점에서 일어난 것은 우리 의회보다 더 먼저 버저를 향해 달려든 어느 의회와 운 때문이었지만, 그래도 빌룸센이 그때 머리를 잘 굴린 것은 사실이었다. 어쨌든 거기 누워서 밖으로 나가도 되는 시간을 기다리던 나는 그만 잠이 들었다. 깨어난 시각은 새벽 4시였다.

그로부터 사십오 분 뒤 나는 우리 집에 있었다.

칼도 나도 엄마와 아빠의 방에서는 자고 싶지 않았다. 그래서 나는 칼을 깨우지 않으려고 조심하며 우리 방으로 살금살금 들어갔다. 내가 막 위층 침대에 누우려는데 칼이 화들짝 놀라는 소리를 냈다. 내가 아래를 내려다보니, 어둠 속에서 커다란 눈이 반짝이고 있었다.

"우린 교도소에 갈 거야." 칼이 졸린 목소리로 속삭였다.

"응?" 내가 말했다.

칼은 눈을 두 번 깜박이더니 어깨를 으쓱했다. 나는 칼이 꿈 얘기를 했음을 깨달았다.

"어디 갔다 왔어?" 칼이 물었다.

"차를 고치느라고." 나는 침대 난간 위로 다리를 올렸다.

"아냐."

"아냐?"

"베르나르 삼촌이 랍스케우스를 들고 왔다 갔어. 형이 어디 있느냐고 묻던데."

나는 숨을 들이쉬었다. "여자랑 있었어."

"여자? 여자애가 아니라?"

"그 얘기는 내일 하자, 칼. 두 시간 뒤에 일어나야 하잖아."

나는 침대에 누워 칼의 숨소리가 잦아드는지 귀를 기울였다. 하지만 칼의 숨소리는 그대로였다.

"아까 그 교도소 얘기는 뭐야?" 결국 내가 물었다.

"사람들이 살인죄로 우리를 교도소에 넣는 꿈을 꿨어."

나는 숨을 들이쉬었다. "살인이라니, 누굴?"

"그게 진짜 말도 안 되는 일인데, 우리가 서로를 죽였어."

33

이른 아침이었다. 나는 온종일 자동차를 만지며 간단한 기계적 문제들을 해결하게 될 거라고 기대했다. 얼마나 멋모르는 생각이 었는지.

지난 이 년 동안 거의 매일 그랬던 것처럼 나는 정비소 안에 서서 막 자동차 수리를 시작할 참이었다. 그때 베르나르 삼촌이 나와서 내게 전화가 왔다고 말했다. 나는 삼촌을 따라 다시 사무실로 들어갔다.

시그문 올센 경찰관의 전화였다. 그는 나와 잠깐 얘기를 하고 싶다고 말했다. 어떻게 지내는지 안부도 묻고, 자기 오두막 근처로 잠깐 낚시도 다녀오자는 것이었다. 중심 도로를 따라 겨우 몇 킬로미터만 가면 된다고 했다. 그는 몇 시간 뒤에 나를 데리러 오겠다고 말했다. 수화기 속 그의 목소리가 버터처럼 부드러웠어도 나는 이것이 초대가 아니라 명령임을 알아차렸다.

그러니 당연히 생각에 잠길 수밖에 없었다. 그냥 편안히 잡담이나 나누자면서 왜 이렇게 서두르는 길까?

나는 계속 엔진을 손보다가 점심 식사를 마친 뒤 수리용 받침대에 누워 자동차 아래로 들어가 세상과 멀어졌다. 머릿속이 시끄러울 때 엔진을 수리하는 것만큼 마음을 차분하게 해주는 일은 없다. 내가 그렇게 얼마나 누워 있었는지는 알 수 없지만, 하여튼 문득 누군가의 기침 소리가 들렸다. 기분 나쁜 예감이 들었다. 어쩌면 그래서 내가 좀 더 꾸물거리다가 받침대를 밀어 밖으로 나온 건지 모른다.

"로위." 남자가 나를 내려다보며 서서 말했다. "네가 내 것이던 것을 가져갔어."

그 남자는 빌룸 빌룸센이었다. '내 것이던 것.' 과거시제.

나는 완전히 무방비한 상태로 그의 발치에 누워 있었다. "그게 뭔데요, 빌룸센?"

"그게 뭔지는 네가 잘 알잖아."

나는 침을 꿀꺽 삼켰다. 그가 발로 나를 짓눌러 숨통을 막아버린다 해도 나는 어떻게든 해볼 여유가 없을 터였다. 오르툰에서 그런 광경을 본 적이 있기 때문에 그것이 어떤 식으로 이루어지는지는 대충 알고 있었지만, 그 일을 피하는 법은 알지 못했다. 나는 먼저 세게 때리라고 배웠지, 가드를 올리는 법은 배우지 못했다. 나는 고개를 저었다.

"잠수복." 그가 말했다. "오리발, 마스크, 산소통, 밸브, 스노클. 8,560크로네."

그는 안도한 내 얼굴을 보고 크게 웃었다. 내 표정을 놀라움으로 해석했음이 분명했다. "난 거래를 잊지 않아, 로위."

"아, 그래요?" 나는 일어서서 긴 천에 손가락을 닦았다. "그럼 아버지가 캐딜락을 샀을 때의 거래도?"

"물론이지." 빌룸센은 허공을 바라보며 쿡쿡 웃었다. 그것이 좋은 추억이라는 듯이. "네 아버지는 옥신각신 흥정하는 걸 싫어했다. 그걸 얼마나 싫어하는지 내가 알았다면 처음에 값을 좀 낮춰서 불렀을지도 몰라."

"그래요? 양심의 가책을 느낀다는 건가요?" 만약 그가 날 찾아온 용건이 정말로 이거라면, 내가 먼저 공격에 들어갈 수 있을 거라고 생각했는지도 모른다. 사람들이 흔히 하는 말처럼, 공격이 최고의 방어 아닌가. 물론 내게 방어할 것이 있다고는 생각하지 않았다. 난 부끄러운 짓을 하지 않았다. 그 일에 대해서는 그랬다. 나는 그저 어느 유부녀에게 유혹당한 젊은이였을 뿐이다. 그게 뭐? 그 일은 부부끼리 알아서 해결할 문제였다. 나는 영역 다툼에 휘말리고 싶지 않았다. 그래도 나는 오른손 손마디에 천을 감았다.

"항상 그렇지." 그가 웃는 얼굴로 말했다. "하지만 내가 타고난 재주가 하나 있다면, 그건 양심의 가책에 잘 대처한다는 거야."

"그래요? 어떻게 하는데요?"

그는 살찐 얼굴에서 눈이 사라질 정도로 활짝 웃으며 자신의 한쪽 어깨를 가리켰다. "오른쪽의 악마가 왼쪽의 천사와 논쟁할 때, 나는 악마가 먼저 의견을 내놓게 하지. 그러고는 논쟁을 중단시키는 거야." 빌룸센은 다시 웃음을 터뜨렸다. 그리고 그 뒤를 이어 긁히는 듯한 소리가 들렸다. 앞으로 전진하는 차에 후진기어를 넣을 때의 소리였다. 정확히 알 수 없는 미래의 어느 시점에 죽을 남자의 소리였다.

"내가 온 건 리타 때문이다." 그가 말했다.

나는 상황을 가늠해보았다. 빌룸센은 나보다 덩치가 크고 무거웠지만, 그가 무기를 꺼내지 않는 한 내게 물리적 위협이 되지 않았다. 사실 그가 무기 외에 달리 무엇으로 날 위협할 수 있을까? 나는 어떤 식으로든 그에게 의존해 살아가는 사람이 아니었다. 그렇다고 그가 칼이나 베르나르 삼촌을 협박할 수도 없었다. 내가 아는 한은 그랬다.

물론 그가 협박할 수 있는 사람이 한 명 있기는 했다. 리타.

"네가 아주 마음에 들었다고 하더구나."

나는 대답하지 않았다. 자동차 한 대가 천천히 도로를 지나갔지만, 정비소에는 우리 둘뿐이었다.

"소네트가 지금만큼 잘 달린 적이 없대. 그래서 나도 너한테 봐달라고 차를 한 대 가져왔다. 고칠 곳이 있으면 전부 고쳐놔. 하지만 딱 거기까지다."

나는 악마가 있다는 그의 어깨 너머를 흘깃 보았다. 파란색 토요타 코롤라가 밖에 서 있는 것이 보였다. 나는 안도감을 겉으로 드러내지 않으려고 애썼다.

"문제는, 내일까지 그 일을 끝내야 한다는 거지." 빌룸센이 말했다. "전화로 대충 그 차를 사겠다는 의사를 밝힌 고객이 멀리서 오기로 했거든. 그 고객이 실망하는 일이 벌어진다면 우리 둘에게 모두 애석한 일이 아니겠니? 알아들었어?"

"네. 시간외근무를 해야겠네요."

"하, 베르나르는 시간당 요금으로 자기 앞에 떨어지는 일거리를 무엇이든 환영할 거다."

"그건 사장님이 삼촌과 직접 말씀하셔야 할 것 같은데요."

빌룸센이 고개를 끄덕였다. "베르나르의 건강상태도 있으니, 너와 내가 시간당 요금을 의논하게 되는 것도 시간문제겠지. 로위, 그러니 지금부터 일찌감치 알아둬라. 이 정비소의 가장 중요한 고객이 누군지." 그는 내게 자동차 열쇠를 넘기고, 오늘은 비가 올 것 같지 않다고 말하고는 자리를 떠났다.

나는 차를 몰고 안으로 들어와 보닛을 열어보고 앓는 소리를 냈다. 밤까지 일해야 할 것 같았다. 게다가 지금은 이 차에 손을 댈 수 없었다. 삼십 분 뒤에 시그문 올센이 날 데리러 오기로 했으니까. 갑자기 생각해야 할 문제가 두 개나 생겼다. 그래도 괜찮았다. 아직은 여전히 행복한 시기였다. 행복한 시기의 마지막 날이었음은 나중에 알았다.

34

"차가 다 고쳐지지 않아서 빌룸센이 엄청 화를 냈어." 프리츠의 밤을 지낸 다음 날 오전에 내가 늦게 출근했더니 베르나르 삼촌이 말했다.

"할 일이 생각보다 많았어요." 내가 말했다.

베르나르 삼촌이 크고 각진 머리를 한쪽으로 기울였다. 머리 아래에는 작고 똑같이 각진 몸이 있었다. 칼과 나는 삼촌을 놀리고 싶을 때 우리의 레고맨이라고 불렀다. 우리는 삼촌을 정말 사랑했다. "예를 들어 어떤 것?" 삼촌이 물었다.

"섹스요." 나는 코롤라의 보닛을 열면서 말했다.

"뭐?"

"이중 예약이 돼 있더라고요. 어제 섹스도 약속이 돼 있어서."

베르나르 삼촌은 자기도 모르게 짧게 웃었다. 그리고 진지한 표정을 되찾으려고 애썼다. "섹스보다 일이 먼저야, 로위. 알겠니?"

"알았어요."

"저 밖에 있는 트랙터는 뭐야?"

"안에 들여놓을 데가 없어서요. 오늘 이따가 자동차 세 대가 들어오잖아요. 오두막 사람들 것."

"그래. 그럼 저 바구니는 왜 허공에 올라가 있어?"

"공간을 덜 차지하니까요."

"저 주차장에 공간이 부족한 것 같아?"

"알았어요. 그건 내가 어젯밤에 하던 일을 축하하는 거예요. 코롤라 말고 그거요."

베르나르 삼촌은 자랑스럽게 팔을 들어 올린 트랙터를 바라보았다. 그러고는 고개를 절레절레 저으며 밖으로 나갔다. 사무실에 들어간 삼촌이 다시 웃음을 터뜨리는 소리가 들렸다.

나는 계속 코롤라를 수리했다. 시그문 올센 경찰관이 실종되었다는 소문이 돌아다니기 시작한 건 그날 저녁 늦게부터였다.

시그문 올센의 부츠가 있는 배가 발견되었을 때, 그가 스스로 물에 빠져 죽었다는 사실을 의심하는 사람은 없었다. 이러쿵저러쿵 의견을 나눌 것도 없었다. 오히려 사람들은 안 좋은 징조를 얼마나 똑똑하게 알아봤는지 서로 앞다퉈 말했다.

"시그문은 항상 웃고 농담을 던지면서도 어딘가 어두운 구석이 있었어. 사람들이 알아차리지 못했던 거지. 그런 일에는 다들 무디다니까."

"그 전날만 해도 경찰관이 나한테 구름이 낄 것 같다고 말했어. 나는 그게 날씨 이야기인 줄로만 알았지 뭐야."

"의사는 당연히 환자의 비밀을 지켜야 하지만, 의사가 시그문한테 신경안정제를 처방해준다는 얘기를 들었어. 아, 그렇지, 몇 년 전에는 시그문의 뺨도 통통했는데. 기억나? 그런데 최근에는 뺨이 얼마나 홀쭉하던지. 약을 끊어서 그런 거지."

403

"척 보면 보이던데, 뭐. 뭔가 생각하는 게 있다는 게. 뭔가 신경 쓰이는 문제가 있는데 잘 풀리지 않았던 모양이야. 답을 찾을 수 없을 때, 의미를 찾을 수 없을 때, 예수님을 찾을 수 없을 때, 그럴 때 그런 일이 일어날 수 있지."

이웃 카운티에서 온 여자 경찰관은 아마 이 이야기를 전부 들었을 텐데도 여전히 시그문이 실종되던 날 그와 만난 사람들과 이야기를 나눠보려고 했다. 칼과 나는 그 경찰관에게 칼이 무슨 말을 해야 할지 미리 의논했다. 나는 최대한 진실에 가까운 이야기를 하고, 정말 어쩔 수 없는 부분만 비워놓자고 제안했다. 시그문 올센이 우리 집에 온 시각, 그곳을 떠난 대략적인 시각, 칼이 보기에는 특별한 점이 없었다는 것, 등등. 칼은 올센이 우울해 보였다는 이야기를 해야 할 거라고 반대 의견을 내놓았지만, 나는 그 경찰관이 다른 사람들에게서 그날 올센이 평소와 같은 모습이었다는 이야기를 듣게 될 거라고 설명했다. 또한 그녀가 이 일에 누군가 연루되었을 가능성을 의심하는 마당에, 고의로 특정한 방향의 이야기를 하려는 사람이 어떻게 보이겠는가?

"올센이 자살했다는 얘기를 네가 너무 열심히 주장하면 의심스럽게 보일 거야."

칼은 고개를 끄덕였다. "그렇겠지. 고마워, 로위."

이 주 뒤, 프리츠의 밤 이후 처음으로 나는 다시 그 오두막의 침대에 누워 있었다.

내가 뭔가를 특별히 다르게 하지도 않았는데, 리타 빌룸센은 우리에게 이제 일상이 된 정사에 평소보다 더 만족하는 것 같았다.

그녀는 손으로 머리를 받치고 누워서 멘톨 담배를 피우며 나를 유심히 살펴보았다.

"너 변했어." 그녀가 말했다.

"그래요?" 나는 베리스 담배를 윗입술 안쪽에 끼운 상태였다.

"더 어른이 됐어."

"그게 그렇게 놀라운 일인가요? 당신이 내 동정을 가져간 지 이제 꽤 지났어요."

그녀는 살짝 놀랐다. 내가 보통 그녀에게 이런 말투를 쓰지 않기 때문이었다.

"난 지난번에 만났을 때랑 비교한 거야. 너 다른 사람이 됐어." 그녀가 말했다.

"예전보다 더 나아요, 나빠요?" 나는 이렇게 물으면서 검지로 입속의 담배 뭉치를 꺼내 침대 옆 재떨이에 놓았다. 그리고 그녀를 향해 돌아누워 그녀의 허벅지에 한 손을 올렸다. 그녀는 감정을 노골적으로 드러내며 그 손을 바라보았다. 우리 사이의 불문율 중 하나는 우리가 언제 정사를 나누고 언제 쉴지 결정하는 사람이 내가 아니라 그녀라는 것이었다.

"있잖아, 로위." 그녀는 이렇게 말하고 나서 담배를 한 모금 빨았다. "난 사실 오늘 우리 사이의 이 일을 마무리할 때가 됐다고 말하기로 마음을 굳혔어."

"그래요?"

"내가 젊은 남자랑 비밀리에 만난다는 소문을 그 미용사, 그레테 스미트가 퍼뜨리고 있다는 얘기를 친구한테서 들었거든."

나는 고개를 끄덕였지만, 나 역시 이제 그만둘 때가 된 것 같다는 생각을 하고 있었다는 말은 하지 않았다. 이제 그녀를 만나도 자꾸 같은 일만 반복되는 것이 슬슬 지겨워지던 참이었다. 오두막까지 차를 몰고 와서 섹스를 한 다음, 그녀가 집에서 가져온 음식을 먹고 또 섹스 그리고 집으로 돌아가는 일의 반복이었다. 하지만 나는 지겹다는 말을 혼자 소리 내어 말했을 때, 무엇이 지겹다는 건지 정확히 알지 못했다. 게다가 어디서 빌룸센 부인 같은 여자가 또 나를 기다리는 것도 아니었다.

"그런데 네가 오늘 하는 걸 보니까, 조금 더 해도 될 것 같은 생각이 드네." 그녀는 재떨이에 담배를 끄고 내게 시선을 돌렸다.

"왜요?" 내가 물었다.

"왜냐고?" 그녀는 생각에 잠긴 표정으로 한참 동안 나를 바라보았다. 마치 그녀 자신도 대답을 모른다는 듯이. "어쩌면 시그문 올센이 물에 빠져 죽은 탓인지도 모르지. 너도 어느 날 아침 그냥 죽을 수 있잖아. 우리는 살아가는 걸 뒤로 미룰 수 없어. 그렇지?"

그녀는 내 가슴과 배를 쓰다듬었다.

"올센은 자살했어요." 내가 말했다. "죽음을 원했다고요."

"바로 그거야." 그녀는 빨간 매니큐어를 칠한 자신의 손이 점점 아래로 내려가는 모습을 바라보았다. "그런 일은 누구에게나 일어날 수 있어."

"그럴지도 모르죠." 나는 협탁에 놓아둔 손목시계를 집어 들었다. "난 이제 가봐야 돼요. 한 번 정도는 내가 먼저 나가도 괜찮죠?"

처음에 그녀는 조금 놀란 표정이었지만 곧 다시 침착해져서 희미한 미소를 지으며 다른 여자와 데이트라도 하는 거냐고 놀리는 듯이 물었다.

나는 대답 대신 똑같이 놀리는 듯한 미소를 지어주고는 일어나서 옷을 입기 시작했다.

"그 사람 이번 주말에 여기 없어." 그녀가 약간 뚱한 표정으로 침대에서 나를 지켜보며 말했다.

빌룸 빌룸센이라는 이름은 결코 언급되는 법이 없었다.

"날 만나러 와도 돼."

나는 옷을 입던 손을 멈췄다. "당신 집으로 오라고요?"

그녀는 침대 옆으로 몸을 내밀어 자신의 가방에 손을 넣고 열쇠고리를 꺼내서 열쇠 하나를 빼내기 시작했다.

"어두워진 다음에 와. 집 뒤의 정원으로 들어오면 돼. 이웃 사람들이 볼 수 없는 곳이거든. 이건 지하층 열쇠야."

그녀는 빼낸 열쇠를 내 앞에서 대롱거렸다. 나는 너무 놀라서 그것을 빤히 바라보기만 했다.

"받아, 멍청아!" 그녀가 숨죽여 소리쳤다.

나는 그 열쇠를 받아 주머니에 넣었다. 그 순간 내가 그것을 사용하는 일이 없을 것이라는 확신이 들었다. 내가 그것을 받은 것은 리타 빌룸센의 얼굴에서 처음으로 약한 표정을 보았기 때문이었다. 그녀는 화난 목소리를 내면서 내가 미처 생각해보지도 못한 어떤 것을 숨기려 하고 있었다. 어쩌면 그녀가 거절을 두려워하는 것인지도 모른다는 생각.

오두막을 나와 오솔길을 걸으면서 나는 리타 빌룸센과 나 사이의 균형이 바뀌었음을 깨달았다.

칼도 변했다.

어떤 의미에서 그는 예전보다 더 꼿꼿해졌다. 이제는 혼자서만 시간을 보내지 않고 밖에 나가 사람들을 만나기 시작했다. 거의 하루아침에 일어난 변화였다. 프리츠의 밤, 그 하루 만에. 어쩌면 칼도 나처럼 프리츠의 밤에 경험한 일들 덕분에 우리가 평범한 대중보다 더 위에 있는 사람이 되었다고 느낀 건지도 모른다. 엄마와 아빠가 후켄으로 떨어질 때 칼은 수동적인 구경꾼, 구원받는 피해자였다. 하지만 이번에는 칼도 그 일에 참여해서 맡은 일을 했다. 주위의 사람들은 상상도 할 수 없는 일이었다. 우리는 어떤 선을 넘어갔다가 다시 돌아왔다. 우리처럼 그 선을 넘어갔다 온 사람들은 반드시 바뀔 수밖에 없었다. 아니면, 이렇게 표현할 수도 있을 것이다. 칼이 이제야 비로소 자신의 원래 모습을 드러내는 것인지도 모른다고. 프리츠의 밤이 고치에 구멍을 뚫어 이 나비가 날게 된 것인지도 모른다고. 칼은 전부터 이미 나보다 키가 컸지만 겨울을 지내면서 연약하고 수줍음 많은 소년에서 자신은 부끄러운 일을 하지 않았음을 알게 된 청년으로 변했다. 언제나 사람들에게 호감을 샀던 칼이 이제는 인기인이 되었다. 나는 칼이 친구들과 어울릴 때 지도자 역할을 한다는 것, 사람들이 그의 말에 귀를 기울이고, 그의 농담에 웃는다는 것을 알아차렸다. 사람들은 남에게 잘보이고 싶거나 주위 사람들을 웃게 만들고 싶을 때 가장 먼저 칼을 바라보았다. 그들이 흉내 내는 사람이 바로 칼이었다. 여자애들도 그것을 알아차렸다. 달콤한 소녀 같던 칼의 예쁜 얼굴이 성숙해져서 건장한 미남의 얼굴로 바뀌었을 뿐만 아니라, 행동도 예전과 달랐다. 나는 우리가 오르툰의 모임에 갔을 때 그것을 알아차렸다. 칼의 말과 행동에 자연스러운 자신감이 배어 있다는 것. 칼은 세상에 심각한 일은 하나도 없다는 듯 거침없이 놀다가도 여자 문제로 고민하는 친구나 실연당한 여자 사람 친구와 함께 앉아 열심히 이야기를 들어주고 조언을 해줄 수 있었다. 그들은 아직 겪지 못한 경험과 지혜를 지닌 사람처럼.

한편 나는 그냥 예전의 내 모습이 조금 더 강화되기만 했던 것 같다. 물론 자신감도 늘었다. 정말로 중요한 순간에는 내가 꼭 필요한 일을 해낼 수 있는 사람이라는 사실을 이제 알게 되었으니까.

"여기 앉아서 책을 읽는 거야?" 어느 토요일 밤에 칼이 말했다. 자정이 지난 시각인데 이제 막 집에 돌아온 칼은 조금 취한 듯했다. 나는 겨울정원에 앉아서 《아메리카의 비극》을 무릎 위에 펼쳐두고 있었다.

순간적으로 내가 밖에서 우리 둘을 지켜보는 것 같은 기분이 들었다. 이제는 내가 예전 칼의 자리를 차지하고, 친구 하나 없이 방에 혼자 있었다. 하지만 이것은 애당초 칼의 자리가 아니었다. 원래 내 것이던 자리를 칼이 한동안 빌렸을 뿐이었다.

"어디 갔다 왔어?" 내가 물었다.

"파티."

"베르나르 삼촌한테 파티는 좀 자제하겠다고 약속하지 않았어?"

"그랬지." 웃음기 섞인 목소리였지만, 진심으로 후회하는 기색도 느껴졌다. "내가 약속을 깨뜨렸어."

우리는 웃음을 터뜨렸다.

칼과 함께 웃으면 기분이 좋았다.

"잘 놀다 왔어?" 나는 책을 덮으며 물었다.

"마리 오스랑 춤췄어."

"아, 그래?"

"응. 내가 조금 사랑에 빠진 것 같아."

이유는 모르겠지만, 그 말이 칼날처럼 나를 베었다.

"마리 오스." 내가 말했다. "의장님의 딸과 오프가르의 아이?"

"안 될 것 없잖아."

"뭐, 그렇지. 꿈꾸는 건 불법이 아니니까." 내가 말했다. 내 웃음 소리가 몹시 추악하고 비열하게 들렸다.

"그렇겠지." 칼이 웃는 얼굴로 말했다. "나는 꿈 좀 꾸러 올라갈 게."

몇 주 뒤 어느 날 나는 커피숍에서 마리 오스를 우연히 보았다.

그녀는 몹시 예뻤다. 또한 누군가의 말마따나 '위험할 정도로 똑똑'했다. 한 가지 확실한 것은 말을 잘한다는 것이었다. 지역신문의 기사에 따르면, 그녀는 지역 선거 전에 노토덴에서 토론이 열렸을 때 AUF 대표로 나가서 자기보다 훨씬 나이가 많고 포부가 큰 정치인들을 이겨버렸다. 마리 오스는 금발을 하나로 묶고, 살짝 앞으로 몸을 기울인 채 서 있었다. 체 게바라가 그려진 티셔츠의 가슴 부위가 팽팽하고, 차갑고 푸른 눈은 늑대 같았으며, 시선은 내가 그 자리에 존재하지 않는 것처럼 나를 스치고 지나갔다. 뭔가 사냥할 가치가 있는 것을 찾고 있는데 나는 그 기준에 맞지 않는 듯했다. 두려움을 모르는 시선이라는 생각이 들었다. 먹이사슬 맨 꼭대기를 차지한 자의 시선.

다시 여름이 오고, 남편과 함께 미국으로 여행을 다녀온 리타 빌룸센은 오두막에서 만나고 싶다는 문자를 보냈다. 그녀는 그동안 내가 보고 싶었다고 썼다. 항상 결정권을 쥐고 있던 그녀가 이제는 문자에 이런 말을 쓰고 있었다. 특히 그녀가 집에 혼자 있을 거라던 그 주말에 내가 지하층 문을 통해 그녀의 집으로 들어가지 않았을 때부터 생겨난 변화였다.

내가 오두막에 도착했을 때 그녀는 유난히 들뜬 모습이었다. 그녀는 내게 선물을 내밀었다. 포장을 풀어보니 비단 팬티 하나와 작은 병에 든 이른바 남성용 향수였다. 그녀는 모두 뉴욕에서 직접 산 물건이라고 말했다. 하지만 가장 좋은 선물은 베리스 담배 두 통이었다. 그녀는 그것을 집으로 가져가지 말고 우리의 세상인 이 오두막에 두어야 한다고 말했다. 그래서 씹는담배는 오두막의 냉장고 안으로 들어갔다. 그녀는 우리 집에 있는 담배가 다 떨어지는 경우 그것이 나를 이 오두막으로 끌어당기는 추가 요인이 될 것이라고 생각하고 있었다.

"옷 벗어요." 내가 말했다.

그녀는 잠시 놀란 얼굴로 나를 바라보다가 내 명령에 따랐다.

정사가 끝난 뒤 우리는 땀을 흘리며 침대에 누워 있었다. 체액 때문에 몸이 미끈거렸다. 방이 빵집 오븐처럼 더웠다. 여름 태양이 지붕을 구워대고 있기 때문이었다. 나는 정말로 축축하기 그지없는 리타의 품에서 빠져나왔다.

그리고 협탁에 있던 페트라르카의 소네트집을 들어 아무 곳이나 펼치고 소리 내어 읽기 시작했다.

"맑고 달콤한 물, 내게 여자로 보이는 유일한 사람, 그녀가 있는 곳."

나는 책을 탁 소리 나게 덮었다.

리타 빌룸센은 영문을 모르겠다는 듯이 눈을 깜박거렸다. "물이라." 그녀가 말했다. "우리 수영하러 가자. 내가 포도주를 좀 가져올게."

우리는 옷을 입었다. 그녀는 옷 안에 수영복을 입었고, 나는 그녀를 따라 산속 호수로 올라갔다. 오두막 위쪽의 언덕을 몇 개 넘어가면 나오는 곳이었다. 가지를 드리운 자작나무 아래에 빌룸센의 것이 분명한 빨간색 소형 보트가 한 척 있었다. 그 짧은 거리를 걸어가는 동안 구름이 끼었지만, 우리는 정사를 나누고 가파른 길을 올라온 탓에 아직 땀으로 축축하게 젖어 있어서 배를 들어 물에 띄웠다. 나는 육지에서 충분히 멀어져 지나가는 사람이 절대 우리를 알아볼 수 없을 만한 곳까지 노를 저었다.

"수영해." 스파클링와인을 나와 함께 절반쯤 비운 뒤 리타가 말했다.

"너무 차가워요."

"겁쟁이." 그녀는 이렇게 말하고 나서 겉옷을 벗기 시작했다. 그 안에 입은 수영복은 사람들이 흔히 하는 말처럼 들어갈 곳은 들어가고 나올 곳은 나온 몸에 착 달라붙어 있었다. 그녀가 어깨가 널찍한 운동선수 같은 몸매를 갖게 된 이유에 대해 설명해준 것이 기억났다. 젊었을 때 유망한 수영선수였다고 했다. 그녀는 보트 안의 의자 대용인 한쪽 널빤지 위에 서 있었다. 나는 배가 뒤집어지지 않게 반대쪽으로 몸을 기울여야 했다. 바람이 강해지고, 수면은 회색이 도는 흰색으로 변했다. 앞을 볼 수 없는 사람의 눈에 낀 백태 같은 색이었다. 잔물결이 연달아 빠르게 다가왔다. 그녀가 물속으로 뛰어들려고 무릎을 굽히는 순간 나는 문득 어떤 생각이 들었다.

"잠깐!" 내가 소리쳤다.

"하하!" 그녀는 발로 배를 차면서 뛰어올랐다. 그녀의 몸이 허공에서 우아한 포물선을 그렸다. 수영을 잘하는 사람들이 대개 그렇듯이, 리타 빌룸센은 다이빙이 어때야 하는지 잘 알고 있었다. 하지만 바람이 수면에 그려내는 모양을 보고 깊이를 가늠하는 법은 알지 못했다. 그녀의 몸이 소리 없이 물속으로 파고들다가 갑자기

뚝 멈췄다. 순간적으로 베르나르 삼촌이 내게 보여준 핑크 플로이드 앨범 커버의 다이버 같다는 생각이 들었다. 그 남자는 물속에서 물구나무서기를 하고 있는데, 마치 그의 몸이 거울처럼 매끈한 수면에서 자라 나오는 것 같았다. 베르나르 삼촌은 사진작가가 이 사진 한 장을 찍으려고 여러 날 동안 작업했다고 말했다. 다이버가 산소통으로 숨을 쉴 때 생기는 공기 방울이 수면을 망치는 것이 가장 큰 문제였다고 했다. 하지만 지금 내 눈앞의 광경을 망치는 것은 빌룸센 부인의 곧게 뻗은 다리와 상반신 아래쪽이 무너져 내렸다는 점이었다. 커다란 건물을 폭파해서 파괴하는 모습을 보여주던 텔레비전 화면과 비슷했지만, 지금 이곳의 파괴는 그렇게 정돈된 모습이 아니었다.

다시 일어선 그녀는 잔뜩 화가 난 표정이었다. 이마에는 초록색이 도는 진흙이 묻어 있고, 물은 그녀의 배꼽 높이밖에 되지 않았다. 내가 몸을 젖히고 포복절도를 하는 바람에 하마터면 배가 뒤집힐 뻔했다.

"멍청이!" 그녀가 이를 악물고 소리쳤다.

내가 거기서 멈출 수도 있었을 것이다. 거기서 멈췄어야 했다. 어쩌면 포도주 때문이라고 할 수도 있을 것이다. 내가 술에 익숙하지 않은 탓이라고. 하지만 어쨌든 나는 널빤지 아래에 있던 오렌지색 구명조끼를 들어 그녀에게 던져주었다. 구명조끼는 그녀 옆의 수면에 떨어져 둥둥 떴다. 그 순간 나는 이미 늦었음을 깨달았다. 처음 정비소에서 만났을 때 탑처럼 우뚝 서서 나를 내려다보던 여자, 지금까지 함께 걸어온 길에서 걸음걸음마다 나를 지휘하고 지도해준 여자, 리타 빌룸센이 그 순간에는 어른의 옷을 차려입고 버림받은 소녀, 어쩔 줄을 모르는 사람처럼 보였다. 한낮의 햇볕이 무자비하게 내리쬐고, 화장은 물에 모두 지워진 지금에서야 나는 그녀의 주름살과 우리 사이에 가로놓인 세월을 보았다. 추워서 소름이 돋은 그녀의 하얀색 피부가 수영복 가장자리 주위에 늘어져 있었다. 나는 웃음을 멈췄다. 어쩌면 그녀도 내가 자신의 얼굴에서 본 것을 알아차렸는지, 가슴 앞에서 팔짱을 꼈다. 나의 시선으로부터 자신을 보호하려는 듯이.

"죄송해요." 내가 말했다. 아마 그 순간에 할 수 있는 말이 그것뿐이었을 수도 있고, 그것이 최악의 말이었을 수도 있다. 아니면 내가 무슨 말을 하든 달라질 것이 없었을 수도 있다.

"난 수영할 거야." 그녀는 이렇게 말하고 나서 수면 아래에서 미끄러지듯이 멀어져 시야에서 사라졌다.

그 뒤로 오랫동안 나는 리타 빌룸센을 다시 보지 못했다.

내가 노를 젓는 속도보다 그녀의 수영 속도가 더 빨랐다. 물가에 도착해보니, 그녀의 젖은 맨발이 남긴 발자국만 보였다. 나는 보트를 물에서 끌어내고, 남은 포도주를 모두 비운 다음, 그녀의 옷을 집어 들었다. 내가 오두막에 도착했을 때 그녀는 이미 떠난 뒤였다. 나는 침대에 누워 은색 베리스 담배통에서 담배 한 뭉치를 꺼냈다. 그리고 내게 배정된 삼십 분 중 시간이 얼마나 남았는지 시계를 보며 확인했다. 윗입술 안쪽에 발효 담배의 타는 듯한 느낌이 나고, 내 심장은 부끄러워했다. 그녀를 부끄럽게 만든 것이 부끄러웠다. 나 자신의 서투름에 대해 느끼는 부끄러움보다 그 부끄러움이 훨씬 더 컸던 이유가 무엇일까? 자신의 엄마를 죽이고 경찰관의 시체를 토막 낸 일보다, 그냥 아이였던 자신을 애인으로 선택해준 여자를 향해 너무 신나게 웃어버린 일이 왜 더 마음에 걸리는 걸까? 나도 모르겠다. 그냥 그때 내 기분이 그랬다.

나는 이십 분을 기다린 뒤 차를 몰고 집으로 갔다. 다시 이곳에
올 일이 없을 것임을 알면서도, 나는 베리스 담배통을 가져가고 싶
다는 유혹에 넘어가지 않았다.

35

여름이 끝나가는 무렵의 어느 일요일이었다. 약속대로 베르나르 삼촌이 랍스케우스 한 냄비를 들고 우리 집에 와서, 내가 그것을 데우는 동안 식탁에 앉아 수다를 떨었다. 자신의 건강만 빼고 온갖 화제에 대해서. 이제 삼촌은 너무나 마른 상태였기 때문에, 삼촌의 건강은 우리 둘 다 피하는 화제였다.

"칼은?"

"곧 올 거예요."

"걔는 잘 지내니?"

"네. 공부도 잘해요."

"술도 마시고?"

나는 잠시 고민하다가 고개를 저었다. 베르나르 삼촌이 아빠의 갈증에 대해 생각하는 것을 알기 때문이었다.

"네 아버지가 지금 널 보면 자랑스러워할 텐데." 삼촌이 말했다.

"그래요?" 나는 이렇게만 말했다.

"뭐, 대놓고 말로 하지는 않았겠지만, 틀림없어."

"삼촌이 그렇다면 그런 거겠죠."

베르나르 삼촌은 한숨을 내쉬며 창밖을 바라보았다. "내가 널 자랑스러워하는 건 확실해. 저기 네 동생이 오는구나. 친구를 데리고."

내가 미처 창밖을 내다보기도 전에 칼과 그의 친구가 집의 북쪽 모퉁이를 돌아 사라졌다. 곧 복도에서 발소리와 함께 거의 친밀하게 들리는 낮은 목소리가 들렸다. 하나는 여자의 목소리였다. 부엌문이 열렸다.

"이쪽은 마리예요." 칼이 말했다. "랍스케우스 애 몫도 있죠?"

나는 일어서서, 이제 커다래진 동생과 늑대의 눈을 지닌 키 큰 금발 여자애를 빤히 바라보았다. 내 손은 보글거리는 냄비 속을 기계적으로 젓고 있었다.

이런 날이 올 줄 나는 알았을까, 몰랐을까?

어떻게 생각하면 이것은 동화 속 한 장면 같은 일이었다. 산에서 농사를 짓는 농부의 아들이자 지금은 고아 신세인 청년이 왕의 딸의 마음을 얻었으니까. 그녀는 누구 앞에서도 당당히 말할 수 있는 공주님이었다. 하지만 다르게 생각하면 이것은 거의 필연적인 일이었다. 두 사람이 커플이 된 것은 아주 논리적이었다. 바로 그 순간 달과 별들이 오스를 비추는 것과 같았다. 그런데도 나는 칼을 빤히 바라보았다. 내 어린 동생, 내가 양팔로 안아주던 아이, 옛날에 개의 고통을 차마 덜어주지 못하던 아이, 프리츠의 밤에 당황해서 내게 도움을 청하던 그 아이가 감히 나는 엄두도 못 낸 일을 해냈다니. 마리 오스 같은 여자애한테 접근해서 말을 걸고 자기소개를 했다니. 자신이 그녀의 관심을 받을 가치가 있다고 믿으면서.

나는 그녀도 빤히 바라보았다. 지난번 카페 카피스토바에서 보았을 때와는 상당히 다른 모습이었다. 그녀가 내게 미소를 지었다.

차가운 사냥꾼 같던 시선 대신, 솔직하고 상쾌하며 거의 따뜻하게 보이는 시선이었다. 물론 그런 미소를 이끌어낸 것이 나 자신이 아니라 이 상황 자체라는 사실은 알고 있었지만, 그 순간에는 마치 그녀가 이 작은 농장의 두 형제 중 형인 나까지도 자신의 영역으로 끌어올려주는 것 같았다.

"음?" 베르나르 삼촌이 말했다. "진지한 관계, 아니면 그냥 친구?"

마리가 높게 지저귀는 것 같은 소리로 웃었다. 살짝 불안감도 섞여 있었다. "아, 그게, 제 생각에는 우리가……."

"진지한 관계예요." 칼이 끼어들었다.

그녀는 살짝 흔들리듯이 그에게서 멀어져 눈썹을 올려 뜨고 그를 바라보았다. 그러고는 그와 팔짱을 꼈다.

"그래, 뭐, 그런 걸로 하자." 그녀가 말했다.

여름이 끝나고, 습한 가을이 길게 이어졌다.

리타는 10월에 한 번, 11월에 한 번 내게 전화를 걸었다. 나는 화면에 뜬 R 자를 보았지만 전화를 받지 않았다.

베르나르 삼촌은 다시 병원에 입원했다. 한 주가 지날 때마다 삼촌은 더 위중해지고, 더 약해지고, 더 작아졌다. 나는 일을 너무 많이 하고, 식사를 너무 적게 했다. 일주일에 두세 번 정도는 차를 몰고 노토덴의 병원으로 문병을 갔다. 그래야 한다는 의무감 때문이 아니라, 베르나르 삼촌과 나누는 미니멀한 대화가 즐겁기 때문이었다. J. J. 케일의 노래를 들으며 한참 동안 고속도로를 달려 오가는 길도 즐거웠다.

칼은 가끔 나와 함께 문병을 갔지만, 그 밖에도 할 일이 많았다. 그와 마리는 마을 최고의 커플이 되었다. 두 사람 주변에서는 항상 이런저런 모임이 열렸고, 시간이 있을 때는 나도 그 자리에 합류했다. 칼은 이런저런 이유로 내가 와주는 것을 좋아했다. 게다가 나는 친구가 하나도 없다는 사실을 차츰 깨닫고 있었다. 그렇다고 외롭다거나 대화 상대가 전혀 없는 것은 아니었다. 그냥 모임에 잘 나가지 않았을 뿐이다. 참석했더라도 지루해서 리타가 추천한 책을 열심히 읽는 편이 낫겠다는 생각이 들었을 것이다. 리타가 추천한 책은 대부분 노토텐의 도서관에서 찾을 수 있었다. 책을 읽는 속도가 워낙 느려서 한꺼번에 많은 책을 빌리지는 못했지만, 나는 일단 읽기 시작하면 철저하게 읽었다. 《온 더 로드》《파리 대왕》《처녀들, 자살하다》《태양은 다시 떠오른다》《말벌공장》. 나는 찰스 부코스키가 쓴 《우체국》이라는 책을 베르나르 삼촌에게 소리 내어 읽어주었다. 평생 단 한 권도 책을 읽은 적 없는 삼촌은 너무 심하게 웃은 나머지 나중에는 기침 발작을 일으킬 정도였다. 그러고 나서 피곤한 안색으로 내게 와줘서 고맙다고, 이제 그만 가보는 게 좋겠다고 말했다.

그러다 마침내 삼촌이 곧 죽을 것 같다고 내게 말하는 날이 왔다. 그 말에 뒤이어 나온 것이 폭스바겐 농담이었다.

삼촌의 딸이 와서 집 열쇠를 가져갔다.

나는 베르나르 삼촌의 소식을 칼에게 알려주면서 그가 엉엉 울것이라고 예상했다. 하지만 칼은 미리 각오하고 있었던 모양이었다. 그래도 한동안 슬픈 얼굴로 고개를 젓기는 했다. 그러면 그 일을 떨칠 수 있다는 듯이. 칼은 프리츠의 밤도 그런 식으로 떨쳐버린 것 같았다. 가끔은 칼이 그날 일을 거의 잊어버린 것처럼 보였다. 우리는 그날 일을 한 번도 입에 담지 않았다. 그것을 침묵과 세월이라는 포장지로 몇 겹이나 싸놓으면, 언젠가 과거의 메아리나 순식간에 지나가는 오랜 악몽의 기억 같은 것이 될지도 모른다고 생각하는 사람들처럼. 악몽이 아주 찰나의 순간에는 현실처럼 느껴지지만 우리가 그것의 실체를 깨닫고 나면, 심장박동이 다시 정상으로 돌아오는 법이다.

나는 칼에게 네가 엄마와 아빠의 침실로 방을 옮기면 어떻겠냐고 말했다. 칼의 키가 나보다 8센티미터 더 커서 더 큰 침대가 필요하다는 것이 이유였다. 하지만 사실은 내가 어린 시절부터 자던 방에서 잠을 자기가 너무 힘들기 때문이었다. 칼은 이제 후켄에서 올라오는 비명을 듣지 않았다. 이제 그 비명을 듣는 사람은 나였다.

칼은 장례식에서 베르나르 삼촌을 위해 길고 훌륭한 연설을 했다. 삼촌이 얼마나 훌륭하고 진정성 있고 재미있는 사람이었는지에 대해서. 어떤 사람들은 형인 내가 아니라 칼이 대표로 나선 것을 이상하게 생각했을지도 모르지만, 칼에게 그 일을 부탁한 사람이 나였다. 나는 연단에서 그냥 이성을 잃고 울음을 터뜨릴 것 같았다. 칼은 알겠다면서 온갖 일화와 생각을 적어둔 자료를 내게서 가져갔다. 내가 삼촌과 더 가까웠기 때문이었다. 칼은 글을 몇 번이나 고쳐 쓰면서 자신의 생각을 덧붙이고, 거울 앞에서 연습을 하며 그 일에 자신의 모든 것을 쏟았다. 나는 칼이 그렇게 정제된 생각을 갖고 있는지 미처 알지 못했다. 하기야 세상일이 원래 그런 법이다. 누군가를 내 손바닥처럼 잘 아는 줄 알았는데, 갑자기 그 사람에게서 짐작도 못 하던 일면을 보게 되지 않는가. 사실 우리는 주머니 속의 어둠을 손으로 더듬기만 하는 꼴이다. 그것이 자신의 주머니라 해도 마찬가지다. 가끔 거기서 10외레*짜리 동전을 발견

---

* 지금은 유통되지 않는 동전으로, 화폐 가치는 우리나라의 10원과 비슷하다.

하기도 하고, 복권이나 아스피린 한 알을 발견하기도 한다. 아니면 잘 알지도 못하는 여자를 무작정 사랑한 나머지 자살 직전까지 가는 사람도 있다. 그래서 사람들은 그 10외레 동전이 어제 것인지, 사랑의 감정을 자신이 그냥 상상으로 만들어낸 건 아닌지, 그 여자는 자신이 가고 싶은 곳으로 가게 해줄 핑곗거리에 불과한 건지 고민하게 된다. 나는 혹시 여기만 아니면 어디든 좋은 건가, 하고. 하지만 나는 생각에 잠기고 싶을 때 카운티 경계선 너머까지 차를 몰아본 적이 없었다. 책을 빌리려고 노토덴에 가는 것이 전부였다. 길고 곧게 뻗은 도로 끝 터널 입구 옆의 산속으로 차를 몰고 들어갈 생각도, 후퀸에서 있었던 일을 되풀이할 생각도 한 적이 없었다. 나는 항상 돌아왔다. 그렇게 하루를 넘기고 또 다른 날을 기다렸다. 내가 마리를 보게 될 날을, 또는 보지 못하는 날을.

내가 사람들을 때리기 시작한 것이 그 무렵이었다.

36

베르나르 삼촌이 세상을 떠난 뒤에는 황량한 시기가 이어졌다. 나는 정비소를 인수해서 쉬지 않고 일했다. 그것이 날 구한 것 같다. 그것과 오르툰에서 벌인 싸움이.

내게 유일한 출구는 토요일 저녁의 무도회였다. 칼은 술에 취해 여자들을 꾀고, 나는 어느 가엾은 놈이 질투심 때문에 이성을 잃기를 기다렸다. 그래야 내 한심한 모습을 거울처럼 비춰주는 녀석들의 얼굴에 주먹을 꽂아 몇 번이고 바닥에 쓰러뜨릴 수 있으니까.

우리는 토요일 밤에 춤을 즐기다가 보통 새벽에 집에 돌아왔다. 칼은 술에 취해 아래층 침대에 쓰러져서 방귀를 뀌고 키득거렸다. 나와 함께 그날 밤의 모험을 다 되돌아보고 나면, 칼은 이렇게 소리쳤다.

"와, 형이 있으니까 정말 좋다!"

이 말을 들으면 내 마음이 따뜻해졌다. 거짓말이었는데도. 이제는 칼이 형 노릇을 한다는 것을 우리 둘 다 알고 있었다.

내가 칼의 여자친구를 사랑한다는 사실을 칼에게 말해야겠다는 생각을 한 적은 한 번도 없었다. 나는 베르나르 삼촌에게도 그 이야기를 하지 않았고, 마리에게도 전혀 내색하지 않았다고 믿었다. 내가 느끼는 부끄러움은 내가 혼자 감당해야 하는 것이었다. 나는 거울에 비치는 내 모습조차 견딜 수 없었다. 아빠도 이런 기분이었을까? 자신의 아들에게 욕망을 느끼는 남자는 살 자격이 없다고 생각해서 내가 대신 끝내줄 것이라는 희망을 안고 헛간 밖에 엽총을 놓아두었을까? 나는 이제 아빠를 더 이해할 것 같았다. 그리고 그 때문에 죽을 만큼 겁을 먹었다. 나의 자기 비하 또한 조금도 줄어들지 않았다.

칼에게서 공부하고 싶다는 말을 듣고 내가 무슨 생각을 하고 무슨 말을 했는지 잘 기억나지 않는다. 사실 뻔히 보이는 일이었다. 칼은 학교에서 좋은 성적을 올렸고, 별로 실용적인 성격이 아니었을뿐더러, 마리 또한 공부를 할 운명임이 확실했다. 당연히 두 사람은 같은 도시에서 학교에 다니게 될 터였다. 나는 오슬로나 베르겐에서 두 사람이 한 아파트에 살다가 명절이나 연휴 때 함께 집으로 돌아와서 옛 친구들과 어울리는 상상을 했다. 나도 그들과 함께 어울릴 것이다.

하지만 그때 오르툰에서 그레테와 칼이 사고를 치고, 그레테가 마리에게 그 일을 죄다 털어놓는 바람에 갑자기 모든 것이 뒤집어졌다.

칼이 미네소타로 사라진 뒤 내게 남은 것은 그가 다 버리고 가버렸다는 감정뿐이었다. 칼은 작은 마을에서 벌어진 추문과 마리 오스에게서 도망쳤다. 이 농장에 대한 책임에서 도망쳤다. 내게서 도망쳤다. 이제는 칼이 내게 의존하기보다 내가 칼에게 더 의존하고 있었는데. 모르긴 몰라도 칼은 후켄에서 올라오는 비명을 다시 듣게 된 것 같았다.

적어도 그가 떠난 뒤 주위가 조용해지기는 했다.

미치도록 조용했다.

석유회사가 정비소와 땅을 사들인 뒤 나는 20대 초반의 나이에 갑자기 주유소를 운영하게 되었다. 내가 알아차리지 못한 장점을 그들이 내게서 알아보았는지는 모르겠지만, 어쨌든 나는 이십사 시간 내내 일했다. 딱히 커다란 포부가 있어서는 아니었다. 포부는 나중에 생겼다. 집에 올라가서 후켄의 소리와 검은가슴물떼새가 부르는 고독의 노래를 듣기가 생각보다 더 힘들었다. 동무를 구하는 새가 부르는 노래. 꼭 친구일 필요는 없었다. 말동무만이라도 있으면 좋았다. 그 모든 일을 견디는 방법이 일을 하는 것이었다. 주변에 사람들이 있고, 다양한 소리도 있고, 할 일도 있고, 계속 같은 생각만 머릿속으로 굴리는 대신 쓸모 있는 생각을 할 수도 있었다.

나는 마리를 내게서 몰아냈다. 성공적인 수술로 종양을 제거하듯이. 물론 그녀와 칼이 헤어진 시기에 바로 그렇게 된 것이 우연의 일치가 아니라는 사실은 나도 알고 있었다. 그래도 나는 그 생각에 너무 몰두하지 않으려고 애썼다. 생각하면 십중팔구 복잡한 일이었을 것이다. 나는 그때 막 카프카의 《변신》(어떤 남자가 어느 날 자고 일어나 보니 역겨운 벌레가 되어 있더라는 이야기)을 읽은 참이었는데, 만약 내 잠재의식이니 뭐니 하는 것을 뒤지기 시작하면 별로 마음에 들지 않는 사실을 찾아낼 가능성이 매우 높다는 것을 깨달았다.

리타 빌룸센과는 당연히 가끔 우연히 마주쳤다. 세월이 그녀에게는 영향을 미치지 않는지 아주 좋아 보였다. 하지만 그녀는 항상 누군가와 함께 있었다. 아니, 우리 주위에 사람들이 있었다고 해야겠다. 그래서 그녀는 같은 마을에 사는 사람으로서 친절하게 미소를 지으며 주유소는 잘되고 있는지, 미국에 간 칼은 잘 지내는지를 물어볼 뿐이었다.

어느 날 주유소 마당의 주유기 옆에 그녀가 서 있는 것이 보였다. 그녀는 자신의 소네트에 기름을 채우는 마르쿠스와 이야기를 하는 중이었다. 보통은 빌룸센이 자기들 자동차에 직접 기름을 넣었다. 마르쿠스는 조용하고 점잖고 잘생긴 청년이라서 순간적으로 마르쿠스가 그녀의 새로운 대상인가 하는 생각이 들었다. 기분이 이상했지만 거슬리는 것 같지는 않았다. 그저 두 사람이 잘되기를 빌어주었을 뿐이다. 마르쿠스가 주유기 노즐을 제자리에 걸고 나서 막 차에 오르려던 리타가 주유소 가게 쪽을 바라보았다. 그녀가 나를 볼 수는 없었겠지만, 어쨌든 인사하듯 손을 들어 올리기는 했다. 나도 마주 손을 흔들었다. 마르쿠스는 안으로 들어와서 빌룸 빌룸센이 암에 걸렸지만 완쾌할 것 같다고 말했다.

그다음에 리타를 본 것은 오르툰에서 매년 5월 17일에 열리는 제헌절 축제에서였다. 전통의상을 입은 그녀의 모습이 근사했다. 그녀는 남편과 손을 잡고 걷고 있었다. 나로서는 처음 보는 광경이었다. 빌룸센은 마른 편이었다. 적어도 예전보다 살집이 없기는 했다. 내 의견을 말하자면, 그에게 어울리지 않는 모습이었다. 턱 아래에 늘어진 살이 대롱거리며 흔들리는 모습이 도마뱀 같았다. 하지만 두 사람은 대화를 나누면서 서로에게 몸을 기울여 열심히 귀를 기울였다. 상대의 말을 한마디도 놓치지 않으려는 것 같았다. 그들은 미소를 짓고, 고개를 끄덕이고, 서로의 눈을 바라보았다. 어쩌면 암이 일종의 현현이나 계시 같은 역할을 한 모양이었다. 어쩌면 그녀가 자신을 무척 아껴주는 이 남자를 사랑하는 법을 알아낸 것일 수도 있었다. 누가 알겠는가. 빌룸센 역시 내 생각만큼 눈이 멀어 있지 않았을 수도 있었다. 나는 그날 주유기 옆에서 그녀가 손을 흔든 것이 마지막 작별 인사였음을 깨달았다. 그건 괜찮았다. 우리가 한때 서로에게 의미 있는 존재가 되었던 건 우리 둘에게 모두 그런 것이 필요한 시기였기 때문이다. 내 경험상 해피 엔딩으로 끝나는 불륜은 거의 없다. 하지만 그날 그 두 사람이 함께 있는 모습을 보니, 어떤 의미에서 리타 빌룸센과 내가 행운아인 것 같다는 생각이 들었다. 어쩌면 빌룸 빌룸센도 역시.

그렇게 해서 나는 다시 검은가슴물떼새가 되었다.

하지만 겨우 일 년 뒤에 나는 오 년 동안 나의 비밀 연인이 될 여자를 만났다. 오슬로에 있는 본부에서 회의를 마친 뒤 참석한 만찬에서 나는 피아 쉬세를 만났다. 인사부 책임자인 그녀는 내 왼편에 앉아 있었다. 즉 자리 배치상 나의 정식 파트너가 아니었다. 하지만 얼마 뒤 그녀가 내게 시선을 돌려 자기 왼쪽에 앉은 파트너에게서 자신을 좀 구해줄 수 있겠느냐고 물었다. 그 남자는 한 시간 전부터 계속 석유에 관한 이야기만 하고 있었다. 석유에 관해 할 이야기가 얼마나 된다고. 이미 포도주 두어 잔을 마신 나는 이런 자리에서 여자가 남자를 즐겁게 해줄 책임을 지기보다 남자가 여자를 즐겁게 해줄 책임을 더 많이 지는 건 어떤 식으로든 일종의 남녀차별 아니냐고 물었다. 그녀도 동의했기 때문에, 나는 그녀에게 삼 분 동안 재미있는 이야기를 해서 나를 웃게 만들거나 도발해보라고 말했다. 만약 그녀가 실패한다면 내가 오른편에 앉은 내 정식 파트너에게 다시 주의를 돌리더라도 원망하면 안 된다는 말도 했다. 내 파트너는 콩스베르그에서 온 갈색 머리 여자로 안경을 쓰고 있었으며, 자신의 이름이 운니라고 말한 뒤에는 별로 말이 없었다. 피아 쉬세는 나의 조건 세 가지를 모두 충족시켰다. 그것도 삼 분이 되기 훨씬 전에.

우리는 그 뒤에 함께 춤을 추었다. 그녀는 나처럼 춤을 못 추는 파트너는 처음이라고 말했다.

각자 방으로 올라가는 엘리베이터 안에서 우리는 서로의 몸을 더듬기 시작했다. 그녀는 나더러 키스도 잘 못한다고 말했다.

그녀의 호텔방 침대에서 우리는 함께 깨어났다. 인사부 책임자인 그녀에게는 스위트룸이 배정되어 있었다. 그녀는 깨자마자 섹스가 평균보다 한참 아래였다고 말했다.

하지만 지난 열두 시간 동안 웃은 것만큼 많이 웃은 적이 드물다는 말도 했다.

내가 그래도 네 종목 중 하나에서 평균 점수 이상을 기록했다고 말하자 그녀는 또 웃었다. 그러고 나서 나는 한 시간 동안 그녀가 받은 첫인상을 조금 바꿔보려고 노력했다. 적어도 나는 그것이 노력으로 받아들여졌기를 바란다. 어쨌든 피아 쉬세는 앞으로 14일 안에 나를 본부로 부를 것이며, 대화 주제는 '고정되지 않았다'고 말했다.

내 정식 파트너였던 운니가 체크아웃 줄에 서 있다가 나더러 오스까지 차를 몰고 가느냐고 물었다. 그렇다면 콩스베르그까지 자신을 태워줄 수 있겠느냐고.

차를 타고 가는 동안 우리는 대화를 별로 하지 않았다.

그녀가 자동차에 대해 묻기에, 나는 삼촌이 준 선물이라 남다른 애착이 간다고 말했다. 이 차의 모든 부품을 적어도 한 번 이상 교체했다 해도 이 240은 기계적으로 정말 놀라운 물건이라고 그녀에게 말할 수도 있었을 것이다. 더 멋들어진 V70은 타이로드와 스티어링 암에 자주 문제가 생기는데 이 차에는 그런 문제가 전혀 없다는 말, 나중에 죽고 나면 내 240의 차대에 누워 묻히고 싶다는 말을 할 수도 있었을 것이다. 하지만 별로 재미없는 이야기를 이렇게 재잘거리는 대신, 나는 별로 재미없는 질문을 던졌다. 그리고 그녀는 자신이 회계 분야에서 일하고 있으며, 자녀가 둘이고, 남편은 콩스베르그 고등학교의 교장이라고 대답해주었다. 그녀는 일주일에 이틀은 재택근무를 하고, 다른 날은 오슬로로 출근하며, 매주 금요일에는 쉰다고 말했다.

"그때는 뭘 하세요?" 내가 물었다.

"아무것도 안 해요."

"그거 힘들지 않아요? 아무것도 안 하는 거?"

"아뇨."

우리 대화는 여기까지였다.

J. J. 케일의 음악을 틀자 깊은 평화가 가만가만 다가왔다. 아마 수면 부족 때문이었을 것이다. 거기에 케일의 느긋하고 간결한 음악, 운니도 나처럼 가만히 침묵하는 자세가 기본이라는 깨달음도 있었다.

화들짝 놀라서 깨어난 나는 우리를 향해 다가오는 자동차들을 빤히 바라보았다. 비 때문에 그 자동차들의 불빛이 앞 유리창 여기저기에 흩어져 있었다. 내 머리는 결론을 내렸다. a) 내가 운전 중에 잠들었다. b) 비가 내리는 것도 와이퍼를 켠 것도 생각나지 않는 것을 보아 틀림없이 이 초 이상 잤을 것이다. c) 한참 전에 차를 세우고 휴식을 취했어야 했다. 나는 기계적으로 손을 들어 운전대에 얹었다. 하지만 내 손에 잡힌 것은 운전대가 아니라, 이미 운전대를 잡고 있는 따뜻한 손이었다.

"잠드셨던 것 같아요." 운니가 말했다.

"절 깨우지 않다니, 친절하시네요."

그녀는 웃지 않았다. 나는 그녀를 흘깃 보았다. 그녀의 입가에 살짝 미소가 보이는 것도 같았다. 나중에 나는 그 얼굴이 지을 수 있는 최대한의 표정이 그거였음을 알게 되었다. 이제야 처음으로 그녀가 예쁘다는 생각이 들었다. 마리 오스 같은 고전적인 미인이나, 리타 빌룸센이 보여준 젊은 시절 사진처럼 눈부신 미인은 아니었다. 솔직히, 운니 홀름옌센이 그녀만의 기준이 아닌 다른 기준으로도 예쁜지는 잘 모르겠다. 내 말은 그 순간, 그 불빛 속에서 그 각도로 본 그녀의 모습이 그때까지 본 그녀의 다른 모습보다 더 예뻤다는 뜻이다. 내가 사랑에 빠질 만한 예쁜 얼굴은 아니었다. 나는 운니 홀름옌센을 사랑한 적이 없다. 오 년 동안 그녀 역시 나를 한 번도 사랑하지 않았다. 하지만 바로 그 순간 그녀는 계속 바라보고 싶을 만큼 예뻤다. 물론 내가 그녀를 계속 바라볼 수도 있었을 것이다. 그녀는 운전대를 놓지 않고 도로에 시선을 고정하고 있었으니까. 나는 그녀야말로 정말 믿어도 되는 사람임을 깨달았다.

우리가 각자 살고 있는 곳의 중간 지점, 즉 노토덴에서 두 번 만나 커피를 마신 뒤 세 번째 만남에서 브라트레인 호텔에 방을 예약했을 때에야 그녀는 자신이 오슬로의 그 만찬 때 이미 마음을 정했음을 털어놓았다.

"당신과 피아는 서로 호감이 있었어요." 그녀가 말했다.

"맞아요."

"하지만 내가 당신을 더 좋아했어요. 당신 역시 날 더 좋아하게 되리라는 것도 알았고요."

"왜요?"

"당신과 나는 닮았거든요. 당신과 피아는 아니고요. 노토덴까지 가는 게 그리 멀지도 않아요."

나는 웃었다. "노토덴이 오슬로만큼 멀지 않아서 내가 당신을 더 좋아할 거라고 생각한 거예요?"

"원래 우리의 공감대는 현실에 바탕을 두죠."

나는 다시 웃음을 터뜨렸고, 그녀는 미소를 지었다. 살짝.

운니는 사실 결혼 생활이 불행하지는 않다고 말했다.

"남편은 괜찮은 남자고 좋은 아버지예요. 하지만 내 몸에 절대 손을 안 대요." 그녀의 몸은 마르고 딱딱해서 깡마른 소년 같았다. 그녀는 조깅도 하고, 아령도 들며 운동을 조금 했다. "사람은 모두 누군가의 손길을 원해요." 그녀가 말했다.

그녀는 자신의 불륜을 남편이 알게 되는 것에 대해 크게 걱정하지 않았다. 남편이 이해해주리라는 것이었다. 그녀가 걱정한 것은 아이들이었다.

"아이들은 안정적이고 좋은 가정에서 자라고 있어요. 아이들 때문에라도 그 가정이 파괴되는 건 용납할 수 없어요. 나한테는 언제나 아이들이 가장 중요해요. 행복보다도 먼저예요. 난 당신과 함께 하는 이 시간을 진심으로 좋아하지만, 내 아이들이 조금이라도 불행이나 불안을 느낄 위험이 있다면 단번에 이 모든 걸 포기할 거예요. 이해했어요?"

그녀는 갑자기 아주 옅은 목소리로 이 질문을 던졌다. 마치 재미있는 앱을 내려받았는데, 진지하다 못해 거의 위협적인 서류 양식이 불쑥 화면에 나타나, 여기에 적힌 조건들을 모두 받아들이지 않

430

으면 재미를 즐길 수 없다고 알리는 것 같았다.

어느 날 나는 그녀에게 위기 상황에서 나와 남편을 자발적으로 쏘는 것이 자녀들의 생존 가능성을 40퍼센트 높여준다면 그렇게 하겠느냐고 물었다. 회계사인 그녀의 머리는 겨우 몇 초 만에 답을 내놓았다.

"응."

"30퍼센트라면?"

"응."

"20퍼센트?"

"아니."

나는 상대가 어떤 사람인지 정확히 알 수 있다는 점에서 운니가 좋았다.

37

칼은 대학에 다니는 동안 내게 이메일과 사진을 보냈다. 잘 지내는 듯했다. 칼과 평생 알고 지낸 것 같은 친구들과 하얀 미소가 거기에 있었다. 칼은 언제나 적응을 잘했다. "저 녀석을 물에 던지면 물에 젖기도 전에 지느러미가 생길 거야." 옛날에 엄마가 하던 말이었다. 내 기억에도 칼은 오두막에 놀러 온 예쁜 친구하고만 노는 바람에 내가 질투했던 그해 여름이 끝날 무렵, 오슬로 말씨로 말하는 법을 터득했다. 지금은 이메일에 미국식 표현이 점점 많이 나타나고 있었다. 전에 아빠가 사용하던 표현들보다 더 많았다. 마치 노르웨이어가 그의 기억에서 느리지만 확실하게 시들어가고 있는 것 같았다. 어쩌면 칼도 그것을 원했는지 모른다. 이곳에서 있었던 일을 모두 포장지에 싸서 망각과 먼 거리 너머로 층층이 묻어버리고 싶었는지도. 마을의 새로운 의사 스탠리 스핀드는 내가 자동차 뒤의 공간을 '트렁크'라고 부르는 것을 듣고, 망각에 대해 뭐라고 한마디 했다.

"내가 자란 베스트아그데르 마을은 거의 모든 사람이 미국으로 이주한 곳입니다. 개중에는 미국으로 갔다가 돌아온 사람도 있고요. 그런데 노르웨이어를 잊어버린 사람들은 옛 조국에 대해서도 거의 모든 것을 잊어버린 것으로 드러났습니다. 마치 언어가 기억을 보존해주는 것 같아요."

그 뒤로 며칠 동안 나는 새로운 언어를 배워서 노르웨이어를 전혀 말하지 않는다면 혹시 도움이 되는지 실험해볼까 하고 고민했다. 요즘은 후퀜에서 올라오는 비명만 들리는 게 아니었다. 주위가 조용해지면 작게 중얼거리는 소리도 들렸다. 죽은 사람들이 그 아래에서 서로 대화를 나누는 것 같았다. 자기들끼리 망할 놈의 음모를 꾸미며 계획을 짜는 것 같았다.

칼은 돈에 쪼들리고 있다고 썼다. 시험에 두 번 낙제하는 바람에 장학금을 놓쳤다고 했다. 나는 돈을 보내주었다. 전혀 어려운 일이 아니었다. 나는 돈을 벌고 있었지만 최소한의 지출만 했기 때문에 심지어 조금 저축할 여유도 있었다.

그리고 일 년 뒤 대학 등록금이 오르면서 칼은 돈이 더 필요하다고 말했다. 그해 겨울에 나는 정비소의 비어 있던 방을 내 방으로 꾸몄다. 전기료와 기름값을 절약하기 위해서였다. 나는 산속의 우리 집을 세놓으려고 했지만, 들어오겠다는 사람이 없었다. 운니에게 만나는 장소를 브라트레인 호텔에서 값이 더 싼 노토덴 호텔로 옮기자고 말하자, 그녀는 돈이 부족하냐고 물었다. 그리고 얼마 전부터 자신이 말한 대로 방값을 둘이 나눠서 내자고 말했다. 나는 그 제안을 거절했다. 그렇게 해서 결국 우리는 브라트레인에서 계속 만나게 되었지만, 그다음 번 만남에서 운니는 자신이 확인해보니 나보다 더 작은 주유소를 운영하는 점장들이 나보다 더 많은 봉급을 받고 있다고 말했다.

나는 본부에 전화해서 여기저기를 조금 거친 후에 봉급 인상에 관한 결정권이 있다는 사람과 대화하게 되었다.

전화를 받은 사람이 밝은 목소리로 말했다. "피아 쉬세입니다."

나는 전화를 끊었다.

마지막 학기 (적어도 칼은 그것이 마지막 학기라고 주장했다) 전에 칼이 한밤중에 전화해서 2만 1천 달러가 부족하다고 말했다. 노르웨이 돈으로 20만 크로네였다. 칼은 미니애폴리스에 있는 노르웨이 협회의 장학금에 의지하고 있었는데, 조금 전에 알아보니 장학금이 들어오지 않아서 다음 날 오전 9시까지 등록금을 마련해야 한다고 말했다. 돈을 내지 못하면 졸업시험을 치를 수 없고, 그러면 지금까지 학교에 다닌 것이 모두 허사가 된다고 했다.

"경영학에서는 무엇을 아느냐가 중요한 게 아니야, 로위. 내가 잘 아는 것처럼 사람들에게 보이는 게 중요해. 그런데 사람들은 시험성적과 졸업장을 기준으로 삼는다고."

"네가 입학한 뒤로 등록금이 정말 두 배로 오른 거야?" 내가 물었다.

"정말로…… 안타까운 일이야." 칼이 마지막 단어는 영어로 말했다. "형한테는 미안한데, 노르웨이 협회 회장이 두 달 전에 아무 문제 없을 거라고 나한테 말했단 말이야."

나는 은행이 문을 열기도 전에 밖에서 기다리고 있었다. 은행 담당자는 우리 농장을 담보로 20만 크로네를 대출해달라는 내 말을 열심히 들어주었다.

"너와 칼은 농장과 땅을 공동소유하고 있지. 그러니까 대출을 받으려면 너희 두 사람의 서명이 모두 필요해." 담당자가 말했다. 나비넥타이를 맨 그의 눈은 세인트버나드* 같았다. "서류작업과 수속에 이틀쯤 걸리고. 하지만 내가 보기에 넌 오늘 이 돈이 필요한 것 같은데. 본부에서 나한테 부여한 권한으로 내가 너의 정직성을 믿고 10만까지는 승인해줄 수 있어."

"담보가 없어도요?"

"우리는 여기 마을 사람들을 믿어, 로위."

"나는 20만이 필요해요."

"그렇게 많이는 안 돼." 미소 짓는 그의 눈이 더욱더 슬픈 기색을 띠었다.

"칼은 9시부터 시험 응시가 금지될 거예요. 노르웨이 시각으로 4시예요."

"그렇게까지 엄격한 대학이 있다는 소리는 처음 들어." 은행 담당자가 뒤통수를 긁적이며 말했다. "하지만 네가 그렇게 말한다면야……." 그는 계속 뒤통수를 긁적였다.

"그러면요……?" 나는 손목시계를 힐끔거리며 초조하게 물었다. 여섯 시간 반이 남았다.

"음, 나한테 들었다고는 하지 말고, 가서 빌룸센을 한번 만나봐."

나는 그를 바라보았다. 결국 사람들이 하던 말이 사실이라는 얘기였다. 빌룸센이 사람들에게 돈을 빌려준다는 말. 담보 없이 엄청난 이자율을 적용한다고 했다. 다시 말해서, 빌룸센이 언제든, 어떤 식으로든 빚을 받아낼 수 있다는 확신만이 담보라는 뜻이었다. 소문에 따르면, 혹시 문제가 생기는 경우 그가 덴마크에서 해결사를 데려와 투입한다고 했다. 나는 에릭 네렐이 그 프리트팔 술집을 살

---

* 크고 튼튼한 개.

때 빌룸센에게서 돈을 빌린 것을 알고 있지만, 그 뒤로 난폭한 수단이 동원되었다는 말은 듣지 못했다. 오히려 에릭은 빌룸센이 참을성 있게 기다려주었다고 말했다. 자신이 상환을 연장해달라고 말했을 때는 이런 말을 했다고 했다. "이자만 제대로 내면 나는 아무 짓도 하지 않아, 네렐. 복리이자야말로 지상천국이거든."

나는 빌룸센의 중고차와 폐차장으로 차를 몰았다. 리타는 그곳을 싫어하니까 거기에 있을 리가 없었다. 빌룸센은 사무실 안에서 나를 보았다. 책상 위에 걸려 있는 수사슴 머리는 녀석이 벽을 강제로 뚫고 들어왔다가 눈앞의 광경에 깜짝 놀란 것 같은 표정을 하고 있었다. 빌룸센은 그 머리 아래에 앉아 뒤로 등을 기댔다. 이중턱이 옷깃 위로 출렁거리며 떨어지고, 땅딸막한 손가락은 가슴 앞에서 깍지를 끼고 있었다. 그는 가끔 오른손을 들어 시가의 재를 털 뿐이었다. 그는 고개를 한쪽으로 살짝 기울이고 생각에 잠긴 표정으로 나를 바라보았다. 이것이 신용도 평가라고 불리는 과정임을 나는 깨달았다.

"이자는 2퍼센트야." 내가 지금의 상황과 마감 시간을 설명한 뒤 그가 말했다. "달마다 내면 돼. 내가 은행에 전화해서 지금 돈을 이체해놓겠다."

나는 씹는담배 통을 꺼내 한 덩이를 입술 아래에 밀어 넣고, 머리로 생각을 해보았다.

"그럼 일 년 이자가 25퍼센트도 더 되잖아요."

빌룸센은 시가를 입에서 뗐다. "계산을 잘하는 녀석이네. 그건 네 아빠를 닮았구나."

"나 역시 흥정을 하지 않을 거라고 가정한 건가요?"

빌룸센이 웃음을 터뜨렸다. "그렇지. 그게 내가 제시할 수 있는 가장 낮은 이자야. 받든지 말든지 해. 시간은 지금도 가고 있어."

"어디에 서명하면 돼요?"

"오, 이거면 아주 충분하지." 빌룸센은 책상 위로 손을 내밀었다. 불룩한 소시지 다발처럼 생긴 손이었다. 나는 몸이 부르르 떨리는 것을 억누르고 그 손을 잡았다.

"사랑한 적 있어?" 운니가 물었다. 우리는 브라트레인 호텔의 넓은 정원을 걷는 중이었다. 구름이 하늘과 헤달 호수를 빠르게 지나가고, 빛에 따라 주위의 색깔도 바뀌었다. 대부분의 커플이 세월이 흐를수록 말을 적게 한다는 이야기를 들었지만, 우리는 반대였다. 우리 둘 다 말이 많은 성격이 아니라서, 처음에 몇 번 만날 때는 내가 대부분 말을 해야 했다. 우리는 오 년 동안 대략 한 달에 한 번씩 만났다. 처음 만났을 때보다 운니가 더 솔직해지긴 했어도, 그녀가 이렇게 대뜸 어떤 화제를 던지는 것은 이례적인 일이었다.

"한 번." 내가 말했다. "당신은 어때?"

"없어. 어떤 것 같아?"

"사랑에 빠지는 게?"

"응."

"그렇게 열망할 일은 아니야." 나는 거센 바람을 막으려고 옷깃을 세우며 말했다.

그녀를 흘깃 보니, 거의 눈에 띄지 않을 만큼 희미한 미소가 보였다. 그녀가 무엇을 염두에 두고 이 이야기를 꺼낸 건지 궁금했다.

"어디서 읽었는데 사람이 제대로 사랑에 빠질 수 있는 건 평생두 번뿐이래." 그녀가 말했다. "첫 번째는 작용, 두 번째는 반작용. 두 번의 지진. 나머지는 감정적인 여진에 불과하다는 거야."

"그렇군. 그럼 당신한테는 아직 기회가 있다는 뜻이네."

"하지만 난 지진을 원하지 않아. 아이들이 있으니까."

"그렇겠지. 그래도 지진은 일어나. 우리가 원하든 원하지 않든."

"응. 당신이 열망할 일이 아니라고 말한 건, 둘이서 같이 한 사랑이 아니었기 때문이지? 맞아?"

"아마 그랬을 거야."

"그럼 지진이 잘 일어나는 곳에서는 무조건 빠져나오는 게 제일 안전하겠네."

나는 천천히 고개를 끄덕였다. 그녀가 무슨 이야기를 하려는 건지 이제 조금 알 것 같았다.

"내가 당신을 점점 사랑하게 되는 것 같아, 로위." 그녀는 걸음을 멈췄다. "그런데 내 집이 그런 지진을 견뎌낼 수 있을 것 같지 않아."

"그럼……."

그녀는 한숨을 내쉬었다. "그래서 도망쳐야 할 것 같아……."

"……지진이 잘 일어나는 곳에서." 내가 그녀 대신에 말을 끝맺었다.

"응."

"영원히?"

"응."

우리는 조용히 서 있었다.

"당신은……?" 그녀가 말했다.

"아니. 당신이 나 대신 결정을 내렸잖아. 그리고 난 아마 우리 아버지랑 비슷할 거야."

"아버지?"

"흥정에 소질이 없어."

우리는 마지막 시간을 방에서 함께 보냈다. 내가 예약한 방이 스위트룸이라서, 침대에서 호수를 바라볼 수 있었다. 해 질 무렵에는 하늘이 맑아졌다. 운니는 딥 퍼플의 노래가 생각난다고 말했다. 스위스 제네바 호숫가의 호텔에 대한 노래. 나는 그 노래에서 호텔이 불에 타 무너진다고 말했다.

"응." 운니가 말했다.

우리는 자정 전에 체크아웃을 하고, 주차장에서 작별의 키스를 한 뒤 노토덴을 떠났다. 각자 자신의 방향으로 차를 몰고. 그 뒤로 두 번 다시 만나지 않았다.

칼이 그해 크리스마스이브에 내게 전화를 걸었다. 파티의 소음과 머라이어 캐리의 '크리스마스에 내가 원하는 건 너뿐'이라는 노랫소리가 들렸다. 나는 정비소의 내 방에 혼자 앉아서 아쿠아비트와 피오를란 사에서 나온 즉석 양갈비, 구운 소시지, 으깬 순무를 먹고 있었다.

"외로워?" 칼이 물었다.

나는 잠시 머뭇거렸다. "조금."

"조금?"

"상당히. 너는?"

"여기 사무실에서 크리스마스 만찬을 하는 중이야. 펀치도 있어. 교환기를 닫고……."

"칼! 칼, 이리 와서 춤춰!" 칭얼거리는 소리와 콧소리가 반씩 섞인 여자의 목소리가 전화기에서 곧바로 터져 나와 우리를 방해했다. 소리를 들어보니, 그녀가 칼의 무릎에 앉아 있는 것 같았다.

"로위, 이만 가봐야겠다. 어쨌든 내가 크리스마스 선물을 하나 보냈어."

"그래?"

"응. 은행 계좌를 확인해봐."

칼은 전화를 끊었다.

은행에 로그인해보니 미국의 어느 은행에서 이체된 돈이 있었다. 보낸 사람의 말을 적는 칸에는 '돈 빌려줘서 고마워, 형. 해피 크리스마스!'라고 적혀 있었다. 60만 크로네. 내가 등록금으로 보낸 돈보다 훨씬 많았다. 이자까지 친다 해도 그랬다. 설사 복리이자라도.

나는 너무 좋아서 활짝 웃었다. 돈 때문이 아니었다. 그 돈이 없어도 나는 잘해나가고 있었다. 내가 웃은 건 칼이 잘하고 있기 때문이었다. 물론 어느 부동산 회사에 이제 갓 입사한 칼이 겨우 몇 달 만에 그렇게 엄청난 금액의 돈을 어떻게 손에 넣었느냐고 물어볼 수도 있었을 것이다. 하지만 나는 그 돈으로 무엇을 해야 할지 깨달았다. 산속 우리 집에 단열 설비를 제대로 하고, 욕실도 하나 만들 것이다. 여기 정비소에서 또 크리스마스이브를 보낼 일은 앞으로 절대 없을 터였다.

도시와 마찬가지로 이곳 마을에서도 나 같은 불신자가 교회에 가는 것은 오로지 크리스마스 때뿐이다. 도시 사람들처럼 크리스마스이브에 가는 것이 아니라, 크리스마스 당일에 간다.

예배를 마치고 나오는 길에 스탠리 스핀드가 다가와 복싱데이*

* 크리스마스 다음 날.

아침 식사에 나를 초대했다. 나 말고 다른 사람들도 여러 명 초대했다고 했다. 조금 놀라운 일이었다. 약속 시간이 내일인데 이제야 말하는 것을 보니, 로위 오프가르가 이번 크리스마스를 정비소에서 혼자 불쌍하게 보냈음을 그가 어떻게든 알아낸 모양이었다. 스탠리는 착한 사람이었지만, 나는 다른 직원들에게 휴가를 줘서 크리스마스 내내 일할 것이라고 말했다. 사실이었다. 스탠리는 내 어깨에 한 손을 얹고 나더러 착한 사람이라고 말했다. 정말 사람 보는 눈이 없는 사람이었다, 스탠리 스핀드는. 나는 그에게 양해를 구하고 걸음을 서둘러 빌룸센과 리타를 따라잡았다. 두 사람은 주차장으로 향하고 있었다. 빌룸센의 몸은 원래 크기로 다시 살이 쪘고, 리타도 좋아 보였다. 뺨은 장밋빛이고, 모피 코트가 아주 따뜻할 것 같았다. 방금 착한 사람이라는 말을 들은 호색가, 즉 나는 빌룸센의 소시지 다발(그가 장갑을 낀 것이 다행이었다)을 맞잡고 두 사람에게 메리 크리스마스를 빌어주었다.

"해피 크리스마스." 리타가 말했다.

세련된 사람들은 크리스마스이브까지는 '메리 크리스마스'라고 말하지만 크리스마스 당일부터 새해 첫날까지는 '해피 크리스마스'라고 말한다고 그녀가 말해준 적이 있었다. 나는 물론 그것을 기억했다. 하지만 나 같은 촌뜨기가 그런 미세한 차이를 잘 아는 걸 빌룸센이 본다면 의심을 할 가능성이 있었기 때문에 나는 그녀가 바로잡아준 말을 알아듣지 못한 사람처럼 고개만 끄덕였다. 착한 사람은 개뿔.

"돈을 빌려주셔서 고맙다는 인사를 드리려고요." 나는 빌룸센에게 하얀 봉투를 건넸다.

"그래?" 그는 봉투의 무게를 가늠해보며 나를 바라보았다.

"어젯밤 사장님 계좌로 돈을 보내드렸습니다." 내가 말했다. "그건 이체 결과를 프린트한 거예요."

"연휴가 끝나고 첫 근무일까지 이자가 붙어." 빌룸센이 말했다. "아직 사흘이 남았다는 얘기야, 로위."

"그것도 계산했죠. 그리고 조금 더 넣었습니다."

그가 천천히 고개를 끄덕였다. "기분이 좋겠군, 그렇지? 빚을 청산했으니."

나는 그의 말이 무슨 뜻인지 이해하면서도 이해하지 못했다. 그가 말한 단어들은 이해했지만, 그의 말투를 이해하지 못했다는 뜻이다.

하지만 달력에서 그해가 끝나기 전에 모두 이해하게 되었다.

38

크리스마스 날 교회 앞에서 빌룸센 부부와 그렇게 이야기를 나누는 동안 리타는 몸짓이나 표정으로 아무런 내색도 하지 않았다. 그녀는 그런 솜씨가 좋았다. 하지만 그날의 만남이 그녀의 마음속에 있던 뭔가를 움직였음이 분명하다. 그래서 잊을 것은 잊고 기억할 가치가 있는 것만 기억해야 한다는 점을 잊어버렸다. 사흘 뒤, 즉 연휴가 끝나고 근무가 시작되는 첫날 그녀에게서 문자메시지가 왔다.

'모레 오두막에서 12:00.'

짧고 딱딱한 말투가 아주 익숙해서 나는 몸이 부르르 떨리고, 파블로프의 개처럼 침이 고이기 시작했다. 사람들이 '조건반사'라고 부르는 그거였다.

나는 그곳에 갈 것인지를 놓고 나 자신과 짧지만 소란스러운 토론을 벌였다. 결국 상식적인 로위가 졌다. 아주 크게. 나는 우리가 만남을 그만둔 뒤 그렇게 해방감을 느낀 이유를 잊어버리고, 관능적이던 순간들만 자세히 기억했다.

12시 오 분 전에 나는 오두막이 보이는 숲속 공터에 도착해 있었다. 자갈길에 주차된 사브 소네트를 볼 때마다 그랬듯이, 그날도 성기가 발기된 채로 거기까지 줄곧 걸어온 참이었다. 그해에는 첫눈이 늦었지만, 강추위 때 내리는 검은 서리가 보였다. 태양은 가끔 모습을 드러낼 뿐이고, 공기는 상쾌해서 기분 좋았다. 굴뚝에서 연기가 피어오르고, 거실 창문의 커튼은 닫혀 있었다. 그녀가 잘 하지 않는 행동이었다. 그녀가 날 놀래주려고 불빛도 희미하게 줄여놓고 저 안의 벽난로 앞에서 만반의 준비를 한 채 누워 있을 것이라고 생각하자 온몸에 충격파가 번졌다. 나는 공터를 가로질러 문으로 다가갔다. 문은 살짝 열려 있었다. 옛날에는 내가 도착했을 때 대부분 문이 닫혀 있었다. 아예 잠겨 있을 때도 있었기 때문에 나는 손을 뻗어 문설주 위에 있는 여분의 열쇠를 꺼내야 했다. 하지만 오늘은 그녀가 침입자처럼, 문자 그대로 밤의 도둑처럼 들어오는 나를 만나고 싶은 건가 하는 생각이 들었다. 옛날에 그녀가 내게 지하층 열쇠를 준 이유도 바로 그것이었다. 나는 지금도 갖고 있는 그 열쇠를 사용하는 공상을 가끔 했다. 나는 문을 끝까지 밀어서 열고 어둠침침한 실내로 들어갔다.

곧장 뭔가가 잘못됐다는 느낌이 들었다.

냄새가 이상했다.

리타 빌룸센이 시가를 피우기 시작했다면 또 모를까.

눈이 어둠에 적응하기도 전에 나는 거실 한복판의 안락의자에 앉아 나를 바라보는 사람이 누군지 알아보았다.

"다행히 네가 왔군." 빌룸센의 목소리가 어찌나 다정한지 나는 등골이 오싹해졌다.

모피 코트를 입고 모자를 쓴 그가 마치 곰처럼 보였다. 손에 든 엽총은 나를 향하고 있었다.

"문 닫아." 그가 말했다.

나는 그 지시에 따랐다.

"세 걸음 다가와. 천천히. 그리고 무릎 꿇어."

나는 세 걸음 다가갔다.

"무릎 꿇어." 그가 다시 말했다.

나는 머뭇거렸다.

그가 한숨을 내쉬었다. "잘 들어. 나는 매년 거액의 돈을 내고 어디 외국으로 가서 한 번도 쏴보지 못한 짐승을 쏴." 그는 한 손을 들어 허공에서 방아쇠를 당기는 시늉을 했다. "거의 모든 종을 잡아봤지. 로위 오프가르라는 종만 빼고. 그러니까 무릎 꿇어!"

나는 무릎을 꿇었다. 실내장식 공사를 할 때 바닥에 까는 비닐 같은 것이 현관문과 안락의자 사이에 깔려 있음을 처음으로 알 수 있었다.

"차는 어디에 세웠어?" 그가 물었다.

내가 말해주자 그는 만족스러운 표정으로 고개를 끄덕였다.

"씹는담배." 그가 말했다.

나는 대답하지 않았다. 내 머리에 가득한 것은 질문이지 대답이 아니었다.

"내가 어떻게 알았는지 궁금할 거야, 오프가르. 씹는담배가 그 답이다. 암을 앓고 난 뒤 의사가 건강을 위해 최선을 다하려면 건강한 음식을 먹고 운동을 많이 하라고 했어. 그래서 산책을 하기 시작했지. 그러다 여기에도 올라오고. 몇 년 만에 처음으로. 그런데 냉장고에 이런 게 있잖아."

그는 내 앞의 비닐 위로 은색 베리스 통을 하나 던졌다.

"노르웨이에서는 살 수 없는 물건이지. 어쨌든 이 마을에서는 절

445

대 못 사. 그래서 리타한테 물어봤더니, 일 년 전에 오두막 수리를 하던 폴란드인 인부들이 놓고 갔을 거래. 난 그 말을 믿었다. 네가 돈을 빌려달라며 내 사무실에 와서 똑같이 생긴 통을 꺼낼 때까지는. 그러고 나니 조각들이 맞춰지더란 말이야. 씹는담배. 사브 소네트 수리. 오두막. 하루아침에 그 어느 때보다 다정하고 상냥하게 변한 리타. 뭔가 꿍꿍이가 있는 게 아니라면 리타는 절대 그렇게 굴지 않거든. 그래서 리타의 휴대전화를 확인해봤지. 그래, 거기 앙네테의 이름으로 보낸 문자메시지들이 있었어. 리타가 지우지 않은 거야. 오두막, 날짜, 시각. 그것뿐. 전화 회사에 번호를 조회해보니, 그러면 그렇지, 앙네테의 번호가 네 앞으로 등록돼 있지 않겠나, 로위 오프가르. 그래서 그저께 내가 리타의 휴대전화를 다시 빌려서 너한테 같은 메시지를 보낸 거다. 시각만 바꿔서."

무릎을 꿇고 있기 때문에 나는 그를 올려다보아야 했다. 그러다 보니 목이 아파서 나는 고개를 숙였다. "이 모든 걸 몇 달 전에 알아냈다면서 왜 이제야 행동에 나선 거예요?" 내가 말했다.

"너처럼 암산을 잘하는 사람이라면 훤히 알 수 있을 텐데, 로위."

나는 고개를 저었다.

"네가 나한테서 돈을 꿨잖아. 그때 내가 네 머리를 날려버렸다면, 누가 네 빚을 청산하겠니?"

내 심장은 빨리 뛰지 않았다. 오히려 평소보다 느렸다. 이건 진짜 기가 막히고 코가 막힐 일이었다. 빌룸센은 어찌나 끈기 있는 사냥꾼인지, 사냥감이 딱 알맞은 자리에 올 때까지, 내가 빚을 청산할 때까지 기다린 것이다. 내가 복리이자를 모두 지불할 때까지, 소에게서 짜낼 젖이 다 말라버릴 때까지. 그리고 이제는 자신의 빚을 청산할 생각이었다. 교회 앞에서 그가 내게 빚을 청산해서 기분이 좋으냐고 물어본 것이 바로 이런 뜻이었다. 그는 나를 총으로 쏠 계획이었다. 그래서 이런 준비를 했다. 내게 겁을 주거나 협박하는 게 아니라, 아주 확실하게 죽여버리려고. 그는 내가 여기에 온다는 말을 누구에게도 하지 않을 것을 알고 있었다. 여기까지 걸어오는 동안 남의 눈에 띄지 않으려고 조심할 것도, 내가 이 근처에 온 것을 아무도 짐작하지 못하게 차를 아주 멀리 세워둘 것도 알고 있었다. 그는 내 이마에 총알을 박은 다음 근처 어디에 나를 묻어버릴 것이다. 그 계획이 너무나 간단해서 나는 웃을 수밖에 없었다.

"뭐가 좋다고 웃어?" 빌룸센이 말했다.

"당신 아내를 안 만난 지 몇 년이나 됐어요." 내가 말했다. "그 문자메시지 날짜 못 봤습니까?"

"원래 지웠어야 하는 건데 아직 남아 있었지. 그래서 너희 둘이 오랫동안 그런 짓을 했다는 걸 알았어." 그가 말했다. "하지만 이제는 안 되지. 마지막 기도나 해라." 빌룸센이 총을 뺨 옆으로 들어 올렸다.

"아, 기도는 이미 했어요." 내가 말했다. 내 심장은 지금도 계속 느려지고 있었다. 휴식을 취할 때의 박동이었다. 사람들은 이것을 사이코패스의 박동이라고 한다.

"그래, 했다고?" 빌룸센이 숨을 들이쉬자, 볼살이 개머리판에 부딪히며 출렁거렸다.

나는 고개를 끄덕이고 다시 머리를 숙였다. "그러니까 그냥 해치워요. 나한테는 오히려 좋은 일을 해주는 거예요, 빌룸센."

마른 웃음소리가 났다. "지금 네가 죽음을 원한다고 날 속이려고, 오프가르?"

447

"아뇨. 난 죽을 거예요."

"누구나 죽어."

"그렇지만 두 달 안에 죽지는 않아요."

그가 방아쇠를 쥐고 안절부절못하는 소리가 들렸다. "누가 그 래?"

"스탠리 스펀드가요. 아마 보셨을걸요. 내가 교회에서 스탠리랑 이야기하는 거. 가장 최근에 찍은 내 뇌종양 사진이 나왔다고 했어 요. 병을 안 지 일 년이 넘었는데, 요즘 엄청 빠르게 커지는 중이에 요. 그러니까 딱 여기를 겨냥하시면……." 나는 검지로 이마 오른 쪽을 가리켰다. 머리카락이 자라기 시작하는 선 바로 위였다. "그 러면 동시에 종양도 없어질지 몰라요."

중고차를 파는 빌룸센의 계산기가 마구 돌아가는 소리가 들리는 것 같았다.

"넌 지금 필사적이겠지, 당연히. 그래서 거짓말을 하는 거야." 그 가 말했다.

"그렇게 확신한다면 그냥 쏴요." 내가 말했다. 그의 머리가 어떤 결론을 내렸는지 알기 때문이었다. 만약 내 말이 사실이라면, 로위 오프가르 문제는 곧 저절로 사라질 것이다. 그가 위험을 무릅쓸 필 요가 전혀 없었다. 하지만 내 말이 거짓이라면 그가 다시는 잡을 수 없을 완벽한 기회를 날리는 꼴이 될 것이다. 달리 말하자면, 기 회는 다시 오겠지만 내가 대비를 하고 있을 테니 실행이 더 어려울 것이라는 뜻이다. 위험 대 이윤. 비용 대 소득. 대변과 차변.

"스탠리한테 전화해서 물어보세요. 물론 내가 먼저 환자의 비밀 보호 의무를 풀어주겠다고 말해야 하겠지만."

그 뒤에 이어진 짧은 침묵 속에서 들리는 것은 빌룸센의 숨소리뿐이었다. 진퇴양난의 고민에 빠진 그의 뇌에는 더 많은 산소가 필요했다. 나는 기도했다. 내 영혼을 위해서가 아니라, 저 스트레스 때문에 빌룸센이 지금 당장 뇌중풍 발작을 일으키게 해달라고.

"두 달." 그가 갑자기 말했다. "네가 오늘부터 헤아려서 두 달 뒤에도 죽지 않으면, 내가 다시 널 찾을 거야. 언제, 어디서, 어떻게 날 만나게 될지 넌 모르겠지. 내가 아니라 다른 사람일 수도 있고. 네가 듣는 마지막 말이 덴마크어일 수도 있어. 이건 협박이 아니라 약속이다. 오케이?"

나는 일어섰다. "길어야 두 달이에요. 이 종양은 진짜 힘이 센 녀석이니까 당신을 실망시키지 않을 거예요, 빌룸센. 그리고 한 가지 더……."

빌룸센은 여전히 내게 총을 겨누고 있었지만, 눈을 한 번 감았다가 뜨는 것으로 내게 계속 말하라는 신호를 보냈다.

"냉장고에 있는 씹는담배 가져가도 돼요?"

물론 내가 너무 밀어붙인다는 사실은 알았지만, 나는 지금 죽음을 앞두고 있어서 무슨 일이 일어나든 별로 상관하지 않는 사람처럼 굴어야 했다.

"난 씹는담배를 안 쓰니까 마음대로 해."

나는 씹는담배 통을 들고 오두막을 나왔다. 햇빛이 벌써 저물어가는 숲에서 나무들 사이를 뛰어 호선을 그리며 서쪽으로 향하다가 바위 뒤에 몸을 숨기고 리타를 마지막으로 만났던 호수 쪽으로 올라갔다. 맨살을 드러낸 리타가 햇빛과 젊은 남자의 시선에 나이를 먹고 굴욕을 당한 곳.

나는 북쪽에서 다시 오두막을 향했다. 그쪽에는 창문이 하나도 없고 두꺼운 통나무 벽뿐이었다. 공격은 언제나 북쪽에서 오기 때문에 인간이 만들어놓은 요새였다.

나는 벽에 바짝 붙어서 살금살금 모퉁이를 돌아 문으로 향했다. 그리고 오른손에 스카프를 감고 기다렸다. 빌룸센이 모습을 드러냈을 때 나는 복잡하게 움직이지 않았다. 두개골이 뇌를 완전히 보호해주지 못하는 귀 뒤에 한 방, 콩팥이 있는 부위에 두 방. 그곳을 맞으면 비명도 지르지 못할 만큼 고통이 심할 뿐만 아니라 사람이 순순해진다. 빌룸센은 털썩 무릎을 꿇었다. 나는 그가 어깨에 메고 있던 엽총을 벗겨 관자놀이를 한 대 때린 뒤 그를 다시 안으로 질질 끌고 들어갔다.

그는 바닥에 깔려 있던 비닐을 깔끔히 걷어내고, 의자를 원래 자리인 벽난로 옆으로 옮겨두었다.

나는 그가 숨을 돌려 나를 올려다보게 했다. 그가 자신의 총구를 눈앞에서 마주본 뒤에야 나는 입을 열었다.

"이제 알겠지만, 아까 그건 거짓말이었어요. 하지만 종양 얘기만 거짓말. 내가 몇 년 동안 리타를 만나지 않았다는 건 사실이에요. 문자메시지 한 방에 내가 꼬리를 흔들며 여기로 뛰어왔으니, 관계를 끝낸 사람이 내가 아니라 리타라는 사실 또한 알 수 있을 거예요. 일어나지 마!"

빌룸센은 조용히 욕설을 뱉었지만 내 말에 따랐다.

"다시 말해서, 당신이 끝내 몰랐다면 아무 상처도 안 입었을 테고, 우리 모두 영원히 행복하게 살 수 있었을 거라는 얘기예요." 내가 말했다. "하지만 당신은 내 말을 믿지 않고 나를 죽일 의도를 드러냈으니 내게는 당신을 죽이는 길밖에 없어요. 분명히 말하지만 나도 좋아서 하는 일이 아니에요. 곧 당신과 사별하게 될 여자와 다시 관계를 시작할 수 있는 기회를 포착할 생각도 없어요. 다시 말해서 당신을 죽이는 건 진짜 짜증 나게 불필요한 일인 것 같지만, 불행히도 현실적인 관점에서 보면 그게 유일한 해결책이에요."

"네가 무슨 말을 하는 건지 하나도 모르겠다." 빌룸센이 신음했다. "하지만 살인을 하고도 무사할 순 없을 거다, 오프가르. 그런 일은 미리 계획하고 해야 하는 거야."

"맞아요. 하지만 당신이 날 죽이려고 꾸민 계획이 당신을 죽일 최고의 기회를 내게 제공해주었다는 사실을 나는 몇 분 만에 깨달았어요. 여기에는 우리 둘뿐이에요. 우리가 오고 가는 걸 본 사람도 전혀 없죠. 서른 살에서 예순 살 사이 남자들의 가장 흔한 사인이 뭔지 알아요, 빌룸센?"

그는 고개를 끄덕였다. "암."

"아니에요."

"아니, 맞아."

"암이 아니에요."

"그럼 자동차 사고."

"아니에요." 하지만 나는 집에 가서 구글로 검색을 해봐야겠다고 머릿속에 메모해두었다. "자살이에요."

"헛소리."

"적어도 우리 마을에서는 우리가 그 통계에 기여하게 될 거예요. 우리 아버지와 올센 경찰관에 당신까지 거기 포함된다면."

"나?"

"크리스마스 직후예요. 남자는 아무에게도 말하지 않은 채 엽총을 들고 혼자 오두막으로 향하죠. 그리고 거실에서 엽총과 나란히 누운 모습으로 발견돼요. 이건 아주 고전적인 거예요, 빌룸센. 아, 그리고 검은 서리도 있죠. 오두막을 드나든 발자국이 남지 않게 해주는."

나는 총을 들어 올렸다. 그가 침을 꿀꺽 삼키는 것이 보였다. "난 암에 걸렸어." 그가 말했다. 목이 꽉 막힌 것 같은 목소리였다.

"전에 걸렸죠. 미안하지만 당신은 회복했어요."

"젠장." 그의 목구멍에서 흐느끼는 것 같은 소리가 났다. 나는 방아쇠에 손가락을 걸었다. 그의 이마에 땀이 배어나고, 그의 몸이 걷잡을 수 없이 떨리기 시작했다.

"마지막 기도를 하세요." 내가 속삭였다. 그러고 잠시 기다리자 그가 흐느꼈다. 곰 가죽 외투 아래에서 물웅덩이가 점점 커졌다.

"하지만 물론 대안이 있기는 해요." 내가 말했다.

빌룸센이 입을 벌렸다가 다시 다물었다.

나는 총을 내렸다. "우리가 서로를 죽이지 않기로 합의하는 거예요. 서로를 믿기로 도박을 하는 거죠."

"무-뭐?"

"당신이 날 죽일 이유가 없다는 걸 깨달을 거라고 완전히 확신하기 때문에 당신을 죽일 수 있는 비교적 완벽한 기회를 그냥 흘려보낼 거예요. 난 방금 그걸 증명했어요. 이런 걸 나는 눈먼 믿음이라고 해요, 빌룸센. 믿음은 나쁘지 않은 전염병이에요. 그러니까 당신이 날 죽이지 않으면 나도 당신을 죽이지 않을게요. 어때요, 빌룸센? 나랑 같이 눈감고 믿어볼래요? 그렇게 할 거예요?"

빌룸센은 이마에 주름을 잡더니, 머뭇거리며 대략 고개를 끄덕이는 듯한 몸짓을 했다.

"좋아요. 돈 빌려줘서 고마웠어요." 나는 그에게 총을 돌려주었다.

그는 믿을 수 없다는 듯 나를 바라보며 눈을 깜박거렸다. 그는 총을 받으려 하지 않았다. 내가 술수를 쓸 것이라고 거의 의심하는 것 같았다. 그래서 나는 벽에 엽총을 세워놓았다.

"너는 내가, 내가……." 그가 기침을 하자 눈물, 콧물, 가래가 흘러나왔다. "……내가 지금은 무조건 고개를 끄덕일 거라는 걸 당연히 알 거다. 내가 어떻게 해야 네가 나를 믿겠니?"

나는 잠시 생각해보았다.

"이 정도면 충분하고 남을 것 같은데요." 나는 이렇게 말하고 나서 손을 내밀었다.

39

새해 첫날에는 눈이 왔다. 그 눈이 4월 말에야 녹았다. 부활절에는 어느 때보다 많은 사람들이 오두막으로 놀러 왔기 때문에 주유소는 기록적인 실적을 올렸다. 게다가 전국 최고의 주유소상도 받은 터라, 가게 분위기가 좋았다.

그때 도로 개발에 대한 보고서가 나왔다. 터널을 건설하기로 했으며, 중심 고속도로가 오스를 우회하게 될 것이라는 내용이었다.

"아직은 먼 미래의 일입니다." 오스의 당에서 그의 자리를 이어받은 보스 길베르트가 말했다. 그럴지도 모르지만, 다음 지방선거까지는 그리 멀지 않았다. 그의 당이 질 것 같았다. 누군가가 펜을 한 번 놀리는 것만으로 마을 하나가 노르웨이 지도에서 통째로 사라질 수 있다는 것은 이 마을의 누군가가 로비를 열심히 하지 않았다는 뜻이라고 볼 수 있기 때문이었다.

나는 본부와 회의한 결과, 최대한 오랫동안 이 젖소의 젖을 짜기로 합의했다. 그다음에는 재조정과 구조조정이 있을 것이다. 중복되는 부분을 줄이겠다는 뜻이었다. 하지만 작은 주유소도 필요했다. 본부에서는 내게 일이 잘 풀리지 않더라도 걱정할 필요 없다고 말했다.

"당신에게 문은 항상 열려 있어요, 로위." 피아 쉬세가 말했다. "새로운 일을 해보고 싶다면 전화만 해요. 내 번호 알죠?"

나는 한층 기운을 내서 전보다 더 열심히 일했다. 그건 상관없었다. 나는 일을 좋아하니까. 게다가 이젠 스스로 정한 목표도 있었다. 내 주유소를 갖겠다는 것.

어느 날 내가 커피머신을 청소하고 있는데 단 크라네가 들어왔다. 그는 칼에 대한 기사를 준비 중이라며 몇 가지 물어봐도 되겠느냐고 말했다.

"그쪽에서 잘 지내고 있다고 들었습니다." 단 크라네가 말했다.

"아, 그래요?" 나는 청소를 계속하며 말했다. "그럼 긍정적인 기사를 쓰려는 건가요?"

"뭐, 양면을 다 보여주는 게 우리 직업이죠."

"모든 면이 아니고요?"

"와, 신문사 편집 담당자보다 더 표현을 잘하시네요." 단 크라네가 희미하게 미소를 지으며 말했다.

나는 그가 마음에 들지 않았다. 하기야 나는 많은 사람들을 별로 좋아하지 않는다. 그가 처음 마을에 왔을 때, 나는 오두막에 놀러 오는 사람들이 SUV에 태우고 오는 영국세터* 같다는 생각이 들었다. 마른 몸으로 잠시도 가만히 있지 못하지만 상냥하다는 점이 비슷했다. 하지만 그의 상냥함은 더 큰 목적을 위해 수단으로 사용되는 냉정한 상냥함이었다. 얼마쯤 시간이 흐른 뒤 나는 단 크라네가 정말로 마라톤 주자 같은 사람임을 조금씩 깨달았다. 그는 현장

* 사냥개의 일종.

455

에서 인내심을 잃는 법이 없는 전략가였다. 그는 결코 현장에서 물러나지 않고 계속 끈기 있게 움직였다. 자신의 인내력이 결국 자신을 가장 높은 자리까지 이끌어줄 것임을 알기 때문이었다. 그의 몸짓에서도 이런 확신이 저절로 드러났다. 그의 말투, 눈빛에서도 모두 그것을 볼 수 있었다. 비록 오늘은 지방신문사의 보잘것없는 기자라 해도, 그는 성공할 것이다. 사람들이 흔히 하는 말처럼, 큰사람이 될 운명이었다. 그는 오스와 같은 당에 입당했다. 하지만 노동당을 공개적으로 지지하는 〈오스 데일리〉라 해도, 기자가 어떤 식으로든 정치적인 입장을 밝히는 것은 내부 규정에 따라 금지되어 있었다. 기자로서 정치에 관한 이야기를 할 때 의심을 살 수 있기 때문이었다. 게다가 크라네는 어린아이를 기르는 아버지이자 할 일도 많기 때문에 다가오는 선거에 출마할 가능성이 없었다. 하지만 그다음 선거에서 어떻게 할지는 모를 일이었다. 그때가 아니면 또 그다음 선거라도. 단 크라네가 그 깡마른 손으로 카운티 의회 의장의 의사봉을 잡는 것은 순전히 시간문제였다.

"당신 동생은 위험을 즐기는 사람입니다. 아직 학생일 때 쇼핑몰에 투자해서 돈을 꽤 벌었죠." 크라네가 메모장과 펜을 재킷 주머니에서 꺼냈다. "당신도 거기에 한몫했습니까?"

"무슨 말을 하는 건지 모르겠는데요." 내가 말했다.

"몰라요? 주식을 구입할 때 마지막에 모자랐던 20만 크로네를 당신이 제공해준 걸로 아는데요."

내 몸이 펄쩍 튀는 것을 그가 보지 못했어야 하는데.

"누가 그러던가요?"

그는 또 희미한 미소를 지었다. 미소를 지을 때마다 어디가 아픈 사람 같은 얼굴이었다. "아무리 지역신문사라지만, 우리도 취재원

456

을 보호할 필요가 있습니다."

혹시 은행 담당자일까? 아니면 빌룸센? 아니면 은행의 다른 직원? 누구든 돈의 궤적을 아는 사람일 터였다.

"노코멘트입니다." 내가 말했다.

크라네는 조용히 웃더니 메모를 했다. "정말로 그 말을 해보고 싶었나 봅니다, 로위."

"그 말이라니요?"

"노코멘트. 그거 거물 정치인들이나 도시의 유명 인사들이 대답할 때 하는 말이잖습니까. 곤란한 문제가 생겼을 때. 그 말을 들으면 때로 조금 이상한 분위기가 만들어지죠."

"내 생각에는 당신이 그런 분위기를 만들어내는 쪽인 것 같은데요."

크라네는 여전히 미소 띤 얼굴로 고개를 저었다. 단호하고 짧게 고개를 젓는 그의 머리카락이 매끈했다. "나는 사람들이 말한 것만 글로 씁니다, 로위."

"그럼 그렇게 하세요. 이 대화를 있는 그대로 써요. 노코멘트에 대한 당신의 이기적인 조언도 포함해서."

"인터뷰에는 원래 편집이 필요한 겁니다. 그래야 중요한 부분에만 초점을 맞출 수 있어요."

"가장 중요한 게 뭔지 결정하는 사람은 당신이고요. 그러니까 당신이 그런 분위기를 만들어내는 거죠."

크라네는 한숨을 내쉬었다. "그렇게 자꾸 밀어내시는 걸 보니 당신과 칼이 고위험 프로젝트에 참여했다는 사실을 알리고 싶지 않은 모양입니다."

"칼한테 물어보세요." 나는 이렇게 말하면서 커피머신의 전면

덮개를 덮고, 전원 스위치를 눌렀다. "커피?"

"네, 감사합니다. 그러니까 당신은 미국 주식거래 감독당국이 주가조작으로 의심되는 사건을 조사한 뒤 칼이 캐나다로 사업체를 옮겼다는 사실에 대해서도 노코멘트겠군요."

"내가 코멘트할 수 있는 건……." 나는 그에게 종이컵에 따른 커피를 건네며 말했다. "당신이 기사의 주제로 삼은 사람이 당신 아내의 전 남자친구라는 점에 대해서입니다. 내 코멘트를 원하세요?"

크라네는 다시 한숨을 내쉬며 메모장을 주머니에 넣고 커피를 한 모금 마셨다. "이런 마을의 지역신문이 이러저러하게 관계를 맺고 있는 사람에 대해 기사를 쓸 수 없다면, 우리가 쓸 수 있는 기사는 하나도 없을 겁니다."

"그건 이해해요. 하지만 기사 아래에 이런 정보도 포함시키셔야지요. 칼 오프가르의 자리를 이어받은 남자가 이 기사를 썼다."

마라톤 주자 같은 눈이 이번에는 번쩍 빛을 냈다. 그의 장기적인 전략이 압박을 받자, 그는 궁극적인 목표에 도움이 되지 않을 말이나 행동을 하기 직전이었다.

'칼의 형인 로위가 이 남자보다 먼저 그 자리에 대한 제의를 받았지만 거절했지.'

이 말을 크라네에게 하지는 않았다. 하지 않은 것이 당연했다. 그저 단 크라네가 이 말을 들으면 자기만의 리듬을 잃을지도 모른다고 생각해보았을 뿐이다.

"시간을 내주셔서 감사합니다." 크라네는 방수 재킷의 지퍼를 올리며 말했다.

"천만에요." 내가 말했다. "20크로네입니다."

그는 커피 잔에서 시선을 들어 나를 바라보았다. 나는 그의 희미하기 짝이 없는 미소를 흉내 내려고 해보았다.

신문에 칼 아벨 오프가르에 대한 기사가 실렸다. 낯선 땅에 가서 성공한 이 마을 청년. 크라네의 밑에서 일하는 경제 담당 기자 중 한 명의 이름이 작성자로 올라와 있었다.

크라네와 대화한 날 나는 집에 돌아와서 농장 뒤편으로 뛰어가 전에 찾아낸 둥지 두 개를 살펴보았다. 그러고는 헛간으로 가서 그 낡은 샌드백을 삼십 분 동안 쳤다. 그다음에는 새로 설치한 2층 욕실로 가서 샤워를 했다. 머리에 비눗물을 바른 채 서서 이 욕실과 단열 설비뿐만 아니라 창문까지 새로 설치할 수 있을 만큼 상당히 많았던 돈의 액수를 생각했다. 따뜻하게 쏟아지는 물줄기를 향해 얼굴을 들어 그날 하루의 일들을 씻어버렸다. 새로운 날이 기다리고 있었다. 나는 나의 리듬을 찾았다. 목표도 있고 전략도 있었다. 카운티 의장은 내 목표가 아니었다. 내가 원하는 것은 그저 내 주유소뿐이었다. 그래도 나 역시 마라톤 주자처럼 변해가고 있었다.

그때 칼이 전화해서 집으로 돌아오겠다고 말했다.

the King

gd●m

5부

JO NESBØ

40

　엄청난 속도다. 심연을 향해 돌진하는 짐승. 금속, 크롬, 가죽, 플라스틱, 유리, 고무로 이루어진 검은 덩치. 냄새와 맛, 영원히 남을 줄 알았던 기억, 절대 잃어버리지 않을 줄 알았던 사랑하는 사람들, 이 모든 것이 멀어져간다. 그것을 움직이게 만든 사람이 나였다. 이 이야기 속에서 연달아 이어지는 사건들에 가장 먼저 시동을 건 사람. 하지만 어느 시점에, 정확히 언제 어디인지를 콕 집어서 말하기는 엄청나게 힘들지만, 이야기가 스스로 결정을 내리기 시작한다. 중력이 추진력이다. 짐승은 점점 속도를 높이며 자율적으로 움직인다. 이제는 내가 마음을 바꾼다 해도 결과에 아무런 영향이 없다. 엄청난 속도다.

　지금까지 일어났던 모든 일이 일어나지 않았기를 바라느냐고? 당연히 그렇다.

　하지만 3월의 오테르틴 산에서 일어난 눈사태, 부달 호수에서 눈 더미가 얼음을 박살 내는 광경, 낡은 GMC 소방차로는 그 산길을 올라가지 못할 것을 알면서 7월의 숲에서 발견한 화재 등을 보고 있으면 왠지 홀리는 기분이다. 가을의 첫 진짜 폭풍이 다시 저 아래 마을의 헛간 지붕들을 시험하는 광경을 보면 전율이 느껴진다. 올해에는 저 지붕들 중 적어도 하나는 찢어지겠구나 하고 생각하다 보면, 지붕이 거대한 칼날처럼 평원을 가로지르다가 부서지는 모습을 보게 될 것이다. 그리고 정확히 그 일이 벌어진다. 그 다음에 드는 생각은, 만약 누군가가, 어떤 사람이 저기 서 있다가 저 칼날과 마주친다면? 물론 그런 걸 바라는 사람은 없겠지만, 그 생각을 떨쳐버리기도 힘들다. 그런 일이 벌어진다면 상당히 볼만한 광경이 될 것이라는 생각. 아니, 그런 일이 일어나기를 바라지는 않는다. 그러니 만약 내가 시동을 건 일들의 방향을 알았다면, 아마 다르게 행동했을 것이다. 하지만 그렇게 하지 않았으니, 내게 새로운 정보 없이 한 번 더 기회가 주어졌다면 다르게 행동했을 것이라고 자신 있게 주장할 수 없다.

헛간의 지붕을 날려버린 폭풍의 방향을 조종하는 것이 내 의지라 하더라도, 그 뒤에 벌어진 일은 내가 손을 댈 수 없다. 헛간 지붕은 이제 면도날처럼 날카로운 골함석 바퀴가 되어 들판에 혼자서 있는 그 사람을 향해 굴러가고 있다. 내가 할 수 있는 일은 경악과 호기심 그리고 이것이 내가 원하던 일의 일부였다는 후회가 뒤섞인 감정으로 그 광경을 지켜보는 것뿐이다. 그러나 그다음에 드는 생각에는 아마 미처 준비가 되어 있지 않을 것이다. 자신이 들판에 서 있는 저 사람이었으면 좋겠다는 생각.

41

나와 피아 쉬세는 내가 쇨라네에서 이 년을 보낸 뒤 오스의 주유
소 점장으로 언제든지 돌아올 수 있다는 내용의 고용계약서에 서
명했다.

쇨라네의 주유소는 동물원과 놀이공원을 지나가는 에우로파 고
속도로 반대편인 크리스티안산 외곽에 있었다. 당연히 오스의 주
유소보다 훨씬 컸고, 직원도 주유기도 더 많았다. 가게 규모가 커
서 상품도 다양하고 회전율도 더 높았다. 하지만 가장 큰 차이점
은, 이전 점장이 직원들을 회사의 돈만 빨아 가는 뇌사자로 취급했
기 때문에 내가 일을 맡았을 때 직원들이 죄다 사기가 바닥으로 떨
어져서 투덜거리며 점장을 미워하는 상태였다는 것이다. 그들은
고용계약서상 자신에게 주어진 일만 딱 하면 그뿐, 그 이상을 하는
법이 없었다. 어떤 때는 주어진 일조차 하지 않았다.

"주유소마다 다 다릅니다." 본부의 구스 뮈레 영업부장은 우리
에게 강연하면서 이렇게 말했다. "간판도 똑같고, 파는 기름도 똑
같고, 보급되는 물건도 똑같지만, 결국 우리 주유소에서 중요한 것
은 석유, 푸조, 펩시 같은 것이 아니라 사람입니다. 카운터 뒤에 서

464

있는 사람, 카운터 앞에 서 있는 사람 그리고 이 둘의 만남."

그는 해가 갈수록 조금씩 싫증이 나지만 그래도 여전히 자신의 히트곡인 노래를 부르듯이 메시지를 전달했다. 푸조와 펩시라고 일부러 과장되게 장난처럼 두음을 맞춘 것에서부터, 역시 과장된 느낌이지만 시간이 흐를수록 더욱더 강요된 진지함이 엿보이는 자세로 '사람'이라는 말을 하는 것에 이르기까지, 이 모든 것을 보고 들으면서 나는 오르툰의 그 부흥회들을 떠올렸다. 목사와 마찬가지로, 이 자리에 모인 사람들이 사실은 내심 허튼소리라고 생각하면서도 또한 필사적으로 믿고 싶어하는 말을 정말로 믿게 만드는 것이 뮈레의 일이었기 때문이다. 믿음이 있으면 삶을 (목사의 경우에는 죽음을) 대하기가 훨씬 쉬워진다. 자신이 정말로 하나뿐인 존재라서 모든 만남 또한 하나뿐인 의미를 지닌다고 진심으로 믿는다면, 자신을 속여 일종의 순수성을 믿게 만들 수 있을지도 모른다. 그리고 영원한 처녀 같은 그 순수성 때문에 나는 손님의 얼굴에 침을 뱉거나 너무 지루해서 구역질을 하는 행동을 할 수 없게 될 것이다.

하지만 나는 내가 하나뿐인 존재라는 생각이 들지 않았다. 주유소도, 비록 앞에서 언급한 차이점들이 있다 해도, 역시 하나뿐인 존재는 아니었다. 본부에서는 엄격한 원칙에 따라 체인점들을 운영했다. 한 지역의 작은 주유소에서 다른 지역의 더 커다란 주유소로 옮겨 가는 것은 그 원칙에 따르는 일이었다. 그건 침대를 그대로 두고 침대보만 교체하는 것과 같았다. 내가 새 주유소에 도착해 오스의 주유소와 다른 기술적인 점들을 배우는 데에는 이틀이 걸렸고, 모든 직원과 대화를 나누는 데에는 나흘이 걸렸다. 이 대화를 통해 나는 그들의 포부가 무엇인지, 이 주유소에 어떤 조치들을 새로 실행하면 일하기에도 좋고 손님들이 오기에도 좋은 곳이 될 거라고 생각하는지를 알아냈다. 그리고 이런 조치들을 90퍼센트 실행에 옮기는 데에는 삼 주가 걸렸다.

나는 안전 담당자에게 봉투를 하나 주며, 팔 주 뒤 내가 도입한 조치들을 평가하는 회의가 열릴 때까지 열지 말고 가지고 있으라고 말했다. 우리는 이 회의의 음식 준비를 인근 카페에 맡겼다. 나는 모든 참석자를 반가이 맞아주고, 직원에게 마이크를 넘겨 판매 실적과 이윤을 발표하게 했다. 그다음에 나선 직원은 병가 통계를 발표했고, 그다음 직원은 간단한 소비자 만족도 조사 결과와 직원들을 대상으로 한 비공식적인 분위기 평가 결과를 발표했다. 나는 직원들이 한참 동안 토론한 끝에 자기들이 제안한 새로운 조치의 80퍼센트를 되돌리기로 표결하는 동안 가만히 듣기만 했다. 토론이 끝난 뒤 나는 모두들 효과가 있다고 생각했기 때문에 앞으로도 계속 실행할 조치들을 요약해서 말했다. 그러고는 이제부터 먹고 즐기는 시간이라는 말과 함께 바를 공개했다. 진짜 음침하고 나이 많은 한 직원이 손을 들고 내가 할 수 있는 일이 저 바를 제공하는 것밖에 없느냐고 물었다.

"아닙니다." 내가 말했다. "지난 팔 주 동안 여러분이 스스로 점장이 될 수 있었던 것도 내 책임입니다. 로테, 우리가 이 조치들을 도입하기 전에 내가 준 그 봉투를 열어보겠어요?"

그녀는 봉투를 열어 그 안의 목록을 읽었다. 여러 조치들 중 내가 효과가 있을 것이라고 생각한 조치와 없을 것이라고 생각한 조치를 분류한 목록이었다. 나의 예상이 딱 두 경우만 빼고, 직원들이 시행 결과를 아는 상태에서 스스로 결정한 내용과 일치한다는 사실이 점차 분명해지자 직원들이 여기저기서 웅성거렸다.

"나를 모든 걸 아는 사람으로 여러분의 마음에 각인시키려는 것이 아닙니다." 내가 말했다. "보세요. 나도 두 군데에서 틀렸습니다. 나는 커피 카드는 효과가 있을 것이라고, 하루가 지난 빵 다섯 개를 하나 값에 파는 방안은 효과가 없을 것이라고 생각했습니다. 하지만 이 둘을 제외한 열두 가지 조치에서는 내가 옳았기 때문에 마치 내가 주유소 운영하는 법에 일가견이 있는 사람처럼 보일 겁니다. 그렇죠?"

몇 사람이 고개를 끄덕이는 것이 보였다. 여기 남쪽에서는 고개를 끄덕이는 방식이 달랐다. 북쪽 사람들보다 훨씬 더 느렸다. 여기저기서 더 많은 직원들이 고개를 끄덕이면서 작게 웅성거리는 소리가 들렸다. 결국은 그 음침한 직원마저 고개를 끄덕이고 있었다.

"우리는 전국 주유소 중 꼴찌에서 2등입니다." 내가 말했다. "내가 본부와 얘기해서 한 가지 약속을 얻어냈습니다. 만약 우리가 다음번 평가에서 상위 10위 안에 들면, 본부가 우리 직원 전원에게 덴마크 여객선 여행비용을 대줄 겁니다. 상위 5위 안에 들면 런던 여행입니다. 만약 1위를 차지한다면, 여러분에게 예산이 주어질 테니 받고 싶은 상품을 스스로 결정할 수 있을 겁니다."

직원들은 나를 빤히 보기만 하다가 곧 환호를 지르기 시작했다.

"오늘 저녁에……." 내가 소리를 지르자 곧바로 소란이 가라앉았다. "오늘 저녁에 우리는 전국 주유소들 중 끝에서 2등입니다. 그러니 바는 딱 한 시간 동안만 열겠습니다. 한 시간 뒤에는 모두 집으로 돌아가서 내일을 위해 기운을 충전하세요. 내일부터, 모레가 아니라 내일부터 우리가 순위를 올리기 시작할 테니까."

나는 쉼에 살았다. 시내 쪽으로 다리를 건너기 전 동편에 있는 조용한 주택가였다. 나는 방이 세 개인 널찍한 아파트를 빌렸지만, 내가 가진 가구로는 방을 두 개만 채울 수 있었다. 지금쯤이면 칼이 아빠에게 학대를 당했다는 소문이 오스 전역에 들불처럼 번지고 있을 것이다. 그 소문을 듣지 않은 사람은 칼뿐이겠지. 그리고 나도. 그레테가 십오 년을 기다린 끝에 칼이 자신에게 털어놓은 얘기를 사람들에게 털어놓기로 결심했지만, 그녀가 가장 먼저 그 이야기를 들려준 사람은 나였다. 지금쯤이면 자신의 미용실에서 매일매일을 신나게 보내고 있을 터였다. 칼이 소문에 대해 알게 된다면 십중팔구 잘 대처할 수 있을 것이다. 칼이 끝내 소문을 듣지 못하더라도 그 또한 괜찮을 가능성이 높았다. 어쨌든 그 일에 대한 책임과 부끄러움은 누구보다도 나의 몫이었다. 나는 그것을 견딜 수 없었다. 나는 약한 사람이었다. 하지만 내가 오스를 떠나야 했던 가장 중요한 이유는 그것이 아니었다. 그녀였다.

밤이면 나는 섀넌을 꿈꿨다.

낮에도 섀넌을 꿈꿨다.

식사를 하면서, 직장과 집 사이를 차로 오가면서, 손님을 응대하면서, 운동하면서, 빨래하면서, 화장실 변기에 앉아서, 자위행위를 하면서, 오디오 북을 들으면서, 텔레비전을 보면서 나는 섀넌을 꿈꿨다.

그 졸린 듯한 관능적인 눈을 생각했다. 다른 사람들의 두 눈을 합한 것보다도 더 많은 감정, 더 많은 온기와 냉기를 표현하던 그 한쪽 눈. 거의 리타만큼 묵직하지만 완전히 다른 목소리도 생각했다. 그 목소리가 어찌나 부드러운지, 따뜻한 침대에 눕듯이 그 목소리 속에 눕고 싶어졌다. 그녀에게 입 맞추는 생각, 그녀와 섹스하는 생각, 그녀를 씻기는 생각, 그녀를 꼭 끌어안는 생각, 그녀를 자유로이 놓아주는 생각을 했다. 햇빛을 받아 반짝이는 빨간 머리를, 힘 있게 휘어진 척추뼈를, 육식동물 같은 포효와 약속이 거의 알아차리기 어려울 만큼 섞여 있는 웃음소리를 생각했다.

나는 또 똑같은 일의 반복이라고 나 자신을 타이르려고 했다. 마리의 일, 동생의 여자를 사랑하게 되는 일의 반복이라고. 내가 무슨 거지 같은 병에 걸렸거나 내 머릿속의 회로가 망가진 모양이었다. 가질 수 없거나 가져서는 안 되는 것 때문에 스스로를 미칠 지경으로 몰아가다니. 섀넌 또한 나를 원하게 되는 기적이 일어나더라도, 그것 역시 마리의 일의 반복이었다. 사랑은 희미하게 흩어질 것이다. 차를 몰고 가다 보면, 산꼭대기에 걸려 있던 무지개가 어디론가 사라지는 것처럼. 그 사랑이 망상이었기 때문이 아니라, 무지개는 반드시 정해진 각도에서 (바깥에서) 정해진 거리를 두고 (너무 가까우면 안 된다) 봐야만 보이기 때문이었다. 만약 산꼭대기에 도착했을 때 여전히 무지개가 걸려 있다 해도, 나는 목적지에 있는 것이 금 단지가 아니라 비극과 부서진 인생뿐임을 알게 될 것이다.

나는 이런 이야기를 속으로 되뇌었지만 소용이 없었다. 망할 놈의 말라리아와 비슷했다. 어쩌면 사람들의 말이 맞는 건지도 모른다는 생각이 들었다. 악성 말라리아에 두 번째로 걸리면 그것으로 끝이라는 말. 나는 그 병을 떨쳐버리려고 애썼지만, 계속 재발했다. 나는 자면서 잊으려고 했지만 동물원에서 들려오는 비명 소리에 깨어났다. 동물원이 거의 10킬로미터나 떨어져 있으니 그 소리를 듣는 것이 거의 불가능한 일인데도.

나는 밖에 나가 노는 것도 시도해보았다. 누군가가 크리스티안산에 있는 어떤 술집을 추천해주었지만, 그곳에서도 나는 바에 혼자 앉아 있었다. 사람들에게 어떻게 접근해야 할지 도무지 알 수 없었고, 그러고 싶은 생각도 없었다. 그보다는 꼭 그래야만 한다고 의무감을 느끼는 쪽에 더 가까웠다. 나는 혼자 있어도 외로움을 느끼지 않는다. 아니, 느끼기는 하는데 별로 신경을 쓰지 않는다. 적어도 굳이 그 일을 입에 담을 정도는 아니다. 어쩌면 여자들을 만나는 게 도움이 될지도 모른다는 생각이 들었다. 여자들이 이 열병의 치료제가 아닐까. 하지만 어떤 여자도 일 초 이상 나를 바라보지 않았다. 만약 여기가 프리트팔이라면, 적어도 맥주를 두어 병 마신 뒤에는 누군가가 내게 와서 누구냐고 물었을 것이다. 하지만 여자들은 내가 시내로 밤 외출을 나온 촌뜨기임을 단 일 초 만에 알아차리고 신경 쓸 가치가 없다고 생각하는 것 같았다. 어쩌면 내가 잔을 들 때 중지가 쭉 뻗어 있는 것을 보았는지도 모른다. 나는 남은 맥주(연한색의 라거, 밀러 맥주였다. 싱거운 미국산 맥주)를 꿀꺽꿀꺽 마셔버리고 집으로 가는 버스에 올랐다. 그리고 침대에 누워 원숭이와 기린의 비명 소리를 들었다.

율리가 재고 정리에 관한 기술적인 문제를 물어보려고 내게 전화를 걸었을 때에야 비로소 나는 그레테가 아빠 일에 대해 입을 다물었음을 알게 되었다. 나는 율리의 질문에 답해준 뒤, 최신 소문들에 대해 물었다. 율리는 내게 소문을 들려주면서도 다소 놀란 듯했다. 내가 전에는 그런 것에 관심을 보인 적이 전혀 없기 때문이었다. 소문이 죄다 재미없는 것뿐이라서 나는 우리 가족에 대한 소문, 칼과 아빠에 대한 소문은 없냐고 아예 솔직하게 물어보았다.

"없는데요. 무슨 소문이 돌겠어요?" 율리가 말했다. 그녀가 내 질문에 진심으로 어리둥절한 것이 느껴졌다.

"재고 정리와 관련해서 또 알고 싶은 게 있으면 전화해." 내가 말했다.

그리고 전화를 끊었다.

나는 머리를 긁적였다.

그레테가 칼과 아빠의 이야기를 퍼뜨리지 않은 것은 그렇게 이상한 일이 아닐 수도 있었다. 이미 오랜 세월 동안 입을 다물고 있었으니까. 제정신이 아닌 것 같은 그녀가 가장 미쳐 있는 것이 바로 사랑이기 때문이었다. 나와 똑같았다. 그녀는 칼에게 상처를 주기 싫어서 앞으로도 계속 입을 다물 것이다. 그렇다면 왜 내게는 그 이야기를 들려준 거지? 나는 그녀가 내게 칼을 어떻게 구했느냐고 물어본 것을 떠올렸다. '어떻게 한 거야, 로위?' 그건 위협이었을까? 엄마와 아빠가 후켄으로 떨어진 것이 누구의 탓인지 자신이 알아냈다고 말하려는 것이었을까? 칼을 얻으려는 자신의 계획을 절대 방해하지 말라고 경고한 건가?

만약 그렇다면, 너무 정신 나간 계획이라 생각만 해도 나는 몸이 떨렸다.

하지만 내가 반드시 오스에서 떠나 있어야 하는 이유가 하나 줄어든 것은 사실이었다.

나는 크리스마스에 집에 가지 않았다.

부활절에도 가지 않았다.

칼이 호텔과 관련된 진행 상황을 계속 전화로 알려주었다.

겨울이 생각보다 빨리 와서 오랫동안 눈이 쌓여 있었기 때문에 공사가 예정만큼 진척되지 못했다. 카운티 의회가 콘크리트를 줄이고 목재의 비율을 높이는 게 좋을 것 같다고 말한 뒤에는 도면도 일부 조정해야 했다.

"섀넌이 엄청 화가 났어. 카운티 의회가 주장한 대로 그놈의 나무 벽을 포함시키지 않았다면 우리가 도시계획부에서 허가를 받을 수 없었을 것이라는 말을 이해하지 못하겠대. 섀넌은 목재가 튼튼하지 않다고 주장해봤지만, 물론 다 헛소리지. 섀넌이 생각하는 건 건물의 미학적인 측면뿐이니까. 그 건물이 자신의 서명처럼 남는 거잖아. 하기야 건축가들하고 이야기하다 보면 항상 이런 걸로 토론하게 돼."

그럴 수도 있겠지만, 나는 칼의 목소리를 통해 둘의 말다툼이 일반적인 건축가와의 언쟁보다 좀 더 격렬했던 것 같다고 짐작할 수 있었다.

"섀넌은⋯⋯." 나는 아무렇지도 않은 목소리로 이 질문을 끝까지 말할 수 없다는 사실을 깨닫고 일부러 기침하는 시늉을 하며 말을 끊었다. 적어도 칼이 듣기에 아무렇지도 않은 목소리를 낼 수는 없을 것이다. 하지만 나는 적어도 그녀가 그날 기공식 기념 파티에서 내가 멍청하게 털어놓은 사랑 고백에 대해 칼에게 말하지 않았음을 알 수 있었다. 섀넌이 말했다면 칼의 어조를 듣고 내가 알아챘을 것이다. 예를 들어, 나는 녀석이 버드와이저를 몇 병 마시고 전화했음을 칼의 어조에서 알아차릴 수 있었다.

"섀넌은 잘 적응하고 있어?"

"그럼, 그럼. 자신이 알던 것과 크게 다른 상황에 적응하는 데는 시간이 좀 걸려. 예를 들어, 형이 떠난 뒤로 섀넌은 한동안 엄청 말이 없고 조용해졌어. 물론 섀넌은 아이를 원하지. 하지만 그게 그렇게 쉬운 일이 아니야. 모종의 뭔가가 있어. 그래서 시험관이 유일한 방법인 것 같아."

내 배의 근육에 힘이 들어갔다.

"그것도 괜찮지만, 지금도 아주 괜찮아. 아, 새넌은 여름에 토론 토에 갈 거야. 그쪽에서 끝내야 하는 프로젝트가 두 개 있어서."

이거 가식적인 느낌 맞나? 아니면 내가 그냥 듣고 싶은 것만 듣 는 걸까? 나는 이제 내 판단력조차 믿을 수 없었다.

"형도 휴가를 좀 내서 이쪽으로 올라오지 그래?" 칼이 말했다. "이 집이 다 우리 건데. 어때? 파티하자. 옛날처럼! 예!"

옛날과 똑같이 열정적인 목소리는 여전히 듣는 사람까지 들뜨게 했다. 나는 하마터면 그러자고 말할 뻔했다.

"그건 좀 두고 봐서. 여름이 여기서는 최고 성수기거든. 사람들 이 전부 여기 남쪽으로 휴가를 오니까."

"그러지 말고. 형도 휴가가 필요하잖아. 그쪽으로 내려간 뒤로 하루라도 쉰 적 있어?"

"있지." 나는 속으로 휴가 일수를 헤아렸다. "새넌은 언제 떠 나?"

"새넌? 6월 첫째 주."

나는 6월 둘째 주에 집으로 차를 몰았다.

42

    차를 몰고 바네헤우겐을 넘어 오스의 이정표를 지나가는데 이상한 일이 일어났다. 부달 호수가 내 앞에 저수지처럼 조용히 펼쳐져 있었다. 갑자기 목이 막히더니 도로가 너울너울 멀어지기 시작했다. 나는 열심히 눈을 깜박거렸다. 너무 심심해서 텔레비전 앞에 늘어져 아무 생각 없이 눈물을 짜내는 삼류 영화를 보다가 갑자기 자기도 모르게 목이 메어 침을 꿀꺽 삼킬 때와 비슷했다.

    나는 나흘 휴가를 얻었다.

    나흘 동안 칼과 나는 우리 집에 앉아서 여름 풍경을 바라보았다. 태양은 영원히 지지 않을 것처럼 보였다. 우리는 겨울정원에서 맥주를 연달아 마시며 옛날이야기를 했다. 학교에 대해, 친구들에 대해, 파티에 대해, 오르툰에 춤을 추러 갔던 일과 오스의 오두막에 대해. 칼은 미국과 토론토 이야기를 했다. 빨갛게 달아오른 부동산 시장을 통해 돈이 쏟아져 들어오던 일, 그들이 어느 프로젝트에서 지나치게 욕심을 부린 일.

    "정말 받아들일 수 없는 건, 우리 계획대로 일이 풀릴 수도 있었다는 거야." 칼이 창턱에 줄줄이 놓인 빈 맥주병 옆에 자신이 방금 비운 병을 놓으며 말했다. 칼이 비운 맥주병 행렬이 내 맥주병 행렬보다 세 배나 길었다. "순전히 타이밍 문제였거든. 우리가 딱 석 달만 더 그 프로젝트를 유지했다면, 지금 돈이 썩을 만큼 많은 부자가 됐을 거야."

일이 잘못되자 다른 파트너 두 명이 칼에게 소송을 걸겠다고 위협했다. 칼은 이렇게 말했다.

"완전히 빈털터리가 되지 않은 사람이 나뿐이었으니까, 그 사람들은 나한테서 돈을 좀 뜯어낼 수 있겠다고 생각한 거지." 칼은 웃으며 이렇게 말하고는 새 맥주병을 땄다.

"지금 할 일이 산더미처럼 쌓여 있지 않아?" 내가 물었다.

우리는 건설 현장에 가서 한 바퀴 둘러보았다. 공사는 시작되었지만, 딱히 본격적으로 일이 진행되는 것 같지는 않았다. 기계만 많고, 사람은 많지 않았다. 누가 내 의견을 물었다면, 나는 일을 시작한 지 구 개월이 됐지만 진척된 것이 그리 많지 않은 것 같다고 말했을 것이다. 칼은 아직 지하 공사 문제로 씨름 중이라면서, 도로와 상하수도 설비를 계획하는 데 시간이 걸렸다고 설명했다. 하지만 일단 호텔 건물을 실제로 짓기 시작하면 작업 속도가 올라갈 것이라고 했다.

"사실 호텔은 지금 이 순간에도 어딘가에서 지어지고 있어. 이른바 조립식 건축이라는 거야. 단위 건축이라고도 하고. 호텔 건물이 절반 이상 이미 만들어진 상태로 커다란 상자에 포장돼서 여기 도착하면 우리가 그걸 조립하는 거야."

"토대 위에?"

칼은 고개를 한쪽으로 기울였다. "그런 셈이지." 설명하기가 너무 복잡해서 자세한 이야기를 하고 싶지 않을 때, 또는 자기도 잘 모른다는 사실을 숨기고 싶을 때 사람들이 사용하는 어조였다. 칼이 작업자들에게 가서 이야기를 나누는 동안 나는 히스밭을 돌아다니며 새로운 새 둥지를 찾았다. 하지만 하나도 발견하지 못했다. 아마 공사 현장의 소음과 드나드는 차량 때문에 새들이 겁을 먹은 모양이었다. 하지만 여기서 멀지 않은 곳에서 알을 품고 있을 가능성이 높았다.

칼이 돌아와 이마의 땀을 닦으며 말했다. "다이빙하러 갈래?"

나는 웃음을 터뜨렸다.

"왜?" 칼이 소리쳤다.

"장비가 워낙 낡아서 거의 자살행위나 마찬가지일걸."

"그럼 수영?"

"그래."

하지만 우리는 결국 다시 여기 겨울정원으로 오게 되었다. 칼이 맥주 다섯 병을 끝내고, 여섯 번째 병을 마시기 전 갑자기 이렇게 물었다. "아벨이 어떻게 죽었는지 알아?"

"자기 형제한테 살해당했지."

"아빠가 내 이름을 따온 그 아벨 말이야. 국무장관 아벨 파커 업셔. 포토맥 강에서 USS 프린스턴호를 안내인과 함께 둘러보고 있었는데, 그 사람들이 대포의 화력을 보여주겠다고 했어. 그런데 그게 폭발하는 바람에 아벨을 포함해서 여섯 명이 죽었지. 1844년의 일이야. 그래서 아벨은 자기 인생 최대의 업적인 텍사스 합병이 완수되는 걸 보지 못했어. 그건 1845년의 일이니까. 어떻게 생각해?"

나는 어깨를 으쓱했다. "슬프다?"

칼은 크게 소리 내어 웃었다. "적어도 형은 형의 미들 네임에 걸맞게 살잖아. 캘빈 쿨리지 옆에 앉았던 여자 얘기 들어봤어……?"

나는 건성으로 들었다. 그 이야기를 당연히 알기 때문이었다. 옛날에 아빠는 이 이야기를 들려주며 아주 좋아했다. 공식 만찬에서 쿨리지 옆에 앉은 여자는 과묵하기로 유명한 대통령에게서 두 마디 넘게 말을 이끌어낼 수 있다고 내기를 걸었다. 식사가 끝나갈 무렵, 대통령이 그녀를 보면서 말했다. "당신이 졌소."

"우리 둘 중에 누가 아빠를 닮고, 누가 엄마를 닮았지?" 칼이 물었다.

"장난해?" 나는 버드와이저를 부지런히 마시며 말했다. "네가 엄마고 내가 아빠잖아."

"난 아빠처럼 술을 마셔." 칼이 말했다. "형이 엄마야."

"앞뒤가 안 맞는 건 그것 하나뿐이야."

"그럼 형이 변태야?"

나는 대답하지 않았다. 무슨 말을 해야 할지 알 수 없었다. 그 일이 벌어지던 때에도 우리는 그런 이야기를 한 적이 없었다. 나는 아빠에게 평범하게 회초리를 맞은 동생을 달래듯이 칼을 달래기만 했다. 그리고 직접적인 이야기는 한마디도 없이 복수를 약속했다. 만약 내가 그 이야기를 공개적으로 했다면, 말을 해방시켜서 그것을 사람들이 들을 수 있는 이야기로, 우리의 머릿속에서만 일어나는 상상이 아니라 현실로 만들었다면 일이 다르게 풀렸을지 나는 자주 생각한다. 하지만 도저히 답을 알 수 없다.

"넌 그거 생각해봤어?" 내가 물었다.

"그렇기도 하고 아니기도 해. 내가 글에서 읽은 얘기보다는 덜 신경이 쓰이거든."

"글에서 읽어?"

"다른 학대 피해자들. 하지만 그런 글을 쓰고 이야기를 하는 사람들은 대부분 십중팔구 심하게 상처를 입은 사람들일 거야. 나 같은 사람들이 많은 것 같아. 그걸 그냥 과거 일로 묻어버리는 사람. 그건 맥락의 문제야."

"맥락?"

"성폭력이 해로운 건 주로 사회적 비난과 그 일을 둘러싼 수치심 때문이야. 우리는 그런 일을 겪으면 정신적인 상처가 남을 거라고 배우기 때문에 살다가 잘못되는 일이 있으면 전부 그 탓으로 돌려. 할례를 받는 유대인 소년들을 생각해봐. 그건 성적인 신체 훼손이야. 고문이라고. 누가 내 것을 만지작거리기만 하는 것보다 훨씬 더 나빠. 하지만 할례 때문에 정신적인 상처를 입은 사람이 많다는 얘기는 별로 없어. 그런 일이 괜찮다고 여기는 사회적인 맥락 속에서 행해지니까. 그건 그냥 견뎌야 하는 일, 문화의 일부가 되는 거야. 피해자가 최악의 피해를 입는 건 어쩌면 학대가 발생하는 그 순간이 아니라 그 일이 사회적으로 용인되는 범주를 넘어선다는 사실을 깨닫는 순간인지도 몰라."

나는 칼을 바라보았다. 진심으로 하는 말일까? 자기 나름대로 그 일을 합리적으로 설명해서 잊어버리려는 걸까? 만약 그런 거라면, 안 될 것도 없지. 무엇이든 어려움을 이겨낼 수 있게 해주기만 한다면 다 괜찮은 법이었다.

"섀넌은 얼마나 알아?" 내가 물었다.

"전부." 칼은 병을 입술에 대고, 고개를 뒤로 젖히는 대신 병을 위로 쳐들었다. 꿀꺽꿀꺽. 웃음소리와는 비슷하지 않았다. 울음소리와 비슷했다.

"올센이 후퀸에 떨어진 걸 우리가 은폐했다는 건 섀넌도 알지. 하지만 내가 캐딜락의 브레이크와 운전대에 손을 댄 것도 알아?"

칼은 고개를 저었다. "나는 나와 관련된 일만 전부 섀넌한테 말했어."

"전부?" 나는 밖을 내다보며 낮게 내려앉은 석양의 눈부신 빛을 맞받았다. 칼이 의문을 품은 얼굴로 나를 바라보는 모습이 시야 가장자리에 잡혔다.

"작년 기공식 때 그레테가 나한테 왔어. 거기서 첫 삽을 뜬 뒤에." 내가 말했다. "너랑 마리가 오스의 오두막에서 몰래 만난다고 말해주더라."

칼은 잠시 침묵을 지키다가 낮은 목소리로 말했다. "젠장."

"그러게."

밖의 정적 속에서 갈까마귀가 두 번 재빨리 연달아 울었다. 경고였다. 그 뒤에 질문이 날아왔다. "그레테가 왜 그걸 형한테 말했어?"

나는 이걸 기다리고 있었다. 내가 칼에게 미리 말하지 않은 이유가 이거였다. 칼의 이 질문을 듣고 거짓말을 해야 하는 상황을 피하고 싶어서. 그레테가 나에 대해 알아냈다고 믿는 사실, 즉 내가 섀넌을 원한다는 사실을 비밀로 하고 싶어서. 내가 그 말을 해버리면, 그 말이 아무리 터무니없게 들리더라도, 그레테가 얼마나 제정신이 아닌지 우리 둘 다 알고 있더라도, 칼의 머릿속에서 그 가능성이 떠나지 않을 것이다. 그러면 이미 너무 늦는다. 칼은 진실을 알아차릴 것이다. 내 이마에 진실이 대문자로 찍혀 있기라도 한 것처럼.

"나야 전혀 모르지." 나는 태평하게 말했다. 아마 지나치게 태평했던 것 같다. "그레테는 지금도 너를 원해. 낙원에 불을 지르고 무사히 도망치고 싶은 사람은 몰래 들어가서 가장자리에 불을 지르고 그 불길이 번지기를 바라지. 그런 비슷한 심리 아닐까."

나는 입술에 병을 대는 순간 내 설명이 조금 지나치게 시적이었음을 깨달았다. 내 은유가 자연스럽게 보이기에는 조금 너무 인위적이었다. 내가 다시 칼 쪽으로 공을 보낼 필요가 있었다. "그런데 그게 사실이야? 너랑 마리 말이야."

"확실히 형은 그런 것 같네." 칼은 빈 병을 창턱에 놓았다.

"내가 뭐?"

"전혀 모른다고. 알았다면 이미 나한테 말해줬겠지. 경고를 한다든가. 아니면 최소한 나한테 따지기라도 했을 거야."

"난 당연히 그 말을 안 믿었지. 그때 그레테는 술에 취해서 평소보다 더 제정신이 아니었어. 그래서 그 얘기를 그냥 잊어버린 거야."

"그럼 왜 지금 그걸 떠올린 건데?"

나는 어깨를 으쓱하고, 고갯짓으로 헛간을 가리켰다. "저기 페인트칠을 한 번 더 해야겠다. 호텔의 페인트칠을 맡은 사람들한테서 견적 좀 받을 수 있어?"

"응."

"그럼 우리 둘이 나눠서 내는 거다?"

"형의 다른 질문에 '응'이라고 대답한 거야."

나는 칼을 바라보았다.

"마리랑 내가 만나느냐는 질문." 칼은 이 말을 하고 나서 트림을 했다.

"그건 내가 상관할 일이 아니지." 나는 이렇게 말하고 나서 김이 빠지기 시작한 맥주를 한 모금 더 마셨다.

"먼저 다가온 건 마리였어. 내 귀향을 축하하는 파티에서 나더러 둘이서만 만날 수 있겠느냐고 묻더라고. 못다 한 이야기를 해서 꼬인 걸 풀자고. 하지만 그때는 사람들의 눈이 전부 우리한테 쏠려 있으니까 다른 데서 몰래 만나는 게 좋겠다고 마리가 제안했어. 그 래야 쓸데없는 소문이 안 날 거라고. 오두막에서 만나자고 말한 사 람도 마리야. 우리는 각자 차를 몰고 가서 따로 차를 세웠지. 내가 마리보다 조금 늦게 도착했고. 머리 잘 썼지, 응?"

"잘 썼네."

"마리가 그런 생각을 해낸 건 그레테한테 들은 이야기 때문이야. 옛날에 리타 빌룸센이 젊은 애인이랑 자기 오두막에서 비슷하게 만났대."

"세상에. 모르는 게 없구나, 그레테 스미트." 내 목소리가 아주 건조하게 들렸다. 나는 칼에게 오르툰에서 술을 마실 때 그레테에 게 아빠 이야기를 한 걸 기억하느냐고 아직 묻지 않았다.

"왜 그래, 로위?"

"아냐. 왜?"

"얼굴이 하얗게 질렸어."

나는 어깨를 으쓱했다. "말할 수 없어. 네 영혼을 걸고 맹세했거든."

"방금 내 영혼이라고 했어?"

"응."

"아, 내 영혼은 잃어버린 지 오래야. 어서 말해봐."

나는 어깨를 으쓱했다. 내가 그 옛날에 영원히 입을 다물겠다고 맹세했는지 기억이 나지 않았다. 사실 그때 나는 아직 십 대 소년 이었다. "리타 빌룸센이 만난 젊은 애인 말이야." 내가 말했다. "그 거 나야."

"형이라고?" 칼은 놀라서 눈을 휘둥그렇게 뜨고 나를 바라보았 다. "농담도." 칼은 허벅지를 치며 크게 웃어댔다. 그리고 자기 맥주병을 내 맥주병과 부딪쳤다. "말해." 그가 명령했다.

나는 말했다. 적어도 대략적인 윤곽 정도는 말해주었다. 칼은 이야기를 들으며 웃기도 하고, 진지해지기도 했다.

"이 비밀을 십 대 때부터 나한테 계속 감추고 있었다고?" 내 이야기가 끝난 뒤 칼은 고개를 절레절레 저었다.

"뭐, 이 집 안에서 우리가 그런 연습을 아주 많이 했잖아." 내가 말했다. "이제 네가 마리 이야기를 할 차례야."

칼도 내게 이야기했다. 재회한 첫날 두 사람은 이른바 건초 더미 속으로 쓰러졌다고 했다. "그러니까, 날 유혹하는 일에 관한 한 마리는 연습을 아주 많이 한 사람이잖아." 칼이 거의 우울해 보이는 미소를 지으며 말했다. "내가 뭘 좋아하는지 마리는 잘 알아."

"그러니까 넌 저항할 가망이 없었다는 거네." 내 의도보다 더 비난하듯이 말한 것 같았다.

"나도 잘못이 있지만, 마리의 목적이 뭔지는 분명해."

"널 유혹하는 거?"

"내가 언제나 자기를 가장 먼저 선택하리라는 걸 자기 자신과 내게 증명하는 것. 내가 마리를 위해서라면 모든 위험을 무릅쓸 준비가 돼 있음을 보여주는 것. 새넌이나 다른 비슷한 여자들은 지금도 앞으로도 마리 오스의 대용품일 수밖에 없다는 것."

"모든 걸 배신한다고 해야지." 나는 씹는담배 통을 꺼내면서 말했다.

"뭐?"

"넌 모든 '위험'이라고 말했잖아." 이번에는 비난하는 어조를 숨길 시도조차 도저히 할 수 없었다.

"어쨌든." 칼이 말했다. "우리는 계속 만났어."

나는 고개를 끄덕였다. "네가 회의가 있다고 해서 섀넌이랑 내가 집에서 기다린 저녁이 모두 그런 거였군."

"응. 난 구제 불능이야."

"네가 빌룸센의 집에 있다고 말했지만, 저녁 산책을 나온 에릭 네렐 커플을 본 날도?"

"맞아. 그때 하마터면 거짓말을 들킬 뻔했지. 당연히 나는 그때 오두막에서 돌아오는 길이었어. 어쩌면 내가 들키고 싶었던 건지도 몰라. 항상 죄책감을 안고 돌아다니는 게 무슨 소풍처럼 즐거운 일도 아니니까."

"그래도 넌 살아남았잖아."

칼은 내 말에 돋친 가시를 알아차리고 고개를 숙였다. "몇 번 만난 뒤에 마리는 아마 자기 뜻을 이뤘다고 생각했는지 나를 차버렸어. 또. 하지만 나도 상관없었어. 그건 그저…… 과거에 대한 그리움이었거든. 그 뒤로는 다시 만나지 않았어."

"아니, 시내에서 만났잖아."

"그런 일이야 있을 수 있지. 하지만 마리는 마치 승리자처럼 그냥 웃기만 했어." 칼은 경멸하듯이 비뚤어진 미소를 지었다. "섀넌한테 유모차 안의 아이를 보여준 거야. 물론 유모차를 민 사람은 신문기자라는 그 남자지. 자기가 무슨 하인이라도 되는 것처럼 마리 뒤만 졸졸 따라다니니까. 그놈이 틀림없이 뭔가를 의심하는 것 같아. 그 솔직해 보이는 속물 같은 얼굴 뒤에는 나를 죽이고 싶어 하는 남자가 있어."

"그래?"

"응. 내 생각에는 놈이 틀림없이 마리에게 물어본 것 같아. 그리고 마리는 일부러 의심의 여지가 있는 답을 줬겠지."

"마리가 왜 그런 짓을 해?"

"그 남자가 방심하지 못하게 하려고. 그런 사람들이 원래 그래."

"그런 사람들?"

"에이, 알잖아. 마리 오스나 리타 빌룸센 같은 사람들. 여왕 증후군을 앓고 있거든. 그러니 우리 수컷 일벌들이 고생하는 거지. 물론 아무리 여왕이라도 물리적인 욕구를 만족시킬 필요가 있지만, 그들에게 가장 중요한 건 신민들의 사랑과 숭배야. 그래서 망할 놈의 음모를 짜서 우리 같은 꼭두각시들을 조종한다고. 그렇게 조종당하다 보면 진짜 지긋지긋해져."

"조금 과장하는 것 아니야?"

"아냐!" 칼은 맥주병을 창턱에 쾅 하고 내려놓았다. 빈 병 두 개가 그 서슬에 쓰러져 바닥으로 떨어졌다. "혈연이 아닌 남녀 사이에 진정한 사랑은 존재하지 않아, 로위. 반드시 피가 이어져 있어야 돼. 같은 피. 가족 안에서만 진짜 이타적인 사랑을 찾을 수 있어. 형제자매 사이, 부모 자식 사이에서만. 그런 게 아니라면……." 그는 손을 크게 움직이다가 또 병 하나를 쓰러뜨렸다. 나는 칼이 취했음을 깨달았다. "아무것도 아냐. 이건 정글의 법칙이야. 누구나 가장 좋은 친구는 자신뿐이야." 이제 칼은 훌쩍거리고 있었다. "형이랑 나, 우리 둘뿐이야. 아무도 없어."

나는 그러면 섀넌은 어떻게 되는 건지 궁금했지만 물어보지는 않았다.

이틀 뒤 나는 차를 몰고 남쪽으로 돌아갔다.

카운티 표지판을 지나면서 나는 백미러를 흘긋 보았다. 표지판의 글자가 '오즈'처럼 보였다.

43

8월에 문자메시지가 왔다.

섀넌이 보낸 문자임을 알아차린 순간 심장이 거의 멈출 뻔했다.

그 뒤로 며칠 동안 나는 그 문자를 읽고 또 읽은 뒤에야 겨우 그 의미를 파악할 수 있었다.

그녀가 나를 만났으면 한다는 내용이었다.

'안녕하세요, 로위. 오랜만이에요. 9월 3일에 예비 고객을 노토 덴에서 만날 거예요. 호텔 좀 추천해줄래요? 잘 지내요, 섀넌.^{Hei,} Roy. Lenge siden. Jeg skal til Notodden, møte med en mulig klient den 3. september. Kan du anbefale et hotell der? Klem, Shannon.'

처음 이 메시지를 읽었을 때, 나는 옛날에 노토덴의 호텔에서 운 니와 만나던 일을 섀넌이 안다는 뜻으로 받아들였다. 하지만 나 는 섀넌에게 그 이야기를 한 적이 없었다. 칼에게도 이야기한 기억 이 없었다. 내가 왜 칼에게 말하지 않았지? 나도 모르겠다. 유부녀 와 불륜 관계인 것이 부끄러워서는 아니었다. 내 안의 과묵한 카인 이 굳이 입을 다문 것 같지도 않았다. 모르겠다. 어쩌면 어느 시점 에 내가 그냥 알아차린 사실 때문인지도 모른다. 칼 역시 내게 모든 이야기를 털어놓지 않는다는 것.

섀넌은 그냥 내가 오스 인근의 좋은 호텔에 대해 좀 알고 있을지도 모른다고 생각했을 것이다. 나는 이런 가설을 세우고 문자를 한 번 더 유심히 읽어보았다. 이미 그 문자를 외우고 있었는데도. 나는 평범한 문장들로 이루어진 문자에서 있지도 않은 의미를 읽어내면 안 된다고 속으로 다짐했다.

그래도.

일 년간 조용하던 그녀가 왜 내게 연락해서 노토덴의 '호텔'에 대해 물었을까? 사실 노토덴에는 갈 만한 호텔이 두 군데 있었다. 아무리 많아야 세 군데였다. 게다가 트립어드바이저가 훨씬 더 적절한 최신 정보를 갖고 있었다. 문자메시지를 받은 다음 날 내가 온라인으로 직접 확인한 사실이었다. 게다가 섀넌은 왜 노토덴에 가기로 한 정확한 날짜를 내게 말했을까? 예비 고객을 만난다는 말은, 또한 혼자 그곳에 갈 것이라는 뜻이기도 했다. 마지막으로, 집까지 차로 두 시간이면 가는데 왜 노토덴에서 하루를 묵어야 하는 걸까?

그래, 섀넌이 칠흑 같은 어둠 속에서 운전하기가 내키지 않을 수도 있었다. 고객과 함께 저녁을 먹으면서 포도주를 한 잔쯤 마시고 싶어질 수도 있었다. 아니면 그냥 산속 농장에서 지내던 그녀가 기분 전환 삼아 호텔에서 하룻밤 묵고 싶어진 것일 수도 있었다. 심지어 칼에게서 잠시 벗어나 휴식을 취하고 싶을 수도 있었다. 살짝 힘들여 쓴 것 같은 문자메시지로 그녀가 내게 전달하려는 말이 그것일 수도 있었다. 아니, 아니다! 그건 그냥 평범한 문자메시지였다. 시아주버니가 그녀에게 사랑을 고백하는 바람에 관계가 망가져버린 뒤 그녀가 그와 정상적으로 이야기를 주고받는 관계를 회복하려고 살짝 기회를 만들어본 것에 불과했다.

나는 문자를 받은 날 저녁에 답장을 보냈다.

'안녕하세요. 정말 오랜만이네요. 브라트레인 호텔이 상당히 좋아요. 전망도 좋고요. 잘 지내요, 로위. Hei! Ja, lenge siden. Brattrein er ganske bra. Fin utsikt. Klem, Roy.'

물론 음절 하나하나를 고심해서 쓴 문자였다. 나는 '잘 지내요?' 라는 뜻의 물음표가 들어간 문장을 보내지 않으려고 억지로 애를 썼다. 대화를 계속해달라고 간청하는 듯한 기색을 절대로 보이고 싶지 않았다. 그녀가 보낸 문자에 대한 답장, 딱 그것이면 되었다. 한 시간 뒤 답장이 왔다.

'도와줘서 고마워요. 진짜 잘 지내세요. Takk for hjelpen, Roy. Klem herfra.'

여기서 읽어낼 수 있는 행간의 의미는 전혀 없었다. 어차피 섀넌도 내가 보낸 짧고 억제된 답장에 답하는 방법밖에 없었을 것이다. 그래서 나는 다시 그녀가 처음에 보낸 문자에 대한 생각으로 돌아갔다. 그건 노토텐으로 오라는 초대였나?

그 뒤 이틀 동안 나는 고민에 빠졌다. 심지어 단어 개수까지 세어봤더니 24개였다. 나는 12 단어로 답장을 보냈고, 섀넌은 6 단어로 답장했다. 이렇게 단어가 절반씩 줄어든 건 우연일까, 아니면 내가 3 단어로 답장을 보내고 그녀에게서 1.5 단어의 답장이 오는지 봐야 하나? 하하.

내가 점점 미쳐가고 있었다.

나는 문자를 썼다.

'여행 잘해요. God tur da.'

내가 누워서 자려고 애쓰고 있는데 답장이 왔다.

'고마워요. X.$^{\text{Takk. X.}}$'

1.5 단어. 물론 X가 키스를 뜻하는 기호라는 건 알지만, 무슨 종류의 키스인가? 다음 날 아침 나는 구글로 검색해보았다. 아무도 답을 알지 못했지만, 어떤 사람들은 옛날에 편지를 X 자로 봉하고 그 위에 입을 맞추던 관습에서 X가 유래했을 거라는 의견을 갖고 있었다. 고대에 그리스도를 뜻하던 문자인 X가 축복의 키스 같은 종교적인 키스를 의미한다고 말하는 사람도 있었다. 하지만 가장 내 마음에 든 것은 X가 두 쌍의 입술이 만나는 모습을 표시한 것이라는 설명이었다.

두 쌍의 입술이 만난다.

섀넌의 X가 그런 의미였을까?

아니, 세상에, 그런 뜻일 리가 없었다.

나는 달력을 보며 9월 3일까지 날짜를 헤아리다가 내가 무슨 짓을 하고 있는지 깨닫고 그만두었다.

로테가 문간에 고개를 불쑥 내밀고는, 4번 주유기의 액정 화면이 나갔다고 말하다가 왜 달력이 바닥에 떨어져 있느냐고 물었다.

어느 날 저녁 크리스티안산의 어느 술집에서 내가 나가려고 막 일어나는데 어떤 여자가 다가왔다.

"벌써 가요?"

"아마도요." 나는 이렇게 말하고 나서 그녀를 보았다. 예쁘다고 말한다면 과장이 될 것 같은 외모였다. 과거의 언젠가는 예뻤을지도 모른다. 확실히 아름답지는 않지만, 그래도 교실에서 가장 먼저 남자아이들의 관심을 받는 여학생 중 하나였을 것이다. 활달하고, 조금 뻔뻔하고, 표정을 잘 꾸밀 줄 알았기 때문이다. 옛날에 사람들이 흔히 하던 말처럼 '유망해' 보였다. 어쩌면 그녀가 그 유망함을 너무 빨리 발휘했는지도 모른다. 상대가 그럴 만한 자격을 얻기도 전에 원하는 것을 줘버리는 식으로. 그러면 보상을 얻을 줄 알았을 것이다. 그 뒤로 많은 일이 일어났지만, 대부분은 그녀가 바라지 않은 일들이었다. 남들이 그녀에게 한 일도, 그녀가 자신에게 한 일도.

지금 살짝 술에 취한 그녀는 희망에 차서 상대를 찾고 있었지만, 그 사람 역시 자신을 실망시킬 것을 속으로는 알고 있었다. 그래도 희망을 버린다면 남는 것이 없지 않은가.

나는 그녀에게 맥주를 한 잔 사주고, 내 이름과 결혼 여부를 말해주고, 직장과 집을 가르쳐주었다. 그러고 나서 몇 가지 질문을 던진 뒤, 그녀가 말하게 내버려두었다. 그녀는 지금까지 자신의 인생을 망친 모든 남자들을 향해 독설을 쏟아냈다. 이름이 비그디스인 그녀는 화원에서 일했지만 지금은 병가로 쉬고 있었다. 자식은 둘인데, 이번 주에는 둘 다 각자의 아버지에게 가 있었다. 그녀가 세 번째 남자를 집에서 쫓아낸 것이 고작 한 달 전이었다. 나는 그녀의 이마에 생긴 멍이 그 남자를 쫓아내다가 생긴 건지 궁금했다. 그녀는 그 남자가 밤에 차를 몰고 그녀의 집 주위를 맴돌며, 그녀가 혹시 누구를 집으로 데려오지나 않는지 감시한다고 말했다. 그러니 내 집으로 가는 편이 좋을 것이라고.

나는 생각해보았다. 하지만 그녀의 피부색이 내가 원하는 만큼 하얗지 않았고, 덩치도 너무 컸다. 설사 내가 눈을 감는다 해도 금속성 소리가 섞인 그녀의 목소리가 환상을 깨버릴 것이다. 게다가 나는 그 목소리가 한 번에 오랫동안 잠잠할 때가 없다는 사실을 이미 알고 있었다.

"고맙지만, 내일 출근을 해야 돼요." 내가 말했다. "나중에요."

그녀의 입술이 비틀리면서 얼굴이 흉하게 일그러졌다. "당신도 뭐 그렇게 굉장한 남자는 아니에요. 당신은 어떻게 생각하는지 모르지만."

"나도 그런 생각은 안 해요." 나는 이렇게 말하고 나서 잔을 비운 뒤 그곳을 나섰다.

내 뒤의 아스팔트 바닥을 또각또각 딛는 구두 소리가 들려왔다. 그녀였다. 비그디스가 내 팔짱을 끼더니, 새로 불을 붙인 담배의 연기를 내 얼굴에 뿜었다.

"최소한 택시로 날 집까지 바래다주기는 해야죠." 그녀가 말했다. "우리 집도 같은 방향이에요."

나는 택시를 잡아타고 가다가 첫 번째 다리를 건넌 뒤 룬의 어느 집 앞에서 그녀를 내려주었다.

길가에 주차된 차들 중 하나에 사람이 앉아 있는 것이 보였다. 택시가 출발하는 순간 고개를 돌려보니, 어떤 남자가 그 차에서 내려 비그디스에게 재빨리 걸어가고 있었다.

"세워주세요." 나는 운전기사에게 말했다.

택시가 속도를 늦추는 동안 비그디스가 길바닥으로 쓰러지는 모습이 보였다.

"후진하세요." 내가 말했다.

만약 내가 본 것을 기사가 보았다면, 십중팔구 후진하지 않았을 것이다. 나는 택시에서 뛰어내려 손을 감쌀 만한 것이 없는지 주머니를 뒤지면서 그 남자를 향해 걸어갔다. 남자는 쓰러진 비그디스 옆에 서서 뭐라고 고함을 질러댔지만, 그 소리는 길가에 늘어선 집들의 깜깜하고 조용한 벽에 메아리처럼 부딪혀 사라져버렸다. 틀림없이 욕을 한 것 같았다. 가까이 다가간 뒤에야 나는 그의 말을 들을 수 있었다.

"사랑해! 사랑해! 사랑해!"

나는 그에게 다가가, 눈물로 얼룩진 얼굴을 내게 돌리는 그를 향해 주먹을 내질렀다. 손마디의 피부가 찢어지는 것이 느껴졌다. 젠장. 나는 다시 그를 때렸다. 이번에는 부드러운 코였다. 뿜어져 나온 피가 내 것인지 그의 것인지 알 수 없었다. 나는 그를 한 대 더 때렸다. 그 멍청이는 방어를 하거나 주먹을 피할 생각도 없이 내 앞에 그냥 흔들흔들 서서 어떻게든 쓰러지지 않으려고 애썼다. 마치 주먹질이 반가워서 계속 맞으려는 것 같았다.

나는 연달아 체계적으로 그를 때렸다. 샌드백을 때릴 때와 똑같았다. 손마디가 더 다치지 않게 힘을 조금 빼면서도, 그가 피를 흘리게 만들 정도는 되었다. 그러다 보니 그의 얼굴이 점점 웃기지도 않는 에어 매트처럼 부풀어 올랐다.

"사랑해." 그가 연달아 쏟아지는 주먹질을 맞으며 말했다. 내게 하는 말이 아니라, 자신을 향해 속삭이는 소리 같았다.

그의 무릎이 휘청, 한 번 더 휘청했다. 그래서 나는 주먹의 조준점을 조금 낮춰야 했다. 그는 〈몬티 파이선〉 영화에 나온 흑기사 같았다. 다리를 모두 잘리고도 끝내 굴복하지 않아서, 나중에는 몸통만 남아 통통 튀듯이 돌아다니는 캐릭터 말이다.

나는 그에게 마지막 한 방을 날리려고 어깨를 뒤로 젖혔다. 하지만 뭔가가 내 팔을 붙잡았다. 비그디스였다. 그녀가 내 등에 붙어 있었다.

"하지 마!" 그녀의 금속성 목소리가 내 귓가에서 비명을 질렀다. "하지 마! 때리지 말라고, 이 자식아!"

나는 그녀를 떨쳐버리려 했지만, 그녀는 끈질겼다. 눈물범벅이 되어 부어오른 남자의 얼굴에서 나는 미친놈 같은 미소가 점점 커지는 것을 보았다.

"저 사람은 내 거야!" 여자가 고함을 질렀다. "저 사람은 내 거야, 이 자식아!"

나는 남자를 보았다. 그도 나를 보았다. 나는 고개를 끄덕인 뒤 돌아섰다. 택시는 이미 가버린 뒤라서 나는 쉼을 향해 걷기 시작했다. 비그디스는 10미터나 15미터쯤 걸어갈 때까지 매달려 있다가 떨어졌다. 뒤돌아 달려가는 그녀의 구두 소리, 위로하는 소리, 남자의 울음소리가 들렸다.

나는 계속 동쪽으로 걸었다. E18을 향해 잠든 거리를 걸었다. 모처럼 비가 제대로 내렸다. 쉼으로 이어진 500미터 길이의 바로드 다리에 들어서는데 신발이 철벅거렸다. 다리를 절반쯤 건넜을 때 다른 방법이 있다는 생각이 떠올랐다. 어차피 내 몸은 이미 흠뻑 젖어 있었다. 나는 초록색이 섞인 검은색 수면을 내려다보았다. 30미터쯤? 하지만 벌써 자신감이 사라지기 시작했다. 여기서 뛰어내려도 나는 십중팔구 살아남을 것이며, 그때부터 생존 본능이 발동해 첨벙첨벙 육지까지 갈 수 있을 것이라고 내 머리가 말하기 훨씬 전부터. 뼈가 몇 군데 부러지고 장기도 좀 상하겠지만 그렇다고 수명이 짧아지지는 않을 것이다. 그냥 인생이 훨씬 더 거지같이 변할 뿐이지. 설사 내가 저 아래 물속에서 운 좋게 죽어버린다 해도, 과연 그 죽음으로 얻을 것이 있을까? 방금 기억난 것이 있기 때문이었다. 예전 경찰관이 즐겁지 않은 삶을 왜 계속 살아가야 하느냐고 물었을 때 내가 대답한 말. '죽는 게 훨씬 더 나쁠지도 모르니까요.' 이 말에 이어 베르나르 삼촌이 암 진단을 받고서 한 말도 생

각났다. '똥구덩이에 목까지 파묻혔을 때 기억할 것은 머리를 계속 들고 있어야 한다는 거야.'

나는 웃었다. 미친놈처럼 다리 위에 혼자 서서 큰 소리로 마구 웃어댔다.

그러고는 더 가벼워진 발걸음으로 쉼을 향해 걸었다. 얼마 뒤부터는 〈몬티 파이선〉 노래를 휘파람으로 불기 시작했다. 에릭 아이들이 십자가에 매달려 있는 장면의 노래였다. 이 세상의 비그디스들이 계속, 계속 기적을 바라며 살고 있는데, 나라고 안 될 것이 뭐 있겠는가?

9월 3일 오후 2시에 나는 차를 몰고 노토덴에 들어섰다.

44

우윳빛이 섞인 파란색의 높은 하늘. 여름의 열기가 아직 조금 남아 있고, 소나무와 방금 깎은 잔디밭 냄새가 났다. 하지만 거세게 불어오는 바람은 매서웠다. 온화한 남쪽에서는 거의 볼 수 없는 매서움이었다. 크리스티안산에서 노토덴까지 차를 몰고 오는 데 세 시간 반이 걸렸다. 나는 차를 천천히 몰았다. 도중에 여러 번 생각을 바꾸기도 했다. 하지만 결국은 내가 이제부터 하려는 일보다 더 한심한 일은 노토덴까지 가다가 중간에 차를 돌려 되돌아가는 일밖에 없다는 결론을 내렸다.

나는 시내 중심부에 차를 세우고, 섀넌을 찾아 거리를 훑기 시작했다. 우리가 어렸을 때는 노토덴이 아주 크고 낯설어서 거의 위협적으로 보일 정도였다. 하지만 지금은 아마도 내가 크리스티안산에서 많은 시간을 보낸 탓인지 노토덴이 이상하게 작은 시골 마을 같았다.

나는 계속 캐딜락이 보이는지 신경을 쓰면서도, 내심 섀넌이 빌룸센에게서 차를 한 대 빌렸을 것이라고 짐작하고 있었다. 카페와 식당 앞을 지나칠 때는 흘깃 안을 들여다보았다. 영화관을 지나 물가로 향했다. 그러다 결국 어느 작은 카페에 들어가 블랙커피를 주문하고, 문이 잘 보이는 자리에 앉아 그곳에 진열된 신문들을 살펴보았다.

노토덴에는 카페나 술집이 많지 않았으므로, 내가 섀넌을 발견하기보다 섀넌이 나를 발견하는 쪽이 완벽한 시나리오였다. 그녀가 나를 발견하고 안으로 들어오면 내가 시선을 들고, 우리 둘의 시선이 마주친다. 그 시선 속에서 나는 미리 마련해온 핑계를 댈 필요가 없음을 알게 될 것이다. 이곳에 매물로 나온 주유소를 살펴보러 왔다는 핑계. 그러다 그녀가 노토덴에 온다던 말을 떠올렸지만, 그게 오늘인 줄은 몰랐다고 말할 것이다. 온종일 손님을 상대해야 하는 게 아니라면, 저녁 식사 후에 술이나 한잔할까요? 저녁 식사 약속이 없다면 같이 저녁을 먹어도 되고요.

문이 열리는 소리에 나는 시선을 들었다. 아이들 한 무리가 열심히 대화를 나누며 들어왔다. 잠시 뒤 또 문이 열리더니 아이들 한 무리가 또 들어왔다. 학교 수업이 끝나는 시간인 모양이었다. 세 번째로 문이 열렸을 때 그녀의 얼굴이 보였다. 많이 달라져서, 내가 기억하는 그 얼굴이 아니었다. 지금의 얼굴은 활짝 열려 있는 것처럼 보였다. 그녀가 나를 발견하지 못했기 때문에 나는 신문 뒤에서 그녀를 몰래 관찰할 수 있었다. 그녀는 자리에 앉아, 함께 온 소년의 말에 귀를 기울였다. 미소도 짓지 않고 웃음을 터뜨리지도 않았다. 여전히 조금 경계하는 기색이었다. 예민하고 약한 부분을 보호하려는 사람 같았다. 하지만 그녀와 그 소년 사이에 뭔가가 있다는 사실 또한 알 것 같았다. 그것은 상대가 가까이 다가오는 것을 허락해야만 생기는 관계였다. 그러다 그녀가 눈으로 카페 안을 한 바퀴 훑었다. 내 눈과 마주쳤을 때는 순간적으로 긴장하는 기색이 나타났다.

지붕 기술자인 아버지 모에가 자신을 노토덴의 고등학교로 보낸 이유를 나탈리가 알았는지 나는 모른다. 그가 자기 집 부엌에 있다가 다친 그 상처를 어떻게 설명했는지도 모른다. 십중팔구 나탈리는 내가 그 일에 관련되어 있다는 사실을 몰랐을 것이다. 하지만 만약 그녀가 알았다면? 만약 그녀가 지금 내게 다가와 내 앞에 앉아서 왜 그랬느냐고 물으면, 나는 뭐라고 대답해야 할까? 내 동생을 위해 똑같이 해줄 수 없었던 것이 너무 부끄러워 그녀 일에 개입했다고? 그녀의 아버지가 내 아버지의 얼굴을 한 샌드백이라서 그를 거의 환자로 만들 뻔했다고? 사실은 그녀 때문이 아니라 나와 내 가족 때문이었다고?

그녀의 시선이 다른 곳으로 옮겨갔다. 어쩌면 그녀가 나를 알아보지 못한 것일 수도 있었다. 아니, 분명히 알아보았다. 틀림없었다. 하지만 내가 자기 아버지를 죽이겠다고 협박한 사실을 몰랐다 해도, 자신에게 사후피임약을 판 남자를 모르는 척하고 싶었을 것이다. 지금은 옛날 오스에 있을 때의 위축되고 의기소침한 자신과는 다른 사람이 될 기회를 얻었으니 더욱더.

그녀가 소년의 말에 집중하지 못하고 창문을 향해, 나를 외면하는 쪽으로 고개를 돌리는 것이 보였다.

나는 일어나서 그곳을 나왔다. 나탈리를 편하게 해주려는 생각이 절반, 만약 섀넌이 나타난다면 오스 출신의 사람에게 그 모습을 보이고 싶지 않다는 생각이 절반이었다.

5시까지 나는 노토덴의 모든 카페와 술집과 식당을 둘러보았다. 아마 6시나 되어야 문을 열 브라트레인의 식당만 아직 가보지 못했다.

출입구를 향해 주차장을 가로지르는데, 전에 운니를 만나러 갈 때처럼 기대에 차서 배 속이 간질거리는 기분이 순간적으로 스쳐 지나갔다. 아마 비슷한 상황을 알아차리고 침을 흘리는 파블로프의 개와 같은 반응이었을 것이다. 곧 불안감이 그 기분을 몰아냈다. 난 지금 도대체 뭘 하고 있는 걸까? 다리에서 자살하는 편이 더 나았을 것이다. 지금 차에 올라탄다면, 해가 지기 전에 다리에 도착할 가능성이 높았다. 하지만 나는 계속 걸었다. 호텔 로비로 들어가니, 그곳은 내가 마지막으로 왔을 때와 정확히 똑같았다…… 그때가 이미 몇 년 전인데도.

그녀는 텅 빈 식당에 앉아 노트북으로 일을 하고 있었다. 검푸른 정장에 하얀 블라우스. 짧은 빨간색 머리는 한쪽 옆에서 가르마를 타서 핀으로 고정했다. 스타킹을 신은 두 무릎과 검은색 하이힐이 탁자 아래에서 딱 붙어 있었다.

"섀넌."

그녀가 고개를 들어 나를 보았다. 놀란 기색은 하나도 없이 웃는 얼굴이었다. 마치 미리 약속한 시각에 내가 나타났다는 듯이. 그녀는 내가 한 번도 본 적이 없는 안경을 벗었다. 크게 뜬 눈에는 재회의 기쁨이 가득했다. 일종의 자매애와 비슷한 기쁨 같았다. 진심 어린 감정이었지만, 저변에 다른 감정이 깔려 있지는 않았다. 하지만 반쯤 감긴 한쪽 눈은 아주 달랐다. 그 눈을 보고 나는 침대에서 반짝거리는 아침 햇살을 받으며 방금 나를 향해 돌아누운 여자를 떠올렸다. 전날 밤의 정사와 잠기운에 아직도 취한 모습. 묵직한 충격이 다가왔다. 슬픔과 비슷했다. 나는 침을 꿀꺽 삼키고, 그녀의 맞은편 의자에 털썩 앉았다.

"왔네요." 섀넌이 말했다. "노토덴에."

질문을 던지는 듯한 어조였다. 그래, 한동안 변죽을 울려야 한단 말이지.

나는 고개를 끄덕였다. "관심이 있는 주유소를 보러 왔어요."

"마음에 들던가요?"

"아주 많이." 나는 그녀에게서 시선을 떼지 않았다. "그게 문제죠."

"왜 그게 문제예요?"

"매물이 아니거든요."

"저런, 다른 매물이 얼마든지 있잖아요."

나는 고개를 저었다. "나는 그 주유소를 원해요."

"그럼 어떻게 할 거예요?"

"주인이 그 주유소 때문에 손해를 보고 있으니, 주인을 설득해야죠. 어차피 조만간 그 주유소를 잃게 될 거라고."

"어쩌면 주인이 경영방식을 바꿀 계획인지도 모르잖아요."

"틀림없이 그런 계획이 있겠죠. 그런 약속도 하고 있고, 심지어 본인도 그걸 믿고 있을 거예요. 하지만 얼마쯤 시간이 흐르면 모든 게 예전으로 돌아갈걸요. 직원들도 그를 버리고, 주유소는 파산하고, 주인은 가망 없는 일에 세월만 더 쏟아부은 꼴이 될 거예요."

"그럼 그 사람한테서 주유소를 인수하는 게 오히려 좋은 일을 해주는 거네요. 그런 뜻이에요?"

"우리 모두에게 좋은 일을 해주는 거죠."

그녀는 나를 바라보았다. 지금 머뭇거리는 건가?

"회의는 언제예요?" 내가 물었다.

"12시였어요." 그녀가 말했다. "3시 전에 회의가 끝났어요."

"회의가 더 길어질 거라고 생각했어요?"

"아뇨."

"그럼 왜 호텔을 예약했어요?"

그녀는 나를 바라보며 어깨를 으쓱했다. 나는 숨이 멈추는 것 같았다. 발기가 시작되는 것이 느껴졌다.

"식사했어요?" 내가 물었다.

그녀는 고개를 저었다.

"여긴 한 시간 뒤에나 문을 열어요." 내가 말했다. "산책할래요?"

그녀는 고갯짓으로 자신의 하이힐을 가리켰다.

"여기 있어도 괜찮아요." 내가 말했다.

"내가 여기서 누굴 봤는지 알아요?" 그녀가 물었다.

"나요."

"데니스 쿼리. 영화배우 말이에요. 촬영 장소를 찾으려고 주유소에 온 적 있잖아요, 기억나요? 그 사람이 여기 묵고 있는 것 같아요. 그때 그 영화를 지금 찍는 중이라는 말을 어디선가 읽었어요."

"사랑해요." 나는 이렇게 속삭였지만, 바로 그 순간 그녀가 쓸데없이 힘을 줘서 노트북컴퓨터를 닫아버렸기 때문에 그녀는 내 말을 듣지 못한 척할 수 있었다.

"요즘 무슨 일을 하고 있는지 말해줘요." 그녀가 말했다.

"당신을 생각해요."

"그러지 않으면 좋을 텐데."

"나도 그래요."

침묵이 흘렀다.

섀넌이 무겁게 한숨을 내쉬었다. "어쩌면 내가 잘못한 건지도 모르겠네요."

'잘못한 것.' 과거시제. 만약 그녀가 '잘못하는 것'이라고 말했다면 바퀴가 아직 구르는 중이라는 뜻이었겠지만, 과거시제는 그녀가 이미 마음을 정했음을 의미했다.

"그럴지도 모르죠." 나는 얼굴을 아는 웨이터에게 다가오지 말라는 뜻으로 손을 저었다. 웨이터는 아직 주방이 문을 열지 않았는데도 주방에서 뭘 좀 가져다주겠다고 말하러 오는 중인 것 같았다.

"파다 헤드*." 섀넌은 손바닥으로 이마를 찰싹 치며 숨죽여 소리쳤다. "로위?"

"네?"

그녀는 탁자 위로 몸을 기울이고, 작은 손을 내 손 안에 넣은 뒤 내 눈을 똑바로 바라보았다. "이건 그냥 없었던 일로 하면 안 될까요?"

"물론 되죠."

"잘 있어요." 그녀는 어디가 아픈 사람처럼 짧은 미소를 짓고는 노트북컴퓨터를 들고 가버렸다. 나는 눈을 감았다. 내 뒤에서 또각또각 걸어가는 하이힐 소리를 들으며, 그날 밤 크리스티안산에서 내 뒤를 따라오던 비그디스의 발소리가 생각났다. 그때의 발소리는 내게 점점 가까워졌다는 점이 다를 뿐이었다. 나는 다시 눈을 떴다. 탁자 위에 놓인 손은 조금 전 그 모습 그대로였다. 내가 이곳에 들어온 뒤 처음으로 우리가 닿았을 때의 그 감각이 여전히 남아 있었다. 데일 듯이 뜨거운 물로 샤워를 한 뒤 피부가 따끔거리는 느낌과 비슷했다.

프런트 데스크로 나갔더니, 키가 크고 마른 몸에 빨간 재킷을 입

* 트리니다드 토바고에서 '지긋지긋하다'는 뜻으로 쓰는 말.

은 남자가 내게 미소를 지어 보였다. "안녕하세요, 오프가르 님. 다시 뵙게 되어 반갑습니다."

"안녕하세요, 랄프." 나는 프런트 데스크 앞에 서서 말했다.

"들어오실 때 오프가르 님을 보고, 오늘 마지막으로 남아 있던 방을 제가 멋대로 예약해두었습니다." 그는 고갯짓으로 자기 앞의 컴퓨터 화면을 가리켰다. "아슬아슬한 순간에 누가 방을 채가면 정말 짜증스럽지 않습니까."

"고마워요, 랄프. 하지만 섀넌 오프가르가 어느 방에 묵는지 물어보려고 왔어요. 섀넌 알레인이라는 이름일 수도 있어요."

"333호입니다." 랄프는 일부러 화면을 보지도 않고 말했다.

"고마워요."

내가 333호의 문을 밀어서 열었을 때, 섀넌은 이미 다 꾸린 가방을 침대에 올려놓고 지퍼를 잠그느라 애쓰고 있었다. 그녀는 아마도 고향에서 쓰던 말로 짐작되는 영어 욕설을 몇 마디 내뱉고는, 가방을 양쪽에서 누르면서 다시 시도했다. 나는 문을 반쯤 열어둔 채 안으로 걸어 들어가 그녀 뒤에 섰다. 그녀는 포기했다. 양손을 얼굴에 올리더니 어깨가 떨리기 시작했다. 내가 양팔로 그녀를 끌어안자 그녀의 소리 없는 울음이 그녀의 몸에서 내 몸으로 전달되었다.

우리는 그렇게 한동안 서 있었다.

그러고는 내가 그녀를 조심스레 돌려세워, 두 손가락으로 눈물을 닦아준 뒤 키스했다.

그녀도 여전히 흐느끼면서 내게 키스했다. 그녀의 이가 내 아랫입술을 깨물자, 쇠 냄새가 나는 내 피의 달콤한 맛이 그녀의 침과 혀에서 나는 강렬하고 매콤한 맛에 섞였다. 나는 그녀가 조금이라도 싫어하는 기색을 보이면 언제든지 물러날 준비를 하며 자제했다. 하지만 그녀는 그러지 않았다. 나는 나를 붙들고 있던 것들, 이다음에 반드시 일어날 일들에 대한 생각과 상식을 서서히 내려놓았다. 내가 이층 침대의 아래층에서 칼을 끌어안고 누워 있던 모습. 그것이 칼이 가진 유일한 것이었고, 아직 칼을 배신하지 않은 유일한 것이었다. 하지만 그 모습은 스르르 사라져버리고, 남은 것은 내 셔츠 자락을 잡아당기는 그녀의 손, 내 몸을 자신에게 밀착시키며 눌러대는 그녀의 손톱, 내 혀를 친친 감은 아나콘다 같은 혀, 내 뺨을 타고 흘러내리는 그녀의 눈물뿐이었다. 하이힐을 신었는데도 그녀가 너무 작아서 나는 그녀의 타이트스커트를 걷어 올리기 위해 무릎을 굽혀야 했다.

"안 돼요!" 그녀가 신음하며 내게서 벗어났다. 내가 가장 먼저 느낀 것은 안도감이었다. 그녀가 우리를 구했다는 안도감. 나는 아직 조금 떨리는 몸으로 휘청거리며 뒤로 한 걸음 물러나, 셔츠 자락을 다시 바지 안에 밀어 넣었다.

우리 둘 다 같은 리듬으로 숨을 가쁘게 몰아쉬고 있었다. 누군가의 발소리와, 복도에서 통화하는 목소리가 들렸다. 그 발소리와 목소리가 멀어지는 동안 우리는 서로를 조심스럽게 바라보며 서 있었다. 남자와 여자가 아니라 복서들 같았다. 싸울 준비를 갖추고 날뛰는 두 마리 수사슴 같았다. 싸움은 아직 끝나지 않았다. 아니, 아직 제대로 시작되지도 않았다.

"저 빌어먹을 문부터 닫아요." 새넌이 숨죽인 소리로 외쳤다.

45

"나는 사람을 때려요." 나는 이렇게 대답하면서 섀넌에게 축축한 씹는담배 한 덩이를 건네고, 내 아랫입술에 한 덩이를 끼웠다.

"정말로 그렇게 한다고요?" 그녀가 이렇게 물으면서 고개를 들었기 때문에, 나는 한 팔을 다시 침대에 내려놓을 수 있었다.

"항상 그러는 건 아니지만, 싸움을 많이 한 건 맞아요."

"그게 유전일까요?"

나는 333호의 천장을 유심히 보았다. 운니와 내가 함께 시간을 보내던 방은 아니었지만, 생김새는 정확히 똑같았다. 냄새도 같았다. 연한 향이 가미된 청소용 세제 냄새 같았다. "아버지는 주로 샌드백을 쳤어요." 내가 말했다. "하지만 아마 아버지한테서 그걸 배운 것 같기는 해요."

"사람들은 자기 부모의 실수를 되풀이하죠."

"자기 자신의 실수도 되풀이하고요."

그녀는 오만상을 찌푸리며 씹는담배를 협탁에 놓았다.

"그건 차츰 익숙해져야 돼요." 내가 말했다. 씹는담배에 관한 이야기였다.

그녀가 내게 안겨 들었다. 그녀의 작은 몸은 내 상상보다 훨씬 더 부드럽고, 피부는 훨씬 더 매끄러웠다. 젖가슴은 눈 덮인 고원 같은 피부 위에 봉긋하게 솟은 언덕이고, 꼭대기의 젖꼭지는 불타는 봉화처럼 우뚝 서 있었다. 그녀에게서는 달콤하고 강렬한 향료 냄새가 났다. 피부는 부위에 따라 색조가 달랐는데, 겨드랑이와 은밀한 부분 주위의 피부가 더 어두웠다. 그녀는 오븐처럼 뜨겁게 타오르고 있었다.

"가끔 자신이 같은 자리를 맴돈다는 생각이 들 때가 있어요?" 그녀가 물었다.

나는 고개를 끄덕였다.

"한 번 디딘 자리를 다시 디디고 있다는 걸 알게 되는 건, 길을 잃었다는 표시 아닌가요?"

"그럴지도 모르죠." 내가 말했다. 하지만 말을 하는 바로 그 순간에 그건 아닌 것 같다는 생각이 들었다. 섹스가 사랑의 행위보다 짝짓기와 더 비슷했던 것은 사실이다. 부드러움보다는 결기, 기쁨과 즐거움보다는 분노와 두려움이 더 많은 섹스였다. 한번은 그녀가 내게서 벗어나, 손바닥으로 내 얼굴을 때리며 그만하라고 말했다. 그래서 나는 그만했다. 얼마 뒤 그녀가 다시 나를 때리며 도대체 왜 그만뒀느냐고 물었다. 내가 웃기 시작하자 그녀는 베개에 얼굴을 묻고 울었다. 나는 그녀의 머리카락과 긴장한 등근육을 어루만지며 그녀의 목에 입을 맞췄다. 그녀는 울음을 멈추고 숨을 가쁘게 몰아쉬기 시작했다. 곧 나는 그녀의 엉덩이 골에 내 손을 밀어넣고 그녀를 깨물었다. 그녀는 고향에서 쓰는 영어로 뭐라고 소리치며 나를 밀어내더니, 엉덩이를 허공으로 쳐든 자세로 엎드렸다. 나는 너무나 달아올라서, 내가 그녀의 안으로 들어갔을 때 그녀가 지른 소리와 그녀가 칼과 함께 자던 방에서 들려온 소리가 똑같다는 사실에 전혀 신경을 쓰지 않았다. 내가 절정의 순간에 어쩌면 그런 것을 생각하고 있었는지도 모른다. 그 생각에 정신이 산만해진 나는 조금 늦게 내 것을 빼냈지만, 그래도 나의 나머지 정액이 그녀의 등에 떨어지는 것을 볼 수 있었다. 회색이 섞인 하얀색 액체가 주차장의 가로등 불빛을 받아 반짝이는 것이 마치 진주 목걸이 같았다. 나는 수건을 가져와 그것을 닦아내고, 어두운 두 개의 얼룩도 닦아내려 했지만 그것이 피부에 착색된 부분이라서 닦아낼 수 없음을 깨달았다. 우리가 방금 한 일이 이것처럼 닦을 수 없는 검은 얼룩 같다는 생각이 들었다.

하지만 이런 얼룩은 앞으로 더 있을 것이다. 그리고 그때는 다를 것이다. 확실했다. 싸움이 아닌 사랑의 행위, 두 개의 몸만이 아니라 영혼도 함께 만나는 순간이 될 것이다. 촌스러운 표현이라는 것은 알지만, 달리 표현할 말을 찾지 못하겠다. 우리는 두 개의 빌어먹을 영혼이었고, 나는 이제 고향에 돌아온 기분이었다. 그녀는 내가 남긴 발자국이고, 나는 그것을 찾아냈다. 나는 그저 이곳에서 넋을 잃은 상태로 망상에 빠져 같은 자리를 맴돌고 싶을 뿐이었다. 그녀만 옆에 있다면 아무 상관 없었다.

"우리가 이걸 후회할까요?" 그녀가 물었다.

"모르겠어요." 말은 이렇게 했지만, 나는 후회하지 않을 것이라고 확신했다. 순전히 그녀가 겁을 먹을까 봐 이렇게 말했을 뿐이다. 만약 내가 그녀를 너무나 사랑한 나머지 다른 일은 모두 어찌 되든 상관없다고 생각한다는 사실을 그녀가 알아차린다면 반드시 겁을 먹을 터였다.

"우리에겐 오늘 밤뿐이에요." 그녀가 말했다.

우리는 밤을 더욱 길게 만들기 위해 암막 커튼을 닫고, 우리에게
남은 시간을 최대한 이용했다.

나는 섀넌의 비명 소리에 깨어났다.
"늦잠을 잤어요!"
그녀는 내가 미처 붙잡기도 전에 침대에서 벗어났다. 내가 그녀
를 향해 뻗은 손은 협탁 위 그녀의 휴대전화를 때렸다. 휴대전화
는 침대에서 조금 떨어진 바닥을 때렸다. 나는 커튼을 휙 열었다.
어쩌면 앞으로 오랫동안 섀넌의 알몸을 볼 기회가 없을 수도 있기
때문에, 그 모습을 보기 위해서였다. 방으로 쏟아져 들어오는 밝은
햇빛에 욕실로 사라지는 그녀의 등이 언뜻 보였다.
나는 침대의 그림자 속에 쓰러져 있는 휴대전화를 내려다보았
다. 화면이 저절로 켜져 있었다. 액정 유리에는 금이 간 상태였다.
교도소의 철창처럼 금이 간 그 화면에서 칼이 웃는 얼굴로 나를 올
려다보았다. 나는 침을 꿀꺽 삼켰다.
그녀의 등을 단 한 번 언뜻 보았을 뿐인데.
하지만 그것으로 충분했다.
나는 다시 침대에 누웠다. 내가 밝은 햇빛 속에서 그렇게 맨살을
드러낸 여자를 마지막으로 본 것은, 그 산속 호수에서 리타 빌룸센
을 보았을 때였다. 수영복을 입고 굴욕스러운 모습으로 서 있던 그
녀의 피부는 얼음처럼 차가운 물 때문에 파랗게 질려 있었다. 전에
는 내가 긴가민가했다면, 지금은 확실히 불길한 징조가 보였다.
섀넌이 사람을 때리는 것이 유전이냐고 물어본 뜻이 무엇인지
이제 이해할 수 있었다.

46

칼은 내 동생이었다. 그것이 문제였다.

아니, 문제들이었다.

좀 더 구체적으로 말하자면, 내가 칼을 사랑한다는 것이 문제 중 하나였다. 또 다른 문제는 칼도 나와 같은 유전자를 물려받았다는 것. 칼이 나나 아빠처럼 폭력을 휘두를 능력이 없다고 내가 왜 한때 순진하게 믿었는지 모르겠다. 아마 칼이 엄마를 닮았다는 생각이 기정사실처럼 되어 있었기 때문일 것이다. 엄마와 칼은 파리도 해치지 못하는 사람들이었다. 오로지 사람만 해쳤다.

나는 침대에서 일어나 창가로 갔다. 섀넌이 캐딜락을 향해 주차장으로 뛰어가는 모습이 보였다.

십중팔구 후회하고 있을 것이다. 십중팔구 지켜야 할 약속 같은 것은 없을 것이다. 잠에서 깼을 때 이것이 잘못된 일임을 깨닫고 여기서 나가야겠다고 생각했을 것이다.

그녀는 욕실에서 샤워를 하고 옷까지 입고 나왔다. 아마 화장도 했을 것이다. 욕실에서 나온 그녀는 내 이마에 여동생처럼 입을 맞추며 오스에서 호텔 관련 회의가 있다고 중얼거리더니 가방을 들고 뛰어나갔다. 그녀가 캐딜락을 몰고 도로로 나가다가 하마터면 쓰레기차를 그대로 박을 뻔하는 순간 브레이크등에 불이 들어왔다.

방 안의 공기에는 아직도 섹스, 향수, 간밤의 수면 냄새가 짙게 배어 있었다. 나는 그녀가 너무 크게 소리를 질렀기 때문에 혹시 누가 우리 방으로 찾아올까 싶어서, 그리고 우리의 밤이 아직 끝나지 않았다는 걸 알기 때문에 밤사이 닫아두었던 창문을 열었다. 실제로 우리는 잠에서 깰 때마다 아무렇지도 않게 스친 손길에도 새로이 불타올랐다. 결코 충족되지 않는 허기 같았다.

커튼을 연 뒤 나는 피부의 어두운 얼룩이라고 생각했던 것이 멍이라는 사실을 알았다. 밤사이 그녀의 하얀 피부에 나타난 빨간 사랑의 흔적이나 긴 줄무늬 같은 흔적과 그 얼룩은 달랐다. 간밤에 그녀의 피부에 생긴 흔적들이 하루나 이틀 만에 모두 사라져야 할 텐데. 그녀의 어두운 얼룩은 무거운 타격이 남긴 흔적이었다. 공격을 당한 지 며칠 또는 몇 주가 지난 것 같았다. 칼이 섀넌의 얼굴도 때렸는지는 모르겠지만, 만약 때렸다면 약간의 화장으로 멍을 감출 수 있을 만큼 힘을 줄였음이 분명했다.

그녀를 때리다니. 옛날 그랜드 호텔의 복도에서 엄마가 아빠를 때리는 것을 나는 본 적이 있었다. 시그문 올센이 절벽에서 후켄으로 떨어진 건 사고라고 칼이 나를 열심히 설득할 때 내 머릿속에서는 그 기억이 깜박거렸다. 엄마. 그리고 칼. 사람들은 누군가와 함께 살다 보면 자신이 그 사람에 대해 모든 것을 안다고 생각하게 된다. 하지만 정말로 그런가? 칼은 내가 자기 등 뒤에서 자기 아내와 섹스를 할 수 있는 사람이라는 생각을 한 번이라도 해봤을까? 해보지 않았을 것이다. 오래전 나는 우리 모두가 서로에게 낯선 이

방인임을 깨달았다. 물론 칼에게도 폭력이 내재해 있음을, 내 어린 동생이 살인자임을 내가 깨달은 것이 순전히 섀넌의 멍 때문만은 아니었다. 간단한 사실이었다. 멍과 수직 낙하 궤적.

47

쉴라네로 돌아온 뒤 며칠 동안 나는 섀넌의 전화, 섀넌의 문자메시지, 이메일을 기다렸다. 무엇이든 좋았다. 먼저 주도권을 쥐고 행동에 나서야 하는 사람은 그녀였다. 가장 잃을 것이 많은 사람이 그녀였으니까. 나는 그렇게 생각했다.

하지만 아무 소식이 들려오지 않았다.

이제는 더 이상 의심의 여지가 없었다. 그녀가 그 일을 후회한다는 것. 그것은 동화였다. 내가 그녀에게 사랑한다고 말하고는 떠나버리면서 그녀의 머릿속에 심어둔 환상. 평화롭고 조용해서 다른 자극이 없는 곳에서 그녀는 매일 똑같은 일상을 보내며 지루해하다가 그 환상을 정말 환상적인 이야기로 바꿔놓았을 것이다. 너무 환상적이어서 진짜 나는 그 환상에 부응할 수 없었다. 하지만 이제 그녀는 그 환상을 머릿속에서 몰아내고 평범한 생활로 돌아갈 수 있게 되었다.

문제는 내가 언제 그 환상을 머릿속에서 몰아낼 수 있을 것인가 하는 점이었다. 나는 우리가 함께 보낸 밤이 그 자체로서 목적이었으므로, 이제 내 할 일 목록에서 줄을 그어 지워버리고 앞으로 나아가야 한다고 나 자신을 타일렀다. 그래도 나는 매일 아침 눈을 뜨자마자 섀넌에게서 메시지가 오지 않았는지 휴대전화를 확인했다.

없었다.

그래서 나는 다른 여자들과 자기 시작했다.

이유는 모르겠지만, 마치 여자들이 갑자기 나를 발견한 것 같았다. 여자들만의 비밀 모임에 내가 동생의 아내와 잤다는 소식이 돌아다니기 시작하면서 내가 아주 섹시한 남자라는 이야기가 퍼진 것 같았다. 사람들이 흔히 하는 말처럼, 나쁜 평판도 좋은 평판이다. 아니면 내가 아무것도 신경 쓰지 않는다는 말이 내 이마에 크게 적혀 있는지도 몰랐다. 아마 그것일 것이다. 아마 내가 모든 여자를 손에 넣을 수 있지만 정말로 원하는 여자만은 손에 넣지 못했기 때문에 결국 무엇도 신경 쓰지 않고 술집에서 슬픈 눈빛으로 조용히 앉아 있게 되었다는 이야기를 여자들이 들었을 것이다. 그들은 모두 내 생각이 틀렸음을, 아직 희망과 구원이 있음을, 다른 여자가 있음을, 그것이 바로 자신임을 증명하고 싶어했다.

그래, 내가 그런 이미지에 맞춰 행동한 것은 사실이다. 나는 내게 주어진 배역을 연기하며, 여자들에게 내 이야기를 해주었다. 등장인물들의 이름은 빼놓고 말하지 않았지만, 그 이야기에는 내 남동생이 등장했다. 혼자 사는 여자가 상대일 때는 함께 집으로 갔고, 그렇지 않은 여자들과는 쉼으로 갔다. 그렇게 낯선 여자의 옆에서 아침에 깨어나 내 휴대전화의 문자메시지를 확인했다.

하지만 상황은 좀 나아졌다. 정말로. 어떤 날은 그녀를 생각하지 않고 몇 시간이 흐르기도 했다. 말라리아를 일으키는 기생충을 결코 핏속에서 완전히 제거할 수는 없어도, 무력화시킬 수는 있었다.

내가 그녀를 만나지 않고 거리를 둔다면, 아주 힘든 시간이 이 년 안에 끝날 것이라고 생각했다. 기껏해야 삼 년이었다.

12월에 우리 주유소가 이제 쉴라네 전역에서 6위로 올라섰다는 소식을 피아 쉬세가 전화로 알려주었다. 이런 소식을 전하는 것은 원래 인사 담당자가 아니라 영업 담당자인 구스 뮈레의 일이었다. 그러니 피아 쉬세에게 이 소식 외에 다른 용건이 있는 모양이었다. "내년에 계약이 끝난 뒤에도 당신이 그 주유소를 계속 운영해줬으면 합니다." 그녀가 말했다. "물론 우리가 당신의 실적에 만족하는 만큼, 계약조건에도 그 점이 반영될 겁니다. 우리는 당신이 주유소의 순위를 더욱 올려놓을 수 있을 것이라고 믿습니다."

내 계획과도 잘 맞는 제안이었다. 나는 내 사무실에서 창밖을 바라보았다. 평평한 풍경, 커다란 공장 건물들, 나들목이 빙글빙글 도는 원처럼 이어져 있는 도로. 그 도로를 보니 빌룸센의 중고차와 폐차장 뒷방 바닥에 펼쳐진 자동차 경주장 모형이 생각났다. 차를 사러 온 손님의 아이들을 위해 만들어놓은 것이었다. 아마 아이들이 또 그 중고차 매장에 가자고 졸라댄 덕분에 빌룸센이 상당히 많은 차를 더 팔 수 있었을 것이다.

"생각을 해보겠습니다." 나는 이렇게 말하고 전화를 끊었다.

그리고 자리에 앉아 동물원 옆 숲 위에 떠 있는 안개를 바라보았다. 세상에, 나무 이파리들이 아직 초록색이었다. 십사 개월 전에 이곳에 온 뒤로 나는 눈을 단 한 송이도 보지 못했다. 남쪽에는 겨울다운 겨울이 없다고들 하더니. 정확히 말해서 비라기보다는 그냥 공기 중의 습기 같은 것이 위로 올라갈지 아래로 내려갈지 그 자리에 그대로 있을지 결정하지 못하는 일만 많이 일어난다고 했다. 수은주는 날이면 날마다 6도에 머물러 있었다. 나는 풍경 위에 두툼한 깃털 이불처럼 깔려 있는 안개를 빤히 바라보며 그것을 더 납작하고 엉성한 모양으로 상상했다. 쉴라네의 겨울은 시간 속에 얼어붙은 소나기였다. 그냥 그곳에 있었다. 그래서 다시 휴대전화가 울리고 전화기에서 칼의 목소리가 들려왔을 때, 나는 약 이 초 동안 그 얼음처럼 차가운 바람을 갈망했다. 그래, 갈망했다. 모래알처럼 얼굴을 후려치는 눈발도 그리웠다.

"잘 지내?" 칼이 물었다.

"나쁘진 않아." 내가 말했다. 칼은 가끔 이렇게 잘 지내냐면서 전화하곤 했다. 하지만 오늘은 그 이유가 아닌 것 같았다.

"나쁘진 않아?"

"미안, 여기 쉴라네 사람들이 자주 하는 말이야." 나는 여기 사람들이 '나쁘진 않다'고 말할 때가 싫었다. 그것은 이곳의 겨울처럼 이도 저도 아닌 말이었다. 여기 남쪽 사람들은 길에서 아는 사람을 만나면 '그래, 요즘'이라고 말한다. 질문 겸 안부 인사인 것 같다. '잘 지내느냐'고 묻는 말이지만, 마치 상대에게 네가 나쁜 짓을 하다가 나한테 딱 걸렸다고 말하는 것처럼 들린다.

"너는?"

"좋아." 칼이 말했다.

좋지 않다는 말로 들려서, 나는 '하지만'을 기다렸다.

"예산이 조금 초과된 것만 빼면." 칼이 말했다.

"조금이라면 얼마나?"

"얼마 안 돼. 사실은 현금흐름에 조금 불협화음이 생겨서 그런 거야. 업체들의 대금 지급일이 예상보다 빨리 도래했거든. 이 프로젝트에 현금을 더 쏟아 넣을 필요는 없어. 그냥 조금 일찍 현금이 필요한 거지. 은행에는 작업이 예정을 조금 앞섰다고 말했어."

"너도 그래?"

"우리라고 해야지, 로위. 우리. 형도 공동 소유주야. 잊었어? 그리고 우리는 예정을 앞서지 않았어. 수많은 멍청이들하고 일하려니까 무슨 요술이라도 쓰는 기분이야. 건설업계에는 온갖 너절한 하청업자들이 가득한데, 죄다 학교를 중퇴해서 다들 하기 싫어하는 일을 어쩔 수 없이 하는 사람들이라고. 하지만 그런 일을 할 줄 아는 사람은 정말 소수인데 수요가 워낙 많으니 자기들 멋대로 구는 거지."

"나중에 온 자가 첫 번째가 된다."

"남부에서도 그런 말을 해?"

"항상 하지. 여기 사람들은 뭐든 느긋한 걸 좋아해. 여기랑 비교하면 오스는 빨리 감기 버튼을 누른 것처럼 돌아가는 거야."

칼은 특유의 따뜻한 웃음을 터뜨렸다. 나는 행복한 마음에 덩달아 따뜻해졌다. 살인자의 웃음소리가 마음을 따뜻하게 해주었다.

"은행 담당자는 우리가 일정한 수준에 도달해야만 추가 대출이 가능하다는 대출 약정서 조건을 들먹였어. 그러면서 자기들이 올라가서 건설 현장을 직접 봤는데, 내가 말한 진척 상황이 정확하지 않다는 거야. 이른바 신뢰의 위기가 발생한 거지. 내가 어떻게든 위기를 막아놓기는 했는데, 이제는 은행에서 참가자들이 지불하기로 한 투자금을 더 내놓기 전에 내가 그 사람들한테 사실을 알려야 한다고 해. 참가자들과의 약정서에 따르면, 그들이 무한정 책임을 지기 때문에 위원회가 프로젝트에 현금이 더 필요하다는 내용의 공식적인 결의안을 내놓아야 한대."

"그럼 네가 그렇게 하면 되잖아."

"그래, 그래, 그러면 되겠지. 다만 그랬다가 자칫 분위기가 나빠질 가능성이 있어. 원칙적으로 위원회는 총회를 소집해서 프로젝트 전체를 중단시킬 권한도 있고. 더구나 단이 여기저기 쑤시고 다니는 판이라…….."

"단 크라네?"

"가을 내내 나를 끌어내릴 것이 없을까 하고 여기저기 기웃거리고 있어. 우리랑 계약한 업체들에 전화를 걸어서 진척 상황이나 예산에 대해 묻고 있지. 뭔가를 잡아내서 그걸 완전한 위기로 바꿔놓을 생각이야. 하지만 확실한 단서를 잡지 못하면 아무 기사도 쓸 수 없을걸."

"신문 독자들 중 4분의 1과 장인까지 그 호텔에 참여하고 있으니 더 그렇지."

"바로 그거야." 칼이 말했다. "자기 집에 똥을 쌀 수는 없잖아."

"뭐, 젠투 펭귄이라면 또 모르지. 녀석들은 똥을 싸서 그곳을 자기 둥지로 만들거든."

"진짜?" 칼이 믿기 힘들다는 듯이 말했다.

"똥이 햇빛을 끌어 들이고, 햇빛이 얼음을 녹이면 우묵하게 파인 땅이 드러나. 그렇게 순식간에 둥지가 만들어지는 거지. 기자들이 독자를 끌어들일 때도 같은 방법을 써. 대중매체는 똥을 끌어들이는 힘으로 먹고사니까."

"재미있는 비유네."

"그래."

"하지만 크라네는 개인적인 감정이 있어. 형도 알지?"

"그럼 너는 그걸 어떻게 막을 생각인데."

"내가 업체들하고 얘기해서 입을 다물겠다는 약속을 받았어. 다행히 그 사람들도 뭐가 자기한테 이로운지 알더라고. 하지만 어제 캐나다에 사는 친구한테서 들었는데, 크라네가 토론토 쪽 일을 파헤치기 시작했다는 거야."

"거길 뒤지면 뭐가 나오나?"

"별로. 그쪽 말이랑 내 말이 다르긴 한데, 너무 복잡한 이야기라 크라네 같은 생쥐 기자는 이해를 못 할 거야."

"이를 악물고 달려든다면 또 모르지."

"젠장, 로위. 나는 기운을 좀 내려고 형한테 전화를 건 거야."

"다 잘될 거야. 잘 안 풀리면, 빌룸센을 움직여서 크라네한테 해결사를 보내달라고 해."

우리는 웃음을 터뜨렸다. 칼의 긴장이 조금 풀린 것 같았다.

"집은 어때?" 아주 두루뭉술한 질문이라서 내 성대가 수상하게 떨리는 일은 일어나지 않았다.

"뭐, 집이 아직 서 있기는 해. 섀넌도 차분해진 것 같고. 호텔과 관련해서는 여전히 온갖 반대 의견을 내놓고 있지만, 적어도 애를 갖자는 말은 이제 그만뒀어. 우리가 한창 이 일에 몰두하고 있으니 시기가 좋지 않다는 걸 알아차린 거겠지."

나는 이 정보에 흥미가 있는 것처럼 보이기 위해 적절한 추임새를 넣었다. 하지만 그뿐이었다.

"내가 형한테 전화한 건 사실 캐딜락 때문이야. 수리가 좀 필요한 것 같아."

"어떤 수리인지 정확히 말해봐."

"전문가는 형이잖아. 난 전혀 모르겠어. 형도 알면서 그래. 섀넌이 그 차를 몰다가 이상한 소리를 들었대. 어렸을 때부터 쿠바에서 건너온 뷰익을 탔기 때문에 미국의 옛날 차들에 대해서는 감이 있

다면서, 형이 크리스마스 때 집에 와서 정비소에서 한번 살펴보면
어떻겠느냐고 했어."

나는 대답하지 않았다.

"크리스마스 때 올 거지?"

"주유소에 휴가를 원하는 직원이 많아서……."

"안 돼. 주유소 직원들이 시간외근무를 원하는 거겠지. 게다가
그 사람들 집은 거기잖아. 형은 크리스마스에 집으로 와야 하는 거
고! 약속했어, 기억나? 형한테도 가족이 있다고. 가족이 많지는 않
지만, 형을 다시 만날 날을 얼마나 고대하고 있는데."

"칼, 나는……."

"핀네셰트*." 칼이 말했다. "섀넌이 핀네셰트 만드는 법을 혼자
배웠어. 으깬 순무 요리도 배우고. 농담이 아니야. 섀넌은 노르웨이
의 크리스마스 음식을 좋아해."

나는 눈을 감았다. 하지만 바로 그녀의 모습이 보여서 다시 눈을
떴다. 젠장. 젠장. 젠장. 왜 미리 적당한 핑계를 만들어두지 않았을
까? 크리스마스와 관련해서 이 이야기가 나오리라는 것을 알고 있
었으면서도.

"시간을 낼 수 있는지 한번 알아볼게, 칼."

됐다. 이걸로 뭔가 핑계를 생각해낼 시간을 벌었다. 칼도 받아들
일 만한 핑계여야 할 텐데.

"시간을 내야지." 칼이 몹시 기뻐했다. "여기서 식구들끼리 제대
로 된 크리스마스를 보낼 준비는 우리가 할 테니까 형은 아무것도
걱정할 필요 없어! 그냥 차를 몰고 마당으로 들어와서 핀네셰트 냄

* 노르웨이 서부와 북부의 크리스마스 음식.

새를 맡고, 계단에서 남동생이 주는 아쿠아비트를 마시면 돼. 형이 없으면 절대 기분을 낼 수 없으니까 꼭 와야 돼. 듣고 있어? 꼭 와야 돼!"

48

크리스마스이브 전날. 볼보는 기분 좋게 부릉거리고, 쌓인 눈은 고속도로 변에 거대한 코카인 줄처럼 뻗어 있었다. 라디오에서 흘러나오는 '크리스마스에 집으로 가는 차 안에서'라는 노래는 내 상황에 아주 적절했지만, 나는 시디플레이어에 J. J. 케일의 '코카인'을 넣었다.

속도계 바늘은 제한속도 밑에 있고, 심장박동도 정상이었다.

나는 노래를 따라 불렀다. 내가 코카인을 하지는 않는다. 칼이 캐나다에서 드물게 보내오는 편지에 코카인을 넣어서 보냈을 때 딱 한 번 해봤을 뿐이다. 하지만 나는 코카인을 흡입하기 전에 이미 잔뜩 들뜬 상태였다. 그래서 코카인을 한 뒤에도 달라진 점이 전혀 없었는지 모른다. 아니면 내가 혼자였기 때문일 수도 있다. 들뜬 기분으로 혼자서. 지금처럼. 길가에 카운티 표지판이 보였다. 기분은 들떴지만, 심장박동은 정상이었다. 사람들이 말하는 행복이 바로 이런 의미임이 분명하다.

나는 크리스마스에 집에 가지 않을 핑계를 생각해내지 못했다. 게다가 영원히 가족들을 만나지 않고 살 수는 없었다. 그렇지 않은

519

가. 그래서 나는 크리스마스를 축하하는 사흘 동안 반드시 견뎌내야 했다. 섀넌과 같은 집에서 사흘 동안. 그 뒤에는 곧장 고독한 생활로 돌아갈 것이다.

나는 집 앞에서 갈색 스바루 아웃백 옆에 차를 세웠다. 그 갈색에도 나름의 이름이 있을 테지만 나는 색깔에 그리 밝은 편이 아니다. 눈이 몇 미터나 쌓여 있고, 태양은 정점에서 내려오는 중이었다. 서쪽의 언덕 뒤에 크레인의 그림자가 보였다.

내가 집의 모퉁이를 돌아가자 칼이 벌써 문간에 서 있었다. 얼굴이 좀 넓어진 것 같았다. 옛날 이하선염에 걸렸을 때처럼.

"새 차야?" 나는 칼을 보자마자 이렇게 소리쳤다.

"옛날 거야." 칼이 말했다. "겨울이라 사륜구동 차가 필요한데, 섀넌이 절대 새 차를 못 사게 하잖아. 저건 2007년식인데, 빌룸센의 매장에서 큰 걸로 50에 샀어. 저거랑 똑같은 차를 가진 사람 말이 횡재한 거래."

"세상에, 너 빌룸센과 흥정을 한 거야?" 내가 말했다.

"오프가르는 흥정 안 하지." 칼이 씩 웃었다. "하지만 바베이도스 여자들은 해."

칼은 계단에서 한참 동안 따뜻하게 나를 안아주었다. 몸이 전보다 더 커진 것 같았다. 술 냄새가 났다. 칼은 벌써 크리스마스를 축하하기 시작했기 때문이라고 말했다. 힘든 한 주를 보냈기 때문에 느긋하게 쉴 필요가 있다고. 며칠 동안 일이 아닌 다른 것을 생각하며 보내면 좋을 것이다. 칼이 어렸을 때 호랑가시나무holly의 날인 줄 알았던 연휴holidays 기간 동안.

우리가 부엌으로 들어가는 동안 칼은 계속 이야기를 했다. 호텔 공사가 마침내 진척되기 시작했다는 이야기. 칼은 업체들을 재촉해서 벽과 지붕을 올리게 했다. 그래야 봄까지 기다릴 필요 없이 실내 공사를 시작할 수 있기 때문이었다.

부엌에는 아무도 없었다.

"겨울에 실내에서 작업하게 되면 돈이 덜 들어가." 칼이 말했다. 적어도 내 생각에는 그런 말을 했던 것 같다. 나는 그때 다른 소리가 나지 않는지 귀를 기울이고 있었다. 하지만 들리는 것은 칼의 목소리와 두근거리는 내 심장소리뿐이었다. 지금은 딱히 정상적인 박동이 아니었다.

"새넌은 건설 현장에 올라가 있어." 칼의 이 말에 나는 열심히 귀를 기울였다. "모든 게 반드시 설계도와 똑같아야 한다고 엄청 신경을 쓰고 있거든."

"그러면 좋지."

"그렇기도 하고 아니기도 해. 건축가들은 비용을 생각 안 해. 그냥 찬란한 걸작에 자신의 뜻이 제대로 반영되는지만 신경 쓰지." 칼이 관대한 척 웃음소리를 냈지만, 나는 그 아래에서 분노가 부글거리는 소리를 들었다. "배고파?"

나는 고개를 저었다. "내가 캐딜락을 정비소에 가져다 둘까 봐. 방해되지 않게."

"안 돼. 새넌이 가져갔어."

"호텔 현장에?"

"응. 길이 아직 좋지는 않지만, 건설 현장까지 전부 연결됐거든." 자부심과 고통이 묘하게 뒤섞인 말투였다. 마치 그 도로를 짓는 데 아주 많은 돈이 들어간 것 같았다. 그랬어도 그건 놀랄 일이 아니었다. 경사가 가파르고, 폭파해야 할 산이 많은 지형이니까.

521

"길 상태가 이런데 스바루를 가져가지 왜?"

칼은 어깨를 으쓱했다. "섀넌은 수동기어를 안 좋아해. 커다란 미국 차를 좋아하지. 어렸을 때부터 보던 거니까."

나는 어렸을 때 쓰던 방에 가방을 가져다 놓고 다시 내려왔다.

"맥주?" 칼이 손에 맥주를 한 병 들고 서서 말했다.

"아니. 차를 몰고 내려가서 주유소에 인사도 하고, 정비소에서 갈아입을 셔츠도 가져와야겠어."

"그럼 내가 섀넌한테 전화할게. 섀넌이 캐딜락을 몰고 정비소로 내려갔다가 형 차를 타고 올라오면 되잖아. 괜찮지?"

"응, 그럼." 내가 말했다. 칼은 나를 바라보았다. 적어도 내 생각에는 나를 바라보았던 것 같다. 나는 장갑 한 짝의 풀어진 솔기를 살피느라 바빴다.

율리가 에길과 함께 근무 중이었다. 그녀는 나를 보고 너무 기뻐서 새된 환성을 지르며 눈을 빛냈다. 손님들이 계산대 앞에 줄을 서 있는데도 율리는 카운터 뒤에서 뛰어나와 가족을 다시 만난 듯이 내 목을 끌어안았다. 실제로 이건 가족의 재회였다. 보이지 않는 곳에서 끓고 있던 다른 감정, 갈망과 욕망이라는 감정은 존재하지 않았다. 아주 순간적으로 거의 실망스러울 정도였다. 내가 그녀를 놓쳤다는 깨달음, 아니 최소한 이제는 십 대 소녀가 연정을 품은 대상이 아니라는 깨달음 때문이었다. 나는 그런 애정을 원한 적도 없고 거기에 반응을 보인 적도 없지만, 앞으로 외로울 때는 그것이 발전했다면 무엇이 되었을지 궁금해할 것이라는 확신이 들었다. 내가 거절한 그것의 정체가 궁금해질 것 같았다.

"여긴 일이 많았나 봐?" 율리가 마침내 나를 놓아주자 나는 한번 주위를 둘러본 뒤 이렇게 물었다. 예전에 몇 년 동안 우리가 아주 좋은 실적을 올렸던 물건들과 크리스마스 장식을 마르쿠스가 그대로 재현해놓은 것 같았다. 영리한 녀석이었다.

"네." 율리가 신이 나서 소리쳤다. "나랑 알렉스가 약혼했어요."

그녀는 내게 손을 들어 보였다. 젠장, 정말로 손가락에 반지가 있었다.

"아이고, 행운을 잡으셨네." 나는 빙긋 웃으며 카운터 뒤로 가서 타기 직전인 햄버거를 뒤집었다. "잘 지냈어, 에길?"

"네." 에길은 크리스마스 포장으로 나온 귀리 새 모이와 전기면도기를 계산기에 입력하며 말했다. "메리 크리스마스예요, 로위!"

"너도." 나는 이렇게 말하고 나서 잠깐 동안 옛날에 서 있던 자리에서 세상을 지켜보았다. 원래 내 것이 되었어야 하는 주유소의 카운터 뒤에서.

그러고는 차갑고 어두운 겨울 풍경 속으로 나가, 하얀 입김을 뿜어대며 바삐 움직이는 사람들에게 인사를 건넸다. 몸에 꼭 끼는 옷을 입은 남자가 주유기 옆에서 담배를 피우며 서 있는 것이 보여서 나는 그에게 다가갔다.

"여기서 담배를 피우면 안 돼요." 내가 말했다.

"돼요." 그의 낮고 거슬리는 목소리를 들으니 혹시 성대가 상한 것이 아닌가 하는 생각이 들었다. 짧은 말 한마디로는 말씨를 파악하기 힘들었지만, 목구멍을 울리는 소리가 많은 것 같았다. 쉴라네 말씨처럼.

"안 됩니다." 내가 말했다.

어쩌면 그가 미소를 지은 건지도 모르겠다. 여드름 자국이 있는 얼굴에서 눈이 가늘어졌으니까. "잘 봐요." 그가 영어로 말했다.

그래서 나는 그를 지켜보았다. 키는 별로 크지 않아서 나보다 작았고, 나이는 쉰 살쯤으로 보였다. 하지만 부어 보이는 빨간 얼굴에 여드름이 나 있었다. 멀리서 보면 토실토실한 몸에 정장을 걸친 것처럼 보였지만, 이제 보니 옷이 꼭 끼는 것처럼 보인 데에는 다른 이유가 있었다. 어깨. 가슴. 등. 이두박근. 그 나이에 이런 근육을 유지하려면 십중팔구 스테로이드가 필요할 것이다. 그는 담배를 들어 길게 한 모금 빨았다. 담배 끝이 빨갛게 타올랐다. 갑자기 내 중지가 가려웠다.

"당신은 지금 주유소의 주유 구역에 있어요." 내가 커다란 '금연' 표지판을 가리키며 말했다.

그가 움직이는 것을 미처 보지 못했는데, 그가 갑자기 내 바로 앞에 있었다. 주먹에 힘을 실을 수 없을 만큼 가까운 거리였다.

"그래서 어쩔 건데?" 그가 말했다. 목소리가 아까보다도 더 나직했다.

쉴라네가 아니었다. 덴마크였다. 나는 그의 근육보다 속도가 더 걱정스러웠다. 그리고 이 공격성과 의지, 아니 그의 작은 눈에서 반짝이는, 남을 해치겠다는 욕망도. 망할 핏불테리어의 입속을 들여다보는 기분이었다. 코카인을 했을 때와 비슷했다. 딱 한 번 코카인을 해봤는데, 확실히 더 해보고 싶다는 생각은 들지 않았다. 나는 겁을 먹었다. 그래, 겁을 먹었다. 그 순간 옛날 오르툰에서 만난 그 남자들이 마구 두들겨 맞기 직전의 기분이 바로 이랬을 것이라는 생각이 들었다. 지금의 나처럼 그들 또한 자기 앞의 남자가 자기보다 강하고 빠르며, 정해진 선을 기꺼이 넘을 사람이라는 사실을 알고 있었다. 내가 뒷걸음질을 친 것은 바로 그 기꺼움, 그 광기를 마주한 탓이었다.

"내가 뭘 어쩌겠다는 건 아니에요." 내가 말했다. 그 남자만큼 조용한 목소리였다. "지옥에서 메리 크리스마스를 보내세요."

그는 씩 웃으며 스스로 물러났다. 그동안 한순간도 내게서 눈을 떼지 않았다. 내 짐작에 그도 나처럼 자신과 내게 같은 부분이 있음을 알아차린 것 같다. 그래서 꼭 필요한 순간이 될 때까지 내게 등을 돌리지 않는 것으로 예의를 차린 것이다. 그는 나직하고 하얀 어뢰 모양의 스포츠카 안으로 매끄럽게 들어갔다. 재규어 E 타입, 1970년대 후반 모델이었다. 덴마크 번호판. 널찍한 여름용 타이어.

"로위!" 뒤에서 누군가의 목소리가 들렸다. "로위!"

나는 뒤로 돌았다. 스탠리였다. 그는 크리스마스 포장지가 튀어나온 봉투들을 잔뜩 들고 안에서 나오는 중이었다. 그가 휘청거리며 내게 다가왔다. "다시 만나서 반가워요!" 그는 양손이 자유롭지 못한 탓에 뺨을 내밀었고, 나는 그를 재빨리 포옹했다.

"하! 12월 23일에 주유소에서 크리스마스 선물을 사는 남자라니." 내가 말했다.

"전형적이죠?" 스탠리가 웃음을 터뜨렸다. "내가 여기로 온 건 다른 가게에는 죄다 사람들이 줄을 서 있기 때문이에요. 단 크라네가 오늘 신문에 썼더라고요. 오스의 상점들 매상이 기록적이라고. 이렇게 많은 사람들이 크리스마스 선물에 이렇게 많은 돈을 쓴 건 처음이라던데요." 그는 이마에 주름을 잡았다. "얼굴이 창백해요. 무슨 일 있는 건 아니죠?"

"그럼요." 내가 이렇게 말하고 난 뒤, 차가 낮게 으르렁거리는 소리를 내면서 고속도로를 달려 멀어졌다. "저 차 본 적 있어요?"

"그럼요. 오늘 오후에 단의 사무실에 들렀을 때 저 차가 떠나는 걸 봤어요. 멋지게 생긴 녀석이죠. 요즘은 저 멋지게 생긴 녀석을 사는 사람이 아주 많은 것 같아요. 하지만 당신은 아니죠. 단도 아니고. 그러고 보니 단도 오늘 창백하게 보이던데. 독감 유행이 아니어야 할 텐데요. 난 조용한 크리스마스가 좋거든요. 내 말 듣고 있어요?"

나지막한 하얀 차는 12월의 어둠 속으로 미끄러지듯 사라졌다. 남쪽이었다. 아마 고향인 아마존으로 가는 모양이었다.

"손가락은 어때요?"

나는 중지가 뻣뻣하게 뻗어 있는 오른손을 들어 보였다. "아직도 역할을 잘하고 있어요."

스탠리는 이 멍청한 농담에 성실하게 웃어주었다. "다행이네요. 칼은 어때요?"

"다 잘 굴러가는 것 같아요. 난 오늘에야 돌아온 참이라서요."

스탠리는 뭔가 다른 말을 하려는 것 같았지만, 곧 생각을 바꿨다. "나중에 또 얘기해요, 로위. 그건 그렇고, 내가 올해도 크리스마스 다음 날 아침 식사에 사람들을 초대할 생각이거든요. 올래요?"

"고맙지만 난 그날 다시 돌아갈 예정이에요. 일을 해야 하니까요."

"그럼 신년 전야는 어때요? 그날 파티를 할 거예요. 당신이 아는 독신자들이 주로 올 텐데요."

나는 미소를 지었다. "독신자 클럽인가요?"

"그런 셈이죠." 그가 마주 웃어주었다. "그때 볼까요?"

나는 고개를 저었다. "신년 전야에 일하는 조건으로 크리스마스 이브 휴가를 얻었어요. 그래도 권해줘서 고마워요."

우리는 크리스마스 인사를 교환했다. 나는 주차장을 가로질러 정비소 문의 잠금장치를 열었다. 옛날의 친숙한 냄새가 흘러나왔다. 엔진오일 냄새, 세차용 샴푸 냄새, 그슬린 금속과 기름걸레 냄새. 핀네셰트 냄새, 장작불 냄새, 가문비나무의 가지 냄새도 여기서 나는 이런 냄새에 미치지 못했다. 나는 불을 켰다. 모든 것이 내가 두고 떠난 그대로였다.

나는 침실로 쓰던 골방으로 가서 수납장에서 셔츠를 하나 꺼냈다. 그리고 사무실로 들어갔다. 사무실이 가장 작은 방이라 가장 빨리 온도를 올릴 수 있었다. 나는 팬히터를 최대 강도로 틀어놓고 손목시계를 보았다. 섀넌이 언제든 도착할 수 있었다. 이제 내 심장이 피스톤처럼 거칠게 뛰는 것은 주유기 옆에 있던 그 여드름쟁이 늙은 남자 때문이 아니었다. 쿵쿵. 나는 거울을 보며 머리를 깔끔하게 정돈했다. 목구멍이 말랐다. 필기시험을 치를 때처럼. 나는 바수톨란드*의 자동차 번호판을 바로잡았다. 날이 추워져서 벽이 수축하면 그 번호판이 못에 걸린 채 반 바퀴쯤 기울어지는 경향이 있었다. 여름에는 반대 방향으로 같은 일이 벌어졌다.

갑자기 창문을 두드리는 소리가 났을 때 내가 어찌나 화들짝 놀랐는지 의자가 바닥을 긁었다.

나는 어둠 속을 빤히 바라보았다. 처음에는 창문에 비친 내 얼굴만 보였지만, 곧 그녀의 얼굴이 함께 보였다. 그 얼굴이 내 얼굴 안에 있어서 마치 우리 둘이 같은 사람인 것 같았다.

나는 일어서서 문으로 갔다.

"으드드." 그녀가 안으로 들어왔다. "정말 추워요! 내가 얼음 목욕으로 단련하고 있으니 망정이지."

"얼음 목욕." 내 목소리가 방 안을 꽉 채웠다. 나는 양팔을 앞으로

---

* 아프리카 남부에 있는 나라 레소토의 옛 이름.

뻗은 채 꼿꼿하게 서 있었다. 허수아비처럼 딱딱하기 그지없었다.

"맞아요. 상상이 가요? 리타 빌룸센이 얼음 목욕을 즐기는데, 나랑 다른 여자들 몇 명한테 같이 하자고 했어요. 일주일에 세 번씩 아침에. 하지만 지금까지 같이 하는 사람은 나뿐이에요. 리타 빌룸센이 얼음에 구멍을 뚫으면 우리가 풍덩 들어가는 거예요." 그녀는 숨을 몰아쉬며 빠르게 말했다. 나만 긴장하고 있는 게 아니라는 사실이 반가웠다.

그러다 그녀가 말을 멈추고 나를 올려다보았다. 그녀는 선이 단순하고 우아하던 건축가의 겉옷 대신 검은색 누비 재킷을 입고 있었다. 모자도 귀까지 내려 썼지만, 틀림없는 그녀였다. 정말로 섀넌이었다. 아주 명확하고 육체적인 의미로 내가 함께했던 여자. 하지만 지금 이곳의 그녀는 꿈에서 걸어 나온 사람 같았다. 9월 3일 이후로 자꾸만 반복되는 꿈. 지금 여기에 그녀가 서 있었다. 눈은 기쁨으로 반짝이고, 그날 이후 내가 백열 번이나 잘 자라고 키스했던 입술은 웃고 있었다.

"캐딜락 소리를 못 들었는데요." 내가 말했다. "그리고 나도 당신을 만나서 정말 좋아요."

그녀는 고개를 뒤로 젖히고 웃었다. 그 웃음이 내 안의 어떤 것을 느슨하게 만들었다. 눈이 너무 무겁게 쌓인 나머지 아주 조금만 녹아도 그대로 무너질 때와 비슷했다.

"주유소 앞 밝은 곳에 세웠어요." 섀넌이 말했다.

"난 아직도 당신을 사랑해요." 내가 말했다.

그녀는 뭔가 말하려고 입을 열었다가 다시 닫았다. 그녀가 침을 꿀꺽 삼키는 것, 눈이 반짝이는 것이 보였다. 눈물 한 방울이 그녀의 뺨으로 떨어져 흘러내린 뒤에야 나는 그것이 눈물 때문임을 알

왔다.

그리고 우리는 서로의 품 안에 있었다.

두 시간 뒤 우리가 집으로 돌아갔을 때, 칼은 아빠의 안락의자에 앉아 코를 골고 있었다.

내가 침실로 가겠다고 말하고 계단을 올라가는데, 섀넌이 칼을 깨우는 소리가 들렸다.

그날 밤, 일 년여 만에 처음으로, 나는 섀넌의 꿈을 꾸지 않았다.

대신 추락하는 꿈을 꿨다.

49

셋이서 보내는 크리스마스이브.

나는 12시까지 잤다. 지난 몇 주 동안 트로이인처럼 일한 탓에 보충해야 할 잠이 많았다. 아래층으로 내려가 해피 크리스마스라고 말하고 커피를 데운 뒤 옛날 크리스마스 잡지를 훑어보았다. 섀넌에게 노르웨이의 독특한 크리스마스 풍습을 몇 가지 설명해주고, 칼을 도와 순무를 으깼다. 칼과 섀넌은 거의 한마디도 대화를 하지 않았다. 지난 이틀 동안 눈이 전혀 오지 않은 것이 분명히 보이는데도 나는 눈을 치우고, 새 모이로 크리스마스용 귀리 다발을 새로 놓아두고, 포리지를 끓여 한 그릇을 들고 헛간으로 가서 헛간 요정 몫으로 놓아두었다. 그리고 샌드백을 몇 번 쳤다. 마당으로 나와 스키를 신고 스키를 탔다. 처음 몇 미터는 여름용 타이어가 남겨놓은 유난히 넓은 타이어 자국을 따라 미끄러지다가 길가에 쌓인 눈 더미를 터벅터벅 넘어간 다음 나만의 자국을 새로 남기며 호텔 건설 현장 쪽으로 방향을 잡았다.

벌거벗은 산 위에 호텔이 건설되고 있는 광경을 보니, 왠지 달착륙 장면이 생각났다. 아무것도 없는 공간과 적막 그리고 이 풍경과 어울리지 않는 인위적인 것이 들어섰다는 느낌. 미리 조립해서 가져온 커다란 목조 모듈은 칼이 전에 이야기하던 것으로, 건물 기초 위에 강철 케이블로 고정되어 있었다. 엔지니어들에 따르면, 허리케인급의 돌풍이 불어도 그 강철 케이블이 모든 것을 제자리에 붙들어놓을 것이라고 했다. 지금은 크리스마스 연휴이기 때문에 인부들의 쉼터에는 불빛이 전혀 없었다. 어둠이 내렸다.

돌아오는 길에 슬프고 친숙한 소리가 길게 들렸지만, 새는 전혀 보이지 않았다.

우리가 식탁에 얼마나 둘러앉아 있었는지 모르겠다. 십중팔구 기껏해야 한 시간 정도였겠지만, 내게는 네 시간 같았다. 핀네셰트는 아마도 훌륭한 맛이었을 것이다. 적어도 칼은 온통 칭찬과 찬사를 보냈고, 섀넌은 음식을 내려다보며 웃는 얼굴로 예의 바르게 고맙다고 말했다. 아쿠아비트를 담당한 칼은 계속 내 잔을 채워주었다. 그러니 나도 계속 꿀꺽꿀꺽 마시는 수밖에 없었다. 칼은 섀넌과 처음 만난 토론토의 대규모 산타클로스 퍼레이드 이야기를 했다. 두 사람은 공통의 친구들과 함께 그 퍼레이드에 참가했다. 그 친구들은 그들이 앉아 있는 썰매를 만들어서 장식한 사람들이기도 했다. 기온이 영하 25도였으므로, 칼은 양가죽 깔개 밑에 손을 넣고 있으라고 섀넌에게 말했다.

"이파리처럼 와들와들 떨면서도 괜찮다고 하더라니까." 칼이 웃음을 터뜨렸다.

"그땐 당신이 모르는 사람이었잖아." 섀넌이 말했다. "게다가 당신은 가면을 쓰고 있었고."

"산타클로스 가면이었어." 칼이 나를 보며 말했다. "산타클로스를 못 믿으면 누굴 믿으려고?"

"괜찮아, 지금은 당신이 가면을 벗었으니까." 섀넌이 말했다.

식사를 마친 뒤 나는 섀넌을 도와 식탁을 치웠다. 부엌에서 그녀는 따뜻한 물로 접시를 헹구고, 나는 그녀의 허리를 손으로 쓸었다.

"안 돼요." 그녀가 조용한 목소리로 말했다.

"섀넌……."

"안 돼요!" 그녀가 나를 향해 돌아섰다. 눈에 눈물이 고여 있었다.

"계속 아무 일도 없었던 것처럼 굴 수는 없어요." 내가 말했다.

"그렇게 해야 돼요."

"왜 꼭 그래야 돼요?"

"당신이 잘 몰라서 그래요. 꼭 그래야 돼요. 정말로. 그러니까 내가 하라는 대로 해요."

"하라는 대로?"

"계속 아무 일도 없었던 것처럼 구는 거예요. 세상에, 정말로 아무 일도 없었어요. 그건…… 그건 그저……."

"아뇨. 그건 아무 일도 아닌 게 아니에요. 모든 것이에요. 난 알아요. 당신도 알고요."

"제발요, 로위. 부탁이에요."

"좋아요. 하지만 뭘 그렇게 무서워하는 거예요? 칼이 또 당신을 때릴까 봐? 칼이 당신을 건드리기만 하면……."

섀넌은 웃음과 울음이 뒤섞인 소리를 냈다. "위험한 건 내가 아니에요, 로위."

"나라고요? 칼이 날 때릴까 봐 무서운 거예요?" 나는 빙긋 웃었다. 그러고 싶지 않았는데 웃었다.

"때리는 게 아니에요." 섀넌은 추운 것처럼 가슴 앞에서 팔짱을 꼈다. 아니, 정말로 추웠음이 분명하다. 바깥 기온이 급속히 떨어지고 있었다. 벽에서 삐걱거리는 소리가 났다.

"선물이야!" 칼이 거실에서 소리쳤다. "여기 망할 놈의 가문비나무 아래에 누가 선물을 두고 갔어!"

섀넌은 머리가 아프다면서 일찍 잠자리에 들었다. 칼은 담배를 피우고 싶다면서, 나랑 같이 따뜻하게 몸을 감싸고 겨울정원에 나가 앉아야겠다고 고집을 피웠다. 기온이 영하 15도 이하로 떨어질 때는 겨울정원이 그 이름에 심히 어울리지 않는 곳이 되어버린다.

칼은 재킷 주머니에서 시가 두 개를 꺼내, 하나를 내게 내밀었다. 나는 고개를 저으며 내 씹는담배 통을 들어 보였다.

"그러지 말고." 칼이 말했다. "형이랑 내가 승리의 시가에 불을 붙일 때를 대비해서 미리 훈련을 해야지. 그것도 몰라?"

"또 낙천가가 된 거야?"

"언제나 낙천적이지, 나는."

"지난번에는 문제가 몇 개 있다면서."

"그랬어?"

"현금흐름. 그리고 여기저기 쑤시고 다니는 단 크라네."

"문제는 해결하라고 있는 거지." 칼이 얼어붙은 공기와 시가 연기를 한꺼번에 뿜어내면서 말했다.

"어떻게 해결했는데?"

"중요한 건 해결했다는 거야."

"혹시 두 문제의 해결책이 모두 빌룸센과 관련되어 있어?"

"빌룸센? 빌룸센이 왜 나와?"

"네가 피우고 있는 시가가 빌룸센이 거래하는 사람들에게 내미는 시가랑 같은 브랜드야."

칼은 시가를 입에서 떼어내 빨간 띠를 살펴보았다. "그래?"

"응. 그러니까 딱히 빌룸센만 쓰는 물건은 아니야."

"그래? 하마터면 속을 뻔했잖아."

"빌룸센하고 어떤 거래를 한 거야?"

칼은 시가를 빨았다. "어떤 것 같아?"

"돈을 빌린 것 같은데."

"저런, 저런. 이런데도 어떤 사람들은 내가 두뇌 역할을 하는 줄 안다니까."

"빌렸어? 빌룸센한테 영혼을 팔았어, 칼?"

"영혼?" 칼은 터무니없이 작은 잔에 아쿠아비트를 마지막 한 방울까지 따랐다. "형이 영혼을 믿는 줄은 몰랐어."

"그러지 말고."

"영혼의 매매는 언제나 구매자에게 유리해, 로위. 그런 시각에서 보면, 빌룸센은 내 영혼에 값을 잘 쳐줬어. 게다가 이 마을이 무너지면 그 사람 사업도 힘들어지거든. 지금은 빌룸센도 호텔 사업에 워낙 깊이 발을 담그고 있어서 내가 무너지면 같이 무너지게 돼 있어. 누군가한테서 돈을 빌리려면 말이야, 로위, 아주 많이 빌리는 게 중요해. 그래야 상대방이 내 목줄을 쥔 만큼 나도 상대방의 목줄을 쥘 수 있다고." 칼은 나를 향해 자신의 잔을 들어 올렸다.

나는 잔도 없고 대답할 말도 없었다. "담보로 뭘 잡혔어?" 내가 물었다.

"빌룸센이 보통 담보로 뭘 요구하는데?"

나는 고갯짓을 했다. 그냥 상대방의 말만. 영혼만. 하지만 그건 빌려주는 금액이 그리 크지 않을 때의 이야기였다.

"돈 말고 다른 이야기를 하자. 돈 얘기는 재미없어. 빌룸센이 자기 집 신년 파티에 나랑 새넌을 초대했어."

"축하한다." 내가 무뚝뚝하게 말했다. 빌룸센의 신년 파티는 이 마을에서 한다하는 사람들이 모두 모이는 자리였다. 전현직 카운티 의회 의장, 오두막 부지로 땅을 팔아치우는 땅 주인, 돈을 가진 사람, 돈이 있는 척할 수 있을 만큼 큰 농장을 가진 사람. 여기 마을에서 보이지 않는 경계선 안쪽에 있는 사람들이 모두 모였다. 물론 그 경계선 안에 있는 사람들은 경계선의 존재를 부정했다.

"어쨌든……." 칼이 말했다. "내 어여쁜 캐딜락은 뭐가 문제였어?"

나는 콜록거렸다. "사소한 문제야. 무리도 아니지. 지금까지 뛴 거리도 거리지만, 우리가 험하게 몰았으니까. 여기 오스에는 가파른 산길이 많잖아."

"그럼 전부 수리할 수 있는 거지?"

나는 어깨를 으쓱했다. "일시적으로 잘 돌아가게 할 수는 있어. 하지만 이제 그 고물 자동차를 없앨 생각을 할 때가 된 것 같기도 해. 새 차를 사."

칼이 나를 보았다. "왜?"

"캐딜락은 복잡한 차야. 작은 부품이 문제를 일으키는 건, 곧 큰 문제가 발생할 거라는 경고지. 넌 자동차에 대해 잘 모르잖아, 안 그래?"

칼은 이마에 주름을 잡았다. "그렇지만 내가 원하는 차는 그것뿐이야. 형이 수리할 수 있어, 없어?"

나는 어깨를 으쓱했다. "네가 원하는 대로."

"좋아." 칼은 시가를 한 모금 빨고 나서 입에서 떼어내 살펴보았다. "형이랑 내가 이만큼 해낸 걸 그 사람들이 결코 볼 수 없다는 게 어떤 의미에서는 안타깝기도 해, 로위."

"엄마랑 아빠 말이야?"

"응. 아빠가 지금 살아 있으면 뭘 하고 있을 것 같아?"

"관 뚜껑 안쪽을 긁고 있겠지."

칼은 나를 바라보다가 웃음을 터뜨렸다. 나는 부르르 떤 뒤에 손목시계를 확인하고 억지로 하품을 했다.

그날 밤 나는 또 추락하는 꿈을 꾸었다. 후켄 가장자리에 서 있는데, 엄마와 아빠가 아래쪽에서 나를 부르는 소리가 들렸다. 자기들이 있는 그쪽으로 내려오라고 했다. 나는 절벽 가장자리 너머로 몸을 기울였다. 칼은 옛 경찰관이 추락하기 전에 바로 그런 행동을 했다고 말했다. 바위 벽에 가장 가까이 있는 차의 앞부분이 보이지 않았다. 차의 뒷부분 트렁크 위에 거대한 갈까마귀 두 마리가 앉아 있다가 날아올라 내게 다가왔다. 녀석들이 점점 가까워졌을 때, 그들이 각각 칼과 섀넌의 얼굴을 하고 있는 것이 보였다. 그들이 내 옆을 지나가는 순간 섀넌이 외치는 소리가 두 번 들리고, 나는 화들짝 놀라 깨어났다. 나는 어둠 속을 빤히 바라보며 숨을 죽였지만, 침실에서는 아무 소리도 들리지 않았다.

크리스마스 날 나는 최대한 늦게까지 침대에 누워 있었다. 내가 일어난 것은 칼과 섀넌이 예배를 보러 나간 뒤였다. 중산층처럼 세련된 옷을 입은 두 사람의 모습을 창가에서 보았다. 두 사람은 스바루를 타고 떠났다. 나는 집과 헛간을 돌아다니며 두어 군데를 수리했다. 저 아래 마을에서부터 선명한 교회 종소리가 차가운 공기에 실려 들려왔다. 나는 차를 몰고 정비소로 가서 캐딜락을 손보기 시작했다. 저녁 늦게까지 날 그곳에 붙들어둘 만큼 손볼 곳이 많았다. 9시에 나는 칼에게 전화해서 차 수리가 끝났으니 직접 내려와서 가져가라고 말했다.

"난 지금 운전할 수 없는 상태야." 칼이 말했다. 내가 그런 것도 미리 생각하지 못할 사람 같았나.

"그럼 섀넌을 보내." 내가 말했다.

칼이 머뭇거렸다. "그럼 스바루를 형의 집에 두어야 하잖아." 칼이 말했다. 의미 없는 생각 두 개가 내 머리를 스치고 지나갔다. '형의 집'이 정비소를 뜻한다는 것과, 그렇다면 칼이 농장을 자기 집으로 생각한다는 것.

"내가 스바루를 운전하고 섀넌이 캐딜락을 운전하면 돼." 내가 말했다.

"그럼 볼보가 뒤에 남잖아."

"좋아. 그럼 내가 캐딜락을 몰고 올라가고, 섀넌이 날 여기까지 다시 태워다 주면 내가 볼보를 몰고 올라갈게."

"염소랑 귀리네." 칼이 말했다.

나는 숨을 죽였다. 내가 제대로 들은 건가? 섀넌과 내가 한곳에 단둘이 있게 하는 건, 귀리 자루 옆에 염소를 풀어놓는 것과 같다고? 언제부터 알았지? 이제 어떻게 될까?

"형, 듣고 있어?" 칼이 말했다.

"응." 나는 이상하게 차분했다. 이제 느낌이 왔다. 안도감이 느껴졌다. 그래, 가혹한 일이 벌어질 것이다. 하지만 적어도 내가 빌어먹을 사기꾼처럼 살금살금 눈치를 보는 일은 이제 그만둘 수 있었다. "다시 말해봐, 칼. 염소랑 귀리가 무슨 뜻이야?"

"염소는⋯⋯." 칼이 참을성 있게 말했다. "그건 올 때 갈 때 모두 노 젓는 배 안에 있어야 하잖아, 그렇지? 아, 너무 복잡하다. 그냥 캐딜락을 정비소 앞에 두고 와. 섀넌이나 내가 나중에 가져오지, 뭐. 수리해줘서 고마워, 형. 올라와서 나랑 술이나 한잔하자."

휴대전화를 쥔 손에 나도 모르게 힘이 너무 들어가서 다친 중지가 욱신거렸다. 칼은 일의 순서에 대해 말한 것이었다. 옛날 동화에 나오는, 노 젓는 배 안의 염소와 귀리 자루에 대한 수수께끼의 해답. 나는 다시 숨을 쉬기 시작했다.

"그래." 내가 말했다.

우리는 전화를 끊었다.

나는 휴대전화를 빤히 바라보았다. 칼이 일의 순서를 말한 게 맞겠지? 말할 필요도 없었다. 오프가르 집안 남자들이 속에 있는 말을 모두 털어놓지는 않을지 몰라도, 수수께끼로 말하지는 않았다.

내가 농장에 도착했을 때, 칼은 거실에 앉아서 내게 술을 권했다. 섀넌은 잠자리에 든 뒤였다. 나는 별로 술을 마시고 싶지 않다고 말했다. 몸이 피곤한 데다가, 크리스티안산에 돌아가는 대로 곧장 일을 해야 하기 때문이었다.

이층 침대에서 나는 잠을 잘 이루지 못하고 몽롱한 상태로 7시까지 뒤척이다가 일어났다.

부엌이 어두웠기 때문에 창가 쪽에서 누군가의 속삭이는 소리가 들려오는 순간 나는 화들짝 놀랐다. "불 켜지 마세요."

나는 눈을 가리고도 이 부엌을 돌아다닐 수 있는 사람이었으므로, 수납장에서 머그잔을 하나 꺼내 따뜻한 커피포트에서 커피를 따랐다. 나는 창가로 다가간 뒤에야 그녀의 얼굴이 부은 것을 알아차렸다. 바깥의 눈에 반사된 빛이 그쪽 얼굴을 비추고 있었다.

"어떻게 된 거예요?"

그녀가 어깨를 으쓱했다. "내 잘못이에요."

"아, 그래요? 당신이 칼을 거슬렀어요?"

그녀는 한숨을 내쉬었다. "이제 집으로 돌아가세요, 로위. 그 일은 더 이상 생각하지 마세요."

"여기가 집이에요." 나는 이렇게 속삭이고 나서 손을 들어 부은 얼굴을 조심스레 만졌다. 그녀는 나를 막지 않았다. "그리고 그 생각을 멈출 수가 없어요. 항상 당신을 생각한다고요, 섀넌. 멈추는 건 불가능해요. 우린 멈출 수 없어요. 브레이크가 사라져서 수리할 수 없는 상태예요."

말을 하면서 내 목소리가 점점 높아지자, 섀넌은 난로 연통과 천장에 난 구멍을 자동적으로 힐끔 바라보았다.

"우리가 들어선 길은 지금 절벽 너머로 곧장 이어져 있어요." 그녀가 속삭였다. "당신 말이 맞아요. 브레이크가 고장 났어요. 그러니까 다른 길로 가야 돼요. 절벽 근처까지 뻗어 있지 않은 길. 당신은 다른 길로 가야 돼요, 로위." 그녀는 내 손을 잡아 자신의 입술에 대고 눌렀다. "로위, 로위. 아직 도망칠 수 있을 때 도망쳐요."

"내 사랑."

"그런 말 하지 말아요."

"그게 사실인걸요."

"그건 알지만, 그 말을 듣는 게 너무 아파요."

"왜요?"

그녀는 얼굴을 찡그렸다. 그 바람에 그녀의 아름다움이 깡그리 사라져버리자 나는 거기에 키스하고 싶어졌다. 그녀에게 키스해야 했다.

"난 당신을 사랑하지 않으니까요, 로위. 당신을 원하는 건 맞아요. 하지만 내가 사랑하는 건 칼이에요."

"거짓말."

"사람은 모두 거짓말을 해요. 스스로 진실을 말한다고 생각할 때조차도. 우리가 진실이라고 부르는 건 우리에게 가장 이로운 거짓말일 뿐이에요. 그리고 필요한 거짓말을 믿는 우리의 능력은 무한해요."

"하지만 그게 사실이 아니라는 걸 당신도 알잖아요!"

그녀는 내 입술에 손가락을 댔다.

"그게 반드시 사실이어야 해요, 로위. 그러니까 떠나세요."

내가 볼보를 몰고 카운티 이정표를 지났을 때 주위는 여전히 칠흑같이 어두웠다.

사흘 뒤 나는 스탠리에게 전화를 걸어 신년 전야 파티에 날 초대하겠다는 생각이 바뀌지 않았느냐고 물었다.

50

"당신이 와서 정말 기쁘네요." 스탠리가 내 손을 꼭 잡고 이렇게 말하면서, 노란색과 초록색이 섞인 슬러시 같은 것이 든 유리잔을 건넸다.

"메리 크리스마스." 내가 말했다.

"드디어! '메리'와 '해피'를 구분할 줄 아는 사람이 나타나다니!" 그는 이렇게 말하면서 윙크를 했다. 그를 따라 방으로 들어가니 벌써 다른 손님들이 와 있었다.

스탠리의 집이 호화롭다고 말한다면 지나친 소리가 될 것이다. 오스에는 호화 주택이 없었다. 혹시 빌룸센과 오스의 집 정도가 예외일까. 하지만 오스의 집에서는 평범하고 상식적인 농민의 느낌과 전통 있는 부자의 자신감과 신중함이 느껴지는 반면, 스탠리의 집에는 로코코 양식과 현대 미술이 혼란스럽게 뒤섞여 있었다.

다리가 송아지 다리처럼 불룩한 모양인 거실의 의자와 원탁 뒤 벽에는 엉성하게 색칠한 커다란 그림이 걸려 있었다. 《죽음, 내가 거기서 얻을 수 있는 것은?》이라는 제목이 적힌 책의 표지를 연상시키는 그림이었다.

"할랜드 밀러의 그림이에요." 스탠리가 내 시선이 향한 곳을 보고 말했다. "돈을 좀 썼죠."

"그렇게나 마음에 들었어요?"

"그런 것 같아요. 그래요, 어쩌면 모방 욕망이 조금 있었는지도 모르죠. 밀러의 그림을 원하지 않는 사람이 어디 있겠어요?"

"모방 욕망?"

"아, 미안해요. 르네 지라르의 말이에요. 철학자인데, 우리가 우러러보는 사람들과 똑같은 것을 자동적으로 원하게 되는 욕망을 그렇게 불렀어요. 만약 당신의 영웅이 어떤 여자와 사랑에 빠지면, 그 여자를 얻는 것이 당신의 무의식적인 목표가 되는 거죠."

"그렇군요. 그럼 실제로 사랑하는 상대는 그 남자와 여자 중 누구예요?"

"글쎄요."

나는 주위를 둘러보았다. "단 크라네도 왔네요. 빌룸센의 신년 전야 파티에 항상 참석하는 줄 알았는데."

"지금은 거기보다 여기 있는 친구들이 좋은가 봐요." 스탠리가 말했다. "실례할게요, 로위. 부엌에 볼일이 좀 있어서요."

나는 이리저리 돌아다녔다. 열두 개의 친숙한 얼굴과 열두 개의 친숙한 이름. 시몬 네르가르, 쿠르트 올센. 그레테 스미트. 나는 선원처럼 발꿈치를 축으로 몸을 흔들면서 대화에 귀를 기울였다. 손에 든 잔을 빙빙 돌리면서 시계를 보지 않으려고 애썼다. 사람들은 크리스마스에 대해, 고속도로에 대해, 날씨에 대해, 기후변화에 대해, 그리고 벌써 밖에서 눈발을 날리고 있는 폭풍 예보에 대해 이야기했다.

"극단적인 날씨야." 누군가가 말했다.

"신년 전야에 단골손님처럼 오는 폭풍이지." 다른 사람이 말했다. "연감을 확인해봐. 오 년마다 한 번씩 이런 폭풍이 온다고."

나는 하품을 참았다.

단 크라네는 창가에 서 있었다. 항상 올바르고 절제돼 있는 저 신문기자의 저런 모습은 처음이었다. 그는 누구와도 대화를 나누지 않고, 이상하게 거친 시선으로 우리를 지켜보기만 하면서 독한 노란색 슬러시를 연거푸 비웠다.

나는 내키지 않는데도 그에게 다가갔다.

"안녕하세요?" 내가 물었다.

그는 나를 보았다. 누가 자기에게 말을 걸었다는 사실에 깜짝 놀란 것처럼 보였다.

"안녕하세요, 오프가르. 코모도왕도마뱀에 대해 잘 아세요?"

"그 거대한 도마뱀 말인가요?"

"네, 그거요. 아시아의 작은 섬 두 군데서만 발견되는데, 그중 한 곳이 코모도예요. 크기가 오스 카운티만 한 곳이죠. 그리고 그 도마뱀도 사실은 그렇게 크지 않아요. 어쨌든 사람들이 생각하는 크기는 아니에요. 무게는 성인 남자랑 비슷하고요. 천천히 움직이기 때문에, 당신과 나 정도면 도망칠 수 있을 겁니다. 그래서 녀석은 기습을 하는 수밖에 없어요. 그래요, 비겁한 기습이죠. 하지만 곧바로 사람을 죽이지는 않아요, 절대. 그냥 물기만 하죠. 아무 데나. 그냥 다리만 한 번 물 수도 있어요. 그러면 사람은 살았다 싶어서 도망칩니다, 그렇죠? 하지만 사실은 놈들이 몸에 독을 주입한 거예요. 서서히 작용하는 약한 독이에요. 그 독이 왜 약한지에 대해서는 나중에 다시 이야기하기로 하고, 지금은 그 독을 생산하는 데 도마뱀이 엄청난 에너지를 쏟아야 한다는 말만 할게요. 독성이 강

543

할수록 에너지도 많이 듭니다. 코모도왕도마뱀의 독은 피가 굳지 못하게 하죠. 그러니까 물린 사람은 갑자기 혈우병 환자가 돼요. 다리의 물린 상처가 좀처럼 낫지 않고, 피도 멎지 않아요. 아시아의 그 작은 섬에서 어디로 도망치든, 코모도왕도마뱀은 후각도 갖고 있는 긴 혀로 피 냄새를 알아차리고 천천히 어기적어기적 그 사람을 잡으러 옵니다. 날이 갈수록 사람은 점점 쇠약해지죠. 곧 코모도왕도마뱀보다 더 빨리 뛸 수 없게 돼요. 그래서 녀석은 사람을 한 번 더, 또 한 번 더 물 수 있습니다. 이제는 온몸에서 피가 흘러요. 출혈이 좀처럼 멈추지 않아 조금씩 피가 빠져나갑니다. 물론 도망칠 수도 없죠. 작은 섬에 갇혀 있는 그 사람의 냄새가 사방에 퍼졌으니까요."

"그래서 결국 어떻게 되나요?" 내가 물었다.

단 크라네는 아무 말 없이 나를 빤히 바라보았다. 기분이 상한 것 같았다. 내 질문을 그 강의가 빨리 끝났으면 좋겠다는 뜻으로 해석한 것 같았다.

"사냥감이 이런저런 이유로 도망칠 수 없는 좁은 곳에서는 독을 사용하는 생물이 빨리 작용하는 귀한 독을 생산할 필요가 없습니다. 이렇게 천천히 사악하게 상대를 괴롭히는 방법을 쓸 수 있으니까요. 진화론이 현실로 나타난 모습입니다. 내가 틀렸습니까, 오프가르?"

오프가르는 할 말이 별로 없었다. 나는 그가 말한 독을 가진 생물이 인간을 의미한다는 것을 당연히 알아차렸다. 하지만 그 인간은 해결사일까? 아니면 빌룸센? 아니면 다른 사람?

"예보에 따르면 밤사이 바람이 약해진답니다." 내가 말했다.

크라네는 눈을 한 번 굴린 뒤 고개를 돌려 창밖을 바라보았다.

우리가 식탁에 앉았을 때에야 비로소 호텔이 화제로 등장했다. 식탁에 앉은 열두 명 중에 여덟 명이 그 프로젝트 관련자였다.

"어쨌든 건물이 확실하게 고정되어 있어야 할 텐데요." 시몬이 커다란 전망창 쪽을 흘깃 보면서 말했다. 거센 바람이 불 때마다 창문이 삐걱거렸다.

"그럴 겁니다." 누군가가 대단히 확신에 찬 목소리로 말했다. "그 호텔보다 내 오두막이 먼저 날아갈걸요. 그런데 내 오두막은 오십 년 동안 잘 서 있었습니다."

나는 더 이상 참지 못하고 손목시계를 보았다.

우리 마을에서는 이날 자정 직전에 광장에 사람들이 모이는 전통이 있다. 누가 나서서 발언을 하거나 새해까지 남은 초를 세는 식으로 절차가 정해져 있지는 않았다. 그냥 사람들이 한자리에 모여 불꽃놀이가 시작되기를 기다리다가 사육제 때처럼 혼란스럽고 무질서한 분위기 속에서 자정에 다들 끌어안는 순간을 이용해 그해의 남은 9천 시간 동안 도저히 접근할 수 없는 사람에게 다가가 몸과 뺨을 밀착시키는 기회를 노릴 뿐이었다. 빌룸센의 집에서 열린 신년 파티도 손님들이 그 오합지중과 섞일 수 있게 적당한 시간에 파할 것이다.

누군가가 이 마을의 경기가 한창 달아오르고 있다는 말을 했다.

"모두 칼 오프가르의 공이죠." 단 크라네가 끼어들었다. 사람들은 약간 콧소리를 내며 조용히 말하는 그에게 익숙했다. 하지만 지금 그의 목소리는 성난 사람처럼 강렬했다. "그의 탓일 수도 있고요. 경우에 따라서."

"무슨 경우 말인가요?" 누군가가 물었다.

"아, 그 사람이 오르툰에서 자본주의에 대해 부흥회 전도사처럼 이야기하는 바람에 모두들 황금 송아지상 주위를 춤추며 돌게 됐어요. 그리고 보니 그걸 호텔의 이름으로 지어야겠습니다. 황금 송아지 스파. 하지만……." 크라네의 이글거리는 시선이 식탁을 한 바퀴 돌았다. "사실 오스 스파라는 이름이 상당히 적절합니다. 오스파는 폴란드어로 천연두를 뜻해요. 20세기까지도 마을 전체를 쓸어버리던 전염병 말입니다."

그레테의 웃음소리가 들렸다. 크라네의 이런 말에 사람들은 아마 익숙할 터였다. 지적이고 재치 있는 말. 하지만 지금은 그의 공격적이고 오싹한 태도 때문에 다들 조용해졌다.

이 분위기를 알아차린 스탠리가 미소를 지으며 잔을 들었다. "아주 재미있었습니다, 단. 하지만 좀 과장인 것 같은데요, 그렇죠?"

"그런가요?" 단 크라네는 차가운 미소를 지으며 사람들 머리 위의 벽을 뚫어져라 바라보았다. "돈이 없어도 누구나 투자할 수 있다는 이 사업은 1929년 10월의 주식 대폭락 때 일어난 일의 정확한 모조품입니다. 당시 은행가들은 월 스트리트의 고층 건물들 꼭대기에서 뛰어내렸죠. 하지만 그건 빙산의 일각일 뿐입니다. 진짜 비극은 일반 사람들, 호황이 언제까지나 계속될 거라는 주식 중개인의 말을 믿고 감당할 수 없을 만큼 많은 돈을 빌려 주식을 산 수많은 소액 투자자들에게 일어난 일입니다."

"좋습니다." 스탠리가 말했다. "하지만 주위를 둘러보세요. 모두 낙천적입니다. 솔직히 내 눈에도 커다란 경고등은 딱히 보이지 않아요."

"대폭락이 원래 그런 겁니다." 크라네가 말했다. 그의 목소리가 점점 커졌다. "아무것도 보이지 않다가 갑자기 모든 게 눈에 들어오는 거예요. 도저히 가라앉지 않을 것 같던 타이태닉호가 십칠 년 전에 가라앉았는데도 사람들은 아무것도 배우지 못했습니다. 1929년 9월에도 주가는 사상 최고치를 기록했어요. 사람들은 다수의 지혜를 잘 의심하지 않습니다. 시장이 옳다는 지혜를 믿는 거죠. 모두들 계속 사들이기를 원할 때는 당연히 누구도 늑대가 나났다고 외치지 않습니다. 우리는 군집 동물이라 무리 속에 있으면 안전하다고 스스로를 속이거든요……."

"실제로 안전하기도 하죠." 내가 조용히 말했다. 순식간에 침묵이 내려앉았기 때문에 나는 접시에서 시선을 들지 않았는데도 모두 나를 보고 있음을 알 수 있었다.

"그래서 물고기가 떼 지어 움직이고 양이 무리를 짓는 겁니다. 우리가 유한책임회사나 컨소시엄을 만드는 이유도 그것이고요. 무리를 지어서 활동하는 것이 정말로 더 안전하거든요. 100퍼센트 안전하지는 않습니다. 언제든 고래 한 마리가 나타나서 물고기 떼를 전부 삼켜버릴 수도 있으니까요. 하지만 혼자 있을 때보다 더 안전한 건 맞습니다. 진화 과정에서 우리가 실패한 게 바로 그 부분이죠."

나는 그라브락스*를 포크로 찍어 입에 넣고 씹으면서 나를 빤히 바라보는 사람들의 시선을 느꼈다. 마치 귀도 안 들리고 말도 못하던 사람이 갑자기 말하기라도 한 것 같았다.

"우리 저 말에 건배합시다!" 스탠리가 외쳤다. 내가 마침내 눈을 들자, 모두 나를 향해 잔을 들어 올린 것이 보였다. 나는 미소를 지으려고 애쓰며 내 잔을 들어 올렸다. 하지만 잔은 비어 있었다. 텅 비어 있었다.

---

* 연어를 소금, 설탕 등으로 절인 스칸디나비아 반도 요리.

디저트 다음에 포트와인이 나왔다. 나는 할랜드 밀러의 그림 맞은편에 있는 소파에 앉았다.

누군가가 내 옆에 앉았다. 그레테였다. 포트와인 잔에 빨대를 꽂아 들고 있었다. "죽음." 그녀가 말했다. "내가 거기서 얻을 수 있는 것은?" 그녀는 영어로 이렇게 말을 맺었다.

"그냥 읽은 거야, 아니면 나한테 묻는 거야?"

"둘 다." 그레테가 주위를 둘러보며 말했다. 모두들 대화를 나누고 있었다.

"넌 거절하지 말았어야 해." 그녀가 말했다.

"뭘?" 나는 이렇게 물었지만, 그녀의 말이 무슨 뜻인지 알고 있었다. 내가 이해하지 못한 척하면 그녀도 이해하고 이 이야기를 여기서 그만두지 않을까 바랄 뿐이었다.

"내가 혼자 해낼 수밖에 없었잖아." 그녀가 말했다.

나는 믿을 수 없는 심정으로 그녀를 빤히 바라보았다. "네 말은 네가……."

그녀가 심각한 얼굴로 고개를 끄덕였다.

"네가 칼과 마리에 대해 소문을 퍼뜨렸다고?"

"'정보'를 퍼뜨린 거지."

"거짓말!" 불쑥 튀어나온 말이었다. 나는 갑작스럽게 외친 이 말을 들은 사람이 있는지 재빨리 주위를 둘러보았다.

"아, 그래?" 그레테는 냉소적인 표정을 지었다. "단 크라네가 마리 없이 혼자 여기 온 이유가 뭐겠어? 아니, 더 정확히 말하자면, 그 둘이 평소처럼 같이 빌룸센의 파티에 가지 않은 이유가 뭐겠어? 아기를 보느라고? 그래, 사람들이 그렇게 생각해줬으면 하겠지. 내가 단한테 말해줬을 때, 단은 나더러 고맙다고 했어. 그리고 다른 사람한테는 절대 말하지 않겠다는 약속을 나한테서 받아냈지. 그게 첫 반응이었어. 겉으로는 둘이 아무 일도 없었던 것처럼 행동해. 하지만 속으로는 틀림없이 둘이 완전히 갈라섰어."

심장이 두근거리고, 몸에 꼭 맞는 셔츠에 땀이 뱄다. "그럼 섀넌은, 그녀한테도 그 소문을 말한 거야?"

"이건 소문이 아니야, 로위. 정보라고. 자기 파트너가 부정을 저지른다면, 누구나 그 정보를 알 권리가 있어. 섀넌한테는 리타 빌룸센의 집에서 저녁을 먹으며 말했어. 섀넌도 나한테 고맙다고 했고. 알겠어?"

"그게 언제야?"

"언제냐고? 어디 보자. 우리가 얼음 목욕을 그만둔 다음이니까, 틀림없이 봄이었을 거야."

내 머리가 정신없이 돌아갔다. 봄이라. 섀넌은 초여름에 토론토로 가서 한동안 머무르다가 돌아와 내게 연락했다. 젠장. 젠장젠장젠장. 너무 화가 나서 잔을 쥔 손이 부들부들 떨리기 시작했다. 그레테의 망할 파마머리에 잔 속의 술을 전부 부어버리고 싶었다. 우리 옆의 접시 위에 서 있는 촛불에 그녀의 얼굴을 대고 누르면 술이 백유*처럼 작용하는지 알아보고 싶었다. 나는 이를 악물었다.

"칼과 섀넌이 아직도 헤어지지 않았으니 너는 엄청 실망했겠네."

그레테는 어깨를 으쓱했다. "둘은 누가 봐도 불행하니까, 그게 항상 위안이 돼."

"둘이 불행하다면 왜 아직도 같이 있는 거지? 아이도 없는데."

---

* 석유를 증류하여 만든 휘발성 액체.

"아, 그거." 그레테가 말했다. "호텔이 그 둘의 자식이야. 섀년의 걸작이 될 거라고. 그래서 섀년이 칼에게 묶여 있는 거지. 자기가 원하는 걸 얻기 위해, 싫어하는 사람에게 의존한다. 어디서 많이 들은 소리지?"

그레테는 빨대로 술을 빨아 마시면서 나를 바라보았다. 뺨이 홀쭉하게 들어가고, 빨대를 문 입술은 키스할 때와 똑같은 모양이었다. 나는 일어섰다. 더 이상 그 자리에 앉아 있을 수가 없어서 복도로 나가 재킷을 입었다.

"가려고요?" 스탠리였다.

"광장으로 가려고요. 머리에 바람도 좀 쐴 겸." 내가 말했다.

"자정까지는 아직 한 시간 남았어요."

"천천히 걸으면서 생각이나 좀 하죠. 거기서 봐요."

도로를 따라 걸으면서 나는 바람을 향해 몸을 수그려야 했다. 바람은 내 몸을 곧장 통과해 모든 것을 날려버렸다. 하늘의 구름. 마음속의 희망. 지금까지 있었던 모든 일을 둘러싼 안개. 섀년은 칼의 부정에 대해 알고 있었다. 그녀가 노토덴에 가기 전에 내게 미리 연락한 것은 복수를 위해서였다. 마리가 복수를 원했던 것과 똑같았다. 그러면 그렇지. 과거의 재현이었다. 내가 한 번 걸은 길을 또 걸었다. 다시 똑같은 일의 반복이었다. 그 원에서 벗어날 길이 없었다. 그렇다면 몸부림칠 이유가 어디 있나? 그냥 가만히 앉아서 얼어붙은 잠에 빠져들면 안 되나?

자동차 한 대가 지나갔다. 스탠리 스핀드의 집 앞에 서 있던 빨간색 신형 아우디 A1이었다. 저 차를 모는 사람이 틀림없이 음주운전을 하고 있다는 뜻이었다. 스탠리의 집에서 그 노란색 슬러시를 마시지 않은 사람을 나는 한 명도 보지 못했다. 광장 앞에서 브레이크등이 켜지더니 차는 방향을 꺾어 네르가르의 농장 쪽으로 향했다.

광장에는 벌써 사람들이 모여들고 있었다. 젊은 사람이 대부분인 그들은 삼삼오오 짝을 지어 정처 없이 여기저기 돌아다녔다. 하지만 아주 작은 몸짓이나 행동에도 모두 목적과 목표가 있었다. 모든 것이 상대를 찾으려는 사냥의 일부였다. 사방에서 사람들이 모여들었다. 바람이 탁 트인 광장을 휩쓸고 지나가는데도, 아드레날린 냄새를 느낄 수 있었다. 축구 경기 직전과 비슷했다. 아니면 권투 경기, 아니면 투우 경기. 그래, 그거였다. 뭔가가 곧 죽을 것 같은 분위기였다. 나는 스포츠용품점과 달스 아동복 가게 사이 골목에 서 있었다. 남들 눈에 띄지 않고 모든 것을 볼 수 있는 자리였다. 나는 그렇게 생각했다.

어떤 여자가 무리에서 떨어져 나왔다. 마치 세포가 분열하는 것 같았다. 휘청거리는 걸음걸이였지만, 대략 내가 있는 쪽으로 걸어오고 있었다.

"로위!" 율리였다. 목소리는 갈라져 있고, 술기운에 발음이 분명치 않았다. 그녀는 내 가슴에 한 손을 얹고 골목 안으로 더 깊숙이 밀어 넣었다. 그러고는 양팔로 나를 꼭 끌어안았다. "새해 복 많이 받아요." 그녀가 속삭였다. 그리고 내가 미처 대답하기도 전에 내 입술에 자기 입술을 눌렀다. 그녀의 혀가 내 이에 닿았다.

"율리." 나는 턱에 힘을 꽉 주고 신음처럼 중얼거렸다.

"로위." 율리도 신음 같은 소리를 냈다. 내 뜻을 오해했음이 분명했다.

"안 돼." 내가 말했다.

"이건 신년 키스예요. 다들…….."

"이거 무슨 일이야?"

율리의 뒤에서 들려온 목소리였다. 그녀가 돌아서자 알렉스가 보였다. 율리의 남자친구인 그는 리부에서 농장을 인수하려고 대기 중이었다. 그리고 농장을 인수하려고 대기 중인 청년들은, 나처럼 예외적인 경우만 빼면, 대체로 몸집이 컸다. 굵은 머리카락을 짧게 깎아서 마치 머리에 색칠을 해놓은 것 같았다. 가르마와 줄무늬까지. 이탈리아의 축구선수와 비슷했다. 나는 상황을 가늠해보았다. 알렉스도 약간 휘청거리는 것 같았고, 양손은 외투 주머니에 아직 들어가 있었다. 주먹부터 내지르기 전에 할 말이 많을 터였다. 그럴 만한 상황이었으니까. 나는 율리를 밀어냈다.

그녀는 돌아서서 상황을 분명하게 알아차렸다.

"아냐." 그녀가 소리쳤다. "아냐, 알렉스!"

"뭐가 아냐?" 알렉스는 짐짓 경악한 척 물었다. "오프가르 형제한테 마을을 위해 좋은 일을 해줬다고 감사 인사를 하러 왔을 뿐이야." 그가 오른손을 내밀었다.

오케이, 할 말은 없는 모양이었다. 하지만 한 발을 앞으로 내밀고 서 있는 자세에서 그의 생각이 명백히 드러났다. 악수하는 척하면서 얼굴에 한 방을 먹이는 오래된 술수. 내가 두들겨 팬 사람이 몇 명이나 되는지 이 친구는 아마 너무 어려서 모르는 듯했다. 아니면 알면서도 선택의 여지가 없다는 사실을 깨달았거나. 그는 자신의 영역을 지켜야 하는 남자였다. 나는 그의 시야에서 한쪽 옆으로 비켜서서 한 손을 내민 다음, 그가 발의 위치를 바꾸는 동안 그를 휙 잡아당겨 균형을 잃게 만들기만 하면 되었다. 나는 그의 손을 잡는 순간 그의 눈에서 두려움을 보았다. 그러니까 나를 두려워하긴 하는 건가? 아니면 사랑하는 여자를, 지금까지 자기 것이 되기를 바랐던 여자를 잃게 될까 봐 걱정하는 건가? 뭐, 그는 곧 바닥에 드러누워서 또다시 패배의 고통을 느끼게 될 터였다. 자신이 별것 아니라는 사실을 다시 되새기며 또 굴욕을 느낄 것이다. 그럴 때 율리의 위로는 그의 상처에 소금을 뿌리는 역할을 할 것이다. 간단히 말해서, 크리스티안산의 룬에서 그날 밤 있었던 일이 또 벌어질 것이라는 뜻이었다. 지붕 기술자의 집 부엌에서 있었던 일의 반복. 내가 열여덟 살 때 오르툰에서 토요일 밤마다 벌어졌던 일의 반복. 나는 또 한 명의 머리 가죽을 허리띠에 매달고 이 자리를 떠나겠지만, 여전히 패배자일 터였다. 그런 건 더 이상 원하지 않았다. 원을 벗어나 여기서 도망쳐서 사라질 필요가 있었다. 그래서 나는 그것을 실천에 옮겼다.

그가 나를 앞으로 휙 잡아당기면서 동시에 들이받았다. 그의 이마가 내 코를 때리는 순간 뭔가가 부서지는 소리가 들렸다. 내가 뒤로 한 발 물러나는데, 그가 주먹을 휘두르려고 어깨를 뒤로 젖힌 것이 보였다. 옆 걸음으로 그 주먹을 피하는 건 쉬운 일이지만, 나는 일부러 앞으로 나아가 그의 주먹을 향해 곧장 다가갔다. 그의 주먹이 내 눈 밑을 직격할 때 그가 소리를 질렀다. 나는 다음 주먹을 맞을 준비를 갖추며 몸을 바로 세웠다. 그는 오른쪽 손목이 아픈 모양이었다. 하지만 그에게 손은 두 개였다. 그는 손 대신 발길질을 택했다. 좋은 선택이었다. 배에 발길질을 맞은 나는 몸을 반으로 접었다. 곧 그가 팔꿈치를 휘둘러 내 관자놀이를 때렸다.

"알렉스, 그만해!"

하지만 알렉스는 그만하지 않았다. 내 대뇌피질이 심하게 진동하고, 어둠 속에서 번개가 칠 때처럼 통증이 번쩍 지나가더니 모든 것이 암흑으로 변했다.

내가 끝을 반가워한 적이 한 번이라도 있었던가? 그 그물, 나를
가둔 저인망이 물속으로 나를 끌고 내려갔다. 내가 저지른 일은 물
론, 해야 하는데 하지 않았던 일에 대해서도 마침내 벌을 받게 되
었다는 확신? 후자의 경우, 이른바 태만의 죄였다. 아버지는 칼에
게 하던 짓을 멈추지 않았으니 틀림없이 지옥에서 불타고 있을 것
이다. 그걸 그만두려면 그만둘 수도 있었을 텐데. 나도 하려면 할
수 있었을 텐데. 그러니 나 역시 지옥에서 불타야 한다. 나는 그들
이 기다리는 바닥으로 끌려 내려가고 있었다.

"로위?"

인생이란 기본적으로 단순한 것이다. 삶의 유일한 목표는 즐거
움을 최대화하는 것. 많은 찬사를 받는 우리의 호기심조차, 우주와
인간의 본성을 탐구하려는 성향조차 더 오랫동안 더 큰 즐거움을
느끼려는 욕망의 표현일 뿐이다. 따라서 우리 인생의 최종 합계가
마이너스를 기록할 때, 즉 인생이 우리에게 즐거움보다 고통을 더
많이 주고 그것이 변할 것이라는 희망을 더 이상 품을 수 없을 때
우리는 삶에 마침표를 찍는다. 먹거나 마시는 것으로 목숨을 끊고,
물살이 강한 곳으로 헤엄쳐 가고, 침대에서 담배를 피우고, 음주
운전을 하고, 목에 난 혹이 점점 자라고 있는데도 의사를 찾아가지
않는다. 아니면 아주 간단하게 헛간에서 목을 매기도 한다. 이것이
사실상 완전히 현실적인 대안임을 처음으로 깨닫는 순간은 진부하
다. 사실 그것이 인생에서 가장 중요한 결정처럼 느껴지지도 않는
다. 집을 짓거나 학교를 졸업하는 것, 이런 것이 예정보다 스스로
일찍 목숨을 끊겠다는 선택보다 더 큰 결정이다.

이번에 나는 몸부림치지 않기로 결정했다. 나는 얼어 죽을 것이다.

"로위."

얼어 죽겠다고 했다.

"로위."

나를 부르는 목소리는 남자처럼 나직하면서도 여자처럼 부드러웠다. 특정한 말씨는 전혀 없었다. 그녀가 내 이름을 불러주는 것이 좋았다. 어루만지듯이 혀를 굴려 'r'을 발음하는 것이 좋았다.

"로위."

유일한 문제는 알렉스라는 청년이 벌금을 물게 될 위험이 있다는 점이었다. 그 싸움에 이르게 된 상황이 전혀 고려되지 않는다면, 심지어 징역형을 받게 될 가능성도 있었다. 사실 그것은 '상황'이라고 할 것도 없는, 아주 합리적인 반응이었다. 그가 그 상황을 어떻게 오해했는지 감안한다면.

"여기 누워 있으면 안 돼요, 로위."

누군가의 손이 나를 흔들었다. 작은 손이었다. 눈을 뜨자 곧바로 섀넌의 눈이 보였다. 걱정을 담은 갈색 눈. 그녀가 정말 내 앞에 있는지 내가 꿈을 꾸는 건지 알 수 없었지만, 그런 건 중요하지 않았다.

"여기 누워 있으면 안 돼요." 그녀가 같은 말을 반복했다.

"안 돼?" 나는 머리를 살짝 들어 올렸다. 골목에는 우리 둘뿐이었지만, 광장에서 사람들이 한목소리로 외치는 소리가 들렸다. "내가 다른 사람의 자리를 차지했어요?"

섀넌은 한참 동안 나를 바라보았다. "네. 당신도 알잖아요."

"섀넌." 꽉 잠긴 목소리가 나왔다. "내가……."

그 뒷말은 소음에 묻혀버렸다. 그녀의 머리 위 하늘에서 이글거리는 빛과 색깔이 폭발했다.

그녀는 내 옷깃을 잡아 나를 일으켜 세웠다. 주위 풍경이 빙빙 돌고, 속에서 올라온 것이 목구멍을 막았다. 섀넌은 나를 부축해서 스포츠용품점 뒤쪽으로 골목을 빠져나왔다. 그리고 고속도로를 따라 나를 데리고 걸었다. 십중팔구 아무도 우리를 보지 못했을 것이다. 다들 광장에 모여 거센 바람 속에서 이리저리 날아다니는 불꽃놀이를 올려다보고 있었으니까. 불꽃 하나가 지붕들 위로 낮게 횡올라갔다. 다른 불꽃 하나는 하늘로 올라가 하얀 포물선을 그리며 시속 200킬로미터의 속도로 산을 향해 날아갔다. 틀림없이 빌룸센이 쓰는 강력한 응급 신호용 섬광이었을 것이다.

"여기서 왜 이러고 있어요?" 그녀가 물었다. 우리는 양발을 번갈아 내밀어 걷는 데 정신을 집중하고 있었다.

"율리가 나한테 키스해서……."

"네, 율리한테서 들었어요. 남자친구가 율리를 끌고 가기 전에. 내가 물은 건 당신이 왜 여기 오스에 와 있냐는 거예요."

"신년 전야를 축하하러 왔어요. 스탠리의 집에서."

"칼한테서 그 이야기도 들었어요. 하지만 그건 내가 물은 게 아니잖아요."

"나더러 당신 때문에 왔느냐고 묻는 거예요?"

그녀는 대답하지 않았다. 그래서 나는 스스로 대답했다.

"맞아요. 당신과 함께 있으려고 왔어요."

"미쳤군요."

"맞아요. 당신이 날 원한다고 믿었으니 미쳤죠. 미리 알았어야 하는 건데. 당신은 칼에게 복수하려고 나랑 같이 있었던 거잖아요."

내 팔이 갑자기 휙 움직였다. 그녀가 발을 헛디뎌서 순간적으로 균형을 잃은 탓이었다.

"그걸 어떻게 알았어요?" 그녀가 물었다.

"그레테가 말해줬어요. 지난봄에 칼과 마리에 대해 자기가 당신에게 말해줬다고."

섀넌은 천천히 고개를 끄덕였다.

"사실이에요?" 내가 말했다. "당신과 나의 그 일이 당신에게는 그냥 복수였어요?"

"반은 사실이에요."

"반?"

"칼이 바람을 피운 건 마리가 처음이 아니에요. 하지만 내가 알기로 칼이 아끼는 상대로는 처음이었죠. 그래서 당신을 택한 거예요, 로위."

"그래요?"

"칼에게 똑같이 복수해주려면, 나도 감정이 있는 사람을 만나야 했으니까요."

나는 웃을 수밖에 없었다. 짧고 딱딱한 웃음이었다. "헛소리."

그녀는 한숨을 내쉬었다. "맞아요. 헛소리예요."

"거봐요."

갑자기 섀넌이 내 팔을 놓고 내 앞에 섰다. 그녀의 작은 몸 뒤로 고속도로가 하얀 탯줄처럼 밤을 향해 뻗어 있었다.

"헛소리예요." 그녀가 말했다. "남편의 형이 손 안의 새에 대해 이야기해주면서 그 새의 가슴을 쓰다듬는 모습을 보고 사랑에 빠졌으니 헛소리죠. 남편이 형에 대해 해준 이야기 때문에 그를 사랑하게 됐으니 헛소리예요."

"샤넌, 그만……."

"헛소리라고요!" 샤넌이 소리쳤다. "배신이라는 말의 뜻도 모르는 심장으로 사랑에 빠졌으니 헛소리예요."

내가 그녀를 지나쳐 걸어가려 하는데 그녀가 내 가슴에 양손을 올렸다.

"헛소리예요." 그녀가 조용히 말했다. "노토덴의 호텔방에서 보낸 몇 시간 때문에 머릿속에 이 남자의 생각만 가득해졌으니 헛소리예요."

나는 휘청거리며 서 있었다.

"이제 갈까요?" 내가 속삭였다.

안으로 들어가 정비소 문을 닫자마자 그녀는 나를 잡아당겼다. 나는 그녀의 체취를 들이마셨다. 그 냄새에 취해 어질어질한 상태로 달콤한 입술에 입을 맞추고, 그녀가 내 입술을 피가 나도록 깨무는 것을 느꼈다. 우리가 금속의 맛이 나는 내 달콤한 피를 또다시 맛보는 동안, 그녀는 내 바지의 단추를 풀면서 성난 목소리로 몇 마디 속삭였다. 나는 그 말을 전에도 들은 적이 있는 것 같았다. 그녀는 내 다리를 차서 돌바닥에 쓰러지게 하면서 동시에 나를 붙잡았다. 바닥에 누워 그녀를 올려다보는 내 앞에서 그녀는 한 발로 춤추듯 빙그르르 돌면서 신발을 벗고 스타킹 한 짝을 벗었다. 그러고는 원피스를 위로 올린 뒤 내 위에 타고 앉았다. 그녀의 그곳이 아직 젖지 않았는데도, 그녀는 딱딱해진 내 그것을 붙잡아 억지로 자기 몸속에 집어넣었다. 내 성기의 피부가 찢어지는 것 같았다. 하지만 다행히 그녀는 움직이지 않았다. 그냥 가만히 앉아서 여왕처럼 나를 내려다볼 뿐이었다.

"좋아요?" 그녀가 물었다.

"아뇨." 내가 말했다.

우리는 동시에 웃기 시작했다.

웃음 때문에 내 것을 감싼 그녀의 살갗이 수축했다. 그녀도 그것을 느꼈는지 더 크게 웃어댔다.

"저기 선반 위에 엔진오일이 있어요." 내가 손가락으로 가리키며 말했다.

그녀는 고개를 한쪽으로 기울이고 사랑이 깃든 눈으로 나를 보았다. 마치 이제 잠자리에 들어야 하는 아이를 바라보는 것 같았다. 그녀는 여전히 움직이지 않는 상태로 눈을 감았지만, 나는 그녀의 그곳이 점점 따뜻해지면서 촉촉해지는 것을 느꼈다.

"잠깐." 그녀가 속삭였다. "잠깐만요."

나는 광장에서 자정 즈음에 큰 소리로 초를 헤아리던 사람들을 생각했다. 나를 가두던 원이 마침내 부서졌다. 우리는 원에서 빠져나왔고, 나는 자유였다.

그녀가 움직이기 시작했다.

절정에 도달했을 때 그녀는 성난 승리자처럼 소리를 질렀다. 그녀 역시 자신을 가두고 있던 문을 방금 발로 차서 연 것 같았다.

우리는 한데 엉킨 채로 침대에 누워 귀를 기울였다. 바람은 많이 약해졌다. 가끔 뒤늦게 터지는 불꽃 소리가 들렸다. 나는 칼과 섀년이 오프가르의 집 마당에 나타난 그날부터 혼자 속으로 자문하던 질문을 그녀에게 던졌다.

"칼과 당신은 왜 오스에 왔어요?"

"칼이 말 안 했어요?"

"이 마을이 지도에 실리게 하겠다는 얘기만 했어요. 칼이 뭔가를 피해 도망치는 중인가요?"

"칼이 말 안 했다고요?"

"캐나다의 무슨 부동산 프로젝트 때문에 법적인 다툼이 있다는 말만 했어요."

섀넌은 한숨을 내쉬었다. "캔모어에서 진행하던 프로젝트인데, 비용이 치솟고 자금이 거의 떨어져서 일을 접어야 했어요. 다툼 같은 건 없어요. 이제는."

"무슨 뜻이에요?"

"사건이 종결됐다는 뜻이에요. 칼은 동업자들에게 배상하라는 명령을 받았어요."

"그래서요?"

"배상할 능력이 없었죠. 그래서 도망쳤어요. 여기로."

나는 상반신을 들어 한쪽 팔꿈치로 지탱했다. "그러니까 칼이…… 도망자라는 거예요?"

"원칙적으로는 그래요."

"그래서 스파 호텔 일을 벌인 거예요? 토론토에서 진 빚을 갚으려고?"

섀넌은 모호한 미소를 지었다. "칼은 캐나다로 돌아가지 않을 생각이에요."

나는 섀넌의 말을 이해하려고 애썼다. 그러니까 칼의 귀향은 지극히 평범한 사기꾼의 도망일 뿐이었다고?

"그럼 당신은? 당신은 왜 칼이랑 함께 온 거예요?"

"캔모어 프로젝트의 설계를 맡은 게 저였으니까요."

"그래서요?"

"그건 나의 걸작이었어요. 나의 IBM 빌딩. 캔모어에는 그 건물을 짓지 못했지만, 칼이 기회를 한 번 더 만들어주겠다고 약속했어요."

이제 분명해졌다. "스파 호텔. 그걸 예전에 이미 설계했군요."

"몇 군데 수정하긴 했지만, 맞아요. 로키 산맥에 있는 캔모어 주변의 풍경과 여기 풍경이 크게 다르지 않거든요. 우리한테는 돈도 전혀 없었고, 우리 프로젝트에 기꺼이 투자하겠다는 사람도 없었어요. 그래서 칼이 오스를 제안한 거예요. 여기 사람들은 자기를 믿어준다고, 자기를 그 동네 출신의 성공한 청년으로 본다고 하면서."

"그래서 여기로 왔군요. 주머니에는 한 푼도 없으면서, 캐딜락을 타고서."

"칼은 이런 프로젝트를 팔려면 겉으로 보이는 모습이 모든 것을 결정한다고 말했어요."

나는 순회 설교자 아르만을 떠올렸다. 그가 병을 치료받고 싶어 하는 순진한 사람들을 속여 자기 주머니를 채우면서 동시에 그들이 병원에서 필요한 치료를 받지 못하게 막았다는 사실이 밝혀지자 그는 북쪽으로 도망쳤다. 하지만 그곳에서 그를 잡고 보니, 그는 이미 기적적인 치유를 해준다는 사이비종교를 하나 만들어 '아내'를 세 명이나 거느리고 있었다. 그는 소득세 미납과 사기 혐의로 체포되었다. 도망친 뒤에도 왜 사기 행각을 계속했느냐는 법정질문에 그는 이렇게 대답했다.

"그것이 제 직업이기 때문입니다."

"칼도 당신도 왜 나한테 이런 이야기를 전부 해주지 않았어요?"

내가 물었다.

섀넌은 혼자 빙긋 웃었다.

"네?" 내가 말했다.

"칼은 말하는 게 당신한테 좋지 않을 거라고 했어요. 그때 칼이 정확히 뭐라고 말했는지 지금 기억을 더듬는 중이에요. 맞아요. 칼은 비록 당신이 섬세한 사람도 아니고 감정이입을 잘하는 사람도 아니지만 도덕가라고 말했어요. 섬세하고 공감도 잘하는 냉소주의자인 자기와는 다르다고."

나는 큰소리로 욕을 하고 싶었지만 그 대신 웃을 수밖에 없었다. 빌어먹을 자식. 칼은 표현력이 좋았다. 학교 때 내가 숙제로 쓴 에세이를 보면서 칼은 철자법만 손본 것이 아니었다. 가끔 문장 한두 개를 고치기도 했다. 분위기를 좀 살리고, 헛소리에 날개를 달아주는 식이었다. 헛소리에 날개를 달아준다…… 그것이 바로 칼의 재능이었다.

"하지만 칼이 나쁜 의도로 그랬다고 생각하면 안 돼요." 섀넌이 말했다. "칼은 모두가 잘되기를 바라요. 물론 자기 자신이 남들보다 좀 더 잘되기를 바라기는 하죠. 게다가 보세요, 실제로 해내고 있잖아요."

"십중팔구 숨은 암초가 몇 개 있을 거예요. 예를 들어, 단 크라네만 해도 기사를 준비 중이에요."

섀넌은 고개를 저었다. "칼이 문제를 해결했대요. 이제부터 상황이 훨씬 나아질 거예요. 프로젝트도 다시 예정대로 진행될 거고요. 이 주 뒤에는 칼이 호텔의 운영을 맡을 스웨덴 호텔리어와 계약할 거예요."

"그렇게 칼 오프가르가 마을을 구하는군요. 자신을 위한 영원한 기념물을 세우고, 부자가 되겠어요. 이것들 중에 뭐가 칼한테 가장 중요할 것 같아요?"

"내 생각에는 우리의 동기가 워낙 복잡해서, 우리 자신도 완전히 이해하지 못하는 것 같아요."

나는 그녀의 광대뼈 아래 든 멍을 어루만졌다.

"그럼 당신을 때린 칼의 동기는, 그것도 복잡한가요?"

섀넌은 어깨를 으쓱했다. "지난여름에 내가 칼을 두고 토론토로 가기 전에는 칼이 나한테 손가락 하나 댄 적이 없어요. 하지만 돌아와서 보니까 뭔가가 변했더라고요. 칼이 변했어요. 항상 술을 마시고, 날 때리기 시작했죠. 처음 날 때린 뒤에는 칼이 너무 괴로워해서 나는 이렇게 한 번으로 끝날 일이라고 애써 생각했어요. 하지만 그게 버릇이 됐죠. 일종의 강박적인 행동처럼, 칼도 하지 않으면 견디지 못하는 것 같았어요. 어떤 때는 날 때리기도 전부터 울어요."

나는 이층 침대의 아래층에서 들려오던 울음소리를 생각했다. 그 울음소리가 칼의 것이 아니라 아빠의 것이었음을 깨달은 그 순간을 떠올렸다.

"그럼 왜 떠나지 않았어요?" 내가 물었다. "토론토에서 왜 돌아온 거예요? 칼을 그렇게나 사랑했어요?"

섀넌은 고개를 저었다. "난 그전부터 이미 칼을 사랑하지 않았어요."

"그럼 나 때문에 돌아온 거예요?"

"아뇨." 그녀는 이렇게 말하고서 내 뺨을 쓰다듬었다.

"호텔 때문에 돌아왔군요." 내가 말했다.

그녀는 고개를 끄덕였다.

"그 호텔을 사랑하는 거예요."

"아뇨." 섀넌이 말했다. "난 그 호텔이 싫어요. 하지만 그게 감옥처럼 날 붙잡고 놓아주질 않아요."

"그래도 그 호텔을 여전히 사랑하잖아요."

"어머니가 자신을 인질로 잡고 있는 자식을 사랑하듯이." 이 말을 듣고 나는 그레테의 말을 떠올렸다.

섀넌이 몸을 돌렸다.

"수많은 시간과 땀과 애정을 쏟아 뭔가를 창조해내면, 그러니까 내가 그 건물을 창조할 때처럼 많은 걸 쏟고 나면, 그것이 나의 일부가 돼요. 아니, 일부가 아니지. 그게 나보다 더 크고, 더 중요해져요. 건물이 자식이자 예술 작품이 되는 거예요. 불멸의 존재가 될 수 있는 방법은 그것밖에 없어요, 그렇죠? 그러니 내가 어쩌면 사랑할지도 모르는 다른 어떤 것보다 그것이 더 중요해져요. 이해하겠어요?"

"그럼 그 호텔은 당신의 개인적인 기념물이기도 하네요."

"아니에요! 난 기념물을 설계하지 않아요. 내가 설계한 건 소박하고 유용하고 아름다운 건물이에요. 우리 인간들한테는 아름다움이 필요하니까요. 내가 설계한 그 호텔의 아름다움은 그 소박함에, 그 자명한 논리에 있어요. 내 그림에 기념물 같은 건 전혀 없어요."

"왜 호텔이 아니라 그림이라고 말하는 거예요? 이미 다 지어졌잖아요."

"사람들이 그걸 파괴하고 있으니까요. 전면의 모양을 놓고 카운티 의회와 타협했죠. 예산에 맞추려고 칼은 싸구려 자재를 쓰는 데 동의했어요. 내가 토론토에 가 있는 동안 로비와 식당이 완전히 바뀌었더라고요."

"그럼 자식을 구하러 돌아온 거군요."

"하지만 너무 늦었어요." 섀넌이 말했다. "게다가 내가 사랑한다고 생각했던 남자는 나를 때려서 굴종시키려고 했고요."

"그럼 이미 진 싸움인데 왜 아직도 여기 있는 거예요?"

그녀는 쓴웃음을 지었다. "모르겠어요. 아마 자식의 장례식에 반드시 참석해야 한다고 느끼는 엄마의 마음 같은 게 아닐까요?"

나는 침을 꿀꺽 삼켰다. "당신이 여기 남아 있는 이유가 그것 말고 또 있어요?"

섀넌은 한참 동안 나를 바라보다가 눈을 감고 천천히 고개를 끄덕였다.

나는 깊이 숨을 들이쉬었다. "내가 들을 수 있게 말로 해봐요, 섀넌."

"제발. 그럴 수는 없어요."

"왜요?"

그녀의 눈에 눈물이 차올랐다. "그건 '열려라, 참깨'와 같으니까요, 로위. 당신도 그래서 나한테 말하라고 하는 거잖아요."

"무슨 뜻이에요?"

"내가 내 입으로 그 말을 하고 나면, 마음이 열릴 거고 나는 약해질 거예요. 하지만 여기서 모든 일이 끝날 때까지 난 강해져야 해요."

"나도 강해져야 해요." 내가 말했다. "그리고 강해지려면 당신에게서 그 말을 들어야 해요. 나만 들을 수 있게 작은 소리로 말해봐요." 나는 작은 조개 같은 그녀의 하얀 귀에 양손을 오목하게 갖다 댔다.

그녀는 나를 바라보다가 숨을 들이쉬고 멈췄다가 다시 숨을 쉬

565

었다. 그러고 나서 그 마법의 말을 속삭였다. 어떤 암호보다도, 어떤 신앙고백보다도, 어떤 충성선서보다도 강력한 말. "사랑해요."

"나도 사랑해요." 나는 마주 속삭였다.

그리고 그녀에게 키스했다.

그녀도 내게 키스했다.

"정말 못됐어요." 그녀가 말했다.

"이 일이 끝나면, 호텔이 다 지어지면, 그러면 당신은 자유가 되는 거예요?" 내가 말했다.

그녀는 고개를 끄덕였다.

"기다릴게요. 그때 우리 함께 짐을 챙겨서 떠나요."

"어디로요?" 그녀가 물었다.

"바르셀로나. 아니면 케이프타운. 아니면 시드니."

"바르셀로나." 그녀가 말했다. "가우디."

"좋아요."

이 합의를 확인하려는 듯이 우리는 서로의 눈을 바라보았다. 어둠 속에서 어떤 소리가 들려왔다. 검은가슴물떼새? 그 녀석이 무엇 때문에 산 위에서 여기까지 온 거지? 불꽃놀이 때문인가?

그녀의 얼굴에 어떤 감정이 나타났다. 불안감이었다.

"왜 그래요?" 내가 물었다.

"들어봐요. 심상치 않은 소리예요."

나는 귀를 기울였다. 새소리가 아니었다. 소리가 커졌다가 작아졌다.

"소방차 소리예요." 내가 말했다.

우리는 신호라도 받은 사람들처럼 침대에서 뛰쳐나와 정비소로 달려 들어갔다. 내가 문을 열자 마침 낡은 소방차가 마을 쪽으로 사라지는 것이 보였다. 내가 수리한 적이 있는 GMC 자동차였다. 카운티 의회가 군대에서 사들인 차인데, 군대는 그 차를 공항에서 사용했다. 가격이 합리적이며, 1500리터 용량의 물탱크가 딸려 있다고 했다. 일 년이 흐른 뒤에는 가파른 지형에서는 이 무거운 차량의 속도가 너무 느려서, 만약 산속에서 불이 나면 이 차가 현장에 도착했을 때쯤 그 1500리터의 물로 끌 수 있는 불씨가 전혀 남아 있지 않을 것이라고 했다. 하지만 이 괴물 같은 차를 사겠다는 사람이 없어서 여전히 이 마을에서 사용하고 있었다.

"이런 날씨에 마을 한복판에서 불꽃놀이를 허용하면 안 되는 건데." 내가 말했다.

"불이 난 곳은 마을 한복판이 아니에요." 섀넌이 말했다.

나는 그녀의 시선을 따라갔다. 산 위, 오프가르 농장이 있는 방향이었다. 그 위의 하늘이 지저분한 노란색이었다.

"아, 젠장." 내가 속삭였다.

나는 볼보를 몰고 마당으로 들어갔다. 섀넌은 스바루를 몰고 내 뒤를 바짝 따라왔다.

약간 동쪽으로 기울어진 오프가르 농장이 달빛 속에서 반짝였다. 아무 이상이 없었다. 우리는 차에서 내렸다. 나는 헛간으로 향했고, 섀넌은 본채로 향했다.

헛간에서 나는 칼이 이미 스키를 챙겨 나갔음을 알 수 있었다. 나도 내 스키와 스키폴을 들고 집으로 달려갔다. 섀넌이 문간에 서서 내 스키부츠를 내밀고 있었다. 나는 스키를 고정하고 지저분한 노란색 하늘을 향해 나무들 사이를 전속력으로 달리기 시작했다. 바람이 아주 많이 잠잠해져서, 칼의 스키 자국이 눈에 덮이지 않았기 때문에 나는 그 자국을 따라 빠르게 달릴 수 있었다. 지금 바람은 조금 강한 산들바람 정도인 것 같았다. 능선에 올라서기 전에 불길이 이글거리는 소리와 고함 소리가 먼저 들렸다. 그래서 마침내 현장에 도착해서 호텔의 골조와 조립 모듈을 내려다봤을 때 놀라움과 안도감을 함께 느꼈다. 연기는 있었지만 불길은 없었다. 어떻게든 불을 끈 모양이었다. 하지만 그때 건물 한쪽 옆의 눈 속에서 뭔가 빛나는 것이 보였다. 소방차의 빨간 차체 위에, 그곳에 무표정하게 서 있는 사람들의 얼굴 위에도 그 빛이 있었다. 사람들은 고개를 돌려 나를 바라보았다. 그때 순간적으로 바람이 사라지면서 사방에서 날름거리는 노란색 불길이 눈에 들어왔다. 그제야 나는 바람에 불길이 순간적으로 밀려났을 뿐임을 알아차렸다. 또한 불을 끄려고 애쓰는 사람들이 어떤 문제에 봉착했는지도 알 수 있었다. 도로는 호텔 앞까지 나 있지만, 소방차는 조금 떨어진 곳에 멈추는 수밖에 없었다. 호텔 앞쪽의 눈을 치우지 않았기 때문이었다. 따라서 소방 호스를 완전히 풀어도 바람을 등지고 물을 뿌릴 수 있는 호텔 뒤편까지 닿지 않았다. 틀림없이 수압을 최강으로 설정했을 텐데도, 물은 맞바람 앞에서 흩어져 사람들 머리 위로 비처럼 쏟아져 내렸다.

나는 호텔에서 100미터가 조금 안 되는 거리에 서 있었기 때문에 열기가 전혀 느껴지지 않았다. 하지만 사람들 속에서 땀 때문인지 호스에서 쏟아진 물 때문인지 하여튼 물에 젖은 칼의 얼굴을 발견한 순간, 나는 가망이 없음을 깨달았다. 모든 것이 사라졌다.

새해 첫날의 회색 여명이 밝았다.

그 빛에 풍경이 평평하고 단조롭게 보였다. 차를 몰고 정비소에서 호텔 현장으로 올라갔을 때, 나는 순간적으로 길을 잃은 줄 알았다. 내가 손바닥처럼 잘 아는 그 풍경이 아니라, 어딘가 낯선 곳, 낯선 행성에 온 것 같았다.

칼은 이 마을의 자랑거리가 될 예정이던 건물의 시커먼 잔해와 피어오르는 연기 옆에 남자 세 명과 함께 서 있었다. 물론 지금도 이 건물이 마을의 자랑거리가 될 수는 있을 것이다. 비록 올해 안에 그렇게 되기는 힘들겠지만. 시커멓게 탄 나무 조각들이 경고의 손가락처럼 하늘을 가리키며 우리에게, 그들에게, 모든 사람에게 말하고 있었다. 여기 벌거벗은 산에 망할 놈의 스파 호텔을 지으면 안 된다고. 그것은 자연에 반하는 일이라 정령들이 깨어날 것이라고.

차에서 내려 칼을 향해 걸어가다 보니, 함께 있는 세 남자가 쿠르트 올센 경찰관, 보스 길베르트 카운티 의회 의장, 소방대장임을 알 수 있었다. 이름이 아들레르인 소방대장은 평소에는 카운티 의

사당에서 엔지니어로 일했다. 그들이 조개처럼 입을 다문 것이 내가 도착했기 때문인지, 아니면 서로 이런저런 가설을 교환하는 이야기를 막 끝낸 참이었기 때문인지는 지금도 모르겠다.

"어때요? 무슨 의견이라도 나왔어요?" 내가 말했다.

"신년 전야 불꽃놀이의 잔해가 발견됐어." 칼이 잘 들리지 않을 만큼 작은 목소리로 말했다. 그의 시선은 어딘가 아주 먼 곳에 맞춰져 있었다.

"맞아." 쿠르트 올센이 말했다. 그는 야간 근무를 서는 군인처럼 검지와 엄지로 잡은 담배를 손바닥 쪽으로 들고 있었다. "바람을 타고 마을에서부터 여기까지 올라와 목재에 불을 붙였을 가능성이 있지."

가능성, 가능성. 올센이 그 말을 강조하는 것을 보니, 이 가설을 그도 별로 믿지 않는 것이 분명했다.

"하지만?" 내가 말했다.

쿠르트 올센은 어깨를 으쓱했다. "하지만 여기 소방대장의 말에 따르면, 소방대가 여기 도착했을 때 눈에 반쯤 덮인 두 쌍의 발자국이 호텔 쪽으로 이어진 걸 봤다더군. 바람이 세게 불고 있었으니, 소방차가 도착하기 조금 전에 생긴 발자국이 분명해."

"두 사람이 안으로 들어가면서 남긴 발자국인지, 아니면 한 사람이 들어갔다가 나온 자국인지는 알 수 없습니다." 소방대장이 말했다. "우리는 최악의 경우를 가정하고, 모듈 안에 사람이 있는지 확인하려고 대원을 들여보내야 했습니다만 이미 다 불이 붙어서 열기가 너무 뜨거웠습니다."

"여기에 시체는 하나도 없어." 올센이 말했다. "하지만 밤에 누가 여기 있었던 것 같기는 해. 그러니 방화의 가능성을 배제할 수는 없겠지.”

“방화?” 나는 거의 소리를 지르다시피 했다.

올센은 내가 너무 지나치게 놀란다고 생각했는지도 모른다. 어쨌든 그는 경찰관답게 사람을 샅샅이 훑어보는 시선으로 나를 바라보았다.

“그런 짓을 해서 이득을 얻는 사람이 어디 있다고.” 내가 말했다.

“그러게, 그런 사람이 누구일까, 로위?” 쿠르트 올센이 말했다. 그가 내 이름을 부르는 그 빌어먹을 어조가 마음에 들지 않았다.

“자자.” 카운티 의회 의장이 안개에 반쯤 가려져 있는 마을 쪽을 고갯짓으로 가리켰다. 부달 호수의 얼음 위를 가로질러 온 안개가 마을을 덮고 있었다. “사람들이 잠에서 깨서 소식을 들으면 어젯밤 마신 술이 아직 안 깬 줄 알 겁니다.”

“똥이 목까지 찼을 때는 재건을 시작하는 방법밖에 없죠.” 내가 말했다.

내가 무슨 라틴어 문장을 말하기라도 한 것처럼 사람들이 나를 바라보았다.

“그럴지도 모르죠. 하지만 올해 안에 호텔을 세우려면 힘이 들 겁니다.” 길베르트가 말했다. “그리고 그건 사람들이 한동안 오두막 부지로 땅을 팔 수 없다는 뜻이고요.”

“그래요?” 나는 칼을 흘깃 보았지만, 그는 아무 말도 하지 않았다. 아예 우리 이야기가 들리지 않는 사람처럼 텅 빈 눈으로 화재 현장만 빤히 바라보았다. 칼의 얼굴을 보니 새로 굳힌 시멘트가 생각났다.

“카운티 의회와의 협정에 그런 조항이 있습니다.” 길베르트의 한숨 소리를 듣고 나는 그가 조금 전에 한 말을 되풀이하고 있음을 깨달았다. "호텔이 먼저, 오두막은 그다음. 불행히도 적잖은 마을 사람들이 알이 깨기도 전부터 병아리 수를 헤아리면서 필요 이상으로 값비싼 차를 사들였어요."

"호텔이 전액 보상되는 화재보험에 들어 있으니 다행입니다." 쿠르트 올센이 칼을 흘깃 보면서 말했다.

길베르트와 소방대장은 간신히 희미한 미소를 지었다. 맞는 말이지만, 지금은 그것도 큰 위안이 되지 않는다고 말하는 듯한 표정이었다.

"그럼, 됐습니다." 카운티 의회 의장은 이렇게 말하면서 양손을 외투 주머니에 찔러 넣었다. 이만 이 자리를 떠나고 싶다는 신호였다. "새해 복 많이 받으세요."

올센과 소방대장이 눈 속에서 의장의 뒤를 따라 터벅터벅 걸어갔다.

"그래?" 그들이 소리를 들을 수 없을 만큼 멀어지자 내가 조용히 물었다.

"새해 복 많이 받았냐고?" 칼이 몽유병자 같은 목소리로 말했다.

"보험으로 전액 보상되냐고."

칼은 몸 전체를 내 쪽으로 돌렸다. 정말로 몸에 시멘트를 발라 굳힌 것 같았다. "전액 보상 보험을 안 들었을 이유가 없잖아." 칼의 말은 아주 느리고 아주 조용했다. 술기운 때문이 아니었다. 혹시 그동안 무슨 약 같은 걸 먹었나?

"혹시 전액보다 더 보상되는 거야?"

"무슨 뜻이야?"

내 안에서 분노가 부글거리며 끓어오르기 시작했지만, 저 사람들이 차에 탈 때까지는 언성을 높이지 말아야 했다. "누가 화재를

572

고의로 일으켰고, 손해 금액 이상의 보험금이 설정되어 있는 것 같다고 쿠르트 올센이 암시하는 것 같아서 그래. 널 보험 사기범으로 보고 있다고. 혹시 너 몰랐어?"

"내가 불을 질렀다고?"

"그랬어, 칼?"

"내가 왜 그래?"

"호텔은 거의 망한 셈이잖아. 지출이 예산을 한참 초과했으니. 하지만 지금까지는 네가 그걸 잘 숨기고 있었지. 이게 어쩌면 유일한 출구였는지도 몰라. 마을의 이웃들은 청구 대금을 치르지 않아도 되고, 너는 수치를 피할 수 있으니까. 이제는 네가 처음부터 새로 시작할 수 있게 됐잖아. 보험금이 나오면 규정에 맞는 자재로 호텔을 원래 설계 그대로 지을 수 있겠지. 칼 오프가르에게 바쳐진 기념물을 지금도 세울 수 있다고."

칼은 홀린 듯한 눈빛으로 나를 바라보았다. 마치 내가 칼의 눈앞에서 변신하기라도 한 것 같았다. "형은 내가 그런 짓을 할 수 있는 사람이라고 정말로 믿어?" 이 말을 하고 나서 칼은 고개를 한쪽으로 살짝 기울였다. "그래, 믿고 있지. 그럼 이걸 대답해봐. 내가 왜 지금 여기 서서 할복이라도 하고 싶은 심정일까? 왜 집에서 샴페인을 터뜨리지 않는 거지?"

나는 칼의 시선을 맞받았다. 서서히 깨달음이 왔다. 칼이 거짓말을 할 수는 있지만, 나를 속일 만큼 슬픔을 가장할 능력은 없었다. 전혀.

"안 돼." 내가 속삭였다. "그건 안 돼, 칼."

"뭐가 안 돼?"

"네가 절박한 상태였고, 비용을 절감하려고 애쓴 건 알아. 하지만 그건 안 돼."

"뭐가?" 칼이 갑자기 벌컥 화를 내며 고함을 질렀다.

"보험. 너 설마 보험료를 밀린 건 아니지?"

칼은 시선을 피했다. 분노도 지나간 것 같았다. 약을 먹고 있음이 분명했다.

"그래, 그랬다면 멍청한 짓이지." 칼이 속삭였다. "화재 직전에 보험료를 연체하다니. 왜냐하면……." 칼의 얼굴에 천천히 미소가 번졌다. 마약쟁이가 발코니에서 자신이 하늘을 날 수 있음을 증명하려고 날아오르기 직전에 지을 것 같은 미소였다. "그렇지. 왜냐하면 그다음에 이런 일이 일어났으니까, 로위."

52

산에서는 어둠이 내리는 게 아니라 올라온다. 계곡에서, 숲에서, 저 아래 호수에서 올라온다. 그래서 우리 집이 있는 높은 곳은 아직 낮인데도 마을과 밭에는 저녁이 온 것을 볼 수 있다. 하지만 그날, 새해 첫날인 그날은 달랐다. 어쩌면 머리 위에 두껍게 걸려서 모든 것을 회색으로 물들이던 구름 때문이었는지도 모른다. 검게 탄 화재 현장이 산허리에서 올라오는 빛을 모두 빨아들이는 것처럼 보였기 때문인지도 모른다. 오프가르 농장을 덮은 절망 때문이거나 우주에서 날아온 추위 때문이었는지도 모른다. 원인이 무엇이든, 햇빛이 다 타버린 것처럼 순식간에 사라졌다.

나는 칼, 섀넌과 함께 말없이 저녁을 먹으며, 기온이 내려가면서 벽에서 나는 소리를 들었다. 식사를 끝낸 뒤에는 냅킨을 들어 입에 묻은 대구 살과 기름을 닦아냈다. 그러고는 입을 열었다.

"〈오스 데일리〉 웹사이트에는 화재로 공사가 지연될 뿐이라는 단 크라네의 기사가 올라와 있어."

"응." 칼이 말했다. "단이 전화로 물어보기에, 내가 다음 주에 재건을 시작할 거라고 말했어."

"그럼 단은 보험이 없다는 걸 모르는 거야?"

칼은 접시 양쪽에 팔꿈치를 세웠다. "그걸 아는 사람은 지금 여기 식탁에 둘러앉은 우리뿐이야. 앞으로도 이게 새어 나가면 안돼."

"너도 생각해봤겠지만, 단은 기자이니 보험 문제에 대해 더 자세히 들여다봤을 거야. 여기에 결국 마을의 미래가 달려 있는 셈이니까."

"걱정할 필요 없어. 내가 알아서 할게. 알았지?"

"그래."

칼은 대구 요리를 더 먹었다. 그러다 나를 흘깃 보고는 먹는 걸 그만두고 물을 마셨다. "호텔에 화재보험이 없다는 의심을 단이 조금이라도 갖고 있었다면, 상황이 잘 정리되고 있다는 기사를 쓰지는 않았을 거야. 형도 그건 알지?"

"그래, 뭐, 네가 그렇게 말한다면 그렇겠지."

칼은 포크를 내려놓았다. "진짜로 하고 싶은 말이 뭐야, 로위?"

순간적으로 나는 칼을 보았다. 오만한 몸짓, 조용하지만 명령을 내리는 듯한 목소리, 상대를 뚫어지게 보는 시선. 순간적으로 칼이 그 사람이 된 것 같았다. 아빠가 된 것 같았다.

나는 어깨를 으쓱했다. "내가 말하고 싶은 건 아마 이것 같아. 호텔에 대해 부정적인 이야기를 절대 쓰지 말라고 누군가 단 크라네에게 말했을지도 모른다는 것. 그것도 화재가 나기 한참 전에."

"예를 들면 누구?"

"여기 와 있던 덴마크인 해결사. 크리스마스 직전에 〈오스 데일리〉 앞에 그자의 재규어가 서 있는 걸 본 사람이 있어. 그 뒤에 단 크라네가 아픈 사람처럼 창백한 안색이었다고 말하는 사람들도 있고."

칼은 씩 웃었다. "빌룸센의 해결사? 우리가 어렸을 때 얘기하던 그놈?"

"그때는 그런 자가 있다는 걸 믿지 않았지만, 지금은 믿어."

"좋아. 그럼 빌룸센이 왜 단 크라네의 입을 막으려 할까?"

"입을 막는 게 아니지. 기사 방향을 조종하려는 거야. 어제 스탠리의 파티에서 단 크라네는 호텔에 대해 딱히 좋은 말을 하지 않았어."

내가 이 말을 하자 뭔가가 칼의 눈을 깜박깜박 지나갔다. 내가 한 번도 보지 못한 것이었다. 단단하고 어두운 도끼날 같았다.

"단 크라네는 자신의 생각을 글로 쓰지 않았어." 내가 말했다. "빌룸센이 기사를 검열했으니까. 그러니 네가 그 이유를 한번 말해 봐."

칼은 냅킨을 잡아 입 주위를 닦았다. "아, 빌룸센한테는 단을 막아야 할 훌륭한 이유가 수백만 개는 있을걸."

"너한테 빌려준 돈 때문에?"

"그럴 수도 있고. 그런데 그걸 왜 물어?"

"크리스마스이브에 저 바깥의 눈 속에 타이어 자국이 나 있는 걸 봤거든. 폭이 넓은 여름용 타이어."

칼의 얼굴이 이상할 정도로 길어졌다. 마치 유원지에 있는 거울의 방에서 칼을 보고 있는 것 같았다.

"눈이 내린 건 크리스마스 이틀 전이야." 내가 말했다. "그렇다면 그 타이어 자국은 바로 그날이나 크리스마스 전날에 생겼을 거야."

내가 더 이상 말할 필요는 없었다. 이 마을에서 12월에도 여름용 타이어를 사용하는 사람은 그 해결사 딱 한 명뿐이었다. 칼은 섀넌을 향해 일부러 무심한 척 가장한 시선을 던졌다. 섀넌도 그를 마주 바라보았다. 그녀의 눈에도 역시 내가 처음 보는 단단한 것이 있었다.

"다 끝난 거야?" 그녀가 물었다.

"응." 칼이 말했다. "이 일에 대해 해야 할 말은 이게 다야."

"난 식사를 말한 거야. 식사 끝난 거야?"

"응." 칼이 말했다. 나도 고개를 끄덕였다.

섀넌은 일어서서 접시와 식기를 모아 부엌으로 나갔다. 수돗물을 트는 소리가 들렸다.

"형은 생각이 다른가 보네." 칼이 말했다.

"내가 어떤 생각을 하는데?"

"단 크라네한테 그 해결사를 붙인 게 나라고 생각하지."

"아니야?"

칼은 고개를 끄덕였다. "빌룸센이 빌려준 돈은 확실히 비밀이라서 회계에 포함되어 있지 않아. 그러니 우리가 없는 신용으로 빚을 끌어모으는 것처럼 보이지. 하지만 현금흐름이라는 측면에서 우리는 빌룸센의 돈 덕분에 건설의 마지막 단계를 넘길 수 있었어. 이제 일이 정상 궤도로 올라서서 비용도 극적으로 줄어들었고, 봄부터 계속 지연된 작업을 거의 다 따라잡았지. 그래서 그 해결사가 나타난 게 상당히 놀라운 일이었어……." 칼은 몸을 앞으로 기울이고, 이를 악물었다. "여기, 내 집에 그자가 왔다고, 로위! 내가 빚진 돈을 갚지 않으면 어떻게 될지 나한테 말하려고 여기까지 왔어. 나한테 사실을 일깨워줄 필요가 있다는 듯이." 칼은 눈을 꾹 감고 다시 의자에 등을 기대며 무거운 한숨을 내쉬었다. "어쨌든, 알고 보니 빌룸센이 슬슬 걱정이 돼서 그자를 보내 그런 말을 한 거였어."

"왜? 모든 게 정상 궤도에 올라섰다면서?"

"얼마 전에 단이 빌룸센에게 전화를 걸어서 인터뷰를 요청했거든. 그 일에 참여한 마을 사람 중 가장 저명한 인물이라면서, 그 프로젝트와 나에 대해 어떻게 생각하느냐고 물었어. 그렇게 인터뷰를 하는 도중에 빌룸센은 단이 대단히 비판적인 기사를 쓰기에 충분한 자료를 마침내 다 모았다는 사실을 깨달은 거야. 그 기사가 나오면 이 프로젝트와 카운티 의회의 관대함에 대한 참가자들의 믿음이 흔들리겠지. 회계에 대해서도 의심하게 될 테고. 단은 토론토에 있는 사람들에게도 연락해서 내가 파산을 피해 도망쳤다는 얘기를 들었어. 그 사건과 오스 스파 산정호텔 프로젝트 사이에 비슷한 점이 상당히 많다는 것도 알게 됐고. 그러니 빌룸센은 내가 또 도망칠까 봐 걱정이 된 거야. 게다가 단은 이 프로젝트를 사기극으로 보는 기사로 일을 모두 망칠 것 같았지. 그래서 해결사를 불러와 두 가지 일을 맡겼어."

"단의 기사를 막고, 네가 혹시 파산 선언을 할 계획이라도 실행하지 못하게 겁을 주는 것."

"맞아."

나는 칼을 보았다. 의심의 여지가 없었다. 지금 칼은 진실을 말하고 있었다.

"그런데 그 건물이 몽땅 타버렸으니 이제 어쩔 거야?"

"하룻밤 자면서 생각해봐야지." 칼이 말했다. "형도 여기서 자고 싶다면 환영이야."

나는 칼을 보았다. 그냥 예의상 하는 말이 아니었다. 위기가 닥치면 어떤 사람들은 혼자 해결하려고 한다. 반면 칼 같은 사람들은 주위에 사람을 두고 싶어한다.

"그래." 내가 말했다. "이틀 정도 휴가를 내고 여기 있을게. 어쩌면 너한테 도움이 필요할 수도 있으니까."

"그래줄 거야?" 칼이 고마운 표정으로 나를 보았다.

바로 그때 섀넌이 커피 잔을 들고 들어왔다. "좋은 소식이야, 섀넌. 로위가 여기 있겠대."

"잘됐네." 섀넌은 정말로 신난 사람처럼 말했다. 그리고 친애하는 시아주버니를 보는 표정으로 내게 미소를 지어주었다. 그녀의 연기 실력을 좋아해야 할지 알 수 없었지만, 지금 이 순간에는 다행이라는 생각이 들었다.

"의지할 가족이 있다는 건 좋은 일이야." 칼이 의자를 뒤로 밀면서 말했다. 거친 바닥에서 의자 다리가 기침하는 것 같은 소리를 냈다. "난 커피는 안 마실래. 하루 반 동안 잠을 못 자서 이제 자러 가야겠어."

칼이 떠난 뒤 섀넌이 칼의 의자에 앉았다. 침묵 속에서 함께 커피를 마시는데 위층에서 변기의 물을 내리는 소리와 침실 문이 닫히는 소리가 들렸다.

"기분이 어때요?" 내가 조용히 말했다.

"무슨 기분요?" 목소리는 단조롭고 얼굴은 무표정했다.

"당신의 호텔이 타버렸잖아요."

그녀는 고개를 저었다. "그건 내 호텔이 아니었어요. 당신도 알다시피, 내 호텔은 도중에 이미 사라져버렸어요."

"그래요. 하지만 호텔에 보험이 없다는 사실이 드러나면 오스 스파 산정호텔 SL은 파산선고를 받을 거예요. 호텔이 없다면 오두막 부지로 땅을 팔 수도 없죠. 그러면 여기 땅값이 거의 0에 가까운

수준으로 돌아갈 거예요. 모두 끝장이에요. 우리도, 빌룸센도, 마을
도."

새년은 대답하지 않았다.

"그동안 바르셀로나에 대해 좀 조사해봤어요." 내가 말했다. "난
도시인이 아니라서 산이 좋아요. 그런데 바르셀로나 외곽에 산이
많더라고요. 집값도 여기보다 싸고."

새년은 여전히 말이 없었다. 커피 잔만 뚫어져라 들여다볼 뿐이
었다.

"산 요렌스라는 산이 정말 근사해요." 내가 말했다. "바르셀로나
에서 사십 분 거리예요."

"로위……."

"거기서 틀림없이 주유소를 하나 살 수 있을 거예요. 내가 따로
모아둔 돈이 있으니까 충분……."

"로위!" 그녀가 커피 잔에서 시선을 들어 나를 바라보았다. "이
건 나한테 기회예요. 모르겠어요?"

"기회?"

"그 기형아가 불에 타서 없어졌잖아요. 이제 내 건물을 세울 기
회가 생긴 거예요. 원래 모습 그대로."

"하지만……."

그녀의 손톱이 내 팔을 파고드는 바람에 나는 입을 다물었다. 그
녀가 앞으로 몸을 기울였다. "내 아이예요, 로위. 모르겠어요? 그
아이가 죽었다가 살아났어요."

"새년, 돈이 없어요."

"도로, 상하수도, 부지, 모든 게 있어요."

"그런 소리가 아니잖아요. 오 년이나 십 년 뒤에 누가 거기에 건

물을 지을지도 모르죠. 하지만 당신의 호텔을 지어줄 사람은 없어요, 새넌."

"당신이 몰라서 그런 소리를 하는 거예요." 그녀의 눈이 이상하게 열에 들뜬 것처럼 반짝였다. 한 번도 본 적이 없는 모습이었다. "빌룸센은 가진 게 너무 많아서 손해를 참지 못해요. 난 그런 남자들을 잘 알아요. 그 사람들은 꼭 이겨야 돼요. 패배를 받아들이지 못하죠. 빌룸센은 자기가 받아야 할 돈과 오두막 부지에서 거둘 이윤을 확보하기 위해 무슨 짓이든 할 거예요."

나는 빌룸센과 리타를 생각해보았다. 새넌의 말에 일리가 있었다.

"빌룸센이 한 번 더 모험을 할 것 같아요? 모 아니면 도라는 식으로?"

"그럴 수밖에 없어요. 그러니까 나는 내 호텔이 세워질 때까지 여기 있어야 해요. 아, 당신이 보기에는 내가 미친 것 같죠?" 그녀가 절박한 표정으로 소리치더니 내 팔에 이마를 댔다. "하지만 나는 그 건물을 짓기 위해 태어났어요. 당신이 이해해줘야 해요. 일단 그게 세워지고 나서 함께 바르셀로나로 가요. 약속할게요." 그녀는 내 손에 입을 맞춘 뒤 일어섰다.

나도 일어서서 그녀를 끌어안으려고 했지만, 그녀가 나를 억지로 의자에 다시 앉혔다.

"이젠 머리와 가슴을 모두 냉정하게 유지해야 해요." 그녀가 속삭였다. "생각해요. 우린 생각해야 돼요, 로위. 그래야 나중에 생각하지 않고 지낼 수 있어요. 잘 자요."

그녀는 내 이마에 입을 맞추고 가버렸다.

나는 이층 침대에 누워 새넌의 말을 생각했다.

빌룸센이 지기 싫어하는 것은 사실이었다. 하지만 그는 손해를 줄이기 위해 타격을 감수해야 하는 순간도 아는 사람이었다. 혹시 섀넌은 너무나 간절히 원한 나머지 자신의 말이 옳다고 믿어버린 걸까? 그 호텔을 사랑해서 눈이 멀어버린 건가? 내가 그녀의 말에 넘어가 같은 생각을 하게 된 것도 역시 사랑 때문인가? 호텔에 보험금이 나오지 않는다는 사실을 빌룸센이 알게 되었을 때, 욕심과 두려움이라는 상반된 두 개의 힘 중 어느 쪽이 이길지는 알 수 없었다. 하지만 이 프로젝트를 구할 수 있는 사람이 오로지 빌룸센뿐이라는 섀넌의 말은 십중팔구 옳은 것 같았다.

나는 침대 밖으로 몸을 내밀어 창밖의 온도계를 보았다. 영하 25도였다. 오늘 밖에는 생물이 하나도 보이지 않았다. 그런데 그때 갈까마귀가 경고하듯 울었다. 뭔가가 밖에 있기는 한 모양이었다. 뭔가가 오고 있었다. 산 것이든 죽은 것이든.

나는 귀를 기울였다. 집 안에서는 아무 소리도 들리지 않았다. 나는 갑자기 아이로 돌아가, 세상에 괴물은 없다고 속으로 되뇌었다. 괴물은 존재하지 않는다고 나 자신에게 거짓말을 했다.

하지만 다음 날 그것이 왔다.

6부

JO NESBØ

53

잠에서 깨자마자 나는 sprengkulda*가 왔음을 알아차렸다. 살갗에 닿는 기온의 느낌 때문이라기보다는, 다른 감각기관의 느낌 때문이었다. 극도로 추울 때는 소리가 더 잘 전달되었다. 나는 빛에 더 민감한 편이었고, 이제 분자가 더 단단히 압축된 공기 덕분에 왠지 더 생기가 도는 것 같았다.

예를 들어 밖에서 뽀드득뽀드득 눈을 밟는 소리를 듣고, 나는 칼이 일찍 일어나 움직이고 있음을 알 수 있었다. 커튼을 열자 캐딜락이 예이테스빙엔의 얼어붙은 길 위에서 천천히 조심스럽게 움직이고 있었다. 우리가 빙판 위에 모래를 뿌려두었기 때문에 길은 차가운 '샌드페이퍼' 얼음판이 되어 있었다. 나는 섀넌의 침실로 들어갔다.

잠결이라 따뜻한 그녀의 몸에서는 평소의 맛있게 알싸한 체취가 더 강렬하게 느껴졌다.

나는 키스로 그녀를 깨워, 설사 칼이 그냥 신문을 사러 나간 거라

---

* 북극의 냉기가 내려와 형성되는 끔찍한 추위.

해도 우리 둘만 있는 시간이 적어도 삼십 분은 될 거라고 말했다.

"로위, 냉정한 마음으로 생각을 해야 한다고 말했잖아요!" 그녀가 숨을 죽이고 소리쳤다. "나가요!"

내가 일어서자 그녀가 나를 다시 잡아당겼다.

마치 부달 호수에 들어갔다가 부들부들 떨며 나와서 햇볕이 따뜻이 데워놓은 바위 위에 눕는 것 같은 기분이었다. 딱딱하면서 동시에 부드러운 느낌. 행복감이 어찌나 강렬한지 내 몸이 노래를 불러댔다.

귓가에서 그녀가 숨결을 내쉬며 고향의 말과 영어와 노르웨이어를 뒤죽박죽 섞어서 야한 말을 속삭였다. 그녀가 큰 소리를 내지르며 절정에 오르자, 그녀의 온몸이 활처럼 휘어졌다. 나는 절정에 도달했을 때 그녀의 귀에 직접적으로 소리를 지르지 않으려고 베개에 얼굴을 묻었다가 칼의 체취를 느꼈다. 틀림없는 칼의 냄새였다. 하지만 냄새만 있는 것이 아니었다. 소리. 우리 뒤쪽의 문에서 들려오는 소리. 나는 긴장했다.

"왜 그래요?" 섀넌이 숨을 몰아쉬며 물었다.

나는 문을 향해 고개를 돌렸다. 문이 살짝 열려 있었다. 내가 문을 닫지 않은 거겠지, 그렇지? 틀림없었다. 나는 숨을 죽였다. 섀넌도 같이 숨을 죽이는 소리가 들렸다.

침묵이 흘렀다.

혹시 캐딜락이 오는 소리를 못 들은 걸까? 그런 일은 얼마든지 가능했다. 우리가 딱히 목소리를 줄이려고 애쓰지 않았으니까. 나는 항상 차고 있는 손목시계를 보았다. 칼이 나간 지 이십이 분밖에 되지 않았다.

"괜찮아요." 나는 이렇게 말하고 나서 똑바로 누웠다. 그녀가 내 옆으로 파고들었다.

"바베이도스." 그녀가 귓속말을 했다.

"네?"

"우리 바르셀로나 얘기를 했잖아요. 바베이도스는 어때요?"

"거기에도 석유로 가는 자동차가 있어요?"

"당연히 있죠."

"좋아요."

그녀가 내게 키스했다. 그녀의 혀는 매끄럽고 강했다. 탐색적이면서 과시적이고, 자신을 주면서 내 것을 가져갔다. 나는 도저히 빠져나올 수 없었다. 내가 다시 그녀의 안으로 들어가려는데 엔진 소리가 들렸다. 캐딜락이었다. 그녀가 손을 내게 댄 채로, 침대에서 빠져나가는 나를 바라보았다. 나는 팬티를 입고, 차가운 바닥을 걸어 어렸을 때 쓰던 방으로 갔다. 이층 침대에 누워 귀를 기울였다.

차가 밖에서 멈추고, 현관문이 열렸다.

칼은 복도에서 신발에 묻은 눈을 쿵쿵 털었다. 바닥에 난 연통 구멍을 통해 칼이 부엌으로 들어오는 소리가 들렸다.

"당신 차를 밖에서 봤어요." 칼의 목소리였다. "그냥 안으로 들어온 거예요?"

침대에 누워 있는 내 몸이 얼음처럼 굳었다.

"문이 열려 있던걸." 다른 사람의 목소리였다. 나직하고 거슬리는 소리. 성대를 다친 것 같은 목소리였다.

나는 팔꿈치로 상체를 지탱하며 커튼을 열었다. 눈을 치워놓은 헛간 옆에 재규어가 서 있었다.

"무슨 일로 왔어요?" 칼이 말했다. 차분하지만 긴장된 목소리였다.

"내 고객에게 돈을 갚아."

"호텔이 불에 타서 그 사람이 당신을 불러온 건가요? 삼십 시간 이라. 반응시간이 나쁘지 않네요."

"내 고객에게 당장 돈을 갚아."

"보험금이 나오자마자 갚을 거예요."

"보험금은 안 나오잖아. 호텔에 보험이 없으니까."

"누가 그래요?"

"내 고객한테도 소식통이 있어. 대출 조건이 지켜지지 않았어. 그러니 즉시 돈을 갚아야지. 당신도 알지, 오프가르 씨? 좋아. 이틀 줄게. 그러니까…… 지금부터 사십팔 시간이야."

"이봐요……."

"지난번에 내가 와서 미리 경고했어. 이건 삼세판이 아니야, 오 프가르 씨. 이번이 망치야."

"망치?"

"끝이라고. 죽음."

아래층에 침묵이 흘렀다. 나는 머릿속으로 두 사람을 상상했다. 빨갛게 성난 여드름이 있는 덴마크인이 식탁에 앉아 있다. 몸짓은 느긋하지만, 그 때문에 오히려 더 위협적으로 보일 뿐이다. 칼은 방금 영하 30도의 밖에서 들어왔는데도 땀을 흘리고 있다.

"무슨 걱정이에요?" 칼이 물었다. "빌룸센이 담보를 잡고 있는 데."

"호텔이 없으면 담보 가치도 얼마 안 된다며."

"하지만 날 죽여봤자 의미가 없잖아요." 칼은 더 이상 차분한 목 소리를 내지 못했다. 지금은 진공청소기가 끼잉거리는 소리와 더 비슷했다. "내가 죽으면 빌룸센은 절대 돈을 받지 못할 텐데요."

"죽는 건 네가 아냐, 오프가르. 적어도 처음에는."

나는 이다음에 무슨 말이 나올지 벌써 알 것 같았지만, 칼도 아는지는 장담할 수 없었다.

"네 아내야, 오프가르."

"ㅅ……." 칼은 'ㅐ'를 꿀꺽 삼켜버렸다. "……넌?"

"좋은 이름이네."

"하지만 그건…… 살인이에요."

"갚을 돈의 액수가 있잖아."

"고작 이틀을 주고서. 그렇게 짧은 시간 안에 내가 어떻게 그만한 돈을 마련해요?"

"아마 상당히 극적인 일을 해야겠지. 어쩌면 아주 필사적인 일까지도. 그 이상은 나도 모르겠네, 오프가르 씨."

"만약 내가 돈을 마련하지 못하면……?"

"그럼 홀아비가 되는 거지. 그리고 이틀을 더 얻는 거고."

"아니, 세상에, 내 말은……."

나는 이미 일어선 상태였다. 나는 바지와 스웨터를 입으면서 소리를 내지 않으려고 애썼다. 나흘 뒤에 무슨 일이 벌어질지 자세히 듣지는 못했지만, 굳이 들을 필요도 없었다.

나는 살금살금 계단을 내려갔다. 어쩌면 혹시, 혹시 기습 공격으로 저 덴마크인을 상대할 수 있었을지도 모른다. 하지만 확신은 없었다. 주유소 마당에서 본 그의 빠른 동작이 생각났다. 그의 목소리가 들리는 방향으로 미루어 짐작하건대 그는 문을 마주하고 앉아 있음이 분명했다. 내가 들어가는 순간 그의 눈에 띌 것이다.

나는 살금살금 신발을 신고 밖으로 나갔다. 추위가 관자놀이를 짓눌렀다. 부엌에서 보이지 않게 둥글게 길을 에둘러 헛간으로 뛰어갈 수도 있었지만, 시간이 몇 초밖에 없을 것 같아서 덴마크인이 창문을 등지고 앉아 있을 거라는 데에 운을 걸었다. 물기가 마른 눈이 달려가는 내 발밑에서 끽끽거렸다. 해결사의 가장 중요한 임무는 겁을 주는 것이므로, 나는 그가 자신의 협박에 자세히 살을 붙여 늘어놓고 있을 것이라고 보았다. 하지만 그가 할 수 있는 말에는 한계가 있을 것이다.

나는 헛간으로 달려 들어가 수도를 틀고 함석 양동이 두 개를 그 밑에 놓았다. 십 초도 안 돼서 양동이가 가득 찼다. 나는 양동이를 들고 달려 나가 예이테스빙엔으로 향했다. 물이 출렁거리는 바람에 내 바지가 젖었다. 길이 꺾어진 지점에서 나는 빙판 위에 양동이 하나를 놓고, 다른 양동이의 물을 내 앞에 부채꼴 모양으로 끼얹었다. 물이 딱딱한 얼음 위를, 그 위에 뿌린 모래 위를 흘렀다. 군데군데 얼음 속으로 파고든 모래알이 검은 후추알처럼 보였다. 물은 울퉁불퉁한 곳과 작게 움푹 팬 곳을 매끈하게 만들면서 절벽 가장자리를 향해 흘러갔다. 나는 다른 양동이의 물도 똑같이 뿌렸다. 물론 날이 너무 추워서 물로 얼음을 녹일 수는 없었다. 따라서 물은 얼음 위에 얇게 퍼져서 얼음 속으로 파고들기 시작했다. 내가 계속 서서 얼음을 지켜보고 있는데, 재규어에 시동을 거는 소리가 들렸다. 그리고 거의 동시에 저 멀리 마을에서 교회 종이 선명하게 울리기 시작했다. 집 쪽을 올려다보니, 해결사의 하얀 차가 달려오고 있었다. 조심스럽게, 천천히. 어쩌면 그는 여름용 타이어로 얼어붙은 산길을 쉽게 올라올 수 있었다는 사실에 깜짝 놀랐는지 모른다. 하지만 대부분의 덴마크인들은 얼음에 대해 잘 모른다. 날이 많이 추워지면 빙판길 표면이 샌드페이퍼처럼 변한다는 사실을 모른다.

그런데 그 빙판의 온도를 예를 들어 영하 7도 정도까지 올리면, 표면이 아이스하키 링크처럼 변한다.

나는 양손에 양동이를 대롱대롱 든 채로 꼼짝도 하지 않고 서 있었다. 덴마크인이 자동차 유리창 뒤에서 나를 빤히 바라보았다. 내가 주유기 옆에서 보았던 그 작고 가는 눈이 지금은 선글라스에 가려져 있었다. 차가 다가왔다가 지나갔다. 우리 둘의 고개는 각자의 축을 중심으로 도는 행성처럼 회전했다. 어쩌면 그가 내 얼굴을 어렴풋이 기억할 수도 있고, 아닐 수도 있었다. 내가 양동이 두 개를 들고 그 자리에 서 있는 이유에 대해 그가 그럴듯한 답을 찾아냈을 수도 있고, 아닐 수도 있었다. 아니, 갑자기 길에서 미끄러졌을 때 그가 그 답을 찾아냈을지도 모른다. 그래서 그가 본능적으로 브레이크를 더 세게 밟았을 수도 있고 아닐 수도 있다. 이제 자동차도 얼음 위에서 음악처럼 울리는 교회 종소리에 맞춰 행성처럼 천천히 돌고 있었다. 피겨스케이팅을 하는 것 같았다. 그가 필사적으로 운전대를 돌리는 모습, 넓은 여름용 타이어를 끼운 앞바퀴가 그 자리에서 도망치려는 듯이 앞뒤로 비틀리는 모습이 보였다. 하지만 재규어는 그 자리에 갇힌 듯, 운전자의 명령을 전혀 듣지 않았다. 자동차가 180도를 돌아 커브 길 가장자리를 향해 뒤로 미끄러질 때 나는 그를 다시 보았다. 그의 얼굴을 똑바로 바라보았다. 작은 활화산들이 타오르는 빨간 행성 같았다. 선글라스는 그가 팔꿈치를 휘둘러대며 운전대를 잡고 씨름하는 동안 얼굴에서 미끄러져 떨어져버렸다. 그 순간 그는 나를 발견하고 몸부림을 멈췄다. 이제 알기 때문이었다. 내가 왜 양동이를 들고 있는지. 만약 자신이 곧바로 원인을 알아차렸다면 곧장 차에서 뛰어내릴 기회가 어쩌면 있었을지도 모른다는 사실 또한. 이제는 너무 늦었다는 것도.

그가 총을 꺼낸 것은 아마 본능적인 행동이었을 것이다. 해결사, 군인의 자동적인 공격 본능. 나 역시 또 다른 본능의 명령으로 양동이를 든 한쪽 손을 들어 올려 잘 가라고 인사했다. 차 안에서 뭔가가 깨지는 소리와 함께 그가 총을 발사했다. 그리고 총알이 내 귀 바로 옆의 함석 양동이를 횡 하고 뚫고 지나갔다. 나는 유리창에 서리꽃처럼 생겨난 총알구멍만 간신히 보았다. 재규어는 곧바로 후쿼으로 사라져버렸다.

나는 숨을 죽였다.

들어 올린 손에 쥐고 있는 양동이가 아직도 총알에 맞은 여파로 흔들리고 있었다.

교회 종이 점점 빨라졌다.

그러다 마침내 그것이 들려왔다. 작게 쿵 하는 소리.

나는 여전히 꼼짝도 하지 않고 가만히 서 있었다. 장례식임이 틀림없었다. 교회 종은 조금 더 계속 울렸지만, 종소리와 종소리 사이의 침묵이 점점 길어졌다. 나는 저 멀리 마을을, 산들을, 부달 호수를 바라보았다. 에우스달틴덴의 산봉우리에서 마침내 태양이 자유를 찾아 떠오르고 있었다.

곧 교회 종이 완전히 멈췄다. 나는 생각했다. 아, 예수님, 이 주변은 어찌 이리 아름답습니까.

아마 사랑에 빠진 사람들은 그런 생각을 하는 것 같다.

54

"얼음에 물을 부었다고?" 칼이 믿을 수 없다는 듯 물었다.

"그러면 온도가 올라가잖아." 내가 말했다.

"그러면 빙판이 스케이트장처럼 변하죠." 섀넌이 불에 올려두었던 커피포트를 가져오며 말했다. 그녀가 우리 잔에 커피를 따랐다.

칼이 그녀를 올려다보는 것이 보였다.

"토론토 메이플리프스*!" 그녀가 소리쳤다. 칼의 표정을 비난으로 받아들인 사람처럼. "경기 도중 휴식 시간에 사람들이 경기장에 물을 뿌리는 거 몰랐어?"

칼은 다시 내게 시선을 돌렸다. "그럼 후켄에 시체가 하나 더 생겼네."

"그러기를 바라야지." 나는 커피를 후후 불면서 말했다.

"이제 어떻게 해? 쿠르트 올센에게 신고할까?"

"아니." 내가 말했다.

"안 해? 그러다 시체가 발견되면?"

---

* 캐나다의 프로 아이스하키 팀.

"그럼 우리랑은 전혀 상관없는 일이라고 하는 거지. 우리는 그 차가 도로를 벗어나는 것도 못 봤고, 아무 소리도 못 들은 거야. 그러니 당연히 신고도 안 했지."

칼이 나를 바라보았다. "형." 칼의 얼굴에서 하얀 이가 반짝였다. "형이 방법을 생각해낼 줄 알았어."

"잘 들어." 내가 말했다. "해결사가 여기 왔다는 사실을 아무도 모르거나 짐작하지 못한다면, 우린 아무 문제 없을 거야. 입만 다물고 있으면 돼. 후켄에서 누가 망가진 차를 발견하려면 아마 백 년은 흘러야 할걸. 하지만 해결사가 여기 왔다는 사실을 누가 알아내거나 재규어를 발견한다면, 우리는 이렇게 말하는 거야……."

칼과 섀넌이 가까이 다가왔다. 우리 부엌인데도 내가 소곤거릴 거라고 생각하는 모양이었다.

"대개 최대한 진실에 가까운 이야기를 하는 게 최선이야. 그러니까 우리가 뭐라고 할 거냐면, 해결사가 칼이 빌룸센에게서 빌린 돈을 재촉하러 여기 왔었다고 하는 거지. 하지만 해결사가 차를 몰고 떠나는 모습을 우리는 모두 보지 못했다, 예이테스빙엔이 엄청나게 미끄러웠던 건 사실이다. 경찰이 후켄에 내려가서 재규어에 여름용 타이어가 끼워져 있는 걸 보면, 알아서 나머지 이야기를 만들어낼 거야."

"교회 종소리." 칼이 말했다. "교회 종소리 때문에 차가 추락하는 소리를 못 들었다고 해도 돼."

"안 돼." 내가 말했다. "교회 종 얘기는 하지 마. 그자가 여기 왔을 때 교회 종은 울리지 않았어."

두 사람은 어리둥절한 표정으로 나를 바라보았다.

"왜?" 칼이 물었다.

"아직 계획이 100퍼센트 완성된 건 아니지만, 그 일이 일어난 건 오늘이 아니야. 덴마크인은 좀 더 나중에 죽었어." 내가 말했다.

"왜?"

"덴마크인 문제는 걱정하지 마." 내가 말했다. "해결사라면 언제 어디로 일하러 가는지 아무에게도 말하지 않았을 거야. 그러니 그 자가 오늘 여기 왔다는 사실을 아는 사람은 십중팔구 우리 셋뿐인 거지. 만약 그자의 시체가 발견되면, 사람들은 우리 이야기를 듣고 사망 시각을 짐작할 거야. 문제는 빌룸센이야."

"맞아. 빌룸센은 자기 해결사가 여기 왔다는 걸 틀림없이 알 테지." 칼이 말했다. "그걸 경찰에 말할 수도 있고."

"그건 아닐걸." 내가 말했다.

잠깐 침묵이 흘렀다.

"바로 그거예요." 섀넌이 말했다. "그 이야기를 하려면, 자기가 그 해결사를 보냈다는 사실도 경찰에 말해야 하잖아요."

"그렇군." 칼이 말했다. "맞아, 로위?"

나는 대답하지 않고, 한참 동안 시끄럽게 후루룩거리며 커피를 마셨다. 그리고 컵을 내려놓았다.

"덴마크인은 잊어버려." 내가 말했다. "빌룸센이 문제야. 그자가 사라졌다는 이유만으로 빌룸센이 너한테서 빚을 받아내려는 시도를 그만둘 리 없으니까."

섀넌이 인상을 찡그렸다. "게다가 기꺼이 살인도 할 사람이죠. 그 해결사가 진심으로 그런 말을 했을까요, 로위?"

"난 연통 구멍으로 엿들었을 뿐이에요." 내가 말했다. "바로 앞에서 그 말을 들은 칼에게 물어봐요."

"그…… 그랬던 것 같아." 칼이 말했다. "하지만 그때 나는 완전히 바짝 얼어 있었기 때문에 그자가 무슨 말을 하든 믿었을 거야. 우리 셋 중에서 사…… 사람의 머리가 어떻게 돌아가는지 아는 사람은 형이지."

칼이 거의 말하려다 그만둔 말은 '살인자의 머리'였다.

두 사람은 다시 나를 바라보았다.

"그래요, 필요하면 당신을 죽였을 거예요." 나는 이렇게 말하고 나서 섀넌을 보았다.

그녀의 눈동자가 커지더니 그녀가 천천히 고개를 끄덕였다. 오스 사람들처럼.

"그다음에는 네 차례였을 거야, 칼." 내가 말했다.

칼은 자신의 손을 내려다보았다. "술을 한잔 마셔야겠어."

"안 돼!" 나는 심호흡을 하며 마음을 가라앉혔다. "네가 멀쩡한 정신으로 있어야 돼. 견인용 밧줄과 이런 일을 해본 적이 있는 운전자가 필요해. 섀넌, 당신이 가서 거기 길에 모래를 더 뿌려놓을 수 있겠어요?"

"네." 섀넌이 내게 손을 뻗었다. 나는 순간적으로 그녀가 내 뺨을 어루만지려는 줄 알고 뻣뻣하게 굳었지만, 그녀는 내 어깨에 손을 올려놓았을 뿐이었다. "고마워요."

칼은 앉은 채로 갑자기 퍼뜩 깨어나는 것 같았다. "그렇지, 맞아, 고마워! 고마워!" 칼은 탁자 위로 몸을 기울여 내 손을 움켜쥐었다. "형이 섀넌이랑 나를 구했어. 그런데 나는 이게 형이 저지른 일인 것처럼 끙끙거리면서 불평만 하고 있네."

"내 문제인 거 맞아." 내가 말했다. 아주 과장된 말이 금방이라도 내 입에서 나올 것 같았다. 우리는 가족이 아니냐, 이건 우리가 함께하는 전쟁이다, 이런 말. 하지만 그런 말은 나중에 해도 될 것 같았다. 사실 고작 삼십 분 전만 해도 나는 침대에서 제수씨와 섹스를 하고 있지 않았던가.

"오늘 단이 사설에서 진짜 북을 쾅쾅 울려댔어." 내가 복도에 서서 옷을 입고 있는데 칼이 부엌에서 말했다. 나는 바위 벽에 얼음이 얼어 있으면 어떤 부츠를 신는 게 가장 좋을지 고민 중이었다. "보스 길베르트랑 카운티 의회가 좆대 없는 포퓰리스트라는 거야. 요 오스가 의장일 때 그 전통이 확립됐는데, 다만 그때는 지금만큼 분명히 드러나지 않았을 뿐이래."

"두들겨 맞고 싶은 모양이지." 나는 아빠가 옛날에 신던 노르웨이산 부츠를 선택했다.

"두들겨 맞고 싶어하는 사람도 있어?" 칼이 말했다. 하지만 나는 이미 문밖으로 반쯤 나간 상태였다.

헛간으로 가니 섀넌이 함석 양동이에 삽으로 모래를 퍼 담고 있었다.

"지금도 일주일에 세 번씩 리타 빌룸센과 얼음 목욕을 해요?" 내가 물었다.

"네."

"둘이서만?"

"네."

"누가 볼 수 있는 곳은 아니고요?"

"아침 7시니까 날이 어두워서…… 못 봐요."

"다음 목욕은 언제예요?"

"내일요."

나는 턱을 긁적였다.

"무슨 생각을 하는 거예요?" 그녀가 물었다.

나는 양동이에 난 총알구멍으로 조금씩 흘러나오는 모래를 보았다. "당신이 그 여자를 어떻게 죽일 수 있을지 생각 중이에요."

그날 저녁 늦게, 그러니까 내가 칼, 섀넌과 함께 계획을 여섯 번이나 검토하고 칼이 고개를 끄덕이고 나와 칼이 섀넌을 바라보았을 때, 그녀는 조건을 내걸었다.

"내가 이 일에 동참한다면, 우리 계획이 성공한다면, 내가 처음에 그린 그림으로 호텔을 재건해야 돼. 아주 작은 부분까지도 전부."

"좋아." 칼은 잠시 생각해보다가 말했다. "내가 최선을 다할게."

"그럴 필요 없어." 섀넌이 말했다. "건설 책임자는 내가 될 거니까. 당신이 아니라."

"이봐, 무슨……."

"이건 작전이 아니야. 최후통첩이야." 섀넌이 말했다.

그녀의 말이 진심임을 칼도 나만큼 알아차렸을 것이다. 칼이 나를 바라보았지만 나는 어깨를 으쓱했다. 이번에는 나도 도울 수 없다는 듯이.

칼이 한숨을 내쉬었다. "좋아, 오프가르 남자들은 흥정을 안 하지. 이번 계획이 잘 풀리면 그 자리는 당신 거야. 하지만 나도 참여하게 해줘."

"어머, 당신도 틀림없이 바빠질 거야." 섀넌이 말했다.

"좋습니다." 내가 말했다. "그럼 계획을 한 번 더 훑어보죠."

55

아침 7시. 아직 어두웠다.

나는 어두운 침실에서 살금살금 움직이면서, 더블 침대의 고른 숨소리에 귀를 기울였다. 그러다 바닥이 삐걱거리는 바람에 그대로 걸음을 멈추고, 또 귀를 기울였다. 고른 숨소리는 흐트러지지 않았다. 이 방을 비추는 것은 커튼 틈새로 들어오는 달빛뿐이었다. 나는 계속 나아가 매트리스에 무릎을 대고 자고 있는 사람을 향해 조심스레 움직였다. 내가 있는 쪽에 누웠던 사람의 온기가 아직 남아 있었다. 나는 도저히 참을 수가 없어서 침대보에 얼굴을 대고 그녀의 체취를 들이마셨다. 그러자 마치 프로젝터를 켠 것처럼 나와 그녀의 영상이 떠올랐다. 정사를 마치고 알몸으로 땀을 흘리면서도, 언제나 더 많은 사랑에 굶주린 모습.

"좋은 아침이야." 내가 속삭였다.

그리고 자는 사람의 관자놀이에 총구를 댔다.

숨소리가 멈추더니 맹렬하고 커다랗게 코를 고는 소리가 두 번 났다. 그리고 그가 눈을 떴다.

"뚱뚱한 남자치고는 조용히 자던데." 내가 말했다.

빌룸 빌룸센은 희미한 어둠 속에서 두어 번 눈을 깜박였다. 이게 정말로 꿈이 아닌지 확인하려는 것 같았다.

"뭐야?" 그가 잠긴 목소리로 물었다.

"망치야. 끝. 죽음."

"무슨 짓이야, 로위? 어떻게 들어왔어?"

"지하층 문으로."

"그건 잠겨 있어."

"그렇지." 나는 이 말만 했다.

그가 침대에서 똑바로 일어나 앉았다. "로위, 로위, 로위. 난 널 해치고 싶지 않아. 당장 여기서 나가면, 이 일은 다 잊어버리고 눈 감아줄게. 맹세해."

나는 총구로 그의 콧잔등을 때렸다. 피부가 찢어지면서 피가 나기 시작했다.

"이불에서 손 떼지 마." 내가 말했다. "피가 흐르게 놔둬."

빌룸센은 침을 꿀꺽 삼켰다. "그거 권총이야?"

"맞아."

"그래. 전에 있었던 일의 재현이군."

"맞아. 그때는 우리가 살아서 헤어졌다는 점이 다르지만."

"그럼 이번에는?"

"이번에는 어떨지 잘 모르겠네. 당신이 내 가족을 죽이겠다고 협박했잖아."

"그건 그런 거액의 빚을 못 갚겠다고 하니까 그런 거야, 로위."

"그렇지. 그럼 이건 그런 거액의 빚을 못 갚겠다고 해서 일을 벌인 결과야."

"채무자들이 날 망치려 드는데 내가 아무 짓도 하면 안 된다는

601

거야? 정말로 그렇게 생각해?" 두려움보다는 분노가 더 많은 목소리였다. 현실을 신속히 파악하는 빌룸 빌룸센의 능력에 감탄할 수밖에 없었다.

"그런 문제에 대해 나는 별로 생각이 없어, 빌룸센. 당신은 당신이 할 일을 해. 나는 내가 할 일을 할 테니."

"이런 식으로 칼을 구할 수 있다고 생각한다면, 잘못 안 거야. 무슨 일이 벌어지든 포울이 일을 해낼 테니까. 이제 그자와 내가 연락할 길이 없기 때문에, 계약을 무를 길도 없어."

"그래, 그럴 수 없지." 이 말을 하고 나서 나는 어렴풋이 기억 속에 남아 있는, 팝 음악의 역사 속 한마디 같은 말을 덧붙였다. "포울은 죽었어."

빌룸센의 퉁방울눈이 크게 떠졌다. 이제 그는 자기 눈으로 권총을 보고, 똑똑히 깨달았다.

"내가 다시 후켄에 내려가야 했어." 내가 말했다. "재규어는 캐딜락 위에 누워 있어. 둘 다 지붕을 아래로 하고. 둘 다 납작하게 눌려서, 망할 놈의 클래식 자동차로 만든 샌드위치처럼 보여. 거기 안전벨트에서 그 덴마크인의 잔해가 비어져 나오고 있지. 망할 놈의 돼지고기 소시지처럼."

빌룸센은 침을 꿀꺽 삼켰다.

나는 총을 흔들었다. "이게 기어 스틱이랑 지붕 사이에 끼어 있더라고. 그래서 내가 발로 차서 풀어줬지."

"뭘 원해, 로위?"

"내 가족을 죽이지 마. 결혼으로 맺어진 사람도 포함해서."

"좋아."

"칼이 당신한테 진 빚도 없는 것으로 해. 그리고 우리한테 같은 액수의 돈을 새로 빌려줘."

"그럴 수는 없어, 로위."

"당신이랑 칼이 서명한 차용증서 사본을 봤어. 여기서 당신과 칼이 갖고 있는 차용증서를 전부 찢어버리고, 새로 돈을 빌려준다는 합의서에 서명하는 거야."

"그래봤자 안 돼, 로위. 차용증서는 내 변호사의 사무실에 있으니까. 틀림없이 칼이 말해줬겠지만, 차용증서를 작성한 곳도 거기야. 증인도 있었고. 그러니까 그런 식으로 간단히 없앨 수 없어."

"내가 '찢는다'고 말한 건 비유적인 표현이야. 자, 이게 예전 것을 대체할 새 차용증서야."

나는 자유로운 손으로 협탁의 램프를 켜고, 안주머니에서 에이포 용지 두 장을 꺼내 빌룸센 앞의 이불 위에 놓았다. "여기 보면, 빚의 액수를 3천만에서 훨씬 낮은 액수로 고쳐 쓰게 돼 있어. 정확히 말하자면, 2크로네야. 그리고 이렇게 빚의 액수를 낮추는 이유로, 당신이 호텔의 보험 비용을 낮추라고 칼에게 직접 충고했기 때문에 칼이 지금 이런 상황에 처하게 된 데에는 당신도 똑같이 책임을 져야 한다는 점이 적혀 있지. 간단히 말해서, 칼의 불행이 곧 당신의 불행이라는 거야. 그리고 당신은 칼에게 3천만을 새로 빌려줘야 해."

빌룸센은 고개를 거세게 흔들었다. "그게 아니라니까. 나한테 그렇게 큰돈이 없어. 칼에게 빌려준 돈도 내가 남한테서 빌린 거야. 그걸 받지 못하면 나도 끝이라고." 그는 거의 울먹이면서 말을 이었다. "마을 사람들이 요즘 돈을 물 쓰듯 쓰니까 다들 내가 돈을 갈퀴로 긁어 들이는 줄 알지. 하지만 마을 사람들은 전부 콩스베르그나 노토덴에 가서 새 차를 사, 로위. 나한테서 산 중고차를 타는 모습을 남한테 보이기 싫어한다고."

줄무늬 파자마 웃옷의 옷깃 위에서 이중 턱이 가볍게 부르르 떨렸다.

"그래도 여기 서명해야 돼." 나는 가져온 펜을 그에게 건넸다.

그의 시선이 종이를 훑더니, 그가 의문을 담은 시선으로 나를 바라보았다.

"증인과 날짜는 당신이 서명한 뒤에 우리가 알아서 할 거야." 내가 말했다.

"아냐." 빌룸센이 말했다.

"아니…… 라니?"

"서명 안 해. 난 죽는 게 무섭지 않아."

"그럴지도 모르지. 하지만 파산은 무섭잖아?"

빌룸센은 말없이 고개를 끄덕이고는 짧게 웃었다. "전에 우리가 지금 같은 상황이었을 때 기억나니, 로위? 그때 암이 재발했다고 내가 말했지? 거짓말이었어. 하지만 이번에는 진짜 재발했다. 나한테 남은 시간이 정해져 있다고. 그래서 그런 거액의 빚을 탕감해줄 수 없는 거야. 돈을 더 빌려줄 수도 없는 거고. 내 아내와 다른 상속자들에게 건강한 사업체를 남겨주고 싶으니까. 지금 중요한 건 그것뿐이야."

나는 천천히 고개를 끄덕였다. 내가 이 모든 생각을 이미 심사숙고했다는 점을 그가 깨달을 수 있게 한참 동안 고개를 끄덕였다. "그거 안타깝네." 내가 말했다. "정말 안타까워."

"그래, 그렇지?" 빌룸센이 종이를 내게 넘겨주며 말했다. 간밤에 칼이 쓴 추가 사항도 거기 포함되어 있었다.

"응, 정말 그래." 나는 종이를 받지 않고 대신 휴대전화를 꺼냈다. "그렇다면 우리가 훨씬 더 나쁜 짓을 해야 할 것 같거든."

"내가 지금 받고 있는 치료를 생각하면, 날 고문해도 별로 효과가 없을 거다, 로위."

나는 대답하지 않고, 섀넌이라는 글자를 입력한 다음 페이스타임을 열었다.

"날 죽이려고?" 빌룸센이 물었다. 돈을 짜내려는 사람을 죽이는 건 어떻게 봐도 멍청한 짓이라고 지적하는 목소리였다.

"당신이 아니야." 나는 휴대전화 화면을 보았다.

섀넌이 화면에 나타났다. 어두운 곳이었지만, 카메라의 불빛이 부달 호수에 얼어붙은 눈에 반사되었다. 그녀는 내가 아니라 카메라 뒤의 누군가에게 말했다.

"내가 영상을 찍어도 돼요, 리타?"

"당연하지." 리타의 목소리가 들렸다.

섀넌이 휴대전화의 방향을 돌리자, 카메라의 강렬한 빛 속에 리타가 나타났다. 모피 코트와 모자 차림이었는데, 모자 아래로 하얀 수영 모자가 삐죽 나와 있었다. 얼음에 난 사각형 구멍 앞에서 펄쩍펄쩍 제자리 뛰기를 하는 그녀의 얼굴 앞에서 입김이 구름을 이루었다. 구멍은 딱 사람 하나가 들어갈 수 있는 크기였다. 구멍 옆에 얼음 톱과 잘라낸 얼음이 있었다.

"당신 아내를 죽이는 거야." 나는 화면을 빌룸센에게 보여주었다. "포울한테서 아이디어를 얻었어."

암이 재발했다는 빌룸센의 말을 나는 의심하지 않았다. 그가 결코 잃지 않을 줄 알았던 사람, 어쩌면 자신보다 더 사랑했던 사람을 잃을지도 모른다는 사실을 점차 깨달으면서 그의 눈에 고통이 깃들었다. 그녀가 그보다 오래 살면서 그를 대신해 계속 살아주는 것이 그의 유일한 위안이었을 것이다. 그 순간 빌룸센이 안쓰러웠다. 정말로 그런 생각이 들었다.

"익사야." 내가 말했다. "물론 사고지. 당신 아내가 뛰어들어. 풍덩. 그리고 다시 수면으로 올라오려는데, 구멍이 없어진 거야. 머리 위의 얼음이 헐거운 것 같아서 살펴보니 아까 잘라낸 얼음 조각이야. 그래서 그걸 밀어 올리려고 하지. 하지만 섀넌이 그걸 발로 밟고 있기만 하면 돼. 뚜껑처럼. 당신 아내의 발밑에는 힘을 지탱해줄 것이 전혀 없으니까. 물뿐이지. 차가운 물."

빌룸센이 작게 흐느꼈다. 그 소리를 듣고 내가 즐거웠느냐고? 그러지 않았기를 바란다. 그랬다면 내가 사이코패스라는 뜻이니까. 사이코패스가 되고 싶어하는 사람은 없다.

"리타부터 시작이야." 내가 말했다. "그래도 당신이 서명하지 않으면, 당신의 다른 상속자들한테 가야지. 섀넌은 이 일에 의욕이 대단해. 그녀는 당신 아내가 스스로 죽음을 자초했을 가능성도 배제하지 않고 있어."

화면 속에서 리타 빌룸센은 이미 옷을 벗은 뒤였다. 엄청나게 추운 기색이 역력했다. 무리도 아니었다. 강렬한 빛 속에서 그녀의 창백한 피부가 울퉁불퉁하고 푸르스름하게 보였다. 그녀는 우리가 그해 여름 배를 타고 호수로 나갔을 때 입었던 그 수영복 차림이었다. 그때보다 늙어 보이지 않고 오히려 더 젊어 보였다. 시간이 제자리를 맴도는 수준조차 뛰어넘어 뒷걸음질을 친 것 같았다.

종이에 펜이 긁히는 소리가 났다.

"자." 빌룸센이 내 앞의 이불 위로 종이와 펜을 던졌다. "이제 저 여자를 막아!"

리타 빌룸센이 구멍 쪽으로 다가가는 것이 보였다. 배에서 물로 뛰어들려고 할 때와 똑같은 자세였다.

"서류 두 장에 모두 서명해야지." 나는 화면에서 눈을 떼지 않았다. 빌룸센이 다시 종이를 붙잡고 글자를 쓰는 소리가 들렸다.

나는 서명을 확인했다. 제대로 쓴 것 같았다.

빌룸센의 고함 소리에 나는 화면을 보았다. 풍덩 하고 물이 튀는 소리는 전혀 듣지 못했다. 리타의 실력이 대단했다. 얼음 조각이 화면을 가득 채우더니, 작고 하얀 손이 그것을 드는 것이 보였다.

"그만해도 돼요, 섀넌. 서명했어요."

섀넌은 이 말을 듣고도 구멍을 막아버릴 것처럼 굴었지만, 얼음 조각을 옆에 내려놓았다. 그리고 곧 리타가 어두운 수면 위로 나타났다. 물개처럼 매끈하게 젖은 머리카락이 웃는 얼굴을 감싸고 반짝였다. 그녀의 입김이 카메라를 향해 하얀 연기 신호를 보냈다.

나는 연결을 끊었다.

"자, 그럼." 내가 말했다.

"자, 그럼." 빌룸센이 말했다.

방이 추웠다. 나는 그새 조금씩 이불 안에 들어가 있었다. 몸이 전부 들어가지는 않았지만, 우리 둘이 한 침대를 차지하고 있다고 말해도 틀리지 않을 정도는 되었다.

"이제 가겠군."

"그렇게 쉬우면 얼마나 좋을까." 내가 말했다.

"무슨 소리야?"

"내가 여길 나가자마자 당신이 뭘 할지 뻔하잖아. 다른 해결사나 청부업자한테 전화해서 오프가르 일가를 싹 쓸어버리려고 하겠지. 우리가 이 서류를 들고 당신 변호사를 찾아가기 전에. 그러다 당신에게 시간이 없다는 사실을 깨달으면, 당신은 협박 혐의로 우리를 경찰에 고발해서 방금 서명한 이 서류의 적법성을 다툴 거야. 물론 해결사 같은 건 전혀 모른다고 부인하겠지."

"그럴 것 같은가?"

"응, 그럴 것 같아, 빌룸센. 당신이 그렇지 않다고 날 설득하지 못하는 한."

"설득하지 못한다면?"

나는 어깨를 으쓱했다. "어쨌든 당신이 시도해볼 수는 있겠지."

빌룸센은 나를 보았다. "그래서 장갑을 끼고, 수영 모자를 쓴 건가?"

나는 대답하지 않았다.

"머리카락이나 지문을 남기지 않으려고?" 그가 말을 이었다.

"그런 건 걱정 마, 빌룸센. 대신 우리가 이 일을 해낼 방법을 찾아보라고."

"흠, 어디 보자." 빌룸센은 목 바로 아래의 가슴 위에서 양손을 맞잡았다. 파자마 위로 검은 털이 숲처럼 무성하게 솟아 있는 자리였다. 그 뒤에 이어진 침묵 속에서, 고속도로를 달리는 자동차 소리가 들렸다. 주유소에서 나는 이 이른 아침 시간을 몹시 좋아했다. 마을이 새로운 하루를 향해 깨어나고, 사람들이 이 작은 사회 속에서 자신에게 정해진 자리로 가려고 모습을 드러내는 순간에 내가 있다는 것이 좋았다. 세상을 넓게 바라보면서, 모든 일의 뒤에서 모든 일이 그럭저럭 올바로 돌아가게 만드는 보이지 않는 손을 느끼는 것이 좋았다.

빌룸센이 콜록거렸다. "난 다른 해결사나 경찰과 연락하지 않을 거다. 그랬다가는 우리 둘 다 잃을 것이 너무 많으니까."

"당신은 이미 모든 걸 잃었어." 내가 말했다. "그러니 앞으로는 얻을 일만 남았지. 그러지 말고, 중고차를 팔던 솜씨로 날 설득해 봐."

"흠."

다시 침묵이 흘렀다.

"시간이 많지 않아, 빌룸센."

"맹목적인 믿음." 그가 영어로 말했다.

"형편없는 차를 나한테 두 번이나 팔아먹으려는 거야?" 내가 말했다. "왜 이래? 당신은 그 캐딜락을 내 아버지한테 떠맡긴 사람이잖아. 칼과 나한테서는 중고 다이빙 장비 값으로 콩스베르그의 시세보다 두 배를 받아냈고."

"생각할 시간이 더 필요해." 빌룸센이 말했다. "오후에 다시 와라."

"안타깝지만, 내가 여길 떠나기 전에 해내야 돼. 내가 여기서 나가는 걸 사람들이 볼 수 있을 만큼 날이 밝기 전에." 나는 권총을 들어 그의 관자놀이에 가볍게 댔다. "정말로 다른 방법이 있으면 좋겠어, 빌룸센. 난 살인자가 아니야. 그리고 어떤 의미에서는 당신을 좋아해. 정말로 그래. 하지만 그 다른 방법을 당신이 가르쳐줘야 돼. 나는 그 방법을 모르겠거든. 십 초 줄게."

"이건 너무 부당하잖아." 빌룸센이 말했다.

"구 초. 당신이 목숨을 위해 주장을 펼 시간을 주는 게 부당하다고? 섀넌은 자기 목숨을 위해 말을 할 기회조차 없었는데? 당신 아내의 수명을 빼앗는 대신 당신에게 남은 몇 달을 당신에게서 빼앗는 게 부당하다고? 팔 초."

"그게 아니라……."

"칠 초."

"포기하겠네."

"육 초. 내가 끝까지 숫자를 셀까, 아니면……?"

"누구나 최대한 오래 살고 싶어하지."

"오 초."

"시가를 한 대 피우고 싶어."

"사 초."

"시가 한 대만 피우게 해줘."

"삼 초."

"저기 책상 서랍 속에 있어. 시가를……."

빵 하는 소리가 너무 커서, 마치 누가 날카로운 물체로 내 고막을 찔러버린 것 같았다.

물론 머리에 대고 총을 쏘면 항상 벽 전체에 피가 폭포처럼 흩뿌려지는 장면을 영화에서 본 적은 있었다. 하지만 솔직히 나는 실제로도 그 장면이 펼쳐지는 것을 보고 깜짝 놀랐다.

빌룸센은 상처 입은 것 같은 표정으로 침대에서 뒤로 넘어졌다. 어쩌면 내가 그에게서 부당하게 이 초를 빼앗았기 때문인지도 몰랐다. 곧 내 아래의 매트리스가 축축해지더니, 똥 냄새가 났다. 영화에서는 이런 걸 잘 표현하지 않는다. 죽은 사람의 몸에서 모든 구멍이 수문처럼 열리는 것.

나는 빌룸센의 손에 권총을 쥐여주고 침대에서 일어났다. 오스의 주유소에서 일할 때 나는 〈파퓰러 사이언스〉뿐만 아니라 〈트루 크라임〉도 자주 읽었다. 따라서 수영 모자와 장갑을 준비하는 데서 그치지 않고, 바지 자락과 재킷 소매도 각각 양말과 장갑에 테이프로 고정했다. 체모가 떨어져 경찰이 DNA를 밝혀낼 수 있게 되는 것을 방지하기 위해서였다. 그것도 이 사건이 살인으로 수사 대상이 될 때의 얘기였지만.

　나는 계단을 통해 서둘러 지하로 내려와 그곳에 있던 삽을 들고 나갔다. 지하층의 문은 잠그지 않은 채 뒷걸음질로 정원을 통과하며 바닥의 눈을 뒤집어 발자국을 지웠다. 나는 부달 호수 방향으로 이어지는 내리막길을 걸었다. 그곳에는 주택이 많지 않았다. 들고 온 삽은 새로 지은 집의 입구에 있는 쓰레기통에 던져 넣었다. 그제야 귀가 몹시 시린 것을 알아차리고 주머니에 모자가 있는 것을 떠올렸다. 나는 수영 모자 위에 그 모자를 쓰고 길을 따라 작은 부두로 갔다. 그곳의 보트하우스 뒤에 내 볼보가 서 있었다. 나는 얼어붙은 물 위를 바라보았다. 그곳에 내 인생의 세 여자 중 두 명이 서 있었다. 나는 방금 그 둘 중 한 명의 남편을 죽였다. 이상한 기분이었다. 엔진이 아직 따뜻해서 아무 문제 없이 시동이 걸렸다. 나는 오프가르 농장으로 차를 몰았다. 아침 7시 반인데도 여전히 칠흑같이 어두웠다.

　그날 오후 전국 라디오 방송에 그 뉴스가 나왔다.
　"텔레마르크 오스 카운티의 한 남성이 자택에서 시신으로 발견되었습니다. 경찰은 이 죽음에 의심스러운 부분이 있다고 보고 조사 중입니다."
　빌룸센이 죽었다는 소식에 마을 사람들은 커다란 쇠망치에 맞은 것 같은 충격을 받았다. 이것이 적절한 비유인 것 같다. 아마 호텔이 불에 탔을 때보다 더 큰 충격이었을 것이다. 사람들은 그 비열하고, 친절하고, 속물적이고, 사교적인 중고차 판매인이, 항상 그 자리에 있던 그 사람이 저세상으로 가버렸다는 사실에 심한 충격을 받았다. 모든 상점과 카페에서, 모든 길모퉁이에서, 모든 집에서 사람들은 그 이야기를 나눌 수밖에 없었다. 빌룸센의 암이 재발한 사실을 아는 사람들조차 슬픔으로 얼굴이 잿빛이 되었다.

그다음 이틀 동안 나는 잠자리가 사나웠다. 죄책감 때문은 아니었다. 나는 빌룸센이 스스로 목숨을 구할 수 있게 진심으로 도왔다. 하지만 이미 체크메이트를 부른 체스 선수가 어떻게 상대편을 도울 수 있겠는가? 내 말만 움직인다고 되는 일이 아니다. 내가 잠을 이루지 못한 데에는 완전히 다른 이유가 있었다. 뭔가를 잊어버린 것 같은 불편함. 살인을 계획할 때 아주 중요한 것을 미처 생각하지 못했다는 느낌. 하지만 그것이 무엇인지 콕 집어서 말할 수 없었다.

빌룸센이 죽은 지 사흘째이고 장례식까지 이틀이 남은 날 나는 알아차렸다. 내가 어디서 일을 망쳤는지.

56

오전 11시에 쿠르트 올센이 우리 집 앞에 차를 세웠다.

뒤에 자동차 두 대가 있었다. 오슬로 번호판이었다.

"저기 꺾어지는 지점이 무지하게 미끄럽네." 쿠르트가 말했다. 내가 문을 열었을 때, 그는 아직 연기가 나는 담배를 발로 짓이기며 서 있었다. "저기다 스케이트장이라도 만드는 거야?"

"아니." 내가 말했다. "모래를 뿌려뒀어. 원래 카운티에서 해야 하는 일인데 우리가 했지."

"그 얘기는 이제 그만하고, 이쪽은 크리포스에서 나온 베라 마르틴센과 야를레 술레순이야." 올센의 뒤에 서 있는 여자 경찰관은 검은 바지와 짧은 재킷 차림이었고, 남자 경찰관은 파키스탄이나 인도 출신처럼 보였다. "너한테 물어볼 게 좀 있어서 왔어. 그러니 우선 안으로 들어가자고."

"당신에게 몇 가지 물어보고 싶은 것이 있습니다." 여자 경찰관 마르틴센이 말했다. "괜찮으시다면요. 안으로 들어가도 되겠습니까?" 그녀는 쿠르트를 보고 나를 보았다. 그리고 빙긋 웃었다. 짧은 금발 머리를 촘촘히 땋았고, 얼굴과 어깨가 모두 널찍했다. 핸드볼이나 크로스컨트리스키 선수가 생각났다. 보는 것만으로 상대가 좋아하는 스포츠를 알아맞힐 수 있어서가 아니라, 그 두 종목이 여자들에게 가장 인기 있기 때문이었다. 자신의 육감을 지나치게 믿기보다는 실질적인 통계를 고려하는 편이 답을 맞힐 확률이 더 높다. 그 자리에 서 있는 동안 내 머릿속에는 이렇게 별로 상관없는 생각이 언뜻 떠올랐다 사라졌다. 마르틴센을 보면서 나는, 사람들의 표현처럼 그녀의 아침 식사 거리가 되지 않으려면 최대한 정신을 바짝 차려야 한다는 것을 깨달았다. 하지만 괜찮았다. 우리 역시 준비를 하고 있었으니까.

우리는 칼과 섀넌이 이미 앉아 있는 부엌으로 들어갔다.

"당신들 모두와 이야기를 나누고 싶습니다." 마르틴센이 말했다. "하지만 한 번에 한 분씩 하는 게 좋겠습니다."

"옛날에 우리가 쓰던 방에서 기다려." 나는 칼을 바라보며 아무렇지도 않게 말했다. 내 생각을 칼이 이해했음이 분명했다. 그 방에서는 여기 부엌에서 오가는 질문과 답변을 들을 수 있으니, 혹시 경찰의 심문을 받는 경우에 대비해 미리 연습한 대로 서로 말을 맞출 수 있다는 것.

"커피?" 칼과 섀넌이 나간 뒤 내가 물었다.

"아뇨, 괜찮습니다." 마르틴센과 야를레의 이 대답과 쿠르트의 "좋아"라는 대답이 동시에 나왔다.

나는 쿠르트에게 커피를 따라주었다.

"크리포스는 빌룸센 살인사건 수사에서 나를 돕고 있어." 쿠르트가 말했다. 그 순간 마르틴센이 야를레를 향해 살짝 눈동자를 굴리는 것이 보였다.

"이건 자살이라고 보기가 힘들거든. 살인이야." '살인'이라는 말을 할 때 올센의 목소리가 묵직하게 낮아졌다. 그 단어가 허공에 남아 분위기를 조성하는 동안 그는 질문을 이어가기 전에 내 반응을 확인하려는 듯 나를 바라보았다. "자살로 위장된 살인이지. 가장 오래된 수법이야."

〈트루 크라임〉의 어느 기사에서 바로 이 문장을 읽은 것 같은 기분이 들었다.

"하지만 범인은 우리를 속이지 못했어. 빌룸센이 살인에 쓰인 무기를 쥐고 있었던 건 사실이지. 하지만 손에 화약 잔여물이 없었어."

"화약 잔여물이라." 나는 이 말을 음미하듯이 되풀이했다.

야를레가 헛기침을 했다. "사실 화약 잔여물만이 아닙니다. 발사 잔여물, 줄여서 GSR이라고 하는 건데, 바륨과 납을 비롯해서 탄약과 무기에 들어 있는 화학물질들의 자그마한 입자를 말합니다. 총이 발사되면 이 입자들이 반경 50센티미터 안에 있는 거의 모든 물체에 달라붙습니다. 사람 피부와 옷에도 달라붙어서 제거하기가 아주 어렵습니다. 다행한 일이죠." 그는 짧게 웃고 나서 철 테 안경을 추어올렸다. "눈에는 보이지 않지만, 우리가 장비를 가져왔습니다, 다행히."

"어쨌든……" 쿠르트가 끼어들었다. "빌룸센에게서는 그게 전혀 발견되지 않았어. 알겠어?"

"응." 내가 말했다.

"게다가 지하층 문이 열려 있었어. 리타 말로는 틀림없이 잠겨 있었다는데. 아마 범인이 쇠지레로 억지로 연 모양이야. 게다가 범인은 나가면서 정원에 난 발자국을 숨기려고 눈을 뒤집어엎었어. 멀지 않은 쓰레기통에서 삽이 발견되었고, 리타가 그걸 확인해주었지."

"아뿔싸." 내가 말했다.

"그러게 말이야." 쿠르트가 말했다. "우리는 범인이 누구인지 짐작하고 있어."

나는 대답하지 않았다.

"누구인지 궁금하지 않아?" 쿠르트가 엑스선으로 상대를 꿰뚫는 듯한 특유의 멍청한 시선으로 나를 바라보았다.

"물론 궁금하지. 하지만 넌 직업상 비밀을 지켜야 하잖아. 아니야?"

쿠르트는 크리포스 경찰관 두 명을 바라보며 짧게 웃었다. "이건 살인사건이야, 로위. 수사에 도움이 된다면 정보를 밝힐 수도 있어."

"아, 그렇군."

"전문가의 솜씨로 실행된 이번 살인사건을 수사하면서 우리는 자동차에 초점을 맞추게 됐어. 좀 더 정확히 말하자면 덴마크 번호판을 달고 있고 상당히 오래된 재규어. 그 차가 이 일대에서 목격된 적이 있는데, 아마 전문적인 해결사의 차일 거야."

'이번 살인사건.' '초점을 맞추다.' 젠장, 그는 살인사건을 엄청 많이 다루는 사람 같았다. 해결사에 대한 의심을 올센이 먼저 생각해내지는 않았을 것이다. 우리가 어릴 때부터 마을 사람들이 해결사 이야기를 떠들어댔으니까.

"그래서 덴마크 경찰에 연락하면서 무기와 탄환에 관한 정보도 보내주었지. 그랬더니 오르후스에서 구 년 전 발생한 살인사건과 일치한다는 결과가 나왔어. 미제로 남은 사건인데, 용의자 중 한 명이 하얀색 빈티지 E 타입 재규어를 갖고 있었다는 거야. 이름은 포울 한센. 그자가 해결사로 활동한다는 건 이미 확인된 사실이고." 쿠르트는 크리포스 수사관들을 바라보았다. "재규어를 갖고 있으면서, 어찌나 검소하신지 살인 무기를 없애버리지 않았어요. 정말 덴마크인답지 않습니까?" 쿠르트가 씩 웃으며 말했다.

"그보다는 전형적인 스웨덴인에 더 가까운 것 같은데요." 마르틴센이 무표정하게 말했다.

"아니면 아이슬란드인이거나." 야를레가 말했다.

쿠르트는 내게 다시 시선을 돌렸다. "최근 그 재규어를 본 적 있어, 로위?" 무심한 말투였다. 너무 무심했다. 어찌나 무심한지 이게 일종의 술수임을 알 수 있었다. 여기서 그는 나를 살얼음판 위로 꾀어내 실수를 유도할 수 있기를 바라고 있었다. 그들은 지금 겉으로 드러내는 것보다 더 많은 사실을 알고 있었다. 하지만 정보가 아주 많은 것도 아니라서 내게 이런 술수를 써야 했다. 즉, 그들의 정보에 아직 채워지지 않은 부분이 있다는 뜻이었다. 내가 무엇보다 원하는 것은, 그 차를 보지 못했다는 내 대답에 이 사람들이 고맙다고 인사하고 가버리는 것이었다. 하지만 그랬다가는 우리가 덫에 갇힐 것이다. 그들이 여기에 온 데에는 이유가 있었으니까. 재규어가 바로 그 이유였다. 나는 지금 아주 조심해야 했다. 가장 경계해야 하는 사람이 여자 경찰 마르틴센임을 나는 본능적으로 알아차렸다.

"재규어를 봤어." 내가 말했다. "여기 왔었어."

"여기?" 마르틴센이 조용히 말하면서 내 앞의 탁자 위에 휴대전화를 내려놓았다. "녹음을 해도 될까요, 오프가르 씨? 지금 하시는 말씀을 나중에 잊어버리면 안 되니까요."

"그러세요." 내가 말했다. 그녀의 예의 바른 말투가 내게도 옳은 것 같았다.

"자." 쿠르트가 탁자에 팔꿈치를 괴고 몸을 앞으로 기울이며 말했다. "포울 한센이 여기에 왜 온 거야?"

"칼한테서 돈을 받아내려고."

"응?" 쿠르트가 나를 빤히 바라보았다. 하지만 마르틴센의 시선이 주위를 여기저기 훑어보는 모습이 눈에 들어왔다. 뭔가를 찾는 사람 같았다. 지금 눈앞에서 벌어지는 대화 말고 다른 것. 어차피 이 대화는 녹음되고 있었으니까. 그녀의 시선이 연통에 고정되었다.

"이번에는 빌룸센을 위해 돈을 받아내는 게 아니라, 빌룸센에게서 돈을 받아내려고 오스에 왔다고 말했어." 내가 말했다. "굉장히 화가 난 것 같던데. 이것도 부드럽게 말한 거야. 빌룸센이 그 사람한테 여러 번 일을 맡기고 돈을 안 줬나 봐. 그래놓고 이제 빈털터리가 됐다고 그 사람한테 말했다는 거야."

"빌룸센이 빈털터리?"

"호텔이 불에 탔을 때, 빌룸센은 칼한테 빌려준 돈을 탕감해주기로 했어. 액수가 컸지만, 호텔 화재 뒤에 칼의 손실이 더 커지게 만든 결정에 자기도 부분적으로 책임이 있다고 생각했으니까."

여기서는 조심조심 발을 내디뎌야 했다. 호텔에 화재보험이 없다는 사실을 아는 사람은 여전히 이 마을에서 우리 셋뿐이었다. 어쨌든 살아 있는 사람만 따진다면 그랬다. 하지만 내 말은 분명한 진실이었다. 처음 빌려준 돈을 탕감하고, 새로 돈을 빌려준다는 내용의 서류는 지금 빌룸센의 변호사에게 있었고, 법정에서도 인정해줄 터였다.

"게다가……." 내가 말했다. "빌룸센은 암 때문에 남은 날이 많지 않았어. 그러니 호텔이 건설되는 데 자신이 후하게 기여했다는 유산을 남기고 싶었는지도 모르지. 화재로 인한 경제적인 문제 때문에 일을 멈추고 싶지 않았을 거야."

"잠깐." 쿠르트가 말했다. "빌룸센에게 돈을 빚진 건 칼이야 호텔을 소유한 회사야?"

"그게 좀 복잡해." 내가 말했다. "그 얘긴 칼한테 물어봐야 할 거야."

"우리는 경제 및 환경 범죄 전문이 아니니까, 계속 이야기하시죠." 마르틴센이 말했다. "포울 한센은 빌룸센이 자기에게 빚진 돈을 칼에게서 받아내려고 한 겁니까?"

"네. 하지만 당연히 우리에겐 돈이 없었죠. 빚을 탕감받았을 뿐이니까. 빌룸센이 새로 빌려주기로 한 돈도 아직 못 받았고요. 그 돈은 지금부터 이 주 뒤에나 들어올 겁니다."

"세상에." 쿠르트가 힘없이 말했다.

"그래서 포울 한센이 어떻게 했습니까?" 마르틴센이 물었다.

"포기하고 떠났습니다."

"그게 언제죠?" 마르틴센이 속사포처럼 질문을 던졌다. 내가 대답하는 속도 또한 재촉하려는 의도였다. 사람들은 이런 방법에 쉽게 넘어간다. 나는 입술을 축였다.

"빌룸센의 살인 이전이야 이후야?" 쿠르트가 인내심을 잃고 불쑥 말했다. 쿠르트를 바라보는 마르틴센의 얼굴에서 나는 처음으로 차분함과 미소가 아닌 다른 표정을 보았다. 시선으로 사람을 죽일 수 있다면, 쿠르트는 그 자리에서 죽었을 것이다. 그의 질문이 그들의 의도를 내게 알려주었으니까. 사람들이 흔히 하는 말처럼, 개의 시체가 어디 묻혔는지 그가 내게 알려준 셈이었다. 그들은 시간대를 알아내려 하고 있었다. 포울 한센이 여기에 왔던 일에 대해 뭔가 아는 것이 있다는 뜻이었다.

포울 한센은 사실 살인 전날 오프가르 농장에 왔지만, 우리가 미리 입을 맞춰둔 이야기에서는 살인 직후에 이곳으로 올라와 빌룸센을 닦달해도 받아낼 수 없었던 돈을 칼에게 요구한 것으로 되어 있었다. 그런 식으로 사건의 순서를 정리해야만, 포울 한센이 빌룸센을 죽인 뒤 이곳에 왔다가 재규어와 함께 후켄에 떨어졌다고 설명할 수 있기 때문이다. 하지만 쿠르트가 불쑥 던진 말이 내게는 갈까마귀의 경고와도 같았다. 나는 칼과 섀넌이 위층에서 연통 구멍을 통해 열심히 귀를 기울이고 있기를 바라며, 그 자리에서 이야기를 바꾸기로 결정했다.

"빌룸센이 죽기 전날이었어." 내가 말했다.

마르틴센과 쿠르트가 서로 시선을 교환했다.

"시몬 네르가르가 이쪽으로 이어진 도로를 따라 E 타입 재규어가 자기 농장 앞을 지나갔다고 말한 때와 대충 맞네요. 그 도로가 이어진 곳은 이곳뿐이죠." 마르틴센이 말했다.

"호텔 현장도 있어요." 내가 말했다.

"하지만 그 사람은 이리로 온 거죠?"

"네."

"그렇다면 이상하네요. 시몬 네르가르는 재규어가 다시 내려오는 걸 보지 못했다고 했거든요."

나는 어깨를 으쓱했다.

"물론, 재규어는 흰색이고, 지금은 사방에 눈이 많이 쌓여 있죠." 마르틴센이 말했다. "그렇죠?"

"아마도." 내가 말했다.

"우릴 좀 도와줘요. 당신은 차에 대해 잘 알잖아요. 시몬 네르가르가 왜 그 차를 보지도 못하고 소리를 듣지도 못했을까요?”

마르틴센은 실력이 좋았다. 게다가 포기하지도 않았다.

“그런 스포츠카가 낮은 기어로 산길을 올라갈 때는 쉽게 소리를 들을 수 있어요, 그렇죠? 하지만 내려올 때는 아니죠. 자동차가 관성으로 달리게 했다면. 한센이 그렇게 했을까요? 네르가르의 집 앞을 조용히 굴러갔을까요?”

“아뇨.” 내가 말했다. “커브에서 브레이크를 아주 많이 잡아야 하는데, 재규어는 무거워요. 그런 차를 모는 사람들은 관성에 차를 맡기지 않습니다. 기름을 아끼는 사람들이 아니거든요. 오히려 엔진 소리를 듣는 걸 좋아하죠. 그러니까 내 의견을 말한다면, 시몬 네르가르가 화장실에서 똥을 싸느라 소리를 못 들었을 겁니다.”

이어진 침묵 속에서 나는 귀를 긁적였다.

곧 마르틴센이 나를 향해 거의 알아보기 힘들 만큼 살짝 고개를 끄덕였다. 권투선수가 속임수를 꿰뚫어 본 상대 선수에게 보내는 몸짓과 비슷했다. 그녀는 시몬이 재규어를 보지 못한 이유를 내가 조금 지나치게 열심히 설명하게 만들려고 속임수를 썼다. 그렇게 설명하다 보면, 재규어가 네르가르의 집 앞을 지나 마을로 다시 돌아갔다고 사람들에게 납득시키는 것이 내게 얼마나 중요한 일인지 드러났을 것이다. 하지만 왜? 마르틴센은 휴대전화에 녹음이 잘되고 있는지 확인했고, 쿠르트가 재빨리 끼어들었다.

“빌룸센이 죽었다는 걸 알았을 때, 해결사에 대해 왜 아무 말도 하지 않았어?”

“다들 자살이라고 했으니까.” 내가 말했다.

“빌룸센이 목숨의 위협을 받았다는 바로 그 시각에 그런 일이 벌어진 것이 이상하지 않았어?”

"그 해결사는 다른 사람의 목숨을 위협했다는 말을 전혀 하지 않았어. 빌룸센은 암 환자였으니, 죽지 않았다면 아마 몇 달 동안 통증에 시달렸겠지. 난 베르나르 삼촌이 암으로 돌아가시는 걸 봤기 때문에, 그게 그렇게 이상하다는 생각은 들지 않았어."

쿠르트는 숨을 한 번 들이쉬고 말을 계속하려 했지만, 마르틴센이 이제 그만하는 게 좋겠다는 듯 손짓으로 신호를 보내자 그는 입을 다물었다.

"그 뒤로는 포울 한센이 여기 오지 않았습니까?" 마르틴센이 물었다.

"네." 내가 말했다.

그녀의 시선이 내 시선을 따라 연통으로 옮겨갔다.

"확실해요?"

"네."

정보가 더 있는 것 같은데 무엇일까? 뭐지? 쿠르트가 허리띠에 고정된 가죽 휴대전화 케이스를 무의식적으로 만지작거리는 것이 보였다. 그의 아버지가 옛날에 쓰던 것과 똑같은 종류인 것 같았다. 휴대전화. 그래, 또 그거였다. 내가 잠을 이루지 못한 원인, 내가 깜박 잊어버린 것, 내가 알아차리지 못한 실수.

"왜냐하면······." 마르틴센이 입을 열었다. 그 순간 나는 깨달았다.

"사실은 아닙니다." 내가 그녀의 말을 자르며, 난처한 미소처럼 보이는 표정을 애써 지었다. "빌룸센이 죽던 날 아침에 저는 사실 재규어 소리를 듣고 깼습니다. 그 차 말이에요. 동물 재규어가 아니라."

마르틴센이 말을 하려던 것을 그만두고 무표정하게 나를 바라보았다. "계속하세요."

"낮은 기어에서 나는 아주 특징적인 소리였습니다. 커다란 고양 잇과 동물이 으르렁거리는 것 같은 소리, 그러니까…… 음, 재규어 랑 비슷한 소리였습니다."

마르틴센은 초조해 보였지만, 나는 시간을 끌었다. 이 지뢰밭에 서는 조금만 발을 잘못 디뎌도 무자비한 처벌을 받을 터였다.

"하지만 내가 완전히 잠에서 깼을 때는 이미 그 소리가 들리지 않았습니다. 커튼을 젖히면서 어쩌면 재규어가 보일지도 모른다고 생각했죠. 밖은 아직 어두웠지만 자동차는 없었습니다. 그건 알 수 있었어요. 그래서 꿈을 꿨나 보다 했습니다."

마르틴센과 쿠르트가 또 시선을 교환했다. 야를레는 이런 수사 에 참여하지 않는 것 같았다. 그는 이른바 현장 감식반원이었다. 따라서 그가 왜 여기까지 왔는지 나는 여전히 알 수 없었다. 하지 만 곧 알게 될 것 같은 느낌이 들었다. 어쨌든 나는 그들이 저 아래 후켄에서 재규어를 발견하더라도 이상하게 보이지 않을 이야기를 그들에게 제공해주었다. 그들에게는 포울 한센이 살인사건이 있던 날 아침에 여기까지 차를 몰고 온 것처럼 보일 것이다. 아마도 우 리에게 돈을 내놓으라고 한 번 더 닦달하러 왔다가 여름용 타이어 가 예이테스빙엔에서 미끄러지는 바람에 그의 차가 후켄으로 떨어 졌고, 그걸 아무도 보지 못했다고 생각하겠지. 나는 숨을 한 번 들 이쉬었다. 커피를 더 마시고 싶어서 자리에서 일어나도 될지 고민 했지만, 그냥 앉아 있었다.

"우리가 이걸 묻는 건, 한센의 휴대전화 번호를 한동안 추적했기 때문이에요." 마르틴센이 말했다. "아마 직업 때문인지, 한센 이름 으로 된 휴대전화는 없더라고요. 하지만 이 일대 기지국들을 확인 해보니, 지난 며칠 동안 신호가 잡힌 덴마크 번호의 휴대전화는 딱

한 대였습니다. 그 신호가 잡힌 기지국과 재규어를 보았다는 목격자 증언이 우연히 일치했고요. 이상한 건, 대략 한센이 여기에 온 시각부터 살인사건이 일어난 시각을 중심으로 살펴봤을 때, 휴대전화가 같은 기지국의 아주 제한된 구역 안에 계속 머물렀다는 겁니다. 바로 이 지역이죠." 마르틴센은 집게손가락으로 허공에 원을 그렸다. "그런데 여기에 사는 사람은 오프가르 일가밖에 없어요. 이건 어떻게 설명하시겠습니까?"

57

크리포스의 여자 경찰(십중팔구 이보다 더 공식적인 직함이 있을 것이다)이 마침내 가장 중요한 지점에 이르렀다. 휴대전화. 덴마크인은 당연히 휴대전화를 갖고 있었다. 우리가 계획을 짤 때 내가 그냥 잊어버렸던 그 휴대전화를 마르틴센이 추적해서, 우리 농장 인근의 작은 지역에 이르렀다. 시그문 올센의 휴대전화 때와 똑같았다. 어쩌다 내가 똑같은 실수를 두 번이나 저지른 건가? 이제 저들은 빌룸 빌룸센이 살해당할 때와 그 뒤에 해결사의 휴대전화가 오프가르 농장 근처 어딘가에 있었다는 결론을 내렸다.

"자, 그걸 어떻게 설명하시겠습니까?" 마르틴센이 같은 질문을 되풀이했다.

수많은 물체들이 제각각의 속도로 제각각의 패턴을 그리며 날아드는 비디오게임과 비슷했다. 플레이어가 그 물체 중 적어도 하나와 부딪쳐서 게임이 끝나는 것은 시간문제일 뿐이다. 나는 웬만한 일로는 걱정하지 않는 사람이지만, 이번에는 등에서 땀이 흘렀다. 나는 어깨를 으쓱하며 느긋하게 보이려고 필사적으로 애썼다. "당신은 어떻게 설명하는데요?"

마르틴센은 내 질문을 이른바 '수사법^{修辭法}'으로 받아들였는지 그냥 무시해버리고 처음으로 몸을 앞으로 기울였다. "포울 한센이 여기에 왔다가 떠난 적이 있습니까? 여기서 밤을 보냈나요? 우리가 여러 사람을 만나서 물어봤지만 그를 재워줬다는 사람이 없습니다. 하숙집이든 뭐든. 그런데 그 낡은 재규어의 히터는 그리 좋은 상태가 아니었어요. 그러니 그날 밤 차에서 자기에는 너무 추웠을 겁니다."

"그럼 그 호텔에 들어갔나 보죠." 내가 말했다.

"그 호텔?"

"농담입니다. 그 사람이 차를 몰고 화재 현장으로 올라가서 인부 숙소로 들어가지 않았을까, 하는 뜻이에요. 당연히 지금은 그 숙소가 비어 있으니까요. 잠금장치를 억지로 여는 솜씨가 좋다면 쉽게 들어갈 수 있었을 겁니다."

"하지만 휴대전화 신호는……."

"호텔 현장은 여기서 언덕 하나만 넘어가면 나옵니다." 내가 말했다. "여기와 똑같은 기지국을 썼어요. 그렇지, 쿠르트? 너도 휴대전화를 찾는다고 여기에 올라온 적이 있잖아."

쿠르트 올센은 증오처럼 보이는 눈빛으로 자신의 콧수염을 빨았다. 그리고 크리포스 수사관 두 명을 향해 재빨리 고개를 끄덕였다.

"그렇다면 그 말씀은……." 마르틴센은 내게서 눈을 떼지 않았다. "그자가 빌룸센을 죽이러 가면서 그 인부 숙소에 휴대전화를 두고 갔다는 거로군요. 그럼 아직도 거기 있겠네요. 예비대를 좀 불러줄래요, 올센? 그 숙소에 대한 수색영장도 필요하고, 수색도 한참 해야 할 것 같은데요."

"행운을 빌어드리죠." 나는 이렇게 말하고 나서 일어섰다.

"아, 우린 아직 끝나지 않았어." 쿠르트가 말했다.

"그렇다면야." 나는 다시 앉았다.

쿠르트가 의자에 앉은 채로 몸을 꿈틀거렸다. 더 편안한 자세를 찾으려 한다고 과시하는 듯했다. "포울 한센이 혹시 지하층 열쇠를 갖고 있을 가능성이 있느냐고 리타에게 물었을 때, 리타는 없다고 말했어. 하지만 그 순간 얼굴이 움찔거리는 걸 내가 봤지. 나도 경찰관 생활을 오래 했으니 사람들 표정을 조금 읽을 줄 안단 말이야. 그래서 리타를 다그쳤지. 리타는 예전에 너한테 그런 열쇠를 준 적이 있다고 말했어, 로위."

"그래." 나는 이 말만 했다. 피곤했다.

쿠르트는 다시 팔꿈치를 괴고 몸을 앞으로 기울였다. "묻고 싶은 건 이거야. 네가 포울 한센에게 그 열쇠를 줬어? 아니면 빌룸센이 죽던 날 아침에 네가 그 집에 들어간 거야?"

나는 하품을 참았다. 피곤해서가 아니라, 아마 뇌에 산소가 더 필요했기 때문이었던 것 같다. "도대체 어쩌다 그런 생각을 하게 된 거야?"

"그냥 물어보는 거야."

"내가 왜 빌룸센을 죽여?"

쿠르트는 자신의 콧수염을 빨면서 마르틴센을 보았다. 그녀가 그에게 계속해도 좋다고 허락해주었다.

"너와 리타 빌룸센이 빌룸센의 오두막에서 만나던 사이라는 말을 전에 그레테 스미트에게서 들었어. 그래서 리타 빌룸센이 지하층 열쇠에 대해 말한 뒤에 그 이야기를 물어봤더니 사실이라고 시인했지."

"그래서?"

"그래서? 섹스랑 질투잖아. 세상의 모든 선진국에서 가장 흔한 살인 동기가 이 둘이야."

내가 아주 잘못 생각한 것이 아니라면, 이 말 역시 〈트루 크라임〉에서 그대로 가져온 말이었다. 나는 더 이상 하품을 참을 수 없었다. "아냐." 내가 말했다. 나의 함정이 크게 입을 벌렸다. "난 빌룸센을 죽이지 않았어."

"그렇지." 쿠르트가 말했다. "빌룸센이 죽던 시각에 너는 여기 침대에서 신나게 자고 있었다고 조금 전에 말했으니까. 그 시각이 아침 6시 반에서 7시 반인가?"

쿠르트는 휴대전화 케이스를 다시 만지작거렸다. 그것이 대사를 알려주는 것 같았다. 나는 이제야 알아차렸다. 이 사람들이 내 휴대전화의 이동 경로도 확인했다는 것을.

"아니, 일어났어." 내가 말했다. "그리고 차를 몰고 부달 호수의 부두로 내려갔지."

"그래, 네 것과 비슷한 볼보가 8시 직전에 그쪽으로 오는 걸 본 것 같다는 목격자가 있어. 거긴 왜 간 거야?"

"목욕하는 요정들을 염탐하려고."

"뭐?"

"자다가 깨서 재규어 소리를 들은 것 같았다고 했잖아. 그 뒤에 섀넌과 리타가 얼음 목욕을 가기로 했다는 기억이 났어. 하지만 정확히 어디로 가는지는 몰랐지. 그래서 빌룸센의 집과 호수를 똑바로 연결한 직선상의 어느 지점일 거라고 추측했어. 보트하우스에 차를 세우고 두 사람을 찾아봤지만, 너무 어두워서 안 보이더라고."

쿠르트의 얼굴이 마치 안으로 폭발하는 것 같았다. 비치 볼에서 바람이 빠질 때와 비슷했다.

"또 물을 것이 있어?" 내가 물었다.

"확실히 하기 위해서 당신 손에 GSR이 있는지 확인할 거예요." 마르틴센이 말했다. 여전히 거의 무표정한 얼굴이었지만, 몸짓은 조금 전과 달랐다. 감각을 잔뜩 세우고 긴장하던 분위기가 이제는 보이지 않았다. 그런 분위기는 아마 무술을 배우거나 길거리 싸움을 해본 사람만 알아차릴 수 있을 것이다. 어쩌면 그녀는 자신도 모르게, 내가 적이 아니라는 결론을 내리고 거의 알아차리기 힘들 만큼 미세하게 긴장을 푼 것 같았다.

이제 현장 감식반원이 나서서 들고 온 가방을 열었다. 그리고 노트북컴퓨터와 헤어드라이어처럼 생긴 물건을 꺼냈다. "XRF 분석기입니다." 그는 이렇게 말하고 나서 노트북컴퓨터를 열었다. "당신의 피부를 스캔하기만 하면 곧바로 결과가 나올 겁니다. 먼저 분석 소프트웨어와 연결하겠습니다."

"좋아요. 그동안 내가 위층에 올라가서 칼과 섀넌을 데려올까요? 당신들이 그 둘하고도 이야기를 나눌 수 있게?"

"가서 먼저 손을 씻고 오려고?" 쿠르트 올센이 물었다.

"고맙지만 우린 그 두 사람과 이야기하지 않아도 돼요." 마르틴센이 말했다. "지금 당장 필요한 건 모두 얻었으니까요."

"준비 끝났습니다." 야를레가 말했다.

나는 셔츠 소매를 걷어 올리고, 양손을 그의 앞으로 들어 올렸다. 그는 주유소 상점에 진열된 물건을 대하듯이 나를 스캔했다.

야를레가 헤어드라이어를 USB 케이블로 노트북컴퓨터에 연결하고 자판을 두드렸다. 쿠르트가 긴장한 표정으로 그의 얼굴을 유심히 살피는 것이 보였다. 나는 마르틴센의 시선을 느끼면서 창밖으로 시선을 돌렸다. 그날 아침에 입었던 옷과 장갑을 모두 태워버린 것이 다행이라는 생각이 들었다. 또한 신년 전야에 입었던 피묻은 셔츠를 빨아야 한다는 사실을 머릿속에 새겨두었다. 그래야 내일 장례식 때 그 옷을 입을 수 있었다.

"깨끗합니다." 야를레가 말했다.

쿠르트 올센이 조용히 욕을 하는 소리가 들리는 것 같았다.

"그럼." 마르틴센이 일어나면서 말했다. "협조해주셔서 감사합니다, 오프가르 씨. 너무 불쾌하게 생각하지 않으셨으면 좋겠습니다. 아시다시피 살인사건을 수사할 때는 조금 엄격하게 해야 하니까요."

"그냥 할 일을 하신 것뿐이죠." 나는 이렇게 말하고 나서 셔츠 소매를 내렸다. "이제 다 끝났군요. 그리고……." 나는 축축한 씹는담배 한 뭉치를 입에 넣고는, 쿠르트 올센을 바라보며 아주 진심어린 말을 덧붙였다. "……포울 한센을 꼭 찾으면 좋겠네."

58

이상한 말이지만, 빌룸 빌룸센의 장례식은 마치 오스 스파 산정
호텔의 장례식 같았다.

먼저 요 오스가 고별사를 했다.

"우리를 유혹에서 건지시고 악에서 구하소서." 그는 이렇게 말
하고 나서, 고인이 벽돌을 한 장, 한 장 쌓아 세운 회사가 이 지역
사회에서 자연스러운 역할을 하며 번창했다고 말했다. 이곳에 사
는 사람들에게 진정 필요한 부분을 그 회사가 채워주었다는 말도
했다.

"우리는 모두 빌룸 빌룸센을 냉정하지만 공정한 사업가로 알고
있었습니다. 그는 돈을 벌 수 있는 기회를 놓치지 않았고, 자신에
게 이로울 것 같지 않은 거래는 결코 맺지 않았습니다. 그러나 한
번 맺은 거래에는 충실했습니다. 상황이 바뀌어 이윤보다는 손실
을 보게 되는 한이 있더라도. 항상 그랬습니다. 그런 것이야말로
맹목적인 성실성이며, 그가 주관이 뚜렷한 사람이었음을 보여주는
궁극의 증거입니다."

여기서 요 오스는 칼에게 시선을 고정했다. 칼은 사람이 빽빽이

631

들어찬 오스 교회의 두 번째 줄에 나와 나란히 앉아 있었다.

"안타깝게도, 오늘날에는 이 마을의 사업가들이 모두 빌룸의 본을 따르지는 않는 것 같습니다."

나는 칼을 보지 않았지만, 수치심에 벌겋게 타오르는 그 얼굴의 열기가 느껴지는 것 같았다.

내 짐작에 요 오스는 일부러 그 자리를 이용해 내 동생에 대한 인신공격을 한 것 같다. 자신이 하고 싶은 말을 하기에 가장 좋은 기회임을 알았기 때문이다. 그에게는 또한 사람들 사이의 의제를 자신이 정하고 싶다는 욕망도 여전히 남아 있었다. 이틀 전, 단 크라네는 전현직 카운티 의회 의장들을 다룬 논설에서 요 오스를 여론에 귀를 기울이고 이해할 줄 알며, 모든 관련자들의 의견을 모아 마치 마법 같은 타협안을 내놓는 뛰어난 재능을 지닌 정치가라고 묘사했다. 다시 말해서, 사람들이 요 오스의 제안을 항상 받아들였기 때문에, 강력한 지도자라는 인식이 만들어졌다는 뜻이었다. 하지만 사실 그는 자신의 말을 들어주는 사람들의 의견에 순응하거나 단순히 흐름을 따른 사람에 불과했다. "개가 꼬리를 흔드는 것인가, 꼬리가 개를 흔드는 것인가?" 단 크라네는 이렇게 썼다.

물론 그 뒤로 활발한 토론이 이어졌다. 이곳에 온 지 얼마 되지도 않은 저 건방진 자가 감히 자기 장인을 공격하다니. 그는 우리가 사랑하는 옛 카운티 의회 의장인데. 글과 온라인으로 수많은 반응이 쏟아지자, 단 크라네는 요 오스를 비판한 것이 아니라고 답변했다. 대의정치가 민주주의의 이상이 아닌가. 그렇다면 사람들의 기분을 가늠해보고 거기에 맞춰 반응을 조절하는 정치가보다 더 진정한 민주적 대표자가 어디 있겠는가. 어떻게 보면, 크라네의 이런 주장이 지금 증명되고 있는 셈이었다. 연단에서 들려오는 말은

요 오스의 것이 아니라 이 마을 전체의 메아리였기 때문이다. 요 오스는 언제나 다수의 생각을 해석해서 전달하는 사람이었다. 이 일의 직접적인 관련자, 즉 우리 오프가르 사람들조차도 사람들 사이에 슬슬 이야기가 돌기 시작했음을 모를 수가 없었다. 칼이 중요한 거래 업체들과의 계약을 파기한 뒤 호텔 프로젝트의 주도권을 잃었다는 소식이 새어 나간 건지도 모르겠다. 칼이 재정문제로 고생하고 있다는 소문, 비밀리에 개인적으로 돈을 빌렸다는 소문, 진실은 아직 밝혀지지 않았다는 소문. 호텔의 화재가 어쩌면 치명적인 타격이었는지도 모른다는 소문. 지금은 구체적으로 밝혀진 사실이 없을지라도, 여기저기서 사람들이 각각 알고 있던 작은 정보들이 한데 모여 만들어진 그림은 누구에게도 반가운 것이 아니었다. 하지만 지난가을에 칼은 일이 다시 정상 궤도에 올라섰다고 큰 소리로 떠들어대며 미래를 몹시 낙관했다. 이것은 이미 이 프로젝트에 투자한 마을 사람들이 당연히 듣고 싶어하던 소리였다.

그런데 빌룸 빌룸센이 해결사의 손에 목숨을 잃었다. 이 마을에 쳐들어온 기자들의 말에 따르면 그랬다. 이것이 과연 무엇을 의미할까? 어떤 사람들은 그가 누군가에게 거액을 빚졌을 것이라고 보았다. 소문에 따르면 빌룸센은 누구보다 많이 호텔 사업에 발을 담갔으며, 거액을 빌려주었다. 그렇다면 이 죽음은 토대에 처음으로 금이 갔음을 의미하는 것인가. 프로젝트 전체가 지옥으로 떨어질 것이라는 경고? 부흥회 설교자처럼 매끄러운 혀로 사람을 홀리는 칼 오프가르가 공중누각을 가지고 고향에 돌아와 사람들을 모두 춤추게 만든 것인가?

교회를 나서면서 나는 아버지와 팔짱을 낀 마리 오스를 보았다. 평소 따뜻하고 어둡게 빛나던 그녀의 얼굴이 검은 외투 때문에 창백하게 보였다.

단 크라네는 어디서도 보이지 않았다.

너무 커서 몸에 맞지 않는 옷을 입은 빌룸센의 친척들이 관을 들고 나와 장의차에 실었고, 차가 떠났다. 우리는 독실한 신자들처럼 가만히 서서 그 광경을 지켜보았다.

"화장을 하지 않을 거래." 누군가가 조용히 말했다. 내 옆에 갑자기 나타난 그레테 스미트였다. "나중에 경찰이 확인할 일이 생길지도 모르니까 최대한 오랫동안 시체를 갖고 있겠다고 했대. 그냥 장례식을 위해 시체를 빌려줬을 뿐이라던데. 지금 곧장 냉동고로 가는 길일 거야."

나는 장의차를 계속 지켜보았다. 어찌나 속도가 느린지 그냥 가만히 서 있는 것처럼 보일 정도였다. 배기관에서 하얀 연기가 울컥울컥 쏟아져 나왔다. 장의차가 마침내 모퉁이를 돌아 사라진 뒤에야 나는 그레테가 서 있던 곳으로 시선을 돌렸다. 그녀는 이미 그 자리에 없었다.

리타 빌룸센에게 애도의 뜻을 표하고 싶은 사람들이 길게 줄을 서 있었다. 그녀가 지금 내 얼굴을 보고 싶어할지 자신이 없어서 나는 그 자리를 떠나 캐딜락의 운전석에 앉아서 기다렸다.

정장을 입은 안톤 모에가 아내와 함께 차 앞을 지나갔다. 두 사람 모두 시선을 들지 않았다.

"세상에." 칼과 섀넌이 차에 타고 내가 차를 출발시킨 뒤 칼이 말했다. "리타 빌룸센이 방금 뭐라고 했는지 알아?"

"뭐라고 했는데?" 나는 차를 몰아 주차장을 벗어나면서 말했다.

"내가 애도의 뜻을 표하니까 리타가 날 자기 쪽으로 잡아당기더라고. 날 안아주려는 건가 했더니만, 그 여자가 내 귓가에서 '살인

634

자'라고 속삭이는 거야."

"살인자? 정말 그렇게 말했어?"

"응. 그러고는 웃었어. 웃으면서 어떻게든 견딘다는 식으로. 하지만 그 말은 진짜……."

"살인자."

"응."

"남편이 죽기 직전에 당신 빚 3천만을 탕감해주고, 3천만을 또 빌려주기로 했다는 말을 변호사한테서 들었겠지." 섀넌이 말했다.

"그렇다고 나더러 살인자라고 해?" 칼이 화를 내며 소리쳤다. 칼이 분노한 것은 자신이 무고해서가 아니라, 아는 것도 별로 없는 리타 빌룸센이 그런 비난을 하는 것이 불합리하기 때문이었다. 칼의 생각은 그런 식이었다. 그는 리타 빌룸센이 사실이 아니라 그의 사람됨을 기초로 판단을 내렸다는 생각 때문에 화를 내고 있었다.

"그 여자가 의심하는 것도 무리가 아니지." 섀넌이 말했다. "그 빚에 대해 알았다면, 남편이 그런 거액을 탕감해주면서 자기한테 말하지 않은 게 이상하다는 생각이 들 거야. 빚에 대해 몰랐다 해도, 수상한 냄새가 난다고 생각하겠지. 살인사건 이후에 변호사에게 도착한 서류가 살인사건 여러 날 전에 작성되었으니까."

대답 대신 칼은 불만스러운 소리를 낼 뿐이었다. 이런 논리적인 추론도 리타의 행동을 정당화해줄 구실이 되지 못한다고 생각하는 것이 분명했다.

나는 저 앞쪽의 하늘을 올려다보았다. 화창한 날씨가 예보되어 있었지만, 서쪽에서 먹구름이 밀려오고 있었다. 사람들이 흔히 하는 말처럼, 산에서는 순식간에 변화가 일어난다.

59

나는 눈을 떴다. 불타고 있었다. 이층 침대와 주위의 벽에서 타오르는 불길이 나를 향해 날뛰었다. 바닥으로 뛰어내리자 매트리스에서 노란 불길이 길게 솟아오르는 것이 보였다. 이런데도 나는 왜 아무것도 느끼지 못했나? 내 몸을 내려다보니 이유를 알 수 있었다. 내 몸에도 불이 붙어 있었다. 칼과 섀넌이 자기들 침실에서 뭐라고 소리치며 문으로 달려가는 소리가 들렸지만, 그 문은 잠겨 있었다. 나는 창문으로 달려가 불타는 커튼을 찢듯이 젖혔다. 유리는 사라지고, 대신 철창이 박혀 있었다. 그리고 창밖의 눈 위에 세 명이 서 있었다. 창백한 얼굴로 꼼짝도 하지 않고 나를 빤히 바라보는 사람들. 안톤 모에. 그레테 스미트. 리타 빌룸센. 소방 트럭은 예이테스빙엔의 어둠 속에서 기듯이 올라왔다. 사이렌도, 불빛도 없었다. 기어를 계속 내리는 바람에 엔진의 포효는 점점 커지고, 차의 속도는 점점 느려졌다. 그러다 완전히 멈춰 서서 어둠 속으로 다시 미끄러지기 시작했다. 헛간에서 안짱다리 남자가 구르듯이 나왔다. 쿠르트 올센이었다. 아빠의 권투 글러브를 끼고 있었다.

나는 눈을 떴다. 방 안은 어둡고, 불길은 없었다. 하지만 포효 소리는 있었다. 아니, 포효가 아니라, 맹렬하게 공회전하는 엔진 소리였다. 후켄에서 올라오고 있는 재규어의 유령. 점점 잠이 깨면서 나는 그것이 트랙터를 닮은 랜드로버 소리임을 깨달았다.

나는 바지를 입고 아래층으로 내려갔다.

"나 때문에 깼어?"

쿠르트 올센이 입술에 담배를 물고, 허리띠에 엄지손가락을 건 채 계단에 서 있었다.

"이른 시각이잖아." 내가 말했다. 시계를 확인해보지는 않았지만, 동쪽을 돌아봐도 해가 뜰 기미가 보이지 않았다.

"잠이 안 와서 말이야." 올센이 말했다. "어제 호텔 현장의 인부 숙소를 다 뒤졌는데, 포울 한센도, 자동차도 없었어. 그자가 거기 있었다는 흔적이 전혀 없었다고. 게다가 기지국으로 들어오던 휴대전화 신호도 끊겼지. 그렇다면 배터리가 다 닳았거나, 그자가 휴대전화를 끈 거겠지. 그런데 어제저녁에 문득 생각난 게 있어서 최대한 빨리 확인해보려고 왔어."

나는 생각을 정리하려고 애썼다. "혼자 왔어?"

"마르틴센은 안 왔냐고?" 올센은 씩 웃었다. 그 웃음이 무슨 뜻인지 전혀 알 수 없었다. "크리포스를 깨울 일은 아니다 싶어서. 오래 걸리지 않을 거야."

내 뒤의 계단에서 시끄러운 소리가 났다. "무슨 일이야, 쿠르트?" 칼이었다. 아직 잠에 취해 있었지만, 아침에는 항상 그렇듯이 짜증이 날 정도로 기분이 좋았다. "새벽 공격이야?"

"좋은 아침이야, 칼. 로위, 지난번에 우리가 왔을 때, 넌 빌룸센이 죽던 날 아침에 재규어 소리 같은 걸 듣고 깼다고 말했지? 하지만 곧 그 소리가 사라져서 꿈을 꾼 줄 알았다고 말이야."

"그래서?"

"우리가 왔을 때 예이테스빙엔이 엄청 미끄러웠던 기억이 났어. 그래서 혹시나…… 이건 순전히 내 머리가 이 수수께끼의 해답을 찾아보려고 쉴 새 없이 돌아가다가 떠올린 건데…… 혹시나 그게 꿈이 아니었다면 어떨까…… 네가 들은 게 재규어 소리가 맞는데 저 마지막 커브를 제대로 돌지 못하고 뒤로 미끄러지기 시작했다면……."

올센은 일부러 말을 멈추고 담뱃재를 털었다.

"네 말은……." 나는 애써 깜짝 놀란 표정을 지었다. "네 생각에는……."

"어쨌든 확인해보고 싶어. 형사들이 하는 일 중에 90퍼센트는……."

"……단서를 추적하다가 허탕을 치는 것이다." 내가 말했다. "〈트루 크라임〉. 나도 그 기사 읽었어. 정말 재미있는 기사였지? 그래서 후켄을 살펴봤어?"

쿠르트 올센은 불만스러운 표정으로 계단 한편에 침을 뱉었다. "시도는 해봤지만 날도 어둡고 경사가 심해서 날 붙잡아줄 사람이 필요해. 그래야 내가 아래를 내려다볼 수 있어."

"그 정도야 뭐." 내가 말했다. "손전등도 필요해?"

"그건 있어." 쿠르트 올센은 담배를 다시 입꼬리에 물고, 소시지처럼 생긴 검은 물건을 들어 보였다.

"나도 같이 갈게." 칼이 이렇게 말하고는 옷을 갈아입으려고 슬리퍼를 끌며 계단을 올라갔다.

우리는 예이테스빙엔으로 걸어 내려갔다. 올센의 랜드로버가 절벽 가장자리 너머로 헤드라이트 불빛을 비추며 서 있었다. 날씨가 바뀌어서 기온이 올라간 덕분에 지금은 영하 몇 도밖에 되지 않았다. 쿠르트 올센이 자동차 뒤 트렁크에서 밧줄을 가져와 자신의 허리에 묶었다.

"한 사람이 이걸 잡아줘." 그는 밧줄 끝을 칼에게 주고 길가를 향해 조심스레 나아갔다. 거기서부터 절벽 가장자리까지 돌투성이의 가파른 비탈길이 2미터쯤 이어져 있었다. 그다음부터는 시야에 들어오지 않았다. 올센이 우리를 등지고 몸을 숙인 자세로 서 있는 동안 칼이 내게 몸을 기울여 귓속말을 했다.

"저러다 시체를 찾을 거야. 그리고 뭔가가 잘못됐다는 걸 깨달을 거라고." 칼의 얼굴이 땀으로 번들거렸다. 목소리도 확실히 겁에 질려 있었다. "우리가 어떻게든……." 칼은 올센의 등을 고갯짓으로 가리켰다.

"정신 똑바로 차려!" 나는 최대한 조용히 소리쳤다. "저 친구가 시체를 찾겠지. 그래도 잘못되는 일은 없어."

바로 그때 쿠르트 올센이 우리를 향해 고개를 돌렸다. 어둠 속에서 그의 담배가 브레이크등처럼 빛났다.

"밧줄을 범퍼에 묶는 게 좋겠는걸." 그가 말했다. "자칫하면 우리가 전부 여기서 미끄러질 수도 있겠어."

나는 칼에게서 밧줄을 받아 범퍼에 옭매듭으로 묶었다. 그리고 쿠르트에게 다 됐다고 고갯짓으로 신호한 다음, 눈에 띄지 않게 칼에게 경고의 눈빛을 보냈다.

쿠르트가 살금살금 비탈길을 내려가 절벽 아래를 내려다보는 동안 나는 밧줄을 단단히 붙잡았다. 쿠르트는 손전등을 켜서 아래쪽을 비춰보았다.

"뭐가 보여?" 내가 물었다.

"오, 예."쿠르트 올센이 대답했다.

강철처럼 파르스름한 구름이 낮게 깔려 빛을 한 번 걸러내는 곳에서 크리포스 사람들이 야블레와 그의 동료 두 명을 후켄으로 내려보냈다. 야블레는 누비 정장을 입고, 헤어드라이어 모양의 기계를 들고 있었다. 마르틴센은 팔짱을 끼고 서서 상황을 지켜보았다.
"빨리 오셨네요."내가 말했다.
"눈이 온다는 예보가 있어서요." 그녀가 말했다. "범죄 현장에 눈이 1미터쯤 쌓이면 일이 힘들어지죠."
"저 아래가 위험하다는 건 알고 계시죠?"
"올센한테서 들었어요. 하지만 영하의 날씨에는 돌멩이들이 잘 굴러 내리지 않아요. 산속의 물이 얼면 팽창하면서 공간을 늘리지만, 동시에 아교 같은 역할도 하거든요. 돌멩이들이 떨어지는 건 얼음이 녹을 때예요."
그녀는 이런 일을 아주 잘 아는 사람 같았다.
"됐습니다. 이제 내려갑니다."그녀의 무전기에서 야블레의 목소리가 들려왔다. "오버."
"기대하며 기다리고 있어요. 오버."
우리는 기다렸다.
"무전기는 좀 구석기 시대 물건 아니에요?"내가 물었다. "그냥 휴대전화를 써도 될 텐데요."
"저 아래에서 신호가 잡히는 걸 어떻게 알아요?" 그녀가 이렇게 물으면서 나를 바라보았다.
내가 저 아래에 내려간 적이 있다는 사실을 방금 자백했다는 뜻인가? 아직도 의심 한 조각이 남아 있는 건가?

"글쎄요." 나는 씹는담배를 입속에 넣었다. "포울 한센이 저리로 떨어진 뒤에도 기지국에 신호가 잡혔다면, 그게 바로 증거죠."

"그 사람과 휴대전화가 모두 저 아래에 있는지 일단 기다려보죠." 마르틴센이 말했다.

여기에 대답하듯 무전기에서 칙칙 소리가 났다. "여기 시체가 있어요." 야를레가 말했다. "납작하게 짜부라졌지만 포울 한센 맞습니다. 꽁꽁 얼었는데요. 정확한 사망 시각을 알아내는 건 포기해야겠습니다."

마르틴센이 검은 상자 모양의 무전기를 향해 말했다. "거기 그 사람 휴대전화도 보여요?"

"아뇨." 야를레가 말했다. "아, 보입니다. 올고르가 방금 저 친구 재킷 주머니에서 찾아냈어요. 오버."

"시체를 훑어보고, 휴대전화를 챙겨서 올라와요. 오버."

"오버."

"여긴 당신의 농장인가요?" 마르틴센이 무전기를 허리띠에 고정하며 물었다.

"동생과 함께 소유하고 있어요." 내가 말했다.

"풍경이 아름답네요." 그녀의 눈이 전날 부엌을 살펴볼 때처럼 풍경을 훑어보았다. 아마 그녀가 놓친 것이 별로 없었을 것이다.

"농장 경영에 대해 잘 아세요?" 내가 물었다.

"아뇨. 당신은요?"

"몰라요."

우리는 함께 웃음을 터뜨렸다.

나는 씹는담배 통을 꺼내 담배 한 뭉치를 빼낸 뒤, 그녀에게 통을 내밀었다.

"아뇨, 괜찮아요." 그녀가 말했다.

"끊었어요?" 내가 물었다.

"그렇게 티가 나나요?"

"내가 이 통을 열었을 때 표정이 그랬어요."

"그럼 그냥 조금 주세요."

"공연히 나 때문에……."

"이번 한 번뿐이에요."

나는 그녀에게 통을 건넸다. "쿠르트 올센은 왜 오지 않은 거예요?" 내가 물었다.

"댁의 경찰관은 이미 다른 사건을 해결하고 있어요." 그녀가 쓴웃음을 지으며 말했다. 그리고 검지와 중지로 씹는담배를 빨갛고 촉촉한 입술 사이로 밀어 넣었다. "인부 숙소를 뒤지다가 라트비아 사람을 한 명 발견했거든요. 호텔 공사를 하던 사람이에요."

"공사를 다시 시작할 때까지 숙소를 잠가둔 줄 알았는데요."

"맞아요. 하지만 그 라트비아인은 돈을 절약하려고 크리스마스 때 고향으로 가지 않고 그 숙소에서 불법적으로 살고 있었어요. 경찰이 문을 두드렸을 때 그 사람이 가장 먼저 한 말은 '내가 불을 지르지 않았어요'였어요. 알고 보니 신년 전야 불꽃놀이를 보러 시내에 내려갔다가 자정 직전 그쪽으로 향하던 중에 어떤 자동차 한 대가 지나갔대요. 그리고 도착해보니 호텔이 불타고 있었죠. 전화로 화재 신고를 한 사람이 바로 그 사람이었어요. 물론 익명으로. 그리고 경찰에 그 자동차 이야기는 하지 않았다고 하더라고요. 그러면 자기가 크리스마스 내내 여기 인부 숙소에 살고 있었다는 사실이 발각돼서 직장을 잃게 될 테니까. 게다가 어차피 그 자동차 헤드라이트 불빛이 너무 밝아서 그 차의 제조사나 색깔도 알아보지

642

못했다니까요. 그 사람이 알아차린 건 브레이크등 하나가 고장 났다는 사실뿐이었어요. 어쨌든 올센이 지금 그 사람이랑 얘기 중이에요."

"이 일이 빌룸센의 살인과 관련되어 있을까요?"

마르틴센은 어깨를 으쓱했다. "그 가능성을 배제하지는 않았어요."

"그 라트비아인은?"

"그자는 무고해요." 그녀가 말했다. 이제 그녀는 조금 전과 달리 차분했다. 니코틴이 가져다준 차분함이었다.

나는 고개를 끄덕였다. "누가 유죄이고 무죄인지 전반적으로 상당히 확신하고 계시네요. 그렇죠?"

"그렇죠." 그녀는 곧바로 다른 말을 이어가려고 했지만, 바로 그 순간 절벽 위로 야를레의 얼굴이 나타났다. 유마르*를 이용해 올라온 그는 장비를 벗은 뒤 크리포스 차량의 조수석에 앉아서 헤어드라이어를 노트북컴퓨터에 연결하고 명령어를 입력했다.

"GSR!" 그가 열린 문을 통해 소리쳤다. "틀림없어요. 포울이 죽기 얼마 전에 총을 발사했습니다. 아직까지는 범죄 현장에서 나온 그 무기와 일치해요."

"그런 것도 알 수 있어요?" 내가 마르틴센에게 물었다.

"적어도 탄약이 같은 종류인지는 알 수 있어요. 운이 좋다면, 포울 한센의 GSR이 그런 유형의 권총에서 나온 건지도 알 수 있고요. 사건의 순서가 어떻게 된 건지 이제 상당히 확실하네요."

"어떻게 된 건데요?"

---

* 등산용 밧줄을 타고 오를 때 사용하는 도구.

"포울 한센이 아침에 빌룸 빌룸센의 침실에서 그를 총으로 쏜 다음, 차를 몰고 이리로 올라왔어요. 칼에게서 빌룸센의 돈을 받 아내려고요. 하지만 재규어가 예이테스빙엔의 얼음에 미끄러져 서……." 그녀는 갑자기 말을 끊고 빙긋 웃었다. "당신이 우리의 수 사에 대해 이렇게 자세한 이야기를 들은 걸 알면 여기 경찰관이 별 로 안 좋아할 거예요, 오프가르 씨."

"말 안 할 거예요. 약속합니다."

그녀가 웃음을 터뜨렸다. "그래도요. 동료로서 좋은 관계를 유지 하기 위해, 우리가 여기 있는 동안 당신은 주로 집 안에 있었다고 말하는 편이 좋겠어요."

"좋습니다." 나는 재킷의 지퍼를 올리며 말했다. "어쨌든 사건이 해결된 것 같네요."

그녀는 그런 질문에는 대답할 수 없다는 듯 입술을 꾹 다물었지 만, 동시에 눈을 깜박여 긍정적인 답을 했다.

"커피 한잔 어때요?" 내가 물었다.

그녀의 눈에 순간적으로 혼란이 나타났다 사라졌다.

"날이 춥잖아요." 내가 말했다. "커피포트를 이리로 들고나와도 되고요."

"고마워요. 하지만 우리한테도 커피가 있어요." 그녀가 말했다.

"그렇군요." 나는 이렇게 말하고 나서 몸을 돌려 그 자리를 떠났 다. 틀림없이 그녀가 나를 지켜보고 있다는 느낌이 왔다. 딱히 내 게 관심이 있어서라기보다는, 누구든 최대한 확인해보아야 하니 까. 나는 양동이에 난 구멍을 떠올렸다. 덴마크인이 쏜 총알이 정 말 아슬아슬하게 내 머리를 빗겨 나갔다는 생각이 들었다. 차가 움 직이고 있었다는 점을 감안하면 전문가다운 솜씨였다. 절벽이 위낙 높아서 자동차 앞 유리창이 완전히 박살 났다는 점도 다행이었다. 거기에 난 총알구멍이 발견되었다면 포울 한센이 언제 어디서 총을 쏘았는지 혼란스러워졌을 것이다.

"어때?" 칼이 섀년과 함께 식탁에 앉아 있다가 물었다.

"쿠르트 올센이랑 같은 말을 해야겠어." 나는 스토브로 다가가며 대답했다. "오, 예."

60

3시부터 눈이 내리기 시작했다.

"봐요." 섀넌이 겨울정원의 얇은 유리창으로 밖을 내다보며 말했다. "모든 게 사라지고 있어요."

크고 우툴두툴한 눈송이들이 한들한들 내려와 깃털 이불처럼 풍경을 덮었다. 그녀의 말이 옳았다. 두 시간 만에 모든 것이 사라져버렸다.

"오늘 저녁에 차를 몰고 크리스티안산으로 갈 거예요." 내가 말했다. "내가 휴가를 얻는 바람에 그쪽 사람들 몇 명이 깜짝 놀란 모양이에요. 일도 쌓인 것 같고."

"계속 연락해." 칼이 말했다.

"네, 계속 연락하세요." 섀넌이 말했다.

그녀의 발이 의자 밑에서 내 발에 닿았다.

내가 7시에 오프가르 농장을 출발할 때 일시적으로 눈이 멎었다. 기름을 가득 채우는 게 좋을 것 같아서 주유소로 들어갔더니 율리가 새로 설치한 미닫이문 뒤로 사라지는 것이 보였다. 옛날에 어린 폭주족들이 모이던 곳에 주차된 자동차는 딱 한 대뿐이었다. 마력을 올린 알렉스의 포드 그라나다. 나는 주유기의 밝은 불빛 아래에 차를 세우고 밖으로 나와 기름을 넣기 시작했다. 그라나다는 겨우 몇 미터 거리에 있었다. 근처 가로등의 불빛이 황금색이 섞인 갈색 보닛과 앞 유리창을 비췄기 때문에 우리는 서로의 얼굴을 똑똑히 볼 수 있었다. 차 안에는 알렉스 혼자였다. 율리는 뭘 사러 안으로 들어간 모양이었다. 아마 피자 같은 것이겠지. 둘은 집으로 가서 영화를 볼 것이다. 이 동네에서 정식으로 사귀기 시작한 사람들은 보통 그렇게 했다. 사람들이 흔히 하는 말로 품절된 사람들. 알렉스는 나를 못 본 척했다. 내가 노즐을 연료 주입구에 걸고 그쪽으로 걸어갈 때까지. 알렉스는 갑자기 분주해져서 허리를 똑바로 세우더니 방금 불을 붙인 담배를 껐다. 주유기 지붕 덕분에 눈이 쌓이지 않은 바닥에서 담배의 불티들이 춤을 추었다. 알렉스가 창문을 올리기 시작했다. 로위 오프가르가 신년 전야에 싸울 기분이 아니었으니 운이 좋았다는 말을 누군가에게서 들은 모양이었다. 그 사람은 아마 옛날 오르툰에서 있었던 일들을 이야기해주었을 것이다. 그는 심지어 손을 슬금슬금 움직여 운전석 문을 잠그기까지 했다.

나는 그 문 앞에 서서 검지의 손마디로 유리를 톡톡 두드렸다.

알렉스는 창문을 몇 센티미터쯤 내렸다. "네?"

"제안할 것이 있어."

"네?" 표정을 보니 알렉스는 재대결을 하자는 제안을 예상한 것 같았다. 그건 그가 관심을 보일 수 없는 제안이었다.

"신년 전야에 네가 나타나기 전에 있었던 일을 율리가 너한테 얘기했을 거야. 네가 나한테 사과해야 한다는 말도 했겠지. 하지만 너 같은 녀석한테 사과는 쉽지가 않아. 내가 알지. 나도 한때 그런 녀석이었으니까. 그러니까 내가 이런 말을 하는 건 나를 위해서도 너를 위해서도 아니야. 하지만 율리에게는 이게 중요해. 넌 율리의 남자고, 나는 율리의 상사들 중 율리를 점잖게 대우해준 유일한 사람이니까."

알렉스는 입을 쩍 벌렸다. 내 말에 일리가 있다고 생각하는 모양이었다.

"그럴듯하게 보여야 하니까 난 가서 기름을 계속 넣을게. 천천히. 율리가 돌아오면 네가 차에서 내려 나한테 오는 거야. 그렇게 율리가 보는 앞에서 너랑 내가 매듭을 짓자고."

그는 입을 반쯤 벌린 채 나를 빤히 바라보았다. 알렉스가 원래 얼마나 똑똑한 녀석인지는 알 수 없지만, 그가 마침내 입을 다물었을 때에는 이 일로 두어 가지 문제를 해결할 수 있다는 사실을 깨달은 것 같았다. 우선 율리에게서 남자답지 못하다며 로위 오프가르에게 사과하라는 말을 듣는 일이 없어질 것이다. 그리고 두 번째로, 혹시 내가 복수하러 오지 않을지 그가 계속 뒤를 돌아보며 걱정하지 않게 될 것이다.

그는 고개를 끄덕였다.

"이따 보자." 나는 이렇게 말하고 나서 볼보로 돌아갔다. 그리고 율리가 나오면서 나를 보지 못하게 주유기 뒤에 자리를 잡았다. 그녀가 차에 올라타 문을 닫는 소리가 들렸다. 몇 초 뒤 차 문이 열렸다. 그리고 곧 알렉스가 내 앞에 서 있었다.

"죄송합니다." 그가 한 손을 내밀었다.

"그럴 수도 있지." 내가 말했다. 그의 어깨 너머로 차 안에서 눈을 휘둥그렇게 뜨고 우리를 빤히 바라보는 율리가 보였다. "하지만 알렉스?"

"네?"

"두 가지만 말하자. 첫째, 율리한테 잘해줘. 둘째, 주유기에 이렇게 가까이 차를 세웠을 때 불붙은 담배를 던지면 안 돼."

그는 침을 꿀꺽 삼키고 다시 고개를 끄덕였다. "제가 주울게요."

"아니. 네가 간 다음에 내가 치울게. 오케이?"

"네." 알렉스는 입으로 이렇게 말한 뒤, 눈으로 고맙다는 말을 덧붙였다.

알렉스의 차가 멀어지는 동안 율리가 명랑하게 손을 흔들었다.

나도 차에 올라 출발했다. 온화한 날씨 때문에 도로가 더 위험해져서 속도를 내지 않았다. 카운티 표지판이 지나갔다. 나는 백미러를 보지 않았다.

the King

gd●m

7부

JO NESBØ

61

1월 둘째 주에 오스 스파 산정호텔 SL의 회의에 참석해달라는 초대장이 날아왔다. 회의는 2월 첫째 주로 예정되어 있었다. 회의 주제는 간단하게 딱 한 가지였다. 이제부터 어떻게 할 것인가?

이 주제로 모든 종류의 가능성이 열렸다. 호텔을 해체해야 하는가? 관심을 보이는 사람에게 호텔을 팔고, SL 회사만 해체할 것인가? 아니면 일정을 새로 짜서 프로젝트를 계속 진행할 것인가?

회의 시작은 7시로 예정되어 있었지만, 내가 오프가르 농장 앞의 마당에 차를 세운 때는 고작 1시였다. 금속성의 하얀 햇빛이 구름 한 점 없는 하늘에서 작열했다. 내가 지난번에 집에 돌아왔을 때보다 해의 위치가 산봉우리 위로 더 높아져 있었다. 내가 차에서 내리는데 섀넌이 그곳에 서 있었다. 너무 아름다워서 고통스러울 정도였다.

"이걸 신고 걷는 법을 배웠어요." 그녀가 스키를 기쁜 듯이 들어 보이며 말했다. 나는 그녀를 품에 안고 싶은 것을 참았다. 겨우 나흘 전에 우리는 노토덴에서 한 침대에 누웠다. 내 혀에는 아직도 그녀의 맛이 남아 있고, 그녀의 따뜻한 살갗을 만졌던 감각도 생생했다.

"실력이 좋아!" 칼이 내 스키부츠를 손에 들고 집에서 나오며 말했다. "같이 호텔까지 가자."

우리는 헛간에서 우리 스키를 가져와 스키부츠에 단단히 고정하고 출발했다. 물론 칼의 말은 과장이었음을 곧 알 수 있었다. 가는 동안 새넌이 그리 많이 넘어지지는 않았지만, 실력이 좋다고 할 수는 없었다.

"어렸을 때 했던 서핑 같아요." 그녀가 자신에게 만족한 기색이 역력한 표정으로 말했다. "균형을 잡는 데 도움이 되고……." 새로 쌓인 눈 위에 그녀가 엉덩방아를 찧으면서 스키 한 짝이 앞으로 불쑥 올라왔다가 다시 내려가자 그녀가 새된 소리로 비명을 질렀다. 칼과 나는 배를 잡고 웃어댔다. 새넌은 화가 난 표정을 꾸미려다가 실패하고는 우리와 함께 웃기 시작했다. 칼과 함께 그녀를 일으켜 세우는데, 내 등에 칼의 손이 느껴졌다. 그 손이 내 목을 살짝 쥐었다. 그리고 그의 파란 시선이 나를 비췄다. 크리스마스 때보다 좋아 보였다. 조금 말랐고, 움직임이 살짝 빨라졌고, 흰자위가 깨끗해졌고, 발음도 명확했다.

"어때?" 칼이 스키폴에 몸을 기대고 서서 말했다. "보여?"

보이는 것이라고는 지난달에 불에 타서 무너진 잔해뿐이었다.

"안 보여? 새 호텔이?"

"안 보여."

칼은 웃었다. "기다려봐. 십사 개월만. 내가 우리 사람들이랑 이야기해봤어. 십사 개월 만에 일을 다 끝낼 거야. 한 달 뒤에 새 건물 기공식을 저 아래에서 열고 리본을 자를 거라고. 첫 번째 호텔보다 더 큰 사업이 될 거야. 안나 팔라가 와서 리본을 잘라주겠다고 했어."

나는 고개를 끄덕였다. 국회의원이자, 산업위원회 위원장. 상당한 거물이었다.

"그리고 식이 끝난 뒤에는 오르툰에서 온 마을 사람들을 위한 파티가 열릴 거야. 옛날이랑 똑같이."

"그 무엇도 옛날과 똑같을 수는 없어, 칼."

"두고 봐. 로드한테도 옛날 밴드를 다시 모아보라고 말하는 중이니까."

"말도 안 돼!" 나는 웃음을 터뜨렸다. 로드라니. 그는 그 어느 국회의원보다도 거물이었다.

칼이 시선을 돌렸다. "섀넌?"

그녀는 우리 뒤에서 힘들게 산길을 올라온 참이었다. "Bakglatt야. 계속 뒤로 넘어졌어." 그녀는 숨을 몰아쉬면서 웃는 얼굴로 말했다. "훌륭한 노르웨이어 단어지 뭐야. 뒤로 미끄러지는 건 쉽지만, 앞으로 미끄러지는 건 아니거든."

"스키로 비탈길을 내려가는 기술을 잘 배웠는지 로위 삼촌한테 보여주고 싶어?" 칼이 지붕이 있는 슬로프를 가리켰다. 새로 쌓인 눈이 다이아몬드 카펫처럼 반짝였다.

섀넌이 그를 향해 인상을 찡그렸다. "두 분을 즐겁게 해줄 생각은 없네요."

"그냥 고향의 서핑 포인트에서 서핑을 하고 있다고 상상해봐." 칼이 장난을 쳤다.

섀넌은 그를 향해 스키폴을 휘두르다가 하마터면 또 균형을 잃을 뻔했다. 칼이 웃음을 터뜨렸다.

"섀넌한테 스키 타는 법을 보여줄래?" 칼이 내게 물었다.

"아니." 나는 눈을 감았다. 선글라스를 썼는데도 눈이 아팠다. "망치고 싶지 않아."

"새로 쌓인 눈을 망치고 싶지 않다는 뜻이야." 칼이 섀넌에게 말하는 소리가 들렸다. "옛날에 아빠가 아주 미치려고 했지. 아무도 밟지 않은 가루 같은 눈이 쌓여 있는 완벽한 슬로프가 나오면, 아빠가 로위더러 먼저 내려가라고 했어. 로위의 스키 실력이 우리들 중 최고니까. 그런데 로위는 싫다는 거야. 너무 아름다워서 스키 자국으로 망치고 싶지 않다나."

"이해할 수 있을 것 같아." 섀넌이 말했다.

"아빠는 아니었어." 칼이 말했다. "저걸 망치지 않으면 아무 곳에도 갈 수 없다고 말했지."

우리는 스키를 벗고 그 위에 앉아 오렌지 하나를 세 쪽으로 나눠 먹었다.

"오렌지 나무 원산지가 바베이도스인 거 알았어?" 칼이 눈을 가늘게 뜨고 나를 바라보면서 말했다.

"그건 자몽 나무야." 섀넌이 말했다. "심지어 그것도 전혀 확실치 않아. 하지만……." 그녀가 나를 바라보았다. "역사적인 사실 중에는 우리가 모르는 것 천지죠."

오렌지를 다 먹은 뒤 섀넌은 돌아가겠다고 말했다. 자기 때문에 우리까지 움직임이 느려지는 걸 걱정하기 싫다는 것이었다.

칼과 나는 그녀가 능선 너머로 사라질 때까지 앉아서 지켜보았다.

그러고는 칼이 무거운 한숨을 내쉬었다. "그 망할 놈의 화재……."

"어쩌다 불이 났는지 더 밝혀진 게 있어?"

"누가 일부러 질렀다는 것만. 불꽃놀이 로켓 때문에 불이 난 것처럼 꾸미려고 그런 로켓을 일부러 가져다 놓았다는 것도. 그 리투아니아인은…….”

“라트비아인.”

“……자기가 본 차가 어느 회사 것인지도 몰라. 그래서 그자가 직접 불을 질렀을 가능성도 아직 배제되지 않았어.”

“그 사람이 왜 그런 짓을 해?”

“방화광이겠지. 아니면 누군가한테 매수를 당했거나. 시기심 때문에 그 호텔을 싫어하는 사람이 이 마을에 몇 명 있어, 로위.”

“우리를 싫어하는 거겠지.”

“그렇기도 하고.”

멀리서 짐승의 울음소리가 들렸다. 개였다. 여기 산 위에서 늑대의 발자국을 보았다고 주장하는 사람이 있었다. 심지어 곰 발자국을 봤다는 사람도 있었다. 물론 불가능한 일은 아니지만, 가능성이 상당히 희박했다. 세상에 불가능한 일은 거의 없다. 다만 시간문제일 뿐이다. 그러면 모든 일이 가능해진다.

“난 그 사람을 믿어.” 내가 말했다.

“리투아니아인?”

“아무리 방화광이라도 자기가 태워버린 땅에 계속 살고 싶어하지는 않을 거야. 만약 누군가에게 매수당했다면, 브레이크등이 고장 난 자동차가 현장에서 내려가는 걸 봤다는 말을 해서 일을 복잡하게 만들 필요가 없지. 자기가 도착했을 때 이미 불타고 있었다고 말하면 됐을 거야. 아니면 숙소에서 자고 있었기 때문에 아는 게 전혀 없다고 하거나. 불꽃놀이 로켓 때문인지 다른 원인이 있는지 경찰이 알아내게 자기는 가만히 있으면 되니까.”

“사람들이 전부 형처럼 논리적으로 생각하지는 않아.”

나는 씹는담배를 입안에 끼웠다. "그럴지도 모르지. 호텔을 태워버릴 만큼 너를 미워하는 사람은 누구야?"

"어디 보자. 쿠르트 올센. 우리가 자기 아버지의 죽음에 관련되어 있다고 지금도 믿고 있으니까. 에릭 네렐. 우리 때문에 알몸 사진을 보낸 것에 굴욕감을 느끼고 있으니까. 시몬 네르가르. 이 녀석은…… 이 녀석은 네르가르 농장에 사니까. 형이 이 녀석을 두들겨 팼기 때문에 항상 우리를 미워했어."

"단 크라네는 어때?"

"아냐. 마리랑 같이 호텔의 일부를 소유하고 있어."

"누구 이름으로?"

"마리 이름."

"내가 아는 마리라면, 소유권을 별도로 구분하는 약정을 맺을걸."

"물론이지. 하지만 단은 마리한테 해로운 일은 절대로 할 사람이 아니야……."

"그래? 아내가 바람을 피웠고, 그 바람 상대가 너인데? 호텔에 대한 비판적인 진실을 기사로 쓰려다가 해결사에게 협박과 검열과 굴욕을 당하기도 했지. 그리고 높은 자리에 있는 사람들과 선이 끊겨서 신년 전야에 나 같은 사람들과 어울릴 수밖에 없었고. 그 사람 결혼 생활은 이미 흔들리고 있었어. 신년 전야에 그 사람은 자기 신문의 칼럼을 통해 장인을 인신공격함으로써 아예 결혼 생활에 쾅쾅 종지부를 찍을 작정이었다고. 그런 사람이 자신이 겪는 모든 불행의 근원인 아내를 해치지 않을 거라고? 아내와 동시에 너까지 망쳐버릴 수 있는 일인데? 스탠리의 파티에서 내가 만난 단 크라네는 막다른 길에 몰린 사람이었어."

"막다른 길?"

"정확히 어디를 눌러야 되는지 아는 사람한테 목숨을 위협받는 일이 얼마나 무서운지 알아?"

"뭐, 어느 정도는." 칼이 곁눈질로 나를 흘깃 보았다.

"사람들이 흔히 하는 말처럼, 영혼을 갉아먹는다고."

"응." 칼이 조용히 말했다.

"그럼 어떻게 되겠어?"

"결국 그렇게 겁을 먹고 사는 걸 감당할 수 없게 되지."

"맞아. 에라 나도 모르겠다, 차라리 죽는 게 낫겠다, 이러면서 자신을 파괴하든지 남을 파괴하지. 불을 지르고, 살인을 저지르고. 무슨 짓이든 해. 계속 겁을 먹고 사는 게 싫어서. 막다른 길에 몰렸다는 건 그런 의미야."

"응. 그게 막다른 길이지. 무슨 일이 있어도, 그 길을 뚫고 나가는 편이 더 나아."

우리는 조용히 앉아 있었다. 머리 위에서 빠른 날갯짓 소리가 들리더니, 그림자 하나가 눈밭을 지나갔다. 뇌조 같았다. 나는 고개를 들어 확인하지 않았다.

"행복해 보이네." 내가 말했다. "섀넌 말이야."

"당연하지. 자기 호텔이 지어질 거라고 생각하니까. 자기가 그린 그림대로."

"생각?"

칼은 고개를 끄덕였다. 거의 알아보기 힘들 만큼 살짝 허물어진 것 같았다. 밝은 미소도 사라지고 없었다.

"섀넌한테는 아직 말 안 했는데, 호텔에 화재보험이 없다는 소식이 새어 나갔어. 지금까지 그 프로젝트를 살린 건 순전히 빌룸센의 돈이었다고. 아마 단 크라네의 입에서 나온 말일 거야."

"빌어먹을 자식!"

"사람들이 자기 돈이 어찌 될까 걱정하고 있어. 이사들도 아직 상황이 괜찮을 때 발을 빼야겠다고 웅성거리는 중이야. 오늘 저녁의 회의가 종말의 시작일 수도 있어, 로위."

"넌 어떻게 할 건데?"

"어떻게든 분위기를 돌려봐야지. 하지만 오스가 빌룸센의 장례식에서 그렇게 천둥처럼 열변을 토했고, 단이 쓴 기사도 있고, 그런 소문도 퍼지고 있으니, 내가 지금 그렇게 자신이 있는 건 아냐."

"여기 사람들은 너를 알아." 내가 말했다. "이 마을에 온 지 얼마 되지도 않은 하찮은 기자가 떠들어대는 말보다는 결국 그 점이 더 중요해. 네가 앞에 우뚝 서 있는 보습을 보면, 다들 오스의 말을 잊어버릴 거야. 오프가르의 저 녀석이 포기하지 않았다는 걸 깨닫겠지. 빈털터리가 됐는데도 포기하지 않는다는 걸."

칼이 나를 보았다. "그럴까?"

나는 칼의 어깨를 주먹으로 가볍게 쳤다. "흔히들 하는 말이 있잖아. '고향으로 돌아온 아이를 모두 사랑한다.' 어쨌든 진짜 힘들고 비용이 가장 많이 드는 고비는 이미 넘겼어. 남은 건 실제로 건물을 짓는 것뿐이야. 이제 와서 포기하는 건 바보짓이지. 넌 해낼 수 있어, 동생."

칼은 내 어깨에 한 손을 얹었다. "고마워, 로위. 날 믿어줘서 고마워."

"문제는 모두에게서 섀넌의 원래 설계에 대한 동의를 얻어내는 거야. 카운티 의회는 아마 여전히 트롤과 목재를 원하겠지. 섀넌이 사용하고 싶어하는 방법들과 값비싼 자재 때문에 추가로 비용이

드는 것에 대해 투자자들의 승인을 얻어내야 해."

칼은 허리를 쭉 폈다. 내가 그에게 낙천적인 생각을 조금 불어넣어준 것 같았다. "새년이랑 그동안 생각을 해봤어. 처음 투자자 회의에서 우리가 그림을 보여줬을 때 시각적인 면에 공을 들이지 않은 게 문제였어. 너무 슬프고 황량하게 보였잖아. 새년이 완전히 다른 각도에서 완전히 다른 조명을 이용해 도면과 스케치를 새로 그렸어. 겨울이 아니라 여름을 배경으로 했다는 점이 가장 큰 차이점이지. 지난번에는 콘크리트 건물이 단조로운 무채색 겨울 풍경과 합쳐졌으니, 호텔이 여기 사람들이 싫어하는 겨울의 연장선처럼 보인 거야, 그렇지? 하지만 이번에는 화려한 풍경이 호텔에 빛과 색채를 빌려주고 있어. 배경 덕분에 호텔이 돋보인다고. 풍경 속으로 사라지려고 애쓰는 벙커처럼 보이지 않아."

"똑같은 쓰레기에 새 포장지?" 내가 영어로 말했다.

"그걸 깨닫는 사람은 아무도 없을걸. 확실해. 신나서 어쩔 줄 모를 거야." 칼은 다시 활기를 띠었다. 하얀 치아에 햇빛이 부딪혀 반짝였다.

"원주민들한테 유리구슬을 주는 것과 같네." 나도 따라서 미소를 지었다.

"진주는 진짜야. 다만 이번에는 우리가 그걸 건네기 전에 광을 좀 내겠다는 거지."

"그 정도면 정직하군."

"정직하지."

"그냥 반드시 해야 하는 일을 하면 돼."

"맞아." 칼은 시선을 서쪽으로 돌렸다.

그가 숨을 들이쉬는 소리가 들렸다. 그의 몸이 조금 쪼그라들었다. 또 기운을 잃은 건가?

"설사 그게 아주, 아주 잘못된 일이라는 걸 알더라도." 칼이 말했다.

"맞아." 하지만 나는 지금 칼이 다른 얘기를 하고 있음을 알고 있었다. 나는 섀넌이 사라진 방향으로 난 스키 자국을 눈으로 좇았다.

"그래도 우리는 계속 그렇게 하지." 칼이 천천히 말했다. 전보다 한결 깨끗해진 발음으로. "밤이나 낮이나 매일. 똑같은 죄를 범해."

나는 숨을 죽였다. 그래, 이건 아빠에 대한 이야기일 수 있었다. 아니면 자신과 마리의 이야기일 수도 있었다. 하지만 내가 잘못 이해한 게 아니라면, 이건 섀넌에 대한 이야기였다. 섀넌과 나에 대한 이야기.

"예를 들면⋯⋯." 칼이 말했다. 긴장된 목소리였다. 칼은 침을 꿀꺽 삼키고, 나는 마음을 단단히 먹었다. "쿠르트 올센이 후켄을 내려다보며 재규어를 찾고 있을 때처럼. 난 너무 무서워서 아, 또 이렇게 되는구나, 이번에는 다 들통나겠구나, 이런 생각을 했어. 올센의 아버지가 똑같은 자리에 서서, 캐딜락의 바퀴에 구멍이 났는지 내려다볼 때랑 정확히 똑같은 생각."

나는 대답하지 않았다.

"하지만 그때는 나를 막아줄 형이 없었어. 내가 시그문 올센을 밀었어, 로위."

입이 망할 놈의 구운 빵처럼 바짝 말랐지만, 적어도 다시 숨을 쉴 수는 있었다.

"형은 처음부터 다 알고 있었겠지만." 칼이 말했다.

나는 스키 자국에 계속 시선을 고정했다. 그리고 고개를 살짝 끄덕였다.

"그런데 왜 자꾸 내가 털어놓으려는 걸 막았어?"

나는 어깨를 으쓱했다.

"살인의 공범이 되기 싫었던 거겠지." 칼이 말했다.

"내가 그런 걸 무서워하는 것 같아?" 나는 일그러진 미소를 지었다.

"빌룸센과 해결사는 다른 문제야." 칼이 말했다. "이건 무고한 경찰관 얘기라고."

"네가 아주 세게 밀었나 봐. 수직선에서 한참 벗어난 곳에 떨어진 걸 보면."

"허공을 날게 만들었지." 칼은 눈을 감았다. 햇빛이 너무 강한 탓이었을까. 칼은 곧 눈을 다시 떴다. "내가 정비소로 전화했을 때, 그게 사고가 아니라는 걸 형은 이미 알았어. 그런데도 나한테 묻지 않았어. 그게 언제나 더 편하니까. 추악한 일은 존재하지 않는 척하는 거. 아빠가 밤에 우리 방으로 왔을 때처럼……."

"닥쳐!"

칼은 입을 다물었다. 빠른 날갯짓 소리. 아까 그 새가 돌아가는 길인 것 같았다.

"난 알고 싶지 않아, 칼. 네가 나보다 더 인간적이라고 믿고 싶었어. 냉혹하게 누굴 죽일 수 없는 사람이라고. 그래도 넌 여전히 내 동생이야. 네가 경찰관을 밀어서, 내가 엄마와 아빠의 살인범으로 고발당하는 걸 막아준 건지도 몰라."

칼은 얼굴을 찡그렸다. 그리고 선글라스를 다시 쓴 뒤, 오렌지 껍질을 눈 위로 던졌다.

"고향으로 돌아온 아이를 모두 사랑한다. 정말 사람들이 그런 말을 흔히 해? 아니면 그냥 형이 만들어낸 말이야?"

나는 대답하지 않고, 대신 내 손목시계를 보았다. "주유소에서 재고관리에 문제가 생겼다고 나더러 도와달라고 했어. 오르툰에서 7시에 보자."

"우리 집에서 잘 거지?"

"고맙지만, 회의 뒤에 곧장 돌아가야 돼. 아침 일찍 출근해야 하거든."

프로젝트 참가자들만 투표권이 있는데도, 오르툰의 회의는 누구에게나 열려 있다고 홍보되었다. 나는 일찍 도착해서 뒷줄에 앉아 홀에 사람들이 점차 들어차는 모습을 지켜보았다. 십팔 개월 전 첫 번째 회의 때는 설렘과 기대감이 있었던 반면, 이번에는 분위기가 크게 달랐다. 어둡고 우울했다. 사람들이 흔히 하는 말처럼, 린치가 일어날 것 같은 분위기였다. 회의 시작 시각까지 모두가 도착했다. 앞줄에는 요 오스와 마리 오스가 보스 길베르트와 나란히 앉아 있었다. 거기서 몇 줄 뒤에는 스탠리와 단 크라네가 나란히 앉았다. 그레테 스미트는 시몬 네르가르 옆에 앉아 그를 향해 몸을 기울이고 귓속말을 하고 있었다. 두 사람이 언제 저렇게 친해졌는지는 하느님만 아실 일이었다. 안톤 모에는 아내와 함께 왔다. 율리와 알렉스도 있었다. 마르쿠스는 주유소에 휴가를 내고 왔다. 그가 자기보다 두 줄 뒤에 앉은 리타 빌룸센과 시선을 교환하는 모습이 눈에 들어왔다. 에릭 네렐 부부는 쿠르트 올센과 나란히 앉았지만, 에릭이 말을 걸었을 때 쿠르트는 대화할 기분이 아닌 것 같았다. 에릭은 아마 그 자리에 앉은 것을 후회했겠지만 이제 와서 일어나 자리를 바꿀 수는 없었다.

정확히 7시에 칼이 무대로 나왔다. 사방이 조용해졌다. 칼이 시선을 들었다. 그 모습이 마음에 들지 않았다. 부정적인 분위기를 바꾸고 모세처럼 물을 가르는 기적을 보이려면 지금 칼이 최고의 상태여야 했다. 하지만 이 자리의 무게에 압도된 것 같았다. 회의를 시작하기도 전에 벌써 지친 모습이었다.

"오스의 주민 여러분." 칼이 입을 열었다. 목소리에는 힘이 없고, 시선은 여기저기를 방황했다. 사람들과 눈을 마주치고 싶은데 계속 거부당하는 사람 같았다. "우리는 산악지대 사람들입니다. 전통적으로 살기 힘든 곳에서 살고 있습니다. 이곳에서 우리는 스스로 힘을 내야 합니다."

동업자 회의를 이런 식으로 시작하는 것은 상당히 이례적인 일일 것이다. 하지만 이 방을 채운 사람들은 대부분 평범한 동업자 회의에 대해 나처럼 아는 것이 별로 없을 것 같았다.

"따라서 살아남기 위해 우리는 예전에 아버지가 우리 형제에게 가르쳐주신 바로 그 격언을 받아들여야 했습니다. 반드시 해야 하는 일을 해라." 칼의 시선과 내 시선이 만났다. 그리고 칼은 시선의 방향을 멈췄다. 여전히 괴로워 보였지만, 희미한 미소가 입술을 스쳤다. "그래서 우리는 그렇게 합니다. 매일, 매번. 할 수 있어서가 아니라, 그렇게 해야 하기 때문에. 그래서 우리는 역경을 만날 때마다, 새 떼가 절벽 위를 날아가고, 곡식이 얼어붙고, 산사태가 마을을 덮칠 때마다, 다시 평소의 세상으로 돌아갈 길을 찾습니다. 중앙 고속도로의 경로가 바뀌어 바깥세상이 이리로 들어올 길이 사라지면 우리가 길을 만들면 됩니다. 산정호텔을 지으면 됩니다." 이제 목소리에 활기가 조금 돌았고, 자세도 거의 알아보기 힘들 만큼 살짝 꼿꼿해졌다. "호텔이 불에 타서 모든 것이 폐허가 되어 텅

굴 때, 우리는 그 파괴의 현장을 보며 절망하지만……." 칼은 검지를 들고 목소리를 높였다. "……그건 딱 하루뿐입니다."

칼의 시선이 내게서 멀어져, 자신을 받아주고 반겨줄 다른 곳을 찾는 듯했다.

"계획을 세웠지만 일이 예상대로 흘러가지 않을 때에도 우리는 반드시 해야 하는 일을 합니다. 새로운 계획을 짜는 겁니다. 우리가 상상한 대로 일이 굴러가지 않았다 칩시다. 좋습니다. 그럼 다른 걸 상상하면 됩니다." 칼의 시선이 다시 내게 닿았다. "우리처럼 산에 사는 사람들에게는 쓸데없는 감상이 들어설 자리가 없습니다. 뒤를 바라볼 여유가 없습니다. 저희 아버지가 자주 하시던 말씀이 있습니다. '감정을 죽여라.' 우리 앞을 바라봅시다, 여러분. 함께."

오랫동안 신중한 침묵이 흘렀다. 내가 잘못 본 건가? 아니면 요오스가 방금 정말로 고개를 움직인 건가? 그래, 그가 고개를 끄덕였다. 그리고 그것이 기다리던 신호라도 되는 것처럼 칼이 말을 이었다.

"우리는 좋든 싫든 함께입니다. 가족처럼, 여러분과 저, 오늘 저녁 이 자리에 모인 우리 모두가 이 운명적인 결합으로 함께 묶여 있습니다. 원한다고 여기서 나갈 수도 없습니다. 오스의 산에서 사는 우리는 쓰러져도 함께 쓰러지고, 일어서도 함께 일어설 겁니다."

분위기가 바뀌었다. 속도는 느렸지만 나는 분명히 느낄 수 있었다. 린치를 할 것 같은 분위기는 사라졌다. 물론 아직도 냉정하고 회의적인 분위기는 남아 있었다. 이 자리에서는 당연하게도, 몇 가지 중요한 질문에 대해 칼의 대답을 요구하는 분위기도 은연중에 존재했다. 하지만 사람들은 칼의 말을 좋아했다. 그가 말한 내용도, 그 말을 하는 오스 사람 같은 태도도. 나는 불확실한 서두가 의도적이었음을 깨달았다. 칼이 내 말을 주의 깊게 들은 것이다. '고향으로 돌아온 아이를 모두 사랑한다.'

칼은 사람들의 마음을 모두 사로잡은 것처럼 보인 바로 그 순간에 연단에서 한 걸음 뒤로 물러나 손바닥을 들어 보였다.

"저는 아무것도 보장할 수 없습니다. 그러기에는 미래가 너무 불확실합니다. 저는 예언하는 능력이 별로 없고요. 제가 보장할 수 있는 것은, 우리가 외로운 개인으로 존재할 때는 실패할 수밖에 없다는 사실뿐입니다. 무리에서 떨어진 양은 육식동물에게 잡아먹히거나 얼어 죽을 겁니다. 하지만 함께 있을 때는, 함께 있을 때에만, 적어도 한 가지 유일한 가능성이 생깁니다. 화재 때문에 우리가 부정할 수 없이 묶이게 된 이 구속에서 빠져나갈 가능성."

칼은 다시 말을 멈추고, 연단 뒤편의 어두컴컴한 곳에 서 있었다. 나는 감탄할 수밖에 없었다. 그 마지막 문장은 수사학적인 측면에서 진짜 걸작이었다. 그 한 문장으로 칼은 세 가지를 성취했다. 첫째, 계획이 좌절되었음을 인정하면서도 모든 것을 화재 탓으로 돌려 정직한 모습을 연출했다. 둘째, 열띤 도덕적 설교를 통해 연대를 강조하면서 동시에 이 상황에 대해 뭔가 조치를 취해야 할 책임을 이 자리에 앉아 있는 모두에게 나눠주었다. 셋째, 새로 지어질 호텔이 보장된 해결책이 아니라 가능성에 불과하다는 점을 강조하면서 동시에 그것이 세상에서 유일한 존재가 될 것이라고 암시함으로써 신중한 모습을 보였다.

"하지만 우리가 일을 제대로 해낸다면, 단순히 구속에서 벗어나는 것 이상의 성과를 거둘 겁니다." 여전히 어두운 곳에 서 있는 칼이 말했다.

칼이 회의 장소에 일찍 도착한 데에는 조명을 미리 조정하려는 목적도 있었음이 확실하다. 칼이 연단 위로 떨어지는 조명 속으로 다시 나왔을 때, 그 시각적 효과는 칼이 한 말의 내용만큼이나 극적이었다. 처음 무대에 등장할 때는 그토록 지치고 괴로워 보였던 사람이 갑자기 희망에 찬 선동적 연설가가 되어 있었다.

"우리는 오스 마을이 꽃을 피우게 할 겁니다." 칼이 우렁차게 말했다. "타협하지 않고, 트롤이나 목재 같은 값비싼 장난 없이 호텔을 짓는 것이 그 방법입니다. 진짜를 경험하고 싶어하는 현대인들은 도시 경계를 벗어나는 순간부터 노르웨이 민담의 세계로 들어온 기분을 느낄 겁니다. 그들이 원하는 것은 산입니다. 거기에도 타협은 없어야 합니다. 그러니 우리는 산에 순응하는 호텔, 산과 어울리는 호텔, 산의 무정한 규칙에 복종하는 호텔을 지을 겁니다. 커다란 집단을 이루고 있는 산에 가장 근접한 자재는 콘크리트입니다. 우리가 콘크리트 호텔을 짓는 것은 값이 싸기 때문이 아니라 콘크리트가 아름답기 때문입니다."

칼은 어디 반박할 테면 한번 해보라는 듯이 사람들을 둘러보았다. 하지만 홀 안에는 오로지 침묵만이 존재했다.

"콘크리트, 이 콘크리트, 우리 콘크리트." 거의 노래를 부르는 것 같았다. 구원을 말하는 설교자들이 사람의 마음을 사로잡을 때 쓰는 바로 그 리듬을 따르면서, 칼은 동시에 강연대에 놓인 노트북컴퓨터를 집게손가락으로 두드려 박자를 맞췄다. "우리와 같습니다. 소박하다는 점에서, 가을과 겨울의 폭풍을 이겨내고 눈사태와 번개와 천둥과 극단적인 날씨와 허리케인과 신년 불꽃놀이에 반항하듯 맞설 수 있다는 점에서. 한마디로 말해서 콘크리트는 우리처럼 살아남을 줄 아는 자재입니다. 콘크리트는 우리와 비슷하기 때문에 아름다운 겁니다, 여러분!"

이것이 프로젝터 조작을 맡은 누군가에게 보내는 신호였음이 분명하다. 바로 그 순간 스피커에서 음악이 쏟아져 나왔기 때문이다. 섀넌이 가장 처음에 그린 그림에서 내가 보았던 그 호텔이 밝은 화면에 나타났다. 초록색 숲. 햇빛. 개울. 놀고 있는 아이들. 여름 옷차림으로 산책하는 사람들. 이 호텔은 전혀 불모지처럼 보이지 않았다. 주변을 가득 채운 활기를 단단히 받쳐주는 차분한 캔버스 같았다. 산 그 자체처럼 영원해 보였다. 간단히 말해서, 칼이 묘사한 것처럼 어느 모로 보나 환상적이었다.

칼이 숨을 죽이고 있는 것이 보였다. 젠장, 나도 숨을 죽이고 있었다. 곧 사람들이 폭발했다.

칼은 박수갈채를 최대한 음미했다. 그러고는 연단 앞쪽으로 나와 양손을 들어 올려 사람들을 조용히 시켰다.

"여러분이 확실히 좋아하시는 것 같으니, 이 호텔을 설계한 건축가 섀넌 알레인 오프가르에게 박수갈채를 한번 보내주시는 게 어떻겠습니까?"

섀넌이 무대 옆에서 스포트라이트 속으로 나왔다. 그러자 또 사람들이 폭발했다.

섀넌은 몇 걸음 걸어 나온 뒤 멈춰 서서 미소를 지으며 우리에게 손을 흔들었다. 그리고 행복하게 웃으면서 그 자리에 잠시 서 있었다. 자신이 청중의 반응에 감사하고 있음을 우리에게 보여주면서, 동시에 마을의 진짜 영웅에게서 사람들의 관심을 빼앗고 싶지는 않다는 점을 알릴 수 있을 만큼만.

그녀가 무대를 떠난 뒤 박수 소리가 잦아들었다. 칼은 헛기침을 하고, 강연대 양편을 손으로 잡았다.

"감사합니다, 여러분. 감사합니다. 하지만 오늘 회의에서 다룰 주제는 호텔의 외관만이 아닙니다. 미래의 계획, 일정, 재정, 회계, 소유주들을 위한 대표자 선발도 다뤄야 합니다."

이제 칼은 청중을 완전히 장악하고 있었다.

그는 청중에게 호텔을 부활시키는 공사가 두 달 뒤인 4월에 시작되어 겨우 십사 개월 만에 끝날 것이며, 비용은 고작 20퍼센트만 늘어날 것이라고 말할 예정이었다. 이 호텔을 경영하게 될 스웨덴 운영사와 새로운 계약을 맺었다는 말도 해야 했다.

십육 개월.

지금으로부터 십육 개월이 지나면, 섀넌과 나는 이곳을 떠날 것이다.

섀넌은 노토덴에서 만나기로 한 약속을 지키지 않겠다는 메시지를 보냈다. 지금부터 4월에 공사가 다시 시작될 때까지 자신은 프로젝트를 이끄는 사람으로서 이 일에 모든 정신을 쏟아야 한다는 것이었다.

나는 이해했다.

그리고 괴로웠다.

하루하루 날짜를 헤아렸다.

3월 중순, 쇰과 바로드 다리에 비가 쏟아지는 어두운 저녁에 초인종이 울렸다. 그녀가 서 있었다. 머리에 착 달라붙은 빨간 머리카락에서 빗물이 뚝뚝 떨어졌다. 나는 깜짝 놀랐다. 녹인지 피인지 알 수 없는 것이 줄무늬를 그리며 그녀의 하얀 목을 가로지르고 있는 것 같았다. 그녀는 손에 가방을 들고 있었다. 눈빛에는 절망과 단호한 결심이 뒤섞여 있었다.

"들어가도 돼요?"

나는 옆으로 비켜섰다.

나는 다음 날에야 그녀가 온 이유를 알았다.

그녀는 내게 소식을 전하려고 왔다.

그리고 내게 또 다른 살인을 부탁하려고 왔다.

62

이제 막 해가 뜬 뒤였다. 땅바닥은 간밤에 내린 빗물로 아직 축축하고, 새들이 귀가 멀어버릴 것처럼 시끄럽게 울어댔다. 섀넌과 나는 팔짱을 끼고 숲속을 걸었다.

"철새들이에요." 내가 말했다. "여기 남쪽에는 녀석들이 더 일찍 돌아와요."

"행복한 새들인 것 같네요." 섀넌은 이렇게 말하고 나서 내 팔에 머리를 기댔다. "아마 집에 돌아오기를 고대하고 있었을 거예요. 누가 어떤 새였다고 했죠?"

"아빠는 종달새, 엄마는 딱새. 베르나르 삼촌은 검은머리쑥새. 칼은……."

"내가 말할게요! 밭종다리."

"맞아요."

"그리고 나는 떼새, 당신은 목도리지빠귀."

나는 고개를 끄덕였다.

간밤에 우리는 거의 이야기를 나누지 않았다.

"그 얘기는 내일 하면 안 될까요?" 섀넌이 안으로 들어와 내 도

671

움으로 젖은 겉옷을 벗은 뒤 이렇게 말했다. 내가 연달아 질문을 던진 탓이었다. "자고 싶어요." 그녀는 양팔로 내 허리를 끌어안고, 내 가슴에 뺨을 대며 이렇게 말했다. 내 셔츠가 흠뻑 젖는 것이 느껴졌다. "하지만 그보다 먼저 당신이 필요해요."

나는 다음 날 아침에 일찍 일어나야 했다. 주유소에 물건이 대량으로 배달될 예정이어서 내가 그 자리에 있어야 했다. 섀넌은 아침 식사를 할 때도 자신이 왜 왔는지 한마디도 하지 않았고, 나 역시 묻지 않았다. 내가 일단 그 이유를 알고 나면, 모든 것이 완전히 달라질 것 같았다. 그래서 지금 우리는 눈을 감고 우리에게 주어진 이 짧은 시간을 즐기고 있었다. 바닥과 충돌하기 전, 자유낙하를 하는 시간이었다.

나는 적어도 점심때까지는 주유소에 있어야 한다고 섀넌에게 말했다. 그 뒤에야 내 자리를 맡아줄 사람을 구할 수 있기 때문이었다. 하지만 그녀가 나와 함께 주유소로 간다면, 배달이 끝난 뒤 산책 정도는 할 수 있었다. 그녀가 고개를 끄덕였기 때문에 우리는 함께 차에 올랐다. 내가 배달된 물건을 모두 확인하고 서명하는 동안 섀넌은 차 안에서 기다렸다.

우리는 북쪽으로 걸었다. 우리 뒤에 펼쳐진 자동차도로에는 나들목과 연결된 작은 도로들이 토성의 고리처럼 붙어 있었다. 우리 앞쪽의 숲은 아직 3월인데도 벌써 살짝 초록색을 띠고 있었다. 우리는 숲속으로 깊이 이어진 길을 발견했다. 나는 오스는 아직도 한 겨울이냐고 물었다.

"오프가르 농장은 아직 겨울이에요." 섀넌이 말했다. "마을에는 벌써 가짜 봄이 두 번이나 왔는데."

나는 웃으며 그녀의 머리카락에 키스했다. 더 이상 나아갈 수 없게 길을 막아놓은 높은 울타리가 나오자, 우리는 길가의 커다란 바위에 앉았다.

"그럼 호텔은요?" 나는 손목시계를 흘깃 보면서 물었다. "잘되고 있어요?"

"공식적인 기공식은 예정대로 이 주 뒤에 열릴 거예요. 그러니 잘되고 있는 거죠. 말하자면 그래요."

"그렇군요. 그럼 잘 안되는 일이 뭔지 말해봐요."

섀넌은 허리를 꼿꼿이 세웠다. "내가 당신에게 이야기하러 온 것 중에 그것도 있어요. 예상치 못한 문제가 생겼거든요. 엔지니어들이 땅에, 그러니까 산 자체에 문제가 있다는 걸 발견했어요."

"발견했다고요? 하지만 칼도 산이 불안정하다는 걸 알아요. 후켄에서 돌멩이들이 떨어지는 이유가 그거고, 고속도로 터널이 이미 오래전에 뚫리지 않은 이유도 그거예요." 내 목소리가 얼마나 화난 사람처럼 들리는지 나도 알 수 있었다. 그녀가 크리스티안산까지 먼 길을 일부러 차를 몰고 달려온 것이 나 때문이 아니라 호텔 때문이라는 생각에 화가 났던 것인지도 모른다.

"칼은 암반의 안정성에 대해 누구에게도 말하지 않았어요." 섀넌이 말했다. "당신도 잘 알겠지만, 칼은 문제가 될 것 같다 싶은 것을 감춰버리는 성격이니까요."

"그래서요?" 내가 초조하게 물었다.

"그 문제를 해결할 수는 있지만, 돈이 더 들 거예요. 칼은 우리한테 그런 돈이 없다면서 그냥 입을 다물자고 했어요. 적어도 이십 년은 지나야 건물이 조금 기울어진 것처럼 보일 거라면서. 물론 난 그런 말을 받아들일 수 없었기 때문에, 따로 재정상태를 확인해봤어요. 은행에서 돈을 좀 더 빌릴 여유가 있는지 보려고. 은행에서는 돈을 더 빌려주려면 담보가 더 필요하다고 하더라고요. 그래서 오프가르를 둘러싸고 있는 외곽의 땅을 전부 담보로 내놓을 수 있는지 당신과 칼에게 물어보겠다고 했더니 은행에서는……." 그녀는 말을 멈추고 침을 꿀꺽 삼켰다. "……은행에서는 등기부에 따르면 빌룸센의 자산관리인이 이미 그 땅을 담보로 잡고 있다고 하더라고요. 게다가 칼이 가을에 당신에게서 권리를 사들였기 때문에 등기부상 소유주가 칼 오프가르 혼자라는 거예요."

나는 그녀를 빤히 바라보았다. 헛기침을 하며 목을 가다듬은 뒤에야 목소리가 나왔다. "그렇지 않아요. 그쪽에서 틀림없이 뭔가 실수를 한 거예요."

"나도 그렇게 말했어요. 그랬더니 등기부를 출력해서 나한테 보여줬어요. 칼과 당신의 서명이 모두 거기 있었어요." 섀넌은 자신의 휴대전화를 들어 내게 보여주었다. 확실히 있었다. 내 서명이. 아니, 다시 말해서 내 서명처럼 보이는 어떤 것이 있었다. 그렇게까지 흡사하게 서명을 흉내 낼 수 있는 사람은 한 명뿐이었다. 학교에 제출할 에세이 숙제를 써주느라 형의 필체를 흉내 내는 법을 터득한 사람.

뭔가 알 것 같은 기분이 들었다. 칼이 그날 부엌에서 해결사와 함께 앉아 이야기할 때 한 말. "빌룸센이 담보를 잡고 있는데." 이 말에 해결사는 이렇게 대답했다. "호텔이 없으면 담보 가치도 얼마 안 된다며." 빌룸센은 보통 상대의 약속을 그대로 받아들이던 사람이지만, 칼은 믿을 수 없어서 그 땅을 담보로 요구했다.

"이 작고 한심한 농장을 아빠가 뭐라고 불렀는지 알아요?"

"뭐라고 했는데요?"

"킹덤. 오프가르 농장은 우리 왕국이다, 아빠는 항상 이렇게 말했어요. 칼과 내가 이 땅의 주인이 되는 것에 대해 진지하게 생각하지 않을까 봐 걱정하는 사람처럼."

섀넌은 아무 말도 하지 않았다.

나는 헛기침을 했다. "칼이 내 서명을 위조했어요. 빌룸센에게서 돈을 빌리기 위해 우리 땅을 담보로 내놓자고 하면 내가 거절할 걸 알거든요. 그래서 나 몰래 이 재산을 자기 명의로 돌린 거예요."

"그래서 이제는 칼이 그 모든 땅의 주인이군요."

"서류상으로는 그래요. 내가 되찾을 거예요."

"그럴 수 있을까요? 빌룸센이 빚을 탕감해준 뒤에 칼이 당신에게 몰래 땅을 돌려줄 시간은 얼마든지 있었어요. 그런데 왜 안 했을까요?"

"아마 너무 바빴겠죠."

"정신 차려요, 로위. 아니면 내가 당신 동생을 당신보다 더 잘 아는 거예요? 등기부에 그 땅이 칼 이름으로 되어 있는 한, 그 땅의 주인은 칼이에요. 칼은 캐나다에서 동업자와 친구들에게 주저 없이 사기를 치고 도망친 사람이에요. 지난여름 토론토에 갔을 때 나는 당시의 일들에 대해 더 자세히 알게 됐어요. 칼의 동업자이자 내 친구이기도 했던 사람을 만나봤는데, 자기가 프로젝트의 손실 규모를 투자자들에게 알리겠다고 말했더니 칼이 자기를 죽이겠다고 협박했대요. 그 사람은 손실이 더 커지기 전에 그 프로젝트를 막으려고 했으니까요."

"칼은 결정적인 말을 잘해요."

"칼은 이 친구가 집에 혼자 있을 때 찾아왔대요. 그때 칼은 이 친구한테 총을 겨눴어요, 로위. 입을 다물지 않으면 너와 네 가족을 죽이겠다면서."

"겁에 질려서 그런 거예요."

"그럼 지금은 어떨 것 같아요?"

"칼은 내 것을 훔치지 않아요, 섀넌. 난 칼의 형이에요." 나는 내 팔에 얹어진 섀넌의 손을 느끼고 그것을 떼어내고 싶었지만 하지 않았다. "그리고 칼은 사람을 죽이지 않아요." 내 목소리가 덜덜 떨리는 것이 내 귀에 들렸다. "그렇게는 안 해요. 돈 때문에는 안 해요."

"그럴지도 모르죠. 돈 때문에는 안 할지도."

"무슨 뜻이에요?"

"칼은 날 놓아주지 않을 거예요. 적어도 지금은."

"지금은? 지금과 그때의 차이가 뭔데요?"

섀넌은 내 눈을 똑바로 바라보았다. 우리 뒤의 나무들이 신음 소리를 냈다. 섀넌이 나를 양팔로 끌어안았다.

"칼을 만나지 않았다면 좋을 텐데." 그녀가 내 귓가에서 속삭였다. "하지만 그랬다면 당신도 만나지 못했을 테니 잘 모르겠어요. 어쨌든 우리한테는 기적이 필요해요. 하느님이 어떻게든 해주셔야 한다고요, 로위."

섀넌이 내 어깨에 턱을 얹었기 때문에 우리 둘이 서로 다른 방향을 바라보게 되었다. 섀넌은 울타리 너머의 어두운 숲을 보고, 나는 다른 곳을 향해 뻗어 있는 도로와 공터를 보았다.

또 신음 소리가 나더니 그림자 하나가 우리를 덮쳤다. 그리고 새들의 합창이 갑자기 뚝 끊겼다. 마치 지휘자가 지휘봉을 들어 올리기라도 한 것처럼.

"로위……." 섀넌이 속삭이며 내 어깨에서 턱을 뗐다.

나는 그녀를 보았다. 그녀는 위를 쳐다보고 있었다. 한 눈은 휘둥그렇게 뜨고, 다른 한 눈은 거의 감긴 채로. 내가 고개를 돌려보니 울타리 바로 뒤에 다리 네 개가 보였다. 나는 그 다리를 따라 시선을 올렸다. 더 올렸다. 그러자 마침내 몸이 나오고, 그 위에 목이 있었다. 목이 계속 위로 올라갔다. 나무줄기와 평행선을 그리면서.

놀라운 생물이 거기 있었다. 기린.

나뭇잎을 우적우적 씹어 먹으며 무심하게 우리를 내려다보는 녀석의 속눈썹이 〈시계태엽 오렌지〉에 나온 맬컴 맥다월 같았다.

"내가 말하는 걸 깜박했네요. 여긴 동물원이에요." 내가 말했다.

"네." 섀넌이 말했다. 기린이 입술과 혀로 앙상하고 가느다란 가지 하나를 잡아당기자 위로 들어 올린 그녀의 얼굴에서 햇빛이 반짝였다. "여기가 동물원이라는 걸 그 사람들이 깜박 잊고 말하지 않았네요."

숲을 걸은 뒤 섀넌과 나는 주유소로 되돌아갔다.

나는 그녀에게 볼보를 가져가도 좋다고 말했다. 내가 일이 끝난 다음에 전화할 테니 그녀가 데리러 오면 된다고. 장부를 살펴봐야 하는데 집중할 수가 없었다. 칼이 나를 팔아넘겼다. 내게 사기를 치고, 태어나면서 내가 갖고 있던 권리를 훔쳐 가장 높은 값을 부르는 사람에게 팔아버렸다. 칼은 내가 나서서 사람을 죽이는 걸 막지 않았다. 빌룸센을 죽여 그를 구하는 걸 내버려두었다. 여느 때처럼. 그러면서도 자기가 나를 배신했다는 사실에 대해서는 지금도 입을 다물고 있었다. 그래, 그가 나를 배신했다.

너무 화가 나서 온몸의 떨림이 멈추질 않았다. 결국 나는 화장실에 가서 속을 게워냈다. 그러고 나서 그 자리에 주저앉아 훌쩍훌쩍 울었다. 누가 이 소리를 들으면 안 되는데.

도대체 뭘 어떻게 해야 하지?

내 앞의 포스터에 시선이 닿았다. 오스의 직원 화장실에 붙여둔 바로 그 포스터를 여기에도 내가 한 장 붙여두었다. '반드시 해야 하는 일을 하라. 모든 것은 여러분의 손에 달렸다. 미루지 말고 지금.'

바로 그 순간 그 자리에서 내가 결정을 내린 것 같다. 확실하다. 하지만 물론 그보다 늦은 그날 저녁일 수도 있다. 섀넌이 크리스티안산까지 와서 내게 말하려고 했던 또 다른 사실을 들었을 때.

63

나는 섀넌과 함께 거실로 가져온 식탁에 조용히 앉아 있었다.

섀넌이 장을 봐 와서 바베이도스의 전통 음식이라는 쿠쿠를 만들었다. 옥수숫가루, 바나나, 토마토, 양파, 고추가 들어가는 요리였다. 날치 대신 대구를 사용하기는 했지만, 오크라*와 빵나무 열매를 찾아낸 것이 만족스러운 모양이었다.

"무슨 문제라도 있어요?" 섀넌이 물었다.

나는 고개를 저었다. "맛있어 보이네요."

"다양한 식재료를 파는 가게를 이제야 찾아냈어요." 섀넌이 말했다. "여기 생활수준은 세계 최고인데, 식생활은 빈민 같아요."

"맞아요."

"여기 사람들 식사 속도가 그렇게 빠른 것도 무슨 맛이든 맛을 느낄 수 있는 음식에 익숙하지 않기 때문일 거예요."

"맞아요." 나는 피아 쉬세와 본부가 이 주 전에 보내준 백포도주로 우리 잔을 채웠다. 우리 주유소가 3위에 오를 것이 확실해졌을

---

* 아욱과의 식물.

때 보내준 술이었다. 나는 병을 식탁에 내려놓았지만, 잔에는 손을 대지 않았다.

"계속 칼 생각을 하는 거죠?" 섀넌이 말했다.

"네."

"칼이 당신을 어떻게 이런 식으로 배신할 수 있는지 속으로 묻고 있죠?"

나는 고개를 저었다. "내가 칼을 어떻게 이런 식으로 배신할 수 있는지 묻고 있어요."

섀넌은 한숨을 내쉬었다. "사랑에 빠지는 상대를 의식적으로 고를 수는 없어요, 로위. 당신처럼 산에 사는 사람들은 사랑에 빠졌을 때 현실적으로 도움이 되는 상대와 사랑에 빠진다고 말했지만, 그게 틀렸다는 걸 이제는 당신도 알잖아요."

"그럴 수도 있지만, 어쩌면 그렇게 완전히 우연으로만 결정되는 게 아닐 수도 있어요."

"아니라고요?"

"스탠리가 프랑스인인지 누구인지에 대해 말해준 적이 있어요. 그 사람은 다른 사람들이 욕망하는 걸 우리가 욕망한다고 믿는다는 거예요. 즉, 우리가 다른 사람을 흉내 낸다는 거죠."

"모방 욕망. 르네 지라르."

"그거예요."

"그 사람은 사람이 자신의 마음과 내적인 욕망을 따를 수 있다는 생각이 낭만적인 환상이라고 믿어요. 가장 기본적인 욕구를 만족시키는 것 외에, 우리에게는 우리만의 내적인 욕망이 존재하지 않기 때문이래요. 우리 주위의 사람들이 욕망을 느끼는 대상에 우리 역시 욕망을 느끼게 된대요. 뼈 모양 장난감에 관심을 보이지 않던 개가 다른 개들이 그 장난감을 원하는 걸 보면 갑자기 그걸 가지려고 난리를 치는 것과 같아요."

나는 고개를 끄덕였다. "다른 사람들이 주유소를 갖고 싶어한다는 것을 알고, 나도 주유소를 갖고 싶다는 욕망이 한층 더 강해지는 것과 비슷하네요."

"건축가들이 최고의 상대와 겨룬다는 것을 알고 반드시 그 일을 따내야 한다고 생각하는 것도 같죠."

"못생기고 멍청한 형이 똑똑하고 잘생긴 동생의 여자를 갖고 싶어하는 것도 있어요."

섀넌은 자기 앞의 음식을 쿡쿡 찔러댔다. "당신이 내게 느끼는 감정이 사실은 칼을 향한 것이라는 얘기예요?"

"아뇨. 아무 뜻도 없는 말이에요. 내가 아무것도 모르니까. 어쩌면 우리는 다른 사람뿐만 아니라 우리 자신에게도 수수께끼 같은 존재인 것 같아요."

섀넌은 손끝으로 포도주 잔을 건드렸다. "다른 사람들이 사랑하는 상대만 사랑할 수 있다면 슬프지 않아요?"

"베르나르 삼촌은 어떤 것을 너무 오랫동안 너무 자세히 바라보면 슬퍼지기 일쑤라고 말했어요." 내가 말했다. "그래서 한쪽 눈은 감고 있어야 한다고."

"그럴지도 모르죠."

"우리 눈을 감아볼까요? 적어도 하룻밤만이라도."

"그래요." 섀넌은 애써 미소를 지었다.

나는 잔을 들어 올렸다. 그녀도 자신의 잔을 들어 올렸다.

"사랑해요." 내가 속삭였다.

그녀의 미소가 더 환해지고, 눈은 조용한 여름날의 부달 호수처럼 반짝였다. 순간적으로 나는 모든 것을 잊고, 오늘 밤이 온전히 우리 것이기를, 그다음에는 핵폭탄이 떨어져버리기를 바랐다. 그래, 나는 핵폭탄이 떨어지기를 원했다. 내가 마음을 정했기 때문이다. 그때 이미 마음을 정했던 것 같다. 하지만 내가 정한 길보다는 핵폭탄이 더 나을 것 같았다.

잔을 내려놓으면서 나는 섀넌이 술을 마시지 않은 것을 보았다. 그녀가 일어서서 탁자 위로 몸을 기울이고 입김으로 촛불을 껐다.

"시간이 별로 없어요." 그녀가 말했다. "그러니까 꼭 당신 옆에 알몸으로 누워야겠어요."

섀넌이 다시 내 위로 쓰러진 것은 4시 팔 분 전이었다. 그녀의 땀과 내 땀이 섞여서 우리의 냄새와 맛이 똑같아졌다. 나는 고개를 들어 협탁의 시계를 보았다.

"세 시간 남았어요." 섀넌이 말했다.

나는 다시 베개에 머리를 대고 시계 옆의 씹는담배 통을 손으로 더듬더듬 찾았다.

"사랑해요." 섀넌이 말했다. 깨어날 때마다, 우리가 다시 사랑을 나누기 전에 그녀는 이 말을 꼭 했다. 다시 잠들기 전에도.

"사랑해요, 떼새." 나도 그녀와 같은 어조로 말했다. 이 말의 깊은 의미가 이제는 우리에게 너무나 친숙해서 우리가 여기에 감정이나 의미나 확신을 덧붙일 필요가 없는 것처럼. 그냥 이 말을 하는 것만으로, 주문처럼 외는 것만으로 충분했다. 이것은 우리가 마음으로 외우고 있는 신조였다.

"오늘 울었어요." 내가 씹는담배를 입술 안쪽에 끼워 넣으며 말했다.

"자주 우는 사람은 아닐 텐데요."

"맞아요."

"왜 울었어요?"

"당신도 알잖아요. 모든 일이 그러니까."

"그렇긴 하지만, 정확히 무슨 일인데요? 그리고 왜 하필 오늘이에요?"

나는 잠시 생각해보았다. "오늘 잃어버린 것 때문에 울었어요."

"집안의 재산."

나는 짧게 웃었다. "아뇨, 농장 때문은 아니에요."

"그럼 나."

"난 당신을 가진 적이 없어요. 칼 때문에 운 거예요. 오늘 내 어린 남동생을 잃었으니까."

"그렇죠." 섀넌이 속삭였다. "미안해요. 멍청하게 굴어서 미안해요."

그러고 나서 그녀가 내 가슴에 한 손을 얹었다. 정말 순수한 동작처럼 보이지만 새로운 정사의 서막임을 우리 둘 다 알고 있는 손길과 이번의 손길은 다르다는 느낌이 왔다. 그녀의 손길에 나는 예감을 느꼈다. 마치 그녀가 내 심장을 손에 쥐려는 것 같았다. 아니, 쥐는 게 아니라 느껴보려는 것 같았다. 그녀는 내 심장의 박동을 느껴보려 했다. 자신이 이제부터 하려는 말을 듣고 그 심장이 어떤 반응을 보이는지.

"아까 호텔 이야기는 내가 말하러 온 것 중의 하나라고 말했죠."

섀넌은 숨을 들이쉬었고, 나는 숨을 죽였다.

"임신했어요." 섀넌이 말했다.

나는 여전히 숨을 죽였다.

"당신 아이예요. 노토덴에서."

내가 그동안 있었던 일에 대해 어쩌면 품었을 수도 있는 모든 의문에 이 단어들이 답하고 있었지만, 수많은 생각들이 눈사태처럼 내 머릿속에서 휘몰아쳤다. 그 생각들 하나하나에 물음표가 달려 있었다.

"자궁내막증이⋯⋯." 내가 입을 열었다.

"그건 임신을 어렵게 할 뿐이에요. 불가능하지는 않아요. 임신 테스트를 하고 나서 나도 처음에는 믿지 못했어요. 하지만 의사도 만나고 왔으니 확실해요."

나는 다시 숨을 쉬기 시작했다. 천장만 빤히 바라보았다.

섀넌이 내 품으로 파고들었다. "아이를 없앨까 했지만 그럴 수 없어요. 그러고 싶지 않아요. 어쩌면 내 평생에 모든 행성들이 딱 맞게 늘어서서 이 몸으로 임신이 가능하게 해주는 건 이번 딱 한 번뿐일지도 몰라요. 난 당신을 사랑해요. 그리고 이 아이는 내 아이인 동시에 당신 아이이기도 해요. 당신은 어떻게 하고 싶어요?"

나는 가만히 누워서 어둠 속을 향해 숨을 내쉬며, 내 심장이 그녀의 손에 원하는 대답을 안겨주었는지 모르겠다고 생각했다.

"당신이 원하는 것을 가졌으면 좋겠어요." 내가 말했다.

"무서워요?" 그녀가 물었다.

"네."

"행복해요?"

행복하냐고? "네."

그녀의 숨소리를 들어보니 울기 직전인 것 같았다.

"하지만 당신은 지금 아주 혼란스러워서 어떻게 해야 할지 고민스러울 거예요." 섀넌이 말했다. 목소리가 가늘게 떨리고 말이 빨랐다. 울음이 터지기 전에 말을 끝내려는 것 같았다. "난 당신에게 어떻게 대답해야 할지 모르겠어요, 로위. 호텔이 다 지어질 때까지 나는 오스에 있어야 해요. 어쩌면 당신은 이 아이가 건물보다 더 중요하다고 생각할지도 모르지만⋯⋯."

"쉬." 나는 그녀의 부드러운 입술을 손가락으로 어루만졌다. "알아요. 그리고 당신 생각은 틀렸어요. 난 혼란스럽지 않아요. 내가 뭘 해야 하는지 정확히 알고 있어요."

어둠 속에서 그녀가 눈을 깜박일 때마다 흰자위에 불이 켜졌다 꺼지는 것 같았다.

'반드시 해야 하는 일을 하라. 모든 것은 여러분의 손에 달렸다. 미루지 말고 지금.'

말했듯이, 내가 직원 화장실에서 마음을 정한 건지, 아니면 그보다 나중에 섀넌과 함께 침대에 누워서 임신했다는 말을 들은 뒤에 마음을 정한 건지 잘 모르겠다. 어쩌면 이건 그리 중요하지 않은 일일 수도 있다. 사람들이 흔히 하는 말처럼 비실용적인 의문일 수도 있고.

어쨌든 나는 섀넌의 귓가로 다가가 무슨 일을 해야 하는지 속삭였다.

그녀는 고개를 끄덕였다.

나는 그 밤을 하얗게 지새웠다.

새로운 기공식은 십사 일 뒤였고, 식이 끝난 뒤 오르툰에서 열릴 로드의 공연을 광고하는 초대장이 부엌 조리대 위에 핀으로 꽂혀 있었다.

나는 벌써 그때까지 남은 시간을 헤아리고 있었다.

고통스러웠다.

거대한 검은 짐승이 움직였다. 천천히, 거의 내키지 않는 듯이 순항하는 녀석의 타이어 아래에서 자갈들이 바스락거렸다. 뒤쪽에 지느러미처럼 솟아 있는 부위에서 길고 좁은 빨간 전구 두 개에 불이 들어왔다. 캐딜락 드빌. 해는 이미 졌지만, 굽잇길 뒤편에서 오렌지색이 테처럼 오테르틴 산을 에워쌌다. 산속에 나 있는 200미터 깊이의 바위틈. 마치 도끼로 단번에 쪼개놓은 것 같았다.

"형이랑 나, 우리 둘뿐이야." 이건 칼이 옛날에 하던 말이었다. "우리가 사랑한다고 생각하는 다른 사람들, 우리를 사랑하는 것 같은 사람들, 그 사람들은 전부 사막의 신기루야. 하지만 형이랑 나는 하나야. 우리는 형제니까. 사막의 두 형제. 한 명이 사라지면 다른 하나도 사라져."

그래. 죽음은 우리를 갈라놓지 않는다. 우리를 하나로 만든다.

짐승의 속도가 더 빨라졌다. 우리 모두가, 살인할 수 있는 심장을 지닌 우리 모두가 가게 될 그 지옥을 향해 가는 길이었다.

64

프로젝트의 정식 재개는 저녁 7시로 예정되어 있었다.

그래도 나는 동이 틀 무렵에 크리스티안산을 출발했다. 내 차가 오스로 들어섰을 때 카운티 표지판에서 아침 햇살이 반짝였다.

제설기들이 일을 마친 뒤 길가에 쌓여서 더러운 회색으로 변해 버린 잔해를 제외하면, 눈은 이제 보이지 않았다. 부달 호수의 얼음은 썩은 것처럼, 셔벗처럼 보였다. 여기저기에 수면이 드러나 있었다.

나는 이틀 전 칼에게 전화를 걸어, 참석하겠다는 뜻을 밝혔다. 하지만 오스의 주유소가 지난 오 년 동안의 장부를 제출하라는 요구를 받았기 때문에 식이 열릴 때까지 온종일 바쁠 것이라고 말했다. 일반적인 불시 조사라고 나는 거짓말을 했다. 내가 예전에 그곳의 점장으로 일할 때의 장부를 그들과 함께 훑어볼 뿐이라고. 나는 그 일에 몇 시간이 걸릴지 이틀이 걸릴지 모르겠지만, 필요하다면 정비소에서 자겠다고 말했다. 칼은 알았다면서, 어차피 자신과 새년도 기공식과 오르툰의 파티 준비로 바쁠 거라고 말했다.

"하지만 내가 형한테 하고 싶은 이야기가 있어." 칼이 말했다.

"주유소가 편하다면 내가 그쪽으로 내려갈게."

"비는 시간이 생기면 내가 연락할게. 프리트팔에서 맥주나 한잔 하자." 내가 말했다.

"커피로 해. 난 요새 술을 완전히 끊었어. 새해 결심이 지루한 사람이 되는 거거든. 새년에 따르면, 아직까지는 잘하고 있는 것 같아."

칼은 기분이 좋은 것 같았다. 잘 웃고 농담도 했다. 힘든 시기를 다 넘긴 사람 같았다.

나와는 다르게.

나는 정비소 앞에 차를 세우고, 오프가르 농장 쪽을 올려다보았다. 비스듬한 아침 햇살 덕분에 누가 산에 황금색을 칠해놓은 것처럼 보였다. 탁 트인 능선에는 아무것도 없었지만, 그늘진 곳에는 아직 눈이 남아 있었다.

주유소로 들어가는 길에 주유기 주위의 쓰레기가 눈에 띄었다. 아니나 다를까, 가게에서 금고를 지키는 직원이 에길이었다. 그는 손님을 상대하는 중이었다. 나는 그 구부정한 등을 몇 초 만에 알아차렸다. 지붕 기술자 모에였다. 나는 계속 문간에 서 있었다. 에길은 나를 알아차리지 못한 채, 자기 뒤의 선반을 향해 손을 뻗었다. 엘라원 사후피임약이 진열된 선반. 나는 숨을 죽였다.

"이게 전부입니까?" 에길이 약 한 갑을 모에 앞에 놓으면서 물었다.

"그거면 돼." 모에는 돈을 치르고 돌아서서 나를 향해 걸어왔다.

나는 그의 손에 들린 약을 빤히 바라보았다.

파라세타몰*.

"로위 오프가르." 그는 이렇게 말하고 나서 환히 웃으며 내 앞에 멈춰 섰다. "하느님의 축복이 있기를."

나는 무슨 말을 해야 할지 알 수 없었다. 그가 그 두통약을 겉옷 주머니에 넣는 동안 나는 그의 손에서 눈을 떼지 않았다. 하지만 내가 읽을 수 있는 것은 상대를 해치려는 의도를 지닌 사람의 몸짓이다. 지금 모에는 그런 몸짓을 사용하지 않았다. 그가 내 손을 잡았을 때 내가 가장 먼저 보인 반응은 손을 빼내고 싶다는 것이었다. 하지만 그의 느긋한 태도, 불건전하지만 온화하게 반짝이는 그의 눈빛이 그러지 말라고 나를 설득한 것 같다. 그는 거의 조심스럽게 보이는 태도로 내 손을 양손으로 꼭 쥐었다.

"로위 오프가르, 네 덕분에 나는 다시 착한 양이 되었어."

"네?" 내가 할 수 있는 말은 이것뿐이었다.

"악마의 포로였던 나를 네가 해방시켜주었지. 나와 내 가족까지. 네가 내 안의 악마를 후려쳐서 쫓아낸 거야, 로위 오프가르."

나는 돌아서서 그를 눈으로 좇았다. 베르나르 삼촌은 자동차 수리를 하다가 가끔 문제의 해결책을 찾을 수 없을 때는 망치를 들고 와서 있는 힘껏 후려치는 것이 최고의 방법이라고 말했다. 그러면 문제가 해결된다는 것이다. 가끔은. 어쩌면 이번에도 그런 일이 벌어진 것 같았다.

모에는 닛산 닷선 픽업트럭에 올라 가버렸다.

"점장님." 에길이 내 뒤에서 말했다. "다시 오신 거예요?"

"네가 보다시피." 나는 이렇게 말하고 나서 그를 향해 돌아섰다.

* 해열진통제.

"소시지는 잘 팔려?"

에길은 내 말이 농담인가 싶어서 잠시 머뭇거리다가 조심스럽게 웃음을 터뜨렸다.

정비소로 들어간 나는 크리스티안산에서부터 가져온 가방을 열었다. 그 안에는 폐차장과 자동차 묘지를 일주일 넘게 뒤진 끝에 찾아낸 자동차 부품들이 들어 있었다. 내가 돌아다닌 곳들은 백 년 동안 예배당에서 예수님에게 예배를 드릴 때처럼 미국의 모든 것, 특히 미국 자동차를 열심히 숭배해온 도시 서쪽의 인구가 드문 지역에 있었다.

"이런 건 못 써요." 내가 마지막으로 들른 폐차장에서 직원은 썩은 브레이크 호스와 낡아빠진 스로틀 케이블을 보며 이렇게 말했다. 내가 그곳에 쌓여 있던 쉐보레 엘카미노와 캐딜락 엘도라도에서 빼낸 부품들이었다. 직원의 뒤편에는 양치기의 지팡이를 든 긴 머리 남자 주위에 수많은 양들이 모여 있는 모습을 그린 번지르르한 그림이 걸려 있었다.

"그럼 내가 이걸 싸게 살 수 있겠네요." 내가 말했다.

직원은 한쪽 눈을 감고 가격을 말했다. 나는 오스가 아닌 곳에도 빌룸센 같은 사람들은 얼마든지 존재한다는 사실을 깨달았다. 하지만 그 돈이 십중팔구 대부분 자선단체에 갈 것이라고 스스로를 위안하며 돈을 건넨 뒤, 영수증은 필요하지 않다고 분명히 말했다.

나는 그 스로틀 케이블을 들어 자세히 살펴보았다. 캐딜락 드빌에서 빼낸 부품은 아니지만, 아주 비슷하기 때문에 괜찮을 것 같았다. 확실히 케이블에는 문제가 있었다. 낡아빠진 곳의 각도를 잘 맞춰서 넣으면, 운전자가 페달을 밟았을 때 그대로 걸릴 것 같왔다. 그러면 운전자가 발을 떼더라도 속도가 계속 올라가기만 할 것이다. 만약 운전자가 자동차 정비사라면 무엇이 문제인지 깨달을지도 모른다. 또한 그가 머리 회전이 빠르고 침착함을 유지할 줄 아는 사람이라면 아마 시동을 끄거나 기어를 중립에 놓을 것이다. 하지만 칼은 두 경우에 모두 해당하지 않았다. 설사 대처할 만한 시간이 있다 하더라도, 칼은 단순히 브레이크만 밟으려고 할 터였다.

나는 썩어서 구멍이 뚫린 브레이크 호스를 들어 올렸다. 이런 호스를 차에서 제거해본 적은 있어도, 차에 끼워 넣은 적은 없었다. 나는 그것을 스로틀 케이블 옆에 놓았다.

나중에 망가진 자동차를 살펴보게 될 자동차 정비사는 누가 부품에 손을 대지는 않았다고 경찰에 말할 것이다. 부품들이 평범하게 낡아서 문제가 생긴 것 같다고. 그는 가속페달 케이블의 플라스틱 칼라 아래로 물이 들어갔을 가능성이 높다고 말할 것이다.

나는 필요한 도구들을 가방에 던져 넣은 뒤, 가방을 닫고 무겁게 숨을 쉬면서 가만히 서 있었다. 마치 내 가슴이 내 허파를 스스로 친친 감고 있는 것 같았다.

나는 시계를 확인했다. 10시 15분. 알맞은 시각이었다.

섀넌에 따르면 칼은 2시에 건설 현장에서 파티 기획자들과 만날 예정이었다. 회의가 끝나면 그들은 오르툰으로 내려가서 파티장을 장식할 것이다. 그 작업에는 적어도 두 시간이 걸릴 터였다. 세 시간이 걸릴 수도 있었다. 딱 좋았다. 내가 부품들을 바꿔놓는 데에는 기껏해야 한 시간이면 충분했다.

누가 차를 검사하지도 않을 테니 시간은 충분했다.

지나치게 충분했다.

나는 침대로 가서 누웠다. 섀넌과 내가 누웠던 자리를 손으로 만져보고, 작은 싱크대 위의 벽에 걸어둔 바베이도스 자동차 번호판을 보았다. 나는 그동안 자료를 조금 찾아서 읽어보았다. 그 섬에는 10만 대가 넘는 자동차가 있었다. 인구를 생각하면 놀라울 정도로 많은 수였다. 생활수준도 높아서 북아메리카에서 3위였다. 소비에 쓸 수 있는 돈이 있다는 얘기였다. 또한 모두가 영어를 할 줄 알았다. 틀림없이 거기서도 주유소를 운영할 수 있을 것이다. 아니면 정비소를 운영하거나.

나는 눈을 감고 시계를 이 년 앞으로 돌렸다. 나와 섀넌이 생후 십팔 개월 된 아기를 데리고 바닷가 파라솔 아래에 앉아 있는 모습이 보였다. 우리 셋 다 피부가 하얀색이지만, 섀넌과 내 다리는 햇볕에 타서 벌겋게 변해 있었다. 레드레그였다.

나는 시간을 거꾸로 감아 지금으로부터 십사 개월 뒤의 미래를 보았다. 복도에 여행 가방들이 나와 있고, 위층 침실에서는 아이가 울어댔다. 섀넌이 아이를 달래는 목소리도 들렸다. 이제 남은 것은 사소한 일들뿐이었다. 전기 스위치를 내리고 수도 밸브를 잠그는 것. 창문의 덧창을 잠그는 것. 떠나기 전에 마지막 마무리만 남아 있었다.

마지막 마무리.

나는 다시 시간을 확인했다.

이제는 중요하지 않았지만, 나는 마무리를 제대로 하지 못하는 것이 싫었다. 주유기 주위에 쓰레기들이 널려 있는 것이 싫었다.

그런 일에 신경 쓰지 말아야 하는데. 또 하나 중요한 것은 지금 내가 온 정신을 집중해야 하는 일이었다. '목표에서 눈을 떼지 마.' 옛날에 아빠가 미국식 영어로 하던 말이었다.

주유기 주위의 쓰레기.

11시에 나는 일어나서 나갔다.

"로위!" 스탠리가 치료실의 작은 책상에서 일어나며 말했다. 그리고 책상을 돌아 나와 나를 끌어안았다. "오래 기다렸어요?" 그가 대기실 쪽을 고갯짓으로 가리키며 물었다.

"이십 분밖에 안 됐어요." 내가 말했다. "접수 직원이 살짝 들여보내준 거니까 시간을 많이 뺏지는 않을게요."

"앉아요. 잘 지내요? 그 손가락은 어때요?"

"다 좋아요. 난 그냥 물어볼 게 있어서 온 거예요."

"아, 그래요?"

"신년 전야에 내가 마을 광장으로 간 뒤에, 단 크라네도 그 자리를 떠났는지 혹시 기억나요? 단이 차를 갖고 왔던가요? 혹시 그가 광장에 조금 늦게 나타나지 않았어요?"

스탠리는 고개를 저었다.

"그럼 쿠르트 올센은 어때요?"

"왜 그런 걸 묻는 거예요, 로위?"

"나중에 설명할게요."

"좋아요. 두 사람 모두 우리 집에서 나가지 않았어요. 바람이 지독하게 불었고, 안에서 우리가 워낙 즐거운 시간을 보내고 있었기 때문에 계속 술을 마시면서 이야기를 나눴죠. 소방차 소리가 들릴 때까지."

나는 천천히 고개를 끄덕였다. 그 가설은 틀린 모양이었다.

"자정이 되기 전에 나간 사람은 당신이랑 시몬, 그레테뿐이에요."

"우리 셋 다 그날 차가 없었어요."

"아뇨, 그레테는 차가 있었어요. 시계가 12시를 칠 때 부모님과 함께 있기로 약속했다고 하더라고요."

"그렇군요. 어떤 차였어요?"

스탠리는 웃음을 터뜨렸다. "날 알잖아요, 로위. 난 차를 잘 구분 못해요. 차가 상당히 새것이고 빨간색이었다는 것만 알아요. 그렇지, 생각해보니 아우디였던 것 같아요."

나는 더욱더 느리게 고개를 끄덕였다.

빨간색 아우디 A1이 신년 전야에 네르가르 농장을 향해 올라가는 모습이 보이는 듯했다. 네르가르와 오프가르 농장 옆에 있는 것이라고는 호텔 건설 현장뿐이었다.

"새것이라는 말을 하니 생각나는데……." 스탠리가 소리쳤다. "내가 축하의 말을 까맣게 잊어버렸네요."

"축하요?" 나는 우리 주유소가 3위를 한 것을 자동적으로 떠올렸지만, 주유소 세계의 소식은 그쪽에 관심이 있는 사람들만 아는 것이라는 사실을 곧 생각해냈다.

"곧 삼촌이 되잖아요." 스탠리가 말했다.

이 초쯤 지난 뒤 스탠리의 웃음소리가 아주 커졌다.

"둘이 형제 맞네요! 칼의 반응도 정확히 똑같았는데. 백지장처럼 얼굴이 하얘지더라고요."

나는 안색이 창백해진 줄도 모르고 있었다. 하지만 이제는 내 심장이 박동을 멈춰버린 느낌이었다. 나는 정신을 수습했다.

"당신이 섀넌을 진찰했어요?"

"여기 의사가 몇 명이나 있어요?" 스탠리가 양팔을 넓게 벌리면서 말했다.

"그래서 칼한테 아빠가 될 거라고 말했어요?"

스탠리는 이마에 주름을 잡았다. "아뇨, 아마 섀넌이 말했겠죠. 하지만 가게에서 칼을 만났을 때 내가 축하한다면서 임신기간 동안 섀넌이 주의해야 할 것들을 두어 가지 말해줬어요. 그랬더니 얼굴이 창백해지더라고요. 바로 지금 당신처럼. 그럴 만도 하죠. 누가 그런 식으로 다가와서 곧 아빠가 된다는 사실을 일깨워준다면 엄청난 책임감에 다시 압도될 테니까. 삼촌들도 같은 반응을 보이는 줄은 몰랐지만, 이제 보니 그런 모양이네요." 스탠리가 또 웃음을 터뜨렸다.

"칼과 나 말고 다른 사람한테도 말했어요?" 내가 물었다.

"아뇨. 직업상 비밀을 지켜야 하니까요." 그는 갑자기 말을 뚝 멈추더니 손가락 세 개를 이마에 댔다. "아이고, 혹시 섀넌이 임신한 걸 몰랐어요? 난 아는 줄 알고…… 칼이랑 당신이 워낙 가까우니까요."

"아기가 건강하게 잘 자라는지 확실해질 때까지 비밀로 하고 싶었던 거겠죠. 섀넌이 임신을 하려고 그동안 애썼던 걸 생각하면……."

"맞아요. 내가 의사답지 못하게 굴었네요." 스탠리가 말했다. 진심으로 동요한 기색이었다.

"걱정 말아요." 나는 자리에서 일어나며 말했다. "당신이 다른 사람한테 말하지 않으면, 나도 안 할게요."

나는 왜 신년 전야의 일을 물었는지 설명하겠다고 약속한 것을 스탠리가 내게 일깨워주기도 전에 병원 문을 나섰다. 치료실을 나와 볼보에 올라 가만히 앉아서 앞만 바라보았다.

섀넌이 임신한 걸 칼이 알았다. 알면서 섀넌에게 직접 물어보지 않았다. 나한테도 말하지 않았다. 이건 자기가 아기 아빠가 아니라는 사실을 칼도 안다는 뜻인가? 뭐가 어떻게 된 건지 깨달았나? 섀년과 내가 자신에게 맞서고 있다는 걸. 나는 전화기를 꺼냈다. 하지만 머뭇거렸다. 무엇보다도 섀년과 내가 워낙 세세한 부분까지 모두 계획을 짜놓고, 시아주버니와 제수씨의 관계에서 딱 자연스럽게 보일 정도로만 전화 연락을 하기로 한 것이 문제였다. 〈트루 크라임〉에 따르면, 경찰이 가장 먼저 확인하는 게 그 부분이라고 했다. 살해당한 피해자의 가장 가까운 친지들이나 기타 용의자들이 사건 발생 직전에 전화 연락을 주고받았는지 확인한다고. 나는 마음을 정하고 번호를 입력했다.

"지금?" 수화기 속의 상대방이 말했다.

"응. 지금 시간이 좀 비었어." 내가 말했다.

"좋아." 칼이 말했다. "이십 분 뒤 프리트팔."

65

프리트팔은 여느 때의 이른 오후처럼 열성 경마 팬들과 사회보장제도를 공회전시키는 사람들이 차지하고 있었다.

"맥주 하나." 나는 에릭 네렐에게 말했다.

그는 엄청나게 차가운 시선으로 나를 노려보았다. 그 역시 내가 호텔에 불을 지른 용의자로 점찍은 사람 중 하나였지만, 오늘 그 명단의 이름이 하나로 줄어들었다.

창가의 빈 탁자로 가는 길에 단 크라네가 또 다른 창가 탁자에서 맥주 하나를 앞에 두고 앉아 있는 것이 보였다. 그는 텅 빈 시선으로 밖을 멍하니 바라보고 있었다. 뭐라고 표현해야 할까? 조금 추레해 보였다. 나는 그를 건드리지 않았다. 그도 내게 똑같은 예의를 보여줄 것 같았다.

내가 맥주를 절반쯤 마셨을 때 칼이 잰걸음으로 들어왔다.

그는 나를 폭 안아주고는 커피 한잔을 샀다. 카운터의 에릭 네렐은 나를 볼 때와 똑같이 서리처럼 차가웠다. 단 크라네가 칼의 존재를 알아차리고 맥주를 다 비운 뒤 확연히 무거운 발걸음으로 프리트팔을 나서는 모습이 보였다.

"응, 나도 단을 봤어." 내가 미처 물어보기도 전에 칼이 이렇게 말하면서 자리에 앉았다. "이제는 오스의 집에 살지 않는 것 같아."

나는 천천히 고개를 끄덕였다. "또 다른 건?"

"아, 그렇지⋯⋯." 칼은 이렇게 말하고 나서 커피를 한 모금 마셨다. "오늘 저녁의 투자자 회의 때문에 당연히 마음이 들떠 있지. 집에서는 섀넌이 점점 더 결정권을 행사하고 있고. 오늘은 회의 시간까지 자기가 캐딜락을 몰겠다고 해서 나는 아내 차를 타고 왔어." 칼은 바깥의 주차장에 있는 스바루를 고갯짓으로 가리켰다.

"가장 중요한 건 네가 행사장에 멋진 모습으로 도착하는 거야." 내가 말했다.

"당연하지, 당연하지." 칼은 커피를 한 모금 더 마셨다. 그리고 기다렸다. 마치 뭔가를 두려워하는 것처럼 보였다. 두 형제가 두려움에 가득 차서 앉아 있는 모습. 문이 열리는 소리를 두려워하며 이층 침대에 누워 있는 모습.

"호텔에 누가 불을 질렀는지 알 것 같아." 내가 말했다.

칼이 시선을 들었다. "그래?"

시간을 끌어봤자 얻을 것이 없을 것 같아서 나는 곧바로 말했다. "그레테 스미트."

칼이 크게 웃음을 터뜨렸다. "그레테가 조금 제정신이 아니긴 하지만, 로위, 그렇게까지 미치진 않았어. 게다가 요즘은 조용해졌고. 시몬이랑 사귀는 게 도움이 됐나 봐."

나는 칼을 빤히 바라보았다. "시몬? 시몬 네르가르 말이야?"

"몰랐어?" 칼이 별로 재미없는 얼굴로 쿡쿡 웃었다. "소문에 따르면, 시몬이 신년 전야에 그레테의 차를 얻어 타고 자기 집으로 돌아갔는데, 그레테가 거기서 밤을 보냈대. 그 뒤로는 둘이 샌드위치처럼 붙어 다녀."

내 머리는 최대한 빠른 속도로 이 정보를 소화하고 있었다. 혹시 그레테와 시몬이 '함께' 호텔에 불을 놓았을까? 나는 곰곰이 생각해보았다. 이상한 느낌이었다. 하기야 요즘은 이상한 느낌이 나는 일이 한두 가지가 아니었다. 하지만 이것은 굳이 칼과 나눌 필요가 없는 이야기였다. 사실 누구와도 이야기할 필요가 없었다. 누가 그 일을 저질렀든 무슨 상관인가? 나는 헛기침을 했다. "네가 나한테 하고 싶은 이야기가 있다며."

칼은 자신의 커피 잔을 내려다보며 고개를 끄덕였다. 그리고 시선을 들어 다른 손님 여섯 명이 충분히 멀리 떨어져 있는지 확인하고는, 앞으로 몸을 기울여 낮은 목소리로 말했다. "섀넌이 임신했어."

"와!" 나는 과장된 반응을 보이지 않으려고 애쓰면서 미소를 지었다. "축하한다, 동생!"

"아냐." 칼이 고개를 저었다.

"아냐? 무슨 문제라도 있어?"

가로로 흔들리던 고개가 위아래로 움직였다.

"아이한테?" 내가 물었다. 아무리 거짓말이라고 해도, 섀넌의 배 속에 있는 아기, '우리' 아이에게 혹시 문제가 있을지도 모른다는 생각만으로도 머리가 어지러워졌다.

칼의 머리가 다시 좌우로 흔들렸다.

"그럼 뭔데?" 내가 물었다.

"내가 아니야……."

"뭐가 네가 아냐?"

칼의 고개가 마침내 멈추더니, 칼이 완전히 상심하고 낙담한 얼굴로 나를 보았다.

"아빠가 아냐?"

칼이 고개를 끄덕였다.

"어떻게……?"

"섀넌이 토론토에서 돌아온 뒤로 우리는 섹스를 한 적이 없어. 섀넌이 자기 몸에 손도 못 대게 했거든. 게다가 섀넌이 직접 임신했다고 말해준 것도 아니야. 스탠리가 말해줬어. 섀넌은 내가 그 사실을 아는 줄도 몰라."

"이런, 젠장."

"맞아, 젠장." 칼의 묵직한 시선이 나를 놓아주지 않았다. "그런데 그거 알아, 로위?"

칼이 답을 기다렸지만 나는 대답하지 않았다.

"누군지 알 것 같아."

나는 침을 꿀꺽 삼켰다. "그래?"

"응. 지난 초가을에 섀넌이 갑자기 노토덴에 갈 일이 생겼거든. 무슨 건축 일 때문에 면접을 보러 간다고 했어. 그런데 돌아온 뒤로 며칠 동안이나 완전히 제정신이 아니더라고. 식사도 안 하고, 잠도 안 자고. 나는 그 일이 잘 안돼서 그런가 보다 했지. 그러다 스탠리한테서 섀넌이 임신했다는 말을 듣고, 섀넌이 도대체 어떻게 다른 남자를 만났는지 생각해봤어. 섀넌이랑 나는 돈을 완전히 공유하잖아. 그래서 노토덴에 다녀온 그때 일에 대해 다른 시각으로 생각해보기 시작했지. 섀넌은 나한테 안 하는 말이 없어. 설사 말을 하지 않더라도 무슨 생각을 하는지 내가 쉽게 읽어낼 수 있고. 하지만 그동안 내가 정확히 이해할 수 없는 뭔가가 있었어. 섀넌이 뭔가를 숨기고 있었던 거야. 뭔가 죄책감을 느낄 일이 있는 것처럼. 그래서 돌이켜 생각해봤더니, 섀넌이 노토덴에서 하룻밤을 보내고 온 다음부터 생긴 변화였어. 섀넌이 그 뒤로 쇼핑을 해야겠다면서 갑자기 노토덴에 당일치기로 자주 가더란 말이야. 지금까지 이해했어?"

나는 헛기침으로 목을 가다듬은 뒤에야 목소리를 낼 수 있었다. "그런 것 같아."

"그래서 며칠 전에 섀넌한테 노토덴에 가서 밤을 지내고 올 때는 어디에 묵느냐고 물어봤어. 섀넌은 브라트레인 호텔이라고 대답했지. 내가 그 호텔에 전화해서 확인했더니, 그러면 그렇지, 섀넌 알레인 오프가르라는 사람이 9월 3일에 방을 예약한 적이 있다는 거야. 하지만 누구랑 함께 투숙했느냐고 물었을 때는, 혼자 방을 썼다는 대답이 나왔어."

"거기 직원이 그런 얘기를 다 해줬어? 그렇게 쉽게?"

"뭐, 내가 이름을 쿠르트 올센이라고 밝히고 오스의 경찰서에서 전화하는 거라고 말했을 가능성도 있기는 하지."

"세상에." 내 셔츠의 등판이 점점 축축해졌다.

"그래서 직원한테 그 날짜의 투숙객 명부를 확인해달라고 했어. 그랬더니 흥미로운 이름이 나왔어, 로위."

내 입안이 바짝 말랐다. 도대체 무슨 일이 일어난 건가? 내가 거기 왔다는 사실을 랄프가 기억해내고 내 이름을 말해준 건가? 아니, 잠깐, 그렇지. 랄프는 내가 식당으로 들어오는 것을 보고 미리 내 방을 잡아두었다고 말했다. 내가 호텔에 투숙할 것이라고 지레짐작하고서. 혹시 랄프가 예약자 명부에 내 이름을 적은 뒤, 내가 투숙하지 않겠다고 한 뒤에도 깜박 잊고 이름을 지우지 않은 걸까?

"흥미로우면서 아주 친숙한 이름이야." 칼이 말했다.

나는 마음을 다잡았다.

"데니스 쿼리."

나는 칼을 빤히 바라보았다. "뭐?"

"데니스 쿼리. 그 배우 겸 영화감독. 주유소에 들렀던 미국인. 그자도 그 호텔에 묵었어."

나는 숨을 멈추고 있었다는 사실을 미처 깨닫지 못하다가 불현듯 숨을 들이쉬었다. "그래서?"

"그래서? 그자가 주유소에서 섀넌한테 사인을 해줬잖아. 기억 안 나?"

"나지. 하지만……."

"섀넌이 나중에 차 안에서 그 종이를 나한테 보여줬어. 그러면서 거기에 그자가 전화번호랑 이메일주소까지 적어줬다고 웃었단 말이야. 그자가 노르웨이에 한동안 있을 것 같다고 했대. 일을……." 칼은 허공에서 손가락으로 따옴표 모양을 만들었다. "……'영화감독' 일을 할 거라고. 그때는 그걸 깊게 생각하지 않았어. 섀넌도 마찬가지였을 거야. 그러다 마리와 나 사이의 그 일이 벌어지니까……."

"섀넌이 복수하려고 그자를 만난 것 같아?"

"뻔하잖아."

나는 어깨를 으쓱했다. "혹시 그자를 사랑하는 건?"

"섀넌은 아무도 사랑하지 않아. 오로지 자기 호텔만 사랑할 뿐이야. 섀넌은 한번 크게 혼나야 돼."

"이미 누가 그렇게 한 것 같은데."

불쑥 튀어나온 말이었다. 칼은 주먹으로 탁자를 두드렸다. 눈이 두개골에서 폭발하듯 튀어나올 것 같았다. "그년이 그런 말을 했어?"

"쉿." 나는 구명대를 붙들듯이 내 맥주잔을 붙잡았다. 그 뒤에 이어진 침묵 속에서 나는 술집 안의 모든 사람이 고개를 돌려 우리를 보고 있는 것을 알아차렸다. 칼과 나는 사람들이 다시 대화를 시작할 때까지 조용히 있었다. 에릭 네렐이 또 휴대전화를 들여다보는 모습이 보였다.

"크리스마스에 집에 갔을 때 멍 자국을 내가 봤어." 내가 낮은 목소리로 말했다. "섀넌이 욕실에서 나왔을 때."

칼이 어떻게든 해명해보려고 머리를 굴리는 것이 보였다. 칼의 믿음을 사야 할 판에 도대체 왜 그 말을 불쑥 내뱉었을까?

"칼, 나는……."

"괜찮아." 칼이 갈라진 목소리로 말했다. "형 말이 맞아. 섀넌이 토론토에서 돌아온 뒤에 몇 번 그런 일이 있었어." 칼이 숨을 깊이 들이쉬었다. 갈비뼈가 부푸는 것이 내 눈에 보일 정도였다. "호텔 일이 워낙 정신없이 돌아가는 통에 내가 스트레스가 심했어. 그런데 섀넌은 마리랑 있었던 일로 계속 나한테 잔소리를 해댔지. 그러다 술을 몇 잔 마시면 가끔 내가…… 가끔 머릿속에서 뭔가가 뚝 끊어졌어. 하지만 내가 술을 끊은 뒤로는 그런 일도 없었어. 고마워, 로위."

"고마워?"

"나한테 직접 그 일을 따진 것 말이야. 오래전부터 형한테 그 이야기를 할 생각이었어. 나도 아빠랑 똑같은 사람이 아닌지 점점 무서워졌거든. 하고 싶지 않은 일을 점점 하기 시작하다가, 그 일을 그만둘 수 없다는 걸 깨닫게 되는 거야. 맞지? 하지만 난 해냈어.

703

변했다고."

"다시 착한 양이 됐구나." 내가 말했다.

"응?"

"정말 변한 거 확실해?"

"그럼. 내기를 해도 돼."

"네가 내 대신 해줘도 되겠다. 사실 하는 김에 네가 우리 두 사람 몫을 다 하는 게 어때?"

칼은 내 멍청한 말장난을 이해할 수 없다는 듯이 나를 바라보기만 했다. 나도 내가 지금 내뱉는 말들을 이해하지 못했다.

"어쨌든." 칼이 이렇게 말하고 나서 한 손으로 얼굴을 쓸었다. "그 아이 이야기를 누구하고든 할 필요가 있었어. 그런데 그럴 때 항상 형하고 얘기하게 되더라. 미안해."

"별일도 아닌데." 나는 이렇게 말하고 나서 일부러 내 상처에 박힌 칼날을 비틀었다. "난 네 형이잖아."

"맞아. 나한테 누군가가 필요할 때 항상 옆에 있어주는 사람이 형이지. 세상에, 나한테 적어도 형이라도 있어서 정말 다행이야."

칼이 내 손에 자기 손을 얹었다. 칼의 손이 더 크고, 더 부드럽고, 더 따뜻했다. 내 손은 얼음처럼 차가웠다.

"언제든지." 내가 갈라진 목소리로 말했다.

칼은 손목시계를 보았다. "이 일은 나중에 섀넌이랑 정리해봐야겠어." 칼이 일어나면서 말했다. "그리고 내가 아빠를 닮지 않았다는 이야기는 우리 둘만 아는 거다, 알았지?"

"당연하지." 내가 말했다. 이상하게도 웃음이 터질 것 같았다.

"새로운 공사의 시작. 우리가 보여주는 거야, 로위." 칼이 턱을 꽉 다물고 눈에도 힘을 줘서 투지에 불타는 표정을 지으며 나를 향해 주먹을 흔들었다. "오프가르 형제가 이길 것이다."

나는 빙긋 웃으면서 잔을 들어 올려, 이 잔을 다 마실 때까지 남아 있겠다는 뜻을 보여주었다.

그리고 칼이 서둘러 문으로 향하는 모습을 지켜보았다. 그가 스바루에 오르는 모습이 창문을 통해 보였다. 섀넌은 오늘 캐딜락을 쓰겠다고 했다. 하지만 호텔 현장으로 올라갈 때는 칼이 캐딜락을 몰 것이다. 아니, 정확히 말해서, '현장 방향으로' 차를 몰 것이다.

스바루가 중앙 도로로 올라서기 전에 트레일러 때문에 정차했을 때 브레이크등 하나에 반짝 불이 들어왔다.

나는 맥주 한 잔을 더 주문했다. 그리고 천천히 마시면서 생각에 잠겼다.

섀넌을 생각했다. 우리 인간들을 움직이는 요소가 무엇인지 생각했다. 나 자신에 대해 생각했다. 왜 내가 사실상 내 의도를 노출시켰는지 생각했다. 나는 칼이 섀넌을 때린 사실을 내가 알고 있다고 칼에게 말했다. 그가 내 서명을 위조한 사실도 알고 있음을 암시했다. 내 의도를 노출시킨 것은 내가 그 일을 반드시 해낼 필요가 없었으면 해서. 후켄을 자동차와 시체로 계속 채울 필요가 없었으면 해서.

66

프리트팔에서 맥주를 네 잔 마신 뒤 나는 그곳을 나섰다.

겨우 1시 반밖에 되지 않았으니, 술이 깨서 다시 멀쩡한 정신으로 돌아갈 시간이 충분했다. 하지만 그렇게 맥주를 마신 것은 확실히 내 마음이 약하다는 증거였다. 긴장된 상황에서 도망을 선택한 것과 같은 반응. 한 발만 잘못 내디뎌도 계획 전체가 어그러질 판인데 왜 하필 지금 술을 마셨을까. 십중팔구 이 일이 성공하지 않기를 바라는 마음 한 조각이 내 안에 있다는 뜻일 것 같았다. 파충류인 나. 아니, 우리의 파충류 뇌*는 이것과 아무 관계가 없었다. 그래, 내 머리가 맑지 않아서 벌써 이런저런 개념들이 헷갈리고 있었다. 어쨌든 확실한 '나'는 자신이 무엇을 원하는지 절대적으로 확신했다. 마땅히 자기 것이어야 하는 것을 손에 넣는 일. 설사 그것이 아주 망가진 모습이라 해도. 그리고 그 일을 방해하는 자들과 내가 반드시 보호해야 하는 사람들을 위협하는 자들을 제거하는 것. 나는 이제 형이 아니었다. 나는 그녀의 남자였다. 그리고 그 아

---

* 진화 과정 중 파충류 단계에서 발달했다고 여겨지는 뇌. 인간의 뇌에서 가장 먼저 발달한 부분으로 공격적 행동, 영토 의식 등을 관장한다.

이의 아버지였다. 이제 그들이 내 가족이었다.

그래도 여전히 뭔가가 잘 맞아떨어지지 않았다.

나는 정비소에 볼보를 놔두고, 중앙 도로와 나란히 뻗어 있는 보행로 겸 자전거길을 따라 중앙에서부터 남동쪽으로 걸었다. 그 길을 한 바퀴 돌아 정비소에 도착한 나는 가만히 서서 길 건너편을 바라보았다. 그레테의 미용실 겸 선 살롱을 광고하는 포스터가 붙은 벽.

다시 손목시계를 보았다.

얼추 시간이 있었다. 하지만 지금은 그 일에 손댈 때가 아니었다. 어쩌면 그 일에 손댈 때는 오지 않을 것 같기도 했다.

그러니 내가 왜 나도 모르는 사이에 갑자기 길을 건너가서 차고를 들여다보았는지는 하느님만 아실 것이다. 나는 그곳에 서 있는 빨간색 아우디 A1을 보았다.

"안녕!" 그레테가 미용실 의자에서 소리쳤다. 이 가게의 자랑인 1950년대의 미용실 헤어드라이어 안에 머리를 집어넣고 있었다. "전화벨 소리나 초인종 소리가 안 들렸는데."

"내가 누르지 않았으니까." 나는 이렇게 말하고 나서 다른 사람이 없음을 확인했다. 그레테가 스스로 파마를 하고 있다는 사실은 곧 찾아올 예약 손님도 없다는 뜻이었다. 그래도 나는 등 뒤로 손을 돌려 문을 잠갔다.

"십 분만 기다리면 네 머리를 해줄게." 그레테가 말했다. "여기서 내 머리부터 좀 손질하고. 미용사라면 남들 앞에 그럴듯한 모습으로 나서야 하잖아, 그렇지?"

불안한 목소리였다. 아마 내가 아무 연락도 없이 불쑥 왔기 때문일 것이다. 어쩌면 내게서 뭔가를 감지했기 때문일 수도 있었다. 내가 그저 머리나 다듬으러 온 것이 아님을 느꼈겠지. 아니면 그레테가 오래전부터 내가 올 것을 속으로 알고 있었기 때문일 수도 있었다.

"차 좋네." 내가 말했다.

"뭐? 이 안에서는 말이 잘 안 들려."

"차가 좋다고! 신년 전야에 스탠리의 집 앞에서 보긴 했는데, 네 차인 줄은 몰랐어."

"아, 그래. 작년 한 해가 미용사에게는 좋은 시절이었거든. 뭐, 여기서 장사하는 사람들한테 다 좋은 시절이었지만."

"같은 회사에서 만든 같은 색 차가 그날 자정 직전에 내 옆을 지나갔어. 내가 광장으로 가고 있을 때. 이 마을에 빨간색 아우디가 많지는 않으니, 아마 그게 너였던 것 같은데, 맞지? 그런데 스탠리 말로는 네가 부모님과 함께 신년을 맞으려고 부모님 집으로 갔다는 거야. 거긴 반대 방향인데. 게다가 그 차는 네르가르 집 쪽으로 방향을 꺾었거든. 호텔로 이어진 도로 쪽으로. 그 위에는 네르가르의 집을 빼면 갈 데가 별로 없잖아. 오프가르 농장. 그리고 호텔. 그래서 생각을 해보니까……."

나는 앞으로 몸을 기울여 거울 앞 작업대 위의 가위를 보았다. 내 눈에는 모든 가위가 비슷해 보였지만, 마치 전시품처럼 열어둔 상자 속에 누워 있는 그것은 틀림없이 그녀가 자랑하던 저 유명한 니가타 1000 가위인 것 같았다.

"신년 전야에 네가 나한테 말했지. 섀넌이 칼을 미워한다고. 하지만 호텔 때문에 칼이 필요하다고. 만약 호텔이 불에 타서 무너지고 우리가 계획을 포기하면 섀넌에게 더 이상 칼이 필요하지 않으니까 네가 칼을 가질 수 있을 것 같았어?"

그레테 스미트는 차분한 표정으로 나를 유심히 바라보았다. 불안한 기색은 모두 사라졌다. 그녀의 팔이 크고 묵직한 의자의 팔걸이에 가만히 놓여 있고, 머리는 플라스틱과 필라멘트로 만들어진 왕관에 일부 가려져 있었다. 옥좌에 앉은 망할 놈의 여왕 같았다.

"당연히 그런 생각을 해봤지." 그녀가 말했다. 조금 전보다 나직한 목소리였다. "너도 해봤을 거야, 로위. 그래서 나는 네가 불을 낸 건가 하고 의심했어. 넌 자정이 되기 얼마 전에 사라졌잖아."

"내가 한 게 아니야."

"그럼 남은 사람은 한 명뿐이네." 그레테가 말했다.

내 입안이 바짝 말랐다. 그 망할 놈의 호텔에 누가 불을 질렀든 달라질 것은 없었다. 어디선가 어렴풋이 윙윙거리는 소리가 들렸다. 머리를 말려주는 헬멧 안에서 들리는 소리인지, 내 머릿속에서 나는 소리인지 알 수 없었다.

그레테는 내가 상자에서 가위를 꺼내 들고 있는 것을 보고 말을 멈췄다. 그러고는 내 눈에서 뭔가를 보았는지 양팔을 앞으로 들어 올렸다.

"로위, 너 설마……."

나도 모르겠다. 내가 무엇을 할 작정이었는지 정말 모르겠다. 그저 모든 것이 내 안에서 터져 나왔다는 사실을 알 뿐이다. 그때까지 있었던 모든 일, 일어나지 말았어야 하는 모든 일, 이제부터 일어날 테지만 절대 일어나면 안 되는 모든 일. 이제는 그 일을 피해서 돌아갈 길이 없었다. 막힌 변기 안에 똥이 떠오를 때처럼 그것이 솟아올랐다. 사실 얼마 전부터 그런 상태이다가 지금 마침내 변기 끝까지 차올라서 넘치고 있었다. 가위는 날카로웠다. 혐오스러

709

운 그레테의 입에 그것을 찔러 넣고 저 하얀 뺨을 잘라 그 추악한 단어들을 잘라내기만 하면 될 일이었다.

하지만 나는 멈췄다.

행동을 멈추고 가위를 보았다. 일본산 강철. 할복에 대한 아빠의 말이 머리를 스치고 지나갔다. 내가 지금 여기서 실패한 것이 아닌가. 악성종양처럼 이 사회에서 제거해야 할 것은 그레테가 아니라 내가 아닌가.

아니. 우리 둘 다. 우리 둘 다 반드시 벌을 받아야 했다. 불에 타야 했다.

나는 헤어드라이어의 낡은 검은색 전선을 붙잡고 가위를 벌려 잘랐다. 날카로운 가윗날이 단열재를 곧바로 잘라버렸다. 마침내 강철이 구리와 접촉했을 때, 전기가 오르는 바람에 나는 하마터면 손을 놓아버릴 뻔했다. 하지만 미리 각오하고 있었기 때문에 전선을 완전히 자르지 않은 상태로 가위를 계속 유지할 수 있었다.

"무슨 짓이야?" 그레테가 비명을 질렀다. "그거 니가타 1000 가위야! 이건 1950년대의 빈티지 헤어드라이어고……."

나는 자유로운 손으로 그녀의 손을 붙잡았다. 그러자 회로가 완성되어 전류가 흐르기 시작하면서 그녀의 입이 닫혔다. 그녀는 나를 떨쳐내려고 했지만 나는 놓아주지 않았다. 그녀의 몸이 부들부들 떨리고, 눈동자가 뒤로 넘어가고, 헬멧 안에서는 불꽃이 탁탁 소리를 내며 번쩍였다. 지속적인 비명. 처음에는 가늘게 애원하는 것 같다가 그다음에는 미친 듯이 요구하는 듯한 소리가 그녀의 목구멍에서 솟아 나왔다. 내 가슴이 마구 뛰었다. 200밀리암페어의 전류를 심장이 감당하는 데에는 한계가 있다는 사실을 아는데도 나는 절대 손을 놓지 않았다. 우리가 마땅히 있어야 하는 곳에 그레테 스미트가 있었으니까. 고통의 원 안에서 나와 하나가 되어. 헬멧에서 파란색 불꽃이 솟는 것이 보였다. 그대로 버티는 데에 온 신경을 집중하고 있는데도, 머리카락이 타는 냄새를 느낄 수 있었다. 나는 눈을 감고 양손에 단단히 힘을 준 채 알 수 없는 단어들을 중얼거렸다. 설교자가 오르툰에서 환자를 치유하거나 영혼을 구원할 때 그런 행동을 했었다. 그레테의 비명에 귀가 멀 것 같았다. 그 소리가 너무 커서 나는 시끄럽게 울리기 시작한 화재경보기 소리를 간신히 들을 수 있었다.

그제야 손을 놓고 눈을 떴다.

그레테가 헬멧을 던지듯이 벗는 것이 보였다. 녹아버린 롤러와 불타는 머리카락이 한데 뒤섞인 것이 보였다. 그녀는 머리를 감는 개수대로 달려가 작은 샤워기를 틀고 불을 끄기 시작했다.

나는 문으로 걸어갔다. 바깥의 계단통에서 누가 구르듯이 내려오는 소리가 들렸다. 내 신경증이 잠시 휴식을 취하고 있는 것 같았다. 나는 고개를 돌려 다시 그레테를 보았다. 그녀는 안전했다. 아직 남아 있는 파마머리에서 회색 연기가 솟아올랐다. 지금 그녀의 머리는 파마머리라기보다 이글거리는 야외 그릴에 누군가가 물을 한 양동이 부어버린 것 같은 모양이었다.

나는 복도로 나가서 그레테의 아버지가 내 얼굴을 제대로 볼 수 있을 만큼 계단을 내려올 때까지 기다렸다. 그가 뭐라고 말하는 것이 보였다. 어쩌면 내 이름이었을지도 모른다. 하지만 화재경보기의 시끄러운 소리 때문에 들리지 않았다. 나는 그곳을 떠났다.

한 시간이 흘렀다. 이제 3시 15분이었다.

나는 정비소에 앉아 가방을 빤히 바라보았다.

쿠르트 올센이 와서 나를 체포해 이 모든 일에 종지부를 찍는 일은 일어나지 않았다.

도망칠 길이 없었다. 일을 시작할 때였다.

나는 가방을 들고 밖에 있는 볼보로 가서 오프가르 농장을 향해 차를 몰았다.

67

나는 캐딜락 밑에서 빠져나왔다. 섀넌은 얄팍한 검은색 스웨터 바람으로 추운 헛간에서 팔짱을 낀 채 덜덜 떨며 나를 내려다보고 서 있었다. 걱정스러운 표정이었다. 나는 아무 말 없이 일어서서 작업복의 먼지를 털었다.

"어때요?" 그녀가 초조하게 말했다.

"다 됐어요." 나는 차를 다시 아래로 내리기 위해 잭을 조작하기 시작했다.

차가 다 내려온 뒤 나는 섀넌과 함께 차를 밀고 밖으로 나가 겨울정원으로 향했다. 차의 앞부분은 예이테스빙엔 쪽 도로를 가리키고 있었다.

나는 손목시계를 보았다. 4시 15분. 내 예상보다 조금 늦은 시각이었다. 내가 서둘러 헛간으로 가서 도구를 챙겨 작업대 위의 가방에 넣고 있을 때 섀넌이 뒤에서 다가와 양팔로 나를 감쌌다.

"여기서 그만둔다는 선택지가 아직 있어요." 섀넌은 이렇게 말하고 나서 내 등에 뺨을 댔다.

"그렇게 하고 싶어요?"

"아뇨." 그녀는 내 가슴을 쓰다듬었다. 내가 도착한 뒤로 우리는 서로를 만지기는커녕 바라보지도 않았다. 나는 칼이 회의를 마치고 돌아오기 전에 빨리 멀쩡한 부품을 결함이 있는 것으로 바꿔놓으려고 곧바로 캐딜락에 붙어 작업을 시작했다. 하지만 우리가 서로를 만지지 않은 이유가 그것만은 아니었다. 다른 것이 있었다. 갑자기 우리가 서로에게 낯선 사람이 되어버린 것 같았다. 자신뿐만 아니라 상대에게도 충격을 받은 살인자들. 하지만 이런 느낌은 곧 지나갈 것이다. '반드시 해야 하는 일을 하라.' '미루지 말고 지금.' 중요한 것은 이것뿐이었다.

"그럼 계획대로 해요." 내가 말했다.

그녀가 고개를 끄덕였다. "떼새가 돌아왔어요. 어제 봤어요."

"벌써요?" 나는 몸을 돌려 그녀를 안고, 내 거친 손과 뭉툭한 손가락으로 그녀의 사랑스러운 얼굴을 감쌌다. "잘됐네요."

"아뇨." 섀넌은 슬픈 미소를 지으며 고개를 저었다. "오지 말았어야 해요. 헛간 앞 눈 속에 쓰러져 있었어요. 얼어 죽은 거예요." 반쯤 감긴 눈에 눈물이 고여 있었다.

나는 그녀를 가까이 끌어당겼다.

"우리가 왜 이 일을 하는지 다시 말해줘요." 그녀가 속삭였다.

"우리가 이 일을 하는 건 결과가 두 가지뿐이기 때문이에요. 내가 그의 것을 가졌기 때문이에요. 우리 둘 다 살인자이기 때문이에요."

그녀가 고개를 끄덕였다. "하지만 방법이 이것뿐인 거 확실해요?"

"나와 칼에게 다른 방법은 이미 너무 늦었어요. 내가 설명했잖아요, 섀넌."

"네." 섀넌이 내 셔츠 앞섶을 향해 코를 훌쩍거렸다. "이 일이 끝나면……."

"그래요. 이 일이 끝나면."

"아들인 것 같아요."

나는 그녀를 한동안 안고 있었다. 곧 초침이 똑딱똑딱 움직이는 소리가 또 들렸다. 카운트다운 같았다. 세상이 의미를 잃는 순간을 향한 카운트다운. 하지만 그런 일은 일어나지 않을 것이다. 이것은 세상의 끝이 아니라 시작이었다. 새로운 삶. '나의' 새로운 삶.

나는 그녀를 놓아주고 작업복과 칼의 브레이크 호스와 스로틀 케이블을 가방에 넣었다. 섀넌이 나를 지켜보았다.

"이게 제대로 안 굴러가면 어쩌죠?" 그녀가 말했다.

"제대로 굴러가지 않는 게 맞아요." 내가 말했다. 하지만 물론 나는 그녀의 말이 무슨 뜻인지 알고 있었다. 어쩌면 그녀도 내 목소리에서 짜증스러운 기색을 읽고 그 이유를 궁금해했는지도 모른다. 십중팔구 그 이유를 이해했을 것이다. 스트레스. 불안감. 두려움. 후회? 그녀가 후회를 느꼈을까? 틀림없이. 하지만 크리스티안산에서 계획을 짤 때 우리는 그 점에 대해서도 이야기했다. 이래도 되나 싶은 마음이 슬금슬금 다가와 우리에게 속삭일 것이라고. 결혼식 날 신랑 신부의 귓가에 들려오는 속삭임처럼. 이런 불안감은 물과 같아서 항상 천장에 난 구멍을 찾아낸다. 지금은 중국식 물고문처럼 불안감이 내 머리 위로 뚝뚝 떨어지고 있었다. 그레테는 호텔에 불을 지를 수 있는 사람이 딱 한 명 남았다고 말했다. 스바루의 브레이크등 하나는 켜지지 않았다. 신년 전야에 건설 현장 근처에 있던 라트비아인이 본 그 자동차.

"계획대로 될 거예요." 내가 말했다. "차 안에 브레이크 오일이 거의 남아 있지 않고, 자동차의 무게는 2톤이죠. 속도가 엄청날 거예요. 거기서 생길 수 있는 결과는 하나뿐이에요."

"하지만 커브를 돌기 전에 그 사람이 알아차리면요?"

"칼이 필요하지도 않은데 브레이크를 먼저 시험해보는 건 한 번도 본 적이 없어요." 나는 차분하게 말했다. 이미 몇 번이나 되풀이한 말이었다. "차는 평지를 달릴 거예요. 칼은 가속을 할 거고, 비탈길에 다다르면 페달에서 발을 떼겠죠. 경사가 워낙 가파르기 때문에 칼은 차가 가속하는 데 다른 이유가 있다는 걸 알아차리지 못해요. 스로틀 케이블이 걸려서 무거운 차가 더욱더 빨라진다는 사실을. 이 초 뒤에 커브가 나왔을 때 칼은 속도가 평소보다 훨씬 빠르다는 걸 깨닫죠. 당황해서 브레이크를 밟아대지만 반응이 없어요. 어쩌면 칼이 브레이크를 한 번 더 밟을 수 있을지도 몰라요. 운전대를 휙 돌릴 수 있을지도 모르고. 하지만 가망이 없어요." 나는 입술을 핥았다. 이미 하려는 말을 다 했으니 여기서 멈출 수도 있었을 것이다. 하지만 나는 계속 칼을 비틀었다. 나를 향해서, 그녀를 향해서. "속도가 너무나 빠르고 차는 너무나 무겁고 커브는 너무 급해요. 설사 노면이 자갈이 아니라 아스팔트라 해도 도움이 되지 않을 거예요. 곧 차가 공중에 떠오르면서 칼은 무중력상태가 되죠. 우주선의 선장처럼. 그의 뇌가 초광속으로 돌아가면서 자문해요. 어떻게. 누가. 왜. 어쩌면 대답할 시간도 있을지 모르……."

"그만해요!" 새년이 비명처럼 소리를 질렀다. 그녀는 양쪽 귀를 손으로 막고 있었다. 전율이 몸을 훑고 지나가는 것처럼 보였다.

"혹시…… 혹시 그 사람이 뭔가 문제가 있다는 걸 알아차리고 그 차를 몰지 않으면요?"

"그럼 그러라지요. 칼은 당연히 정비사한테 차를 보일 테고, 정비사는 스로틀 케이블이 다 낡았고, 브레이크 호스는 썩었다고 말할 거예요. 알 수 없는 이유 같은 건 없어요. 우리는 계획을 다시 세워서 다른 방식으로 해내야 하겠죠. 그뿐이에요."

"계획이 성공했는데 경찰이 의심하면요?"

"경찰이 부서진 차를 조사해보고 낡은 부품을 발견하겠죠. 이미 다 훑어본 이야기예요, 섀넌. 좋은 계획이라고요, 알겠어요?"

섀넌은 흐느끼면서 내게 몸을 던졌다.

나는 그녀의 품에서 부드럽게 빠져나왔다.

"이제 갈게요." 내가 말했다.

"싫어요!" 그녀가 흐느끼며 말했다. "여기 있어요!"

"정비소에서 보고 있을게요. 거기서 예이테스빙엔이 보이거든요. 혹시 일이 잘못되면 연락해요. 알았죠?"

"로위!" 마치 살아 있는 나를 마지막으로 보는 것처럼 그녀가 소리쳤다. 망망대해에서 내가 그녀를 두고 떠가는 것처럼. 배에서 샴페인을 잔뜩 마시고 기분 좋게 취했다가 방금 화들짝 술이 깬 신혼부부처럼.

"나중에 봐요." 내가 말했다. "즉시 구급대에 전화하는 거 잊지 말아요. 어쩌다 그런 일이 일어났는지, 차가 어떻게 움직였는지 잊지 말고 경찰에 정확히 설명해야 돼요."

그녀는 고개를 끄덕이고는, 마음을 다잡고 옷매무새를 다듬었다. "경찰이…… 경찰이 어떻게 할 것 같아요?"

"조사를 다 한 뒤에 추락 방지막을 설치할 것 같아요."

68

18시 02분. 이제 막 어두워지기 시작했다.

나는 사무실 창가에 앉아 쌍안경으로 예이테스빙엔을 보고 있었다. 내 계산에 따르면, 캐딜락이 절벽에서 떨어질 때 거의 정확히 0.3초 동안 그 모습이 보일 터였다. 따라서 나는 눈을 아주 빠르게 깜박거릴 필요가 있었다.

내가 맡은 일이 끝나고 나머지 부분이 섀넌의 손에 맡겨지면 내 불안감이 줄어들 줄 알았다. 하지만 현실은 반대였다. 한가로이 창가에 앉아 있다 보니 어쩌면 잘못될 수도 있는 온갖 일들을 세세히 생각해볼 시간이 너무 많았다. 게다가 새로운 일들도 계속 생각났다. 점점 가능성이 희박한 일들만 생각날 뿐이었지만, 그것이 내 마음의 평화에 크게 도움이 되지는 않았다.

기공식 리본을 자르기 위해 건설 현장으로 떠날 시간이 되면 섀넌이 몸이 좋지 않아서 위층에 올라가 누워야겠다고 말하는 것이 우리의 계획이었다. 섀넌은 칼에게 혼자 가야 할 것 같으니 캐딜락을 몰고 기공식에 참석하러 가라고, 자신은 나중에 몸이 좀 괜찮아지면 스바루를 몰고 오르툰의 파티장으로 가겠다고 말할 예정이었다.

나는 다시 손목시계를 보았다. 18시 03분. 0.3초. 다시 쌍안경을 들어 올렸다. 스미트의 집 창문을 훑어보니 커튼이 낮과 똑같은 위치에 있었다. 그 뒤에 산이 있고, 그다음에 예이테스빙엔이 시야에 들어왔다. 어쩌면 벌써 그 일이 일어났을 수도 있었다. 벌써 그 일이 끝났을 수도 있었다.

정비소 앞에 자동차가 서는 소리가 들려서 나는 쌍안경을 그쪽으로 돌렸다. 하지만 초점이 맞지 않았다. 쌍안경을 눈에서 떼고 보니 쿠르트 올센의 랜드로버였다.

엔진이 꺼지고 올센이 차에서 내렸다. 내가 방의 불을 껐기 때문에 그는 나를 볼 수 없을 텐데도 똑바로 나를 바라보았다. 내가 거기 앉아 있다는 사실을 분명히 아는 사람처럼. 올센은 허리띠에 엄지손가락을 걸고 안짱다리로 그냥 서 있기만 했다. 결투를 하자고 나를 불러내는 카우보이 같았다. 올센이 정비소 문 쪽으로 걸어오기 시작하자 곧 그의 모습이 시야에서 사라졌다. 잠시 뒤 초인종 소리가 들렸다.

나는 한숨을 내쉬고 일어서서 문을 열었다.

"좋은 저녁이야, 경찰관. 이번엔 또 무슨 일이야?"

"안녕, 로위. 들어가도 돼?"

"지금은 좀……."

올센이 나를 한쪽으로 밀치고 정비소 안으로 들어왔다. 그리고 여기에 처음 온 사람처럼 주위를 둘러보다가 선반으로 다가갔다. 여러 가지 물건이 그 위에 서 있었다. 예를 들어 프리츠 강력 세제 같은 것들.

"이 안에서 무슨 일이 벌어지고 있었는지 궁금하네, 로위."

나는 얼어붙었다. 올센이 마침내 알아낸 건가? 자기 아버지의 시체가 마지막에 다다른 곳이 바로 여기라는 걸? 프리츠 강력 세제 안에서 문자 그대로 사라져버렸다는 걸?

하지만 그때 올센이 검지로 관자놀이를 톡톡 두드리는 모습이 눈에 들어왔다. 올센의 말은 내 머릿속에서 무슨 일이 벌어지고 있느냐는 뜻이었다.

"……그레테 스미트의 머리에 불을 붙였을 때."

"그레테가 그래?" 내가 물었다.

"그레테는 아니야. 그레테 아버지. 그레테의 머리에서 아직 연기가 풀풀 나고 있을 때 네가 거기서 나가는 걸 봤다더군."

"그레테는 뭐래?"

"뭐라고 했을 것 같아, 로위? 헤어드라이어에 문제가 생겼다고 했지. 과부하니 뭐니. 네가 자기를 도와줬다고 하더라고. 하지만 난 안 믿어. 눈곱만큼도. 전선이 거의 절반쯤 잘려 있었거든. 그러니까 너한테 묻고 싶은 건 이거야. 아주 잘 생각하고 대답해야 할 거야. 네가 도대체 뭘로 그레테를 협박했기에 그레테가 거짓말을 하게 된 거지?"

쿠르트 올센은 콧수염을 빨다가 황소개구리처럼 볼을 부풀리기를 반복하면서 내 대답을 기다렸다.

"답변을 거부하는 거야, 로위?"

"아니."

"그럼 이걸 어떻게 봐야 하는데?"

"네가 말한 대로 하는 거야. 아주 잘 생각하는 중."

쿠르트 올센의 눈 속에서 뭔가가 찰칵 하고 변한 것 같았다. 나는 그가 이성을 잃었음을 깨달았다. 그가 나를 향해 두 걸음 다가

와서 주먹을 한 방 날리려는 것처럼 오른팔을 뒤로 젖혔다. 상대를 날려버리기 직전에 사람들이 어떤 얼굴을 하는지 알기 때문에 나는 그의 의도를 알 수 있었다. 상대를 물 때 눈동자가 뒤로 넘어가는 상어와 같은 표정이다. 하지만 올센은 거기서 멈췄다. 뭔가가 그를 막았다. 어느 토요일 밤 오르툰에서 본 로위 오프가르의 모습. 턱이나 코뼈가 부러지지는 않았다. 그냥 코피가 나고 이가 몇 개 빠졌을 뿐이다. 시그문 올센이 신경 쓸 일이 되지 않게. 로위 오프가르는 싸울 때 결코 이성을 잃는 법이 없는 사람이었다. 그는 이성을 잃어버린 상대에게 냉정하고 계산적인 방식으로 굴욕을 안겼다. 따라서 쿠르트 올센은 그에게 주먹을 휘두르는 대신 경고의 의미로 집게손가락 하나만 펴서 세웠다.

"그레테가 뭔가를 아는 건 분명해. 너에 대해 뭔가를 아는 거야, 로위 오프가르. 그게 뭘까?" 올센이 한 걸음 더 가까이 다가왔기 때문에, 내 얼굴에 그의 침방울이 튀었다. "빌룸 빌룸센에 대해 그레테가 무엇을 알고 있을까?"

내 주머니 안에서 전화벨 소리가 들렸지만, 쿠르트 올센이 그 소리를 뭉개버렸다.

"내가 멍청이 같아? 빌룸센을 죽인 놈이 너희 집 바로 앞에서 '우연히' 빙판길에 미끄러졌다고? 빌룸센이 누구한테도 한마디 알리지 않고 수천만 크로네의 빚을 탕감해줬다고? 자기가 꼭 그래야만 한다고 생각했기 때문에?"

새넌이었을까? 전화를 건 사람이 누구인지 휴대전화를 확인해야 했다. 반드시.

"웃기지 마, 로위. 빌룸 빌룸센이 단 한 푼이라도 빚을 탕감해준 적이 있다면 또 몰라."

나는 휴대전화를 꺼내서 화면을 보았다. 젠장.

"그래, 난 너와 네 동생이 그 일에 관련되어 있다고 확신해. 우리 아버지가 사라지셨을 때랑 똑같아. 넌 살인자니까, 로위 오프가르. 지금도 그렇고 예전에도 항상 그랬어!"

나는 쿠르트에게 고개를 끄덕였다. 그의 입에서 급류처럼 쏟아져 나오던 말이 순간적으로 멈추고, 그의 눈이 크게 떠졌다. 내가 방금 그의 비난이 옳다고 확인해주기라도 한 것처럼. 하지만 곧 그는 내가 전화를 받아야겠다고 신호한 것임을 깨닫고 다시 말을 시작했다.

"사람이 다가오는 소리가 나지 않았다면 넌 오늘 그레테 스미트를 죽였을 거야. 너는……."

나는 쿠르트 올센에게 반쯤 등을 돌리고, 손가락 하나로 한쪽 귀를 막은 뒤, 다른 쪽 귀에 휴대전화를 댔다. "응, 칼."

"로위? 도와줘!"

마치 불이 모두 꺼지고, 내가 십육 년 전으로 내동댕이쳐진 것 같았다.

똑같은 장소.

어린 남동생의 목소리에서 느껴지는 똑같은 절망.

이제부터 저질러질 똑같은 범죄. 이번에는 그가 피해자가 될 예정이었다는 점이 다를 뿐이었다.

하지만 그는 살아 있었다. 그리고 도와달라고 말했다.

"무슨 일이야?" 나는 후렴구처럼 계속 소리를 질러대고 있는 경찰관을 등 뒤에 두고 간신히 말했다.

칼은 머뭇거렸다. "그거 쿠르트 올센의 목소리야?"

"응. 무슨 일이야?"

"리본 커팅이 곧 시작될 예정인데, 내가 캐딜락을 타고 나타나는 게 일종의 포인트거든. 그런데 차에 문제가 있는 것 같아. 아주 사소한 거겠지만, 형이 올라와서 한번 봐줄 수 있어?"

"곧바로 갈게." 나는 전화를 끊고 쿠르트 올센에게 돌아섰다.

"오늘 대화 즐거웠어. 하지만 네가 체포영장을 가져온 게 아니라면 난 가봐야겠어."

내가 밖으로 나가는 동안 그는 벌어진 입을 다물지 못했다.

일 분 뒤 나는 고속도로에서 볼보를 몰고 있었다. 조수석에는 도구를 넣은 가방이 있고, 백미러에는 올센의 랜드로버 불빛이 보였다. 그가 출발하면서 너와 네 동생을 모두 잡아들이겠다고 외치던 말이 계속 귓가에 울렸다. 농장까지 계속 나를 따라올 생각인지 잠시 궁금했지만, 내가 네르가르와 오프가르 농장을 향해 방향을 꺾었을 때 그는 그냥 직진해서 달려갔다.

어쨌든 내가 가장 걱정하는 사람은 올센이 아니었다.

캐딜락에 문제가 있다고? 도대체 뭐지? 칼이 차에 타서 출발하기 전에 브레이크와 운전대가 제대로 작동하지 않는다는 걸 알아챘나? 그건 아니었다. 만약 그랬다면 칼은 틀림없이 의심을 품었을 것이다. 그렇다면 누가 그에게 미리 말해줬을 가능성이 있었다. 정말로 그렇게 된 건가? 섀넌이 계획을 끝까지 밀어붙일 수 없었던 건가? 섀넌이 무너져서 전부 고백했을까? 아니면 섀넌이 생각을 바꿔 칼의 편이 되기로 하고 사실을 털어놓은 걸까? 그랬다면 훨씬 더 나쁜 상황이었다. 섀넌이 사실을 자신의 시각에서 털어놓았을 수도 있었다. 그래, 그랬을 것이다. 살인 계획을 나 혼자 짰다고 칼에게 말했을 것이다. 칼이 내 서명을 위조한 걸 내가 알고 있다는 말도 했을 것이다. 그리고 내가 그녀를 겁탈해서 임신시키고는 그녀와 아이와 칼을 모조리 죽여버리겠다는 말로 협박해 그녀의 입을 막았다고 말했겠지. 나는 소심하고 겁 많은 목도리지빠귀가 아니라 아빠니까, 산에 사는 종달새니까. 복면을 쓴 도둑처럼 눈에 검은 무늬가 있는 육식조니까. 이어서 새년은 칼과 자신이 무엇을 해야 하는지 말했을 것이다. 나를 농장으로 유인해서, 나와 칼이 아버지를 없애버린 것처럼 나를 없애버려야 한다고. 그녀는 이미 알기 때문이었다. 오프가르 형제가 살인을 할 수 있는 사람들임을, 어떤 식으로 일이 풀리든 자신은 원하는 것을 손에 넣을 것임을.

나는 숨을 가쁘게 몰아쉬면서 이 불쾌한 생각을 옆으로 밀어냈다. 휘어진 길을 돌자 검은 터널이 앞에서 입을 벌렸다. 원래 터널이 있을 자리가 아니었다. 도저히 뚫을 수 없는 난공불락의 검은 돌담. 하지만 길이 그곳으로 이어져 있었다. 저 움푹 파인 곳은 옛 경찰관이 내게 말했던 그것인가? 아빠의 어둠이 마침내 내 안에서 솟아오르는 건가? 밤처럼 추락하지 않고, 계곡 깊은 곳에서부터 올라오는 건가? 그럴지도 몰랐다. 놀라운 것은 가파른 커브를 돌고 돌아 계속 산길을 올라가는 동안 내 호흡이 점차 편안해졌다는 사실이다.

그래도 괜찮았기 때문에. 여기서 모든 것이 끝난다 해도, 내가 내일을 살 수 없게 되더라도, 괜찮았다. 운이 좋다면, 칼과 새년이 나를 죽임으로써 다시 사이가 좋아질 터였다. 칼은 실용주의자였다. 온전히 자신의 것은 아니지만 그래도 가족의 일원인 아이를 키우며 살아갈 수 있었다. 그래, 어쩌면 나의 죽음이 이 모든 일을 행복하게 끝맺을 수 있는 유일한 기회일 수 있었다.

나는 예이테스빙엔의 커브를 돈 뒤 살짝 속도를 올렸다. 자동차 뒤쪽에서 자갈들이 튀어 올랐다. 아래쪽의 마을 일부가 저녁 어둠에 물들어 있었다. 아직 환한 지역에서 칼이 캐딜락 앞에 팔짱을 끼고 서서 나를 기다리는 모습이 보였다.

또 다른 생각이 퍼뜩 떠올랐다. 아니, 또 다른 생각이 아니라 첫 번째 생각.

어쩌면 말 그대로 차에 문제가 생겼을 뿐인지도 모른다는 것.

브레이크 호스나 스로틀 케이블과는 상관없고, 금방 고칠 수 있는 아주 사소한 문제. 불 켜진 부엌의 커튼 뒤 어딘가에서 섀넌이 나를 기다리고 있을 수도 있었다. 내가 나타나 이 문제를 해결하고 나면 우리 계획이 다시 궤도에 올라설 테니까.

나는 차에서 내렸다. 칼이 내게 다가와 양팔로 끌어안았다. 머리부터 발끝까지 그의 몸이 모두 느껴지는 포옹이었다. 아빠가 우리 방에 왔다 가고, 내가 그를 위로하려고 아래층 침대로 내려갔을 때처럼 그의 몸이 떨고 있었다.

그가 내 귓가에서 짧게 속삭였다. 그래서 나는 알았다.

계획이 다시 궤도에 올라선 것이 아님을.

69

우리는 캐딜락 안에 앉아 있었다. 칼이 운전석에, 나는 조수석에. 예이테스빙엔 너머, 오렌지색과 연한 파란색에 에워싸인 남쪽 산봉우리들을 빤히 바라보았다.

"내가 전화로 차에 문제가 있다고 말한 건 거기에 올센이 있기 때문이었어." 칼이 눈물을 흘리며 말했다.

"그래." 나는 내 발을 움직이려고 해보았다. 발이 잠든 것 같았다. 아니, 잠들지는 않았지만 움직이지 않게 되었다. 내 온몸처럼 움직이지 않았다. "어떻게 된 일인지 자세히 말해봐." 내 목소리인데도 마치 다른 사람이 말하고 있는 것 같았다.

"알았어." 칼이 말했다. "우리는 건설 현장으로 떠나려고 옷을 갈아입고 있었어. 이미 준비를 마친 섀넌은 최고의 모습이었지. 난 부엌에서 셔츠를 다리고 있었고. 그런데 갑자기 섀넌이 몸이 좋지 않다는 거야. 나는 집에 진통제가 있다고 말했지만, 섀넌은 2층에 가서 누워 있어야겠다면서 나더러 혼자 행사장에 가라고 했어. 나중에 몸이 나아지면 스바루를 몰고 파티장으로 오겠다고. 나는 너무 충격을 받아서 섀넌에게 정신 차리라고, 이건 아주 중요한 일

726

이라고 말했어. 그런데도 섀넌은 싫다면서 자기 건강이 제일이니 뭐니 말을 계속했어. 그래, 난 진짜 화가 났어. 전부 개소리였으니까. 섀넌은 두 시간 정도 서 있지도 못할 만큼 아픈 적이 없어, 그렇지? 게다가 오늘은, 형도 알잖아, 오늘은 나뿐만 아니라 섀넌한테도 엄청 중요한 날이야. 그래서 순간적으로 이성을 잃고 그냥 불쑥⋯⋯."

"그래, 불쑥 말했겠지." 이제 혀까지 마비되기 시작한 것이 느껴졌다.

"몸이 그렇게 좋지 않은 건, 그 배 속에 들어 있는 사생아 새끼 때문일 거라고 불쑥 말해버렸어."

"사생아라." 나는 중얼거렸다. 차 안이 너무 추웠다. 젠장맞게 추웠다.

"응. 섀넌도 그 말에 대해 물어봤어. 내가 무슨 소리를 하는지 모르겠다는 듯이. 그래서 내가 그 미국 배우와 무슨 일이 있었는지 안다고 섀넌에게 말했지. 데니스 쿼리 말이야. 그랬더니 섀넌이 그 이름을 되뇌는데, 난 그 소리도 참을 수 없었어. 데니이스 쿼어리. 그러더니 섀넌이 웃기 시작하는 거야. 웃다니. 나는 다리미를 손에 들고 서 있다가 속에서 그냥 뭔가가 뚝 끊어졌어."

"끊어졌다." 무표정하게.

"내가 섀넌을 때렸어."

"때렸다." 나는 망할 놈의 반향실이 되어버린 것 같았다.

"다리미가 섀넌의 옆머리를 때리고, 섀넌이 뒤로 쓰러지면서 연통과 부딪치는 바람에 연통이 부러졌어. 검댕이 구름처럼 일었지."

나는 아무 말도 하지 않았다.

"나는 섀넌을 향해 몸을 수그리고 얼굴 앞에 뜨겁게 달아오른다리미를 들이댄 채, 섀넌에게 다 털어놓지 않으면 내 셔츠처럼 납작하게 다림질을 해버리겠다고 말했어. 그런데도 섀넌은 계속 웃어대는 거야. 그렇게 누워서 웃는 동안 피가 입안으로 흘러내려서 이가 빨갛게 변했기 때문에 꼭 마녀 같았어. 더 이상 그렇게 아름답지가 않더라고. 무슨 소리인지 알겠어? 그때 섀넌이 자백했어. 내가 물어본 것뿐만 아니라 모든 것을. 내가 들어본 최악의 이야기까지."

나는 침을 삼키려고 해보았지만, 입안에 침이 남아 있지 않았다.

"그 최악의 이야기가 뭔데?"

"뭐 같아, 로위?"

"모르지." 내가 말했다.

"호텔." 칼이 말했다. "호텔에 불을 지른 사람이 섀넌이었어."

"섀넌? 어떻게……?"

"우리가 빌룸센의 파티에 참석했다가 불꽃놀이를 보러 광장으로 가려고 할 때 섀넌이 피곤해서 집에 가고 싶다면서 차를 가져갔거든. 난 계속 광장에 남아 있다가 소방차 소리를 들었고." 칼은 눈을 감았다. "섀넌은 난로 옆에 앉아서, 자기가 건설 현장까지 차를 몰고 올라가서 불이 잘 번질 만한 곳에 불을 지르고는 이미 다 사용한 불꽃놀이 로켓을 일부러 그 자리에 두었다고 말했어. 그게 화재의 원인처럼 보이게."

나는 무엇을 물어야 하는지 알고 있다. 반드시 물어야 한다. 비록 이미 답을 알고 있다 해도. 내가 이미 알고 있다는 것을, 아마 나도 칼 못지않게 섀넌을 잘 알고 있을 것이라는 점을 드러내지 않게 반드시 물어야 한다. 그래서 묻는다. "왜?"

"왜냐하면……." 칼이 침을 꿀꺽 삼킨다. "섀넌은 자신의 형상을 따라 창조하는 신이니까. 그 호텔을 견딜 수가 없었대. 자기가 그런 모습 그대로 지어져야 하는데. 그게 아니면 아예 없는 편이 낫다는 거지. 섀넌은 보험 문제를 몰랐기 때문에, 처음부터 다시 공사를 시작하는 데 아무 문제가 없을 거라고 생각했어. 두 번째로 지을 때는 자신의 원래 그림을 사용해야 한다고 강력히 주장할 수 있을 거라는 생각도 했고."

"섀넌이 그렇게 말했어?"

"응. 내가 다른 사람들, 그러니까 형이랑 나 그리고 그 호텔을 위해 노력하고 투자한 마을 사람들을 생각하지 않았느냐고 물었더니 섀넌은 그렇다고 말했어."

"그렇다고?"

"젠장, 그래. 이게 섀넌이 한 말이야. 그러고는 웃었어. 그래서 내가 다시 때렸지."

"다리미로?"

"다리미 뒤쪽으로. 차가운 쪽."

"세게?"

"세게. 섀넌의 눈에서 빛이 꺼지는 게 보였어."

나는 정신을 집중해야만 숨을 쉴 수 있었다. "섀넌은……."

"내가 맥박을 재봤는데, 아무것도 없었어."

"그래서?"

"섀넌을 밖으로 옮겼어."

"지금은 트렁크에?"

"응."

"보여줘."

우리는 차에서 내렸다. 칼이 트렁크를 열 때 나는 눈을 들어 서

쪽을 바라보았다. 산봉우리들 위에서 오렌지색이 연한 파란색을 먹어 들어가고 있었다. 내가 뭔가를 보고 아름답다고 생각할 수 있는 건 지금이 마지막일지도 모른다는 생각이 들었다. 하지만 일 초도 안 되는 짧은 시간 동안, 트렁크를 내려다보기 전에, 이 모든 것이 그냥 농담일 거라는 생각이 들었다. 트렁크에는 아무도 없을 것이다.

하지만 그녀가 거기에 누워 있었다. 눈처럼 하얗게 잠자는 미녀. 우리가 크리스티안산에서 함께 이틀 밤을 보냈을 때와 똑같은 모습으로 잠들어 있었다. 눈을 감고 모로 누워서. 배 속의 아이처럼 태아 같은 자세. 나는 이 생각이 떠오르는 것을 막을 수 없었다.

머리에 난 상처를 보니 그녀의 죽음을 의심할 여지가 전혀 남지 않았다. 나는 부서진 이마에 손끝을 댔다.

"이건 다리미 뒤편으로 그냥 한 번만 때린 게 아닌데." 내가 말했다.

"내가⋯⋯." 칼은 침을 꿀꺽 삼켰다. "내가 트렁크를 열려고 섀넌을 차 옆에 내려놓는데 섀넌이 움직였어. 그래서 내가⋯⋯ 당황해서."

나는 자동적으로 땅바닥을 내려다보았다. 트렁크 안쪽에서 흘러나오는 불빛에 커다란 돌 하나가 반짝이는 것이 보였다. 아빠가 유난히 비가 많이 내린 어느 해 가을에 배수로 공사를 위해 우리더러 담장까지 들고 오라고 시킨 여러 개의 돌 중 하나였다. 거기에 피가 묻어 있었다.

옆에서 흐느끼면서 속삭이는 칼의 목소리가 마치 죽이 보글보글 끓는 소리 같았다. "날 도와줄 수 있어, 로위?"

나는 다시 섀넌을 보았다. 시선을 돌리고 싶은데 그럴 수가 없었다. 칼이 섀넌을 죽였다. 아니, 칼이 섀넌을 살해했다. 냉혹하게. 그러고는 이제 내 도움을 청하고 있었다. 나는 칼이 미웠다. 밉고, 또미웠다. 심장이 다시 힘차게 뛰기 시작하면서 피가 돌고, 고통이 찾아왔다. 마침내 고통이 찾아왔다. 입술을 어쩌나 세게 깨물었는지, 이러다 턱뼈가 부서지겠다는 생각이 들었다. 나는 숨을 한 번들이쉬고는 이에서 살짝 힘을 빼 짧게 말했다.

"돕다니, 어떻게?"

"우리가 같이 차를 몰고 숲으로 가는 거야. 사람들에게 반드시발견될 만한 곳에 섀넌을 내려두고, 캐딜락도 그 옆에 남겨두는 거지. 나는 섀넌이 오늘 일찍 한 바퀴 돌고 오겠다면서 캐딜락을 몰고 나갔는데, 내가 기공식 때문에 집을 나설 때까지 돌아오지 않았다고 말할 거야. 우리가 지금 출발해서 섀넌을 어딘가에 내려두면, 내가 기공식 시각에 맞춰서 갈 여유가 아직 있어. 식이 끝난 다음약속대로 섀넌이 파티장에 나타나지 않았을 때 내가 실종 신고를하면 돼. 어때?"

나는 칼의 배를 주먹으로 쳤다.

칼은 몸을 반으로 접고 숨이 막혀 헉헉거리며 서 있었다. 나는쉽사리 그를 밀어 자갈밭에 쓰러뜨리고 그 위에 타고 앉아 양팔을붙잡았다. 칼은 죽을 것이다. 섀넌이 죽은 방식 그대로 죽을 것이다. 내 오른손이 그 커다란 돌을 찾아냈지만, 거기에 묻은 피 때문에 미끄러워서 나는 돌을 놓치고 말았다. 나는 셔츠에 손을 닦으려다가 간신히 정신을 차리고 셔츠 대신 자갈밭에 손을 두 번 문지른다음 다시 돌을 들어 올렸다. 내 머리 위까지. 칼은 여전히 숨을 멈춘 채 눈을 꾹 감고 누워 있었다. 나는 칼에게 지금의 모습을 보여주고 싶어서 왼손으로 그의 코를 꼭 쥐었다.

칼이 눈을 떴다.

칼이 울었다.

칼의 눈은 나를 바라보고 있었다. 내가 머리 위로 들고 있는 돌을 아직 보지 못했거나, 그것의 의미를 이해하지 못한 것 같았다. 아니면 나와 똑같은 상태가 되어서 이젠 뭐가 어떻게 되든 상관없다는 경지에 이르렀을 수도 있었다. 나는 돌의 무게를 느꼈다. 돌은 아래로 떨어지고 싶어했다. 뭔가를 부수고 싶어했다. 내가 힘을 쓸 필요도 없었다. 오히려 내가 힘을 뺐을 때, 내 동생에게서 팔 길이만큼 돌을 떼어놓지 않을 때, 그 돌은 원래 내가 의도했던 일을 해낼 것이다. 칼은 이제 울지 않았다. 내 오른팔의 근육이 벌써 타는 듯이 아파왔다. 나는 포기했다. 될 대로 되라지. 하지만 그때 그것을 보았다. 어린 시절이 되살아난 것 같은 광경. 칼의 그 눈빛. 무기력한 자신에게 굴욕을 느끼는 그 망할 놈의 어린 동생 같은 표정. 그리고 꽉 막힌 내 목구멍. 이번에 울음을 터뜨릴 사람은 나였다. 또. 나는 돌을 떨어뜨렸다. 거기에 속도를 더해 세게 내리쳤다. 그 충격이 어깨까지 느껴질 정도였다. 그러고는 사냥개처럼 헐떡거리며 앉아 있었다.

다시 제대로 숨을 쉴 수 있게 되었을 때, 나는 칼의 몸에서 내려왔다. 칼은 꼼짝도 하지 않고 누워 있었다. 마침내 조용했다. 눈을 크게 뜬 모습은 마침내 모든 것을 보고 이해한 듯했다. 나는 칼 옆에 앉아서 오테르틴 산을 바라보았다. 우리의 말없는 목격자였다.

"내 머리 옆에 진짜 아슬아슬하게 떨어졌어." 칼이 앓는 소리를 냈다.

"더 가까웠어야 했어." 내가 말했다.

"그래, 내가 망쳤어. 이제 좀 차분해졌어?"

나는 바지 주머니에서 씹는담배 통을 꺼냈다.

"그러고 보니……." 나는 말을 꺼내다가, 내 목소리가 떨리는 걸 칼이 알아차리든 말든 상관없다는 생각이 들었다. "사람들이 숲에서 섀넌을 발견했을 때, 저 머리 상처를 어떻게 생각할 것 같아? 응?"

"누가 살해했다고 보겠지."

"그럼 가장 먼저 의심받는 사람이 누굴까?"

"남편?"

"남편이 실제로 유죄인 경우가 전체의 80퍼센트야. 〈트루 크라임〉에 따르면. 살인이 발생한 시각에 남편의 알리바이가 없다면 더욱더."

칼은 팔꿈치로 몸을 일으켰다. "그래, 알았어, 형. 그럼 우리가 어떻게 해야 돼?"

'우리'라. 그렇겠지.

"몇 초만 기다려봐." 내가 말했다.

나는 주위를 둘러보았다. 무엇이 보였느냐고?

오프가르 농장. 작은 집, 헛간 하나, 외곽의 벌판 몇 군데. 저게 도대체 뭐람? 네 글자로 된 이름, 식구 중 두 명이 살아남은 집안의 성姓. 다른 걸 모두 떼어냈을 때, 가족이란 무엇인가? 가족이 반드시 필요했기 때문에 우리는 서로 이런 이야기를 나눴다. 수천 년 동안 가족이 협동의 단위로 효과를 발휘했기 때문에? 그래, 그렇지. 아니면 단순히 실용적인 이유 외에 또 다른 것이 있는가? 부모, 형제, 자매를 하나로 묶어주는 뭔가가 핏속에 있는 건가? 사람은 신선한 공기와 사랑만으로는 살아갈 수 없다고들 한다. 하지만 그 두 가지가 없어도 절대 살아갈 수 없기는 마찬가지다. 우리가 원하는 것이 있다면 그것은 바로 사는 것. 나는 그것을 느꼈다. 우리 바로 앞의 트렁크에 죽음이 누워 있기 때문인지 그 느낌이 더욱더 강렬했다. 나는 살고 싶다는 것. 그래서 우리는 반드시 해야 하는 일을 해야 한다는 것. 모든 것이 내게 달렸다는 것. 그 일을 지금 해야 한다는 것.

"먼저⋯⋯." 내가 말했다. "지난가을에 캐딜락을 점검할 때 내가 섀넌한테 브레이크 호스와 스로틀 케이블을 교체해야 한다고 말해두었어. 너 내 말대로 했어?"

"뭐?" 칼은 콜록거리며 한 손으로 배를 붙잡았다. "섀넌은 그런 소리 한마디도 안 했어."

"다행이야. 우리가 운이 좋았네. 섀넌을 운전석으로 옮기자. 부엌이랑 트렁크를 씻기 전에 거기 고여 있는 피를 가져다가 운전석이랑 좌석이랑 대시보드에 발라. 알아들었어?"

"어, 응. 하지만⋯⋯."

"섀넌은 후켄에서 캐딜락에 탄 채로 발견될 거야. 그러면 머리에 상처가 생긴 이유도 설명되겠지."

"하지만⋯⋯ 후켄에 벌써 세 대째 차가 떨어지는 거잖아. 도대체 뭐가 어떻게 된 건지 경찰이 의심할 거야."

"당연히 그러겠지. 하지만 내가 말한 그 낡은 부품들이 발견되면, 이번에는 진짜 사고였다는 걸 알게 될 거야."

"그럴까?"

"틀림없어." 내가 말했다.

오테르틴 주위에서 얇은 오렌지색 빛이 아직 빛나고 있을 때 칼과 나는 그 무거운 검은색 짐승을 움직였다. 커다란 운전대 앞에 앉은 섀넌이 너무나 작아 보였다. 우리가 차에서 손을 떼자 차가 천천히 굴렀다. 거의 마지못해 앞으로 나아가는 것 같았다. 타이어 밑에서는 자갈이 바스락거렸다. 뒤쪽에 높이 솟은 지느러미 모양 장식의 맨 꼭대기에서 세로로 설치된 두 개의 전등이 빨갛게 빛났다. 이것이 캐딜락 드빌이었다. 미국이 사람을 하늘로 데려가 줄 수 있는 우주선처럼 생긴 차를 만들던 시절에 나온 차.

나는 눈으로 차를 좇았다. 계속 속도가 빨라지는 것을 보니 스로틀 케이블이 걸렸음이 분명했다. 이번에는 분명히 차가 하늘로 떠오를 것이라는 생각이 들었다.

섀넌은 아들인 것 같다고 말했다. 나는 아무 말도 하지 않았지만, 당연히 어떤 이름을 지어줄지 자꾸 생각나는 것을 어쩔 수 없었다. 그녀가 베르나르라는 이름을 받아들일 것 같지는 않았지만, 내가 떠올릴 수 있는 이름은 그것뿐이었다.

칼이 한 팔로 내 어깨를 감쌌다. "나한테는 형뿐이야."

나한테도 너뿐이야. 나는 속으로 생각했다. 우리는 사막의 두 형제였다.

70

"많은 사람들이 다시 원점에 와 있습니다." 칼이 말했다.

그는 오르툰에서 무대에 올라 마이크스탠드를 앞에 두고 서 있었다. 곧 로드의 밴드가 그 자리에 설 터였다.

"지금 제가 생각하는 것은 전에 여기서 열렸던 첫 번째 투자자 회의가 아닙니다. 저와 제 형 그리고 오늘 밤 이 자리에 오신 여러분 중 많은 사람들이 이곳 오르툰에 함께 모여 춤추던 시절입니다. 우리는 대개 술을 몇 잔 마신 뒤에야 비로소 용기가 나서 앞으로 이러이러한 굉장한 일들을 해낼 거라고 자랑을 해댔죠. 아니면 가장 시끄럽게 떠들어대는 사람에게 너의 거창한 장래 계획은 어떻게 됐느냐, 계획에 시동이 걸리기는 했느냐고 묻기도 했습니다. 그러면 사람들은 조롱하듯이 웃기도 하고, 욕을 해대기도 했죠. 만약 특히 성마른 사람이라면 머리로 상대를 박아버리기도 했습니다."

통로에 서 있는 청중 사이에서 웃음이 일었다.

"하지만 내년에 누군가가 우리 오스 사람들에게 그토록 자랑하던 호텔 계획이 잘 되어가고 있느냐고 묻는다면, 우리는 아, 그럼요, 아주 번듯하게 지었답니다, 두 번이나, 라고 대답할 수 있을 겁니다."

청중은 열광했다. 나는 양쪽 발로 번갈아 체중을 옮겼다. 토할 것 같은 느낌에 목이 죄어들고, 두통이 눈동자 뒤쪽을 규칙적으로 두드려대고, 가슴의 통증은 견딜 수 없이 심했다. 심장발작이 이런 느낌일까 싶었다. 하지만 나는 생각하지 않으려고, 느끼지 않으려고 애썼다. 지금은 칼이 나보다 더 잘 이겨내고 있는 것 같았다. 내가 미리 짐작했어야 하는 건데. 우리 둘 중에 칼은 차가운 쪽이었다. 그는 엄마와 같았다. 수동적인 부속품. 차가웠다.

칼이 양팔을 넓게 벌렸다. 서커스 단장이나 배우 같았다.

"조금 전에 있었던 기공식에 참석한 분들은 그곳에 전시된 그림들을 보았을 겁니다. 그러니 얼마나 환상적인 건물이 지어질지 이제 아시겠죠. 사실 우리의 수석 건축가이자 제 아내인 섀넌 알레인 오프가르가 지금 이 무대에 저와 함께 있어야 하는데, 아마 나중에 올지도 모르겠습니다. 지금은 집에서 잠시 누워 있습니다. 호텔 말고 또 다른 아기를 품고 있을 때 가끔 그렇잖습니까……."

잠시 침묵이 흐르더니 사방에서 다시 환호가 일었다. 사람들은 곧 발을 쿵쿵 구르며 박수를 치기 시작했다.

나는 더 이상 견딜 수가 없어서 서둘러 출구로 향했다.

"자, 이제, 여러분, 따뜻하게 환영해주시기 바랍니다……."

나는 팔꿈치로 문을 밀어 열고 밖으로 나가 건물 귀퉁이를 돌아갔다. 그러자 그때까지 간신히 눌러두었던 어떤 것이 목구멍을 가득 채웠고, 토사물이 내 앞의 땅바닥으로 철벅철벅 떨어졌다. 피투성이 아기를 낳을 때처럼, 뭔가를 밖으로 내보내야 한다는 듯이 목이 계속 수축했다. 마침내 구토가 멈추자 나는 텅텅 빈 채로 기진맥진해서 무릎으로 털썩 주저앉았다. 안에서 로드의 밴드가 공연 때마다 가장 먼저 부르는 빠른 노래 '홍키 통크 위민'과 그 리 듬에 맞춘 카우벨 소리가 들려왔다. 나는 벽에 이마를 대고 울기 시작했다. 콧물, 눈물, 토사물의 악취가 나는 점액이 내게서 쏟아 져 나왔다.

"세상에." 뒤에서 누군가의 목소리가 들렸다. "누가 마침내 로위 오프가르를 패준 거야?"

"안 돼, 시몬!" 여자의 목소리였다. 누가 내 어깨에 한 손을 얹었 다. "괜찮아, 로위?"

나는 반쯤 몸을 돌렸다. 그레테 스미트는 머리에 빨간 스카프를 두르고 있었다. 그런데 그 스카프가 그녀에게 상당히 잘 어울렸다.

"형편없는 술 때문이야." 내가 말했다. "그래도 하여튼 고마워."

두 사람은 서로의 몸에 팔을 두른 채 주차장으로 걸어갔다.

나는 일어나서 자작나무가 있는 쪽으로 향했다. 얼음이 녹은 물 에 흠뻑 젖어 흔들리는 땅을 내 발이 철벅철벅 걸어갔다. 나는 양 쪽 콧구멍을 차례로 막아 코를 풀고 침을 뱉은 다음 숨을 들이쉬었 다. 저녁 공기는 여전히 차가웠지만 맛이 달랐다. 곧 변화가 일어 나 새롭고 더 좋은 날이 올 것이라는 약속 같았다. 그것이 어떤 날 이 될지 나는 알 수 없었다.

나는 벌거벗은 나무 밑에 섰다. 달이 떠서 으스스한 빛으로 부달 호수를 흠뻑 적시고 있었다. 며칠만 지나면 얼음이 사라질 것이다. 흐르는 물이 부빙들을 붙잡아 데려갈 것이다. 일단 여기에 금이 가 기 시작하면, 모든 것이 사라지는 데 시간이 오래 걸리지 않는다.

내 옆에 누군가가 나타났다.

"여우가 알을 훔쳐 갈 때 뇌조는 어떻게 하지?" 칼이었다.

"다시 알을 낳지." 내가 말했다.

"우습지 않아? 어렸을 때 부모가 그런 얘기를 하면 애들은 그냥 실없는 소리라고 생각하잖아. 그러다 어느 날 갑자기 그게 무슨 뜻이었는지 이해하지."

나는 어깨를 으쓱했다.

"아름다워, 그렇지?" 칼이 말했다. "마침내 봄이 우리에게도 이를 때면."

"그래."

"언제 돌아올 거야?"

"돌아와?"

"오슬로."

"아마 장례식 때 오겠지."

"여기서는 장례식이 열리지 않을 거야. 난 그녀를 관에 넣어서 바베이도스로 보낼 거니까. 내 말은 언제 다시 이쪽으로 이사할 거냐는 뜻이었어."

"절대 안 와."

칼은 농담을 들은 사람처럼 웃었다. "아마 형 자신은 아직 모르겠지만, 올해가 다 가기 전에 돌아올 거야, 로위 오프가르." 그러고 나서 칼은 자리를 떴다.

나는 한참 동안 그 자리에 서 있었다. 그러다 마침내 눈을 들어 달을 보았다. 달이 더 컸어야 했다. 행성처럼. 나와 다른 모든 사람들과 우리의 비극적이고 바쁜 삶을 제대로 바라볼 수 있게 해줄 만큼. 지금 내게는 그런 시야가 필요했다. 우리 모두가, 그러니까 섀넌, 칼과 나, 엄마와 아빠, 베르나르 삼촌, 시그문 올센, 빌룸센과 그 덴마크인 해결사가 여기에 존재하다가 사라져서 똑같은 순간에 잊혔음을 말해줄 수 있는 어떤 것. 시간과 공간이라는 우주의 광대한 바다에서 우리는 짧은 섬광에 지나지 않았다고 말해주는 것. 그 것만이 우리를 위안해주었다. 의미를 지닌 것은 절대로 없다는 생각. 넓게 펼쳐진 자기 땅을 바라보는 일도, 자기만의 주유소를 경영하는 일도, 사랑하는 사람과 나란히 자다가 깨어나는 것도, 자식이 자라는 모습을 보는 것도.

모두 그랬다. 중요하지 않았다.

하지만 물론 달은 너무 작아서 그런 위안을 주지 못했다.

71

"고마워요." 마르틴센이 내가 건넨 커피를 받으며 말했다. 그녀는 부엌 조리대에 몸을 기대고 창밖을 바라보았다. 크리포스 자동차와 올센의 랜드로버는 아직 저 아래 예이테스빙엔에 있었다.

"아무것도 못 찾은 건가요?" 내가 물었다.

"그런 것 같네요." 그녀가 말했다.

"그렇게 금방 알 수 있어요?"

마르틴센은 한숨을 내쉬더니 주위를 흘깃 살펴보았다. 부엌에 우리 둘만 있다는 사실을 스스로 확인하려는 것 같았다. "솔직히 말해서, 평범한 상황이라면 이렇게 사고라는 걸 뻔히 알 수 있는 사건에 대한 지원요청을 거절했을 거예요. 이쪽 경찰관이 우리한테 연락했을 때 자동차의 결함, 그러니까 사고의 원인이었을 것이라고 뻔히 알 수 있는 결함이 이미 발견된 뒤였거든요. 사망자가 입은 심한 부상은 그렇게 높은 곳에서 추락할 때 생길 수 있어요. 이 지역 의사는 사망 시각을 정확히 알아내지 못한 모양이에요. 의사가 차가 있는 곳으로 내려갈 수 있게 된 건 하루 하고도 반이 지난 뒤였으니까요. 하지만 의사는 사망자가 6시에서 자정 사이에

도로를 벗어나 추락했을 것이라고 추정해요."

"그럼 왜 여기까지 나온 겁니까?"

"음, 이쪽 경찰관이 고집을 부린 게 한 가지 이유예요. 거의 공격도 불사할 것처럼 굴더라고요. 경찰관은 당신 동생의 아내가 살해당했다고 확신하고 있어요. 이른바 전문지에서, 이런 사건 중 80퍼센트에서 남편이 범인이라는 기사를 읽었다는 거예요. 그리고 크리포스는 여러 경찰서들과 두루두루 좋은 관계를 유지하고 싶어하죠." 그녀가 빙긋 웃었다. "그건 그렇고, 커피 맛있네요."

"고맙습니다. 그럼 또 다른 이유는 뭔가요?"

"또 다른 이유요?"

"올센 경찰관이 한 가지 이유라고 했잖아요. 그럼 또 다른 이유는 뭐예요?"

마르틴센이 푸른 눈을 내게 돌렸다. 어떤 표정인지 판단하기 힘들었다. 나는 그녀와 눈을 마주치지 않았다. 그러고 싶지 않았다. 내 생각은 완전히 다른 곳에 가 있었다. 게다가 만약 그녀가 너무 똑바로, 너무 오랫동안 내 눈을 바라본다면 상처를 발견할지도 모른다는 생각이 들었다.

"솔직하게 대해줘서 고마워요, 마르틴센."

"베라예요."

"하지만 모두 합해서 세 대나 되는 차가 도로를 벗어나 똑같은 절벽에서 떨어졌다는 걸 알면 적어도 조금이나마 의심이 들지 않아요? 지금 당신과 이야기하는 나는 여기서 목숨을 잃은 모든 사람들과 밀접하게 관련되어 있던 사람의 형인데요."

베라 마르틴센은 고개를 끄덕였다. "그 점은 단 한 순간도 잊지 않았어요, 로위. 올센도 나한테 그 사고들을 몇 번이나 일깨워주었고요. 이제 올센은 첫 번째 치명적인 사고 역시 살인이었을지 모른 다면서, 저 아래에 떨어진 캐딜락의 브레이크 호스에 누가 손을 대지 않았는지 우리더러 조사해달라고 하고 있어요."

"아버지 차 말이군요." 내가 말했다. 내 포커페이스가 무너지지 않았어야 하는데. "그래서 조사해봤어요?"

마르틴센은 웃음을 터뜨렸다. "애당초 그 차는 다른 자동차 두 대 밑에 깔려 있어요. 게다가 설사 우리가 뭔가를 찾아낸다 해도 그건 이미 십팔 년 전의 사건이라 공소시효가 끝났다고요. 그리고 나는 이른바 상식과 논리라는 것을 굳게 믿는 사람이에요. 매년 노르웨이에서 도로를 벗어나 사고를 일으키는 자동차가 몇 대나 되는지 알아요? 약 3천 대예요. 사고 장소는 몇 군데일까요? 2천 군데가 안 돼요. 사고를 당한 자동차들 중 거의 절반이 같은 해에 이미 같은 사고가 일어났던 장소에서 사고를 당한다는 얘기예요. 십팔 년 동안 같은 장소에서 세 대의 자동차가 떨어진 건 내가 보기에 단순히 합당한 수준이 아니에요. 사실 저 도로에 보호 장치를 더 마련했어야 돼요. 그동안 사고가 더 많이 일어나지 않은 게 오히려 이상할 정도라고요."

나는 고개를 끄덕였다. "이곳 당국자에게 그 보호 장치에 대해 말씀해주시면 안 될까요?"

마르틴센은 빙긋 웃으면서 잔을 내려놓았다.

나는 그녀를 따라 복도로 나갔다.

"당신 동생은 괜찮아요?" 그녀가 재킷 단추를 잠그면서 말했다.

"힘들어하죠. 관을 가지고 바베이도스로 갔어요. 거기서 섀넌의 친척들을 만날 겁니다. 그다음에는 호텔 일에 완전히 푹 빠질 거래요."

"그럼 당신은요?"

"좀 나아졌어요." 나는 거짓말을 했다. "물론 충격을 받았지만, 산 사람은 계속 살아야죠. 섀넌이 여기서 살았던 십팔 개월 동안 나는 대부분 다른 곳에 가 있었기 때문에 우린 그렇게 친해지지도 않았…… 무슨 뜻인지 아실 거예요. 원래 가족이던 사람을 잃는 것과는 다르죠."

"이해해요."

"흠, 그럼." 나는 그녀를 위해 문을 열어주었다. 그녀가 스스로 문을 열지 않았기 때문이었다. 하지만 그녀는 움직이지 않았다.

"들었어요?" 그녀가 속삭였다. "저거 물떼새 아니에요?"

나는 고개를 끄덕였다. 천천히. "새를 좋아하세요?"

"아주 많이요. 아버지를 닮았어요. 당신은요?"

"네, 상당히 좋아하죠."

"이 지역에는 흥미로운 새들이 많이 살 것 같은데요."

"네, 맞아요."

"언제 내가 올라오면 보여줄 수 있어요?"

"그러면 좋죠. 하지만 난 여기 사는 게 아니라서요."

그리고 나서 나는 그냥 그녀와 시선을 마주쳤다. 그녀가 볼 테면 보라지. 내가 얼마나 망가졌는지.

"좋아요." 그녀가 말했다. "그럼 이리로 다시 이사 온 뒤에 연락하세요. 커피 잔 밑에 놓아둔 내 명함에 전화번호가 있어요."

나는 고개를 끄덕였다.

그녀가 간 뒤에 나는 침실로 올라와 더블 침대에 누웠다. 베개로 얼굴을 덮고 섀넌의 마지막 체취를 들이마셨다. 희미하게 남은 이 알싸한 냄새는 며칠 뒤면 사라질 것이다. 나는 그녀가 사용하던 옷장을 열었다. 비어 있었다. 칼이 그녀의 물건들을 대부분 바베이도스로 가져가면서 나머지는 쓰레기통에 넣어버렸다. 하지만 찬장의 어두운 구석에 뭔가가 있었다. 섀년이 집 안 어디선가 그것을 발견하고 그 안에 넣어둔 모양이었다. 코바늘로 뜬 아기 신발 한 켤레였다. 너무 우스울 정도로 작아서 미소가 저절로 지어졌다. 할머니가 뜬 아기 신발이었다. 엄마의 설명에 따르면, 처음에는 내가 그것을 신었고 그다음에는 칼이 신었다.

나는 부엌으로 내려갔다.

헛간 문이 활짝 열려 있는 것이 창문을 통해 보였다. 담뱃불이 빛났다. 쿠르트 올센이 그 안에 쭈그리고 앉아서 바닥에 있는 어떤 것을 조사하고 있었다.

나는 쌍안경을 꺼냈다.

올센이 뭔가를 손가락으로 쓸었다. 나는 그것이 무엇인지 알아차렸다. 부드러운 판자 위에 남은 잭 자국이었다. 쿠르트는 샌드백으로 다가가서 거기에 그려진 얼굴을 빤히 바라보았다. 그러다 조심스레 주먹을 한 번 날렸다. 크리포스가 짐을 싸서 떠날 준비를 하고 있다는 말을 지금쯤이면 베라 마르틴센에게서 들었을 것이다. 하지만 올센은 포기하려 하지 않았다. 뇌세포를 포함해서 몸의 모든 세포가 바뀌는 데에는 칠 년이 걸린다는 말을 어디선가 읽은 적이 있다. 따라서 칠 년 뒤에 우리는 원칙적으로 새로운 사람이 된다는 내용이었다. 하지만 우리의 DNA, 세포의 바탕이 되는 프로그램은 변하지 않는다. 만약 우리가 머리카락이나 손톱을 잘랐을 때 그 자리에는 똑같은 것이 새로 자라 나올 것이다. 새로 바뀐 뇌세포 역시 옛날 뇌세포와 다르지 않아서, 똑같은 기억과 경험을 대부분 이어받는다. 우리는 변하지 않는다. 똑같은 결정을 내리고, 똑같은 실수를 되풀이한다. 부전자전. 쿠르트 올센 같은 사냥꾼은 계속 사냥할 것이고, 살인자는 만약 정확히 똑같은 상황이 되풀이된다면 또 살인을 선택할 것이다. 이것은 영원한 원이다. 예측이 가능한 행성의 궤도나 규칙적으로 바뀌는 계절과 같다.

쿠르트 올센은 헛간에서 나오다가 걸음을 멈추고 또 뭔가를 보았다. 그는 그것을 들어 올려 빛에 비춰 보았다. 함석 양동이였다. 나는 쌍안경의 초점을 맞췄다. 올센은 총알구멍을 유심히 살피는 중이었다. 처음에는 양동이 한쪽의 구멍을, 그다음에는 맞은편의 구멍을. 얼마 뒤 그는 양동이를 내려놓고 자기 차로 걸어가서 차를 몰고 가버렸다.

집이 텅 비었다. 나는 혼자였다. 이렇게까지 혼자였던 적은 없었다. 우리가 모두 주위에 있는데도 아빠는 이런 기분을 느꼈던 걸까?

서쪽에서부터 나직하게 위협하는 듯한 소리가 들려와서 나는 쌍안경을 들고 그쪽으로 돌아섰다.

오테르틴 북쪽 면에서 눈사태가 일어나고 있었다. 젖은 '설탕' 같은 눈이 무게 때문에 더 이상 그 위에서 버티지 못하고 천둥 같은 소리를 내며 얼음 사이로 떨어졌다. 그 바람에 부달 호수의 저편 가장자리에서 물이 폭포처럼 허공으로 치솟았다.

그래, 무자비한 봄이 또 다가오고 있었다.

the Kingdom
JO NESBØ

킹덤

1판 1쇄 발행 2021년 10월 11일 **1판 4쇄 발행** 2022년 2월 26일

지은이 요 네스뵈
옮긴이 김승욱
펴낸이 고세규
편집 이승희 **디자인** 윤석진
마케팅 이헌영 **홍보** 이혜진

발행처 김영사
주소 경기도 파주시 문발로 197(문발동) 우편번호 10881
등록 1979년 5월 17일(제406-2003-036호)
구입 문의 전화 031)955-3100 **팩스** 031)955-3111
편집부 전화 02)3668-3292 **팩스** 02)745-4827 **전자우편** literature@gimmyoung.com
비채 카페 cafe.naver.com/vichebooks **인스타그램** @drviche **카카오톡** @비채책
트위터 @vichebook **페이스북** facebook.com/vichebook

ISBN 978-89-349-8021-6 03890
책값은 뒤표지에 있습니다.
비채는 김영사의 문학 브랜드입니다.